CAROLINE GRAHAM

Ein böses Ende

Buch

In dem kleinen englischen Dorf Compton Dando beäugt man die neuen Bewohner des Herrenhauses mit großem Mißtrauen. Einst residierte hier ein Günstling von Elizabeth I., doch nun hat sich in dem Haus eine exotische Truppe von New-Age-Aposteln niedergelassen, die keinen Kontakt zu den übrigen Dorfbewohnern pflegen und sich auch sonst kaum in das Bild von Compton Dando fügen. Sie kommunizieren mit Geistern, schicken ihren Astralleib zur Venus, und es würde auch niemanden überraschen, sie nachts auf Besen durch die Luft reiten zu sehen. So erstaunt es die Leute noch weniger, als ein Mitglied der Gemeinschaft tot aufgefunden wird. Zwar wird das Ganze zur allgemeinen Enttäuschung als Unfall bewertet, aber wer weiß ... Und tatsächlich gibt es schon bald den nächsten Todesfall zu beklagen. Für Chief Inspector Barnaby entwickelt sich der Fall rasch zum verworrensten seiner Laufbahn, und die bizarren Verhältnisse im Herrenhaus machen ihm die Arbeit auch nicht leichter. Besonders undurchsichtig ist allerdings ein Fremder im Herrenhaus, der reiche und mächtige Wirtschaftstycoon Guy Gamelin, der mit allen Mitteln versucht, seine Tochter Suhami – in ihrem früheren Leben Sylvie genannt – der Kultgemeinde zu entreißen ...

Autorin

Caroline Graham wurde in den dreißiger Jahren in Warwickshire geboren. Nach ihrer Ausbildung war sie einige Zeit bei der englischen Marine, leitete später eine Heiratsvermittlung und arbeitete während der sechziger Jahre an einem Theater. 1970 begann sie mit dem Schreiben, arbeitete zunächst als Journalistin bei BBC und Radio London, später wandelte sie sich zur Hörspiel- und Drehbuchautorin. Caroline Grahams erster Roman erschien 1982, seither hat sie neben zahlreichen Kriminalromanen auch zwei Kinderbücher verfaßt.

Von Caroline Graham bereits bei Goldmann erschienen:

Die Rätsel von Badger's Drift. Roman (44676) · Blutige Anfänger. Roman (44261) · Der Neid des Fremden. Roman (44880) · Treu bis in den Tod. Roman (44384) · Ein sicheres Versteck. Roman (44698)

Caroline Graham

Ein böses Ende

Roman

Aus dem Englischen
von Bettina Zeller

GOLDMANN

Die Originalausgabe erschien 1992 unter dem Titel
»Death in Disguise«
bei Headline Book Publishing PLC, London

Umwelthinweis:
Alle bedruckten Materialien dieses Taschenbuches
sind chlorfrei und umweltschonend.

Wiederveröffentlichung Juni 2001

Umschlaggestaltung: Design Team München
Umschlagfoto: plus 49/Cojaniz
Druck: Elsnerdruck, Berlin
Verlagsnummer: 45006
AL · Herstellung: Heidrun Nawrot
Made in Germany
ISBN 3-442-45006-3
www.goldmann-verlag.de

3 5 7 9 10 8 6 4 2

Für meinen Sohn David

That monks can save the world, or ever could
That anchorites and fakirs do you good.
Is to bring Buddha back before your gaze.
Men do not eat the lotus in our days.

Im Anlehnung an Juvenal, Satire 3.
Thorold-Roper

Prolog

Der Mord oben im Manor House überraschte keinen der Bewohner von Compton Dando. Ein eigenartiger Haufen lebte dort. Ein äußerst eigenartiger Haufen. Verrückt.

Mr. und Mrs. Bulstrode waren im Örtchen die einzigen, die – falls man es überhaupt so nennen konnte – Kontakt zur spirituellen Gemeinschaft auf dem weitläufigen Anwesen pflegten. Sie steckte einmal im Monat mit Nachdruck das Gemeindeblatt in den Briefkasten. Er lieferte die tägliche Milchration. Daß der Kontakt nur lose war, änderte nichts an der Tatsache, daß das Ehepaar für die Dorfbewohner die Informationsquelle schlechthin war. Jetzt stieg ihr Wert in der Gemeinschaft, und Mrs. Bulstrode wurde jedes Mal, kaum daß sie einen Fuß vor die Haustür setzte, von einer Menschenmenge empfangen.

Zuerst murmelte sie: »Ich weiß nicht mehr, als ich gestern wußte, Mrs. Oxtoby ...«, ließ sich dann aber von dem Bedürfnis, die Geschichte auszuschmücken, hinwegreißen. Am Abend des dritten Tages hätte es niemanden im Dorf überrascht zu hören, daß die Bewohner von *The Lodge of the Golden Windhorse* auf Besenstielen über ihre Natursteinmauer geflogen kamen.

Beim Metzger, wo sie ihre Lammleber und einen Knochen für Ponting kaufte, schüttelte Mrs. Bulstrode leicht widerwillig und gleichzeitig besonnen den Kopf. Sie hatte es kommen sehen, gestand sie Major Palfrey (zwei Nieren und ein Topf Schmalz) mit lauter, tragender Stimme. Man konnte sich nur wundern über das, was sich dort oben abspielte. Die Warteschlange, sofort bereit, sich allen möglichen Spekulationen hinzugeben, folgte ihr ins Postamt.

Dort schob Miss Tombs, die ihre vollen Backen praktisch an die Maschendrahtabsperrung preßte, ihr die Briefmarken mit einem Bühnenflüstern zu: »Meine Liebe, darüber werden Sie gewiß nicht so schnell wegkommen. Wo Ihr Derek doch einen Leichnam gefunden hat. So was passiert einem schließlich nicht alle Tage.«

»Ohhh...« Schwer betroffen suchte Mrs. Bulstrode (deren Mann keinen einzigen Blick auf die Leiche geworfen hatte) Halt an der Theke. »Jetzt sehe ich wieder alles vor mir, Myrtle –«

»Der Teufel soll mich holen für meine Schwatzhaftigkeit!« entfuhr es Miss Tombs, und sie mußte zusehen, wie ihre Kunden verschwanden, um sich wie ein Nebel um ihren Leitstern zu scharen.

In *Bob's Emporium* behauptete Mrs. Bulstrode, schon die Art und Weise, wie sie sich kleideten, spräche Bände. Ihrem Publikum war diese Aussage einen Tick zu verhalten. Sie harrten noch kurz aus, ehe sie zu den Pyramiden von *Happy-Shopper*-Katzenfutter und den aufgeschichteten Möhrensäcken strömten.

»Die Hälfte der Zeit kann man nicht sagen, was Männlein oder Weiblein ist.« Und dann, um die Sache ein wenig anzuheizen: »Was mein Derek an so manchem Morgen hinter den Fenstern erblickt hat... Nun – ich würde mich in Gesellschaft beiderlei Geschlechter gewiß nicht enthüllen.«

»Sie sprechen von...« Eine Frau mit einem Kopftuch und der Nase eines Haifischs atmete schwer. »...*Opfern?*«

»Lassen Sie es uns doch einfach Zeremonien nennen, ja, Miss Oughtred? Und es besser dabei belassen.«

»Zeremonien!« Mit ernsten Mienen strömten die Menschen geschwind zurück. Abwechselnd malten sie sich melodramatische, banale und schreckliche Bilder aus. Gräber öffneten sich und gewährten den Untoten problemlosen Zugriff auf sorglose Passanten. Ein gehörnter Luzifer mit schwefelgelben Augen klapperte mit seinen Hufen über den Rand des Pentagons. Brennender Sand und ein Mädchen, früher einmal bildhübsch wie eine Mameluckin, an einem Pfahl festgebunden, bei lebendigem Leib einer Heerschar von Ameisen zum Fraß vorgeworfen.

Als nächstes begab sich Mrs. Bulstrode zum *Crinoline Tea Room,* um dort ein halbes Dutzend Eclairs zu erstehen. Während die Verkaufshilfe die Leckereien mit einer Silberzange in die Tüte legte, blickte sich Mrs. Bulstrode in der Hoffnung um, ihr Publikum noch vergrößern zu können.

Doch hier verließ sie das Glück. Die beiden einzigen Gäste interessierten sich nur für Kaffee und Kuchen. Ann Cosins und ihre Freundin aus Causton, Mrs. Barnaby. Unglücklicherweise machte es wenig Sinn, sich mit den beiden zu unterhalten. Ann mit ihrer trockenen Art – man hatte immer das Gefühl, sie könne nur hinter vorgehaltener Hand lachen – war ganz und gar nicht zu beeindrucken und deshalb bei ihren Mitmenschen nicht sonderlich beliebt. Außerdem hatte sie quasi Verrat an der Dorfgemeinschaft begangen, indem sie tatsächlich einmal einen Kurs im Manor House belegt hatte. Niemandem war entgangen, daß die beiden Frauen eines Freitag nachmittags ganz unverfroren die Zufahrt hochmarschiert und erst am Sonntag wieder aufgetaucht waren. Als ginge es ihr darum, ihre Mitmenschen noch deutlicher vor den Kopf zu stoßen, hatte Ann sich halsstarrig geweigert, sich detailliert über die Gruppenmitglieder und das Haus auszulassen.

Diesem Ereignis war es zuzuschreiben, daß Mrs. Bulstrode sich damit begnügte, den Kopf leicht zum Gruß zu neigen und beim Schließen der Ladentür großmütig das gurgelnde Gekicher zu ignorieren. Kurze Zeit später, auf dem Heimweg, blieb sie stehen, um ein paar Worte mit dem Pfarrer auszutauschen, der mit der Pfeife im Mund am Zaun von *Benisons* lehnte. Er begrüßte sie mit einem zutiefst zufriedenen Blick. Die Lodge war ihm seit langem ein Dorn im Auge. Obgleich er sich über die Moral der Lodgebewohner im unklaren war, hatte ihn das nicht daran gehindert, eine Reihe hysterischer Leserbriefe an das *Causton Echo* zu schicken und die Leser des Blattes vor diesem neuen und götzendienerischen Glauben zu warnen, der sich wie ein Schädling im Herzen einer Rose in der blühenden englischen Landschaft breitmachte.

Keine Religion (schrieb der Pfarrer), die vom Menschen erfunden war und in krassem Gegensatz zu den Lehren des Allmächtigen stand, konnte gut sein. Wie sehr er mit seiner Einstellung recht behalten hatte, zeigte sich nun. Über Gott durfte man nicht spotten, und Reverend Phipps und seine kleine Kirchengemeinde hatten sich versammelt, um diese Einsicht gewissermaßen selbstherrlich und voller Zufriedenheit zu feiern. Teilnahmsvoll hob er eine ergrauende Braue und erkundigte sich, ob es weitere Neuigkeiten gebe.

Auch wenn die Andeutung, daß Derek und der CID ganz dick miteinander waren, ihr schmeichelte, brachte Mrs. Bulstrode es nicht übers Herz, einem Mann Gottes Halbwahrheiten aufzutischen, und gestand, es gebe nichts zu berichten. »Aber die gerichtliche Untersuchung ist auf Dienstag angesetzt. Elf Uhr«, fügte sie schnell hinzu.

Das wußte er selbstverständlich. Das wußte jedermann, und alle hatten die Absicht zu erscheinen, selbst wenn das bedeutete, daß man freinehmen mußte, um dabeisein zu können. Der gesamte Ort hoffte, daß die Anhörung den ganzen Tag dauerte, und alle Tische im *Soft Shoe Café* von Causton waren schon vor Wochen für diesen Tag zum Mittagessen reserviert worden. Seit drei Jungs aus dem Council Estate die Bushaltestelle abgefackelt hatten, hatte Compton Dando keine derartige Aufregung mehr erlebt, und jedermann rechnete damit, daß ihm dieses Drama weitaus größere Befriedigung verschaffte.

Der Schauplatz dieser dramatischen Aufführung war ein ganz ansehnliches Beispiel früher elisabethanischer Architektur. Das zweistöckige Bauwerk war aus grauem Stein gefertigt, mit horizontalen Bändern aus Feuerstein und glatten Kieseln versehen und charmanterweise nicht symmetrisch. Den leicht aus der Mitte verschobenen Türeingang zierten ionische Säulen. Es gab eine kleine Veranda und sechsundvierzig längsverstrebte Fenster. Die Kamine (zu drei Gruppen zusammengefaßt) prangten auf dem Dach. Manche waren gedreht, andere mit Efeublättern verziert und gewunden. Ein Großteil verfügte über sternenförmige Öffnungen, denen während der Wintermonate sternenförmige Rauchschwaden entstiegen. Ein riesiger Metallklumpen, den so mancher als Meteorit deutete, der in den Augen weniger romantischer Menschen allerdings nur eine Kanonenkugel war, lag am Rand des Daches auf rosenroten, moosbewachsenen Ziegeln.

Das Gebäude war ein Geschenk Elisabeth I. an Gervaise Huyton-Corbett, einen ins Exil verbannten Günstling. Während der ersten fünf Jahre waren die Königin und ihre Gefolgschaft gerngesehene Gäste, doch die Ehre ihres Besuches brachten ihn und ein paar seiner Nachbarn an den Rand des Bankrotts. Die Nachkommen von Sir Gervaise (wie er netterweise genannt wurde, nachdem die Armut ihn in die Knie gezwungen hatte) hatten vier Jahrhunderte lang auf Compton Manor gelebt. Leider war es der Familienschatulle nie wieder vergönnt gewesen, sich von den königlichen Besuchen zu erholen. Der jährliche Unterhalt des Anwesens überstieg die eigentliche Bausumme, doch die Liebe der Huyton-Corbetts zu ihrem Haus war so stark, daß sie sich abmühten und über die Maßen verschuldeten, da sie den Gedanken nicht ertragen konnten, sich davon zu trennen. Schließlich, im Jahr 1939, trat Ashley in die *Fleet Air Arm* ein. Der Sproß des Geschlechts kam in der Schlacht beim River Plate ums Leben. Der unmittelbaren Nachkommenschaft somit beraubt, verkaufte dessen altersschwacher Vater das Anwesen, und das Dorf mußte in den folgenden Jahrzehnten eine lange Reihe kultureller Schocks und Rückschläge ertragen.

Heutzutage war es den Dorfbewohnern nicht mehr vergönnt, am Tag des Dorffestes durch die Gärten des Anwesens zu flanieren und sich am Anblick von Lady Huyton-Corbett zu ergötzen, die, in fließendes Georgette gehüllt und mit einem schattenspendenden, breitkrempigen Hut leicht angeschickert, mit der Bowlingkugel auf das Schwein zielte (und es gelegentlich gar traf). Der Gutsherr überreichte auch nicht länger einen silbernen Becher bei der Prämierung für die schönsten Zuckererbsen und Rosetten für den zweiten und dritten Platz.

1980 wurde das Anwesen erneut veräußert und in ein Konferenzzentrum umgewandelt. Das tiefe Mißtrauen von seiten der Dorfbewohner gegenüber Veränderungen und deren Abneigung gegenüber Fremden wurde durch die Schaffung von dreißig Arbeitsplätzen ein wenig gemildert, auch wenn diese den Arbeitern keine besonderen Fähigkeiten abverlangten. Fünf Jahre später kam das Anwesen durch schludriges und ineffizientes Management erneut auf den Markt, bis es einer von Mrs. Thatchers Designergladiatoren übernahm. Darüber hinaus kaufte er noch tausend Morgen angrenzendes Farmland in der (heimlichen) Absicht, einen Tudor-Themenpark zu kreieren. Zutiefst schockierte Dandonians jeder Klasse und jedweder politischen Couleur schlossen sich zusammen angesichts dieser niederträchtigen Vergewaltigung der englischen Landschaft. Die umliegenden Dörfer, die insgeheim schon mit einem unerträglichen Verkehrsaufkommen vor ihren Haustüren und ihren auf der Hinterseite liegenden Gärten rechneten, boten Unterstützung an. Nachdem mehrere Petitionen eingereicht und im Unterhaus auf der Galerie ein Transparent aufgehängt worden war, wurde die Baugenehmigung verweigert. Der Unternehmer verschwand blitzschnell von der Bildfläche, um an einem anderen Ort Schaden anzurichten.

Die Freude der Dorfbewohner über seinen Abgang änderte nichts an dem Umstand, daß sie dessen Profitgier wenigstens verstanden, wenn auch nicht gebilligt hatten. Die momentane Situation ging weit über ihr Verständnis hinaus. Als erstes waren die Neuankömmlinge stets unter sich geblieben. Die Dorfgemeinschaft, die sich beim leisesten Anflug herablassender Familiarität seitens durchziehender Parvenüs auf den Schlips getreten fühlte, reagierte doppelt ungehalten, als sich niemand anschickte, um sie zu erwerben. Derlei Verhalten durfte nicht ignoriert werden. Selbst jenes halbe Dutzend Wochenendgäste, das an lauen Freitagen in Golf GTIs mit einem Kofferraum voller Wein und hausgemachter Pasta aus London anreiste, bemühte sich an der Theke von *The Swan* zaghaft um Integration und wurde dafür mit gespielt witziger Ablehnung gestraft.

Der andere Vorbehalt gegenüber den Windhorse-Bewohnern war wesentlich ernsterer Natur. *Sie gaben kein Geld aus.* Nicht ein einziges Mal hatte einer der Bewohner einen Fuß in *Bob's Emporium* oder gar ins Postamt gesetzt, geschweige denn in das hiesige Pub. Dieses Gebahren wurde murrend hingenommen in der Annahme, die Gemeinschaft sei durch die Bestellung der drei Morgen Land autark, aber als einer von ihnen beim Verlassen des Busses mit zwei *Sainsbury*-Tragetaschen gesichtet wurde, hatten die Dorfbewohner doch Anstoß genommen, woran sich bis heute nichts geändert hatte. So kam es, daß eine große Menschenmenge voller Erwartung und mit berechtigtem Ressentiment in den *Coroner's Court* strömte, um zu verfolgen, was für ein Drama sich auf Manor House abgespielt hatte und wie der Gerechtigkeit Genüge getan wurde.

Der Tote, der bei seinem Ableben dreiundfünfzig Jahre alt gewesen war, hieß James Carter. Die Untersuchung wurde mit der schriftlich festgehaltenen Aussage eines Sanitäters eröffnet, der nach einem Telefonnotruf auf Manor House eingetroffen war und den Leichnam von Mr. Carter neben einer Treppe auf dem Boden vorgefunden hatte.

»Ich habe den Verstorbenen kurz untersucht«, las der Gerichtsdiener vor, »und mich danach bei meiner Einsatzstelle zurückgemeldet, die einen Arzt geschickt und die Polizei verständigt hat.«

Doktor Lessiter machte als nächster seine Aussage. Er war ein aufgeblasener kleiner Mann, der sich einer ausschweifenden Wortwahl bediente und seine Zuhörer so schnell langweilte, daß sie ihre Aufmerksamkeit schon bald den anderen Mitgliedern der Wohngemeinschaft schenkten.

Der Gemeinschaft gehörten acht Mitglieder an, die – kurz gesagt – eine Enttäuschung waren. Mrs. Bulstrodes Schilderungen war es zuzuschreiben, daß die Menschen eine seltene und exotische Gruppe zu sehen erwartet hatten, die sich auf pikante Weise vom Rest der Bevölkerung abhob. Gut – ein Mädchen trug weitgeschnittene Mousselinhosen und hatte einen roten Punkt auf die Stirn gemalt, doch derlei Alltäglichkeiten bekam man jeden Tag in Slough oder Uxbridge zu sehen. Ziemlich angenervt widmeten sich die Leute wieder dem Doktor und schnappten gerade noch die äußerst befriedigenden Worte »starker Brandygeruch« auf.

Der Constable, der danach aussagte, bestätigte, den Sanitäter gefragt zu haben, ob es sich seiner Meinung nach möglicherweise nicht um einen Unfall gehandelt hatte, obgleich ihm selbst keine Anzeichen dafür aufgefallen waren. Schließlich trat der erste Augenzeuge von Windhorse in den Zeugenstand. Eine große, breite Frau, gehüllt in ein zweiteiliges Kleid aus farbenprächtiger Liberty-Seide, machte eine imposante Figur. Zuerst versicherte sie, daß sie in der Tat Miss May Cuttle sei, ehe sie ihr Treiben an besagtem Tag ausführlicher als unbedingt nötig schilderte. Und zwar mit wohlklingender und selbstsicherer Stimme, die einem Mitglied des hiesigen *Women's Institute* zur Zierde gereicht hätte.

Sie hatte einen Zahnarzttermin in Causton gehabt – »ein aufsässiger Backenzahn« – und kurz nach elf das Haus in Gesellschaft von drei Begleitern verlassen, die eine Mitfahrgelegenheit nach Spinnakers Wood brauchten, wo sie mit der Wünschelrute nach Tierfährten zu suchen beabsichtigten.

»Ich mußte in der Zahnarztpraxis warten. Wegen eines renitenten Kindes. Enten, Teddys, das Versprechen, später Eiscreme essen zu dürfen – nichts half. Habe ihn überredet, orange zu denken – im Handumdrehen wurde er ganz sanftmütig. Aber das Ergebnis dürfte ja niemanden wundern.«

»Backenzahn«, drängte der Gerichtsmediziner.

»Ach ja! Ziemlich angeschlagen ging ich zu *Hi-Notes,* um Noten zu kaufen. Boccherini, die G5-Sonate, und etwas von Offenbach. Meiner Meinung nach könnte man ihn durchaus als den Liszt des Cello bezeichnen, finden Sie nicht auch?« Sie strahlte den Gerichtsmediziner an, dessen Lesebrille vor Fassungslosigkeit wild auf der Nase herumtanzte. »Kaufte auch noch eine Gurke und ein Cremeschnittchen. Aß beides unten am Fluß, fuhr dann heim, wo ich um dreiviertel zwei eintraf, und fand den armen Jim. Den Rest haben Sie ja schon gehört.«

Die Frage, ob sie den Leichnam berührt habe, verneinte Miss Cuttle. »Ich erkannte sofort, daß er schon in die Astralebene übergewechselt hatte.«

»Siehe da«, sagte der Gerichtsmediziner, nahm einen Schluck Wasser und wünschte, ihm stünde etwas Stärkeres zur Verfügung.

Miss Cuttle führte aus, daß sich ihres Wissens niemand im Haus aufgehalten habe. Die anderen trafen – nacheinander – kurz vor dem Tee ein. Auf die Frage, ob ihr noch etwas anderes einfalle, was sich als hilfreich erweisen könnte, antwortete sie: »Eine Sache war komisch. Kurz nach meiner Heimkehr rief jemand an und fragte nach Jim. Sehr seltsam. Er hatte kaum Kontakt zur Außenwelt. War eigentlich ein sehr zurückgezogener Mensch.«

Mit Erlaubnis kehrte sie zu ihrem Platz zurück, ohne sich bewußt zu sein, daß die Gurke und die Tierfährten das exzellente Fundament das Vertrauens, welches auf Seide und ihrer wohlklingenden Stimme basierte, beinah wieder zerstört hatten.

Nach der Person, die James Carter zuerst tot aufgefunden hatte, betrat die Person den Zeugenstand, die ihn zuletzt lebend gesehen hatte. Ein kleiner Mann mit respekteinflößendem Bart (einem kleinen roten Spaten nicht unähnlich) stellte sich als Arno Gibbs vor und erläuterte, er habe das Haus gegen elf Uhr dreißig verlassen, um den Meister –

»Könnten Sie bitte den richtigen Namen verwenden«, unterbrach ihn der Gerichtsdiener.

»Entschuldigen Sie«, beeilte sich der bärtige Mann zu sagen. »Mr. Craigie und Mr. Riley – nach Causton zu fahren, im Lieferwagen. Als wir gingen, tränkte Jim gerade die Pflanzenkübel auf der Terrasse. Er schien guter Dinge zu sein. Sagte, er wolle ein paar Tomaten aus dem Gewächshaus holen und zum Mittagessen eine Suppe zubereiten. Er war an der Reihe gewesen, Calypso zu melken, und hatte deswegen, wie Sie wissen müssen, das Frühstück verpaßt.«

Den kurz aufflammenden Spekulationen über Calypso wurde schnell ein Ende bereitet.

Auf die Frage, wie es um die Trinkgewohnheiten des Toten bestellt gewesen sei, antwortete Mr. Gibbs, daß die Gemeinschaft sich der Abstinenz verschrieben hätte, einmal abgesehen von der Flasche Brandy, die für Notfälle im Medizinschränkchen aufbewahrt wurde. Jedenfalls hatte Mr. Carter nicht getrunken, als sie sich auf den Weg gemacht hatten.

Danach rief der Gerichtsmediziner Timothy Riley in den Zeugenstand, was den Gerichtsdiener veranlaßte, eilig an dessen Tisch zu treten und ihm leise etwas zuzuflüstern. Stirnrunzelnd nickte der Gerichtsmediziner, blätterte in seinen Unterlagen und rief Mr. Craigie auf.

Inzwischen stand die Luft im Raum. Gesichter waren schweißbedeckt, Hemden und Kleider dunkelgefleckt. Die Blätter des alten Deckenventilators wälzten knarzend heiße Luft um. Mehrere große Schmeißfliegen knallten gegen die Fenster. Der Mann, der nun vortrat, um seine Aussage zu machen, wirkte nicht erhitzt. Er trug einen blassen Seidenanzug. Sein Haar war schlohweiß (keine Spur grau oder gelb), wurde von einem Gummiband zusammengehalten und fiel als Roßschwanz auf den Rücken. Mrs. Budstrode äußerte nicht gerade leise die Meinung, daß weißes Haar sehr trügerisch sein konnte. Die Augen des Mannes waren in der Tat nicht rheumatisch, sondern von einem leuchtenden klaren Blau. Seine klare, blasse Haut wies fast keine Falten auf. Kaum hatte er zu sprechen begonnen, stieg das Maß der Aufmerksamkeit im Gerichtsraum. Seine sanfte Stimme hatte eine eigenartige, nahezu enthüllende Qualität, als würde er jeden Augenblick die großartigsten Neuigkeiten an jene weitergeben, die Ohren zum Hören hatten. Alle Anwesenden beugten sich vor, um ja keine Silbe zu verpassen. Man hätte meinen können, sie befürchteten, etwas Wertvolles zu verpassen.

Fatalerweise hatte er kaum Neues zu erzählen. Er schloß sich dem vorangegangenen Zeugen in seiner Meinung an, daß der Verstorbene sich wie gewöhnlich verhalten hätte – guter Dinge und positiv sei er am Morgen seines Todes gewesen. Er fügte noch hinzu, daß Mr. Carter ein Gründungsmitglied der Gemeinschaft gewesen sei, ein Mensch, den jeder gemocht hatte und der nun schmerzlich vermißt würde. Dann traten nacheinander die anderen Wohngemeinschaftsmitglieder hervor, bestätigten die eigene Abwesenheit und die der anderen, ehe der Gerichtsmediziner sich daranmachte, die Ergebnisse zusammenzufassen.

Die Jury, inzwischen eine dahinschmelzende Masse auf einer langen, harten Bank, bemühte sich, unbeteiligt, intelligent und einigermaßen wach zu erscheinen. Man sagte ihnen, in diesem Fall gebe es offenbar keinen Grund zur Annahme, daß der Tod kein Unfall gewesen sei. Alle Bewohner von Manor House hatten sich zum Zeitpunkt von Mr. Carters unglücklichem Tod erwiesenermaßen anderen Ortes aufgehalten. Der abgewetzte Läufer auf dem oberen Treppenabsatz in Kombination mit der kleinen Menge Alkohol, von einer Person auf leeren Magen konsumiert, die allem Anschein nach derlei Getränke nicht gewöhnt war, hatte zu dem tödlichen Sturz geführt. Der Gerichtsmediziner stellte heraus, wie sinnvoll die Verwendung eines Rutschschutzes war, daß Teppichläufer auf blankgescheuerten Bodendielen nichts zu suchen hatten und sprach den Freunden des Toten sein Mitgefühl aus. Am Ende wurde »Tod durch Unfall« verkündet.

Der Gerichtsmediziner erhob sich, der Ventilator gab ein letztes apathisches Stöhnen von sich, und eine tote Schmeißfliege landete auf dem Kopf des Gerichtsdieners. Die Windhorse-Gruppe blieb sitzen, während alle anderen zur Tür strömten. Die Enttäuschung unter den Zuhörern war überdeutlich spürbar. Ein Mord – so hatten die Dorfbewohner es wenigstens gesehen – war ihnen versprochen worden. Sie schauten sich nach jemandem um, dem sie die Schuld geben konnten, aber die Bulstrodes – ehrlose Propheten – hatten sich schon davongeschlichen. Mürrisch und enttäuscht trottete die

Menge die Treppe hinunter in Richtung Parkplatz oder *The Soft Shoe.*

Zwei hübsche junge Mädchen, deren lange Beine in Stonewashed-Shorts verschwanden, warteten, bis die Zeugen den Gerichtssaal verließen. Die eine blickte sich neugierig um, stieß ihrer Freundin den Ellbogen in die Seite und zeigte auf den schäbigen Morris-Kombi.

»Schau dir den an.«

»Wo?« Ein Mann mit sonnengebleichter Afrokrause drehte sich hektisch um.

»Bist du blind? Dort drüben, Schwachkopf. Das ist ihr Wagen.«

»Und?«

»Sieh doch...«

Atemlosigkeit. »Ange...«

»Gefällt er dir?«

»Machst du Witze?«

»Dann quatsch ihn an. Los, nur zu.«

»Kev würde mich umbringen.«

»Wenn du's nicht tust, mach ich es.«

»Das würdest du nicht tun.«

»Ich werde sagen, daß der Wagen nicht anspringt.«

»Wir haben keinen Wagen.«

Kichernd und sich gegenseitig stoßend, wagten sie sich einen Schritt vor, wichen zwei zurück und bauten sich schließlich vor dem Seitenfenster des Lieferwagens auf. Das Mädchen, das nicht Ange hieß, gab ihrer Freundin mit der Aufforderung »Los jetzt...« einen Schubs.

»Dann hör endlich auf zu lachen.«

Zögerndes Klopfen auf Glas. Ein Mann verdrehte den Kopf. Einen Augenblick starrten sich die drei reglos an, ehe die beiden Mädchen, schlagartig unterkühlt und mit schockierten Mienen, einen Schritt zurücktraten.

»Es tut mir ja so leid...«

»Entschuldigung.«

»Ich wollte nur...«

»Wir haben es nicht so gemeint.« Sich an den Händen haltend, rannten sie davon.

Weiter hinten im Gericht weinte die Trägerin der Mousselinhosen und wurde getröstet. Ihre Kameraden scharten sich um sie, schlossen sie in die Arme und klopften ihr auf die knochigen Schultern. Der Mann mit dem Spatenbart entfernte sich, kehrte einen Moment später zurück, um zu vermelden, daß alle anderen inzwischen fort waren und sie sich nun vielleicht ebenfalls auf den Heimweg machen konnten.

Mit dieser Einschätzung lag er nicht ganz richtig. Als die kleine Gruppe bekümmert durch die offenstehenden Türen ging, erhob sich ein junger Mann auf der Galerie. Völlig reglos stierte er auf den verwaisten Stuhl des Gerichtsmediziners, zog eine Weile später ein Blatt Papier aus der Tasche seiner Jeans und überflog es – so hatte es zumindest den Anschein – immer wieder. Am Ende steckte er das Blatt in seine Tasche zurück und stützte sich schwer gebeutelt auf dem Galeriegeländer ab. Dergestalt harrte er einige Minuten lang aus, ehe er eine spitz zulaufende Kappe auf sein blondes Haar setzte und sich umdrehte, um das Gericht zu verlassen. Was allerdings nicht hieß, daß er sich nun schon besser fühlte. Ganz im Gegenteil. Mit zu Fäusten geballten Händen lief er die Treppe hinunter. Sein Gesicht war weiß vor Zorn.

Fünf Tage später wurde Jim Carters Asche um den Stamm einer hohen Zeder verteilt, unter der er früher so gern gesessen hatte. Im Gebet wurde seine Wiedergeburt als Chohan des Ersten Stahls beschworen. Jemand hielt einen Holzrahmen mit kleinen Glocken und Glasperlensträngen, die in der Sonne glitzerten. Leiser Gesang ertönte. Hinterher tranken alle Zitronentee und aßen ein Stück von Miss Cuttles glasiertem Karottenkuchen, ehe sich jeder wieder seinen Aufgaben widmete.

Zwei Todesfälle

1

Das Frühstück neigte sich dem Ende zu. Der Meister, der bei Sonnenaufgang aufstand, um zu meditieren und zu beten, war bei dieser Mahlzeit nie anwesend, sondern nahm später, nach der Reinigung und Energieaufladung seiner Chakras, im Solar einen Kräutertee und ein Kümmelbrötchen zu sich. Obwohl er von den anderen geliebt wurde und sie ihm ab und an sogar tiefe Verehrung entgegenbrachten (er wäre allerdings der erste gewesen, der solch überschwenglichen Unsinn getadelt hätte), sorgte seine Abwesenheit zweifelsohne dafür, daß sich die Anspannung der anderen ein Stück weit legte. Die kleine Gruppe an dem langen Refektoriumstisch war gerade im Begriff, sich der Ausgelassenheit hinzugeben.

»Und was habt ihr beide heute nachmittag vor, Heather?« erkundigte sich Arno und wischte mit einer handgewebten Serviette einen Spritzer Joghurt aus seinem Bart. Mit seiner Frage bezog er sich auf die einzig freien Stunden am Tag, die ihnen zwischen ihren Aufgaben und Verpflichtungen blieben.

»Wir gehen hoch zu Morrigan's Ridge.« Trotz ihrer langen grauen Haare sprach Heather Beavers wie ein atemloses kleines Mädchen. »Dort gibt es einen Monolithen mit den erstaunlichsten Schwingungen. Hoffentlich gelingt es uns, die kosmische Energie freizusetzen.«

»Seid vorsichtig«, riet Arno. »Und nehmt auf alle Fälle ein Amulett mit.«

»Gewiß doch.« Heather und Ken berührten sofort die Eisenkieskristalle, die, an einem Lederband befestigt, wie ein drittes Auge auf ihrer Stirn ruhten.

»Als wir letztes Mal Energie freigesetzt haben, gab sich Hilarion zu erkennen. Mit absolut unglaublicher, energiegeladener Information. Er hat sich einfach… entfaltet. Nicht wahr, Ken?«

»Mmm.« Ken sprach undeutlich, da er sich gerade einen Löffel mit Kleie und Hagebuttenkompott in den Mund geschoben hatte. »Hat unsere nächsten tausend Leben beschrieben und die intergalaktischen Kriegspläne des Mars kruz umrissen. Um die Jahrtausendwende dürfte es ziemlich hart zugehen.«

»Und du, Janet. Was für Pläne hast du?«

»Da heute so ein wunderschöner Tag ist, dachte ich, ich werde mit dem Bus nach Causton fahren. May benötigt ein paar Sticknadeln. Vielleicht möchtest du mich ja begleiten, Trixie?« Ihr Blick wanderte zu der neben Arno sitzenden jungen Frau, die nicht antwortete. Janet plapperte weiter: »Wir könnten hinterher in den Park gehen und Eis essen.«

Ihr schmales knochiges Gesicht wirkte ausgemergelt und hungrig. Entweder ganz ausdruckslos oder voller widerstreitender Gefühle, schien dieses Antlitz unfähig zu sein, so etwas wie Zweideutigkeit widerspiegeln zu können. Janet hatte blasse, helle Augen mit farblosen Pupillen und das störrisch-drahtige Haar eines irischen Wolfshundes. Ihr starkes Verlangen zwang Arno, den Blick zu senken. Weil er selbst Miss Cuttles imposanter Oberweite und liquidem Blick zutiefst ergeben war, fiel ihm diese Form der Zuneigung bei anderen sofort auf, und die arme Janet war ein Paradebeispiel für sklavische Abhängigkeit in ihrer schlimmsten Ausprägung.

Da Janet keine Antwort erhielt, stand sie auf und begann die bauchigen, mit Farbschlieren dekorierten Müslischalen wegzuräumen. Sie waren das klägliche Ergebnis ihres Töpferkurses, den sie kurz nach ihrem Eintritt in die Kommune belegt hatte, um sich nützlich zu machen. Sie verabscheute diese unförmigen Dinger aus tiefstem Herzen und ging stets bewußt unvorsichtig mit ihnen um, in der Hoffnung, daß eine zerbrach, aber die Schalen stellten sich als unzerstörbar heraus. Sogar Christopher, der immer ruckzuck einen von Mays Gänseblümchenkränzen kaputtkriegte, richtete beim Abwasch keinen Schaden an.

»Da heute Suhamis Geburtstag ist, hast du bestimmt noch eine Überraschung parat.« Arno lächelte dem ihm gegenübersitzenden Mann verschmitzt zu. Alle Kommunenmitglieder wußten, wie es um dessen Gefühle bestellt war.

»Nun...« Augenscheinlich fühlte sich der ansonsten liebenswerte und offene Christopher unwohl in seiner Haut. »Anscheinend ist schon eine ganze Menge vorbereitet worden.«

»Du wirst sie sicherlich ausführen wollen? Und vielleicht eine Bootsfahrt auf dem Fluß mit ihr machen?«

Christopher antwortete nicht, was Janet zum Lachen veranlaßte. Sie stieß einen gepreßten, rauhen Laut aus, in dem eine Spur Boshaftigkeit mitschwang, und drehte mit ihren knochigen Fingern Brotkrumen zu kleinen Kügelchen. In ihrer Kindheit hatte man ihr des öfteren versichert, sie habe die Hände einer Pianistin, doch ihr hatte nie etwas daran gelegen, diese Mutmaßung auf ihren Wahrheitsgehalt hin zu überprüfen.

»Dann glaubst du also nicht an Romantik, Jan?« Trixie lachte fröhlich und schüttelte ihre blonden Locken. Glänzende pinkfarbene Lippen und dichte lange Wimpern verliehen ihr das Aussehen einer teuren Porzellanpuppe.

Janet erhob sich und kehrte ein paar Müslikrümel zum Tischrand, dessen beide Tischplattenhälften sich im Lauf der Jahre aufgeworfen hatten und nicht mehr richtig zueinander paßten. Ein paar Nüsse verschwanden in der Ritze und fielen auf den Holzboden. Sie entschied, den Tolpatsch zu spielen (ein Ausdruck, mit dem in der Gemeinschaft ein Verhalten beschrieben wurde, welches den Frieden störte) und die Krümel nicht aufzuheben. Trixie kippelte auf ihrem Stuhl nach hinten, blickte skeptisch zu Boden und gab mit geschürzten Lippen einen mißbilligenden Ton von sich.

Janet brachte die Schalen weg, kehrte mit einer Kehrschaufel und einem Handfeger zurück und kroch unter den Tisch. Ihre Knie schmerzten auf den blanken Holzbohlen. Zehn Füße. Männlich: zwei Socken aus Chemiefasern – vom vielen Waschen mit Knötchen überzogen, verströmten sie den schwachen Duft von Kampferöl – zwei weiße Baumwollsocken, zwei beigefarbene aus Frottee und sechs grobschlächtige Sandalen. Weiblich: purpurne, geschürzte Fellstiefeletten, mit kabbalistischen Stickmustern verziert. Mickymaus-Turnschuhe über kurzen Socken, die die hübschen und zarten Fesseln kaum bedeckten. Bis unters Knie hochgekrempelte Jeans und vor kurzem rasierte Beine, auf denen blonde Haarstoppeln wie Golddraht glitzerten.

Mit pochendem Herzen betrachtete Janet diese Beine und wandte dann schnell den Blick von den blauweißen Gliedmaßen und delikaten Knochen ab. So zerbrechlich wie der Brustkorb eines Vögelchens. Der Feger rutschte ihr aus der verschwitzten Hand. Sie streckte die Hand aus, berührte flüchtig die nahezu transparente Haut, ehe sie die Mickymaus-Schuhe beiseite schob.

»Hebt alle die Füße.« Ihre Stimme klang mürrisch, obwohl sie versuchte, ganz beiläufig zu klingen.

»Und du, Arno?« fragte Christopher.

»Ich werde mit Tim weiterarbeiten«, erwiderte Arno, stand auf und sammelte die rechteckigen Salzfäßchen aus Stein und die Hornlöffel ein. »Wir sind gerade dabei, ein neues Strohdach für den Bienenstock anzufertigen.« Jedes Mitglied der Gemeinschaft verfügte über handwerkliche Fähigkeiten.

»Ihr macht euch solche Mühe«, meinte Heather. Die Worte klangen wie schrille kleine Pfiffe. Eine Stimme wie eine Sammlung Orgelpfeifen.

»Ach ja… weißt du…« Arno reagierte beschämt.

»Gestern abend haben wir für ihn eine Astro-Zeremonie abgehalten, nicht wahr, Heather?« sagte Ken.

»Mmm. Wir hielten ihn eine ganze Ewigkeit im Licht.«

»Hinterher überantworteten wir das aurische Zentrum seines Wesens Lady Portia – der blaßgoldenen Meisterin der Klarheit.«

Sie waren so unerschütterlich positiv. Arno bedankte sich bei ihnen, da ihm keine passendere Erwiderung einfiel. Weder die Beavers mit ihrem strahlenden Optimismus noch Lady

Portia konnten Tim helfen. Und das war auch gar nicht nötig. Man konnte ihm Liebe entgegenbringen, das genügte. Selbstverständlich war das schon eine ganze Menge, aber es reichte leider nicht, ihn aus der Welt der Schatten zu führen.

Dies genauer auszuführen war – wie Arno sehr wohl wußte – sinnlos. Und es wäre auch unfreundlich, denn Ken und Heather hatten positives Denken zu einer absoluten Kunstform entwickelt. Niederträchtige, dunkle Gedanken waren ihnen fremd. Falls jemand etwas in der Art äußerte, wurde es blitzschnell unter den Teppich gekehrt. Ihre Weigerung, die grauen, vielleicht gar dunklen Seiten des Lebens zu erkennen, führte bei ihnen zu einer fast unerträglichen Selbstgefälligkeit. Ein Problem war noch nicht mal richtig formuliert, schon wurde die passende Antwort geliefert. Postulierung. Vereinfachung. Lösung. Und jede Stufe war eingebettet in Anteilnahme, Warmherzigkeit, Großmut, so einfach war das.

Trixie schob ihren Stuhl zurück und sagte: »Ich bin heilfroh, daß ich heute keinen Küchendienst habe. Statt dessen kann ich mir einen netten Longdring im *Black Horse* genehmigen. Ich bin sicher, wir alle werden einen brauchen.«

Ken und Heather belächelten diesen spitzbübischen Spleen nachsichtig. Keiner von ihnen war jemals im Dorfpub gewesen. Janet kroch unter dem Tisch hervor, stand auf und massierte ihre Knie.

»Was meinst du damit?« fragte Arno. »Was soll das heißen, daß wir alle einen brauchen werden?«

»Mr. Gamelin. Erzähl mir ja nicht, daß du seinen Besuch vergessen hast.«

»Gewiß nicht.« Arno griff nach der Plastikabwaschschüssel, aus der sich alle ihr Müsli geschöpft hatten. Eine der Kommunenregeln lautete: »Verlaß den Tisch nie mit leeren Händen«, und auch wenn das hin und wieder zur Folge hatte, daß etwas verschwand, ehe jemand die Chance hatte, es in die Hand zu nehmen oder sich zu bedienen, funktionierte diese Regel im großen und ganzen sehr gut. »Wirst du dein Quarksoufflé machen, Heather?«

»Ich hielt das für keine so gute Idee. Immerhin ist es möglich, daß er zu spät kommt. Ihr wißt ja, wie Tycoons sind.« Sie sprach mit nachsichtiger Autorität, als sei sie gerade eben von der Börse heimgekehrt.

»Wir dachten an eine Lasagne mit drei unterschiedlichen Bohnensorten«, verriet Ken und strich über seinen Partisanenschnurrbart.

»Die ist wirklich außerordentlich sättigend.«

»Und verbrauchen den Quark mit gedämpften Birnen. Sollte der nicht reichen, rühren wir noch ein paar Löffel von Calypsos Joghurt darunter.«

»Ausgezeichnet.« Arno strahlte übers ganze Gesicht, als meinte er, was er sagte, und dachte insgeheim an den Geburtstagskuchen, den es außerdem noch geben sollte.

»Ich könnte wetten, er schenkt ihr etwas ganz Besonderes zum Geburtstag«, meinte Trixie.

»Auf was diese rücksichtslosen Tycoons wirklich stehen«, behauptete Janet, »ist, über ein großes, blutiges Steak herzufallen.«

»Da hast du dir ja einen Schwiegervater ausgesucht, Christopher.« Ken und sein Kristall funkelten über den Tisch.

»Nun, hier wird er jedenfalls kein Steak serviert bekommen.« Heather erschauderte. »Und woher willst du überhaupt wissen, daß er rücksichtslos ist, Jan?« Janet haßte es, Jan genannt zu werden. Nur Trixie durfte das.

»Ich habe ihn vor Jahren mal im Fernsehen gesehen. In einer dieser Diskussionen. Falls ich mich recht entsinne, in einer Sendung zum Thema Geld. Innerhalb der ersten fünf Minuten hat er alle fertiggemacht.«

»Aber, aber«, rief Arno zur Mäßigung. Die Sendung hatte er nicht gesehen. Um negative Schwingungen zu vermeiden, gab es in Manor House keinen Fernsehapparat.

Janet erinnerte sich ganz genau. An jene korpulente, mächtige Gestalt, die sich aufführte, als wollte sie den Bildschirm zum Bersten bringen. An diesen Mann, der vor Aggressivität nur so gestrotzt hatte. War mit leicht nach vorn geneigtem

Kopf dagesessen, reglos wie ein Bulle, der jede Minute zum Angriff bläst. »Ich wünschte, er käme nicht.«

»Bleib gelassen.« Ken bewegte seine Hände hoch und runter, *diminuendo.* »Vergiß nicht, er ist allein, und wir sind zu zehnt. Doch damit nicht genug, wir stehen im Licht des göttlichen Ozeans des Bewußtseins. Und begreifen, daß so etwas wie Zorn nicht existiert.«

»Er wäre nie und nimmer eingeladen worden, müßt ihr wissen«, verriet Arno, da Janet immer noch besorgt dreinblickte, »wenn der Meister es nicht für klug gehalten hätte.«

»Der Meister ist sehr weltfremd.«

»Gamelin weiß nicht, in was für eine diffizile Situation er sich begibt«, meinte Ken kichernd. »Wird ihm eine erstklassige Möglichkeit bieten, sein Karma zu ändern. Sollte er nur zur Hälfte so sein, wie du ihn beschreibst, Janet, wird er die Gelegenheit beim Schopf packen.«

»Was ich nicht kapiere«, sagte Trixie, »ist, wieso Suhami uns erst neulich gestanden hat, wer sie in Wahrheit ist.«

»Kannst du das nicht verstehen?« Janet brach erneut in unamüsiertes Gelächter aus. »Ich schon.«

»Ist nur gut«, fuhr Trixie fort, »daß Chris sich ihr schon erklärt hat, sonst würde sie vielleicht denken, er sei nur hinter ihrem Geld her.«

Auf diese verwegene Spekulation hin stellte sich urplötzlich Schweigen ein, das Christopher brach, indem er Messer und Gabel einsammelte, schmallippig »Entschuldigung« murmelte und den Raum verließ.

»Ehrlich, Trixie...«

»Das war doch nur ein Scherz. Ich weiß nicht...« Ohne auch nur einen Eierlöffel in die Hand zu nehmen, stürmte sie davon. »Hier hat keiner eine Spur von Humor.«

Da stand Ken auf. Er hatte »ein Bein«, das ihn davon abhielt, all die Tätigkeiten im Haus und Garten zu verrichten, die er liebend gern übernommen hätte. An manchen Tagen (vor allem, wenn Regen angekündigt wurde) war es besonders schlimm. Heute morgen hinkte er nur leicht. Er nahm das

Brotschneidebrett hoch und sagte: »Kein Frieden für die Bösewichter.«

»Die wüßten gar nicht, was sie anfangen sollten, wenn sie Frieden fänden«, lautete Janets Kommentar, was Heather veranlaßte, ihre geduldige Griselda-Miene aufzusetzen.

Janet war Heathers Kreuz und gleichzeitig ihre große Herausforderung. Sie war so intellektuell, benutzte permanent ihre linke Hirnhälfte. Anfangs war es Heather schwergefallen, damit umzugehen. Bis ihr eines Tages Kens geistlicher Führer Hilarion auf Anrufen hin erläutert hatte, daß Janet die physische Verkörperung von Heathers eigener Animosität sei. Wie dankbar war Heather gewesen, dies zu erfahren! Die Erklärung machte nicht nur Sinn, sondern löste zudem ein noch tieferes Gefühl teilnahmsvoller Hingabe aus. Jetzt sagte sie in einem Ton übertriebener Ruhe: »Ich denke, wir machen uns besser an die Arbeit.«

Arno, nun allein mit Janet, betrachtete sie besorgt. Er befürchtete, eine Teilschuld zu tragen an der Blässe ihres Gesichtes und an der Verkrampftheit ihrer Arme und Hände, mit denen sie die Kehrschaufel umklammert hielt. Und er wünschte, das Richtige zu tun. In der Lodge wurde von allen Kommunenmitgliedern erwartet, den anderen Mitbewohnern zu jeder Tages- und Nachtzeit mit Rat zur Seite zu stehen. Arno, von Natur aus sehr wählerisch, was die Offenbarung seiner eigenen Gefühle anbelangte, war stets bestrebt, sich offen und aufgeschlossen zu geben, sollte man ihn brauchen. In diesem Augenblick lag allerdings etwas in der Luft, was ihn zutiefst verunsicherte und er nicht verstand. Nichtsdestotrotz...

»Machst du dir wegen irgend etwas Sorgen, Janet? Gibt es was, das du mit mir teilen möchtest?«

»Was willst du damit sagen?« Sofort war sie in der Defensive, als setze er sie unter Druck. »Da ist nichts. Überhaupt nichts.« Das Wort »teilen« irritierte sie, weil es ganz selbstverständlich die Bereitschaft implizierte, sich zu offenbaren.

»Entschuldigung.« Mitnichten gekränkt trat Arno den

Rückzug an. Sein sommersprossiges Anlitz verriet, wie erleichtert er war, daß Janet sein Angebot ausgeschlagen hatte.

»Wenn man nicht den ganzen Tag vor sich hin lächelt, vermutet gleich jeder, man habe ein Problem.«

»Es war gut gemeint …«

Janet ließ ihn einfach stehen. Ihre quadratischen Schulterblätter waren steif vor Irritation. Arno folgte ihr gemächlich in die weitläufige Eingangshalle, die leer zu sein schien. Er blickte sich um. »Tim …?« Einen Moment später rief er noch mal, ohne eine Antwort zu erhalten. Seit einiger Zeit zog der Junge sich so tief in sich zurück, daß kein Durchdringen zu ihm möglich war. In der Annahme, daß Tim sich versteckte und allein sein wollte, machte Arno keine Anstalten, ihn zu suchen. Wenn der Meister nach seiner Andacht erschien, würde auch Tim auf der Bildfläche auftauchen – und seinem über alles geliebten Wohltäter wie ein Schatten auf Schritt und Tritt folgen und sich wie ein treuer Hund neben seinen Füßen hinkauern, wenn er stehenblieb.

Daher verschob Arno die Fertigstellung des Bienenstockdaches auf einen anderen Tag, ging den langen Flur hinunter, an dessen Ende Gummistiefel, Galoschen und Regenschirme aufbewahrt wurden, suchte seine alte Jacke und seinen Panamahut heraus und machte sich auf den Weg in den Garten, wo er sich nützlich zu machen gedachte.

Nachdem die anderen weggegangen waren und sich Stille im Haupthaus breitmachte, tauchte Tim auf und schlich sich vorsichtig ins Foyer.

Hier, mitten in der Decke, war ein wunderschönes, achteckiges Oberlicht aus Buntglas eingelassen, das – ins Dach integriert – in den Himmel zu reichen schien. An sonnigen Tagen fielen Strahlen bunten Lichtes durchs Glas und malten ein Muster aus dunklem Rosa, Bernstein, kräftigem Maulbeerblau, Indigo und sanftem Grasgrün auf den Holzboden. Entsprechend dem Lichteinfall waren die Farben blasser oder kräftiger und vermittelten die Illusion eines Eigenlebens, das beständig im Fluß war. Dieser stille und vom Licht verzauberte Bereich übte große Faszination auf Tim aus. Er hatte die Angewohnheit, sich mitten ins farbige Licht zu stellen, sich langsam zu drehen und sich über die kaleidoskopischen Muster zu freuen, die über seine Haut und Kleidung wanderten. Jetzt stand er reglos unter den im gedämpften Licht umherschwirrenden Staubkörnchen. Für ihn waren sie eine Wolke winziger Insekten, harmlose kleine Wesen mit glitzernden Flügeln.

Manchmal träumte er von dem Oberlicht. In diesen Träumen war er immer in Bewegung, trieb ab und zu nach oben, teilte das einfallende, strahlend helle Licht mit dünnen Fingern, schob es hinter sich und stieg höher. Und er flog sehr oft. Wann immer er flog, schwerelos in einer schwerelosen Welt, drehte sich sein Körper, bewegte sich auf und ab, beschrieb Kreise unterm Regenbogen. Einmal hatte ihn eine Schar heller Vögel mit gutmütigen Augen und weichen, kaum bedrohlichen Schnäbeln begleitet. Manchmal, wenn er aus solch einem Oberlichttraum erwachte, überkam ihn ein starkes Gefühl von Trauer und Verlust. Dann sprang er aus dem Bett und flitzte zum Geländer, um sich zu versichern, daß es noch da war.

Nachdem Tim nach Manor House gebracht worden und er nicht davon zu überzeugen gewesen war, etwas zu sich zu nehmen, hatte der Meister, dem die beruhigende Wirkung der tanzenden Farben nicht entgangen war, zwei Kissen auf dem Hallenboden auslegen lassen. Zusammen mit dem Jungen hatte er sich auf die Kissen gesetzt und ihn wie ein kleines Kind gefüttert, ein Löffel nach dem anderen, »einen für dich, einen für mich«. An dieser Prozedur hatte er zwei Wochen lang festgehalten. Inzwischen ging es Tim natürlich wesentlich besser. Er aß mit allen anderen am Tisch, erfüllte seine Rolle in der Kommune, soweit es ihm möglich war, und kämpfte damit, die ihm übertragenen einfachen Aufgaben zu bewältigen.

Seine Angst legte sich hingegen nie. Und wenn – wie in diesem Moment – auf der Empore eine Tür geöffnet wurde und es sich nur um Trixie handelte, die ins Badezimmer ging, setzte

Tim schnell wie der Wind zur Flucht an und versteckte sich in einer dunklen Ecke.

Der Meister saß im Solar und hielt eine Schale mit frischem Minze- und Zitronentee in der Hand. Suhami, die ihn zu einer Unterredung gedrängt hatte, schien jetzt, da sie ihm gegenübersaß, keine Eile mehr zu verspüren. Diese Wirkung hatte die Anwesenheit des Meisters des öfteren auf seine Mitmenschen. Welch körperliches oder seelisches Leiden sie auch veranlassen mochte, seinen Rat zu suchen, kaum befanden sie sich in seiner Gegenwart, schien ihr Anliegen an Bedeutung zu verlieren.

Und schließlich, dachte Suhami, während sie sich mit geradem Rücken unglaublich elegant auf dem Kissen niederließ, war es mittlerweile zu spät für Worte. Der Schaden war längst angerichtet. Sie studierte ihren Lehrer. Seine feingliedrigen Hände, seine angenehmen Züge und mageren Schultern. Es war unmöglich, ihm böse zu sein, dumm, von ihm zu erwarten, daß er verstand. Er war so harmlos, seine Anteilnahme ganz und gar spiritueller Natur. Er hatte sich (wie Janet es einmal formuliert hatte) in das Ideal der Reinheit verliebt und sah deshalb überall nur Gutes. Als Suhami an ihren Vater dachte, der sich demnächst in seiner schrecklichen Wildheit auf den Weg machen würde, wallte ihre Verzweiflung wieder auf.

Guy Gamelin war ungefähr so spirituell wie ein angreifendes Rhinozeros und hatte im Lauf seines Lebens ein vergleichbares Chaos hinterlassen. Der Meister konnte sich eine derart impulsive Person, einen Mann, von Gier zerfressen, der – wenn man sich ihm entgegenstellte – einen in Angst und Schrecken versetzte, garantiert nicht vorstellen, denn der Meister war der festen Überzeugung, daß in jedem Menschen etwas von Gott war und daß man nur Geduld und Liebe aufbringen mußte, um dies zutage zu fördern.

»Ich hätte diesen Besuch nicht vorgeschlagen«, (sie war es gewohnt, daß der Meister ihre Gedanken las), »wenn ich den Zeitpunkt nicht für richtig gehalten hätte.« Da Suhami beharrlich schwieg, fuhr er fort: »Es ist an der Zeit zu genesen, Kind. Laß all diese Bitterkeit fahren. Sie wird dir nur schaden.«

»Das versuche ich.« Wie schon ein dutzendmal in der vergangenen Woche sagte sie: »Ich begreife nur nicht, wieso er hierherkommen muß. Und ich werde meine Meinung in bezug auf das Geld nicht ändern, falls es das ist, was er will.«

»Oh, laß uns nicht noch mal damit anfangen.« Er lächelte. »Ich erkenne eine Sackgasse, wenn ich sie sehe.«

»Falls Sie es nicht annehmen, wird es an die Wohlfahrt gehen.« Schnell setzte sie nach: »Sie wissen nicht, was Geld bei Menschen bewirkt, Meister. Sie sehen einen an, denken anders über einen. Schon –« Ihre Miene veränderte sich, wirkte plötzlich sorgenvoll. Weich und verdunkelt. Ihr Mund zitterte.

»Schon?«

»Sie... haben es niemandem erzählt? Von dem Treuhandvermögen?«

»Selbstverständlich nicht, zumal es ja dein Wunsch gewesen ist. Aber meinst du nicht, daß deine Eltern –«

»Meine Mutter kommt nicht. Er hat geschrieben, daß sie krank ist.«

»Das könnte wahr sein.«

»Nein.« Entschlossen schüttelte sie den Kopf. »Sie hatte keine Lust zu kommen. Hatte nicht mal den Anstand, so zu tun als ob.«

»Ein Besuch auf dieser Grundlage dürfte sinnlos sein. Sei tapfer, Suhami – greif nicht nach vorschnellen Lösungen. Und verlange auch nicht, daß andere dich trösten und stärken. Das ist weder dir noch den anderen gegenüber fair. Alles, was du brauchst, ist hier...« Er legte die Finger auf sein Herz. »Wie oft muß ich das noch betonen?«

»Für Sie ist das einfach.«

»Einfach ist es nie.«

Damit hatte er recht. Nur ein einziges Mal hatte sie während der Meditation annähernd verstanden, was »alles, was du brauchst« wirklich bedeutete. Nach einer guten Stunde Stillsitzen hatte sie eine tiefe, intensive Stille erfahren, gefolgt von einer außerordentlichen Bündelung von Spannung, die ihr wie ein starker energetischer Impuls vorgekommen war. Darauf war ein Augenblick erleuchteter Stille von einer solchen Vollendung gefolgt, daß sie den Eindruck gehabt hatte, all ihr Menschsein, all das Durcheinander aus Schmerz und Hoffnung und Verlust, alles, was ihre Person ausmachte, falle von ihr ab – würde verschlungen von einem inneren Licht. Ein Augenblinzeln, und verschwunden war dieses Gefühl. Ihr Erlebnis hatte sie nur dem Meister gegenüber erwähnt, der sie schlicht davor gewarnt hatte, sich in Zukunft krampfhaft um derlei Erlebnisse zu bemühen. Selbstverständlich war sie nicht in der Lage gewesen, dem einen oder anderen Versuch zu widerstehen, doch diesen bestimmten Zustand hatte sie nie wieder erlangt.

Vor einem Jahr hatte sie nicht mal gewußt, daß er lebte. Noch heute erinnerte sie sich mit Schrecken daran, wie zufällig ihre Begegnung gewesen war. Wäre sie nach links statt nach rechts abgebogen...

In Begleitung eines halben Dutzend Freunde war sie in einer Weinbar unweit des Red Lion Square gewesen. Während der Happy Hour – jener frühabendlichen Unterbrechung, in der die Einsamen, Entfremdeten und Enterbten sich mit Hilfe von Alkohol zum halben Preis in die Vergessenheit katapultieren können. Sturzbetrunken hatten sie ihre Brotstengel in einen Auberginendip getunkt und waren schließlich zum Gehen genötigt geworden. Sie hatten sich geweigert, woraufhin ihnen – auch nichts Neues – mit der Polizei gedroht worden war. Untergehakt und mit lautstarkem Gebrüll waren sie losgezogen und hatten ihre Mitmenschen in der Theobald Road vom Bürgersteig vertrieben.

Es war Perry gewesen, dem das an einen schäbigen Türeingang geheftete Poster aufgefallen war. Die Worte LIEBE, LICHT & FRIEDEN standen über dem großen Foto eines Mannes mittleren Alters mit langem weißem Haar. Völlig grundlos kam ihnen dieses Plakat ungeheuer komisch vor. Johlend und verächtlich lachend stürmten sie die ausgetretenen, verfleckten Stufen hoch durch eine Schwingtür.

Sie kamen in einen kleinen, schwach besuchten Raum, vor dessen Rückwand ein Podest aufgestellt war. Das Publikum bestand hauptsächlich aus älteren Frauen. Ein paar ernst dreinblickende Männer mit Rucksäcken oder Einkaufstaschen waren ebenfalls zugegen. Einer trug eine mit durchsichtiger Plastikfolie überzogene Kappe. Wiederholt schürzte er besonnen die Lippen und schüttelte dabei den Kopf, als müßte er den anderen Zuhörern klarmachen, daß er nicht so leicht zu beeindrucken war. Angesichts der Störung drehten die anderen Gäste den Kopf, formulierten leise ihr Unbehagen und bissen die Zähne zusammen.

Die Neuankömmlinge warfen sich auf die aufgereihten Klappstühle und legten die Füße hoch. Fünf Minuten verhielten sie sich unglaublich ruhig, bis Perry zuerst warnend die Augen verdrehte und dann laut losprustete. Die anderen schrien und kicherten und stopften sich wie unerzogene Kinder die Fäuste in den Mund. Als Antwort auf die zurechtweisenden Blicke der anderen Zuhörer schnitten sie Fratzen, und Perry rief: »Er ist es gewesen, der da, mit der Mütze in der Plastiktüte.«

Zehn Minuten später standen sie tödlich gelangweilt auf, machten sich über den Mann auf dem Podest lustig und stießen auf dem Weg nach draußen Stühle um. Vor der Schwingtür drehte sich eine von ihnen – Sylvie – um und warf einen Blick nach hinten. Nur einen halben Schritt vom Chaos entfernt (so deutete sie es später), veranlaßte sie irgend etwas zu dieser Bewegung. Sie machte kehrt und nahm leise auf einem Holzstuhl Platz, ohne auf das ungehobelte Gebrüll von der Treppe zu achten.

Die Rede, warmherzig und lindernd wie Honig, beeindruckte sie tief. Hinterher wunderte sie sich, daß sie sich kaum an jenen Abend erinnern konnte, der ihr Leben so nachhaltig verändert hatte. Der einzige Satz, an den sie sich entsinnen konnte, lautete: »Wir alle stehen in unserem eigenen Licht.« Ohne damals eine Ahnung davon gehabt zu haben, was die Worte wirklich bedeuteten, waren sie ihr an jenem Abend (und das war auch heute noch der Fall) unglaublich profund und tröstend vorgekommen. Noch im Verlauf jener ersten Momente war sie sich über ihr Bedürfnis im klaren gewesen, diesen Schritt aus ihrem alten zweifelhaften Selbst zu wagen. Sich zu öffnen und das Gespenst einer lieblosen, schrecklichen Vergangenheit abzuschütteln. Jene haßerfüllten, volltrunkenen Tage und liebeshungrigen Nächte.

Nach dem Vortrag zog der Sprecher einen Mantel über sein langes blaues Gewand. Ein kleiner bärtiger Mann war ihm dabei behilflich. Danach trank er einen Schluck Wasser und ließ im Stehen seinen Blick über die leeren Stuhlreihen schweifen, bis er bei dem Mädchen hängenblieb. Er lächelte, woraufhin sie sich erhob, auf ihn zuging und sich dem Sog purer, uneigennütziger Güte ausgesetzt fühlte (was sie damals garantiert nicht so beschrieben hätte). In dieser zierlichen Gestalt meinte sie eine grenzenlose Sorge um ihr eigenes Wohlergehen zu spüren. Diese für sie absolut neue Situation bereitete ihr unerträgliche Schmerzen, und sie weinte.

Der Meister beobachtete sie beim Näherkommen. Er sah ein großes, dünnes Mädchen in einem anzüglichen Outfit. Die silbrigglänzende Andeutung von einem Rock, ein knapp geschnittenes Oberteil. Die gebleichten Haare trug sie wild nach oben gekämmt, die Augen waren mit Kajal verschmiert, die Lippen knallrot ausgemalt. Sie roch nach Gin, einem aufdringlichen Parfum und bitteren Träumen. Je näher sie kam, desto lauter wurde ihr Schluchzen, und als sie das Podest erreichte, schrie sie und machte ihrer Trauer unverhüllt Luft. »Ahhh... ahhh.« Sich auf hohen Pfennigabsätzen wiegend, und mit über den kaum bekleideten Brüsten verschränkten Armen stand sie da und heulte.

All das lag so lange zurück, daß es ihr schwerfiel, sich an die Intensität ihrer damaligen Verzweiflung zu erinnern. Sie streckte die Hand nach dem Glas ihres Gegenübers aus.

»Möchten Sie noch etwas Tee, Meister?«

»Nein. Vielen Dank.«

Zwischen seinen Augenbrauen war eine tiefe Falte zu erkennen. Er sah müde aus. Schlimmer noch – Suhami bemerkte die faltige Haut unter seinen Augen –, er sah alt aus. Der Gedanke, die Zeit könne ihm etwas anhaben, war ihr unerträglich. Denn war er nicht die Quelle aller Weisheit, der nie versiegende, segensreiche Brunnen? Er war hier, um sie zu lieben und zu schützen. Falls ihm etwas zustieß…

Auf dem Weg zur Tür dämmerte es Suhami, daß das Wissen um die Sterblichkeit eines anderen und diese Sterblichkeit tatsächlich zu verstehen zwei völlig unterschiedliche Dinge waren. Tief in ihrem Innern war sie davon überzeugt gewesen, daß er immer für sie alle dasein würde. Sie mußte an Tim denken. Was würde er ohne seinen geliebten Beschützer und Kameraden anfangen? Was würden die anderen tun? Furcht übermannte sie, zwang sie zur Rückkehr. Sie preßte seine Hand an ihre Wange.

»Was, um Himmels willen, ist denn?«

»Ich will nicht, daß Sie sterben.«

Sie nahm an, er würde lächeln und sie mit einem Scherz von ihrer Verzweiflung befreien. Statt dessen sagte er: »Aber das müssen wir. Wir alle.«

»Fürchten Sie sich nicht?«

»Nein. Nicht jetzt.« Damit entzog er ihr seine Hand. »Früher… schon. Aber jetzt nicht.«

Ich habe Angst, dachte Suhami. Und verließ ihn zutiefst verstört.

Aus einem offenen Fenster im Erdgeschoß des Hauses drang ein Schwall fulminanter Töne. Mit gegrätschten Beinen und fest auf der Seegrasmatte ruhenden Füßen spielte May auf ihrem Cello eine Sonate von Boccherini. Energisch strich der Bogen vor und zurück. Ihre dicken Augenbrauen waren gekräuselt, die Augen fest geschlossen. In einem Anfall leidenschaftlicher Hingabe warf sie den Kopf so weit nach hinten, daß durchsichtige Schweißperlen durch die laue Luft flogen und einer ihrer geflochtenen Zöpfe, der wie ein rostrotes Ufo über ihrem Ohr festgesteckt war, sich löste und im Dreivierteltakt fröhlich hin und her schwang.

Sie trug ein loses Gewand, von Hand maronenfarben eingefärbt und mit aufgedruckten Pyramiden und Trauerzügen verziert. Dieses Kleidungsstück war nicht gerade ein leuchtendes Beispiel für die im Druckraum angefertigten Arbeiten. Bei der Verwendung der Klischees war ein Fehler unterlaufen, so daß der Trauerzug – Kamele, Leichnam und Trauernde – an einer Stelle eine Kehrtwendung machte und mit dem hinteren Zugabschnitt zusammenstieß.

Oberhalb des Ausschnitts dieses voluminösen Kleides präsentierte sich Mays wunderschönes Profil. Symmetrisch geschnitten, edel, ernsthaft, unmißverständlich in seiner Hingabe, Glück und Gesundheit zu verbreiten, zog es die Aufmerksamkeit anderer auf sich, zumal May ihr Gesicht mit derselben überschwenglichen Hingabe schminkte, die sie der Ausschmückung ihres Zimmers, ihrer Person, jedes in ihrem Besitz befindlichen Gegenstandes angedeihen ließ. Die von ihr verwendete Farbpalette war so breit, wie ihr Strich großzügig war. Wangen erblühten in satter Koralle, volle Lippen in leuchtendem Granatapfelrot. Augenlider leuchteten in grellem Grün, das in Himmel- und Pflaumenblau überging und ab und an silbern abgetupft wurde. Es kam durchaus vor, daß ihr Teerosenteint gar nicht zur Geltung kam: Hin und wieder vergaß sie – abgelenkt von ihrem ganz und gar unweltlichen Ansinnen –, daß sie schon Make-up aufgelegt hatte, und trug eine zweite Lage auf, das sie hinterher großzügig mit *Coty American Tan* abpuderte.

Nach dem letzten Bogenstrich legte sie die Hand auf die Saiten, um die Vibration zu dämpfen. Gibt es ein anderes Instrument, überlegte sie, eine andere Kreatur, die so elegant grunzen konnte? Kurz legte sie die Wange auf das glänzende Holz und hinterließ darauf einen pfirsichbraunen Puderabdruck, ehe sie das Cello an ihren Stuhl lehnte und in ihrem aufbauschenden Stoffmeer aus Kattun zum Fenster hinüberschwebte.

Dort harrte sie aus, fixierte die Zeder und bemühte sich darum, an jener vom Glück durchdrungenen Stille festzuhalten, die sie beim Musizieren befiel. Doch kaum hatte sie von diesem Zustand Notiz genommen, verwandelte sich Glück in Freude und Zufriedenheit in einen beklagenswerten Mangel an Muße. Mit einem leisen Seufzer zwang sich May – aus Gründen der Entspannung –, an ihren letzten Farbenworkshop unter dem Titel »Ein Regenbogen liegt auf Ihrer Schulter« zu denken, der überbucht gewesen und bei den Teilnehmern sehr gut angekommen war. Leider bescherte die Überlistung der eigenen Natur ihr nur einen Teilerfolg. Bilder von gutgelaunten Teilnehmern, die alle aquamarin dachten, verblaßten, obgleich sie daran festzuhalten suchte, und ein Schatten von Angst trat an ihre Stelle. Sie mußte sich eingestehen, daß sie sich heute nicht auf ihre bevorstehende Rückführung freute, was oftmals eine äußerst anregende Erfahrung war.

May legte gesteigerten Wert auf positives Denken. Für Menschen, die – wie sie es nannte – »herumjammerten«, brachte sie nicht sonderlich viel Geduld auf. Sich über dieses oder jenes beklagten, sich weigerten, das Problem am Schopf zu packen oder es zu lösen. Aus solch einem Verhalten ließ sich in ihren Augen nur ein Mangel an Rückgrat ableiten. Jetzt verfuhr sie schon genauso. Und ganz ohne Grund, denn ihr mangelte es gewiß nicht an Menschen, an die sie sich wenden, mit denen sie sich unterhalten konnte. Unglücklicherweise war einer von ihnen (wer, das konnte sie nicht mit Gewißheit sagen) der Grund ihrer Sorge. Am liebsten hätte sie sich in dieser Frage an den Meister gewandt, auch wenn man im Normalfall nicht mit alltäglichen Problemen zu ihm ging. Daß sie in diesem speziellen Fall von ihm keine Hilfe erwarten konnte, machte sie richtig unglücklich. Ihr kam es so vor, als wäre eine zuverlässige Wärme- und Lichtquelle unfreundlicherweise abgedreht worden. Das Gefühl, nicht nur beraubt, sondern auch abgewiesen worden zu sein, entbehrte – darüber war sie sich im klaren – jeder Grundlage. Die Schwierigkeit lag darin, daß ihr geliebter Guru – unwissentlich und unabsichtlich, wie sie sehr wohl wußte – ihr Unbehagen mitverschuldet hatte.

Folgendes hatte sich zugetragen: Zwei Tage nach Jims Tod war May auf dem Weg zur Waschküche an der Kammer des

Meisters vorbeigekommen. Trotz offenstehender Tür hatte sie nichts sehen können, da sein wunderschöner Passepartout-Wandschirm mit den Tierkreiszeichen ihr die Sicht versperrt hatte. Gesenkte Stimmen unterhielten sich, verstummten, ertönten aufs neue und veranlaßten May zu der Annahme, daß im Raum eine Sitzung im Gange war, daß spirituelles Wachstum gefördert, Chakras gereinigt wurden. Dann allerdings rief eine Stimme unvermittelt: »O Gott – warum hast du ihn nicht in Ruhe gelassen? Wenn sie nun eine Obduktion –« Mit einem beherzten Zischen wurde der Redner unterbrochen.

Die sich daran anschließende Stille kam May, die wie angewurzelt stehengeblieben war, eigenartig beklemmend vor. Hatte etwas Ersticktes, etwas von »unter den Teppich kehren« an sich. Sie hörte keine Schritte, schloß jedoch aus dem Rascheln eines Gewandes, daß jemand hinter dem Wandschirm hervorzutreten gedachte. Gerade noch rechtzeitig sprang sie zur Seite und preßte sich an die Korridorwand, ehe die Tür fest geschlossen wurde.

Vor lauter Überraschung und Angst zitternd, harrte May dort aus. Die Stimme des Meisters war so emotionsgeladen gewesen, daß sie sie kaum erkannt hatte. Ob er Zorn oder Furcht verspürt hatte, wußte sie nicht zu sagen. Vielleicht keins von beiden. Oder beides gleichzeitig. Sie versuchte sich einzureden, daß sie etwas falsch verstanden hatte oder die Worte aus dem Zusammenhang gerissen (viel hatte sie ja nicht gehört) eine ganz andere Bedeutung bekommen konnten. Aber worauf sollten das Wort »Obduktion« sich beziehen, wenn nicht auf Jims Tod? Diese Schlußfolgerung war sicher naheliegend.

In der Waschküche, beim Einfüllen ökologisch unbedenklicher, enzymfreier blaßgrüner Waschkügelchen, verfluchte May stumm den boshaften Luftgeist, der an diesem Morgen ihre Schritte gelenkt hatte. Im Einklang mit den anderen Kommunenmitgliedern hing sie der Überzeugung an, die Gestaltung und der Ablauf ihres Tages würde nicht von ihr selbst, sondern von den Sternen bestimmt, und sie konnte gewiß nicht behaupten, sie wäre nicht gewarnt worden. Phobos, Mond des

Mars, hatte schon die ganze Woche seinen Einfluß auf sie ausgeübt.

Als sie die feuchten Berge farbenprächtiger Wäsche aus der Maschine nahm, bemerkte May die auffällige Diskrepanz zwischen der frischgewaschenen, fleckenlosen Perfektion und ihren eigenen dunklen Gedanken.

Einen Monat nach jenem Vorfall ereignete sich eine andere, beinah ebenso irritierende Begebenheit. Mitten in der Nacht wurde sie von einem leisen Knarzen in Jims Zimmer aufgeweckt, das neben ihrem lag. Kurz darauf knarzte es noch zweimal, als würde eine Reihe von Schubladen geöffnet und geschlossen. May hatte belauscht, wie sich jemand tags zuvor mehrmals dort zu schaffen gemacht hatte, sich dabei aber nichts gedacht. Ihrer Meinung nach hatte der Betreffende die traurige Aufgabe übernommen, Jims Sachen durchzugehen und auszusortieren. Dieses nächtliche Treiben hingegen war etwas ganz anderes. Sofort an Einbrecher denkend, hatte sie tapfer ihren dicksten Wälzer geschnappt *(Neue Karten von Atlantis und deren intergalaktische Logoi)*, sich mit angehaltenem Atem den Flur runtergeschlichen, vorsichtig die Hand auf den Griff der Tür gelegt und versucht, diese zu öffnen. Sie war fest verschlossen gewesen.

Obwohl sie sich der Tür ganz leise genähert hatte, hörte May hektische Bewegungen. Trotz ihrer Furcht harrte sie aus, die *Neuen Karten* über dem Kopf haltend. Entgegen ihrer Erwartung ging die Tür nicht auf. Unentschieden, was sie als nächstes unternehmen sollte, spitzte sie die Ohren, hörte ein metallisches Knirschen, das sie an das Schiebefenster denken ließ. Sie eilte in ihr Zimmer zurück, doch bis sie das Buch weggelegt hatte und an ihr Fenster getreten war, war es schon zu spät. Das Fenster nebenan stand weit offen, und sie meinte einen Schatten, eine dunkle Bewegung am Ende der Terrasse auszumachen.

Dies veranlaßte sie, ihren Entschluß, sofort Alarm zu schlagen, nochmals zu überdenken. Wer immer das gewesen war, er war nicht in Richtung Straße und Außenwelt geflohen. Zu fliehen hätte niemanden vor größere Probleme gestellt, denn wie viele große elisabethanische Häuser lag auch Manor House nur unweit der Dorfhauptstraße. Vor ein paar Monaten hatten auf dem Grundstück Vandalen ihr Unwesen getrieben (Müll in den Teich geworfen, Glühbirnen kaputtgeschlagen), woraufhin die Lodge eine Halogenlampe angeschafft hatte, die sich nach Dunkelheit automatisch einschaltete, wenn sich eine Person oder ein Fahrzeug auf oder neben der Zufahrt bewegte. Diese Lampe ging nicht an.

Doppelt verunsichert ließ May sich auf ihrem Fensterplatz nieder und blickte in die wohlriechende Nacht hinaus. Die unterschiedlichen Gartendüfte und die am Himmel stehenden Sterne vermochten nicht, ihre Stimmung zu ändern. In diesem besonderen Augenblick litt sie unter extremer Einsamkeit. Nicht unter jener dunklen Verlassenheit, die sich gewöhnlich gegen vier Uhr morgens einstellt und wo man vom Zeitpunkt und den Umständen des eigenen Todes niedergedrückt wird. Ihre Einsamkeit war weniger gewichtig, aber genauso beängstigend. Sie hatte entdecken müssen, daß in ihrem Eden – auf Golden Windhorse empfand sie ein Glück, das keine andere Bezeichnung zuließ – eine Schlange hauste. Mit zwei Gesichtern, verschlagenem Herzen, doppelzüngig.

Um wen es sich dabei handelte, konnte sie noch nicht sagen, aber sie glaubte – nein, sie *wußte* –, daß die Person, die aus Jims Zimmer geflohen war, das Haus hinterher wieder betreten hatte. Ihr fielen wieder die aufgeschnappten Worte ein. Sie kam zu der Überzeugung, daß die beiden Dinge miteinander in Verbindung standen, rügte sich aber prompt für diese dramatische Auslegung. Groß war die Versuchung, beides ad acta zu legen. Wie gewohnt weiterzumachen in der Hoffnung, daß es keine weiteren eigenartigen Vorfälle geben würde. Mit der Zeit verblaßte die Erinnerung gewiß. Möglicherweise war der Satz »Kümmere dich um deine eigenen Angelegenheiten« hier nicht ganz unpassend. Andererseits widersprach solch ein Verhalten dem Ethos der Kommune. Sinn und Zweck dieses Lebensstils war es schließlich, daß sich jedermann fortwährend um die

Angelegenheiten der anderen kümmerte. Das war ihre Definition von Anteilnahme.

Und so kam es, daß Mays Gedanken immer wieder zu dem geheimnisvollen Schleicher und zu der mysteriösen Stimme zurückkehrten. Verdrießlich und in Gedanken versunken, hatte sie ihren Rock gebügelt. Mit einem Mal wirkten die Kamele mehr denn je wie das lebendige Abbild einer Karawane.

Wäre es ihr nur möglich gewesen, der Stimme, die mit dem Meister gesprochen hatte, ein Geschlecht zuzuordnen, dann hätte sie sich einfach einer Person des anderen Geschlechts anvertrauen können.

Einigermaßen ungehalten sprang May auf. Der Gedanke, daß etwas nicht stimmte und nicht in Ordnung gebracht werden konnte, war ihr schier unerträglich. Nervös ging sie auf und ab und rief stumm, aber voller Inbrunst Kwan-Yih an, die blasse Pfirsich-Meisterin, unter deren Führung und erhabener Schirmherrschaft sie seit einer Zauberzeremonie stand, die einen Korb mit Früchten, ein sauberes weißes Leinentuch und einen Scheck in beträchtlicher Höhe beinhaltet hatte. Im Gegensatz zu sonst gab sich Kwan-Yih, die bislang nie gezögert hatte, Ratschläge zu erteilen und perlmuttfarbene Strahlen zu senden, die Frische und Trost versprachen, heute nicht zu erkennen.

Arno harkte die dicken Bohnen und kämpfte mit einer paradoxen Frage. Es handelte sich um eine sehr schwierige paradoxe Frage, die ihm ursprünglich vom Zenmeister Bac An gestellt worden war. »Wie hört es sich an«, hatte der große Zauberer gefragt, »wenn eine Hand klatscht?«

Logisches Denken, das wußte Arno, brachte ihn in diesem Fall nicht weiter. Erleuchtung gemäß der Losung *Bring dir selbst Satori bei*, worüber es in der Bibliothek zahlreiche Bände unter der Rubrik Theo/Psych/Myth: Orientalische Untersektion 4:17 gab, war einem erst nach Monaten, vielleicht Jahren anstrengender Meditation und Reflexion vergönnt. Und das war noch längst nicht alles. Ein Anhänger muß jeden einzelnen

Augenblick eines Tages im Auge behalten, stets in vollem Bewußtsein leben und sich voll und ganz bei jeder noch so gewöhnlichen Angelegenheit physisch, mental und spirituell einbringen. Arno hatte viele kleine Tricks entwickelt, um sich – wenn seine Aufmerksamkeit nachließ, was fast permanent der Fall war – wieder in die Gegenwart zurückzukatapultieren. Jetzt kniff er sich in den Arm, um nicht länger in den Tag hineinzuträumen und sich besser auf seine Arbeit zu konzentrieren. Er schnappte den Griff, spürte das warme, glatte Holz, starrte intensiv auf die rostige Klinge und musterte kritisch die winzigen weißen Vogelnierenblümchen. Selbst die Staubblätter mit den dunklen Spitzen wurden gewissenhaft studiert.

All das tat Arno, ohne die geringste Zufriedenheit zu verspüren. Descartes' These, die besagte, der Mensch sei Herr über und Besitzer der Natur, half ihm keinen Deut weiter. Weder verstand er den Garten, noch liebte er ihn. Irgendwie schien der Garten ihm Fallen zu stellen, war voller Brombeersträucher, an denen man hängenblieb, und verschwiegener, unter dichtem Gras versteckter Feuchtplätze. Und er war voller Insekten: Schnaken- und Maikäferlarven, Blutegel und Würmer. Alle labten sich an Arnos Gemüse, das – um die Wahrheit zu sagen – nicht gerade großartig gedieh. Ahnungslos, was die Beschaffenheit von Böden betraf, hatte er Möhren in Lehmboden ausgesät, Bohnen in feuchter Erde und Kartoffeln immer wieder an der gleichen Stelle.

Natürlich war er sich bewußt, daß landwirtschaftliche Ignoranz ausgemerzt werden konnte, und hatte sich irgendwann einmal ein Buch zu diesem Thema angeschafft. Es war ziemlich dick und strotzte nur so vor schwarzweißen Zeichnungen, die unglaublich perfekt Arnos klägliche, mickrige und schrumpelige Ernte illustrierten. Schon nach kurzer Zeit hatte der Inhalt Arno zu Tode gelangweilt, und bald war der dicke Wälzer auf Nimmerwiedersehen im Schuppen hinter Saatgut verschwunden.

Es versteht sich von selbst, daß Arno Einspruch erhob, als man ihm die Position des Gärtners übertrug, und dem Berufungskomitee versicherte, er verfüge über keinerlei Talent in dieser Richtung. Doch genau dies – wurde ihm geduldig erklärt – war der Grund für seine Ernennung. Seine eigenen Wünsche standen weder an zweiter noch an letzter Stelle, sondern wurden erst gar nicht in Betracht gezogen. Kein Hätscheln des Egos (dieses gemeine, hinterhältige Biest). Keine Wahl, nichts. In Würde zu wachsen war gleichbedeutend mit dem Zurückstellen eigener Interessen, und da gab es keinen leichten Weg, keine Abkürzung. Seufzend zupfte Arno das Kreuzkraut aus.

Nach einer Weile schwand sein Mißmut, zumal über die Wiesen, den Teich und den von Rhododendren gesäumten Weg eine einschmeichelnde Tonfolge schallte. Arno legte die Schaufel weg und widmete seine ungeteilte Aufmerksamkeit der Musik, die die Königin seines Herzens spielte. Am meisten befürchtete Arno, infolge der Ausmerzung seines Egos auch noch seine Liebe zu May zu verlieren und seines zukünftigen Glücks beraubt zu werden.

Wesentlich später hatte er sich eingestehen müssen, daß er seine tiefe Leidenschaft niemals offenbaren würde. Dies war nicht immer so gewesen. Nach seinem Eintritt in die Kommune war er gewillt gewesen, sein durch und durch gewöhnliches Anliegen zu bekunden, ohne damals Mays gütigen Charakter und ihre bemerkenswerten musikalischen Fähigkeiten in vollem Umfang erkannt zu haben. In jenen Tagen war es ihm nur darum gegangen, ihre Aufmerksamkeit zu erregen. Seine wiederholten Annäherungsversuche waren allerdings so vorsichtig gewesen, daß niemand – und May schon gar nicht – sie bemerkt hatte. Und das, obgleich sie über die Gabe der Vorsehung verfügte.

Ziemlich schnell begriff er, daß er mit seinen Ambitionen weit übers Ziel hinausgeschossen und seine Angebetete eines jener bemerkenswerten Geschöpfe war, deren Aufgabe es nicht war, einem einzelnen Menschen, sondern der gesamten Menschheit Trost zu spenden. Beinah zufrieden zog Arno sich zurück und beschloß, ihr ein Leben lang zu Diensten zu stehen.

Im Grunde genommen war es eher dem Zufall zuzuschreiben, daß er sie überhaupt kennengelernt hatte, wie auch seine Ankunft in Golden Windhorse mehr oder minder dem Zufall zu verdanken war. Er war mutterseelenallein auf dieser Welt. Seine Mutter, mit der er zusammenlebte, seit sein Vater vor gut dreißig Jahren abgehauen war, war vor kurzem gestorben. Unverdienterweise war sie langsam und unter Schmerzen gestorben. Sie war eines der sanftmütigsten Wesen gewesen, das er je gekannt hatte. Verbittert, verzweifelt und einsam blieb er zurück. Nach der Beerdigung hatte er sich wie ein verwundetes Tier in das kleine Reihenhaus in Eltham zurückgezogen. Er aß gerade so viel, daß er nicht verhungerte, wusch sich gerade noch so oft, daß er einigermaßen zivilisiert aussah, wenn er mal einkaufen ging. Mit Ausnahme des Verkäufers sah er wochenlang keine Menschenseele, zumal er seine Stelle bei der Water Board Authority aufgegeben hatte, um seine Mutter gegen Ende ihrer Krankheit zu pflegen.

Einen Großteil seiner Tage verbrachte er zusammengerollt auf dem Bett, mit tränennassen Wangen, ein Bündel aus dunklem, alles verzehrendem Schmerz. Salzwasser lief ihm in die Ohren, seine Nase war verstopft, seine Kehle heiser. Die Freunde seiner Mutter – und sie hatte nicht wenige gehabt – pflegten ans Fenster zu klopfen und ihn zum Essen einzuladen, wenn sie ihm mal auf der Straße begegneten. Manchmal fand er kleine Kartons mit Dosensuppen und Milchpulver auf seiner Türschwelle. Wochen verstrichen, in denen er nur selten aufstand. Die Jalousien waren permanent heruntergelassen. Tage gingen in Nächte über. Allein ein schmaler Streifen Licht über dem Fensterbrett kündete vom Lauf der Zeit. Irgendwann briet er ein paar Speckstreifen – wie er annahm – zum Frühstück, nur um festzustellen, daß es drei Uhr früh war.

Dann, eines Nachmittags, begann er wieder zu lesen. Er machte sich Kaffee, und anstatt wie gewöhnlich ins Bett zurückzukehren, setzte er sich an den Küchentisch, öffnete eine Schachtel Kekse, die ihm ein Unbekannter geschenkt hatte, und schlug *Little Dorrit* auf. Er und seine Mutter hatten viktorianische Romanciers geliebt, doch sie hatte Trollope den Vorzug gegeben.

Später an jenem Tag, nach dem Einkauf, hatte er ein Antiquariat besucht und eine Zeitlang in der Philosophieabteilung herumgestöbert. Rückblickend gesehen meinte er, auf der Suche nach einer Erklärung für die lange Krankheit seiner Mutter gewesen zu sein. Dies war ihm natürlich nicht vergönnt gewesen. Er hatte ein halbes Dutzend Bücher mit nach Hause genommen. Ein paar waren so abstrus gewesen, daß er überhaupt nichts kapiert hatte, andere so umwerfend dumm, daß er gelacht hätte, wäre er dazu in der Lage gewesen.

Kurze Zeit später besuchte er verschiedene spirituelle Treffen, bei denen er – seine Mutter offenbarte sich ihm leider nicht – ein gewisses Maß an Trost fand, paradoxerweise, indem er andere beim Leiden beobachtete. Ein paar der Anwesenden hatten kleine Kinder verloren, und der Anblick ihrer zornigen Mienen und des Spielzeugs, das sie ab und an mitbrachten, um die Schatten ihrer geliebten Kleinen zu rufen, half Arno, den eigenen Verlust zu relativieren. Wenigstens war seine Mutter fast achtzig Jahre alt geworden und – durfte man ihren Worten Glauben schenken – lebensmüde gewesen.

Nach und nach verwandelte sich Arnos stechender Schmerz in dumpfes, erträgliches Leid. An seiner Einsamkeit änderte das nichts; die oberflächlichen Unterhaltungen, die sein Schicksal waren, brachten keine Linderung. Er gierte nach einer tieferen, intimeren Freundschaft, ohne daß er eine Ahnung hatte, wie man so etwas wie menschliche Nähe herstellte. Sein einziges Hobby (Lesen) verbot ihm, den allgegenwärtigen Rat zu befolgen, sich einer Gruppe mit gleichem Interesse anzuschließen. Nichtsdestotrotz hatte er das Gefühl, jene vage und zögerliche Freundlichkeit, die er der Welt inzwischen entgegenbrachte, nähren zu müssen. So kam es, daß er sich für einen Literaturkurs an der nächstbesten technischen Hochschule einschrieb.

Auf dem Heimweg – er hatte sich gerade angemeldet – machte er einen kurzen Stop bei *Nutty Notions*, um Honig zu kaufen. Sein Blick fiel auf eine Karte am Anschlagbrett, auf der ein okkultes Wochenendseminar mit dem Titel »Nachrichten von Ihren Lieben« angeboten wurde. Ob der wohltuende Klang des Wortes »Lieben« oder die reizvolle Möglichkeit, seinem freudlosen Heim für ein Wochenende entfliehen zu können, den Ausschlag für seine Entscheidung gab, wußte Arno nicht zu sagen. Der Kurs war relativ teuer (von den Angeboten im Fenster des Reisebüros wußte er, daß er für dieselbe Summe eine Woche nach Spanien reisen könnte), aber er hoffte, daß das Seminar ihm die Möglichkeit bescherte, neue Menschen kennenzulernen.

Wie es sich herausstellte, bekam der erstklassige Channeller (ein Hopi-Indianer) eine ganz gewöhnliche Grippe, aber »Der Mensch – die kosmische Zwiebel!« erwies sich als eine nicht gänzlich uninteressante Alternative für den aufrichtigen Sucher.

Die Eröffnungsrede wurde von Ian Craigie, dem Gründer der Kommune, gehalten. Die Vorstellung, tief im Innern eine Art vielschichtiges, von Gott beseeltes Wesen zu sein, beeindruckte und amüsierte Arno. Er genoß die Gesellschaft der anderen Gäste und war entzückt über die Vielfalt der angebotenen Heilkurse: Farbtherapie, Harmonische Einstellung, Zerreiß dein negatives Skript, Die Reinigung und Pflege deines astralen Körpers. Im Preis für das Wochenende war eine erste Konsultation inbegriffen, und Arno war schon kurz davor gewesen, sich auf die Harmonische Einstellung einzulassen, als die Tür dessen, was er nun als Solar kannte, aufging und Miss May Cuttle in einem regenbogenfarbenen Taftgebilde heraustrat.

Niemals würde er vergessen, wie er sie das erste Mal gesehen hatte. So hochgewachsen, mit glänzendem rostbraunem, über die Schulter fallendem Haar. Ihre Gesichtszüge waren von atemberaubender Symmetrie. Die Spitze ihrer großen, leicht gekrümmten Nase hob sich deutlich gegen die gepuderte, olivfarbene Oberlippe ab, die ein ganz feiner, seidiger Bart zierte. Sie hatte flache, breite Wangenknochen, und ihre Augen mit den durchsichtig wirkenden Pupillen, die Bernsteinkreisen glichen, standen leicht schräg.

Nach dem Abendessen spielte sie Cello. Verzaubert vom leichten Bogenstrich und der blumigen, gefühlvollen Musik, die zu den hohen Deckenbalken aufstieg, dämmerte es Arno, daß er sie nicht nur liebte, sondern daß dem auf eigenartige und unerklärliche Weise schon immer so gewesen war. Er fand heraus, was ihr Thema war (Heilung durch Farbe), schrieb sich für einen Workshop ein und ergötzte sich an ihrem enthusiastischen, menschlichen und großzügigen Wesen. In Windeseile wußte sie über seine Aura, Bekleidung, Schlafgepflogenheiten, Ernährung und seine Einstellung zum Kosmos Bescheid. Arno besuchte drei weitere Seminare, verkaufte sein Haus und zog für immer nach Manor House.

All dies lag achtzehn Monate zurück, und das Glück, das er bei seinem ersten Besuch empfunden hatte, hatte sich als steigerungsfähig erwiesen. Nach und nach streifte er seine Einsamkeit – ein rundes, undurchdringliches kleines Päckchen – wie eine alte Haut ab, hing ihr noch eine Weile halbherzig nach, um sie eines schönen Tages endgültig abzuschütteln.

Von den damaligen Mitgliedern der Kommune waren heute nur noch May und der Meister übrig. Die anderen hatten sich – wie das bei Rezipienten oftmals der Fall ist – anderen Gruppen angeschlossen oder sich zurückgezogen. Neue Mitglieder waren an ihre Stelle getreten. Mittlerweile prosperierte die Lodge so sehr, daß die Habenseite ihnen erlaubte, Bedürftigen finanziell unter die Arme zu greifen. In einigen Monaten konnten sie sogar eine kleine Summe nach Eritrea oder – je nachdem, wo gerade Not herrschte – an einen anderen Ort überweisen.

Arno knurrte irritiert und zwickte sich erneut in den Arm. Wieder war es passiert. Er war in Gedanken abgeschweift. Nicht zum ersten Mal fragte er sich, ob es ein Fehler gewesen war, Zen als Disziplin zu wählen. Die praktische, pragmatische und bodenständige Natur des Zen hatte ihm von Anfang an imponiert, erwies sich aber als unglaublich schwierig in der alltäglichen Durchführung. Genauso erging es ihm mit Koän. Die Zähne zusammenbeißend, stürzte er sich auf die bevorstehende Aufgabe und befolgte den Vorschlag des Meisters, den Augenblick positiv und laut zu verbalisieren.

»Wie wunderbar, wie erstaunlich!« rief er und setzte die Metallharke ein. »Ich harke Rettiche und jetzt die dicken Bohnen. Welch Freude!«

Was für ein Unsinn. Nicht lange, und er stellte sich schon wieder May vor. Sehnte sich nach ihrer Gesellschaft. Dienen, bewundern. Die Seiten ihrer Notenblätter umschlagen. Zitronentee auf ihrem kleinen Spirituskocher zubereiten. Oder sich einfach in ihrer charmanten Gegenwart suhlen, unter dem lichten, glänzenden Schutz ihrer strahlenden Augen.

Jeden Tag, mitten am Morgen, widmete sich Ken in seiner Rolle als Zadkiel, dem planetarischen Lichtarbeiter, ernsthaftem Channelling. Nachdem er die Lotusstellung eingenommen, die Nasenflügel temperamentvoll aufgebläht und die Augen demütig geschlossen hatte, versuchten er und sein extrem fein eingestelltes Bewußtsein, den äußeren Schirm des Seins zu durchdringen und in die innere Matrix der Realität vorzustoßen. Bei diesen Gelegenheiten trug Zadkiel seinen nuklearen Rezeptor. Dabei handelte es sich um ein kleines, vergoldetes Medaillon mit winzigen eingravierten Pyramiden, das alle toxischen Energien (Mikrowellenherde, saurer Regen, karzinogene Strahlung, Janets negative Art etc.) einfing und danach die DNS-Schwingungen des Trägers manipulierte, bis all das Gift unschädlich gemacht und harmonisiert war.

Heather (oder Tethys, wie ihr Astralname lautete) saß laut und nasal schnaufend neben ihrem Gatten und kümmerte sich um ihre eigenen kosmischen Angelegenheiten, die von ganz banalem Auftanken neuer Energien mit Hilfe des großen Devas vom Kristallenen Gitter bis hin zu einer Reise auf die Venus reichten, wo sie ihre Freundschaft mit anderen aszendierenden Seelen erneuerte, die – wie sie selbst – den Untergang von Atlantis überlebt hatten.

Manchmal zeigte Hilarion, Kens Kontakt auf der anderen Seite, sich sofort, aber es kam auch vor, daß er ihn die längste

Zeit neckte, schwebend um ihn kreiste und in Großbuchstaben schicksalhaft auf bevorstehende Enthüllungen anspielte. Heute meldete er sich schon zu Wort, ehe Ken einen Atemstoß reiner Luft aus dem Reich des Aufsteigenden Meisters inhaliert hatte.

»Ich bin hier, Erdling. Nimmst du die Konzentrierte Flamme in Gegenwart des Heiligen Feuers entgegen?«

»Grüße, geliebter Hilarion. Ich akzeptiere die Autorität der Flamme und verspreche, das Kosmische Anliegen zu perfektionieren, zu schützen und zu verschönern und alles daranzusetzen, den Menschen den Geist der Liebe nahezubringen.«

»Das ist gut. Du weißt, daß die in den Höheren Reichen, die Strahlenden und Unbezwingbaren, den Wunsch hegen, bei der Vereitelung von Gottes Perfektion in der Welt der Formen zu assistieren. Gesegnet seien seine Ernsthaften Bemühungen.«

»Bitte übermittle meine vom Herzen kommende Dankbarkeit an diese übermächtigen überragenden Autoritäten, großer Hilarion.«

Dergestalt ging es noch eine ganze Weile lang weiter. Ken erhielt Instruktionen, wie er die »sich spiralförmig drehenden Energiewirbel unseres wunderschönen Planeten« mit Bedacht ausrichtete und magnetisch reinigte. Hilarions Stimme ähnelte Kens, und er verspürte das Bedürfnis zu kichern. Als dieses unterdrückte Kichern zum ersten Mal über Kens Lippen kam, war er ziemlich überrascht gewesen, da er nicht erwartet hatte, daß der Herr des Karmas über so etwas wie irdischen Humor verfügte. Der Inhalt dieser Sitzungen variierte, und es war beileibe keine Untertreibung, wenn man sie als ziemlich langweilig beschrieb. In erster Linie ging es darum, wie man unharmonische Akkumulationen in die interplanetarische Matrix des violetten Lichts warf.

Ken genoß jene seltenen Gelegenheiten, bei denen der alte Zauberer einen wahrlich ungewöhnlichen Vorschlag (beispielsweise zu einem imaginären Tor) machte, der Zadkiel und Tethys ein neues Verständnis für den glorreichen Kosmischen Herzschlag vermittelte. Erst vergangene Woche hatte er ihnen garantiert, daß sie (sollten sie sich im richtigen und entsprechenden Geisteszustand dafür entscheiden) jede englische Eisenbahnlinie bis zu ihrem Anfang zurückverfolgen durften und somit den eindeutigen Beweis erhielten, daß Jesus – der Kosmische Christ – ihr Land in der zweiten Hälfte des 12. Jahrhunderts besucht hatte.

»Ich habe eine Prophezeiung zu machen, Zadkiel.« Ken setzte sich auf, und Heather, die inzwischen auf dem Rückweg war, folgte seinem Beispiel. »In dieser Nacht wird die Göttin Astarte zufälligerweise menschliche Gestalt annehmen, um sich unter die Bewohner der unteren Ebenen zu mischen und lunare Weisheit zu verbreiten.«

»Herrje«, kam es Heather überzeugend über die Lippen.

»Ich schlage vor, daß ihr euch einen Lichtkreis denkt, der euer ganzes Wesen einrahmt, und euch bereithaltet. Und ruft auch die zahllosen Legionen Elohims zur Unterstützung herbei. Visualisiert euch innerhalb des elektronischen Musters. Sorgt dafür, daß der Rhythmus der Anrufung nicht unterbrochen wird. Und bietet ihr keine Erfrischungen an.«

»Bestimmt nicht, großer Hilarion.« Als ob sie so dumm wären. »Hast du eine Ahnung, wann genau –«

Aber da war er schon weg. Verschwunden in den Äonen der Galaxie seiner Wahl. Wieder eins mit den funkelnden Sternen und dem solaren Feuer göttlicher Alchemie. Ganz kurz brannten die Worte »Ich bin« lichterloh am Himmel, aber dann waren auch sie nicht mehr zu sehen, und Ken seufzte laut, als er seine ätherische Persönlichkeit abstreifte und in die dornenübersäte, alte und alltägliche Welt zurückkehrte. Sein Blick fiel auf Heather.

»Wie ist es für dich gewesen?«

»Ohhh... Die Einheit des Lebens als Licht in der Schwesternschaft der Engel. Eine ganz neue avatarische Botschaft: Das Ego des Gottes gleicht dem der Vestalin. Ein bißchen eigenartig, um dir die Wahrheit zu sagen. Aber Hilarion...«, Heather versuchte, nicht mürrisch zu klingen, »hat dir eine Vorhersage gewährt...« Ken errötete, zuckte mit den Achseln und inspizierte die Sohle seines hochgestellten linken Fußes. »Meinst du, wir sollten den anderen Bescheid sagen?«

»Sicherlich«, antwortete Ken. »Es wäre unfair, das nicht zu tun. Stell dir vor, wie überrascht sie ansonsten wären. Außerdem müssen wir an den Meister denken. Er ist alt und gebrechlich. Eine unangekündigte Überraschung von diesem Ausmaß könnte zuviel für ihn sein.«

Suhami melkte Calypso, preßte dabei ihre Wange an die beige und schokoladenbraune Flanke der Ziege und zog vorsichtig an den dunklen, faltigen Zitzen. Die Milch spritzte in einen Plastikeimer.

Wenn Calypso nicht draußen angepflockt war, hauste sie in einem sauberen weißen Nebengebäude mit einer zweigeteilten Scheunentür. Dort waren Äpfel in Reih und Glied auf Holzlattenregalen ausgelegt. Die schrumpligen Früchte und Calypsos Stroh, das täglich gewechselt wurde, rochen sehr gesund.

Suhami liebte diesen Ort. Die Stille. Die goldene Wärme der Morgensonne, die von den schneeweißen Wänden reflektierte. Er erinnerte sie an den Solar, in dem sie sich zur Meditation versammelten – hier herrschte die gleiche aufgeladene, wohltuende Helligkeit.

Der Vergleich ließ sie schmunzeln. An einem alten Kuhstall voller Ziegenmist war nichts Spirituelles. Doch der Meister hatte gesagt, Gott könne sich überall offenbaren, wenn man sein Herz öffnete und sich in Bescheidenheit übte, also wieso nicht hier?

»Wieso nicht, Cally – hmm?« Suhami schüttelte die letzten Milchtropfen ab und streichelte das warme, gesprenkelte Ziegeneuter. Calypso drehte den Kopf, zog die gummiartige Lippe hoch und musterte ihr Milchmädchen. Die Pupillen ihrer Augen bestanden aus horizontalen gelben Schlitzen, und sie hatte einen dünnen Bart, mädchenhaft und fedrig. Ihr Gesichtsausdruck änderte sich nie. Immer wirkte sie nachdenklich und selbstzufrieden, als hüte sie ein überaus wichtiges Geheimnis. Die kaum wahrnehmbare Bewegung eines Hinterhufs veranlaßte Suhami, schnell den Eimer in Sicherheit zu bringen. Calypsos Glocke tönte leise. Nichts bereitete ihr mehr Spaß, als den Milcheimer umzustoßen.

Jede Minute mußte Christopher auftauchen, um sie zum Grasen rauszubringen. Wie üblich wurde sie dann über den weitläufigen Rasen geführt. Ihrer Graserei war es zu verdanken, daß er einem samtigen Flor glich. Man hatte sich für dieses Verfahren entschieden, nachdem ein benzinbetriebener Rasenmäher als ökologisch bedenklich eingestuft worden war. Nur Ken, der allergisch auf die Milch reagierte, hatte sich der Abstimmung enthalten.

Suhami legte Calypso das Lederhalsband an, gab ihr einen Apfel und legte einen zweiten in die hübsche, neben dem Melkschemel liegende Gobelintasche. Die Tasche war ein Geburtstagsgeschenk von May. Die aufgestickten Sonnenblumen und purpurnen Schwertlilien prangten auf einem erdfarbenen Untergrund und waren mit rotbraunen Blättern verziert. Das Muster glich dem Entwurf von Mays eigener Tasche, die Suhami schon seit langem bewunderte. Nur die Sonnenblumen waren anders. Einen Ton blasser, denn das Geschäft in Causton hatte keine ringelblumengelbe Wolle mehr vorrätig gehabt und statt dessen einen weniger tiefen Farbton angeboten. Die Vorstellung, wie May heimlich in ihrem Zimmer dieses Geschenk angefertigt und es immer wieder vor ihr versteckt hatte, allein aus dem Grund, einen anderen Menschen glücklich zu machen, berührte Suhami sehr. Seit sie nach Manor House gezogen war, war Suhami die überwältigende Güte der Lehren des Meisters zuteil geworden, und zudem hatte sie viel Freundlichkeit erfahren. So oft hatte man ihr vorsichtige Anteilnahme entgegengebracht, Unterredungen angeboten, bei denen tatsächlich jemand zuhörte, Trost gespendet, die gemeinsame Bewältigung von Aufgaben angeboten. Jetzt, da sie wußten, wer sie in Wirklichkeit war, würde sich all das ändern. Gewiß – sie würden versuchen, wie gewöhnlich weiterzumachen. Sie wie immer zu behandeln, aber das war schlicht unmöglich. Nach und nach würde das Geld einen Keil zwischen sie und die anderen treiben. So war es bislang immer gewesen.

Ein ironisches Lächeln machte sich auf Suhamis Lippen breit, als sie daran dachte, wie aufgeregt und hoffnungsvoll sie bei der Vorstellung, sich einen neuen Namen wählen und ihr altes Ich in London zurücklassen zu dürfen, gewesen war. Ein naiver und kindischer Gedanke, denn wie sollte man mit Hilfe solch einer einfältigen Methode zwanzig schreckliche Jahre abschütteln und ein anderer Mensch werden können? Und doch hatte es ihr geholfen. Als »Sheila Gray« war sie ein leeres Blatt gewesen, auf dem neue Freunde ihre Zuneigung artikulieren konnten. Dann hatten ihr wachsendes Interesse an Vedanta und ihre voller Entschiedenheit durchgeführten praktischen Übungen und ein tieferes Verlangen nach weiterer Veränderung zur Wahl ihres jetzigen Namens geführt. Nun waren ihre Tage von stummer Dankbarkeit geprägt, die sie als Zufriedenheit wertete, denn so gut war es ihr noch nie gegangen.

Eine Weile nach ihr hatte sich Christopher der Kommune angeschlossen. Ziemlich schnell hatten die beiden Freundschaft geschlossen. Er pflegte sie zu necken – ganz und gar nicht unfreundlich (er war nie unfreundlich) –, die Hände auf sein Herz zu legen, um ihr seine Liebe zu gestehen, und zu schwören, daß er sterben würde, falls sie ihn nicht haben wollte. Und das vor allen anderen. Waren sie allein, benahm er sich völlig anders. Dann sprach er über seine Vergangenheit, seine Hoffnungen für die Zukunft, darüber, daß er von der Kamera weg wollte, um zu schreiben und Regie zu führen. Manchmal küßte er sie; es waren schwere, süße Küsse, ganz anders als das feuchte Gesabber, das sie von früher her kannte.

Wann immer sie an Christophers unausweichlichen Rückzug aus der Kommune dachte, rief sie sich des Meisters Maxime in Erinnerung, daß alles, was sie zu ihrem eigenen Wohlbefinden brauchte, nicht draußen im Äther oder in der Psyche eines anderen Menschen zu finden war, sondern in ihrem eigenen Herzen. Ihrer Einschätzung nach führte dies zu einem harten und einsamen Dasein, zumal sie sich in ihrem Leben schon oft genug einsam gefühlt hatte. Während sie über all das nachdachte, ertönten draußen Schritte. Suhamis Finger zitterten auf dem Holzstuhl.

Christopher beugte sich über die Scheunentür und fragte: »Wie geht es meinem Mädchen?«

»Sie hat wieder Äpfel gefuttert.«

Wie immer verwirrte und erfreute sie sein Anblick. Das weiche schwarze Haar, die blasse glatte Haut, die leicht schrägstehenden graugrünen Augen. Sie wartete, bis er »Und wie geht es meinem anderen Mädchen?« sagte, was er sich im Lauf der Zeit angewöhnt hatte. Unerwarteterweise schob er einfach die Scheunentür auf, ging zu Calypso hinüber, schnappte die Leine und sagte: »Komm schon, du altes fettes haariges Wesen.« Er hatte sie nicht mal richtig angelächelt, und falls Suhami sich nicht beeilte, waren die beiden gleich über alle Berge.

Suhami fragte: »Möchtest du mir nicht zum Geburtstag gratulieren?«

»Tut mir leid. Selbstverständlich will ich das, Liebes.« Er wickelte die Leine um seine Handgelenk. »Alles Gute zum Geburtstag.«

»Und seit einer Woche hast du mir nicht mehr deine unsterbliche Liebe erklärt. Das reicht nicht.«

Während sie sich bemühte, ihre Worte scherzhaft und ihre Stimme ganz gewöhnlich klingen zu lassen, hörte Suhami das Echo Hunderter ähnlicher Fragen in Hunderten von ähnlichen Szenen. Möchtest du nicht für einen Moment reinkommen? Werde ich dich wiedersehen? Willst du über Nacht bleiben? Wirst du mich anrufen? Mußt du schon gehen? Liebst du mich... liebst du mich... *liebst du mich*? Und sie dachte: O Gott – ich habe mich überhaupt nicht geändert. Und das muß ich. Muß ich. So kann ich nicht weitermachen.

»Ich weiß, du sagst es nur aus Spaß...« Ihr fiel auf, wie flehend sie klang, und sie haßte sich dafür.

»Das ist nie Spaß gewesen.« Seine Stimme klang harsch, als er an Calypsos Leine zog. »Ich sagte, komm *jetzt*...«

»Nie...« Suhami stand auf; ihr war schwindlig. Sie starrte

ihn ungläubig an. »Du hast das nie im Spaß gesagt? Was war es dann?«

»Ist das wichtig?«

»Christopher.« Von Gefühlen übermannt, rannte sie zu ihm, stellte sich ihm in den Weg. »Was meinst du damit? Du mußt mir sagen, was du damit meinst.«

»Es hat keinen Sinn.«

»Die Dinge, die du gesagt hast...« Nahezu erhaben berührte sie sein Kinn, drehte sein Gesicht in ihre Richtung, zwang ihn, sie anzusehen. »Ist das *wahr* gewesen?«

»Du hättest mir sagen müssen, wer du bist.«

»Aber ich bin das hier.« Flehend streckte sie die Hände aus. »Dieselbe Person, die ich gestern war...«

»Du begreifst nicht. Ich habe mich in jemanden verliebt, und nun stellt sich heraus, daß sie jemand anderer ist. Ich mache dir keine Vorwürfe, Suze – Sylvie –«

»Nenn mich nicht so!«

»Ich bin fix und fertig. Du kennst meine Situation. Ich besitze nichts. Nun, jedenfalls nichts im Vergleich zu den Gamelins –«

»O Gott!« rief Suhami und wich zurück, als habe er ihr einen Schlag verpaßt. »Werde ich mein ganzes Leben lang damit fertig werden müssen? *Gamelin, Gamelin, Gamelin*... Ich hasse diesen Namen. Ich würde ihn mit einem Messer auskratzen, wenn es möglich wäre – ich würde ihn *ausbrennen*. Weißt du, was dieser Name für mich bedeutet? Kälte, Ablehnung, Mangel an Liebe. Du hast meine Eltern nie kennengelernt, aber ich sage dir, daß sie häßlich sind. Interessieren sich nur für Geld. Wie man es verdient, wie man es ausgibt. Sie essen und atmen und träumen davon und leben es. Ihr Haus ist gräßlich. Mein Vater ist ein monströser Mann, meine Mutter eine überstylte Marionette, die mit Pillen und Alkohol am Leben gehalten wird. Ja, ich heiße Sylvia Gamelin, und das ist mein verdammtes Verderben...« Dann brach sie in Tränen aus.

Einen Augenblick lang schien Christopher keine Erwiderung einzufallen. Dann trat er einen Schritt vor und schloß sie in die Arme. Später, als er ihre Tränen trocknete, sagte er: »Du darfst nie, nie wieder so weinen.«

2

Guy und Felicity Gamelin standen im Türeingang ihres oft fotografierten Stadthauses unweit des Eaton Square. Die grellrote Tür stand offen und gab den Blick auf das georgianische Oberlicht frei. Dekorative Lorbeerbäumchen gediehen in Kübeln auf schwarzweißen Kacheln.

Guy und Felicity verabschiedeten sich. Oder besser gesagt, Felicity ärgerte sich laut über ihr Spiegelbild in der gewundenen Masse aus mexikanischem Glas, die als Spiegel in der Halle diente, während Guy Furneaux verfluchte, der momentan in der Chester Row im Stau feststeckte. Keiner der beiden richtete ein Wort an den anderen. Alles Wichtige war längst gesagt – oder gebrüllt, gekreischt und geschrien worden. Inzwischen war Felicity auf der Hut, Guy indifferent. Früher hatte er sich bei einer jener seltenen Gelegenheiten, wo er überhaupt einen Gedanken an sie verschwendete, einmal gefragt, wieso sie sich die Mühe gab, Morgen für Morgen Luftküßchen zu verteilen und zu winken, ohne dabei auf die Idee zu kommen, daß sein Verschwinden der einzige befriedigende Augenblick an einem ansonsten heimtückischen und riskanten Tag war.

Felicity schüttelte ihre apricotfarbene Mähne mit den silbernen Spitzen und stellte sich ihr Haar kurz zu einem von Goldfäden und Perlen durchwirkten Botticelli-Chignon hochgesteckt vor. Guys Schmähungen wurden fiebriger. Er hatte die Seele einer randvollen Abfallgrube und schenkte den haßerfüllten, phantasievollen Schimpfworten, die ihm über die Lippen kamen, keinerlei Beachtung. Endlich tauchte der Wagen auf. Furneaux, mit grauer Mütze und grauem Anzug, gab sich wie üblich stocktaub, parkte und stieg aus, um die Beifahrertür zu öffnen. Sofort bildete sich eine Wagenschlange. Höhnisch lächelnd lehnte sich Guy an die dick gepolsterte Tür des Rolls-Royce. In einer Stadt, wo Respekt an den Aktienindex gekoppelt war, kam er nicht auf den Gedanken, daß sich die Schlange vielleicht nicht ganz so stark von der Opulenz seiner irdischen Habseligkeiten beeindrucken ließ. Dieser kleine Sieg, der erste dieses Tages (denn er hatte längst aufgegeben, seine Frau als gleichberechtigten Feind zu sehen), heiterte Guy beträchtlich auf, als er auf das elfenbeinfarbene Leder rutschte und die erste verbotene Dom Perignons anzündete.

Endlich allein, schwebte Felicity in den Salon. Diese Zeit, diese ersten Minuten, nachdem ihr Mann das gemeinsame Domizil verlassen hatte, bestimmten die Gestaltung und den Fluß der bevorstehenden Stunden. Und – sie mußte an seinen kleinen Koffer denken – auch den Abend. Sie betete um einen guten Tag. Nicht um Glück, niemals um Glück. Nur um die ungestörte Bewältigung ihrer von Konventionen bestimmten Verpflichtungen. Wo Worte wie »Wie geht es Ihnen, Mrs. Gamelin?« und »Wie schön, Sie wiederzusehen« niemals ernst gemeint waren und deshalb glücklicherweise nach keiner ernstgemeinten Antwort verlangten. Sie hatte alle möglichen Tricks auf Lager, todsichere Methoden, die sie auf den richtigen Weg brachten. Oder sie zumindest davor bewahrten, den falschen einzuschlagen.

Wohltätigkeitsdiners, private Vorführungen, Modeschauen, die Verkostung exotischer Gerichte und erstklassiger Weine. Einladungen gab es immer. Kommen Sie, wie Sie sind, und vergessen Sie Ihr Scheckbuch nicht. Heute stand die Versteigerung russischer Ikonen und der Verkauf von Einjährigen in Newmarket im Terminkalender. Anderenfalls würde sie eine tratschsüchtige Bekannte anrufen und ihr Fragen über Leute stellen, die sie nicht im geringsten interessierten. Sie würde sich zwingen, mit heller Stimme zu sprechen, die kleinste Spur von Mißmut auszumerzen, wie eine dieser überschäumenden Schauspielerinnen/Hausfrauen in der Waschpulverwerbung.

Ihre Bewegungen wurden fahrig, ein gefährliches Zeichen. Beschäftigung, hatte man ihr in der Klinik geraten, war überaus wichtig. Ihrer Ansicht nach war damit körperliche Ertüchtigung gemeint, denn ihr Kopf ratterte immer. Nach ihrer Heimkehr hatten viele Leute Ratschläge angeboten, die oftmals mit den Worten »Was auch immer geschehen mag, dorthin möchten Sie bestimmt nicht mehr zurück« endeten. Zu widersprechen erschien Felicity unhöflich. Sie konnte sich sehr gut die Überraschung der anderen vorstellen, hätte sie ihnen die Wahrheit gesagt, die da lautete, daß ihr die hermetisch abgeriegelte Wärme und Bequemlichkeit auf Sedgewick Place größere Zufriedenheit beschert hatte als alles andere in ihrem Erwachsenendasein.

Zuerst hatte man ihr Drogen verabreicht und sie dann graduell an eine subtilere Form der Abhängigkeit gewöhnt. Jeder Tag war ein einziger langer Höhepunkt gewesen. Zuerst wurden Blumen gebracht, gefolgt von exquisit arrangierten Tabletts mit köstlichem Essen. Lächelnde Menschen badeten sie, kämmten mit langen Strichen ihr Haar. Ärzte hörten sich ihre Sorgen an, und die Grausamkeiten der Außenwelt klopften vergeblich an die Klinikwände. Nichts war real. Sie kam sich wie eine gefangengenommene Prinzessin in einem hohen und geheimnisvollen Turm vor. Die phänomenalen Kosten hatten nicht einmal die Oberfläche ihres Vermögens angekratzt.

Sie bezeichneten es als Nervenzusammenbruch. Eine nette Umschreibung für die unterschiedlichsten antisozialen Handlungen – angefangen von einem Weinkrampf bei Harrods bis hin zu einem Anfall von Selbsthaß, bei dem man sich sein Gesicht zerkratzte. Sie hatte beides getan, am selben Tag. Eine beängstigende Eskalation von Verzweiflung und Hoffnungslosigkeit. Doch all das gehörte der Vergangenheit an. Alles Schnee von gestern, Felicity.

Sie sprach ihren Namen häufig laut aus. Das half ihr, jenes häufig auftretende Gefühl von Ungewißheit, die Angst, kaum mehr eine richtige Person zu sein, in Schach zu halten. Mit gespielter Entschlossenheit begab sie sich ins Erdgeschoß. Der Saum des schweren cremefarbenen Morgenmantels schlug gegen ihre Fesseln.

In der riesigen, nach italienischem Vorbild designten Hightech-Küche hing der Duft von *pain au chocolat* in der Luft. *Verboten*, wenn sie Größe 38 beibehalten wollte. Guy hatte vier verschlungen. An einem Mann sahen ein paar Kilo zuviel gut aus.

Als sie sich kennengelernt hatten, war er schlank und hungrig gewesen, hatte sich wie ein Köter mit leerem Magen rumgetrieben. Sie hatte sich nur verbeugen, ihre weiche weiße Hand ausstrecken, die Worte »McFadden und Latymer« hauchen und lächeln müssen. In jenen Tagen hatte die Art und Weise, wie er den Kopf drehte, etwas Behendes an sich gehabt, und seine leicht nach unten gezogenen Mundwinkel hatten »alles oder nichts« gelobt. Er hatte sie an einen hübschen Frosch erinnert. An den jungen Edward G. Robinson.

Felicity griff nach einem noch warmen Stückchen, rammte es in ihren Mund, schob mit den Fingern die Krümel nach und verletzte dabei ihre Lippen. Sie kaute und kaute und schluckte und kaute, saugte wie wild den Butter-, Schokoladen- und Vanillegeschmack heraus, spuckte danach den Brei in den Müllzerkleinerer und entsorgte ihn, ehe sie sich eine Zigarette anzündete und durch das Kellergitter zu den traurig beschnittenen Topfplatanen hochblickte. In Gedanken malte sie sich große, gerade, kräftige Bäume mit saftigen Blättern aus, die sich majestätisch über Londons Dreck und Siff erhoben. Ihre ärmlichen Bäumchen hatten nur ein paar Zweige, die aus mit Farbe bestrichenen Wunden sprossen. Jemand lief am Fenster vorbei und schaute nach unten. Felicity wich zurück und eilte die Treppe hoch ins nächste Stockwerk.

Ihr Schlafzimmer befand sich in der dritten Etage. Nachdem sie die Tür abgeschlossen hatte, sank sie keuchend auf Guys Bett, als wäre sie verfolgt worden. Sie schliefen immer noch im gleichen Raum; ob seine Motivation Sturheit oder Boshaftigkeit war, wußte sie nie ganz genau zu sagen. Auf jeden Fall handelte es sich um eine unangenehme Erfahrung. Guy war ein rastloser Typ. Ruhte sein Gesicht auf dem Kissen, drückte es grundsätzlich eine extreme Gefühlslage aus. Hin und wieder grinste er im Schlaf, und Felicity war überzeugt davon, daß er über sie lachte. Auf seinem Nachttisch stand eine Fotografie ihrer gemeinsamen Tochter in einem Schildpattrahmen. Felicity warf nie einen Blick darauf. Sie kannte es in- und auswendig. Oder hätte es in- und auswendig gekannt, hätte sie ein Herz gehabt. Diese melodramatische Erkenntnis veranlaßte sie, vor Selbstmitleid zu weinen und schnell die Augen zu schließen.

Unsinnigerweise griff sie nach dem Bilderrahmen und tauchte weiter in ruinöse Selbstreflexion ab. Während sie in die haselnußbraunen Augen schaute, schienen die Konturen des Gesichts zu verwischen und sich in ineinanderfließende Kindheitsbilder zu verwandeln. Sylvies erste tolpatschige Bemühungen beim Ballettunterricht, ihre verzweifelten Tränen, als sie zur Schule geschickt wurde, ihr beängstigender Zorn, als Kezzie, ihr über alles geliebtes Pony, starb. Felicity knallte das Foto hin; das Glas zerbarst. Jesus, ich brauche einen Drink, schoß es ihr durch den Kopf.

Einen Drink und ein paar Tabletten, die ihr Wohlbefinden förderten. Die braunen Bomben. Sie müßten ihr helfen. Nur für Notfälle, hatte man ihr in der Klinik gesagt, aber wenn unendliche Einsamkeit und Verzweiflung um neun Uhr an einem wunderschönen sonnigen Morgen im tiefsten Belgravia kein Notfall war, was – verflucht noch mal – dann? Und ein Bad. Das dürfte helfen, ihre Stimmung zu ändern. Felicity machte sich an den zarten goldenen Hähnen zu schaffen, aus denen parfümiertes Wasser sprudelte.

An ihrer Zigarette ziehend, schaute sie in den Spiegel und bemerkte ihre eingefallenen Wangen. Ein Netz feinster Fältchen breitete sich neben den Augenwinkeln aus. Soviel zu dem Embryo-Serum, für das zahllose ungeborene Lämmer auf die Möglichkeit verzichtet haben, jemals über eine grüne Wiese zu springen. Sie drückte die Zigarette in dem honigfarbenen Gel aus. Einhundertfünfzig Pfund, und wofür? Für ein Netz feiner Linien. Mit dem Zeigefinger fuhr sie über die Fältchen, bohrte urplötzlich die Nägel mit aller Gewalt in die zarte Haut, auf der Halbmonde zurückblieben. Danach schnappte sie sich das Beruhigungsmittel und kehrte ins Schlafzimmer zurück.

Eine halbe Flasche Champagner aus dem schildkröten- und elfenbeinfarbenen Armoire nehmend, die Guy in einen Kühlschrank für seinen Schlummertrunk umgewandelt hatte, legte sie die Beruhigungstabletten auf die Zunge und spülte sie mit Champagner runter, der über ihr Gesicht und ihren Hals sprudelte. Im Badezimmer lief das parfümierte Wasser über, überschwemmte den Teppich, kroch langsam zur Tür.

Nachdem Felicity zwei weitere Flaschen gekippt hatte, machte sie es sich mit angezogenen Knien auf einem niedrigen Brokatsessel bequem. Ihr Mund war staubtrocken. Sie versuchte zu vermeiden, den Stoff zu berühren, der ihr wie eine geheimnisvolle Landschaft vorkam: durchbrochenes Gitterwerk, sich voneinander lösende Liebende, die in blutrote Seen rannten, Wolken wie blaugeäderte Fäuste. All das wirkte ihrer Meinung nach auf beklemmende Weise lebendig und vermittelte ihr eine düstere Vorahnung.

Die nahende Flut, das Schwappen des Wassers gegen den Badewannenrand, erregte endlich ihre Aufmerksamkeit. Sie versuchte aufzustehen. Ihr Gliedmaßen waren schwer, ihr Kopf schmerzte. Mit blinzelnden Augen betrachtete sie das Wasser, das immer in Bewegung war. Angst und Verlorenheit brachten sie zum Weinen.

Draußen auf der Straße ertönte das Dröhnen eines Preßluftbohrers. *Drrrrrrr....r.r.r......* Felicity steckte die Finger in die Ohren, doch der Lärm hämmerte ungehindert auf ihren Kopf ein. *Drrrrr......*

Sie schleppte sich zum Fenster, riß es auf und schrie mit brechender Stimme: »Hört auf, ihr Mistkerle... *Hört auf!*«

Das Bohren wurde ohne ihr Zutun eingestellt. Gerade als sie sich zurückziehen wollte, fragte eine Stimme unter ihr: »Mrs. Gamelin?«

Felicity beugte sich weiter hinaus. Auf den schwarzweißen Kacheln stand ein ihr vollkommen fremder junger Mann, dessen Miene begehrlichen Respekt verriet. Sie stürmte nach unten, öffnete die mohnrote Haustür. Der junge Mann, der sich offenbar an das Gekreische von vorhin erinnerte, sprang zurück. Hinter ihm parkte ein Lieferwagen mit dem aufgemalten Schriftzug »Au Printemps: Luxury Dry Cleaning + Invisible Repairs«. Er zog ein Blatt Papier hervor.

»Vom Empfangspult von Mr. Gamelin, Mrs. Gamelin.«

Sein pompöses Getue veranlaßte Felicity zu höhnischem Gelächter. Dennoch nahm sie das Papier in Empfang, auf dem unterschiedliche Kleidungsstücke aufgelistet waren, und las die einzelnen Posten laut vor. »Ein marineblauer Nadelstreifenanzug, ein grauer Nadelstreifenanzug, ein cremefarbenes Dinnerjackett. Zur Abholung.« Und eine Unterschrift: »Gina Lombardi«.

»Warten Sie.« Sie ließ ihn am Eingang in dem Wissen stehen, daß er in dem Moment, wo sie die Treppe hochging, in die Halle trat. In Guys Ankleidezimmer suchte sie – wie es von ihr zweifellos erwartet wurde – die entsprechenden Kleidungsstücke heraus und bemerkte eine Lippenstiftspur auf dem Frackrevers. Ein ganz und gar überflüssiger Hinweis. Wenn es nach Felicity ging, konnte Gina ihn nicht nur besteigen, sondern auch gleich verschlingen.

Sie spazierte zum Geländer und blickte nach unten. Der Mann vom *Au Printemps* inspizierte gerade seine verpickelte Haut im mexikanischen Spiegel. Felicity rief: »Fangen Sie«, warf die Klamotten runter und beobachtete, wie sie sich im Fallen aufplusterten.

Der junge Mann errötete. Begab sich wortlos in die Halle, kniete sich hin und legte demonstrativ jedes einzelne Kleidungsstück ordentlich zusammen. Felicity schämte sich ihrer grobschlächtigen Art. Bei ihrer Erziehung hatte man großen Wert darauf gelegt, daß sie Untergebene höflich behandelte, zu denen – wie ihre Eltern ihr beigebracht hatten – außer der Königin, dem Thronfolger und – sonntags – Gott jeder zählte.

Er sagte kein Wort. Kontrollierte die Taschen, zog das Innenfutter raus und stopfte es wieder rein. Ihr Verhalten setzte ihm nicht wirklich zu. Jedermann wußte, daß die Reichen und richtig Alten redeten, wie ihnen der Schnabel gewachsen war, und taten, was sie wollten. Und das aus demselben Grund. Beide Gruppen hatten nichts zu verlieren. Die hier war jenseits von Gut und Böse. Champagner konnte er schon von weitem riechen. Da hatte er Hazel ja was zu erzählen, wenn er zurückkam. Im Büro behauptete sie immer, er sei ein waschechter kleiner Nigel Dempster. Und während er halbherzig auf einen weiteren Schwall Obzönitäten wartete, berührten seine Finger einen blaßgrünen Umschlag. Er zog ihn heraus und legte ihn vorsichtig auf den Tisch in der Halle. Sie gab ein fragendes Geräusch von sich.

»Wir sind angehalten, alle Taschen zu überprüfen, Madam.«

»Das sehe ich«, sagte Felicity, immer noch übers Geländer gebeugt. »Ist das eine schwierige Aufgabe?«

Nachdem er die Tür zugeschlagen hatte und verschwunden war, ging sie nach unten und nahm den Briefumschlag. Unachtsamkeit sah Guy gar nicht ähnlich. Sowohl daheim als auch im Büro hatte er einen Reißwolf. Gewiß, die letzten Tage war er ein wenig zerstreut gewesen, aber trotzdem...

Der Umschlag war aus recyceltem Papier. Sie drehte ihn um. Er war an sie beide adressiert. Eigenartigerweise rief diese perfide Heimlichkeit bei ihr eine wesentlich heftigere Reaktion hervor als sexuelle Untreue oder sozialer Verrat. Mit zittrigen Fingern zog sie das Blatt heraus, Was für eine verdammte Frechheit! Ihr Brief, *ihr Brief*. Sie las die Nachricht mehrmals, zuerst bebend vor Zorn, allerdings nicht wirklich in der Lage, den Inhalt zu verdauen. Als die Information eingesickert war, saß sie lange Zeit wie in Trance da. Schließlich lief sie ins Wohnzimmer, nahm den Telefonhörer und drückte auf die Tasten.

»Danton – Sie müssen vorbeikommen – sofort... Nein – Jetzt! Ganz schnell. Etwas Unglaubliches ist geschehen.«

Das lauteste Geräusch im Corniche-Kabriolett, das langsam um Ludgate Circus kroch, war das unregelmäßige Klopfen von Guy Gamelins Herz.

Ungeduldig bediente er sich der beruhigenden Technik tiefer, gleichmäßiger Atmung, die ihm dieser Typ in der Harley Street zusammen mit diesem Muskelentspannungskram empfohlen hatte. Keine der beiden Methoden zeigte Resultate. Mürrisch und widerwillig praktizierte Guy beides, aber nur aus einem Grund: Der Gedanke, für einen Rat zu zahlen und ihn dann nicht anzunehmen, war ihm unerträglich. In Wahrheit weigerte er sich zuzugeben, daß derlei prophylaktische Maßnahmen überhaupt notwendig waren. Er war so kräftig wie eh und je. Trotz seiner fünfundvierzig Jahre strahlte er Jugendlichkeit aus.

Da war dieses Flattern in seiner Brust. Eine extrem leise Schwingung wie die einer schwebenden Feder. Guy legte die Finger auf seine Jackeninnentasche, spürte den Umriß einer braunen Glasflasche, ohne die zu reisen ihm nicht mehr gestattet war. Ohne sie durfte er nicht mal vom Schlafzimmer ins Badezimmer gehen. Er zog den Walnußbarschrank heraus, mixte sich einen gefährlich großen, eiskalten Tom Collins und legte eine Tablette auf die Zunge. Kurz darauf ließ die Oszillation in seiner Brust nach, und wenngleich Guy sich nicht entspannte – das tat er nie –, meinte er, etwas bequemer auf dem Lederpolster zu sitzen. Danach stöpselte er das Telefon aus und ließ seine Gedanken schweifen. Sofort begann er sich Szenarien der bevorstehenden abendlichen Auseinandersetzung vorzustellen, die in wenigen Stunden stattfinden würde.

Normalerweise kam Guys Blut vor einer Begegnung mit einem Feind in Wallung. Denn nichts liebte er mehr als einen Kampf. Kampfbereitschaft war seine normale Seelenlage. Jeden Morgen wachte er nach Träumen von blutigen Eroberungen auf, bereit, sich durch städtische Sitzungssäle zu pflügen und eine Reihe verwundeter Unternehmen zurückzulassen. In Kleidungsstücke aus der Savile Road gehüllt, von Trumpers rasiert und parfümiert, sah er sich als Kaufmann des 20. Jahrhunderts. In Wirklichkeit war er ein Räuberbaron, auch wenn seine Anwälte denjenigen, der die Kühnheit besaß, dies laut auszusprechen, auf der Stelle gekreuzigt hätten.

Guy konnte es nicht ertragen zu verlieren. Beim Kaufen und Verkaufen mußte er der Beste sein, der Beste beim Verwüsten, bei der Aussaat von Leid. Seine Pferde mußten schneller laufen als alle anderen, seine Yacht mußte die schönste sein. Die Rennwagen, die er sponsorte, kamen unter seiner Patronage nur einmal als zweiter ins Ziel. »Zeig mir einen guten Verlierer«, pflegte er dem schwitzenden Fahrer ins ölverschmierte Gesicht zu bellen, »und ich werde dir einen Verlierer zeigen.«

Doch obwohl er Männer wie Erdnüsse kaufte und verkaufte, ganze Unternehmen und zahllose Frauen seinem Willen unterjochte, gab es einen Bereich, wo ihm bislang kein Sieg vergönnt gewesen war. Aber selbst in diesem Fall wurde das Wort »versagen« niemals auch nur angedeutet. Seine Tochter Sylvie war Guys einzige Liebe und gleichzeitig seine größte Pein.

Selbstverständlich hatte Guy damals, als Felicity schwanger wurde, einen Sohn gewollt. Da er es selbst in jenen frühen Tagen gewohnt gewesen war, seinen Willen durchzusetzen, hatte ihn die Geburt einer Tochter am Boden zerstört. Das Maß seiner Enttäuschung angesichts dieser Beleidigung seiner Männlichkeit hatte seine Frau, seine Eltern, das Krankenhauspersonal und jeden, der sich zu jener Zeit in seiner Nähe aufhielt, über alle Maßen erschreckt. Und (zu spät, viel zu spät) wahrscheinlich auch seine Tochter, wie er heute annahm.

In den ersten Wochen nach der Entbindung legte sich sein Zorn etwas, aber Resignation entsprach nicht seinem Charakter. Er besorgte sich jemanden, der aus wissenschaftlichen und medizinischen Journalen die neuesten Informationen über genetische Forschung herausfilterte, und kaufte sich die beste Information, die damals erhältlich war. Nach dem, was er gelesen hatte, stand die Wissenschaft – medizinisch gesehen – kurz vor einem Durchbruch, um das Geschlecht des Kindes im voraus bestimmen zu können, und er war gewiß nicht gewillt, sich ein zweites Mal von der Natur übers Ohr hauen zu lassen. Bedauerlicherweise stellte sich heraus, daß all die zusammengeklaubten Informationen, all die Ausgaben und die tyrannischen Konfrontationen mit Spezialisten nichts als Zeit- und Geldverschwendung gewesen waren, denn Felicity empfing nie wieder.

Während der Schwangerschaft seiner Frau hatte Guy sich seine erste Geliebte zugelegt und Felicitys beharrliche Weigerung, sich zu vermehren, als bewußten Racheakt gedeutet. Als sich dieser Standpunkt später, medizinisch gesehen, als unhaltbar erwies, sah sich dieser ungeheuer empfindliche Mann mit einem fürchterlichen Dilemma konfrontiert. Entweder er ging als Vater eines Mädchens durchs Leben, oder er begann mit einer neuen Partnerin von vorn und tat der Welt somit kund, daß seine Ehe ein Fehlschlag war.

Zu begreifen, daß ihm solch ein Geständnis absolut unmöglich war, hieß auch zu verstehen, was für ein erstaunlicher und unerhörter Triumpf es gewesen war, daß er sich Felicity überhaupt geangelt hatte.

Ihre Familie hatte in ihm freilich das gesehen, was er war. Sie hatten seine Herkunft durchleuchten lassen und waren von ihr angewidert. Sie, die gerade ein genuesisches Mädchenpensionat absolviert hatte, konnte auf eine ganze Reihe passender junger und nicht mehr ganz so junger Männer zurückgreifen, die ihr im Vergleich zu Guy – der sie faszinierte und genauso stark befremdete – allerdings furchtbar dröge vorkamen. Er war sich seiner Anziehungskraft bewußt und achtete sorgsam darauf, daß der Angstquotient nicht unter ein bestimmtes Level fiel. Einerseits mußte er gerade hoch genug sein, damit sie nicht das Interesse verlor, und andererseits niedrig genug, um ihr den Eindruck zu vermitteln, er ließe sich schon zähmen, falls ihm nur das richtige Mädchen über den Weg lief. Sie zähmte ihn nicht. Dafür vernichtete er sie.

Dennoch durfte ihr gemeinsames Leben, falls man diese leere barocke Extravaganz überhaupt als solches bezeichnen konnte, nicht enden. Mit Geld hatte er sich nicht abspeisen lassen, und das hatten alle versucht. Niemand würde ihm jemals nachsagen können, daß er etwas, das er einmal bekommen hatte, wieder losließ.

Die Kindheit seiner Tochter interessierte ihn nicht die Bohne. Er kriegte kaum mit, daß sie existierte. Es hatte Kindermädchen gegeben (die eine oder andere hatte sich als äußerst befriedigend herausgestellt), und ab und an waren andere Kinder ins Gamelin-Haus eingeladen worden. Einmal war Guy nach Hause gekommen und hatte Horden von Kindern mit bunten Ballons und Karnevalhütchen und einen Mann in einem Clownkostüm auf einem Einrad angetroffen. Bei jener Gelegenheit hatte Sylvie sich mit ernster Miene bei ihm für eine wunderhübsch gekleidete, einen Meter große Puppe bedankt, die ihm noch nie zuvor unter die Augen gekommen war. Normalerweise kam ihr kein Sterbenswörtchen über die Lippen, und wie sollte Guy, bar jeder Phantasie, jenen leidenschaftlichen Hunger seiner Tochter nach Liebe und Lob oder einfach nur Aufmerksamkeit verstehen?

Und dann, nach ihrem zwölften Geburtstag, veränderte sich alles grundlegend. An jede Minute dieses Tages entsann er sich noch ganz genau. Jemand hatte sie gebeten, etwas auf dem Klavier zu spielen. Da Musik auf dem Stundenplan ihres extrem teueren Internats stand, mußte sie lernen zu musizieren. Sylvie besaß kein Talent, hatte sich aber, da sie schon Stunden nehmen und während der Schulzeit üben mußte, eine rudimentäre Technik angeeignet. Sie hatte »The Robin's Return« gewählt, eine altmodische, ziemlich sentimentale Melodie. Guy stützte sich auf den Marmorkamin und fragte sich, ob er mit seinem Gespür für Veränderung bei *Blue Chip Trusts* richtig gelegen hatte, als er über den weißen Steinway-Flügel blickte und zum ersten Mal das Gesicht seiner Tochter wahrnahm.

Blaß, intensiv, starr vor Angst. Mit in Falten gelegter Stirn saß sie da, ihre Lippen eine schmale Linie der Konzentration. Dünne Ärmchen schwebten über den Tasten; ihr glänzendes braunes Haar wurde von einem samtbezogenen Kamm aus dem Gesicht gehalten. Sie trug ein blau-weiß gestreiftes Kleid mit großem weißem Kragen und eine Schleife mit dünnen dunkelblauen Linien. All diese Einzelheiten hatte Guy so deutlich und lebendig vor Augen, als wäre ihm gerade eben erst die

Gabe des Sehens zum Geschenk gemacht worden. Und dann, bevor er sich auch vage an diesen beinahe halluzinogenen Anblick gewöhnte, ereignete sich eine zweite, weitaus seltsamere Begebenheit.

Eine Glut extremer Emotionen überwältigte ihn. In dem Gefühl, darin zu ertrinken, von ihnen weggetragen zu werden, hielt er sich unendlich beunruhigt am Kamin fest. Er bildete sich ein, just erkrankt zu sein, so stark reagierte sein Körper. Sein Herz fühlte sich an, als drücke jemand fest zu, sein Magen machte einen Satz und wurde dann zusammengedrückt. Doch damit nicht genug – nachdem diese Gefühle verebbt waren, blieb ein trauriger Rest über und ließ ihn mit der Gabe des Verstehens zurück.

In kürzester Zeit wußte er um die Verzweiflung, die Einsamkeit, den Hunger nach Liebe, unter dem seine Tochter litt. Und gleich darauf lernte auch er den Schmerz kennen und empfand eine besorgte, auf sie gerichtete Zärtlichkeit. Die Neuartigkeit und die Macht dieses Schmerzes – von dem ihm jeder Vater hätte berichten können – fühlte sich an wie ein Messer, das ihm jemand in den Magen rammte. Er ertrank in ihrem ernsten Anlitz, und plötzlich fiel es ihm wie Schuppen von den Augen, daß er sie nur selten lächeln gesehen hatte. (Warum war ihm das bisher nicht aufgefallen?) Das Wissen um ihre Traurigkeit berührte ihn über alle Maßen. Und dann überfiel ihn das verzweifelte Bedürfnis zur Wiedergutmachung. Ihr seine Liebe anzubieten.

Ja – er erkannte dieses Gefühl als das, was es war, obgleich man es ihm niemals entgegengebracht hatte. Er gelobte, ihr alles zu geben. Sich Zeit für alles mögliche zu nehmen, die vergangenen Jahre wettzumachen. Als die Musik leiser wurde und nach ein paar Noten gänzlich verhallte, applaudierte er, brachte die Hände zu laut zusammen. Amüsiert und fassungslos starrte Felicity ihn an.

»Das war sehr gut, Sylvie. Ausgezeichnet, Liebling! Du machst große Fortschritte.« Es überraschte ihn, wie selbstverständlich ihm diese Worte über die Lippen kamen. Ihm, der niemals ein Lebewesen gelobt hatte. Er wartete auf ihre Reaktion, hing väterlichen Illusionen nach, malte sich ihre Freude über seinen Enthusiasmus aus. Behutsam klappte sie den Tastendeckel zu, erhob sich von ihrem Stuhl und verließ das Zimmer. Felicity lachte.

Von jenen Augenblick an verfolgte Guy seine Tochter. Er nahm sie aus dem Internat, um sie jeden Tag sehen zu können. Jedes Wochenende überlegte er sich Aktionen, die ihr möglicherweise gefielen oder sie unterhielten. Er überschüttete sie mit Geschenken, legte sie ihr in den Schoß, versteckte sie in ihrem Zimmer oder wickelte sie in die Serviette neben ihrem Besteck ein, krank vor Sorge, daß sie nicht ihrem Geschmack entsprachen. All seine Bemühungen, ihre Zuneigung zu gewinnen, wies sie zurück. Nicht barsch oder vehement – damit hätte er umgehen können, das wäre ein Anfang gewesen, auf dem sich etwas aufbauen ließe –, sondern indem sie sich in leiser, wohlerzogener Resignation abwandte. Manchmal kam es vor, daß sie ihn anblickte. Ihre Augen glichen blaßblauen Steinen.

Nur ein einziges Mal zeigte sie ihre Gefühle, als sich Guy – in einem neuen Anfall von Reue über jahrelange Vernachlässigung – eines Tages während eines Zoobesuchs dazu durchrang, seine Scham und sein Bedauern in Worte zu fassen. In dem Bedürfnis, vielleicht einen Bruchteil der Schuld abzustreifen. Kaum hatte er zu sprechen begonnen, drehte sie sich um und brüllte ihn an: »Hör auf, hör auf. Das *interessiert* mich nicht.«

Anstandslos hatte er von seinen Bemühungen Abstand genommen, und sie hatten den verbleibenden Nachmittag stumm und distanziert verbracht, wenn auch nicht distanzierter als sonst, wie er schmerzlich einräumen mußte. Wohin er an diesem Tag auch schaute, überall erblickte er Väter, die ihre Kinder an der Hand hielten oder auf dem Arm trugen. Ein Junge, dem Aussehen nach gerade mal sechzehn Jahre alt, trug ein winziges Baby in einem Leinenbrusttuch. Das Kleine schlief, sein gerötetes, verschrumpeltes Profil ruhte auf dem flachen Brustkorb des Jungen. Das hätte ich auch tun können, dachte Guy und blickte verärgert auf den Scheitel seiner Tochter. Jesus – ich entsinne mich nicht mal, sie auf den Arm genommen zu haben.

Niemals wieder startete er den Versuch, Sylvie mit einer Erklärung seiner Gefühle zu belasten. Einmal jedoch mühte er sich ab, sie schriftlich festzuhalten. Den Brief hatte er ihr allerdings nie ausgehändigt, sondern ihn statt dessen zusammen mit einer Locke ihres Haars, ein paar Fotos und Schulzeugnissen in seiner Schreibtischschublade versenkt. Und während Monate und Jahre verstrichen, verlor seine bittere Reue angesichts ihrer fortwährenden Indifferenz ein wenig an Schärfe. Locker zu lassen war ihm freilich nicht gegeben. Unbeirrt unterhielt er sich mit ihr, bis seine Kehle schmerzte, stellte Fragen, machte Vorschläge, gab Kommentare zu Alltäglichkeiten ab. Irgendwann war er dann auf die Idee verfallen, Felicitys Gegenwart verursachte die Zurückhaltung des Mädchens. Daß er und Sylvie, wenn sie allein leben würden, durch den glücklichen Zufall einer familiären Osmose Wärme in das Herz und Leben des anderen hauchen würden. Ohne zu zaudern hatte er Sylvie einen entsprechenden Vorschlag unterbreitet. Inzwischen war es ihm egal, daß dieser Schritt der Welt vom Fehlschlagen seiner Ehe kündete. Sylvie war ziemlich verwirrt gewesen, hatte die Stirn gerunzelt und einen Augenblick nachgedacht, bevor sie fragte: »Wieso sollte ich diesen Wunsch hegen?«

Vor fünf Jahren war eine neuerliche Veränderung eingetreten. Am Morgen ihres sechzehnten Geburtstages verschwand Sylvie. Verließ wie üblich das Haus, als ginge sie zur Schule, kam dort nie an, kam nicht mehr heim. Guy, rasend vor Angst, war überzeugt, daß sie entführt worden war. Nachdem keine Lösegeldforderung gestellt wurde, malte er sich aus, sie wäre in einen Unfall verwickelt gewesen, einem Mörder zum Opfer gefallen. Er setzte sich mit der Polizei in Verbindung, die – nachdem sie Sylvies Alter erfahren hatten – irritierend gelassen reagierte und die Vermutung anstellte, daß sie höchstwahrscheinlich bei Freunden oder einfach eine Zeitlang allein sein wollte.

In der Überzeugung, daß das nicht der Fall war, stattete Guy ihrer Schule einen Besuch ab und fragte, ob er mit jemandem sprechen könnte, dem seine Tochter besonders nahe gestanden habe. Mit einem Namen konnte er nicht aufwarten, da Sylvie nie von ihren Freunden erzählt, seit vielen Jahren niemanden mehr mit nach Hause gebracht hatte.

Ein hochgewachsenes Mädchen mit schmalen Augen und hochnäsigem Blick wurde in das Büro des Direktors geführt. Sie informierte Guy, daß Sylvie seit jeher behauptete, sie könne ihren sechzehnten Geburtstag nicht erwarten, weil sie dann das Elternhaus verlassen konnte. »Sie hat mir gesagt«, plauderte das Mädchen mit gespielter Widerwilligkeit aus, »daß sie ihre Eltern zutiefst verachtet.«

An jenem Abend hörte Felicity, die von ihrer dritten Behandlung und schon ziemlich hinüber heimkam, sich die kläglichen Enthüllungen ihres Gatten an und sagte: »Mein Gott, außer Geldmachen ist dir doch alles schnurzegal. Sie haßt uns schon seit Jahren.«

Guy spürte Sylvie ziemlich schnell auf. Sie lebte in einem besetzten Haus in Islington. Relativ annehmbar, soweit man das von besetzten Häusern sagen konnte. Wasser, Elektrizität, Teppichreste auf dem Boden. Er erschien mit den Papieren eines dreijährigen Rennpferdes, sein Geburtstagsgeschenk für sie. Sie kam an die Tür und begann auf der Stelle zu schreien und ihn zu beschimpfen, spuckte ihm fast ins Gesicht. Nach Jahren blutloser, mundfauler Introvertiertheit hatte ihre Reaktion auf ihn die Wirkung eines Elektroschocks. Irritiert, überrascht und – wie er sich eingestand – aufgeregt wich er einen Schritt zurück. Dann warf sie die Papiere über das Kellergeländer und knallte die Tür zu. Jemand mußte sie später aufgehoben haben, denn im folgenden Monat wurde das Pferd ein Drittel unter Wert verkauft.

Komischerweise stachelte diese lautstarke Auseinandersetzung Guys frühere Hoffnungen an, nachdem er sich eigentlich längst voller Resignation an die nichtexistente Beziehung zu seiner Tochter gewöhnt hatte. Er mochte nicht glauben, daß auch nur einer der sechs schmarotzenden Troglodyten, die hinter ihrem Rücken höhnisch gegrinst hatten, einen Pfifferling für ihr Wohlbefinden gab.

Im Lauf der nächsten Jahre zog sie sehr oft um. Guy beauftragte eine Privatdetektivagentur, *Jaspers*, in der Coalheaver Street, und wußte daher immer, wo sie steckte. Allein lebte sie nie. Gelegentlich wohnte sie in einer Wohngemeinschaft, hin und wieder nur mit einem Mann. Diese Liebschaften, falls es welche waren, hielten selten lange Zeit. Guy schrieb Sylvie regelmäßig, bat sie, nach Hause zu kommen, und legte stets einen Scheck bei. Zu Weihnachten und zum Geburtstag einen dicken Scheck. Auf seine Briefe antwortete sie niemals, die Schecks hingegen wurden immer eingelöst, was nur hieß, daß er wenigstens noch zu etwas gut war. Wenn sie erst mal einundzwanzig war und über ihren Treuhandfonds verfügte, würde ihm selbst diese winzige Rolle abgesprochen werden.

Mich wundert nicht, daß sie es mir heimzahlen möchte, dachte Guy. Hat lange genug darauf warten müssen. Hat gewartet und gewartet, bis sie mich demütigen und zurückweisen konnte, wie ich es jahrelang mit ihr gemacht habe. Fast mit Freude erkannte er: *Sie ist genau wie ich.* Und dann kam die Erkenntnis, die ihn zu Boden schmetterte: *Und ich würde niemals vergeben.*

Ab und an fragte er sich quasi zum Trost, ob sie möglicherweise einer kalten, grausamen Symmetrie folgte. Hatte sie sich vorgenommen, diese Bestrafung, diese Verbannung exakt zwölf Jahre aufrechtzuerhalten, also genau so lange, wie seine gedauert hatte? Dann wäre sie achtundzwanzig. Vielleicht verheiratet, mit eigenen Kindern. Würde eventuell woanders wohnen. Vielleicht in Übersee. Angesichts dieser Gedanken beschlich Guy die verabscheuungswürdige und gemeine Ahnung, daß er, wäre sie tot, damit besser zurechtkäme.

All dies führte dazu, daß er immer in der Nähe der Wohnung rumging, wo sie gerade ihre Zelte aufgeschlagen hatte, heimlich und verunsichert wie ein abgewiesener Liebhaber. Einmal hatte sie ihn beim Einsteigen in ein Taxi entdeckt und wie ein obszöner Bauarbeiter heftig und vielsagend gestikuliert. Ein anderes Mal – und das war viel schlimmer gewesen – hatte er sie aus einem Gebäude kommen sehen, am Arm eines gelangweilt dreinblickenden Mannes in einem Tweedjackett. Sie hatte fröhlich geplaudert und ihn angelächelt. Ihre Haltung war die einer Person gewesen, die sich verzweifelt darum bemüht zu gefallen. Mitten auf der Straße hatte der Kerl sie abgeschüttelt, und Guy hätte ihn am liebsten umgebracht, ohne daß ihm die Ironie seiner Reaktion entgangen wäre.

Schließlich verschwand sie ein letztes Mal von der Bildfläche. Und zwar richtig. Angesichts ihres intelligenten Untertauchens übernahm Jasper höchstpersönlich die Aufgabe, sie zu finden. Sich als Schuldeneintreiber ausgebend, stattete er ihrem letzten Wohnort einen Besuch ab, nur um von einer Amazone von Mitbewohnerin die Treppe runtergeschmissen zu werden. Danach wurde ein weiblicher Schnüffler eingestellt, der das Glück anfänglich auch nicht hold war.

In diesen Wochen raste Guy vor Verzweiflung. Ehe ihm das Wissen um den Wohnort seiner Tochter versagt blieb, hatte er nicht begriffen, wie wichtig dies für seinen Seelenfrieden war. Auch wenn sie sich voller Bitterkeit von ihm fernhielt, hatte er zumindest gewußt, daß es ihr »gutging«, im eigentlichen Sinne des Wortes. Nachdem sie verschwunden war, registrierte er tagsüber und während der Nacht – vor allem in seinen Träumen – eine große, alles verschlingende Dunkelheit, die ihn in Augenblicken, in denen seine Achtsamkeit nachließ, zu übermannen drohte.

Einmal, als diese Ängste ihn fast bei lebendigem Leib auffraßen, hatte er sich kurz mit der Presse unterhalten. Die würde sie schon finden. GAMELIN-ERBIN VERSCHWUNDEN! Sie hatten massenhaft Fotos von ihr in ihren Archiven. Sie würden sie jagen und aus ihrem Versteck zerren. Irgendwo wußte irgend jemand, wo sie war. Auch wenn diese Vorgehensweise die Vater-Tochter-Beziehung nicht noch stärker belastete, als das ohnehin schon der Fall war, so standen die Chancen auf eine wie auch immer geartete, zukünftige Versöhnung nun schlechter denn je. Eine Möglichkeit, an die Guy unvernünftigerweise immer noch glaubte.

Knapp drei Wochen nach Sylvies Verschwinden stieß das Rechercheteam von *Jaspers* auf einen Informationskrümel. Eine Detektivin war auf die kluge Idee gekommen, einen Termin bei Sylvies Friseur zu machen. Dort stellte sie mit großen Augen und exaltiertem Gehabe die Vermutung an, daß Felix und seine Lockenwickler Zugang zu den Geheimnissen der Hälfte aller Mitglieder der Londoner Gesellschaft hatten. Ihre Schmeicheleien lockerten die Zunge des Hairstylisten beträchtlich. Nachdem er zu der Überzeugung gelangt war, daß jemand, der einen so gräßlichen selbstgestrickten Pulli und einen Vororthaarschnitt trug, garantiert kein Klatschkolumnist sein konnte, ließ er den einen oder anderen Namen fallen und wartete mit schlüpfrigen Anekdoten auf, die die Gute mit ihren langweiligen kleinen Freunden in Ruislip oder wo auch immer teilen konnte.

Zwei Informationen bezogen sich auf Sylvia Gamelin. Offenbar langweilte Hammersmith sie in Grund und Boden (»Und wem ginge das nicht so, meine Liebe?«). Daher war sie an einen ruhigen, sauberen und friedlichen Ort gezogen. Auf die drängende Frage, wo dieser Ort denn sein mochte, erwiderte Felix: »Sie redete nur vom Land. Und wir alle wissen doch, wie groß das ist, nicht wahr? Womöglich hat sie ja nicht mal die an London angrenzenden Grafschaften gemeint.« Klappernde Scheren blieben angesichts dieser bedrohlichen Vorstellung in der Luft hängen.

»Sie sagte, sie habe einen ungewöhnlichen Mann kennengelernt, aber ob die beiden Dinge miteinander in Beziehung stehen…«

Auch wenn diese Informationsschnipsel Guy nicht zu beruhigen vermochten, stürzte er sich wie ausgehungert auf sie und wies *Jaspers* an, die Bemühungen zu verdoppeln und auszuschwärmen. Weitere Hinweise oder Spuren wurden trotz aller Anstrengung nicht gefunden. Sechs leere Monate verstrichen, nicht ohne bei Guy Spuren zu hinterlassen. Die tiefe Befriedigung, die er früher aus dem Ankauf und der rigiden Umgestaltung von Firmen, aus der Durchsetzung auf dem internationalen Markt gezogen hatte, verwandelte sich in das dumpfe, ganz und gar nicht zielgerichtete Verlangen, anderen Schmerz zuzufügen. Was wiederum Einfluß auf seine Urteilsfähigkeit hatte. Er kaufte und verkaufte mit einer gewissen Schwerfälligkeit und begann zum ersten Mal seit zwanzig Jahren Geld zu verlieren. Gottlob war vor ein paar Tagen der Brief gekommen.

Nach dem ersten gewaltigen Schock, der nur natürlich ist, wenn einem etwas, wonach man sich lange gesehnt hat, einfach so in die Hände fällt, war Guy nun aufgeregt wie schon lange nicht mehr. Obwohl das Briefpapier nicht Sylvies Handschrift trug (der Brief stammte überhaupt nicht von ihr), handelte die Nachricht *von* ihr und enthielt – was noch besser war – eine Einladung. Immer wieder nahm Guy den Brief in die Hand, der für ihn inzwischen fast die Funktion eines Talismans hatte. Jetzt war er nicht da, wo er sein sollte. Er durchsuchte alle anderen Taschen, zupfte entnervt am Futter herum, bis ihm einfiel, daß er sich umgezogen hatte. Egal. Er kannte die Adresse und jede Zeile auswendig.

Sehr geehrter Mr. & Mrs. Gamelin, Ihre Tochter wohnt nun seit einiger Zeit bei uns. Am 17. August werden wir ihren Geburtstag feiern und würden uns freuen, wenn Sie beide kommen könnten. Vielleicht gegen halb acht. Wir essen um acht. Mit freundlichen Grüßen, Ian Craigie.

Gestern nacht hatte Guy vor Aufregung und Neugier keinen Schlaf gefunden, sich jeden Satz des kurzen Briefes immer wieder durch den Kopf gehen lassen, versucht, Trost daraus zu ziehen. Das »uns« beruhigte ihn sehr. Es klang nicht danach, als ob Ian Craigie jener »unglaubliche« Mann wäre, den Sylvie in London kennengelernt hatte. Das Wort implizierte, daß es möglicherweise eine Ehefrau, vielleicht gar eine Familie gab. Und »Ihre Tochter« hatte etwas angenehm Formelles, Gediegenes an sich.

Felicity erzählte er nichts von der Einladung. Sie mochte Sylvie nicht und hatte sich nicht die Mühe gemacht, ihre Erleichterung, als das Kind von daheim fortgelaufen war, und ihre Gleichgültigkeit gegenüber dem Wohlergehen ihrer Tochter zu verbergen. Nicht ein einziges Mal hatte sie ihren Namen ausgesprochen. Aufgrund ihres Verhaltens war es undenkbar, daß sie ihn begleitete. Guy beschloß zu sagen, daß sie krank war. Das schien ihm die einfachste Lösung zu sein. Und wem schadete es schon?

Danton Morel war eines der bestgehüteten Geheimnisse in London. Keiner, der seine Dienste in Anspruch nahm, erzählte das je weiter, eifersüchtig bestrebt, die Vorteile seiner Behandlungen exklusiv genießen zu dürfen. Nichtsdestotrotz war immer wenigstens ein Beispiel seiner Magie anwesend und verschlug den anderen den Atem, wenn sich die Reichen und Berühmten, die Berüchtigten und Glamourösen irgendwo ein Stelldichein gaben.

Seine Visitenkarte beschrieb ihn angenehm bescheiden als *Coiffeur et Visagiste*, doch die unerhörten Transformationen, die seine Kunst bewirkte, gingen weit über jene banalen Schminktechniken hinaus, die in Modezeitschriften oder im Fernsehen gezeigt wurden. Auf magische Weise veränderte Danton nicht nur das Äußere, das Fleisch und die Haut, das Aussehen, sondern schuf eine deutlich und dramatisch veränderte Persönlichkeit.

Einmal abgesehen von diesen märchenhaften Fähigkeiten, war Danton mit einer unglaublich wohlklingenden Sahne-und-Brandy-Stimme gesegnet. Und wenn er nicht sprach, signalisierte sein Schweigen Wärme, Ermunterung und Aufmerksamkeit, was dazu führte, daß die Menschen geneigt waren, ihm alles mögliche anzuvertrauen. Und Danton hörte zu, lächelte, nickte und fingerte derweil an ihnen herum.

Vor zwanzig Jahren hatte er als Maskengestalter und Marionettenhersteller angefangen und befand heute mit einer Spur Ironie, er sei immer noch im selben Geschäft tätig, wenngleich seine Kundschaft zu Tode erschrecken würde, wüßte sie um seine Gedanken. Sein Privatleben war extrem unkompliziert. Er führte ein Leben aus zweiter Hand, labte sich an Informationen, destilliert aus verworrenen Gefühlsausbrüchen, Geständnissen, Vertraulichkeiten und Schilderungen sybaritischer Ereignisse, die beeindruckender als das wahre Leben waren und sein Herz in neidischer Aufregung entbrennen ließen. Weil er niemals tratschte, unterstellte ihm jeder Diskretion, und diskret war er in gewisser Weise auch. Freilich schrieb er alles nieder und führte nun seit zehn Jahren Tagebücher, von deren Veröffentlichung er sich eines Tages großen Reichtum erhoffte. Er pflückte gerade ein paar Lorbeerblätter, als Felicity die Tür öffnete. Die Haare standen ihr zu Berge, als ob sie daran gezogen hätte, und er hätte ein Fremder sein können, so leer war ihr Blick.

Im oberen Stockwerk begann sie auf und ab zu gehen und zu lamentieren. Lange, aufwendig gebräunte Beine stachen wie dunkelbraune Scheren aus dem Hausmantel hervor, um gleich darauf wieder darunter zu verschwinden. Kaum hatte er das Haus betreten, drückte sie ihm den Brief in die Hand. Nachdem Danton ihn gelesen hatte, nahm er Platz und wartete.

»Dieser Betrug, Danton... *dieser Betrug*... Meine eigene Tochter! Als ob ich sie nicht gern sehen würde...«

Keuchend spuckte Felicity die Worte aus. Ihre Schultern zuckten, und sie strich beständig über ihre Arme, als würde sie von einem Schwarm Insekten angegriffen. Wieder sagte sie mit lauter, anklagender Stimme »Meine eigene Tochter!«, als trüge Danton die Schuld an den Vorgängen. Sein Eintreffen hatte sie in einem Anfall widerstreitender Gefühle herbeigesehnt. Zuerst war sie erstaunt gewesen über die Einladung, dann stinksauer, weil man sie nicht in Kenntnis gesetzt hatte. Jetzt war ihr ganz mulmig, aber auch bewußt, daß sie – nachdem sie den Brief gefunden hatte – eine Entscheidung bezüglich des Inhalts treffen mußte. Dieses ganze Durcheinander wurde begleitet von einer messerscharfen Verblüffung über die Macht, die der Brief auf sie ausübte. Sie war sich relativ sicher gewesen, daß die Liebe zu ihrer Tochter längst gestorben war. Sie selbst hatte alles dafür getan, ihre Zuneigung der Vergessenheit anheimfallen zu lassen, hatte sie über die Jahre hinweg schrumpfen lassen zu einer zu vernachlässigenden Gefühlsregung.

Sylvie hatte ihre Mutter nie gemocht. Schon als Kleinkind kämpfte sie und machte sich ganz starr, wenn Felicity versuchte, sie in den Arm zu nehmen oder zu halten. Kaum daß sie gehen konnte, polterte sie auf ihr Kindermädchen oder einen zufälligen Hausgast zu. Sie ging zu jedem – wenigstens bekam Felicity diesen Eindruck –, aber niemals zu jener Person, die sie am meisten liebte. Später, als deutlich wurde, daß Sylvie ihre Mutter nicht nur nicht liebte, sondern sich auch halsstarrig weigerte, sie zu mögen, begann Felicity langsam, die eigene Zuneigung zu pulverisieren. Dies hatte ihr großen Schmerz bereitet, zumal sie schon eine Ahnung von der kargen Landschaft hatte, als die sich ihre Ehe schließlich herausstellte. In ihren Augen war das Kind irrigerweise ein Gegenmittel, eine Quelle der Zuneigung und Freude gewesen. Sollte sie sich nun nach all den Jahren der Hoffnung hingeben? Das wagte sie nicht.

»Das ist wahrscheinlich ein Scherz, denke ich.«

»Warum sagen Sie das, Mrs. G?«

Danton wurde von seinen Klienten ständig gedrängt, sie beim Vornamen anzureden, hatte dieses Angebot aber seit jeher abgelehnt. In Felicitys Fall war die Abkürzung ihres Nachnamens das Zugeständnis, das er einzugehen bereit war. Sie hingegen konnte die Abkürzung auf den Tod nicht ausstehen, da sie der Meinung war, daß sie damit zum Ebenbild einer Cockney-Putzfrau degradiert wurde. Allerdings hätte sie es nie gewagt, dies öffentlich kundzutun, aus Furcht, ihn zu beleidigen.

»Seit fünf Jahren haben wir nichts von ihr gehört oder gesehen.«

»Haben Sie nicht gesagt, daß sie, wenn sie einundzwanzig wird, zu Geld kommt? Vielleicht stammt der Brief von einem Anwalt, und Sie beide müssen etwas unterschreiben.«

»Das müssen wir nicht. Die Bedingungen des Treuhandfonds sind eindeutig. Wurden von meinen Eltern festgelegt, als sie noch ein Kleinkind war. Wie dem auch sei – wir wurden zum Dinner eingeladen.«

»Ist es groß? Das Erbe?«

»Fünfhundert.«

Im Geist fügte Danton die fehlenden Nullen an und erschauderte neidvoll. Felicity ließ sich auf eine üppig gepolsterte Fußbank sinken und wickelte den glatten Satin um ihre Beine. Sie sagte: »Ich werde gehen«, und spürte die Größe ihres Vorhabens. Ihr war, als wäre sie in einen tiefen Abgrund gesprungen.

»Selbstverständlich«, meinte Danton. »Die Frage ist, als was Sie gehen werden?«

Zuerst blickte Felicity verständnislos, dann irritiert drein. Ganz automatisch hatte sie Danton herbeizitiert, eigentlich nur aus dem Verlangen nach einem aufmerksamen Zuhörer. Weitere Gedanken hatte sie sich bislang nicht gemacht.

»Sie können nicht einfach so gehen, Mrs. G.«

»Kann ich nicht?« Daß sie überhaupt eine Entscheidung getroffen hatte, war für Felicity schon genug gewesen. Was sie tragen sollte, wie sie aussehen wollte, all dies waren Fragen, mit denen sie sich noch nicht beschäftigt hatte. Doch nun, da das Thema angeschnitten worden war, begriff sie, welche Bedeutung es hatte. Ihr nervöser und verletzlicher Verstand schrieb den potentiellen Gästen schon die unterschiedlichsten Rollen zu. Sollten ihre Erwartungen zutreffen, durfte sie sich nicht nur einfach irgendwas überschmeißen, sondern mußte sich gegen eine beachtliche Ansammlung von Gegnern wappnen. Auf der anderen Seite...

»Nichts Extremes, Danton.«

»In diesem Fall dürfen Sie mir getrost vertrauen.«

Sie hatte ihn beleidigt. Hastig entschuldigte sich Felicity. Danton stand auf.

»Nun – dann machen wir uns lieber an die Arbeit. Gut gekleidet und bei Verstand, so heißt es doch, oder?«

Ein gemeiner Seitenhieb, möglicherweise gar beabsichtigt, was eigentlich nicht der Fall sein konnte. Man nahm einem Kunden nicht hundert Pfund die Stunde für seine Dienste ab und beleidigte ihn dann. Felicity folgte ihm die Empore hinauf zu ihren Ankleidezimmern. Wie gern hätte sie noch was getrunken, verzichtete aber darauf, weil sie nicht maßlos erscheinen mochte. Danton trank niemals Alkohol und auch nichts, das Koffein enthielt. Hin und wieder benetzte etwas Quellwasser seine Lippen. Seine Zähne und das Weiß seiner sanften braunen Augen funkelten.

Felicitys Kleidung wurde in drei Zimmern aufbewahrt. Eins für den Abend, eins für den Tag und eins für nicht leicht zu kategorisierende Kleidungsstücke wie Kreuzfahrtklamotten, Bikinis und Wickeltücher, selten benutzte Sportartikel. Tennisschläger, Skier, Golfausrüstung. (Sie hatte angefangen, Golfunterricht zu nehmen und sich gleich am ersten Morgen tödlich gelangweilt.) Die den Türen gegenüberliegenden Wände waren verspiegelt. Gut einen Meter unterhalb der Decken hingen metallene Kleiderstangen.

Zusammen mit Danton spazierte Felicity die Ansammlung ab, zog gepolsterte Kleiderbügel hervor und hängte sie wieder weg, begutachtete Taftrüschen, Seidengebilde und weichfallende Samtfalten. Unter einem Dutzend in die Decke eingelassener Glühbirnen, die »Tageslicht« suggerierten, musterten sie Muir und Miyake, Lagerfeld und Bellville Sassoon. Chanel und St. Laurent. Zahlreiche Kreationen wurden hervorgezogen, diskutiert und verworfen. Ein orangerotes Flamencokleid mit stark gerüschtem Rock, rückenfrei und vorn tief dekolletiert. »Das sollte ich nicht tragen. Nach acht Uhr könnte es etwas frisch werden.« Ein enges schwarzes Ding aus Samt mit Schleppe und einem weißen Band um den Hals. »Sie sind ihre Mutter und nicht ihr Beichtvater.« Ein beiges Hemdblusenkleid aus Rohseide, perlenbestickt, mit Goldfäden durchwirkt und furchtbar steif. »Ungewöhnlich langweilig.« Himbeerfarbener Georgette und Federn. »Zu sehr Ginger und Fred.«

Und so ging es weiter, bis sie alles durchhatten und wieder

von vorn anfangen mußten. Schließlich entsann sich Felicity der Karelia. Sie ging weg und kehrte mit einem aufgebauschten Nebel aus weißer Baumwolle unter einem durchsichtigen Überwurf zurück. »Das war für eine Premiere im Garden gedacht.« Sie riß die Druckknöpfe auf und Danton hielt den unteren Hüllenrand fest, um zu ziehen. »Die Leute, mit denen ich in die Oper gehe«, fuhr Felicity fort, »haben für gewöhnlich eine Loge, aber an jenem Abend hatten wir aus irgendeinem unerfindlichen Grund Plätze im ersten Rang. Es wäre mir unmöglich gewesen, in diesem Ding zu meinem Sitzplatz zu gelangen. Daher habe ich es nie getragen.« Felicity schob mit dem Fuß die Hülle zur Seite. »Es war Pavarotti.«

»Das hier müssen Sie tragen.«

»Oh. Meinen Sie nicht, daß es ein bißchen zu –«

»Wir reden von einem feierlichen Diner auf einem Anwesen auf dem Land. Jeder wird sich herausputzen. Was sollen die armen Hunde dort draußen im Unterholz denn sonst tun?«

In Wirklichkeit dachte Danton, daß das Kleid »ein bißchen«, wenn nicht gar völlig übertrieben war, andererseits war es unerhört phantasievoll. Allein beim Betrachten zuckte es ihm in den Fingern. Ein Traumgewand, das dazu bestimmt war, zwischen Reihen von Bewunderung zollender, Zylinder tragender Männern eine Busby-Berkeley-Treppe hinunterzurauschen.

Lagen über Lagen aus durchsichtigem Chiffon in jeder nur erdenklichen Grauschattierung, angefangen von der Andeutung eines blassen Rauchtons bis hin zu sattem Anthrazitgrau, und alles über Petticoats in der Farbe von geschwärztem Silber. Das Satinmieder und die spitz zulaufenden Ärmel waren mit Schleifenschlingen verziert, die mit einer einzelnen dunklen Perle fixiert waren.

»Ziehen Sie es an.«

Ohne Scham legte Felicity ihren Hausmantel ab.

»Richten Sie mich her als ... Nun – was schlagen Sie vor?«

»O mein Gott ...« Er trat einen Schritt zurück und platzte fast vor Aufregung. »Wann müssen Sie los?«

»Ich denke... wegen des Feierabendverkehrs so gegen halb sechs.«
»Werden Sie zu Mittag essen?«
»Ich würde keinen Bissen runterkriegen.«
»Gut. Dann fangen wir lieber gleich an.«

3

Gleich nach dem Mittagessen gingen Suhami und Christopher nach draußen, um Calypso herumzuführen. Die schnell und gierig fressende Ziege mußte in relativ kurzen Intervallen an einen anderen Ort gebracht werden.

Wie sehr Calypso Gras liebte! Wegen des Verbots von Unkrautvernichtern gediehen Fingerkraut, Brennessel und dicker Löwenzahn allerorten. Als Christopher ihren Pfahl rauszog, hatte sie noch nicht den Eindruck, ihr jetziges Territorium ausreichend abgegrast zu haben, und er mußte die Leine mehrmals um seinen Unterarm schlingen, um sie wegzuzerren.

Calypso, die sehr wohl in der Lage war einzuschätzen, wie stark ihr Betreuer war, neigte zur Sturheit, falls sie ihn für schwächlich hielt. Erst neulich war sie wie wild die Zufahrt hinuntergesprungen und zum Tor hinaus auf die High Street gerannt, wo man sie zehn Minuten später geduldig wartend in der Schlange vor dem Fischgeschäft entdeckt hatte.

»Du bist ein einfältiges Mädchen«, hatte May sie auf dem Heimweg gescholten. »Zumal du Fisch gar nicht magst.«

»Möchtest du festhalten oder draufklopfen?«

»Festhalten«, antwortete Suhami und griff nach dem genieteten Halsband.

»Dann nimm dich lieber vor Eibenbeeren in acht.«

Christopher schlug den Pfahl in den Boden, während Calypso Luftsprünge vollführte und in einem Anfall von Zorn mit den Hinterbeinen ausschlug. Kaum angepflockt, legte sich ihre Wut. Sie begann friedlich zu mampfen und hob ab und an den Kopf, um der Welt einen ihrer enigmatischen Blicke zu schenken.

»Wir müssen uns unterhalten, Suze. Meinst du nicht auch?« fragte Christopher.

Sie wandte sich von ihm ab. »Ich weiß nicht.«

»Ich liebe dich.« Er stellte sich vor sie und bemerkte den Schatten, der ihre Miene verdüsterte. »Nun... es ist schön, wenn man gemocht wird.«

»Ich will dich ja – wirklich. Es ist nur so, daß...«

Als sie nicht weitersprach, hakte Christopher sich bei ihr unter und führte sie zu der großen Zeder. »Setzen wir uns da hin, und dann werde ich –«

»Nicht hier.« Suhami blieb stehen.

»Okay.« Verdrießlich dreinblickend, drehte er sich um und spazierte mit ihr zum Teich.

»Ich weiß, es ist dumm... und ich weiß, daß sie längst vom Wind weggeblasen wurde, aber Jims Asche wurde hier verstreut. Ich kann nicht anders; dieser Ort ist für mich immer so etwas wie ein Grab.«

»Arno hat mir davon berichtet. Muß sehr traurig gewesen sein.«

»Das war es damals. Und dennoch – es ist wirklich eine Schande, wie schnell man vergißt.«

»Ich denke, das ist immer so. Es sei denn, die Person hat einem ungewöhnlich nahegestanden.«

»Er war ein so netter Mann. Ruhig und bescheiden. Wenn er seine Arbeit getan hatte, ging er einfach auf sein Zimmer und las oder meditierte. Eigentlich paßte er nicht richtig in diese Art von Kommune. Manchmal hatte ich den Eindruck, er wäre in einem Kloster glücklicher gewesen.«

»Aber war er nicht ein heimlicher Säufer? Ich meine, gehört zu haben, daß –«

»O nein. Er hat überhaupt nichts getrunken. Darum ist es ja so eigenartig. Um ehrlich zu sein –«

»Hallo.« Der Zuruf kam von der Terrasse. May kam winkend auf sie zu.

Sie kam ruhigen Herzens. So ruhig, als hätten sich ihre Probleme in Luft aufgelöst. Kwan Yin hatte schließlich doch noch Wunder bewirkt. Nachdem sie sich erst mal ihr Problem vergegenwärtigt hatte, war die Lösung derart logisch, daß May sich am liebsten selbst einen Tritt in den Hintern gegeben hätte, weil sie so blind gewesen war. Natürlich war Christopher die Person, mit der sie sprechen mußte. Er war erst nach Jims Tod nach Windhorse gekommen und konnte deshalb unmöglich in die Geschehnisse verwickelt gewesen sein. Ihre Erleichterung führte mitnichten dazu, daß May seiner Reaktion gelassen entgegensah. Immerhin war es durchaus möglich, daß er vorschlug, zur Polizei zu gehen, und May wußte, daß sie sich in diesem Fall genauso schuldig fühlen würde, als hätte sie diesen Weg gewählt.

Sie hoffte, ihn allein anzutreffen, aber Suhami winkte ihr zu und rief: »Möchtest du etwas von uns, May?« Mit einer vagen Handbewegung versuchte May anzudeuten, daß – selbst wenn das der Fall gewesen wäre – sie den Grund ihres Kommens vergessen hate. Aber die Geste wirkte gekünstelt, denn May war hoffnungslos ehrlich, arglos wie ein kleines Kätzchen.

»Eigentlich habe ich dich gesucht, Christopher.«

»Nun, jetzt hast du mich gefunden.«

»Ja... ähm... tja... Am Wochenende wollten wir Honig ernten, und der Sterilisierer funktioniert nicht.« May sprach mit geschlossenen Augen und rang um Worte. Wie ein schlecht sitzender Zahn lag ihr die Lüge im Mund.

»Letztes Mal, als wir ihn benutzt haben, funktionierte er prima.« Zusammen schlenderten sie zum Haus zurück. »Aber das ist schon 'ne Weile her.«

Beim Betreten des Hauses zerbrach sich May den Kopf, wie sie das junge Paar auseinanderreißen könnte. Ihr fielen eine ganze Menge unsinniger Ausreden ein, aber sie war sich bewußt, daß sie sie nicht überzeugend rüberbringen konnte und infolgedessen eher Suhamis Verdacht erregen, als ihn zerstreuen würde.

»Ich werde mich nach dem Tee darum kümmern.«

»Um was kümmern?« May starrte Christiopher verblüfft an.

»Um das, worum du mich noch vor zehn Sekunden gebeten hast, May. Nach dem Tee werde ich mir den Sterilisierer anschauen – in Ordnung?«

»Aber sicher!« rief May. »Tee! Suhami – ich muß mein Ginseng einnehmen und habe es auf meinem Nachttisch stehenlassen. Wärst du so nett – dann könnte ich mir den Gang ersparen und meine Beine schonen...«

Kaum eilte Suhami davon, packte May den Arm ihres Begleiters und zerrte ihn in die Halle, bis sie unter dem Oberlicht standen. »Christopher, ich muß mit dir reden«, flüsterte sie dann.

Mit gehetztem Blick schaute er sich um und flüsterte: »Ich denke, sie wissen von unseren Plänen.«

»Sei ernst.«

Christopher lachte. »Entschuldigung. Wenn du möchtest, werde ich sofort nach dem Sterilisierer sehen, und wir können uns in der Küche unterhalten.«

»Das Ding funktioniert prima. Mir ist ad hoc nichts Besseres eingefallen. Ich mußte dich allein sprechen. Ich mache mir solche Sorgen. Irgend etwas geht hier vor... etwas stimmt nicht. Und ich bin mir sicher, daß es mit Jims Tod zu tun –« Sie brach ab und blickte zur Galerie hoch, die leer zu sein schien. »Was war das?«

»Ich habe nichts gehört.« Er folgte ihrem Blick.

»Ein Klicken. Als habe jemand eine Tür geschlossen.«

»Vielleicht war dem so. Was soll das alles, May?«

»Laß uns lieber draußen reden.«

Christopher ließ sich von ihr den Gang hinunter in Richtung Küche schleifen. »Kommt mir alles ein bißchen wie der MI5 vor. Du rekrutierst nicht zufälligerweise neue Leute?« Sie kamen zum Hintereingang des Hauses, einer verglasten Terrassentür. »Ich werde keinen Mikrofilm schlucken, May«, scherzte Christopher weiter. »Nicht mal für dich.«

Sie traten nach draußen. Christopher drehte sich um, um die

Tür zu schließen. May stand ein paar Schritte hinter ihm auf unebenen, moosbewachsenen alten Pflastersteinen. Auf dem Weg zu ihr nahm er ein tiefes Rumpeln wahr. Donner? Ein Blick nach oben verriet keine Verdunkelung. Dann ertönte ein Poltern, und ein großes schwarzes Objekt holperte über die Dachrinne.

Mit einem Aufschrei verpaßte Christopher May einen Stoß. Sie flog nach vorn, fiel über den Saum ihres Kleides und plumpste über eine Blumenrabatte. Christopher stürzte in den Türeingang zurück. Der Gegenstand landete zwischen ihnen und brachte einen Pflasterstein zum Bersten. In Sekundenschnelle breitete sich von der Aufprallstelle ein Netz aus; Steinsplitter flogen durch die Luft.

Der Fall hatte sich so schnell ereignet und der Aufprall war so gewaltig gewesen, daß die beiden einige Sekunden vor Schock reglos an Ort und Stelle verharrten. Langsam registrierte Christopher, daß jemand hinter ihm stand und seinen Namen rief. Suhami.

»Hast du geschrien? Was ist denn? Was soll – *May*...!«

Mit zerkratztem Gesicht, auf dem Abdrücke von Lavendelästen prangten, kämpfte May sich auf die Füße. Während Suhami ihr zu Hilfe eilte, schlich Christopher ins Haus zurück. Immer noch keine Menschenseele auf der Treppe oder Galerie. Alles war ruhig.

Behende rannte er zur Galerie hoch, klapperte alle drei Seiten ab, klopfte an Türen, riß sie auf und warf einen Blick in die dahinterliegenden Zimmer, wenn niemand antwortete. Alle Zimmer waren leer.

Am hinteren Ende des rechten Flügels, verdeckt durch einen Samtvorhang, lag ein extrem spitz zulaufender Mauerbogen. Gleich hinter dem Bogen gab es ein Dutzend Stufen, die wie ein Korkenzieher in enger Drehung aufs Dach führten. Es gab Anzeichen, daß vor kurzem jemand hier gewesen war. Der Staub auf den Stufen war teilweise weggewischt und mit Farbsplittern von dem alten, grüngestrichenen Oberlichtrahmen übersät. Christopher erinnerte sich, daß Arno vor ein paar Tagen dort oben gewesen war, um Vogelscheiße vom Fenster zu kratzen. Er kniete sich auf die oberste Stufe, ganz dicht neben das Glas, stieß den nächstbesten Glasflügel des Oberlichts auf und fixierte ihn mit einem verrosteten Stab. Danach steckte er vorsichtig den Kopf durch die Öffnung und schaute sich um.

Auf dem Dach schien niemand zu sein. Er kletterte hoch und verlor sofort jedes Orientierungsgefühl – die enge Wendeltreppe hatte ihn vergessen lassen, wo welche Himmelsrichtung lag. Zur Orientierung drehte er sich langsam im Kreis. Dort lag der Gemüsegarten, daher mußte der Dachabschnitt über der Hintertür auf der entgegengesetzten Seite liegen.

Während er noch zögerte, was er als nächstes tun sollte, schoben sich Wolken vor die Sonne und ließen die Farben der ihn umgebenden Ziegel und Mauern verblassen. Wind kam auf, und Christopher zitterte, obgleich ihm nicht kalt war. *Jemand spaziert über mein Grab*. Er fragte sich, wann dieser Satz zum ersten Mal Erwähnung gefunden hatte, denn die Toten, eingebettet in ihre hölzernen Kokons, waren die letzten, die sich dafür interessierten, ob jemand über ihre zu Staub zerfallenden Köpfe ging oder gar auf ihnen tanzte.

Auf dem Dach stand eine Unmenge von Kaminen, aber es gab nur drei rußige Schornsteine mit jeweils vier Töpfen. Ihre Nähe störte Christopher. Die toten Schornsteine vermittelten ihm den Eindruck von Zusammenhalt. Auf der einen oder anderen Öffnung saß eine Art Haube. Bei einem Windstoß drehten sich mehrere von den Dingern knarzend in seine Richtung. Sein Gefühl von Unsicherheit verstärkte sich noch. Auf einmal kam er zu der unsinnigen Überzeugung, daß die Hauben lebende Organismen beherbergten, die ihn beobachteten. Er versuchte sich zu beruhigen und begann langsam zum gegenüberliegenden Dachrand zu schreiten. Es war unmöglich, einen geraden Weg einzuschlagen. Das Dach setzte sich aus drei steil abfallenden Abschnitten zusammen, von schmalen Trampelpfaden durchschnitten. Zwischen zweien der Pfade bäumte sich das große, von Eisenstreifen eingefaßte Oberlicht auf.

Auf den engen Wegen kam man nur voran, wenn man vorsichtig einen Fuß vor den anderen auf die blauschwarzen, verbogenen Bleiplatten setzte. Genau so verfuhr Christopher. Auf der anderen Seite angekommen, spähte er über den Dachrand. Nun befand er sich direkt über dem zersplitterten Pflasterstein. Die Delle in der Dachrinne verriet ihm, an welcher Stelle der Metallgegenstand hinuntergepurzelt war. Und eine helle, runde, fleckenlose Stelle sagte ihm, wo er die längste Zeit gelegen hatte. Sie war gut einen halben Meter von der Dachrinne entfernt, auf einer ganz ebenen Fläche. Ihm erschien es unmöglich, daß ein Objekt von dieser Größe und diesem Gewicht sich aus eigenem Antrieb in Bewegung gesetzt haben sollte. Selbst für eine einzelne Person hätte es nicht leicht sein können, das Ding zur entsprechenden Stelle zu rücken, geschweige denn über den Rand zu hieven. Und doch mußte es genau so passiert sein.

Sollte dem so gewesen sein – Christopher richtete sich schnell auf und schaute sich um –, wie war es dieser Person dann gelungen, sich so schnell aus dem Staub zu machen? War jemand derart flink, daß er über das Dach gehen, das Oberlicht schließen, die schmalen Treppenstufen überwinden und nach unten laufen konnte und alles innerhalb von dem kurzen Zeitraum zwischen dem Herunterstoßen des Metallklotzes und Christophers Rückkehr in die Halle? Er konnte sich dies – ehrlich gesagt – nicht vorstellen.

Erneut knarzten die Schornsteinaufsätze und erinnerten Christopher daran, daß er sich zuvor beobachtet gefühlt hatte. Vielleicht war er auf eine Erklärung gestoßen. Falls der potentielle Mörder (denn als was sollte man sonst einen Menschen bezeichnen, der einen großen Brocken Eisenerz auf einen Menschenkopf warf?) gar nicht vom Dach herunter war, sondern geblieben war und sich versteckt hatte … *Sich womöglich immer noch versteckt hielt.*

Schlagartig wurde er sich des leeren Raums hinter seinem Rücken bewußt. Nichts als Luft. Sauerstoff, Stickstoff, Kohlendioxid. Keiner dieser Stoffe hatte die Macht, ihn aufzufangen. Eigentlich – wenn man genauer darüber nachdachte – waren sie nur zum Durchfallen geeignet. Gerade, als er am dringendsten auf sie angewiesen war, merkte er, wie seine Knie weich wurden.

Geschwind legte er die Distanz vom Dachrand zum nächsten Schornstein zurück. Keine Menschenseele verbarg sich dahinter. Auch hinter dem zweiten nicht. Leise und mit pochendem Herzen näherte er sich dem dritten. Vier gedrehte gelbe Stangen, rußüberzogen. Behutsam auftretend, begann er mit der Umkreisung. Nach der Hälfte überfiel ihn das Bedürfnis, laut zu lachen. Diese Vorgehensweise hatte er sich in einer Reihe von schaurigen Filmen abgeguckt, in denen die komische Hauptperson auf Zehenspitzen um einen Baum kreist und von einem Mann im Gorillakostüm verfolgt wird. Aber hier oben war niemand. Muß durch das Oberlicht geklettert sein, schloß Christopher, während ich mir die Dachrinne angesehen habe.

Schon im Gehen begriffen, erregte etwas zwischen den Schornsteinaufsätzen seine Aufmerksamkeit. Etwas, das aus einem Spalt ragte. Sah aus wie das Ende einer Metallstange. Er zog daran, bis das Ding sich löste. Und hielt ein Radkreuz in der Hand.

Als Christopher endlich wieder unten war und zu Mays Zimmer gelangte, war es proppenvoll. Noch im Türrahmen zählte er kurz durch. Alle waren anwesend.

Er sah sich mit einer höchst dramatischen Szene konfrontiert. Ziemlich malerisch und in gewisser Hinsicht viktorianisch beredt. Wie eine jener allegorischen Andeutungen der Sterblichkeit, auf denen ein alter Patriarch in seinen letzten Atemzügen abgebildet war, umgeben von weinenden Familienangehörigen, einem alten Faktotum und einem rührselig dreinblickenden Hund.

May lag auf einer Chaiselongue und sah für ihre Verhältnisse einigermaßen blaß aus. Jemand hatte einen pfauenblauen Fransenschal über ihre Knie drapiert. Hinter ihr stand der

Meister. Sein weißes Haar strahlte im Sonnenlicht; seine Hand ruhte auf ihrer Stirn. Suhami kniete neben ihr. Tim hatte sich auf einem Fußschemel niedergelassen. Mit ringenden Händen beugte sich Arno (er rang sie wirklich, als wringe er Wäsche aus) über sie. Janet und Trixie hielten sich ein wenig abseits und erweckten den Eindruck, zur Gruppe zu gehören und auch wieder nicht.

Die Beavers kauerten am Fuß der Couch. Heather hatte ihre Gitarre mitgebracht und schlug leise, zuckersüße Akkorde an. Ken sagte: »Hier gibt es viel zu heilen«, ehe er zuerst seinen magnetischen Kristall berührte und dann mit ernster Miene nach Mays Fußsohle griff.

»Es geht mir gut«, betonte May. »Unfälle passieren. Macht keinen Wirbel.«

Heather begann die Saiten ihres Instruments mit mehr Inbrunst zu zupfen und rezitierte dann einen Vierzeiler, der sie alle auffahren ließ.

»Oh, Zenitene Strahlen kosmischer Macht
ergießt aus dem himmlischen Turm
gleißend helles Leuchten in einem goldenen Schauer
und stärkt unsere sternengeborene Blume.«

Erneut berührte Ken seinen Kristall und betrachtete einen nach dem anderen mit einer Grabesmiene. Schließlich blieb sein Blick an der Vorhangschabracke hängen, als beschuldige er sie, wichtige Informationen zurückzuhalten. Eine Weile später wandte er sich wieder an die liegende Gestalt: »Jetzt bist du tief eingehüllt in Jupiters Psi-Sonde und badest in seinem wundersam heilenden Einfluß.«

»Nun, *das* weiß ich.« May zupfte am Seidenschal. »Wir alle sind permanent eingebettet in wundersam heilende Strahlen, welcher Ursprungs auch immer. Ich brauche jetzt meine Medizin und etwas Arnika für die blauen Flecken. Beides liegt in diesem kleinen Muschelkästchen. Wäre vielleicht jemand so nett…?«

Umgehend setzte sich Arno in Bewegung. Er händigte ihr das Erbetene aus mit der Frage: »Möchtest du vielleicht auch etwas Oxymol, May?«

»Warum nicht? Honig kann nie schaden. Danke, Arno.«

Hocherfreut, die Wünsche seiner Herzdame erfüllen zu dürfen, eilte Arno von dannen. Er würde den wohlriechendsten Honig – war da nicht noch etwas Mount Hymettus übrig? – und dazu einen frischen, leichten Honig in einer hübschen Tasse geben. Sollte er noch ein paar Blumen pflücken? Unter derlei Umständen durften die Regeln sicherlich ein wenig lockerer ausgelegt werden.

Gerade als er die Küche betreten wollte, hielt er inne. Die hintere Tür stand immer noch offen. Arno trat über die Türschwelle, inspizierte den geplatzten Pflasterstein und den Metallbrocken und begutachtete den Lavendel, der von Mays Sturz plattgedrückt worden war. Einige Zweige waren abgeknickt. Als er sah, wie knapp sie dem Tod entgangen war, überkam ihn eine leise, tiefsitzende Furcht. Er stellte sich eine Welt ohne sie vor. Ohne Wärme und Farbe, ohne Licht, Musik, Sinn... Harmonie...

»Aber sie lebt ja noch«, sagte er mit fester Stimme. May würde ziemlich ärgerlich reagieren, wenn sie wüßte, daß er derlei schrecklichen, düsteren Gedanken nachhing. Sie selbst sah immer in allem das Positive. Nicht die Wolke, sondern den Silberstreifen am Horizont. Den Regenbogen und nicht den Regen.

Nachdem er kein schöneres Gefäß gefunden hatte, hielt Arno bei seiner Rückkehr einen schweren, grobschlächtigen Becher mit Oxymol in den Händen. May setzte sich auf und sah wieder einmal völlig unfehlbar aus. Sie hatte ihre Medizin so lange geschüttelt, bis sie sich indigo gefärbt hatte, und rieb etwas davon auf ihre Handgelenke. Im Zimmer breitete sich ein holziger Geruch aus. Er trat vor, und als er ihr den Becher überreichte, berührten Mays Finger die seinen. Arnos sommersprossige Wangen färbten sich rot. Er hoffte inständig, daß es niemandem auffiel.

»Ich habe mich nicht einen Moment wirklich in Gefahr befunden«, versicherte sie nun allen Anwesenden. »Mein Schutzengel wachte über mich, wie er das immer tut. Wer hat eurer Meinung nach dafür gesorgt, daß Christopher so dicht hinter mir war?«

Christopher wurde von allen Seiten dankbar angelächelt. Die von ihm auf dem Dach gefällte Entscheidung behagte ihm immer noch nicht richtig. Nachdem sich der Schock über den Fund des Radkreuzes gelegt hatte, hatte er nicht recht gewußt, was er mit dem Ding anstellen sollte. Sollte er es wieder dorthin legen, wo er es gefunden hatte? Und falls er so verfuhr, würde der Angreifer sich dann einbilden, nicht entdeckt worden zu sein, und selbstbewußt einen zweiten Anschlag verüben? Wenn Christopher das Radkreuz mitnahm, würde sich der Mann möglicherweise in acht nehmen und doppelt gefährlich sein. Nach längerem Abwägen hatte Christopher sich für letztere Strategie entschieden. Jetzt lag das Radkreuz in eine Decke gewickelt unter seinem Bett. Später wollte er es in Calypsos Schuppen bringen.

Das Gespräch drehte sich nun nicht mehr um Mays Wohlergehen, sondern um den Eisenklumpen und die Tatsache, wie seltsam es war, daß das Ding überhaupt auf dem Dach gelegen hatte. Heather, die sich als einzige mit der Geschichte von Manor House auseinandergesetzt hatte – in der Küchentischschublade lag ein kleines Büchlein zu diesem Thema –, verkündete, daß der Klumpen zum ersten Mal nach dem Ersten Weltkrieg erwähnt und damals für das Fragment einer Kanonenkugel gehalten worden war. Später deutete man ihn – zweifellos das Ergebnis des Fortschritts in den Wissenschaften und der Astronomie – als Teil eines Meteors. Egal, welchen Ursprungs das Ding sein mochte, es hatte dort oben gelegen, und weder die Allmacht der Natur noch die Bombardierungen im Zweiten Weltkrieg hatten das Ding auch nur einen Zentimeter verrücken können. Wie seltsam, schloß Heather, daß er ausgerechnet heute nach unten gefallen war.

Nach dieser Bemerkung verfielen alle in Schweigen. May,

unter dem Schutz der Engel, schaute immer noch etwas perplex drein. Hinter dem Rücken der anderen verdrehte Trixie die Augen. Ken schien von dem Geheimnis fasziniert zu sein, und Heather vermutete, er könne es nicht erwarten, in dieser Angelegenheit Hilarions Meinung einzuholen. Tim, das Unerklärliche spürend, machte sich noch kleiner als sonst.

Die Stille breitete sich immer mehr aus, bis sich alle, einer nach dem anderen, dem Meister zuwandten. Der Raum schien vor verheißungsvoller Erwartung zu bersten. *Er* würde diese Disharmonien erklären können, besagten ihre vertrauensvollen Mienen. Der Meister lächelte sein obligates Lächeln. Beugte sich kurz nach unten, um Tims goldenen Schopf zu streicheln, und meldete sich schließlich zu Wort.

»Viele Dinge agieren im Vakuum des Energiefeldes. Das niedrige Stratum dynamischer Kraft ist weit davon entfernt, stabil zu sein. Subatomare Partikel sind konstant in Bewegung. Vergeßt niemals – es gibt kein ruhendes Elektron.«

Das war es also. Das fallende Objekt war nichts anderes als die Verkörperung lebendiger Materie. Die Anwesenden begannen zu nicken und zu lächeln oder den Kopf zu schütteln angesichts ihrer geistigen Trägheit. Den Handrücken auf die Stirn legend, bekundete Ken, was für ein Idiot er doch sei. Niemand widersprach ihm.

Kurz danach forderte der Meister sie auf, May ruhen zu lassen. »Und bedankt euch bei ihrem Schutzengel, wie es sich gebührt.« Damit entfernte er sich. Tim folgte ihm und trat beinahe auf den Saum seines blauen Gewandes, vor lauter Angst, zurückgelassen zu werden. An der Tür drehte sich der Meister um. »Ich mache mir große Sorgen wegen deiner für heute abend angesetzten Rückführung. Diese Reisen können überaus anstrengend sein. Wäre es dir lieber, sie auf einen anderen Abend zu verschieben?«

»Auf gar keinen Fall, Meister«, antwortete May stur. »Wir haben Neumond, und wir haben überaus verheißungsvolle Nachrichten von Hilarion erhalten. Wie würde ich mich fühlen, wenn mir Astarte eine Manifestation zuteil werden ließe und ich all diese extrem dynamische Energie nicht nutzte? Und außerdem«, sagte sie, setzte sich auf, trank einen kleinen Schluck Oxymol und strahlte die anderen an, »bin ich schon wieder ganz die alte.«

4

Es war halb fünf. Beim Abendessen waren die Craigies sicherlich anwesend. Und hinterher gab es vielleicht keine Möglichkeit mehr, Sylvie allein zu sprechen. So kam es, daß Guy verfrüht in Compton Dando eintraf. Die leise Befürchtung, daß dies eventuell nicht gern gesehen war, hatte keine Chance gehabt, neben dem alles umfassenden Deckmantel freudiger Aufregung zu bestehen.

Auf dem Weg dorthin war es ihm gelungen, sich selbst davon zu überzeugen, daß der Brief in Wirklichkeit – ihm war es sehr wohl gegeben, zwischen den Zeilen zu lesen – von Sylvies Entscheidung kündete, ihm zu verzeihen. Daß sie ihn nicht persönlich über ihren Sinneswandel in Kenntnis setzen konnte, dafür brachte Guy großes Verständnis auf. Sie war tief verletzt worden und keineswegs bereit, die Rolle einer Bittstellerin einzunehmen. Und dies wünschte er auch nicht. Aber daran, daß eine Einladung ausgesprochen worden war, und zwar nicht nur mit ihrer Erlaubnis, sondern auf ihren Wunsch hin, hatte er nun nicht mehr den geringsten Zweifel. Die Jahre seiner einsamen Trauer neigten sich dem Ende zu. Mit einem Blumenstrauß und einer Karte mit den schlichten Worten »In Liebe« neben dem Haupteingang von Manor House stehend, wurde er von Glücksgefühlen übermannt. Er war darin gebadet, wie in Schweiß.

Er schaute sich nach Anzeichen von Leben um. Im Schloß steckte ein großer gotischer Schlüssel, und an einem vertikal angebrachten Eisenstab war eine rostige Klingel befestigt, an der er zog. Die Klingel tönte recht laut, aber niemand kam. Die

Blumen umständlich haltend, wartete er eine Weile. Auf der Veranda standen zwei an die Wand gelehnte Holzstühle, abgenutzt und glatt wie jene, die man oft vor alten Dorfkirchen fand. Guy legte den Strauß auf einem der Stühle ab und trat einen Schritt zurück, um das bemerkenswert imposante Haus besser betrachten zu können.

Daß sie gar nicht dasein könnte, war Guy nicht in den Sinn gekommen. Sollte er erst in sein Hotel einchecken und später wiederkommen? Gina hatte ihm ein Zimmer im *Chartwell Grange*, dem einzig halbwegs annehmbaren Hotel weit und breit, reserviert. Guy hatte beschlossen, nach dem Abendessen, egal welchen Ausgang es nahm, nicht heimzufahren. Er wollte allein sein und das Wiedersehen mit seiner Tochter allein verdauen, genießen, im Geist noch mal durchleben und feiern. Und auch wenn Felicity nichts von der Einladung ahnte und – bis er zurückkehrte – sich mit Hilfe von Alkohol und Tabletten unter aller Garantie ins seelische Niemandsland katapultiert hatte, war Guy der Gedanke unerträglich, sich kurz nach dem Abschied von seiner Tochter ihrer Gegenwart aussetzen zu müssen.

Noch nicht gewillt aufzugeben, marschierte er am Haus entlang. Was für ein Durcheinander hier herrschte. Blumen, deren Blüten nicht aufgerichtet waren, sondern im Staub lagen. Ein immens hohes, vielfach verstrebtes blaues Etwas, das in sich zusammengefallen war und auf dem Kies verstreut lag. Er gelangte zu einer räudigen Eibenhecke, die parallel zur einer Mauer verlief. An einer Stelle waren die Äste für einen Durchgang, durch den Guy nun trat, gekappt worden.

Dahinter lag ein weitläufiges Rasengrundstück, auf dem Stiefmütterchen und Klee sprossen, an denen sich eine korpulente Ziege labte. In der Mitte stand eine große Zeder, die so alt wie das Haus sein mußte. Zu seinen Füßen lag ein rechtwinkliger Teich mit herumflitzenden Fischen. Manche waren wie Tiger gestreift, andere waren kleiner und hatten dünne Rücken und durchsichtige schneckenartige Hörner. Am Ende der Rasenfläche erhoben sich mehrere Bambuswigwams. Dort mußte es – das verriet ihm die Uneinheitlichkeit der Pflanzen – auch einen Gemüsegarten geben. Und endlich ein Anzeichen von menschlichem Leben. Jemand harkte Erde. Vielleicht Ian Craigie?

Kaum hatte Guy sich richtig in Bewegung gesetzt, da stellte der Mann sein Tun ein, warf den Kopf nach hinten und begann zu deklamieren. Die Verse waren schlicht, wurden laut vorgetragen und mit befremdlichen Gesten untermalt. Der Mann warf die Arme hin und her und hielt das Gesicht in die Sonne. Leicht verstört zog sich Guy zurück.

Wieder auf der Veranda, beschloß er, noch mal die Klingel zu betätigen, kam dann aber wieder davon ab und drehte, ohne groß nachzudenken, an dem aus einem Eisenring bestehenden Türgriff. Die Tür ging auf, und er betrat das Haus.

Er stand in einer großen Halle mit gewölbter Decke, die mit farbenprächtig bemalten Schlußsteinen akzentuiert war. Eine beeindruckende Treppe mit aufwendig geschnitzten Treppen- und Geländerpfosten führte zu einer dreiflügeligen Musikantengalerie hoch. Der riesige Raum war nur spärlich mit äußerst schlichten Möbelstücken ausstaffiert: zwei stattliche Holztruhen, von denen eine einen kaputten Deckel hatte, zwei unfachmännisch gepolsterte Stühle, ein runder, nichtssagender Tisch, der keiner Stilperiode zuzuordnen war, und ein großer freistehender Schrank. Der einzig ansehnliche Gegenstand war ein großer, knapp zwei Meter hoher Steinbuddha auf einem Sockel. Der Kopf war mit kleinen, an Pickel erinnernde Locken verziert. Auf dem Sockel stand eine Glasschale mit Lupinen, und jemand hatte ein paar Früchte ausgelegt.

Die Luft roch unangenehm. Nach Bohnerwachs, ungesundem Essen und feuchter Wäsche. Der Geruch einer Institution. Er mußte es wissen. Schließlich hatte er lange genug dort gelebt. Und über allem schwebte ein ziemlich aufdringliches Aroma, das – wie Guy fürchtete – Weihrauch sein mußte.

Auf dem Tisch standen zwei Holzschalen, in denen jeweils eine schön beschriftete Karte lag. »Fühlst du dich schuldig?« und »Liebesopfer« stand darauf geschrieben. In der Schale für die Schuldgefühle lagen fünf Pence. Außerdem gab es eine Menge von Hand bedruckter Flugblätter, die von überflüssigen Hervorhebungen und eigenwillig plazierten Ausrufezeichen strotzten. Guy hob *The Romance of the Enema* von einem Kenneth Beavers hoch, der sich *Clairaudient* und Intuitiver Diagnosesteller titulierte. An der Tür, durch die er gerade eingetreten war, hing ein grüngebeiztes Anschlagbrett. Guy ging hinüber, um einen Blick darauf zu werfen, und trat fest auf, damit seine Schritte lauter als nötig klangen.

Die daran befestigten Notizen erwiesen sich als uninteressant. Hauptsächlich Arbeitspläne. Kochen, Waschen. Calypso füttern und melken. Schnell überflog er die Liste, ohne Sylvies Namen zu entdecken. Er wußte nicht, ob er sich ermutigt fühlen oder frustriert sein sollte. An der gleichen Stelle hing auch ein großes Poster: *»Mars & Venus: Das Verlangen nach Hilfe, aber sind wir bereit?* Diskussion am 27. August in der Bibliothek von Causton. Melden Sie sich rechtzeitig an, dann laufen Sie nicht Gefahr, abgewiesen zu werden.«

Lebte hier demnach eine übergeschnappte, pseudoreligiöse Truppe? Auf dem Arbeitsplan waren Männer und Frauen eingetragen. Dann handelte es sich nicht um ein Nonnenkloster. Möglicherweise war das Haus eine Art Anstalt. Die Vorstellung, daß Sylvie sich hier aufhielt, kam ihm – ehrlich gesagt – lächerlich vor. Und wo kam dieser Craigie ins Spiel? »Essen Sie mit uns zu Abend.« Stand »uns« für diese eigenartige Gruppe? Die Vorstellung behagte Guy ganz und gar nicht. Er verspürte nicht die geringste Lust, sich in Gesellschaft einer Horde von Freaks mit seiner Tochter auszusöhnen. Er schaute sich nach weiteren Hinweisen um.

Zwei Korridore gingen von der Halle ab, und da war auch eine Tür mit der Aufschrift »Büro«, die Guy öffnete. Er warf einen Blick in das fensterlose Zimmer mit auf Boden und Regalen verteilten Papieren und Akten. Auf einem Kartentisch stand ein Gestetner. In einem Ledersessel mit hoher Rückenlehne saß jemand.

Lange, von blauem Jeansstoff eingehüllte Beine, ein bildschöner Schopf goldblondes Haar, feine Locken auf der Stirn. Eine Diele knarzte unter Guys Füßen, und die Gestalt drehte den Kopf. Es gelang ihm, einen kurzen Blick auf ihr Gesicht zu erhaschen, ehe sie aufstand, zum verstaubten Wandteppich rannte und sich dahinter versteckte, als wäre sie splitterfasernackt.

Sie war das schönste Wesen, das ihm je unter die Augen gekommen war. Angesichts dieser Perfektion fiel Guy die Kinnlade runter. Es dauerte eine halbe Minute, bis er sich gefaßt hatte. Erst dann begriff er, wie sehr sie sich vor ihm fürchtete. Hechelnd wie ein in die Enge getriebenes Tier, stand sie mit dem Rücken zur Wand. Leise murmelnd begann Guy eine Entschuldigung hervorzubringen.

»Es tut mir leid... ich wollte nicht... Es ist alles in Ordnung. Ich bin ein Besucher. Bin gekommen, um meine Tochter zu sehen.«

Seine Worte waren nur Schall und Rauch. Ihr Keuchen wurde lauter, sie witterte Gefahr. Guy wich zurück, lächelte und zuckte mit den Schultern, um zu zeigen, daß er keine Gefahr darstellte. Dann bewegte sie sich so heftig, daß der Vorhang wegrutschte. Zum zweiten Mal erhaschte er einen Blick auf ihr Gesicht und war schockiert. Sein Magen zog sich zusammen, seine Stirn wurde kalt und klamm. Schlagartig verflog der Zauber. Angeekelt wandte er den Blick ab – das Mädchen war geisteskrank.

Unkontrolliert verdrehte sie die dunkelblauen Augen. Sabber tropfte von ihren wohlgeformten Lippen, die sie schürzte und zu einer unansehnlichen runden Schnute zusammenpreßte. Dann bemerkte Guy zum ersten Mal die Kinnlinie und die große braune Hand, die über die Wand glitt. Langsam dämmerte ihm, daß die Gestalt keine Frau, sondern ein junger Mann war. Sein Ekel verstärkte sich noch. Am liebsten wäre er aus dem Zimmer gestürmt und hätte die Tür hinter sich zugeschlagen.

Verdammt, was für ein Ort war das hier? Er war durchaus gewillt gewesen, den ersten Kerl, der draußen im Kohlbeet allein vor sich hin gefaselt hatte, zu entschuldigen, aber dieser hier, diese zurückgebliebene Kreatur, war einfach zuviel. Die Vorstellung, daß seine Tochter in diesem Umfeld lebte, beunruhigte ihn.

Er kehrte in die Halle zurück, wo man allem Anschein nach endlich von ihm Notiz genommen hatte. Vorhangringe aus Holz klapperten, ein Mädchen tauchte auf der Galerie auf und ging schnellen Schrittes zur Treppe hinüber.

Sie hatte das lange dunkle Haar zu einem Zopf geflochten und trug fließende Musselinhosen. In Bewegung erinnerte sie an eine weiße Motte mit gespreizten Flügeln. Der Musselin war an den Fesseln in Bündchen zusammengefaßt, an denen winzige, fröhlich klimpernde Glöckchen befestigt waren. Barfuß hüpfte sie wie eine Wolke Distelwolle die Stufen hinunter. Ihre Füße berührten kaum den Boden. Als sie näher kam, sah er, daß ihr geflochtener Zopf mit kleinen weißen Blumen geschmückt war und ein roter Tupfer mitten auf ihrer Stirn prangte. Sich vor ihm aufbauend, legte sie wie beim Gebet die Handflächen aufeinander, um ihn zu begrüßen. »Willkommen im Golden Windhorse.« Sie verbeugte sich.

Gezwungenermaßen mußte Guy den dritten Schock innerhalb von wenigen Minuten verdauen, reagierte aber dennoch geistesgegenwärtig. Dieser eine Augenblick war gefährlich und bot ihm gleichzeitig eine große Chance. Sein Blick ruhte auf ihrem Scheitel, der ebenfalls rot gepudert war. Er streckte die Hand aus und berührte vorsichtig ihre Schulter. Dann sagte er: »Tag, Sylvie.«

»Ich heiße jetzt Suhami.« Selbst ihre Stimme klang anders. Sanft, wohlklingend, leicht gedämpft, als dringe sie durch mehrere Baumwollschichten. »Das heißt tanzender Wind.«

Im stillen spielte Guy mehrere Antworten durch, die seiner Einschätzung nach alle mißverständlich sein konnten, und schwieg. Nickte nur mit dem Kopf und zog die untere Hälfte seines Gesichts zu einem Lächeln hoch. War diese Reaktion zu kühn? Der gesenkte Blick Suhamis verriet ihm nichts. Sie sagte: »Du bist früh dran.«

»Ja. Ich hatte gehofft, wir könnten uns vor dem Abendessen unterhalten.«

»Ich fürchte, das wird nicht möglich sein.« Allein der Gedanke schien sie aufzuregen. Die Haut unter dem roten Punkt legte sich in Falten.

Unsicher und reglos stand Guy da und starrte seine Tochter an. Nur Sylvie war in der Lage, ihn in solch einen Zustand zu versetzen, und zum ersten Mal störte es ihn wirklich, daß sie dazu fähig war.

Ohne ein weiteres Wort entfernte sie sich. Durchmaß die Halle, verschwand in einem Korridor. Gewiß ging sie davon aus, daß er ihr folgte. Guy setzte sich in Bewegung und kam sich auf einmal unglaublich ordinär vor. Der Flur endete vor einer Glastür, die auf die Terrasse hinausführte. Kurz vor der Tür, auf der linken Seite, waren ein paar Holzhaken angebracht, an denen ein alter Regenmantel und ein Wäscheklammerbeutel hingen. Darunter standen mehrere Paare Gummistiefel und ein Paraffinofen. Gegenüber dieser Wand führten drei Steinstufen zu einer weiteren Tür, aus der das Klappern von Teelöffeln und Geschirr drang.

Guy drückte den Türgriff runter und trat in die quadratische, niedrige Küche. Die Kacheln und die Steinspüle hatten Risse und sahen alt aus. Es gab ein langes Eisenregal, einen moderneren Gasherd. Sylvie kochte Tee. Aus einem flachen Bastkorb nahm sie Minzeblätter, legte sie in eine kleine Teekanne und goß kochendes Wasser darauf. Zuerst hoffte Guy, daß er nicht für ihn bestimmt war, dann wieder hoffte er, daß Sylvie den Tee doch für ihn aufbrühte.

Sie ging zu einem Regal, auf dem verschiedene Messer ausgelegt waren, nahm eins herunter und begann ein Stück glänzendes, klebriges und hart aussehendes Etwas zu zerteilen. Ihr Vater, der erst vor kurzem einen Bericht über Drogen gesehen hatte, fand, das Zeug sähe wie gepreßter Cannabis aus.

»Was ist das?«

»Rambutanzwieback.«

»Aha.«

Jetzt richtete sie ein Tablett her. Offenbar war der Tee weder für sie noch für ihn. Jede Sekunde würde sie das Tablett nehmen und vielleicht endgültig verschwinden. Guy studierte das gefaßte Profil. Suchte darin nach einer Reaktion auf ihre Begegnung. Wie konnte sie nur so ruhig sein? Hatte sie tatsächlich keinen Sinn für die Bedeutung des Augenblicks? Was immer er auch erwartet haben mochte, das hier bestimmt nicht. Sie kam ihm wie eine Fremde vor. War seine Tochter und doch nicht seine Tochter.

Möglicherweise hatte man sie einer Gehirnwäsche unterzogen. Vielleicht war dies die Zentrale eines verrückten Kults – das würde das fließende Kostüm, die dummen Glöckchen und diesen lächerlichen roten Punkt erklären. Ohne einen historischen Bezugspunkt für solch eine Transformation lehnte er sie prinzipiell ab, wie ihm jedwede Veränderung widerstrebte, die ohne seine Zustimmung vonstatten ging.

Ihm entging nicht, daß sie allen Gegenständen auf dem Tablett eine übertriebene Aufmerksamkeit schenkte. Mit extremer Präzision und widernatürlich konzentriert neigte sie zwischen den einzelnen Bewegungen den Kopf nahezu ehrerbietig. Wie bei allen Ritualen wurde auch hier der Beobachter bewußt ausgeschlossen. Ihre Ernsthaftigkeit ging Guy langsam auf die Nerven. Er verspürte den heftigen Drang, sie zu irgendeiner Reaktion zu nötigen, wohlwissend, wie unklug ein solcher Schritt wäre. Auf die Idee, daß seine Gesellschaft ihr unerträglich war, kam er nicht.

»Ein wunderschönes Haus, Syl... ähm... Suzz... ähm...«

»Ja. Ich bin sehr glücklich hier.«

»Das freut mich – oh! Es freut mich, daß du glücklich bist, Sylvie.« Ihm fiel auf, daß sie angesichts seiner aufdringlichen Überschwenglichkeit zusammenschrumpfte. Auf seine Stimme achtend, fügte er hinzu: »Wie kommt das? Was bedeutet dieser Ort für dich?«

»Ich habe hier meinen Frieden gefunden.« Eine grazile Bewegung der Hand schloß das alte Regal und die Küchenschränke. »Und Menschen, denen wirklich etwas an mir liegt.«

Ohne groß zu murren, fing Guy den Schlag unter die Gürtellinie ab.

Er konnte sehen, daß sie es ernst meinte. Das wußte er nun. Oder dachte es, was auf das gleiche hinauslief. Daher rührten zweifellos ihr ausdrucksloses Gesicht, ihre fließenden Bewegungen, ihre vagen Verbeugungen. Demut war Guy unerträglich. Wenn es nach ihm ging, konnte man sich Bescheidenheit in den Hintern schieben. Wieder wandte sie sich mit ihrer geschlechtslosen sanften Stimme an ihn: »... und als der Meister vorschlug, daß du eingeladen werden sollst, haben wir alle über diesen Vorschlag diskutiert und sind übereingekommen, daß mein Geburtstag der passende Zeitpunkt ist.«

Der zweite, so ganz beiläufig ausgeteilte Schlag unter die Gürtellinie setzte Guy wesentlich stärker zu als der vorige. Um ehrlich zu sein, er hing in den Seilen. Sein Besuch war also nicht ihre Idee gewesen. Der Vorschlag stammte von einer Horde Irrer, die alles miteinander teilten, die permanent füreinander da waren, Frieden predigten und die Venus beobachteten. Seine Anwesenheit an diesem Ort wurde von ihnen nur geduldet. Der Gedanke verletzte seinen Stolz. Und machte ihn eifersüchtig. Ganz spontan wollte er unhöflich sein. Ihr weh tun, weil sie ihm diesen Schlag versetzt hatte.

»Ich denke, das wird sich legen.«

»Was?«

»All dieser Frieden und so.«

»Nein, das wird sich nicht legen.«

»Du bist noch sehr jung, Sylvie.«

»Ich bin älter, als ich aussehe.«

Die Worte waren voller Bitterkeit. Er schaute zu ihr hinüber, und die Kluft schloß sich. Ehrlichkeit erblühte, und plötzlich machten sich in der Küche jämmerliche Reminiszenzen der Vergangenheit breit. Verpaßte Chancen, Gesten, die nie ausgeführt, Lieder, die nie gesungen worden waren. Guy ging auf sie zu, und sie wich zurück.

»Es tut mir so leid, Sylvie. Bitte ... glaub mir ... *es tut mir so leid.*«

»Ach, warum bist du nur gekommen?« Sie verlor die Fassung. In ihren Augen funkelten auf einmal Tränen.

»Ich habe einen Brief erhalten –«

»Ich meine, wieso bist du *jetzt* gekommen? Wieso konntest du nicht einfach wie verabredet um halb acht kommen?«

»Das habe ich dir schon vorhin erklärt. Ich wollte –«

»Du wolltest, *du wolltest*. Kannst du nicht einmal in deinem Leben tun, was jemand anderer will? Ist das dir ganz und gar unmöglich?« Sie brach ab, drehte sich um und legte die Hände aufs Gesicht.

Bedrückendes Schweigen machte sich breit. Guy, tief betroffen von diesem abrupten und erschreckenden Umschwung, von ihrer Ablehnung, senkte den Kopf. Er mußte erkennen, daß es seine Schuld war. War es nicht unwichtig, daß diese Gelegenheit, seine Tochter zu treffen, von Fremden initiiert worden war? Man hatte ihm eine Chance gewährt – allein das zählte. Und er hatte in dieser ihm fremden Umgebung den Mantel der Feindschaft übergestreift und selbstherrlich die Zügel in die Hände genommen. *Ich habe alles versaut*, dachte er und verdrängte die Erkenntnis auf der Stelle. Ein falscher Schritt war noch keine Katastrophe.

Sein Blick bohrte sich in Sylvies Rücken. Der dicke, mit Blumen verzierte Zopf war nach vorn gefallen und kaschierte nun nicht mehr jene zarte Einbuchtung unterhalb ihres Halses. Wenigstens das hatte sich nicht geändert. Die Stelle wirkte so zart und zerbrechlich wie eh und je. Er hatte mal gehört, daß sie die Exekutionslinie genannt wurde, und war erschauert, als wäre das sein Metier. Stotternd begann er zu sprechen.

»Ich fürchte, ich habe falsch gehandelt, aber nur, weil ich dich so gern sehen wollte. Und jetzt, wo ich dich sehen kann, scheine ich nicht in der Lage zu sein… « Das Ausmaß seiner Hilflosigkeit, seines reuigen Verlangens schnürte ihm die Kehle zu.

Suhamis bis dahin gerader Rücken krümmte sich. Schon schämte sie sich für ihren unkontrollierten Gefühlsausbruch. So durfte sie sich nicht verhalten. Welchen Sinn hatte die Meditation, das Ringen darum, im Licht zu wandeln und allen empfindungsfähigen Wesen ihre Liebe darzubieten, wenn sie nicht einmal in der Lage war, einem einzelnen Menschen Höflichkeit entgegenzubringen? Ihr Vater war ein verabscheuungswürdiger Mann, doch hassen durfte sie ihn nicht. Er hatte ihr unermeßlichen Schmerz zugefügt, aber sie durfte keine Rache üben. Der Meister hatte ihr in dieser Sache mit Rat und Tat zur Seite gestanden, und sie wußte, daß er recht hatte. Bosheit zu nähren hieß nur, sich selbst zu schaden. Ihr Vater konnte einem leid tun. Wer auf dieser Welt liebte ihn schon? Doch ich – Suhami atmete tief durch und beruhigte sich – habe Liebe kennengelernt. Vom Meister, von meinen Freunden hier, von Christopher. Man hat mich genährt und sich um mich gesorgt. Sollte ich dafür nicht auch Großzügigkeit walten lassen? Sie drehte sich um und blickte ihm ins Gesicht. Noch immer wirkte er optimistisch, aber längst nicht mehr so forsch. Sein Kinn ruhte auf seiner Brust.

»Mir tut es auch leid. Du darfst nicht denken …« Sie suchte nach etwas, das der Wahrheit entsprach. »Jeder ist fasziniert von der Idee, dich kennenzulernen.«

Guy antwortete blitzschnell: »Und ich freue mich darauf, die Craigies kennenzulernen.«

»Die … ?« Suhami war verwirrt und lachte dann, als habe er etwas wirklich Witziges gesagt. »Oh … so ist es nicht.« Sie hob den Zopf und ließ ihn wieder auf ihren Rücken fallen. »So ist es überhaupt nicht.« Dann hob sie das Tablett auf. »Ich muß das hier dem Meister bringen.«

»Ist der Tee inzwischen nicht kalt?«

»Nein, ich denke nicht.«

Guy fiel es wie Schuppen von den Augen, daß sie sich nur wenige Minuten in der Küche aufgehalten hatten. Kaum zehn Minuten waren verstrichen, seit sie sich in der Halle begegnet waren. Zehn Minuten, in denen er Achterbahn gefahren war während einer Begegnung, die ihn seit Tagen unablässig beschäftigte.

Auf der Treppe drehte sich sich um und zeigte auf die verglaste Tür neben den Gummistiefeln. »Du kannst da rausgehen. Vielleicht hast du ja Lust, dir den Garten anzusehen? Oder die Bibliothek?«

»Ich denke, ich werde gehen, meinen Koffer ins Hotel bringen und eine Dusche nehmen. Ich habe ein Zimmer reserviert.«

»In einem Hotel?«

»Ich habe beschlossen, dort zu übernachten. Dachte, ich würde hier vielleicht stören. Ich möchte keine Umstände machen.«

Suhami fixierte ihn einen Moment lang und lächelte dann. Die Vorstellung, daß ihr Vater nicht stören wollte, amüsierte sie, aber ihr Vater legte ihre Reaktion als einzigartig und als Beweis ihrer Zuneigung aus. Seine von Zorn und Kummer verdrängte Selbstsicherheit kehrte zurück. Er konnte es schaffen. Er mußte sich nur an ihre Spielregeln halten. Er würde allem zustimmen, jeden mögen und sich – falls nötig – verstellen. Während er beobachtete, wie seine Tochter sich entfernte, empfand er große Befriedigung, als habe er diese unmögliche Leistung schon vollbracht.

Er würde Sylvie beweisen, daß er in der Lage war, sich zu ändern. Womöglich würde es ihm sogar gelingen, sie von der Echtheit seiner Gefühle zu überzeugen. Aufgeregt und hoffnungsvoll schlenderte er an dem alten Ofen und den Gummistiefeln vorbei und trat hinaus in die Sonne.

5

»Da ist jemand auf der Terrasse.« Trixies Wange rieb über den Fensterrahmen. Die Bewegung produzierte ein leises Quietschen, veranlaßte den Mann jedoch nicht, zu ihr hochzusehen. »Ich nehme an, das ist Suhamis Vater.«

Janet kam herüber, legte vorsichtig die Hand auf Trixies Schulter und schaute ebenfalls nach unten. Trixie ließ sie stehen und sagte: »Er sieht wie ein Gangster aus.«

Das tat er tatsächlich ein bißchen. Die schwere Statur in Verbindung mit der durchschnittlichen Größe verlieh Guy ein fast kubisches Aussehen. Sein Unterkiefer, vom Rasieren normalerweise lilagrau, hatte nun die Farbe von Treibhaustrauben.

»Und was für ein gräßlicher Anzug.« Mit diesem Kommentar zu dem Gieves-&-Hawkes-Anzug aus einem doppelfädigen Seiden-Mohair-Gemisch verbündete Janet sich mit ihrer Freundin. Sie musterte den mächtigen, überraschend wohlgeformten Schädel mit den dunklen Locken, die auf breite, fleischige Schultern fielen. Anscheinend hatte er keinen Hals. »Ich wette, er trägt ein Toupet.«

»Auf gar keinen Fall.« Trixie ließ sich in einen grünen Sessel fallen und schwang die Beine über die Armlehne. Sie trug einen dünnen Nylonmorgenmantel und kaum was darunter. »Ich finde, er sieht eigentlich ziemlich umtriebig aus. Ein bißchen wie jener eigenartige Mann aus deinem Buch. Der Minnator.«

»Minotaur.« Zu spät. Janet hätte sich am liebsten auf die Zunge gebissen.

»Hättest Lehrerin werden sollen«, giftete Trixie. Sie mußte an verstaubte Tafeln denken, an böswillige oder uninteressierte Schüler, an einsame Nächte, in denen flüchtige Hausarbeiten korrigiert wurden. »Hackst immer auf anderen rum.«

»Tut mir leid.«

»Was willst du überhaupt?«

»Ich wollte mir einen Wattebausch borgen.«

In Wirklichkeit liebte es Janet einfach, sich in diesem Zimmer aufzuhalten, selbst wenn Trixie nicht da war. Manchmal glaubte sie sogar, daß ihr das noch lieber war. Dann konnte sie eher sie selbst sein. Sich entspannen. Die berauschende Atmosphäre in sich aufsaugen: Gesichtspuder, Parfüm, billiges Haarspray, eine Schale Rosen. Einmal hatte sie sogar Zigarettenrauch wahrgenommen. Dieses angenehme Potpourri aus Gerüchen in Verbindung mit jenem unterschwelligen süßen Duft des Verfalls schuf eine einschläfernde Ante-Bellum-Atmosphäre. Rosen waren verboten. Gartenblumen durften nur zu seltenen Gelegenheiten geschnitten und dann in Gemeinschaftsräumen aufgestellt werden, wo sich jeder an ihnen erfreuen konnte. Aber Trixie machte immer, was ihr paßte, und verließ sich auf den allgemein vorherrschenden Widerwillen, an anderen Kritik zu üben.

Janet zog eine Schublade heraus und gab vor, nach einem Wattebausch zu suchen. Sie berührte einen pfirsichfarbenen Satinslip, hauchdünne Strümpfe und ein paar Kleidungsstücke aus austernfarbenem Satin, die sie bei einer bestimmten Gelegenheit einmal Tarnschlüpfer getauft hatte. Heute würde sie dies nicht mehr laut wiederholen. In der zweiten Schublade lagen zwei Packungen Tampax und mehrere Halbschalenbüstenhalter aus Spitze.

»Das, was du suchst, wirst du da nicht finden.«

»Nein – wie dumm von mir.« Janets langes, knochiges Gesicht lief rot an, und sie ließ das fipsige Ding wie glühende Kohle fallen. »Ich habe vergessen, sie auf Arnos Liste zu schreiben.«

Eines Tages, fuhr es ihr durch den Kopf, wird sie mich – wenn ich mir Pflaster oder Taschentücher oder Sicherheitsnadeln ausborgen möchte – zur Rede stellen und sagen, sie wisse, daß ich mir in Wahrheit gar nichts ausborgen möchte. Daß ich nur hierherkomme, um die Luft zu atmen, die sie ausatmet. Oder um die Dinge zu berühren, die sie berührt.

»Ich komme einfach nicht über diese muskelbepackten Schultern weg.« Wann immer Trixie im Begriff war, eine Gemeinheit loszuwerden, schwang in ihrem Tonfall ein Hauch Erwartung mit. Diesen bestimmten Tonfall bemerkte Janet jetzt, und sie wappnete sich innerlich. »Ich frage mich, wie er im Bett ist.«

Was soll ich ihrer Meinung nach nun sagen? Was kann ich sagen? Soll ich einfach lachen? Mit ihr von Frau zu Frau darüber scherzen? »Es gibt nur eine Möglichkeit, das rauszufinden?« Doch wenn ich dazu in der Lage wäre, hätte sie mir diese Frage erst gar nicht gestellt.

Bilder zogen durch Janets Kopf. Bleiche, zarte Gliedmaßen, die sich um dunkelhäutige, behaarte, brunftige Maskulinität schlangen. Von schwarzen Haaren überzogene Hände, suchend, tastend. Dicke Stummelfinger, die weiche Brüste drückten, honigfarbene Locken zerzausten. Mit einem Anflug leichter Übelkeit und kurz vor einem Tränenausbruch, warf sie einen Blick zum Sessel hinüber und bemerkte das zweideutige Lächeln.

»Einen Millionär zu vögeln, das würde mir echt Spaß machen. Alle behaupten, Macht wäre ein Aphrodisiakum.«

»Wen meinst du mit ›alle‹?« Trixie war wie Kleopatra, die mit der Wünschelrute nach Gold suchte.

»Ich wette, das stimmt. Der da sieht echt aus, als stehe er darauf, Schaden anzurichten.«

Das war die perfekte Eröffnung für eine spitzzüngige Erwiderung. Als Trixie sich der Kommune angeschlossen hatte, war keinem entgangen, daß ihr erst vor kurzem Gewalt angetan worden war. Ihre Arme und ihr Nacken waren von blauen Flecken überzogen, ihr Haar strähnig und verwahrlost gewesen. Aber trotz Heathers wiederholter Angebote, ihr von Frau zu Frau mit Rat und Tat zur Seite zu stehen, hatte Trixie kein einziges Mal ein Wort über diese Verletzungen verloren oder deren Ursprung erläutert. Würde Janet es nun wagen, sie darauf anzusprechen? Sie war kurz davor.

»Erzähl mir nur nicht, daß du eine von denen bist, die sich gern von Männern verprügeln lassen.«

Trixie lachte. Ein spontanes, amüsiertes Feixen, als habe Janet eine komplett verrückte Frage gestellt. Dann schwang sie ihre bleichen Beine von der Armlehne und stand auf. »Wenn du nur wüßtest...«

»Was wüßte?« Die Möglichkeit, vielleicht etwas aus der Vergangenheit der anderen zu erfahren, ließ die wißbegierige Janet einen Schritt nach vorn machen. Würde Trixie ihr nun von den billigen blauen Briefumschlägen erzählen, die sporadisch kamen? Von den Telefongesprächen, die sie beendete, sobald jemand ins Zimmer trat?

Aber Trixie zuckte nur mit den Achseln und schlenderte zum Fenster hinüber. Guy stand immer noch da und schaute sich hilflos um. Er war vor die Terrassenstufen getreten, die zum Kräutergarten führten, und ließ den Blick über den Rasen schweifen. Trixie öffnete das Fenster.

»Was machst du da?«

»Wonach sieht es denn aus?«

»Aber du wirst doch nicht... zieh dir wenigstens...« Hilflos mußte Janet mit ansehen, wie Trixie auf das Fensterbrett rutschte, ihren Morgenrock in der Taille zusammenhaltend, dessen Stoff von ihrer linken Schulter glitt. Sie erhaschte einen Blick auf Trixies herausforderndes, aufgeregtes Antlitz und erkannte, wie fasziniert sie war.

»Hallooo.« Dann, nach einer kurzen Pause: »Hier oben.«

»Hallo.« Er hatte gelächelt, doch der Klang seiner rauhen, unpersönlichen und kalten Stimme ließ einen das nicht erahnen.

Der Morgenrock rutschte noch ein Stück herunter, als Trixie sich etwas weiter aus dem Fenster lehnte. »Suchen Sie jemanden?«

Janet riß die Schublade mit den Pullovern auf. Die Farben verschwammen vor ihren Augen. Wie eine Wilde wühlte sie die Sachen durch.

»Wie gefällt Ihnen das Wetter?« erkundigte sich Trixie und zeigte mit dem Kinn auf die verwelkenden Blumen und die trockenen Büsche. Beim Sprechen verrutschte der ausladende Ausschnitt ihrer Bluse und gab kurz einen Blick auf den cremigen, von Sommersprossen überzogenen Brustansatz frei.

»Zu heiß für mich.« Beim letzten Wort hob sich die Stimme etwas, als hätte er eine Frage gestellt.

Trixie lachte, rauchig und frech. »In diesem Anzug kann ich mir das gut vorstellen.« Nun stand sie breitbeinig auf der Terrasse, einen Tick näher, als die Höflichkeit es erlaubte. Sie hatte die Haltung eines *Principal Boy* eingenommen.

»Ein Drink dürfte helfen«, setzte Guy die Unterhaltung fort.

»Im Kühlschrank steht Zitronentee.«

»Ich meinte einen richtigen Drink. Ich werde gleich in mein Hotel fahren und dort einchecken. Vielleicht könnten wir dort etwas trinken.«

»Ohhhh...« Dieser Vorschlag überrascht mich nun doch, sagten der beschleunigte Atem und das Klimpern der Wimpern. »Ich weiß nicht so recht.«

Trixies Verwirrung, die Guy auf der Stelle als weibliches Getue abtat, war nicht nur gespielt. Als sie sich schnell ein paar Klamotten übergeworfen hatte und zur Terrasse hinuntergelaufen war, hatte sie nur den kindischen Wunsch gehabt, einen reichen und berühmten Mann aus der Nähe zu sehen. Kaum daß sie sich ihm vorgestellt hatte – sie hatten sich inzwischen etwa zehn Minuten miteinander unterhalten, hauptsächlich über Suhami –, registrierte sie eine ihr nicht gänzlich unbekannte physische Reaktion. Ihre halb im Ernst, halb im Spaß dahingeworfene Bemerkung über Geld und welche Wirkung es auf einen hatte, erwies sich nun als verblüffend zutreffend.

Die Redewendung, daß die Reichen sich von ihren Mitmenschen nur dadurch unterschieden, daß sie mehr Geld besitzen, war Trixie bislang nicht zu Ohren gekommen, und wäre dem so gewesen, hätte sie vehement Einspruch erhoben. In ihren Augen war Guy ein durch und durch geheimnisvolles Wesen. Die Verkörperung eines Charakters, den man eigentlich nur aus Seifenopern kannte. Immer in Bewegung, immer am Geschäfte machen, stets damit beschäftigt, Leute aufzubauen und zu vernichten und in sultanischem Prunk an der Spitze eines atemberaubenden Familienclans zu stehen.

Sie spazierten zu seinem Wagen. Mit großen Augen musterte Trixie das auf Hochglanz polierte, funkelnde, fuchsrote Chassis, die großen Scheinwerfer, die umwerfenden Weißwandreifen und die Motorhaube, die dem gespannten Segel einer Yacht glich. Sie kam nicht mal auf die Idee, ihre Ehrfurcht zu verbergen, und sagte: »Wie wunderschön. Sie müssen sehr reich sein.«

Worauf Guy schlicht erwiderte: »Ich bin so reich wie Gott.«

Furneaux, der sie näher kommen sah, legte seinen *Evening*

Standard weg, setzte seine spitze Samtkappe auf und sprang aus dem Wagen, um die Hintertür aufzureißen. Trixie stieg ein und nahm ganz vorsichtig auf dem Rand Platz, als wäre die Rückbank aus Glas gefertigt. Nachdem sie losgefahren waren, lehnte sie sich Stück um Stück zurück, und als sie durch Causton glitten, hatte sie es sich in einer Ecke bequem gemacht. Ein Arm lag lässig auf dem Fensterrahmen, damit sie – sollte sie einen echten oder falschen Bekannten sehen – gleich winken konnte.

Wie gewöhnlich dem Prinzip folgend, daß man sich nicht auf eine Sache konzentrierte, wenn man gleichzeitig mehrere Fliegen mit einer Klappe schlagen konnte, tastete sich Guy näher an Trixies Knie heran, schaute ihr tief in die Augen und stellte ihr weitere Fragen über die Kommune.

»Wie ist er denn nun – dieses strahlende Licht?«

»Der Meister? In Ordnung. Das heißt, nett und... Sie wissen schon... nun, *gut*.« Jetzt, wo sie gefragt wurde, überraschte es Trixie, wie wenig sie zu diesem Thema zu sagen wußte. Guy warf ihr einen erwartungsvollen Blick zu. Sie zerbrach sich den Kopf, was sie ihm sonst noch erzählen konnte. »Man kann sich prima mit ihm unterhalten.« Das behaupteten alle, also mußte es stimmen, wenngleich sich Trixie nach jenen seltenen Zweiersitzungen weniger beruhigt, denn entblößt und nervös gefühlt hatte. »Er verbringt eine Menge Zeit mit Meditation.«

Guy kicherte höhnisch. Für Menschen, die sich nicht mit voller Kraft ins chaotische Treiben der Arbeitswelt stürzten, brachte Guy nur Verachtung auf. Er selbst arbeitete achtundvierzig Stunden pro Tag, wie er immer wieder gern verkündete. Laut Felicity klang das, als verdinge er sich in einem Steinbruch.

Trixie interessierte sich mehr dafür, etwas über Guys Leben zu erfahren, als von ihrem eigenen zu sprechen, doch ehe es ihr gelang, dem Gespräch eine andere Richtung zu geben, sagte er schon: »Sie müssen doch noch mehr über ihn wissen.«

»Nein, ehrlich nicht.«

»Kommen Sie – Sie sind ein intelligentes Mädchen.« Guy

lächelte in das ausdruckslose, fragende Gesicht. »Zum Beispiel – gehört ihm das Haus?«

»Das weiß ich nicht. Es gibt ein Komitee, das sich um alles kümmert.« Seine Hand streichelte ihr Knie. »May, Arno. Leute, die schon länger dort leben. Lassen Sie das.«

»Was soll ich lassen?« Sein vulgärer, energischer Tonfall war fast enervierend. Seinem mächtigen Körper hafteten die unterschiedlichsten Gerüche an: Tabak und Alkohol, Haarwasser, ein scharfes, zitroniges Rasierwasser, das den männlichen Schweißgeruch kaum zu kaschieren vermochte. Er rückte näher und flüsterte ihr etwas ins Ohr. Erstaunt riß Trixie den Mund auf.

»Das ist wirklich schrecklich.«

»Ich bin ein schrecklicher Mann.«

Guys Hand glitt nach oben, tastete sich entschlossen vor. Der oftmals von Soldaten und Athleten geäußerten Vermutung, daß Geschlechtsverkehr einen auslaugte und aller physischen Reserven beraubte, stimmte er nicht zu. Nach dem Sex fühlte sich Guy geistig klar, befreit und war stets guter Dinge. Auf all das war er angewiesen, falls der Abend so erfolgreich verlaufen sollte, wie er es anvisiert hatte. Daß ihm Trixie über den Weg gelaufen war, kam ihm da gerade recht. Er nahm ihre Hand, drehte sie um und kratzte mit seinem Nagel über ihre Handfläche.

Trixie, der es nicht gerade leichtfiel, den Blick von ihrem triebhaften Begleiter abzuwenden, fixierte Furneauxs Nacken. Trotz des ganz gerade gehaltenen Rückens und – das sah sie im Rückspiegel – des stur auf die Straße gerichteten Blickes beschlich sie der Eindruck, daß er heimlich grinste.

Guy drückte seine vollen roten Lippen auf Trixies Ohr, schob seinen Mittelfinger zwischen ihren Ring- und Mittelfinger und bewegte ihn dort immer schneller hin und her. Nicht gerade entschieden versuchte Trixie wegzurutschen. Es gefiel ihr nicht, daß sie seine plumpen Bemühungen nur der langen Fahrt zum Hotel zu verdanken hatte. Gewöhnlich bestand Guys Vorspiel aus der Vergewisserung, daß das Mädchen wach war.

Als der Wagen auf die gewundene Auffahrt des *Chartwell Grange* rollte, bachte Trixie ihr Haar in Ordnung. Furneaux parkte und lud das Gepäck aus. Die ausladende Empfangshalle war mit mehreren chintzbezogenen Sofas, tiefen Sesseln und kleinen Tischchen möbliert, auf denen Sport- und Countryzeitschriften ausgelegt waren. Auf korinthischen Säulen kamen zwei atemberaubende Blumenarrangements zur Geltung.

Hätte Guy zu der Sorte Mensch gehört, die ein Gespür für die Gefühle ihrer Mitmenschen hat, wäre ihm am Empfang hinter dem »Willkommen«-Schild eine gewisse Kühle nicht entgangen. Der Umgangston von Guys Sekretärin hatte die kleine Jill Meredith, die die Gamelin-Reservierung entgegengenommen hatte, schwer vor den Kopf gestoßen. Auf Jills Frage, ob die beiden Gäste Wert auf nebeneinanderliegende Zimmer legten, hatte die Sekretärin geraunzt: »Stellen Sie sich nicht so blöd an. Haben Sie nicht so was wie ein Nebengebäude? Bringen Sie den Chauffeur dort unter.«

Es gab keinen Grund, hatte Jills Chef verlauten lassen und seine Angestellte mit einem Iced Malibu zu trösten versucht, solch einen Ton anzuschlagen. Jill nickte und wünschte, sie hätte bei der Gelegenheit mit solch einer einfallsreichen Erwiderung aufgewartet. Nun händigte sie die Schlüssel aus, ohne zu lächeln. Ein Page in einer Tracht wie aus einem komödiantischen Musical – mit weißen Handschuhen und nur einer Epaulette – ging mit Guys Koffer voran.

»Und jetzt die Drinks… ja?« wandte sich Guy an seine Begleiterin, deren Taille er fest umschlang.

Trixie nickte und warf ihm einen aufgeregten, leicht nervösen und besitzergreifenden Blick zu. In der festen Überzeugung, daß jeder im Hotel wußte, wer er war, meinte sie, ihr eigener Status verändere sich dementsprechend. Doch Geschäftsmänner mittleren Alters, die Sekretärinnen, persönliche Assistentinnen, Hilfskräfte oder andere nächtliche Begleiterinnen mitbrachten, waren im *Grange* keine Seltenheit. Diese jugendlichen Anhängsel wurden von den Hotelangestellten als »Zusatzgepäck« tituliert und von allen geschmäht.

Nicht wegen moralischer Bedenken, sondern weil sie niemals Trinkgeld gaben.

»Etwas Scotch ... Gin. Eis. Soda.«

»Wann möchten Sie –«

»Sofort.«

»In der Tally Ho Lounge, Sir?« erkundigte sich die Empfangsdame.

»Nur wenn Ihnen daran liegt, daß sie innerhalb von fünf Sekunden leergefegt ist.« Jill Meredith errötete. »Ansonsten vor meiner Tür.«

»Das Eis wird schmelzen«, prophezeite Trixie kichernd, als sie in den Lift traten. Glücklicherweise wußte sie noch nicht, daß Guys brutale und habgierige Vorgehensweise keinem Eiswürfel die Chance einräumte, auch nur leicht anzuschmelzen.

Bevor die Tür ins Schloß fiel, hatte er seine Hände schon unter ihrem Rock und rieb sein geschwollenes Geschlecht an ihrem Schenkel. Im Zimmer stürzte er sich wie ein gefräßiger Wolf auf sie. Riß an ihr, zwickte sie, knabberte an ihr herum, biß in ihr Fleisch. Währenddessen kamen ihm unablässig Obszönitäten über die Lippen. Bekleidet, aber mit offenem Hosenladen drang er voller Zufriedenheit und unter Kraftanwendung in sie ein, um kurz darauf ihren Kopf in seinen Schoß zu drücken.

»*Nein*«, jammerte Trixie. »... das mache ich nicht – «

»Mach hin ...« Gewaltsam packte Guy ihren Haarschopf. Sie heulte vor Schmerz auf. *»Los, runter, du widerspenstige, störrische Kuh.«*

Nachdem er fertig war, stürzte Trixie ins Badezimmer, riß die Zahnbürste aus der Verpackung, schraubte die Zahnpastatube auf und schrubbte ihre Zähne, ihr Zahnfleisch, ihre Zunge, sogar ihre Lippen. Danach gurgelte sie, spülte mit Mundwasser und trank ein Glas Wasser. Was nichts nutzte – sein Geschmack war nicht zu vertreiben.

Sie betrachtete sich im Spiegel. Musterte ihre mit blauen Flecken und Bissen überzogenen Brüste und die roten Striemen auf ihren Armen. Steifbeinig kehrte sie ins Schlafzimmer zurück, hob das zerfetzte Höschen und die zerrissene Bluse auf und machte sich auf die Suche nach ihrem Rock.

Auf dem Bettrand sitzend, bemerkte sie, wie verspannt ihre Rückenmuskeln waren. Da sie nicht die geringste Lust hatte, Guy anzusehen, fixierte sie eine Obstschale. Auf der dazugehörigen Karte stand: *Verleben Sie eine schöne Zeit? Großartig. Dann erzählen Sie Ihren Freunden davon. Oder vielleicht sogar uns. Viele Grüße, Ian und Fiona.*

Guy hatte die Getränke hereingeholt und mixte einen großen Scotch. Er nahm einen tiefen Schluck, zog seine Brieftasche hervor, nahm einen Geldschein heraus und ließ ihn aufs Bett fallen mit den Worten: »Das ist für dich.«

Er hatte es sich zur Regel gemacht, für flüchtigen Sex zu bezahlen. Damit ging er späteren Forderungen aus dem Weg. Niemand schuldete irgend jemand irgendwas. Kein Geschwätz über zukünftige Treffen, keine lahmen Versprechungen, Kontakt zu halten oder anzurufen. Und keine gotterbärmlich langweiligen Vorträge über unglückliche Kindheiten. Rein und raus. Das war's.

Ungläubig starrte Trixie das Geld an. Guy zog sein Jackett aus, hängte es über die Stuhllehne und begann seine Krawatte aufzuknoten. Er genehmigte sich einen weiteren Schluck Scotch und zeigte mit dem Daumen in Richtung Tablett. »Bedien dich.« Als er keine Antwort erhielt, fragte er: »Was ist los?«

»Was los ist? *Was los ist?*«

»Fünfzig, mehr kriegst du nicht, falls es das ist, was dir Kummer bereitet.«

»Ich will kein Geld.« Bibbernd kauerte Trixie sich auf dem Bett zusammen. »Ich will nichts davon.«

»Was ist es dann?« Auf seinen Froschlippen machte sich ein Grinsen breit. »Werden diese Woche Millionäre umsonst gefickt? Nur zu – nimm es. Kauf dir ein neues Oberteil. Von deinem ist eh nicht mehr viel übrig.«

»Sie sind ein ... Sie sind ein ...« Als wolle sie sich schützen, schlang sie die verstriemten Arme um ihren Oberkörper. »Abscheulich ... Sie sind abscheulich.«

Ernsthaft überrascht stierte Guy zu ihr hinüber. »Jetzt kapiere ich gar nichts mehr.« Er legte seine Krawatte ab und machte sich daran, sein Hemd aufzuknöpfen. »Aber schon jetzt bin ich tödlich gelangweilt. Du kannst dir jetzt einen Drink machen und dich wieder normal benehmen oder abhauen. Wie du dich entscheidest, ist mir vollkommen schnuppe.«

Er verschwand im Badezimmer, drehte die Dusche an und kam noch mal zurück, um Hose und Unterhose abzustreifen. Krank vor Wut und Selbsthaß sah Trixie ihm dabei zu. Wie hatte sie es nur zulassen können, daß er sie anfaßte? Er war widerwärtig. Schwitzte am ganzen Leib, war überzogen mit diesen flachgedrückten, langen schwarzen Haaren. Selbst sein Gehänge war – wie sie jetzt bemerkte – ganz haarig, dunkel und glatt wie das Fell einer Ratte. Er zog die Socken aus.

Überwältigt und überrumpelt schloß Trixie die Augen, suchte Zuflucht in der Phantasie: Sie schenkte sich einen Scotch ein, knallte ihm das Glas auf die Lockenmähne und rammte ihm die Glassplitter in Mund und Augen. Im Besitz übermenschlicher Kräfte warf sie sich im Badezimmer auf ihn, packte ihn bei den seifigen schmierigen Schultern und drückte seinen Kopf so lange unter Wasser, bis keine Bläschen mehr aufstiegen. Dann kam ihr eine Idee. »Ich habe vergessen, Ihnen zu sagen ..., daß ich Aids habe«, rief sie durchs Zimmer.

Guy bedachte sie mit einem kurzen Blick, ehe er höhnisch auflachte. »Mann, o Mann. Schon vor meiner Geburt sind mir bessere Lügen eingefallen.«

»Es ist wahr.« Doch sie beide hörten, wie dünn ihre Worte klangen, daß in ihnen ein fast flehender Unterton mitschwang. Angewidert schüttelte Guy den Kopf.

Doch in diesem Moment kamen Trixie noch mehr blutige, vor atemberaubender Vernichtung triefende Szenen in den Sinn, und sie erdachte eine Waffe mit vernichtender Schärfe. Diesmal rein zufällig. Dann erinnerte sie sich an ihre Unterhaltung auf der Terrasse und an den Schatten, der beim Gespräch über seine Tochter über Guys Gesicht gezogen war. Sie setzte sich auf.

»Eigenartig, daß Suhami auf Windhorse lebt, nicht wahr? Mit ihrer Herkunft. Und all dem Geld... Man möchte meinen, sie hat daheim alles, was sie braucht.« Guys veränderter Gesichtsausdruck macht ihr angst, aber ihr Verlangen, es ihm heimzuzahlen, feuerte sie an. »Es wundert mich nicht, daß sie den Meister abgöttisch liebt. Ich nehme an, er ist so 'ne Art Vaterfigur. Ein bißchen seltsam ist das allerdings schon. Zumal sie ja einen Vater hat.«

Die letzten Worte brachte sie nur stammelnd hervor. Die Art und Weise, wie Guy auf sie zukam, machte ihr angst. Es kostete sie große Mühe, sich nicht kleinzumachen, sich nicht in den Kissen zu verstecken. Er hielt ihr sein Gesicht vor die Nase. Sie konnte die großen Poren erkennen, die roten Äderchen, die widerspenstigen Haare auf seiner Nase.

»Ich werde jetzt duschen gehen. Den Geruch der Gosse abwaschen. Wenn ich rauskomme, will ich, daß du verschwunden bist. In fünf Minuten – okay?« Sein leises, bedrohliches Flüstern war so haßerfüllt, daß sein Atem auf ihrer Haut brannte.

Als die Badezimmertür zufiel, löste sich Trixies letztes Fünkchen Courage in Luft auf. Mit zittrigen Beinen erhob sie sich, taumelte zum Schminktisch hinüber. Im Spiegel sah sie, daß ihre Wangen feucht waren. Daß sie geweint hatte, war ihr nicht bewußt gewesen. Wie war das nur möglich? Zu weinen, ohne es mitzukriegen. Ein Seufzer voller Selbstmitleid kam ihr über die Lippen und wurde sofort unterdrückt, obwohl ihn niemand hören konnte.

Sie hörte, wie er sich einseifte und dabei rumplanschte. In einer samtbezogenen Schachtel lagen Gesichtstücher. Sie schnappte sich ein paar und rieb damit ihr Gesicht ab. Sie hatte viel zuviel Make-up aufgetragen. Hektisch und unprofessionell, ehe sie die Treppe hinuntergelaufen war. Die Erinnerung an vorhin ließ sie zusammenzucken. Trixie versuchte den Schaden, den die Tränen und der Schweiß angerichtet hatte, zu korrigieren, was kein Kinderspiel war, denn sie hatte ihre Handtasche vergessen und – das fiel ihr jetzt erst auf – infolgedessen kein Geld dabei.

Wie sollte sie heimkommen? Der Gedanke, sich an den Chauffeur zu wenden und sich zuvor an der Rezeption nach dessen Zimmernummer zu erkundigen, ließ sie erneut erschaudern. Zweifellos würde er sie ohne Gamelins Erlaubnis nirgendwohin bringen. Trixie mußte an ihre Eingebung im Wagen denken – daß der Mann über sie gelacht hatte. Wahrscheinlich hielt er sie für eine Art Prostituierte. Womöglich hielt jeder sie dafür! Von Scham überwältigt, wandte Trixie sich von ihrem Spiegelbild ab.

Das Wasser lief immer noch. Zwei Minuten waren gewiß schon verstrichen. Wie würde er reagieren, wenn er zurückkam und sie immer noch da war? Sie unter Gewaltanwendung rauswerfen, das würde er tun. Ihm war es doch scheißegal, ob er eine Szene machte. Reichtum bedeutete, daß man sich niemals entschuldigen mußte.

Da fiel ihr die Fünfzigpfundnote ein, die auf den nach liebloser Kopulation stinkenden Kissen lag. Daß sie kurz mit dem Gedanken spielte, sie zu nehmen, ekelte sie an. Das Geld war nicht als Entschädigung für den Sex gedacht, sondern für die blau angelaufenen Brüste, die Rückenschmerzen, die wundgescheuerten, tauben Gliedmaßen. Instinktiv, vielleicht um sich vor diesem verführerischen, aber unehrenhaften rationalen Gedanken zu schützen, riß sie den Geldschein entzwei. Dann noch mal und noch mal und noch mal, in so kleine Schnipselchen wie nur irgend möglich. Gerade als sie sie in die Luft werfen wollte, fiel ihr Blick auf die aus der Innentasche ragende Brieftasche. Sie zog sie raus und stopfte die Schnipsel hinein. Diese kindische Beschäftigung verschaffte ihr kurzzeitige Befriedigung. Sie malte sich aus, wie er in irgendeinem eleganten Restaurant nach seiner Kreditkarte suchte und eine Konfettiwolke freisetzte.

Beim Verstauen der Brieftasche stieß Trixie auf einen harten, klobigen Gegenstand, der ihre Neugier weckte. Sie griff danach. Ein Röhrchen aus sehr dickem braunem Glas. Sie drehte den folienbezogenen Deckel ab. Auch ohne das Schild hätte sie gewußt, was der Inhalt war. *Glycerol Trinitrate*. Ihr Vater hatte diese Tabletten immer dabei gehabt, um den Tod in Schach zu halten. Er hatte sie nie in einem anderen Zimmer zurückgelassen, wenn er duschen ging. Trixie schüttete die Tabletten in die Hand, schraubte den Deckel auf und steckte das Röhrchen dahin zurück, wo sie es gefunden hatte. Das Wasser wurde abgestellt.

Sie stand einfach nur da und betrachtete die weißgestrichene Tür, hinter der es kurz klapperte. Ein Bügel, der gegen Holz schlug. Er zog den Bademantel an. Er würde rauskommen und sie hier finden. Sie war nicht innerhalb von fünf Minuten verschwunden, sondern stand hier, mit seinen lebenswichtigen Pillen, mit einem kleinen Häufchen schweißgetränktem weißem Kies in der Hand. Dann lautes Surren. Ein Rasierapparat. Erleichtert spürte Trixie, wie ihre Lebensgeister zurückkehrten. Andererseits hatte die Bedrohlichkeit des eigenen Tuns bei ihr zu einer Art inneren Anspannung geführt. Womöglich war der Diebstahl von Tabletten sogar kriminell. Sie mußte sie wieder in das Röhrchen legen. Urplötzlich kam ihr der Diebstahl wie kompletter Wahnsinn vor.

Gerade als sie sich in Bewegung setzte, ertönte in dem Raum das schrille Klingeln eines Telefons. Guy schaltete den Rasierapparat aus. Und Trixie floh.

Im Buchenwald, der an die hinter dem Haus liegenden Felder grenzte, lief Janet wütend auf und ab, trat nach Blätterhaufen, stampfte auf am Boden liegende Zweige. Der dunkle Wald mit seinem düsteren, lichtundurchlässigen Astdach paßte hervorragend zu ihrer Laune. Tränen tropften ungleichmäßig. Ab und an kam ihr ein eigenartiger Ton über die Lippen. Ein Geräusch, das wie eine Mischung aus Husten und Stöhnen klang.

Trixies Eile setzte Janet ganz schön zu. Gott – wie sie umhergerannt war! Hektisch Lippenstift aufgetragen, sich überall mit Parfüm bestäubt hatte – sogar das Unterhöschen. Janet zugezwinkert, »Mon*ee* makes the world go round… the world go round… the world…« geträllert hatte. Und dann mit dem ihr eigenen Gang einer Haremsdame entschwunden war.

Wie grauenvoll das gewesen war. Bemitleidenswert und degradierend, als beobachte man die Armen beim Zusammensuchen von Brotkrumen. Janet wußte, daß sie übertrieb, aber im Prinzip lag sie mit ihrer Einschätzung richtig. Ich hätte ihr Geld geben können. Sie kann gern alles haben, was ich habe. Mit einem Hauch gestohlener Spitze rieb sie über ihre Wange.

Er hatte wahrhaftig wie ein Verbrecher ausgesehen. Die Erinnerung an ihn ließ sie mitten im Schritt innehalten und sich auf einen Baumstamm setzen. Genau richtig gebaut, um Schaden anzurichten, hatte Trixie gesagt. Was für eine Art Schaden richtete so einer wohl an? Sie war so verletzlich. Versuchte immer so zu tun, als – wie hieß die Redewendung noch gleich – wisse sie, wo's lang geht. Doch in Wahrheit war sie kaum mehr als ein Kind, was bei Janet einen starken Beschützerinstinkt auslöste.

Mehr hatte es mit ihren Gefühlen selbstverständlich nicht auf sich. Auf gar keinen Fall war sie in Trixie verliebt. Niemals, nicht in einer Million Jahre. Denn dann wäre sie ja so was wie eine... ähm... Lesbe. Und Janet wäre vor Scham rot angelaufen und in Grund und Boden versunken, würde ein anderer sie so titulieren. Denn sie würde niemals etwas *tun*. Konnte sich nicht vorstellen, unter wie auch immer gearteten Umständen aktiv zu werden. Allein schon der Gedanke daran widerte sie an. Sich in übertriebener Weise rechtfertigend, schätzte sie ihre gefühlsbetonteren Freundschaften (und waren nicht alle wahren Freundschaften sehr gefühlsbetont?) eher als götzendienerische Schwärmereien ein, die den Geschichten altmodischer Mädchenbücher glichen. *Maisie Saves The Day. Sukie Pulls It Off.* So was in der Art.

Abwesend hatte sie die Baumrinde abgezupft – sie war so weich wie Schokoladenflocken – und sich dabei bemüht, ihr seelisches Gleichgewicht wiederzufinden. War doch dumm, sich derart hinreißen zu lassen. Wahrscheinlich waren die beiden nur irgendwo was trinken gegangen. Und er war ja nur für ein, zwei Stunden hier. Nach dem Abendessen verschwand er wieder, und das war's dann. Sicher?

Ihr Gezupfe hatte ein paar Bohrasseln aufgeschreckt. Dutzende fielen zu Boden und krabbelten aufgeregt umher. Eine landete auf dem Rücken und bewegte heftig die dünnen Beinchen. Janet drehte sie mit dem Fingernagel um und warf dann einen Blick auf die Uhr. Trixie war inzwischen seit knapp einer Stunde weg. Mußte jede Minute zurückkehren. Vielleicht war sie sogar schon daheim.

Janet sprang auf, lief schnell zum Waldrand und kletterte auf den Zauntritt. Betrat das Grundstück durch die alte Tür, die in den Obstgarten führte. Just in diesem Moment wurde sie von der eindringlichen, glasklaren Vorahnung überwältigt, daß etwas nicht stimmte. Daß Trixie sie brauchte. Um Hilfe schrie oder nach Beistand verlangte. Sogleich setzte Janet sich in Bewegung, stolperte über den Rasen, trampelte Erdhügel nieder, bewegte die Arme wie Kolben auf und ab, legte die Ellbogen an, als ginge es darum, ein Wettrennen zu gewinnen.

Als sie durch die Öffnung in der Eibenhecke stürmte fuhr ein Taxi in der Auffahrt vor, und Trixie stieg aus. Ihren Namen rufend, rannte sie über den Kies und lehnte sich dann keuchend an die Motorhaube. Trixie machte einen ziemlich gefaßten Eindruck, war aber blaß und hielt ihre Bluse seltsam zusammen.

»Bezahlst du für mich das Taxi, Jan?« Sie eilte ins Haus und rief noch über ihre Schulter: »Ich geb's dir zurück.«

Janet bat den Taxifahrer zu warten. Sie holte das Geld. Nachdem er weggefahren war, ging sie nach oben und klopfte mehrmals leise an Trixies Tür. Keine Antwort. Schließlich gab Janet auf und ging wieder nach unten, um bei den Geburtstagsvorbereitungen zu helfen.

6

Gänzlich verwandelt saß Felicity vor ihrem Ankleidezimmerspiegel und betrachtete sich. Ein schwarzer Hufeisenbogen aus *faux marbre*, gestützt von einer Gruppe ernst dreinblickender

Karyatiden, spannte sich über sie und Danton. Dieses Bild spiegelte sich in einer Reihe von funkelnden Glasgegenständen – Töpfchen, Fläschchen, Flakons – und in Lippenstifthüllen, Spraydosen und verchromten Döschen. Die Reflexionen in dem kleinen Raum, der ausschließlich dazu bestimmt war, der Eitelkeit zu frönen, wurden durch die zahllosen verspiegelten, in die Wände eingelassenen Paneele multipliziert.

Als seine Kundin aufstand, entfernte sich Danton mit erhobenen, kabukihaft anmutenden Händen. Die Geste verriet sowohl Stolz als auch Verwunderung darüber, daß seine Kunst einen so hohen Grad an Perfektion erreichte. Felicitys Haut war – einmal abgesehen von dem perligen, rosafarbenen Glühen ihrer Wangen – einheitlich blaß. Riesige Augen wurden von silbernen und violetten Schatten eingerahmt, ihre Schultern schimmerten seidig unter einer Hülle changierender muschelfarbener Seide. Ihr Mund, in die Farbe eines dunklen Rotweins getaucht, stand vor Entsetzen offen.

»Ich sehe wie der Todesengel aus.«

»Mrs. G... Mrs. G...« Doch Danton empfand ihre Kritik als Kompliment. Von Anfang an hatte dieses Kleid ihm »Denk feierlich« zugeraunt, und als was für eine Inspiration sich diese Intuition erwiesen hatte! »Sie brauchen noch ein Gläschen Schampus.«

»Nein.« Felicity schüttelte den Kopf. Die schwere Mähne aschblonder Locken bewegte sich nur unmerklich. »Hatte schon genug.«

»Dann vielleicht eine Line.« Wann immer Danton seine Kunden aufsuchte, hatte er stets einen Erste-Hilfe-Koffer dabei.

Felicity zögerte. »Bin seit einer Weile davon runter.« Vor ihren Augen schraubte Danton ein kleines Perlmuttdöschen auf. »Wie auch immer... selbst wenn ich mir jetzt was genehmige, bis ich dort bin –«

»Dann nehmen Sie es eben mit.« Beherzigt legte er das Döschen und den winzigen Löffel in ihre Handtasche. »Ist durchaus möglich, daß Sie es gar nicht brauchen werden, wenn Sie die Gewißheit haben, sich jederzeit bedienen zu können.«

»Stimmt.«

Aber Felicity wußte jetzt schon, daß gar nichts auch nur annähernd okay sein würde. Angespannt und fassungslos betrachtete sie sich im Spiegel. Wie hatte das hier nur geschehen können? Sie hatte nur ein einziges Mal telefoniert. Diese simple Handlung und ihr Entschluß, die Einladung anzunehmen, hatten zu dieser kapriziösen und bizarren Metamorphose geführt. Sie konnte sich des Eindrucks nicht erwehren, in einen Hinterhalt gelockt worden zu sein. Und dennoch war es an einem bestimmten Punkt gewiß möglich gewesen, dem allem Einhalt zu gebieten, oder nicht? Hätte sie das Kleid ablehnen, darauf beharren können, wie gänzlich unpassend – das sah sie nun glasklar – es für diese Gelegenheit war? Oder hätte sie in jenem Moment »Halt« rufen sollen, als Danton ihr frischgewaschenes Haar aus jeder Perspektive inspizierte, um schließlich aufgeregt »erkaltete Asche« zu hauchen?

All diese Chancen waren allerdings längst vertan. In fünfzehn Minuten kam der Wagen. Eine schreckliche Trägheit befiel sie. Ein Anflug von Fatalismus. Sie schien keinen eigenen Willen mehr zu haben. Jetzt, wo sie diese Reise angetreten hatte, gab es kein Zurück mehr. Sie sah sich an dem Tisch sitzen, zu Abend essen. Ein Gespenst an einer Tafel, wie Banquos Geist. Guy würde sie auslachen, wie er das im Schlaf immer tat. Sylvie würde entgeistert sein und sich ihrer schämen. Und schließlich würde Felicity in ihrem Kapuzenumhang davoneilen und sich ausgeschlossen fühlen.

»Duft.« Das war keine Frage. Dantons Finger flogen über die geschliffenen Glaspfropfen der Flakons. *»L'Egypte.«*

Äußerst passend, fand Felicity. Schwer und oppressiv. Verschlossene Särge, vertrocknete Leichen, feuchte, abgestandene Luft. Er besprühte sie großzügig, drapierte vorsichtig ein nebelgraues Tuch über ihr Haar. »Ich werde Ihr Köfferchen nach unten tragen.«

Wohlwissend, daß jeder Einwand sinnlos war, hatte sie sich auf seinen Vorschlag eingelassen, einen Koffer mit Sachen zum Wechseln mitzunehmen, obgleich sie wußte, daß sie nicht über

Nacht bleiben würde, und rechtzeitig veranlaßt hatte, daß der gemietete Wagen vor der Tür wartete, um ihr die Flucht zu erleichtern.

Danton kehrte zurück und stellte sich neben seine Kundin. Rückte ein letztes Mal ihre Ohrringe zurecht, zupfte noch einmal an ihren Locken. Felicity neigte den Kopf, als gewähre er ihr den *coup de grâce*.

»Machen Sie nicht so ein Gesicht, Mrs. G«, riet Danton. »Sie werden eine prima Zeit haben. Ich wünschte, ich könnte dabeisein.« Auf der Straße hupte es. »Das wär's dann.« Er steckte seinen Scheck weg und warf ihr mit der Theatralik eines Matadors den Umhang über die Schultern. »Rufen Sie mich nach Ihrer Rückkehr gleich an, und berichten Sie mir von dem außergewöhnlichen Abend. Ich kann kaum erwarten, von Ihnen zu hören.«

Exakt um fünf vor sieben fuhr der Corniche erneut auf der Auffahrt von Manor House vor. Wieder zog Guy an dem Eisenzug der Klingel. Diesmal unterliefen ihm keine Fehler. Sylvie – nein, Suhami, er durfte ihren neuen Namen nicht vergessen – hatte im *Chartwell Grange* angerufen, um ihn wissen zu lassen, daß der Meister ihn um sieben auf ein kurzes Gespräch vor dem Abendessen einlud.

Der Klang ihrer Stimme hatte ihn beflügelt. Er freute sich schon darauf, sie wiederzusehen, gierte nach einer Möglichkeit, die am Nachmittag entstandene Mißstimmung zu beheben. Aber behutsam, ganz behutsam ... Er mußte sich langsam vortasten. Sich bemühen, niemanden vor den Kopf zu stoßen. Seine Meinung für sich behalten. Das war kein leichtes Unterfangen, aber er würde es schaffen, denn er hatte sie wiedergefunden und durfte sie nicht noch mal verlieren.

In diesem Augenblick kam eine Feuersäule um die Ecke gebogen. Scharlachrote und orange Stofflagen bauschten sich flirrend, siedend, züngelnd auf. Sie wurden von einem mit bernsteinfarbenen Steinen besetzten Gürtel zusammengerafft. Die Feuersäule blieb stehen und richtete das Wort an ihn.

»Sie tragen nicht Indigo.«

»Ich trage niemals Indigo«, meinte Guy. »Was ist Indigo?«

»Das sollten Sie aber. Sie verfügen über ein hohes Maß an Aggression. Zuviel Rot.«

»Rot trage ich auch nie.« Na, die muß gerade was sagen, dachte Guy und spielte den Moderaten, als wäre die Unterhaltung schon aus dem Ruder gelaufen.

»In Ihrer Aura, meine ich. Sie glüht. Und hat ein Loch so groß wie eine Cantaloupe.«

»Ach ... ach ja?«

»Ein ätherisches Leck darf nicht unterschätzt werden.«

Mit ernsthafter Miene öffnete May die Tür. »Es gibt auch eine Menge dunkler Flecken. Sie sind nicht zufälligerweise ein Geizkragen?«

»Bestimmt nicht«, erwiderte Guy spöttisch, während er ihr in die Halle folgte. Konnte man jemanden, der sich selbst einen Rolls-Royce-Corniche gönnte, als Geizkragen bezeichnen?

»Nun, mir fällt da eine bedenkliche Unausgeglichenheit auf, Mr. Gamelin. Zuviel einseitige Aktivität, wie ich vermute. Ich möchte Sie ja nicht aushorchen, aber falls Sie Wert auf weltlichen Erfolg legen –«

»Ich habe weltlichen Erfolg. Und mir fehlt nichts.« Einmal abgesehen von einer Tochter. *Ah, Sylvie – meine große Unausgeglichenheit. Mein Leben.*

»Ich bin zu Besuch –«

»Das weiß ich *alles*. Ich werde Ihnen den Weg zeigen. Hier entlang, bitte.« Schon stürmte sie davon. Guy hängte sich an ihre Fersen. Sie kamen an jener Tür vorbei, hinter der er nachmittags den verrückten Jungen entdeckt hatte.

»Bleiben Sie über Nacht?«

Guy murmelte etwas von einem Hotel.

»Ausgezeichnet. Morgen müssen Sie vorbeikommen und ein paar Fläschchen auswählen, und ich werde Sie auf den richtigen Weg bringen.«

Dessen war Guy sich nicht so sicher. Der Begriff »Darmspülung« kam ihm in den Sinn. Er fragte, woraus eine Konsultation bei ihr bestand.

»Ich beginne mit den Chakras. Durchspüle sie richtig, reinige die Nadis. Danach versuche ich, mit einem von den großen Meistern in Verbindung zu treten. Meine Meisterin ist von unschätzbarem Wert. Sie ist ein erster Chohan des siebten Strahls, müssen Sie wissen.«

»Aber Ihr Meister ist doch schon hier«, sagte Guy und bemühte sich, keine Miene zu verziehen. »Könnten wir nicht einfach ihn um Rat fragen?«

Mays Reaktion verblüffte ihn sehr. Sie schien richtiggehend irritiert zu sein. Der Rhythmus ihres selbstbewußten Gangs war kurzzeitig unterbrochen.

»Oh, das wäre mir nicht möglich. Er ist... momentan erschöpft. Ist ihm in letzter Zeit nicht allzu gutgegangen.«

»Meine Tochter hat das gar nicht erwähnt.«

»Nicht?« May war vor einer geschnitzten Holztür stehengeblieben. Sie klopfte und wartete. Und dann – als habe sie eine Antwort erhalten, die Guy nicht hören konnte – stieß sie die Tür mit den Worten auf: »Mr. Gamelin ist hier, Meister«, und scheuchte ihn hinein.

Zuerst hatte Guy den Eindruck, in einen sehr großen Raum zu treten, doch er erkannte schnell, daß dies vor allem der spärlichen Möblierung zuzuschreiben war. Das farblose, leere Zimmer erinnerte ihn an japanische Räume. Die Negation eines Raums. Zwei Kissen lagen auf dem Boden. Neben dem Fenster standen ein Wandschirm und ein Holzrahmen, in den ein farbenprächtiges Stück Seide gespannt war.

Beneidenswert grazil erhob sich ein Mann von einem der Kissen und kam auf ihn zu, um ihn zu begrüßen. Guy blickte in so faszinierende Augen, daß es eine Minute dauerte, bis er der ganzen Erscheinung seine Aufmerksamkeit schenkte. Was er sah, beruhigte ihn auf der Stelle. Langes weißes Haar, ein blaues Gewand, Sandalen – alles zielte geradezu pathetisch darauf ab, eine spirituelle Wirkung zu erzielen. Wie die Zeichnung eines miesen Künstlers. Astroth: Meister des Universums. Guy schüttelte nachdrücklich die Hand seines Gegenübers und grinste.

Der Meister bot ihm an, sich zu setzen. Etwas schwerfällig ließ er sich auf dem Kissen nieder, mit geradem Rücken, die Hände hinter sich flach auf dem Boden liegend, die Beine gespreizt ausgestreckt. Während ihm diese unbequeme Haltung zuwider war, flößte ihm die dahinterstehende Strategie gleichzeitig Respekt ein. Bestimmt verfügte Craigie über konventionellere Sitzmöbel (niemand lebte in solch einer kargen Behausung), hatte aber absichtlich alles entfernen lassen, um seinen Gast in die Defensive zu drängen. Die Fakirversion der »Sieh-mal-wer-den-höchsten-Stuhl-innehat«-Methode. Es wird schon mehr als diese Mätzchen brauchen, Craigie. Guy warf seinem Gastgeber einen ermutigenden und herausfordernden Blick zu. Craigie lächelte und schwieg beharrlich.

Das Schweigen dauerte an. Zu Anfang löste es bei Guy eine gewisse Rastlosigkeit aus. Wie gewöhnlich schlug sein Verstand Kapriolen, entwarf ausgefuchste Schachzüge, spielte die unterschiedlichsten Strategien zur Vernichtung des anderen durch. Langsam, als die Sekunden und Minuten verstrichen, legte sich seine Aufregung, und etwas anderes trat an ihre Stelle. Er konnte noch immer seine bombastische innere Stimme hören, doch gedämpft, wie Kampflärm hinter einem fernen Hügel.

Normalerweise war Stille für Guy unerträglich. Er mochte das, was er »ein bißchen Leben« nannte, mit dem er gewöhnlich »ein bißchen Lärm« meinte. In diesem Fall übte die Stille eine sonderbare Wirkung auf ihn aus. Kam ihm wie eine beruhigende Umarmung vor. Am liebsten hätte er losgelassen. Sich einfach fallen lassen. Ihm war, als habe ihm jemand eine Last von den Schultern genommen, als würden alle Bewegungen angehalten. Er verspürte das Bedürfnis, diesen bemerkenswerten Zustand in Worte zu fassen, doch die Sprache, mit der man derlei Befindlichkeiten ausdrückte, hatte er nicht gelernt, und so blieb er einfach still sitzen. Dem Anschein nach bestand kein Grund zur Eile, und unwohl fühlte er sich auch nicht mehr.

In dem Raum hing das Licht der untergehenden Sonne. Die

farbenfrohe Seide sah aus, als brenne sie lichterloh. Während Guy den gespannten Stoff betrachtete, verstärkte sich die Intensität der sirrenden Farben. Er bildete sich fast ein, daß sie lebten und vor Energie pulsierten. Da es ihm unmöglich war, den Blick von dieser strahlenden Transformation abzuwenden, fragte er sich, ob er hypnotisiert wurde. Just in diesem Augenblick ergriff der andere Mann das Wort.

»Ich freue mich sehr, daß Sie zu Besuch kommen konnten.«

Guy faßte sich, rang darum, sich auf sein Gegenüber zu konzentrieren, was ihm nicht leichtfiel. »Ich muß Ihnen dankbar sein. Dafür, daß Sie so freundlich zu meiner Tochter sind.«

»Sie ist ein äußerst angenehmes Mädchen. Wir alle sind ganz vernarrt in Suhami.«

»Ich habe mir große Sorgen gemacht, als sie verschwand.« Regel Nummer eins: Gesteh niemals deine Schwächen ein. »Nicht daß wir uns sehr nahegestanden hätten.« Regel Nummer zwei: Und auch nicht, daß du versagt hast.

Was war denn in ihn gefahren? Das hier war sein Gegner. Die Vaterfigur, die Sylvie über alles stellte. Guy bemühte sich, seine Eifersucht, seinen Rachedurst wieder anzukurbeln. Ohne diese Emotionen kam er sich nackt, entblößt vor. Er blickte in die strahlendblauen Augen und das ruhige ausdruckslose Gesicht. Links und rechts der spitzen, geraden Nase war die Haut etwas eingefallen. Halt dich daran fest. Der Kerl ist schrottreif. Mit einem Bein im Grab. Aber wie ist es um seine Kinnlinie bestellt? Das Kinn eines Soldaten. Das Kinn eines Soldaten im Gesicht eines Mönchs. Welche Rückschlüsse konnte er daraus ziehen? Was er damit anfangen sollte, wußte Guy nicht.

»Selbst in Familien, wo die einzelnen Mitglieder einander sehr nahestehen, lösen die jungen Menschen sich. Das ist eine äußerst schmerzhafte Erfahrung.«

Da war etwas an Craigies Präsenz, vielleicht die Tatsache, daß er sich so stark auf seinen Gesprächspartner konzentrierte, das nach einer Antwort verlangte. Guy sagte: »Schmerzhaft ist noch milde ausgedrückt.«

»Wunden können heilen.«

»Ach ja, meinen Sie? Glauben Sie tatsächlich, daß das möglich ist?«

Mit gefalteten Händen beugte sich Guy nach vorn. Und begann zu reden. Ein Schwall unglücklicher Erinnerungen strömte aus seinem Mund. Ströme der Reue. Fluten von Selbstbezichtigungen. Unablässig ging das so weiter, als gäbe es kein Ende. Entsetzt und angewidert lauschte Guy seinen eigenen Worten. Welch verabscheuungswürdige Fäulnis! Und dennoch – mit was für einer Leichtigkeit alles aus ihm rausfloß! Als hätten diese Wortströme jahrelang nur darauf gewartet, ihm über die Zunge zu kommen.

Am Ende war er total erschöpft. Sein Blick suchte Craigie, dessen Blick auf den Händen ruhte. Guy versuchte in der Miene des anderen zu lesen, die er als teilnahmsvolle Distanziertheit interpretierte, aber das konnte doch gar nicht sein. Entweder man war teilnahmsvoll oder distanziert, aber gewiß nicht beides. Und schon gar nicht gleichzeitig. Eine kurze Weile saß Guy einfach so da, bis sein Verlangen nach einer wie auch immer gearteten Reaktion unerträglich wurde. Um die passenden Worte ringend, schob er eine Rechtfertigung nach:

»Ich habe ihr alles gegeben.«

Ian Craigie nickte zustimmend. »Das ist verständlich. Aber es funktioniert natürlich nicht.«

»Wollen Sie damit sagen, daß man Liebe nicht kaufen kann? Da haben Sie ganz recht. Ansonsten gäbe es keine einsamen Millionäre.«

»Ich wollte damit sagen, daß *Dinge* den Menschen nicht wahre Zufriedenheit schenken können, Mr. Gamelin. Sie haben kein Leben, das müssen Sie verstehen.«

»Ah.« Guy verstand gar nichts. Letztendlich ging es doch um nichts anderes als die Anhäufung und Zurschaustellung von Dingen. Woher sollten die anderen sonst wissen, was für ein Mensch man war? Und selbst ein ganz bodenständiger Mensch brauchte ein Haus, Essen, Wärme und Kleidung. Diese Meinung tat Guy auch kund.

»Selbstverständlich stimmt das. Aber es existiert eine vierte große Notwendigkeit, die wir gern vernachlässigen. Ich spreche von dem Verlangen nach Euphorie.« Er lächelte mit dem Wissen, daß das Wort für Guy eine ganz andere Bedeutung hatte. »Ich spreche von emotionaler und spiritueller Euphorie. Manchmal vermittelt das Theater uns eine Ahnung davon. Gelegentlich auch die Musik...«

»Das verstehe ich.« Guy entsann sich der vollgestopften Glasschluchten in der Stadt. Der dramatischen Riten der Durchquerung. Rauchiger Sitzungszimmer, Dolche, die unüberhörbar gezogen wurden. All das war unerhört euphorisch. »Ich begreife nicht, wie hier...« Mit einem Wedeln der Hand beendete er den Satz.

»Hier hängt unser Herz am Gebet. Außerdem haben wir uns dem Streben nach dem Guten verschrieben.«

Ein irritierender Anflug von Ironie. Guy haßte Ironie. In seinen Augen war sie eine Waffe, der sich Schwächlinge und Klugscheißer bedienten. »Sie hören sich an, als würden Sie das nicht ernst nehmen.«

»Die Herausforderung nehme ich sehr ernst. Aber nicht den Menschen. Oder nur sehr, sehr selten.«

Urplötzlich wurde Guy kalt, als wäre ihm die Quelle seines Wohlbehagens schlagartig entrissen worden. War dann die Wärme, das Verständnis, die Tatsache, daß er sein Leid einer intelligenten, zur Anteilnahme fähigen Person gestanden hatte, nur Illusion gewesen? Guy wurde zornig. Fühlte sich betrogen. »Das Streben nach dem Guten? Ich verstehe nicht ganz.«

»Nein. Abstraktionen sind immer schwer zu verstehen. Und gefährlich. Ich denke, die einfachste Möglichkeit, dies zu erklären, ist folgende: Wenn die Vorstellung, daß so etwas tatsächlich existiert... daß wir es vielleicht erfahren, spüren können... wenn diese Vorstellung sich einmal durchgesetzt hat, dann läßt sie einen nie wieder in Ruhe.«

Guy dachte an seine alles verzehrende Liebe und verstand vollkommen.

»Wir verbringen hier natürlich viel Zeit damit zu straucheln, vom Weg abzukommen. In dieser Hinsicht unterscheiden wir uns nicht von unseren Mitmenschen.«

»Und dieses... Streben ist Ihrer Meinung nach das, was Sylvie sucht?«

»Davon ist sie momentan überzeugt. Ihre Meditationen haben ihr ein gewisses Maß an Zufriedenheit geschenkt. Aber sie ist noch sehr jung. Im Lauf unseres Lebens setzen wir viele unterschiedliche Masken auf. Und schließlich finden wir eine, die so gut paßt, daß wir sie nie mehr ablegen.«

»Ich habe nie eine Maske getragen.«

»Wirklich nicht?« Es klopfte an der Tür. Er rief: »Noch ein paar Minuten, May«, und wandte sich wieder an Guy. »Wir haben noch nicht über das eigentliche Problem, über das Erbe Ihrer Tochter gesprochen, was der eigentliche Grund für meine Einladung war.«

»Der McFadden-Treuhandfonds? Darüber spreche ich nicht mit Ihnen, Craigie.«

»Ihre Tochter will alles der Gemeinschaft vermachen.«

Guy stöhnte auf, woraufhin der Meister sich besorgt vorneigte. »Geht es Ihnen nicht gut, Mr. Gamelin?«

Guy hob das Gesicht. Seine Miene sprach Bände, verriet Benommenheit, Bestürzung. Ihm fiel die Kinnlade runter. Der Meister beobachtete diese bemitleidenswerte Reaktion und lächelte dann mit geschlossenem Mund. Nach ein paar Minuten fuhr er fort:

»Bitte, machen Sie sich keine Sorgen. Das Geld wird nicht akzeptiert werden. Wenigstens nicht in nächster Zeit. Ihre Tochter ist uns für unsere Zuneigung sehr dankbar, wie das bei Kindern, die keine Liebe erfahren haben, oftmals der Fall ist. Außerdem erinnert das Erbe sie an ihr früheres Unglücklichsein, weshalb sie den Entschluß gefaßt hat, sich davon zu befreien, wenn nicht hier, dann woanders. Ich hatte gehofft, mit Ihnen über dieses Anliegen sprechen zu können. Ich habe mich gefragt, ob es nicht eine Möglichkeit gibt, mir das Vermögen pro forma zu übertragen, damit es nach außen hin so aussieht, als nähme ich es an, während es in Wirklichkeit irgendwo fest angelegt wird, vielleicht wenigstens für ein Jahr. Selbstverständlich besteht dann immer noch die Möglichkeit, daß sie das Vermögen weggeben möchte, aber laut meiner Erfahrung«, die Ironie wurde jetzt noch deutlicher, »wird sie am Ende nicht so handeln.«

Es klopfte erneut. May legte ihre Lippen an den Türrahmen. »Meister – wir werden gleich zu Abend essen.«

»Wir werden uns später noch mal über dieses Thema unterhalten, Mr. Gamelin. Bitte, machen Sie sich keine Sorgen. Wir werden gewiß eine Lösung finden.«

Aus diesem unglaublich höflichen Vorschlag meinte Guy herauszuhören, daß seine Reaktion Belustigung hervorgerufen hatte, was ihm gegen den Strich ging. Welcher halbwegs normale Mann wäre nicht beunruhigt bei dem Gedanken, daß eine halbe Million Pfund aus den Schatztruhen der Familie entfernt wurden? Auch wenn die McFaddens eine erbärmliche Truppe gewesen waren, ihr Geld war so gut wie das jedes anderen. Er kämpfte sich auf die Beine und ärgerte sich erneut darüber, daß man ihm eine derart unbequeme Sitzgelegenheit angeboten hatte. Craigie rührte sich nicht. »Kommen Sie nicht?«

»Ich esse um zwölf.«

»Nur um zwölf? Dann müssen Sie sehr hungrig sein.«

»Überhaupt nicht.« Es war fast spürbar, wie stark sein Interesse nachließ. Wie er sich in sich selbst zurückzog. Guy hätte allein im Zimmer sein können. »Und jetzt müssen Sie mich entschuldigen. Ich muß mich ausruhen.«

In einer endlosen Schlange verharrte der von Felicity angemietete Wagen reglos auf der M4 zwischen einem verbeulten Cortina und einem BMW. Der Chauffeur drückte immer wieder auf die Hupe. Felicity streifte ihren Schuh ab und klopfte mit dem mit Rheinkieseln besetzten Absatz gegen die Glasscheibe. Der Fahrer zuckte zusammen und drehte den Kopf. Sein Profil verriet Nervosität.

Seit sie Belgravia verlassen hatten, hatte er sie unablässig im Auge behalten. Hätte er die Wahl gehabt, wäre es nach ihm gegangen, hätte er sie überhaupt nicht einsteigen lassen. Nicht nur daß sie wie Vincent Prices Filmpartnerin aussah, nein, sie verhielt sich auch reichlich sonderbar. Zog fortwährend ihr Tuch runter, drapierte es dann wieder über die Haare, summte, winkte aus dem Fenster. Er ließ die verstärkte Glasscheibe runter.

»Ich habe Ihrer Firma gesagt, daß ich um halb acht dort sein muß.«

»Den Verkehr kann ich nicht ändern, Mrs. Gamelin.«

»Sie hätten früher kommen sollen.«

»Ich kam um die Uhrzeit, für die ich bestellt war.«

»Aber die hätten wissen müssen, wie es hier aussieht.« Diese Unterhaltung hatten sie nun schon x-mal geführt. Er schwieg und wartete ab. »In dem Brief stand zwischen halb acht und acht, verstehen Sie. Auf Manor House, Compton Dando. Das ist schrecklich wichtig für mich.«

Was für ein Unsinn, ihm die Adresse zu nennen. Die war ihm ohnehin ins Gehirn gebrannt. Seit sie in den Wagen gestiegen war, hatte sie sie ununterbrochen wiederholt. Und er hatte sie auch aufgeschrieben.

»Können Sie nicht ausscheren oder überholen oder so was?«

Der Fahrer lächelte, nickte und ließ die Glastrennwand wieder hochfahren. Leicht beunruhigt bemerkte er, daß sie den Schuh immer noch in der erhobenen Hand hielt.

»Zu unserer vorigen Unterredung, Mr. Gamelin...«

Wieder wurde Guy von May durch einen Korridor geschleust, und wieder hörte er nicht zu. Er rang darum, sein Selbstbewußtsein wiederzuerlangen, das in jenem Raum auf geheimnisvolle und subtile Weise zuerst in seine Einzelteile zerlegt und dann ausradiert worden war. Mein Gott, dachte er – wenn *ich* lernen könnte, das zu tun. Was für eine Waffe wäre das!

»Ich veranstalte im September einen Farbenworkshop. Ein paar Plätze sind noch frei.«

Craigie, dieser altersschwache und fast stumme Mann, war

ein Zauberer. Ein Betrüger. Das mußte es sein. Welche andere Erklärung konnte es sonst noch geben? All dieses Geschwafel über das Gute und spirituelle Euphorie war absoluter Schwachsinn. Ein Mantel aus mildtätigem Mystizismus, hinter dem sich insgeheim ein Imperator versteckte. Und dann dieses scheinheilige Getue, als wolle er Sylvies Schotter nicht annehmen. Craigie konnte bluffen, das mußte man ihm lassen. Wirklich beachtlich! Auch diese »Konsultation« der Eltern. Die diente doch nur dazu, Craigies Rolle als selbstloser Wohltäter zu untermauern. Dieser schlaue Fuchs. *Vaterfigur*. Dem werde ich eine Vaterfigur geben! Der hat keine Ahnung, mit wem er es zu tun hat. Der weiß noch nicht mal, daß er geboren wurde. Als sie den Speisesaal erreichten, war Guy wieder ganz der alte.

Dort hatten sich eine Menge Menschen eingefunden. Alle saßen an einem langen Tisch. Die Mienen von ein oder zwei Anwesenden verrieten ermüdende Selbstbeherrschung. Guy nahm an, daß er sich bei ihnen entschuldigen sollte, weil er sie hatte warten lassen, fand, daß das nicht seine Schuld gewesen war, kam dann aber zu der Überzeugung, daß Sylvie es ihm übelnehmen würde, und richtete ein paar versöhnliche Worte an alle und niemand besonderen.

»Ich denke, Sie hätten gern einen Drink.«

May führte ihn zu einer Anrichte mit zwei Glaskrügen. Einer war randvoll mit einer hellroten Flüssigkeit, der andere, schon halb leer, enthielt etwas Teichgrünes. Die Regel befolgend, daß die Eingeborenen immer am besten wissen, was gut schmeckt, neigte Guy zu dem Krug mit dem grünen Getränk.

»Nun«, sagte May mit der Handbewegung einer Zauberin. »Was darf es sein?«

»Was am stärksten ist.«

»Die Haferpflaume strotzt nur so vor Kalzium. Wenn Sie die Rübenblätter nehmen, kriegen Sie etwas Jod, eine Menge Vitamin C und eine ordentliche Menge Magnesium.«

»Ich meinte den stärksten Alkohol.«

»O Gott.« Verständnisvoll tätschelte sie seinen Arm. »Brauchen Sie dringend einen Schluck Alkohol? Das erklärt den aurischen Rückstand. Keine Sorge«, sagte sie und füllte einen Tonbecher, »es ist nie zu spät. Vor ein paar Monaten hatte ich hier einen Alkoholiker. War kaum in der Lage aufzustehen, als er hier neu war. Ich habe ihn gependelt, mit ihm über dem violetten Arturusstrahl gearbeitet, seine Chakras gereinigt und ihn gelehrt, die Sonne zu grüßen. Wissen Sie, wo der Mann heute ist?«

Guy fiel auf, daß er seinen Flachmann im Wagen liegengelassen hatte. Die grüne Flüssigkeit schlürfend, folgte er seiner Gastgeberin. Das Gebräu schmeckte besser, als es aussah, was aber nicht viel hieß. Es freute ihn zu sehen, daß der Platz neben Sylvie frei war. Sofort steuerte er auf diesen Stuhl zu, wurde aber von May behutsam in eine andere Richtung gelenkt, an einen Platz geführt, ehe sie sich neben seine Tochter setzte.

Er rief ihr hinterher: »Kann ich nicht dort sitzen...« Die Frau zu seiner Rechten unterbrach ihn.

»Jeder von uns hat einen bestimmten Platz. Das ist so unsere Art hier. Ein Hauch von Disziplin. Sie nehmen den Platz des Besuchers ein.«

Guy musterte sie voller Ablehnung. Ein fliehendes Kinn, langes graues Haar, das mit einem bunten Tuch nach hinten gebunden war, vorstehende Augen, die ernst dreinblickten. Sie trug ein T-Shirt mit dem Aufdruck »Universelle Seele: Die einzige Wahl« und hatte keinen BH an. Ihre großen Brüste mit den hervorstehenden Brustwarzen reichten fast bis zur Taille. Der Mann, der ihr gegenübersaß und den Platz am Tischende einnahm, trug einen Schäferrock. Er reichte Guy eine Platte mit Kuhfladen.

»Gerstenkuchen?«

»Warum nicht?«

Mit einem gezwungenen Lächeln nahm Guy zwei Stück und inspizierte die anderen Gerichte. Ein grauenvoller Anblick. Noch mehr Krüge mit Château-Ekelhaft, Berge von mit schwarzbraunem Kleister bestrichenem Brot und eine Schüssel mit einer klebrigen Pampe, in der aufrecht ein Löffel steckte, als sei er vor Schreck erstarrt.

Griesgrämig dachte Guy an die Speisekarte in seinem Zimmer im *Chartwell Grange*. Fritierter *Thwaite Shad* auf einem Mandelreisbett mit englischen Pilzen und neuen Kartöffelchen. Nach diesem göttlichen Mahl wurde entweder ein Korb mit knackigen Cox-Orange-Äpfeln, herzhafter Fenland-Sellerie oder *Tarte Judy* gereicht, je nach Geschmack oder Appetit des Gastes. Was ich alles aus Liebe über mich ergehen lasse, fuhr es Guy durch den Kopf. Er warf seiner Tochter einen Blick zu, hoffte auf ein Lächeln von ihr.

Sylvie war in einen wunderhübschen apfelgrünen und roten Sari gehüllt. Mit ihrem ernsten jungen Gesicht, auf dessen Stirn ein frischer roter Punkt prangte, und ihrem staubigen Haar wirkte sie auf ihn wie ein Schulkind, das bei einer Theateraufführung falsch besetzt war. Er konnte nicht fassen, daß sie an diesen quasireligiösen Unfug glaubte. Sie saß neben einem jungen Mann mit langen dunklen Haaren, der sich wiederholt mit sanfter Intimität an sie wandte und ihr ins Ohr flüsterte. War er der »wunderbare Mann«, wegen dem sie London den Rücken gekehrt hatte? Falls dem so war, war er ihr gegenüber im Vorteil.

Guy bemerkte sein verlogen sanftes Lächeln. Wahrscheinlich ein Mitgiftjäger. Das Mädchen war von diesen blutrünstigen Geiern umzingelt. Wie paradox seine Schlußfolgerung war, die da lautete, daß seine Tochter, die er nur um ihretwillen liebte, von anderen nur geliebt wurde, weil sie nach ihrem Vermögen trachteten, fiel ihm nicht auf.

Voller Elan machte sich May über den Inhalt einer flachen Zinnschale her und teilte aus. Wann immer sie ein eingetunktes Stück Brot hochhob, zog die blaßgelbe Tunke eklige Fäden. Beim Servieren plauderte sie munter drauflos.

»... beim grauen Star geht es eigentlich doch darum, daß die Ärzte nicht einsehen wollen, daß es sich um eine psychosomatische Krankheit handelt. Die älteren Menschen werden mit dem modernen Leben nicht fertig. Computer, Straßengewalt, große Supermärkte, nuklearer Abfall ... All dies zu sehen, können sie einfach nicht ertragen. Daher legt sich ein Film über die Augen. Ich meine ... das ist so einfach. Guy?«

»Danke.« Man reichte ihm einen Teller mit einer geheimnisvollen Mixtur. Ein Mosaik aus Rot, Braun und Khaki mit schwarzen Ringen aus einer gummiartigen Materie. Guy griff nach seinem Besteck, registrierte die Verwunderung der anderen und legte es wieder weg. Während er darauf wartete, bis alle bedient waren, musterte er die restlichen Tischgäste.

Einen Gnom von einem Mann mit hellrotem, schaufelähnlichem Kinnbart, eine Frau mit störrischem, vollem Haar und mürrischer Miene. Jener arme Tropf von einem Jungen, der auf der anderen Seite von Sylvie saß. Richtiggehend angewidert bemerkte Guy, wie sanft sie mit dieser gestörten Kreatur sprach und einmal sogar ihre Hand auf seinen Arm legte. Solche Menschen, von Krankheit verzehrt, müßten weggesperrt werden und sollten nicht frei rumlaufen und groteske Forderungen an unschuldige, weichherzige Menschen stellen dürfen. Kein Anzeichen von seiner Gespielin, mit der er sich heute nachmittag vergnügt hatte. Guy wußte nicht, ob er sich über ihre Abwesenheit freuen oder ärgern sollte. Eigenartigerweise hatte ihn kurz nach Trixies Verschwinden ein Hauch von Unwohlsein überfallen. Wo ihr Problem lag, kapierte er allerdings immer noch nicht. Sie hatte ihm Avancen gemacht, er hatte das Angebot bereitwillig angenommen und sie prompt für ihre Dienste bezahlt. Trotz des Gezeters und verletzten Stolzes waren die fünfzig Pfund zusammen mit ihr verschwunden. Nein – Guy fürchtete, daß sie Sylvie von ihrem Stelldichein erzählte und dabei die Wahrheit entstellte. Möglicherweise sogar behauptete, sie hätte keine Lust gehabt. Daher beschloß er, sich zusammenzureißen und sie freundlich zu behandeln, falls er ihr noch mal über den Weg laufen sollte. Und sich eventuell sogar entschuldigte, auch wenn er immer noch nicht wußte, wofür.

Nachdem allen aufgetragen worden war, herrschte kurz Schweigen am Tisch. Alle senkten den Blick auf ihre Teller. Guy inspizierte seine Kuhfladen, die seinen Blick fäkal erwiderten. Sein Tischnachbar meldete sich zu Wort. Er legte den

Schäferrock ab, unter dem er ein T-Shirt mit den Worten »Respektier meinen Raum« trug.

»Hey ... wie wäre es, wenn wir uns nun gegenseitig vorstellen? Ich bin Ken ›Zedekial‹ Beavers. Und das hier ist Heather, meine göttliche Ergänzung«, sagte der Grauhaarige. »Oder – astral ausgedrückt – Tethys.«

»Guy Gamelin.« Jeder reichte jedem die Hand. Nach der Begrüßung durfte Guy endlich mit der Gabel in seinem Essen rumstochern. »Was essen wir hier eigentlich?«

»Nun, das ist – wie jeder sieht – eine Lasagne. Kennt jeder. Und dieser kleine Haufen ist Kichererbsenpürree, und das da«, er zeigte auf die schwarzen Schleifen, »ist *Zostera marina*, direkt aus dem Meer.« Ken sprach das Wort ziemlich eigenartig aus, hob die Stimme und gurrte wie eine Gans. »Wo wären wir nur ohne den Ozean?«

»Wie bitte?«

»*Zostera marina* ist Seegras. Aus Japan.«

»Ißt man viel davon, kriegt man kein Gürtelrosen mehr.«

Guy, der noch nie im Leben eine Gürtelrose gehabt hatte, nickte unmerklich und legte die Gabel beiseite. Außer dem Gemurmel der sich unterhaltenden Leute nahm er Musik wahr. Oder eher die zuckersüße Rekonstruktion der Natur, die sich selbst genügte. Vogelgezwitscher, im Wind rauschende Äste, das unablässige Plätschern von Wasser.

Zweifellos erachteten sie diese aufgezeichneten Geräusche als der Ruhe förderlich. Und es schien zu funktionieren. Die ganze Atmosphäre hatte etwas ungewöhnlich Ernsthaftes. Jeder sprach mit gesenkter Stimme. Niemand nahm sich einfach das, worauf er Appetit hatte. Zeigte nur darauf und murmelte leise Worte. Guy fragte sich, was sie mit all ihrem Ärger anfingen. Jeder ärgerte sich irgendwann. Das gehörte zur menschlichen Ausstattung, wie Leber und Augen, Zähne und Nägel. Meditierten sie ihn weg? Kehrten sie ihn unter einen Teppich aus gutgemeinten Taten? Oder schickten sie ihn mit einem Lied auf den Lippen für immer in den Kosmos? Was für eine Horde wabbelbäuchiger Schwächlinge. Taten sich zusammen, rannten vor sich und dem Leben davon. Als er merkte, wie grießgrämig er dreinblickte, tat er schnell höflich interessiert und wandte sich an seinen Nachbarn.

»Und was tun Sie hier alle auf Windhorse?«

Heather warf ihr langes Haar über die Schulter. »Wir lachen... wir weinen...« Sie faltete die Hände und öffnete sie dann mit einer ausladenden Bewegung, als ginge es darum, einen Vogel freizulassen. »Wir leben.«

»Das tut jeder.«

»Nicht jeder trinkt aus dem tiefen Kelch seines Wesens.« Sie reichte ihm eine Platte mit einer grünen Pampe. »Möchten Sie probieren?« Guy zögerte. »Ein feines Pürree aus kleingehacktem Schwarzwurz, Majoran und ein wenig Hanfnessel.«

Mit einem Kopfschütteln gelang es Guy, seine Enttäuschung zu verbergen. »Wenn ich etwas unter gar keinen Umständen zu mir nehmen darf, dann Hanfnessel.«

»Kondensierter Sonnenschein«, versicherte Ken und deutete mit dem Kinn auf das Pürree.

»In welcher Hinsicht?«

»Durchdrungen von solarem Licht.« Das Funkeln und Glitzern seines Kristalls unterstrich seine Behauptung. »Erzählen Sie mir nicht, daß Sie noch nie von den fünf Platonischen Körpern gehört haben.«

»Von ihnen gehört habe?« fragte Guy. »Ich esse sie.«

Mit einem Schmunzeln deutete er an, daß er einen Scherz gemacht hatte, und erkundigte sich dann mit gesenkter Stimme vorsichtig, ob auch Fleisch gereicht würde.

Seine Frage zog einen langen Vortrag, gespickt mit warmherzigen, sentimentalen Schmähungen, nach sich, der damit endete, daß im Grimmdarm eines Fleischfressers stets wenigstens fünf Pfund tierische Proteine gärten.

»Fünf Pfund?«

»Minimum.«

Guy stieß einen Pfiff aus, und Ken gab einen übelriechenden Rülpser von sich, als wolle er damit die hervorragende Arbeit seines Verdauungsapparates demonstrieren. Guy rümpfte die

Nase. Heather wechselte das Thema und bot Guy noch etwas von dem Ersatzgebräu an, dem er heimlich das Etikett »Château-Pisse« verpaßt hatte.

Nachdem es ihr nicht gelungen war, ihn von ihrem Tun zu überzeugen, erkundigte sie sich: »Und was tun *Sie* den ganzen Tag lang?«

»Ich bin Finanzier.« Als ob du das nicht wüßtest.

»Keine einfache Aufgabe.«

»Wenn man die Eier dazu hat, dann schon«, gab Guy selbstzufrieden Auskunft. Das sich daraufhin einstellende Schweigen zog sich hin. »O Gott – bin ich Ihnen zu nahe getreten? Ich nahm an, Sie wären hier alle auf Du und Du mit der Natur.«

»Wir ziehen die Eingeweide dem Verstand auf jeden Fall vor.«

»Die Götterdämmerung des Intellekts«, warf Heather ein, »steht bevor.«

In deinem Fall mag das zutreffen, dachte Guy. »Ich selbst genieße es sehr, hin und wieder zu einem vernichtenden Schlag gegen den Verstand auszuholen.«

»Hier sind wir alle Millionäre im Geist«, ließ Ken verlauten. »Und finden, daß erbarmungslose Konkurrenzkämpfe Ihresgleichen vorbehalten sind.« Dieser Schlag unter die Gürtellinie wurde mit vollem Mund kundgetan.

»Es überrascht mich, auf diese Weise abgestempelt zu werden. Zumal ich Gast in Ihrer Kommune bin.« Ken lief dunkelrot an. Schlagartig hatte Guy das dumme Gequatsche der beiden satt. Er beugte sich vor, um die beiden glauben zu machen, er beabsichtige, eine Vertraulichkeit auszutauschen. Dabei war er sich ganz sicher, daß die anderen ihn nicht hören konnten.

»Hör mal, du Idiot, die Menschen steigen nicht aus dem erbarmungslosen Konkurrenzkampf aus. Ganz im Gegenteil, man flieht irgenwann davor. Und zwar diejenigen, die keinen Schneid haben. Dann kriechen sie davon und überlassen es einem anderen, das Schiff zu steuern.«

Mit einem Lächeln auf den Lippen streckte Ken versöhnlich die Hand aus. »Es tut mir leid zu hören ...«

»Es tut Ihnen gar nicht leid. Es regt Sie tierisch auf, aber Sie haben nicht den Mumm, Ihre Wut zu zeigen. Und nehmen Sie die Hand von meinem Arm.« Wie ein aufgeschreckter Lachs sprang die Hand weg.

»Wo wären wir denn«, forderte Guy sein Glück heraus, »wenn sich jeder dazu entschließen würde, auszusteigen und sich für den Nabel der Welt zu halten? Es gäbe keine Ärzte – kein Krankenschwestern – keine Lehrer...«

»Aber das wird niemals geschehen«, protestierte Heather. »Die Anzahl der Menschen, die den Wunsch hegen, ein zurückgezogenes Dasein zu führen, das von Moral und Philosophie durchdrungen ist, kurzum eine spirituelle Elite, wenn Sie so wollen, ist von Natur aus gering. Zumal so ein Leben einen unglaublich disziplinierten Tagesablauf erfordert.«

»Wie ich sehe, nutzen Sie die Vorteile moderner Technologien.« Jemand mit so einem Elefantenarsch, fand Guy, hatte auf ewig das Recht verwirkt, das Wort Disziplin in den Mund zu nehmen. Er spürte, daß die Zeit gekommen war, den Mund zu halten. »Haben Sie niemals einen Gedanken daran verschwendet, daß so ein armer Tropf in irgendeiner Mine auf den Knien Kohle schaufelt, damit Sie es warm haben, während Sie auf dem Pfad der Tugend wandeln?«

»Das ist sein Karma.« Guy registrierte einen Anflug von Irritation. »Er befindet sich auf der niedrigsten Stufe der Reinkarnation. Hat sich wahrscheinlich vom Maulwurf hochgearbeitet.«

Die Leute am anderen Tischende unterhielten sich ebenfalls miteinander. Janet fragte sich, ob sie noch mal hochgehen und sich vergewissern sollte, daß Trixie nicht dazu überredet werden konnte, nach unten zu kommen. May fragte, ob die anderen auch fänden, daß die Kichererbsen ziemlich eigenartig schmeckten, und Arno drohte, sie würde keinesfalls einen Nachschlag kriegen. Tim mampfte vor sich hin und streichelte gelegentlich über die ockerfarbenen Sonnenblumen auf Suhamis Geburtstagstasche.

Suhami selbst aß nur wenig. Mit wachsender Anspannung

beobachtete sie ihren Vater. Auf jemanden, der ihn nicht kannte, machte er den Eindruck des perfekten Gastes. Er nickte, unterhielt sich, hörte zu, schmunzelte, aber er aß nicht viel. Hielt er die anderen zum Narren? Gewiß doch. Sich hundertprozentig zu verstellen war eine seiner ausgeprägtesten Gaben. Mühelos spielte er seine Spielchen. Sein Blick, die Art und Weise, wie er gerade den Kopf hielt, mißfiel ihr. Urplötzlich überfiel sie Panik. Sie wünschte, sie besäße die Gabe der Teufelsaustreibung und könnte ihn verschwinden lassen. Heather meldete sich zu Wort. Suhami spitzte die Ohren.

»... und wir sind der festen Überzeugung, daß einem wahres Glück nur beschert wird, wenn das eigene Ich vernachlässigt wird. Wir bemühen uns, unsere Individualität abzulegen, aus Rücksicht auf andere. Die Kranken oder Machtlosen ... die Armen ...«

»Die Armen ...?« Guys Stimme explodierte. Quälende, seit langem unterdrückte Erinnerungen fingen Feuer. Ein kleiner Junge, der vor einer Stromuhr kniete. Der sein Taschenmesser in den Schlitz rammte, weder das Geld noch das Messer rausbekam, dem die Angst im Nacken saß. Derselbe Junge auf der Jagd nach Früchten und Gemüse aus kaputten Holzkisten hinter den Marktständen, über den die Menschen herfielen, falls sie ihn entdeckten. Ein leerer Magen, der ab und an mit ölgetränkter Stärke gefüllt wurde. Ein Junge, der als Erwachsener nur aß, was auf Dauer zu Herzkranzverfettung führte. Rotes Fleisch in üppiger Soße, Berge von Schokolade und Schlagsahne. Hummer-Thermidor.

»... muß stark werden ... da rauskommen ... weggehen ... oder wird untergehen ...« Guy zitterte und schaute sich leeren Blickes um. Die Intensität seiner Erinnerung riß ihn fort. Er war kaum in der Lage, sich verständlich zu machen. »... Ratten ... die Armen ... das sind Ratten ...«

»Nein ... das dürfen Sie nicht sagen.« Blaß, aber entschlossen neigte Arno sich vor. »Auch sie sind menschliche Wesen und müssen als solche wertgeschätzt werden. Und man muß ihnen helfen, weil sie keine Macht besitzen. Steht nicht in der

Bibel geschrieben, daß die Schwachen die Erde erben werden?«

»Das haben sie ja auch, oder?« Guy mußte sich einfach Luft machen. »Es gibt Massengräber, die sind voll von ihnen.«

Sein Ausbruch machte die anderen mundtot. Jeder schaute betroffen zu seinem Nachbarn hinüber und fragte sich fassungslos, ob diese absolut grausame Bemerkung tatsächlich gefallen war.

Mit offenem Mund saß Guy vollkommen erstarrt da. Furcht übermannte ihn. Was hatte er nur getan? Wie hatte er sich von ein paar alternativen Hippies zu solch einem Gefühlsausbruch hinreißen lassen können, wo doch so viel für ihn auf dem Spiel stand? Er hob den Kopf, der kalt und schwer wie Blei war, und begann von neuem. »Es tut mir leid… verzeihen Sie.« Er stand auf. »Sylvie – ich hatte nicht die Absicht…«

»Du kannst nichts und niemanden in Ruhe lassen, nicht wahr?« Mir erstarrter Miene sprang sie ebenfalls auf. »Alles, was freundlich oder schön oder gut ist, mußt du auf dein vergiftetes Level runterziehen. Ich war hier glücklich. Und nun hast du alles verdorben. Ich hasse dich… *Ich hasse dich*…!«

Verunsichert schrie Tim auf und legte den Kopf in Mays Schoß. Christopher griff nach Suhamis Arm und sagte: »Nicht, Liebling… bitte… tu es nicht…«

Die anderen scharten sich um sie und redeten gleichzeitig auf sie ein. Suhami brach in Tränen aus. »Mein Geburtstag… an meinem Geburtstag…«

Christopher strich ihr übers Haar. May tat das gleiche bei Tim, und Ken und Heather warfen Guy scheinheilige Blicke zu. Guy harrte am anderen Ende des Tisches aus, zurückgewiesen und ausgeschlossen wie ein Pestkranker in einem Feldlazarett.

Als das tröstende Gemurmel verstummte, wurde er sich der außerordentlichen Qualität der einsetzenden Stille bewußt.

Die einzelnen Kommunenmitglieder drängten sich noch enger zusammen und vermittelten den Eindruck, aufgeregt und verängstigt zu sein. Guy spürte einen kalten Luftzug im

Nacken. Als er sich umdrehte, fiel sein Blick auf eine Frau, die im dunklen Türeingang stand.

Wie ein Phantom lehnte sie am Türpfosten, gehüllt in Stofflagen, die die Farbe von Nebel hatten. In den Händen hielt sie einen riesigen Strauß in Zellophan gewickelte, mit Bändern verzierte Blumen. Sie bewegte sich auf sie zu, zog langsam eine Schleppe aus Seide und Taft hinter sich her, die leise zischelnd über die blanken Dielen glitt. Auf halber Strecke hielt sie inne, zog einen rauchfarbenen Schal vom Kopf. Beim Anblick ihrer großen Augen, ihres hohlwangigen Gesichts und der aufgetürmten lehmgrauen Haarpracht traten die Kommunenmitglieder näher.

Verwundert und ungläubig rief Ken: »Hilarions Prophezeiung. Sie ist eingetroffen...«

Verunsichert blickte die Besucherin sich um und räusperte sich. Ihr Hüsteln klang wie das Rascheln welker Blätter. »Ich habe geläutet.« Eine Stimme so zaghaft, daß man sie kaum verstand. Sie streckte ihnen ein quadratisches grünes Papier entgegen, um nicht aufdringlich zu wirken. »Ich wurde eingeladen.«

Guy, der den Brief erkannte, stieß einen zornigen, ungläubigen Schrei aus und sah zu, wie seine Frau sich schwankend wie eine Drogenabhängige auf die nächste Stütze – auf einen mit Leinen bezogenen Stuhl – zubewegte. Dort angekommen, nahm sie Platz, wobei sich die sturmwolkenfarbenen Röcke aufbauschten. Die aus der einfachen Aufgabe resultierende Zufriedenheit überwältigte sie offenbar.

Ken und Heather näherten sich ihr mit erhobenen Händen, knieten sich vor ihr nieder und berührten mit der Stirn den Boden.

»Sei gegrüßt, Astarte... Göttin des Mondes.«

»Königin des Halbmondes... lunares Strahlen.«

»Tausend demütige Willkommensgrüße.«

Irritiert senkte Felicity den Blick. Dann sagte eine vor Scham erblaßte Suhami: »Mutter?« Sie ging zu der sitzenden Gestalt hinüber. »Er sagte, du könntest nicht kommen.«

Das abschätzige unpersönliche Pronomen ließ Guy zusammenzucken. Er sah, wie Felicitys Schwarze-Johannisbeer-Lippen vor Anstrengung zitterten, als sie um eine Erwiderung rang. Statt dessen überreichte sie den Blumenstrauß. Suhami nahm ihn entgegen, las die Karte und sagte: »Wie hübsch – danke.«

Guy mußte an seine eigenen Blumen denken, die er auf der Veranda vergessen hatte. Und mußte erkennen, daß dies sein Strauß *war*. Welch unverschämte Dreistigkeit! Jetzt konnte er nichts mehr daran ändern. Wenn er vorstürmte und behauptete, er habe sie mitgebracht, würde er wie ein bemitleidenswerter Idiot rüberkommen. Nun glaubte Sylvie sicherlich, er habe ihr kein Geschenk mitbringen wollen. Suhami äußerte sich dazu allerdings nicht.

»Er hat uns gesagt, du seist krank.«

»Meine Liebe«, warf May ein, »Sie *sind* krank.«

Die nicht, dachte Guy. Die hat den Kopf voller Schnee oder ist betrunken wie ein Iltis. Ist nur gekommen, um sich hämisch zu freuen, falls etwas schiefläuft. Oder um ihm Knüppel zwischen die Beine zu werfen für den Fall, daß alles glattging. Hatte sie es doch tatsächlich geschafft, daß die anderen nur Augen für sie hatten. Wie diese glupschäugigen Eingeborenen in einem Tarzanfilm, die aus dem Dschungel gekrochen kommen. Preist den weißen Gott in dem Eisenvogel, der vom Himmel herabgestiegen ist! Jesus – was für ein Abend.

»Sie armes Ding«, fuhr May fort. »Sie sehen schrecklich aus. Suhami – hol deiner Mutter etwas zu trinken.«

»O ja, bitte«, rief Felicity. Ihr Mann lachte laut heraus.

Sie sah seinen Blick, war nicht in der Lage, ihm standzuhalten. Das legte er als Triumph aus und sagte: »Du hast dich also unter die lebenden Toten gemischt, Felicity?«

»Das ist ganz und gar unnötig.« May zog ein kleines Plastikfläschchen aus ihrer Robe. »Ihrer Frau geht es nicht gut. Jetzt ... halten Sie Ihre Hände so ...« Sie schüttete ein paar Tropfen in Felicitys hohle Hände. »Bitte inhalieren Sie.«

Felicity folgte ihrer Aufforderung und mußte prompt niesen. May sagte: »Ausgezeichnet« und: »Könnte ich eine Serviette bekommen?«

Ken und Heather, immer noch verzückt, näherten sich Felicity und fragten sie, ob sie wisse, welcher Tag heute sei. Felicity, die kaum wußte, welches Jahr man schrieb, versuchte den Kopf zu schütteln. Suhami brachte ihr einen Drink. Zwei, drei Mal streckte Felicity die Hände aus, ohne die ihrer Tochter zu fassen zu kriegen. Heather behauptete: »Der Astralraum funktioniert anders.«

May nahm das Glas und legte behutsam Felicitys Finger darum. Felicity nahm einen Schluck und begann, nachdem Verstand und Zunge endlich synchron arbeiteten, ihr spätes Eintreffen zu erklären. Sie klang ängstlich und defensiv, als fordere ihre Verspätung einen hohen Preis.

Alle sagten: »Macht doch nichts – ist wirklich nicht so schlimm« und: »Toll, daß Sie überhaupt kommen konnten.«

Langsam gewöhnten sie sich an sie. Arno ging los, um die Tür zu schließen, fand einen Schweinslederkoffer und brachte ihn herein.

Guy lag natürlich richtig mit seiner Vermutung, daß Felicity nicht krank war. Noch daheim hatte sie eine erste Line hochgezogen und im Wagen eine zweite. Für gewöhnlich lief mit Koks alles besser. Man kriegte einen richtigen Schub und einen Anflug von Selbstvertrauen, der einen die Treppe zum Paradies hochkatapultierte. Auf dem Weg zu den Sternen sonnte man sich in kristallenem Dunst.

Aber diesmal war alles ganz anders gekommen. Überdeutlich empfand Felicity das Ausmaß ihrer eigenen Verletzlichkeit. Sie fühlte sich wie eine jener Weichschalenkreaturen, die bei Ebbe an den Strand gespült wurden und langsam im Sand dahinsiechten. Die Gestalten, die sich über ihr auftürmten, ließen sie zusammenschrumpfen. Sie hatten große, glühende Augen und Gummilippen und veränderten fortlaufend ihre Gestalt. Eine streckte die Hand aus und berührte sie. Felicity heulte vor Schreck auf.

Guy sagte: »Heilige Scheiße«, woraufhin alle Anwesenden die Köpfe in seine Richtung drehten.

Gut eine Stunde war seit Felicitys hochdramatischer Ankunft verstrichen. Der erste Gang war abgeräumt, um für den Pudding und Suhamis Geburtstagstorte, einen von Janet gebackenen, quadratischen »Cidre-Kuchen«, Platz zu machen, der mit Apfelsaft und Soya-Marzipan verfeinert worden war. Der Kuchen war mit einer S-förmigen Kerze verziert und hatte einen Kranz aus recyceltem schlammgrünen Toilettenpapier.

Neun Leute nahmen Platz und nahmen sich vom Dessert. May hatte sich zurückgezogen, um sich auf ihre Rückführung vorzubereiten, aber man hatte Trixie überreden können, sich der Geburtstagsfeier anzuschließen. Dieser Erfolg war vor allem Janets eindringlichen Überredungskünsten durchs Schlüsselloch und ein paar beiläufigen Bemerkungen zuzuschreiben, die Trixies Neugier anheizten. Da Janet um Trixies Leidenschaft für Kleider wußte, hatte sie lange und ausführlich von der atemberaubenden, spektakulären Schönheit von Felicitys Abendkleid berichtet. Instinktiv hatte sie auch noch den Streit zwischen Suhami und Guy erwähnt, weil sie meinte, diese Neuigkeit würde ihre Freundin zutiefst befriedigen.

Eigentlich hatte Trixie nicht vorgehabt, ihr Zimmer zu verlassen, ehe er abgehauen war. Ängstlich hatte sie sich in ihrem Zimmer versteckt und immer wieder ausgemalt, wie wütend und zornig Guy werden würde, wenn er den Verlust seines Medikaments entdeckte. In ihrer Vorstellung wurde er von Mal zu Mal gemeiner und gewalttätiger. Inzwischen sah sie ihn die Stufen hochspringen, »Fee Fi Fo Fum« rufen, die Tür eintreten und sie bei lebendigem Leib auffressen.

Als Janet ihr berichtete, er habe sich zum Abendessen nicht umgezogen, gab Trixie sich der Hoffnung hin, daß er das Verschwinden seiner Pillen noch gar nicht bemerkt hatte. Und selbst wenn dem so war, wäre er dann bereit, Suhami mit einer weiteren Szene zu verprellen? Außerdem (und da beschloß sie, nach unten zu gehen), wer sollte sie daran hindern zu behaupten, sie wisse nichts von der Medizin? Niemand konnte ihr das Gegenteil beweisen. Wer sollte die unseligen Dinger finden? Schließlich hatte sie die Tabletten in blinder Panik aus dem Taxifenster geworfen. Jetzt befand sie sich im Speisesaal, nippte an dem erstklassigen Haferpflaumengebräu, musterte neidisch Felicitys Kleid und warf Guy ab und zu einen erwartungsvollen Blick zu. Irgendwann schaute er sie an. Sein Lächeln war so falsch, sein Winken so gekünstelt, daß sie wünschte, er hätte es gelassen.

Christopher sprach. Erzählte ihnen von seinem letzten Auftrag (ein Dokumentarfilm über Afghanistan) und schilderte die endlose, problematische Durchquerung der Chagai-Berge. Genau in diesem Augenblick ertönte ein warmer, durchdringender Ton, der an ein Nebelhorn erinnerte.

Heather sagte: »Die Meeresschnecke«, und wandte sich an Felicity mit dem freundlichen Zusatz: »Wir müssen gehen.«

Inzwischen hatten Ken und Heather sich widerstrebend an Felicitys physische Gegenwart gewöhnt, legten ihr Eintreffen aber immer noch als geheimnisvoll, »vorbestimmt«, als Omen aus. Seit Mays Verschwinden hatte Heather das Ruder übernommen. Sie füllte Felicitys Becher (halb warme Ziegenmilch, halb Malztrunk) auf und erteilte mit überschwenglicher Herzensgüte diskret Ratschäge. Eine Mischung aus astrologischer Deutung und Hinweisen, wie man negative Schwingungen umwandelte. Felicity lauschte ihr mit der nichtssagenden Miene einer Schlafwandlerin und unterbrach sie nur einmal, um zu klatschen, als der Kuchen aufgetischt wurde.

»Sie begleiten uns doch.« Heather half ihr beim Aufstehen.

»Wohin?«

»Wir gehen in den Solar. Sie werden den Meister kennenlernen. Wäre das nicht schön?«

»Ja«, antwortete Felicity und strengte sich an, genau zu erkennen, wo der Tischrand war. »Werden wir auch tanzen?«

»Ausgeflippt«, sagte Ken und nahm ihren anderen Arm. Ganz beiläufig bemerkte er: »Stell dir vor, wie viele Menschen in Bangladesch man mit dem Gegenwert für dieses Kleid satt kriegen könnte.«

Die anderen waren schon im Begriff zu gehen. Trixie lachte schallend, plapperte laut und hängte sich bei der angenehm überraschten Janet ein. Suhami in Gesellschaft von Christopher, der ihre Tasche trug, und von Tim, der verzaubert in der Halle stehenblieb, zum Oberlicht hochschaute und sich weigerte weiterzugehen, bis Suhami ihm versprach, daß er später noch mal nach unten dürfe. Guy machte sich allein auf den Weg, nachdem man ihn für indiskutabel befunden hatte.

Arno, dem das auffiel, unterdrückte seine natürliche Aversion, ging neben ihm her und stellte sich vor. Er streckte sogar die Hand aus, vermittelte gleichzeitig aber den Eindruck, diese Geste verlange ihm sehr viel ab. Sein Benehmen brachte Guy dazu, sich nach einem entsprungenem Löwen umzuschauen.

Arno. Was für ein Name war das denn? Klang doch irgendwie komisch. Wie eine dieser weit draußen liegenden Inseln, die bei Wettervorhersagen für die Schiffahrt immer genannt wurden. Wind der Stärke 9 bei Ross, Arno und Cromarty. Guy ignorierte die ausgestreckte Hand und bemerkte kühl: »Sie haben Pudding im Bart.« Danach zog er – aufsässig wie immer – eine Zino Anniversaire, die Königin unter den Zigarren, hervor und zündete sie an.

Der Solar lag am hinteren Ende der Galerie. Ein langer Raum mit hohen Deckenbalken und einem schwarzen Bitumenboden, auf dem in zwei akkuraten Reihen vierundzwanzig Kissen in losen, gebleichten Baumwollhüllen ausgelegt waren. Die beiden parallelen Reihen lenkten den Blick auf ein kleines, drei Stufen hohes Podest, das mit graubeiger Tweedauslegware bezogen war. Auf dem Podest stand ein Stuhl mit geschnitzter Rückenlehne. Neben den Beinen lagen verschiedene Objekte: das Meeresschneckengehäuse, ein kleiner Messinggong und ein großer, auf Hochglanz polierter Holzfisch, dessen Schuppen wie Karameltoffee glänzten. Die Dämmerung setzte ein, und jemand knipste die in einer tiefhängenden Papierlaterne versteckte Glühbirne an.

Der Meister, ganz in Weiß, saß schon auf dem geschnitzten Stuhl. Tim sauste durch den Raum und hockte sich neben seine Füße. Die anderen nahmen entweder auf den Stufen Platz oder bauten sich hinter dem erhöht sitzenden Zauberer auf.

Guy war sehr erleichtert, daß man nicht schon wieder von ihm erwartete, sich auf einem Kissen niederzulassen. Er warf Craigie einen Blick zu, der Felicity gerade mit einem milden, aber besorgten Lächeln begrüßte. Noch einmal bemerkte Guy die zerbrechliche Statur des Mannes, das lange weiße, bis auf die Schultern herabfallende Haar, und nun mußte er sich über seine Leichtgläubigkeit von vorhin wundern. Wie war es nur möglich gewesen, daß er – wenn auch nur kurz – einem derart offensichtlichen Poseur auf den Leim gegangen war? Nachdem alle einen Platz gefunden hatten, griff Craigie nach dem Fisch, riß dessen breiten Kiefer auf und ließ ihn mit einem lauten Klacken einrasten.

May tauchte in der Tür auf. Sie trug ein schlichtes mauvefarbenes Leinengewand und hatte bis auf einen silbernen Einhornanhänger an einer Kette allen Schmuck abgelegt. Sie war barfuß. Das offene, frisch gebürstete Haar reichte ihr bis zur Taille. Langsam und sehr rhythmisch näherte sie sich den anderen. Aufrecht und mit geradem Rücken, als trage sie eine unsichtbare Amphore.

Auf dem Boden, zwischen den hinteren sechs Kissen und gut drei Meter vom Podest entfernt, war eine Decke mit bunten Applikationen ausgebreitet worden. May legte sich dort nieder, setzte eine ernste Miene auf und faltete die Arme vor der Brust. Einen Augenblick später setzte sie sich wieder auf.

»Um ehrlich zu sein, beim letzten Mal wurde mir in dem Wikingerboot ziemlich kalt. Dürfte ich vielleicht meine kleine Pelerine haben? Sie ist in meiner Tasche.«

Auf dem Sockel griff Christopher nach unten.

»Das ist meine«, sagte Suhami mit schneidender Stimme.

»Selbstverständlich. Entschuldige.«

»Drüben neben der Tür«, rief May.

Christopher holte Mays Tasche. Im Gehen machte er sie auf

und zog das cremefarbene, gerippte Cape heraus. »Ist es das hier?« Er drapierte ihr den Stoff um die Schultern.

»Prima«, meinte May und machte den Verschluß zu. Dann legte sie sich wieder hin, schloß die dunklen Augen und begann tief zu atmen, stemmte diese atemberaubenden Halbkugeln unter ihrem Gewand in die Stratosphäre. Arno stöhnte verzaubert auf und war froh, als der Meister »Licht« rief und er zum Lichtschalter laufen durfte und kurzfristig abgelenkt wurde.

»Soll ich hierbleiben, May?« fragte Christopher und berührte ihre linke Schulter. »Dann kann ich deine Hand halten, falls es brenzlig wird.«

»Wenn du möchtest, aber ich komme auch so zurecht. Du weißt ja, man kehrt immer heil zurück.«

Nachdem das Licht gelöscht war, sah alles ganz anders aus. In den grauen Schatten wirkten die reglosen Gestalten, als habe man ihnen ihre Menschlichkeit entzogen. Alle wirkten geheimnisvoll. Ihre Konturen verwischten wie bei Gartenstatuen in der Morgendämmerung. Mays Atem ging deutlich lauter. Tiefe, regelmäßige Seufzer in zunehmend längeren Intervallen.

Auf des Meisters Frage hin, ob sie bereit sei, erwiderte May mit sonorer Stimme: »Ich bin soweit.« Daraufhin wurde sie gebeten, exakt das Zentrum ihres Seins zu bestimmen, und einige langsame und noch tiefere Atemzüge später legte sie die flache Hand auf ihren Bauch.

»Wie siehst du dieses Zentrum?«

»Eine Kugel... eine goldene Kugel.«

»Kannst du die Kugel nach unten rollen? Nach unten... und durch deine Fußsohlen hinaus... so ist es richtig... schieb sie weg...« May grunzte leise. »Und jetzt wieder hoch, schieb sie nach oben...«

May schob das Zentrum ihres Wesens hoch und runter, jedesmal ein Stückchen weiter, bis es von einer kleinen Kugel zu einer großen, golden schimmernden Haut anschwoll, die wie ein Heliumballon gegen die Wände preße. Und dann – freigelassen – schwebte der Ballon plötzlich. May warf einen kurzen

Blick nach unten, sah die gedrehten Kamine und die moosbewachsenen Ziegel von Manor House, und dann war sie plötzlich weit weg. Hinter den Hügeln, über den Wolken, ganz weit weg.

»Wo befindest du dich jetzt, May?«

Ja, wo denn? Unter ihr veränderten sich die Dinge blitzschnell. Die Landschaft war rauh und wild. Wälder und weite, buschbestandene Ebenen. Dann ein paar kreisrunde Zelte, umgeben von einer hohen Steinmauer.

»Erzähl uns, was du siehst.«

Beim Abstieg wurden die Zelte größer. Eins war besonders groß. Größer als alle anderen und geschmückt mit einem purpurnen und goldenen Banner. Ein Adler stieg auf.

»Was ist im Zelt?«

Ein Paar Holzstelzen wurden sichtbar, waren mit in Streifen gerissenen Lumpen an dreckige Männerfüße gebunden. Der dazugehörige Mann hielt in der rechten Hand einen blutigen Fleischklumpen.

Im Zelt stank es nach brutzelndem Fett, verschüttetem Wein und nach in Pech getauchte, brennende Fackeln. Ein ohrenbetäubendes Gelage war im Gange. Männer brüllten einander an, lachten, schrien. Hunde knurrten, kämpften um Knochen. Irgendwo, mittendrin, ein Sänger, der sich selbst auf einer kleinen Trommel begleitete, darum kämpfte, sich inmitten des Lärms Gehör zu verschaffen.

Die üble Luft machte den Vorkoster des Generals krank. Er stopfte sich das rohe Fleisch in den Mund, kaute auf den Sehnen herum, schluckte es mit Mühe, legte den Rest auf einen Metallteller. Eben war ein neuer Schlauch Wein entkorkt worden, und er nahm einen großen Schluck davon. Der Sklave des Generals, ein sehr junger Mohr, nahm den Teller und den Schlauch und brachte sie zu dem anderen Geschirr, das sich auf einer Steinplatte türmte. Der General nahm nie warmes Essen zu sich (da nicht alle Gifte schnell wirkten, mußte man sich in Geduld üben). Andererseits war er immer noch am Leben.

Der General verzehrte gerade Schafsnieren. Rülpsend und

furzend wischte er seine fettigen Finger am dicken Haar des Negerjungen ab und kippte sich dann etwas Wein hinter die Binde. Leute von höherem Rang nachahmend, stützte er sich auf seinen rechten Ellbogen. Seine große Tunika verrutschte, und jeder konnte seine Unterhosen sehen, die aus der Haut seines Lieblingshengstes gefertigt waren und wie Kastanien glänzten.

Danach standen Pilze auf dem Speiseplan. Der Vorkoster haßte Pilze in jeder Form. Es war bekannt, daß manche Sorten tödlich waren, und obgleich die meisten (dank einer Reihe sich aufopfernder Vorgänger) kategorisiert worden waren, kam es immer wieder vor, daß sich ein giftiges Exemplar inmitten der anderen wiederfand. In so einem Fall stand sowohl das Leben des Vorkosters als auch das des Kochs auf dem Spiel. Leider liebte der General Pilze. Er hing der festen Überzeugung an, daß sie einen in der Liebe potent und in der Schlacht unbesiegbar machten.

Die Pilze wurden in einem kleinen, vierbeinigen Bronzepfännchen gedünstet. Ihr Saft hatte eine unangenehme Farbe. Der Vorkoster schob einen einzigen Pilz und einen Löffel violetter Flüssigkeit in seinen Mund. Sofort würgte es ihn. Die Muskeln in seiner Kehle wurden starr, seine steife, schwarzangelaufene Zunge hing aus seinem Mund. Mit hervorquellenden Augen fiel er hin, stieß dabei das Pfännchen um, verbrannte sich die Arme mit dem dampfenden Essen.

Kurz nahm er noch die besorgten Gesichter und den fliehenden Sklaven wahr, dann breitete sich die Paralyse in seiner Brust aus, und das Leben schloß sich in ihm wie ein Fächer.

»*May... May...*« Arnos Worte klangen gepreßt, als er auf das schreckliche Würgen reagierte. Er sprang als erster von dem Sockel und kniete sich neben sie. Die anderen folgten seinem Beispiel und gruppierten sich um die am Boden liegende May. Selbst Felicity, die eher verwirrt denn besorgt zu sein schien, flanierte hinüber, um einen Blick auf die sich auf der Decke aufbäumende und windende Gestalt zu werfen.

»So tut doch etwas!« schrie Arno. »Warum unternimmt... denn... niemand etwas?« Er nahm Mays Hand, die Christopher eben noch gehalten hatte, und begann sie mit seinen Händen zu massieren.

»Du mußt sie von Mund zu Mund beatmen.«

»Sie ertrinkt nicht.«

»Woher willst du wissen, daß sie nicht ertrinkt?«

»Sollten wir nicht den Gürtel lockern?«

»Seht euch ihr Gesicht an!«

»Nehmt das Kissen weg. Legt sie flach hin.«

»So kann sie nicht atmen.«

»Ken hat recht. Das wird ihren Zustand nur noch verschlimmern.«

»Wir brauchen etwas Odermennig.«

»Ich dachte, davon hätten wir hier schon genug.«

»Bemerkungen dieser Art sind nicht besonders hilfreich, Mr. Gamelin.«

»Tut mir leid.«

»Hier handelt es sich um einen Notfall, falls Sie das noch nicht bemerkt haben sollten.«

»Es tut mir leid – okay?«

May fletschte die Zähne und gurgelte erbarmungswürdig.

»Was würde sie sagen, wenn sie sprechen könnte?«

»Denkt an Farben, die den kosmischen Regeln folgen.«

»Das stimmt, genau das würde sie sagen. Welchen Tag haben wir?«

»Freitag.«

»Das ist violett.« Heather neigte den Kopf tiefer und rief, May – kannst du mich hören? Denk violett...«

May schüttelte angestrengt den Kopf, bemühte sich, die richtigen Worte zu sagen und rief schließlich: »Schnauze... Schnauze...«

»Was meint sie mit *Schnauze... Schnauze...*?«

Nachdenkliches Schweigen setzte ein. Dann rief Arno: »Hunde! Bestimmt ruft sie nach Hunden. May ist in der Antarktis.« Geistesgegenwärtig zog er seine Strickjacke aus. »Darum zittert sie auch so. Sie erfriert. Schnell, beeilt euch…«

Jeder der Anwesenden legte ein Kleidungsstück ab. Felicity bot ihren glänzenden Mousselinschal an. Die einzelnen Teile wurden auf May gelegt. Nach einer Weile sah es ganz danach aus, als erzielten die Kleidungsstücke die gewünschte Wirkung. Das Gurgeln ließ nach, ging in leises Blubbern über und war dann nur noch ein pfeifendes Seufzen. Ihr Atem ging so leise, bis er kaum mehr zu hören war. Ihre Brust hob und senkte sich ruhig, gleichmäßig. Der Saum ihres Gewandes bewegte sich nicht mehr.

»Es hat funktioniert.« Mit strahlender Miene wandte Arno sich an die anderen. »Es geht ihr besser.«

Während er redete, öffnete May die Augen, gähnte unverhohlen und setzte sich auf. »Mein Gott! Das war bislang mein aufregendstes Abenteuer, glaube ich. Was, gütiger Gott, soll denn das?«

»Wir dachten, dir wäre kalt.«

»Du hast am ganzen Leib gezittert.«

»Unsinn. In diesem Zelt war es brütend heiß. Wenn jemand das Licht einschaltet, werde ich euch davon berichten.«

Christopher kam ihrer Bitte nach. Im hellen Raum begannen die Menschen, ihre Sachen aufzuheben und sie wieder anzuziehen. May rief ihrem Mentor zu: »Nun, Meister, das war ja eine ziemliche –« Sie brach ab und stieß einen markerschütternden Schrei aus, woraufhin die anderen sich umdrehten und in die gleiche Richtung blickten wie sie.

Der Meister stand vor seinem Stuhl. Langsam und augenscheinlich mit großer Mühe hob er den rechten Arm. Streckte die Finger aus, fiel ganz grazil mit einer halben Drehung, so daß er mit dem Gesicht nach oben aufschlug. Sein weißes Haar ergoß sich über den graubeigen Teppich. Wie gekreuzigt lag er da, mit ausgebreiteten Armen. In seiner Brust steckte ein Messer. Nur das Heft schaute heraus.

Verhöre

7

Detective Chief Inspector Barnaby kochte *Moules à l'Indienne* und zerstampfte gerade ein paar Kardamomkapseln in einem Steinmörser. Er trug eine lange Baumwollschürze, wie sie gern von Kellnern in Hinterhofkaschemmen getragen wurden, und hielt ein Glas *Frog's Leap*-Chardonnay in der Hand.

Es hatte ein paar Jahre gebraucht, bis Tom auf die harte Tour begriffen hatte, daß Joyce – seine geliebte Gattin und Stütze – nicht gewillt war (und keinen Grund sah), ihre Kochkünste auszubauen. »Friß oder stirb« lautete ihre Einstellung, und der Umstand, daß er »starb«, genügte anscheinend nicht, um ihre Haltung zu revidieren. Zudem hatte sie einmal verkündet und ihm dabei den Zeigefinger in den Bauch gebohrt, daß man bestimmt nicht hungerte, wenn man ein Gewicht von dreiundachtzig Kilo auf die Waage brachte. Ihre Meinung hatte nichts mit Aufsässigkeit oder Aggression zu tun, nein, sie konnte seinen Standpunkt einfach nur nicht nachvollziehen. Guter Dinge aß Joyce die von ihr zubereiteten Gerichte und verzehrte die Mahlzeiten, die ihr Mann kochte (wenn er denn mal die Zeit dazu fand), ebenso frohgemut, ohne jemals ein einziges lobendes Wort darüber zu verlieren, daß seine Kochkünste die ihren bei weitem übertrafen. Barnaby war längst zu der Überzeugung gelangt, daß sie unter dem gastronomischen Äquivalent zu Taubheit litt.

»Was gibt es als Vorspeise?«

»Estragon-Eier.«

»Sind das diese Dinger in den braunen Pfützen?« Joyce genehmigte sich einen Schluck Wein und strahlte ihn ermutigend an. »Die mag ich gern.«

»Diesmal werde ich mehr Gelatine nehmen.«

Die Herstellung von Aspik war in Teil sieben, »Anspruchsvolle Pies und Gelatine«, in Barnabys »Zwölf Kochlektionen für Anfänger« an der *Causton Tech* unterrichtet worden. Just diesen Abend hatte er verpaßt, da er zum Bereitschaftsdienst eingeteilt gewesen war. Voller Elan hatte er sich auf die Kochkunst gestürzt, sich immer auf die Dienstagabende gefreut, an denen er mit Meßbechern, Messern, Töpfen und Pfannen rumfuhrwerken durfte. Als einziger männlicher Teilnehmer in einer Gruppe von siebzehn hatten seine Mitschülerinnen, nachdem sie sich erst mal an seine maskuline Präsenz gewöhnt hatten und es leid wurden, sich über ihn lustig zu machen, ihn alsbald in Ruhe gelassen. Nur eine Dame, eine Mrs. Queenie Bunshaft, beharrte darauf, ihn schelmisch zu fragen, wo er denn sein Hackebeilchen verstecke und welche der Damen er heute zum Abendessen zu servieren gedächte. Wann immer Joyce sich besonders widerborstig gerierte, drohte Barnaby, mit Mrs. Bunshaft davonzulaufen.

Das heutige Mahl bereitete er zur Feier der Verlobung seiner Tochter zu. Beide Elternteile hatten sich über Cullys einige Wochen zurückliegendes Eingeständnis ihrer Liebe gefreut, waren in gewisser Hinsicht aber auch überrascht gewesen. Barnaby hatte ziemlich ärgerlich reagiert, als ihm der Verlobungsring – ein hübsches, mit viktorianischen Granaten verziertes Stück aus Weißgold – präsentiert wurde.

»Ich dachte, er wäre erst vor kurzem mit einer Zahnbürste und einem Päckchen Mates mit Pfefferminzgeschmack eingezogen.«

Cully schmunzelte verträumt und gab sich sittsam. *Sittsam!* Das erste Mal, behauptete Joyce hinterher, seit sie aus den Windeln rausgewachsen war. Nicholas wirkte schlicht und einfach erstaunt, als könne er sein Glück nicht fassen. Was der Wahrheit entsprach.

»Studenten«, stöhnte Joyce, nachdem sie davongetanzt waren. Eine Hollywoodpavane mit Trockeneis und Streicheruntermalung und allem Drum und Dran.

»Nicht mehr lange.«

»Sie haben kein Geld.«

»Die haben soviel, wie wir hatten.«

»Du hattest wenigstens einen anständigen Job. Am Theater, Tom … vor allem am Theater …«

»Sie sind nur verlobt. Nicht verheiratet, mit fünf Kindern. Wie auch immer – unser Mädchen hat mehr Selbstvertrauen als fünfzig Normalsterbliche.«

»Du weißt nicht, wie es ist.« Joyce leerte ihr Glas und griff nach einer Schüssel mit Kokosnußflocken.

»Finger weg. Das habe ich abgewogen.«

»Fang jetzt ja nicht an, mir mit deinem Gewicht zu kommen. Du bist nicht auf dem Revier, falls du das vergessen hast.« Joyce legte ein paar von den weißen Raspeln auf ihre Zunge. »Sonntag wird doch in Ordnung gehen, nicht wahr, Tom?«

»Ich schwöre es.«

Im Augenblick lief der Laden schleppend. Natürlich gab es Verbrechen, und das nicht zu knapp (das war nie der Fall), doch während der letzten paar Tage hatte er sich nur um ganz gewöhnliche Vorfälle kümmern müssen. Solche Phasen gab es immer mal wieder, obwohl eher selten – und lange dauerten sie auch nie. Dann gab es wieder Zeiten, wo Mord und Totschlag, Diebstahl, Geschrei, quietschende Reifen und Knochenbrüche eskalierten. In solchen Phasen hatte Barnaby das Gefühl, in einen sich unablässig drehenden Mahlstrom der Brutalität gerissen zu werden. Diese Erkenntnis spendete ihm weder Trost noch Freude. Trotzdem war er nicht gewillt, dieses Wissen zu verdrängen.

Im Flur läutete das Telefon. Joyce stand auf und sagte: »O nein.«

»Wahrscheinlich Cully …«

»Ich wette, sie ist es nicht.«

Barnaby begann die Chilis kleinzuschneiden und hörte mit halbem Ohr dem Gespräch im Flur zu. Mit ausdrucksloser Miene kehrte Joyce zurück. Barnaby zog an den Bändern seiner Schürze und drehte das Gas ab. Fünf Minuten später half ihm Joyce in die Jacke.

»Tut mir leid, Liebes.«

»Ich weiß nicht, warum du immer wieder so tust, als ob es dir leid tut. Seit dreißig Jahren entschuldigst du dich nun und könntest damit nicht mal ein Kleinkind zum Narren halten. Du machst schon einen doppelt so lebhaften Eindruck wie vorhin in der Küche.« Barnaby knöpfte sein Jackett zu und küßte sie. »Wo mußt du eigentlich hin?«

»Raus nach Iver.«

»Wird es spät werden?«

»Sieht ganz danach aus.« Unnötigerweise fügte er »Warte nicht auf mich« hinzu. Joyce wartete nie auf ihn.

Sie rief ihm hinterher: »Soll ich Cully anrufen und ihr absagen?«

»Noch nicht. Wollen erst mal sehen, wie es läuft.«

Seit neuestem trug Troy beim Fahren eine Brille. Ein glitzerndes, quadratisches Stahlgestell, mit dem er wie Himmler aussah. Konsequent die Spur wechselnd, den Fuß konstant auf dem Gaspedal, hatten sie schon die halbe Strecke nach Manor House zurückgelegt.

»Hat Sie bei was Besonderem unterbrochen, nicht wahr, Chief – diese Sache?«

»Eigentlich nicht.«

War nur gerade dabei, ein paar *Moules à l'Indienne* für das Verlobungsessen meiner Tochter zuzubereiten. Als Barnaby sich dazu die Antwort des Sergeants vorstellte, mußte er schmunzeln. Heimliche Ablehnung, verborgen hinter einem höflichen »Ach ja, Sir«. Und hinterher, kaum daß Barnaby außer Haus war, würde er in der Kantine einen überkandidelten Koch zum besten geben.

In Troys Augen war Kochen (wie Haare frisieren und das Nähen von Kleidern) ein Vergnügen, das ausschließlich Frauen vorbehalten war. Oder Schwuchteln. Immer wieder verkündete er mit stolzgeschwellter Brust, er habe in seinem ganzen Leben keine einzige Scheibe Brot getoastet, nicht eine einzige Socke gewaschen. Fang mit so was an, pflegte er zu prophezeien, und auf einmal hat deine Frau viel zuviel Freizeit. Frauen mit viel Freizeit kamen in Schwierigkeiten. Keine Frage. Allseits bekannt.

Natürlich war ein Baby die Lösung dieses Problems. Seins war jetzt fast ein Jahr alt. Erstaunlich klug. Troy fragte sich, ob wohl der Augenblick gekommen war, das, was sie beim Frühstück gesagt hatte, rauszuposaunen. Sie war so klug, ihrem Alter weit voraus. Das hatte er auf dem Revier jedem verklickert, dem einen oder anderen Opfer sogar öfter als einmal. Aber bei seinem Boß wußte man nie so richtig. Manchmal bildete man sich ein, er höre zu, und fünf Minuten später mußte man feststellen, daß er nichts mitgekriegt hatte. Und hin und wieder sprang er einem prompt an die Kehle. Nun gut – einen Versuch konnte man ja wagen.

»Sie werden nie erraten, was sie heute morgen gesagt hat, Chief.«

»Wer?«

Wer …? *Wer?* Troy verschlug es die Sprache. Einen Moment lang brachte er kein Wort über die Lippen. Dann verriet er: »Talisa Leanne.«

»Hmm.«

War das womöglich ein Grunzen gewesen? Oder ein Hüsteln? Konnte auch ein Seufzer gewesen sein. Nur ein absolut vernarrter Vater legte so ein Geräusch als Ermutigung, als Aufforderung zum Weitersprechen aus.

»Sie hat gerade ihre Weetabix gegessen … nun, ich sage gegessen … herumwerfen kommt wohl eher hin …« Troy lachte und schüttelte angesichts dieses Wunders den Kopf. »Ein bißchen landete auf ihrem Lätzchen … ein bißchen an der Wand … es gab sogar –«

»Jetzt kommen Sie mal auf den Punkt, Sergeant.«

»Wie bitte?«

»Was hat sie denn nun gesagt?«

»Oh. Ja. Nun – ›Bally‹ hat sie gesagt.«

»Was?«

»Ball.«

»*Ball?*«

»So wahr ich hier sitze.«

»Herrje.«

Der Himmel war fast dunkel. Ein roter Streifen markierte den Horizont, als der Wagen in das Dorf rollte. Im stillen rechnete Barnaby damit, einen Krankenwagen auf der Zufahrt von Manor House vorzufinden, aber da parkten nur zwei Streifenwagen und George Bullards Volvo.

Kaum war Barnaby aus dem Wagen gestiegen, hörte er Geheul. Ohrenbetäubend laute Schmerzensschreie wie die eines in der Falle sitzenden Tieres. Ein kalter Schauer lief ihm den Rücken hinunter.

»Jesus!« Troy trat zu ihm auf die Veranda. »Was, verflucht noch mal, ist das?«

Ein in der Halle postierter Constable salutierte vor ihnen. »Alle sind oben, Sir. Auf der Galerie zu Ihrer Linken. Am hinteren Ende.«

Die Stufen erklimmend, schaute Troy sich um. Die erbärmlichen Schreie irritierten ihn so sehr, daß er diesmal – im Gegensatz zu sonst – nicht von jener vernichtenden Ablehnung heimgesucht wurde, die ihn immer überfiel, wenn er seiner Einschätzung nach einen Fuß in ein Haus der Oberschicht setzte. Er schnüffelte und befand: »Was für ein Gestank!«

»Räucherkerzen.«

»Riechen nach Katzenpisse.«

Schließlich fanden sie den Schauplatz des Verbrechens. Ein langgezogener, nur spärlich möblierter Raum. Kontrollierte, geschäftige Menschen bewegten sich leise und effizient. Ein Fotograf saß auf ein paar Stufen. An seinem Hals hing eine Pentax mit aufgesetztem Blitz. Ein zweiter Constable stand neben der Tür. Bei ihm erkundigte sich Barnaby, wer für dieses Gezeter verantwortlich war.

»Eine der Personen, die hier leben, Sir. Allem Anschein nach ist er nicht ganz zurechnungsfähig.«

»Na, das dürfte die ganze Angelegenheit doch etwas fröhlicher gestalten.« Barnaby schritt zum Podest hinüber und kniete sich neben den weißgewandeten Leichnam. Etwas Blut war aus der Brustwunde gesickert und bildete eine kleine Pfütze, einer frischgewaschenen Pflaume nicht unähnlich. »Und was haben wir hier, George?«

»Sie sehen es ja selbst«, meinte Doktor Bullard. »Einen Messerkünstler.«

»Sauber.« Barnaby inspizierte den Toten genauer und blickte dann in die Richtung, aus der das Geheul kam, das langsam zu einer Reihe gequälter Seufzer abschwoll. »Können Sie ihm nicht etwas geben? Das treibt einen ja in den Suff.«

Der Doktor schüttelte den Kopf. »Soweit ich mir das zusammengereimt habe, bekommt er schon eine relativ komplizierte Medikamentenmischung verabreicht. Ist nicht klug, in so einem Fall noch was zu geben. Ich habe vorgeschlagen, ihren eigenen Arzt zu Rate zu ziehen, aber sie behaupten, keinen zu haben. Machen sie alles ganz allein, mit Mondschein und Kräutern.«

»Sie müssen doch einen Arzt haben. Woher kriegt er seine Medizin?«

»Hillingdon in Uxbridge.« Er stand auf und klopfte unnötigerweise seine Knie ab.

»War auf dem Weg ins Bett, nicht wahr, Doktor Bullard?« fragte Troy und zeigte auf den Leichnam. »In seinem Nachthemd.«

»Wie lange, George?«

»Höchstens eine Stunde. Diesmal sind Sie gar nicht darauf angewiesen, daß ich Ihnen das sage. Wie ich hörte, waren alle zugegen.«

»Wie bitte... Wollen Sie damit sagen, es war ein Versehen? Eine Art Unfall?«

Aus der Stimme des Chiefs hörte Troy eine Spur Enttäuschung heraus. Kurzzeitig fühlte Barnaby sich betrogen. In sich hineinschmunzelnd, senkte der Sergeant den Blick auf den Toten, musterte die faltigen, emotionslosen Gesichtszüge, die pergamentene Haut. Und die langen weißen Haare. Der Mann sah aus wie jemand aus den *Zehn Geboten.* Problemlos konnte man ihn sich als Moses vorstellen, wie er »Laß mein Volk ziehen« in die Wildnis schrie. Oder hieß es »kommen«? Troy und die Bibel standen sich nicht nahe. Barnaby unterhielt sich inzwischen mit Graham Arkwright, dem Mann, der den Tatort gesichert hatte. Troy spitzte die Ohren.

»... eine Menge, dem man nachgehen kann, fürchte ich. Das hier haben wir hinter dem Vorhang dort drüben entdeckt.« Er zeigte auf eine kleine Laibung und hielt eine Plastiktüte mit einem hellgelben Handschuh hoch. »Vielleicht entdecken wir was am Messer, da hängt eine Faser dran. Wissen Sie etwas über diese Kommune, Tom?« Barnaby schüttelte den Kopf.

»Meine Frau hat hier einen Webkurs besucht. Habe mir Ewigkeiten den Kopf zerbrochen, wie ich den Schal los werde. Schließlich habe ich ihn jemandem auf dem Flohmarkt gegeben. Später tauchte das doofe Ding im Oxfam-Schaufenster auf. Meine Frau hat eine Woche lang nicht mit mir gesprochen.«

»Na, wenn das kein Ergebnis ist«, warf Troy ein.

Barnaby nahm den Handschuh und eine zweite Tüte, in der das Messer lag, und sagte: »Das hier werde ich später bei den Gerichtsmedizinern abgeben – okay?«

Es blitzte, und die beiden Beamten näherten sich den im Türrahmen stehenden Mann.

»Waren Sie als erster hier, Sergeant?«

»Ja, Sir. Traf zusammen mit dem Krankenwagen ein. War auf Streife mit meiner Kollegin Lynley. Habe den CID benachrichtigt und blieb hier bei der Leiche. Sie paßt unten auf die anderen auf. In dem großen Zimmer auf der anderen Seite der Halle.«

»Und welchen Eindruck machte die... ganze Truppe auf Sie?«

»Nun... sie reagierten so, wie man es erwarten würde. Standen alle rum und waren fassungslos. Einmal abgesehen von diesem retardierten Jungen, der sich die Seele aus dem Leib schreit. Ich fragte, ob jemand den Toten berührt habe, was sie verneinten. Tja, mehr habe ich nicht aus ihnen rausgekriegt.«

»Gut.« Barnaby stieg die Treppe hinunter. Troy, gertenschlank in seinem abgetragenen Lederblouson und seinen engen grauen Hosen, rannte voraus und riß erst zwei andere Türen auf, bis er die richtige fand.

Das relativ große Zimmer mit Holzdecke und holzverkleideten Wänden vermittelte einem den Eindruck, in einer großen geschnitzten Kiste eingesperrt zu sein. Es gab eine Menge Plastikschalensitze auf dünnen Metallbeinchen und eine nicht ordentlich geschrubbte Tafel. Ein Raum für Vorträge und Seminare.

Mit Ausnahme eines Mannes, der abseits vor dem französischen Fenster stand, hatten die Kommunenmitglieder sich zusammengeschart. Mit den geballten Fäusten in der Jackentasche vermittelte der Mann am Fenster den Eindruck, irritiert und wütend zu sein. Auf seiner linken Wange prangte ein langer, blutiger Striemen. Er kam Barnaby irgendwie bekannt vor.

Troy musterte die Polizistin (sie hatte die Dreißig längst hinter sich) und dann die anderen. Ein weinendes Mädchen in einem Sari wurde von einem Mann in Jeans getröstet. Ein jammernder Junge hatte seinen Kopf in den Schoß einer blaugekleideten Frau mit kühnen Gesichtszügen gelegt. Ein blondes Püppchen und eine graumelierte Frau mit harten Zügen in Kordhosen. Zwei fette, pathetisch wirkende Hippies, auf deren Stirn Steine funkelten, eine Frau in einem durchgeknallten Kleid, die kaum lebendiger wirkte als die Leiche im oberen Stockwerk. Und ein rundlicher kleiner Zwerg mit einem Bart in der Farbe von Tomatensoße.

Barnaby stellte sich vor und fragte, ob einer von ihnen ihm genau erzählen könnte, was sich zugetragen hatte. Daraufhin entstand eine lange Pause. Troy kam es vor, als versuche das Mädchen im Sari, sein Schluchzen zu unterdrücken, um sich schließlich zu Wort zu melden, aber dann wandten sich alle (bis auf den Mann am Fenster) der Frau in Blau zu. Fortwährend den Kopf des weinenden Jungen streichelnd, neigte sie widerwillig den Kopf und versuchte aufzustehen, aber der Junge umklammerte ihre Beine so fest, daß jedwede Bewegung unmöglich war. Sie sprach mit belegter Stimme. Leise und ruhig und doch unnatürlich, als würden große Gefühlsreserven unterdrückt.

»Der Meister hat uns verlassen. Er ist in seinen Lichtkörper eingetreten und nun eins mit dem Universellen Bewußtsein.«

O Gott, gütiger Gott, dachte der Chief Inspector. Sie ist also eine von der Sorte. Troy fragte sich, wie groß die Chance war, sich kurz rauszuschleichen und eine Kippe zu rauchen, bevor die Sache ernst wurde. Inzwischen war er runter auf fünf Zigaretten pro Tag, von denen er die ersten vier vor dem Frühstück geraucht hatte. Das Verlangen zu inhalieren machte ihn krank. Zwei endlos lange Minuten verstrichen, ohne daß jemand etwas sagte. In diesem Augenblick begann die Torte mit den Hängetitten zu jammern, die Arme auszubreiten und sie um die Brust zu schlingen, als wäre ihr kalt.

Der Sergeant verfolgte dieses überdrehte Gehabe voller Irritation und Ablehnung. Man hätte sie für eine Horde Ausländer halten können, so wie sich verhielten. Für Italiener. Oder karibische Plappermäuler. Seine Hand fuhr in die Jackentasche und schloß sich um das Feuerzeug und das Päckchen Chesterfield.

Barnaby erkannte schnell, daß eine Gruppenbefragung ihn nicht weiterbrachte. Bislang hatte er nur den Namen des Toten erfahren. Die Befragung kam ihm wie ein Verhör von Kriegsgefangenen vor. Daher bat er um ein anderes Zimmer. Man bot ihm einen Raum an, der dem Aussehen nach als Büro fungierte.

Ein Arbeitsraum – mit Kartons voller Briefpapier und Briefumschlägen, Aktenschränken und einem altmodischen Vervielfältigungsapparat. An der Wand hing ein Reinkarnationsposter mit den Worten: *Haben Sie jemals einen Scheck mit William Shakespeare unterzeichnet und sich darüber gewundert?* Das Büro war ein Raum ohne Fenster und insofern besonders attraktiv für einen Polizisten. Die Konfrontation mit einem unbekannten Vernehmungsbeamten in Verbindung mit der kompletten Negierung der Außenwelt war ungefähr die halbe Miete.

Mit einem Stoß grobem Papier und ein paar Bleistiften bewaffnet, setzte sich Barnaby an einen kleinen, runden Tisch. Die Plastiktüten legte er auf den Boden. Troy schlenderte umher. Ein weiterer Streifenwagen war eingetroffen. Ein Constable war vor der Eingangstür ausgestiegen und saß nun mit einem Kugelschreiber und einem Spiralblock auf einem Stuhl, der so positioniert war, daß die zu verhörende Person ihn nicht sehen konnte. Da die Gruppe sich als wortkarg zu erkennen gegeben hatte, konnte der Chief Inspector nicht wie gewöhnlich zuerst den ergiebigsten Zeugen vernehmen, sondern begann mit der Sprecherin. Eine Entscheidung, die ihm gründlich den Tag vermieste.

Bis zu diesem Moment hatte Barnaby geglaubt, im Lauf seiner dreißig Dienstjahre auf jede Sorte Mensch getroffen zu sein, auf jeden Typus, jede Hautfarbe, auf Anhänger jeder sexuellen, religiösen und politischen Couleur, die sein Land zu bieten hatte. Innerhalb weniger Minuten mußte er feststellen, wie sehr er sich geirrt hatte. Die ihm gegenübersitzende Frau nannte ihren vollen Namen, ihren Astralnamen (»Pacifica«) und tat die Meinung kund, Barnaby solle lieber auf gelbem als auf weißem Papier schreiben, um Verwirrung zu mindern und seine Übellaunigkeit auszugleichen. Ein rumkritzelnder Barnaby legte den Stift weg.

Zum Todesfall im Solar befragt, konstatierte sie, daß der Begriff unangebracht war. Der Meister war magnetisch transformiert worden, hatte sich in einen Mond verwandelt, der inzwischen in den interplanetarischen Teich eingedrungen war. War zum Herrn über alle Elohim geworden, zu einem Tropfen im weiten Feld kosmischen Bewußtseins.

»Wie dem auch sei, Miss Cuttle...« (Oh, sehr klug, fand Troy.) »Worauf ich hinausmöchte, ist die Frage, wer ihn dorthin geschickt hat.«

»O nein, nein, nein – so war das überhaupt nicht.« Sie schenkte ihm ein süßes, leicht herablassendes Lächeln. Barnaby hatte schon Sorge, jede Minute den Rat zu erhalten, sich ja nicht seinen klugen Kopf zu zerbrechen.

»Wie war es dann?« fragte Sergeant Troy.

»Nun...« Nachdem May sich bequemer hingesetzt hatte, plazierte sie ihre Tasche wie einen Känguruhbeutel auf ihrem Schoß. »Es fing alles mit meiner Rückführung an.« Sie brach ab, da ihr auffiel, wie Barnabys wettergegerbtes Antlitz sich verdüsterte. »Ach, je... es fällt mir schwer, das Außenseitern zu erklären. Vielleicht reicht es zu erwähnen, daß wir schon mehrmals auf dieser Welt gewesen sind und ich jeden dritten Freitag im Monat, außer im Februar, wo ein übernatürlicher Selbstverteidigungskurs stattgefunden hat, unter der Anleitung des Meisters Ereignisse aus anderen Leben noch mal durchlebe. Während dieser Rückführungsperioden schwirrt immer eine Menge Energie herum, der heutige Tag hingegen hat alles übertroffen. Heute nachmittag hatte ich beispielsweise einen Unfall, den ich allerdings nicht als Unfall, sondern als Gleichnis begreife. Ein Eisenbrocken fiel vom Dach –«

»Könnten wir bei diesem Abend bleiben, Miss Cuttle?«

»Oh. Ja, sehr gut. Eigentlich geschah dasselbe in einem anderen Gewand. Eine Symbolisierung von Astarte, der Mondgöttin. Später, während der eigentlichen Rückführung, trieben Nebel umher, Sterne kollidierten, Pfeiler silberner Lichtblitze und goldener Lichtregen, drehende Monde... Die Durchquerung eines Arahat ist von signifikanter astraler Bedeutung und kann nicht mit Hilfe herkömmlicher Dynamik erreicht werden. Dabei handelt es sich weder um eine gewöhnliche noch zufällige Angelegenheit.«

»Gewiß nicht zufällig.«

»Ich sehe, Sie suchen nach einer Art Einmischung von Menschenhand.«

»Ja, die Untersuchung zielt in diese Richtung.«

»Als Sie aus Ihrer Trance oder woraus auch immer erwachten«, sagte Troy, »was genau haben Sie da gesehen?«

»Das habe ich doch gerade eben beschrieben. Dahintreibende Monde –«

»Mich interessieren die Fakten.«

»Das sind die Fakten.«

Wild entschlossen, in Zukunft seine Fragen so präzise zu formulieren, daß die Gegenseite keine Schlupflöcher für astrologische Ergüsse fand, fuhr Barnaby fort: »Nun, Miss Cuttle –«

»Vorkoster des Generals.«

»Pardon?«

»Das war ich heute abend. Im römischen Britannien.«

»Tatsächlich?« Barnaby, dem die Huldigung von Vorfahren nichts sagte, drang weiter in sie. »Könnten Sie mir verraten – oder besser noch – zeigen, wo er und die anderen saßen, bevor Sie anfingen.« Er schob ihr einen Bleistift und ein Blatt Papier zu und – da sie den Mund öffnete – beeilte sich zu sagen: »Wir haben nur Weiß.«

»Musik ist meine Stärke, nicht die darstellende Kunst«, verkündete May.

»Eine grobe Skizze dürfte genügen. Machen Sie Kreuze, wenn Ihnen das lieber ist. Aber raten Sie nicht. Sollten Sie unsicher sein, machen Sie lieber kein Kreuz.«

Sie malte wie ein Kind, konzentriert und mit vorgeschobener Zunge. Barnaby studierte das Ergebnis.

»Hatte sich etwas an diesen Positionen geändert, als Sie... ähm... wieder Sie selbst waren?«

»O ja. Alle standen um mich herum. Arno weinte – der dumme Kerl.«

»Wieso?«

»Ich war vergiftet worden. Als ich die Pilze kostete. Die anderen machen sich immer gleich Sorgen. Er hätte wissen müssen, daß ich in Ordnung bin. Als man mich an das Kutschenrad gefesselt hatte –«

»Sie sagen alle«, unterbrach Troy. »Gehörte Mr. Craigie auch dazu?«

»Nein. Allerdings fiel mir das erst auf, als Christopher das Licht einschaltete.«

»Wo ist er auf dieser Zeichnung?« Barnaby betrachtete die Skizze.

»Nirgendwo. Er war bei mir.«

»Sie wollen damit sagen, daß es dunkel war?« hakte der Chief Inspector nach.

»Düster.«

»Wie praktisch«, ließ Troy verlauten.

May runzelte die Stirn. »Ich begreife nicht.«

»Wer hat vorgeschlagen, das Licht zu löschen?«

»Niemand. Bei unseren Meditationsübungen verfahren wir immer so.«

»Und was haben Sie gesehen, als das Licht wieder an war?«

»Der Meister stand vor seinem Stuhl –«

»Immer noch auf dem Podest?« Barnaby warf einen Blick auf die Skizze.

»Ja. Und polterte dann die Stufen hinunter.« Ihre Stimme bebte, und ihre Lippen zitterten angesichts dieser Erinnerung. »Sein Brustkorb hatte schon die himmlische Lanze empfangen.«

Langsam riß dem Chief Inspector der Geduldsfaden. Energisch griff er nach der ersten Plastiktüte und schob sie über den Tisch. »Ihre Lanze, Miss Cuttle. Kennen Sie sie?«

»Gott...« Sie hob die Tüte hoch. Die Blutspuren waren zu einem rostigen Orange oxydiert. »Das ist doch eins der Messer aus unserer Küche.« Sie legte die Tüte auf den Tisch. »Wie kann...?« Einen Augenblick starrte sie ihn mit großen Augen und mit in Falten gelegter Stirn an, ehe sie schlagartig klarzusehen schien.

»Natürlich.« Die undurchdringliche Selbstsicherheit kehrte zurück. »Wir hier sind die noch nicht Erwachten, Inspector. Wir bemühen uns, wir beten, wir ringen um Perfektion, aber das ist eine langwierige und aufwendige Aufgabe. Anscheinend war bisher keiner von uns bereit für die Offenbarung göttlicher Weisheit. Und da die Götter das wissen, haben sie in ihrem unermeßlichen Großmut ihre geheimnisvolle, subtile Waffe in einen ganz durchschnittlichen und gewöhnlichen Haushaltsgegenstand verwandelt. Ich hege keinen Zweifel, daß Sie einen karmischen Fingerabdruck finden werden.«

Troy kicherte höhnisch. Barnaby, der den Eindruck hatte, daß es dieser Analyse ein wenig an Exaktheit mangelte, legte den zweiten Beutel auf den Tisch. »Und das da ist wohl ebenfalls aus der Küche?«

»Ja. Janet trägt sie. Sie hat einen leichten Hautausschlag, der besser wird, seit ich sie mit meiner Malven-Minze-Salbe behandele. Wieso haben Sie den?«

»Er wurde hinter einem Vorhang im Solar gefunden.«

»Wie seltsam. Man kann dort oben nicht abwaschen.«

Angesichts ihrer Überzeugung, ein mystischer Attentäter sei für den Tod verantwortlich, schien es wenig Sinn zu machen, Sie über den eindeutigen Zusammenhang aufzukären. »Ist Ihnen aufgefallen, ob irgendwann irgend jemand zum Fenster gegangen ist?« May schüttelte den Kopf. »Diese Rückführungen – verlaufen die öfter so dramatisch?«

»Das variiert. Einmal bin ich dem Schwarzen Tod erlegen und habe geschrien wie am Spieß. Die Woche darauf – eine wunderbare Zeit mit Heinrich VIII. Im voraus kann man das nie sagen.«

Gute Frage, fand Troy. Ziemlich hinterlistig. Denn falls jemand wußte, daß sozusagen eine Ablenkung bevorstand... Er stellte selbst eine Frage: »War jemand anwesend, der diese Prozedur nicht kannte?«

»Ja, in der Tat. Mr. und Mrs. Gamelin sind uns fremd.« (*Gamelin,* dachte Barnaby. Sieh an, sieh an.) »Sie sind wegen des Geburtstags ihrer Tochter gekommen. Armes Kind.«

Ihr Akzent ging Troy gehörig gegen den Strich. Wohlklingend. Wurde auf den britischen Pferderennplätzen gesprochen. Geboren, um andere für sich rumspringen zu lassen. Zumindest hielten sie das für ihr Privileg, was aufs selbe hinauslief. Hatte man den richtigen Ton drauf, kam man mit allem durch, selbst wenn man durchgeknallt war. Bei Mord kam man allerdings nicht davon. Der Chief erkundigte sich nach der Hierarchie der Kommune und wer in Zukunft die Führungsrolle übernehmen würde.

»Wir sind hier alle gleichberechtigt, Inspector Barnaby,

wenngleich man auch bei uns – wie in allen Gruppen – eine natürliche Hierarchie findet.« Barnaby nickte. Er fand, daß Menschen, die diese Erklärung anführten, sich nur selten auf die untere Stufe stellten. »Ich bin am längsten hier und denke, Sie könnten mich als Schatzkämmerer bezeichnen. Ich besorge alle Bestellungen. Angefangen von den Sojabohnen bis hin zu Calypsos Heu. Und ich kümmere mich um die Bankgeschäfte. Ich habe die Erlaubnis, Schecks auszustellen.« Sie fuhr fort, die anderen Mitglieder der Kommune gemäß ihres Eintreffens und der Länge ihres Aufenthalts aufzuführen.

»Und der Junge?« Barnaby nickte in Richtung Tür. Das Stöhnen war nun kaum noch zu hören.

»Tim? Oh – er ist... gefunden worden.« Mit einem Mal schien sie sich nicht mehr wohl in ihrer Haut zu fühlen. »Über die Einzelheiten weiß ich nicht Bescheid. Arno hat mir die Details nie erzählt. Er regte sich ziemlich auf, als ich ihn ein zweites Mal dazu befragte. Eines Tages brachten er und der Meister Tim einfach mit nach Hause. Wie er damit nur zurechtkommen soll... der arme Junge? Der Meister war sein Leben, seine Existenz. Ich habe Angst um ihn, wirklich.« Sie stand auf. »Falls das alles ist, könnte ich dann gehen? Ich würde gern nach –«

»Noch eine Frage«, sagte Barnaby. »Hat sich seit der Rückführung jemand umgezogen?«

Nachdem sie ihm eine negative Antwort gegeben und man ihr die Erlaubnis, sich zu entfernen, erteilt hatte, tauschten die drei Männer amüsierte Blicke aus. Barnaby fragte: *»Calypsos Heu?«*

»Das sind alles Vegetarier, Sir«, antwortete der junge Constable.

»Sie haben doch alles ganz genau mitgeschrieben, oder, Sonnenschein?« fragte Troy nach.

»Natürlich nicht, Sergeant«, sagte der Police Constable und lief rot an. Auf seiner Oberlippe prangte ein absurd flaumiges Bärtchen, das einen an einen Streifen Entenfedern denken ließ. »Nur die relevanten Details.«

»Die hatten massig Zeit, sich auf eine Geschichte zu einigen, bis der erste Streifenwagen eintraf, Chief. Vielleicht kriegen wir jetzt dauernd diesen übernatürlichen Unsinn aufgetischt.«

»Da habe ich so meine Zweifel. Bestimmt sind nicht alle so übergeschnappt wie die eben.«

Es klopfte, und die Frau mit den langen grauen Haaren trat ein, gefolgt von dem Mann mit dem mexikanisch anmutenden Bart. Sie hatten ihre Stirnbänder abgelegt und trugen statt dessen übertriebene Trauermienen. Sie brachte ein Tablett mit drei Tassen und er einen Teller, der im Grunde genommen auch noch auf das Tablett gepaßt hätte.

»Wir dachten, Sie würden sich gewiß über eine kleine Stärkung freuen...«

»Eine Tasse Malzkaffee –«

»Ein wirklich ausgezeichneter Kaffee-Ersatz –«

»Und etwas Kuchen.«

Eine Tasse entgegennehmend, fragte Barnaby sie nach ihren Namen und sagte: »Nun, wo Sie schon mal da sind, würde es Ihnen doch sicherlich nichts ausmachen, ein paar Fragen zu Mr. Craigies Ermordung zu beantworten.« Ganz bewußt nannte er die Sache beim Namen, damit jeder wußte, wo er stand.

Man merkte, wie ungewohnt diese Situation für sie war. Beide ließen sich schwerfällig auf einen Stuhl fallen. Ken sprach als erster: »Sie können das doch nicht als Mord bezeichnen.« Und schob freundlich nach: »Jedenfalls nicht wie ein Laie dieses Wort verwenden würde.«

»Es gibt nur eine Art, diesen Begriff auszulegen, Mr. Beavers. Die mutwillige Vernichtung menschlichen Lebens. Sie können das selbstverständlich in jede Ihnen genehme Sprache übersetzen. Aber am Ende läuft es eben doch auf Mord hinaus.« Auf ihr niedergeschlagenes Nicken hin schob er Papier und Bleistift hinüber und erklärte ihnen, was es mit der Skizze auf sich hatte. Er untersagte ihnen, sich miteinander zu beraten, und beobachtete sie beim Zeichnen.

Ihre Diagramme waren – wie ihre Kleider und ihre Haarfrisuren – beinahe identisch. Vor seinem geistigen Auge sah er sie im Winter gleiche Pullover und gleiche Pudelmützen tragen, die auf identischen Spitzköpfen ruhten. Troy hatte mit seiner Erfrischung zu kämpfen. Wäre der Kuchen nicht in Scheiben geschnitten, hätte er ein prima Fundament abgegeben.

Ken gab das Blatt Papier zurück und fragte: »Darf ich einen Zwischenkommentar zu Ihrer letzten Ausführung abgeben?«

»Durchaus. Aber bedienen Sie sich bitte – falls möglich – einer uns geläufigen Sprache. Ich habe nicht die ganze Nacht Zeit«, meinte Barnaby und fürchtete schon, daß dem doch so war.

»Das Messer wurde von einer sterblichen Hand gehalten.« Ziemlich störrisch. »Aber die Hand wurde unter göttlicher Anleitung geführt. Um die Wahrheit zu sagen, sowohl ich als auch meine Frau waren ziemlich frustriert, nicht erwählt worden zu sein –«

»Es wäre uns eine Ehre gewesen –«

»Keines der anderen Kommunenmitglieder ist ergebener als wir.«

»Jedoch«, monierte Ken gekränkt, »es sollte nicht sein.«

»Sie müßten dankbar sein, daß die Wahl nicht auf Sie gefallen ist, Mr. Beavers. Es sei denn, Sie verspüren das Verlangen, die nächsten Jahre in einer Gefängniszelle zu verbringen.«

»Wie kommen Sie denn *darauf*?« rief Heather, warf den Kopf zurück und gab kurz einen Blick auf das frei, was mit Hilfe von exzessivem Training und einer Menge plastischer Chirurgie in ferner Zukunft der Ansatz eines Kinns werden könnte.

Ken sagte: »In einem spirituell ausgerichteten Leben gibt es so etwas wie eine Zelle nicht.«

In diesem Augenblick schob Barnaby die beiden Plastiktüten hinüber. Die mit dem Messer veranlaßte Ken zu murmeln: »... Vibrationen, immer noch spürbar ... subtil, aber sehr potent ... wow ...«

»Er kann Ihnen wirklich behilflich sein, Inspector«, verriet Heather. »Versuchen Sie es, sehen Sie in ihm Ihre kosmische Wünschelrute.«

Was für miese Schauspieler, schoß es Troy durch den Kopf. Nicht zu glauben. Er erkundigte sich, wie Kens Hilfe aussehen würde.

»Mein Mann ist ein Mensch, der sehr empfindlich auf alles reagiert.«

»Empfindlich in bezug auf was?«

»Diese Umschreibung verwenden wir, um eine Seele zu beschreiben, die nicht nur im Einklang mit den unergründlichen Tiefen des eigenen Selbst ist, sondern auch mit all den dynamischen Strömen des verborgenen Universums.«

»Ist das ein Fakt?«

»Eine Art Nebenwirkung davon ist«, erläuterte Ken ernst und hob leicht die Schultern, »daß ich zum Channeller von Hilarion erwählt wurde. Einer der wunderbarsten Geister, die die Erde jemals gekannt hat. Hat vielfach die Gestalt gewechselt. Sie kennen ihn wahrscheinlich eher als Samuel, den Propheten des Herrn. Oder als Merlin. Vielleicht auch als Francis Bacon, Sohn von Elisabeth I. und Robert Dudley ...«

»Was ich wirklich möchte ...« Voller Entschiedenheit versuchte Barnaby, dieses Geschwätz zu unterbinden.

» – der echte Autor der sogenannten Shakespeare-Stücke –«

»Was ich wirklich möchte ...« Falls es die Situation erforderte, was jetzt der Fall war, konnte er ziemlich griesgrämig dreinblicken. Die beiden setzten sich aufrecht hin. »... ist, Sie zu fragen, ob Sie eine Ahnung haben, warum dieser Mord verübt wurde.«

»So war es nicht.«

»Aber einmal angenommen«, sagte Troy laut und beugte sich beim Sprechen vor, »es wäre so gewesen.«

»Unmöglich. Jeder liebte ihn.«

»Wenigstens eine Person hat ihn offenbar nicht geliebt, Mrs. Beavers«, konstatierte Barnaby. »Nun, ich weiß, es war nicht sonderlich hell, aber ist einem von Ihnen während der Rückführung eine plötzliche Bewegung aufgefallen?« Er warf einen Blick auf die Zeichnungen. »Saß beispielsweise jemand auf den Stufen?«

»Nun, wir sind natürlich alle wegen May aufgestanden. Und zu ihr hinübergelaufen.«

»Gleichzeitig?«

»Ja, fast, meinst du nicht auch, Heth?«

Heather nickte. Barnaby hatte den Verdacht, daß dies erst der Anfang war, daß sie stets die gleiche Meinung äußern würden. Ein verdunkelter Raum. Menschen, die sich auf eine liegende Gestalt konzentrierten. Alle blicken in dieselbe Richtung, während das, was wichtig ist, sich auf der anderen Seite abspielt. Nicht gerade ausgefallen, diese Vorgehensweise. Und dennoch ganz schön gewagt. Warum einen so riskanten Zeitpunkt wählen? Da es in diesem Stadium noch keine Antwort auf diese Frage gab, änderte Barnaby die Richtung seiner Befragung und versuchte mehr Hintergrundinformationen zu sammeln.

»Wie viele Menschen leben hier?«

»Zehn wohnen permanent hier, aber selbstverständlich können wir mehr Menschen beherbergen. Manchmal, während Workshops und Exerzitien, halten sich hier vierzig... fünfzig Leute auf.«

»Kann nicht leicht sein«, spekulierte Troy, »so eng miteinander zu leben. Es gibt sicherlich Streitereien und Mißstimmungen.« Beide lächelten zuckersüß und schüttelten den Kopf. »Das Aufeinandertreffen verschiedener Charaktere? Zwist in finanziellen Angelegenheiten?«

»Materialismus ist uns fremd.«

»Was ist Geld, wenn nicht die Zementierung einer göttlichen Macht?«

So ging es noch eine Weile lang weiter, bevor Barnaby sie gehen ließ. Kaum war die Tür ins Schloß gefallen, da wurden er und Troy schon durchdiskutiert.

»Diese Typen... von einem anderen Planeten... oder?«

»Verstehen überhaupt nichts. Hören nur die Worte.«

»Nächstes Mal, wenn Maureen sich über den Haushalt beschwert, muß ich ihr das erzählen«, sagte Troy. »Wie war das noch gleich, die Zement... wie war das noch gleich? Und wo wir schon von Zement sprechen – haben Sie von diesem Kuchen gekostet?«

»Für einen Abend habe ich schon genug riskiert«, meinte Barnaby. »Ich habe das Zeugs getrunken.«

»Ist nicht gerade das, was man ›große Sprünge machen‹ nennt, nicht wahr, Sir?« Troy lehnte sich an die Tischkante und reagierte auf Barnabys säuerliches Grinsen mit einem gewinnenden Lächeln. »Wie steht es mit der guten alten Verschwörungstheorie? Die alte Schachtel trägt absichtlich dick auf, um die Aufmerksamkeit vom Podest auf sich zu lenken... alle stürmen nach unten und ermöglichen somit –«

»Genau. *Alle* stürmten nach unten.«

»Ja... nun... sehen Sie...« Troy drehte Mays Skizze um. »Sie waren... zu neunt? Doch einer ist offensichtlich zurückgeblieben, bringt den alten Obi-halb-Kenobi um die Ecke und gesellt sich dann zu den anderen. Wie lange würde das dauern? Eine Sekunde? Zwei? Da die Schachtel geschrien und gezappelt hat, konnte niemand einen Schrei hören, falls der Typ einen ausgestoßen hat.«

»Hmm. Die Theorie ist nicht unvernünftig.« Troy erlaubte sich ein selbstgefälliges Grinsen. »Bin mir aber nicht sicher, ob ich die Verschwörungstheorie kaufe. Nun – dann wollen wir mal mit –« Er drehte die Skizze wieder um. » – Christopher Wainwright sprechen. Er harrte während der gesamten Rückführung neben dieser Cuttle aus und hatte insofern – genau wie sie – ein uneingeschränktes Blickfeld. Möglicherweise hat er gesehen –« Es klopfte kurz an die Tür, und die Polizistin Anfang Dreißig steckte den Kopf durch den Türspalt. »Was gibt es?«

»Draußen ist eine Miss McEndrick, Sir. Sie behauptet, wichtige Informationen über den Vorfall im oberen Stockwerk zu haben.«

Kaum hatte die Beamtin das letzte Wort gesprochen, zwängte sich Janet in das Verhörzimmer, stand mit eingefallenen Schultern da, verdrehte die Augen, blinzelte hektisch und ratterte drauflos. Die Worte kamen ihr wie Maschinengewehrfeuer über die Lippen und waren kaum verständlich, so schnell sprach sie.

»Es tut mir leid... ich konnte nicht warten, bis Sie nach mir rufen... Entschuldigung... es ist nur so, daß ich was gesehen habe, bin mir sicher, es ist wichtig... und daß Sie es erfahren möchten, bevor Sie Ihre Zeit mit den anderen verschwenden... 'tschuldigung...«

Alles an ihr kündete von Reue. Sie schien um Vergebung zu bitten für ihre Größe, ihre unattraktiven Klamotten, ihren knochigen Körper, ihre bloße Existenz. All das hatte sie aber nicht daran gehindert, unaufgefordert das Zimmer zu betreten. Sich einem Fremden aufzudrängen, sich als Autorität darzustellen. Dieser Schritt mußte ihr einiges abverlangt haben.

Barnaby bat sie, Platz zu nehmen. Das tat sie mit den Worten: »Ich weiß, wer es getan hat. Er trug einen Handschuh, nicht wahr? Einen Gummihandschuh?«

»Wie kommen Sie auf diese Idee?«

»Hinter dem Vorhang, dort lag er, nicht wahr?« Sie brach ab, woraufhin Barnaby sie zum Fortfahren ermunterte, während ihm das nervöse Zucken in der Wange und die intelligenten, weit auseinanderstehenden Augen auffielen, in denen keine Trauer lag.

»Er hat ihn aus seiner Tasche gezogen. Ich habe es beobachtet. Er hat sich im Zimmer umgeschaut, als warte er, bis ihn niemand beobachtet, darum blickte ich in eine andere Richtung – tat so, als unterhielte ich mich mit jemandem –, aber ich habe ihn erwischt.«

»Wen erwischt, Miss McEndrick?«

»Wie – natürlich Guy Gamelin.« Sie hatte Mühe, ruhig zu sprechen. In ihrer Stimme schwang unüberhörbar Triumph mit.

Natürlich? Hier geht es um etwas Persönliches, dachte Barnaby und fragte sich, wieso dem so war. Möglicherweise gehörte sie – wie auch sein Sergeant – zu der Sorte Menschen, die in Gegenwart von Reichen von Neid zerfressen wurden. Diese Schlußfolgerung stellte den Inspector nicht zufrieden. Er fragte sie nach ihrer Meinung über Mr. Gamelin.

»Meine Meinung?« Sie lief puterrot an. »Ich habe keine Meinung. Ich habe ihn erst heute kennengelernt.«

»Sie haben zusammen zu Abend gegessen.«

»So kann man das wohl nicht nennen. Wir waren zu neunt.« Barnaby nickte und warf ihr einen erwartungsvollen, aufmunternden Blick zu. Die Stille dehnte sich aus. Seine Miene, die besorgtes Interesse verriet, veränderte sich nicht. Man mußte schon sehr ungehobelt sein, um nicht zu antworten.

»Falls Sie es wirklich wissen möchten, ich halte Gamelin für ziemlich widerlich. Denkt nur an sich – wie die meisten Männer. Korrigiert uns, wenn er nicht gerade versucht, uns niederzumachen. Belächelt unsere Ideale und die Art und Weise, wie wir zu leben versuchen. Selbstverständlich lassen sich manche Leute leicht von Macht beeindrucken. Und von Geld.«

»Möglicherweise die Mehrheit der Menschen?«

»Wie dumm von ihnen.«

Barnaby erläuterte die Skizze und reichte ihr ein Blatt Papier. Janet sagte: »Wieso? Ich hatte nichts damit zu tun.«

»Sie alle werden darum gebeten.«

»Ja – ist es jetzt nicht vorbei? Ich meine – warum gehen Sie nicht einfach raus und verhaften ihn?«

»Haben Sie daran ein spezielles Interesse, Miss McEndrick?« Troy lauerte hinter ihrem Stuhl.

»Nein...« Das Wort kam wie ein Peitschenschlag. Janet drehte den Kopf auf der Suche nach dem Vernehmungsbeamten. Ihr Blick fiel auf das feuerrote Haar, den schmalen Mund. Sie spürte Kälte und Unfreundlichkeit. Ziemlich beunruhigend. Fast dankbar wandte sie sich wieder dem älteren der beiden Männer zu. »Es ist nur so, ich dachte, daß derjenige, der das Messer benutzt hat, wegen der Fingerabdrücke einen Handschuh getragen haben muß. Und als ich dann sah, wie er ihn versteckte –«

»Haben Sie zwei und zwei zusammengezählt?« schlug Troy vor.

Janet stierte auf ihre Skizze. Während sie zeichnete, studierte Barnaby ihren Kopf. Bemerkte den messerscharfen

Scheitel – kein einziges Haar auf der falschen Seite. Kriegsschiffgraue Metallklemmen preßten sich an die Kopfhaut. Er stellte sich vor, wie sie jeden Morgen und jeden Abend – ohne Ausnahme – diese drahtigen Haarmassen striegelte. Fünfzig harte, strafende Bürstenstriche. Die für Selbstgeißelung standen und nicht für den Wunsch, hübsch zu sein. Für den Wunsch, einen Dämon auszutreiben. Schlug er mit seiner Interpretation über die Stränge? Um welchen Dämon, fragte er sich, könnte es sich dabei handeln? Eifersucht, Verzweiflung, Trägheit… Lust? Als sie ihm die Skizze aushändigte, mußte er feststellen, daß sie den anderen sehr ähnlich war. Er wagte einen Sprung ins Ungewisse.

»Leben Sie gern hier, Miss McEndrick? Kommen Sie mit den anderen gut aus?« Sie schien auf der Hut zu sein. Er spürte Zurückhaltung.

»Ja. Ich denke schon.«

»Sind Sie vielleicht mit jemandem enger befreundet?«

»Nein!« In einer Bewegung sprang sie vom Stuhl auf und steuerte auf die Tür zu. Beim Öffnen wandte sie Barnaby ihr gepeinigtes Antlitz zu. »Ich werde Ihnen noch was über Guy Gamelin verraten. Der Meister hat beim Sterben auf ihn gezeigt. Hat mit dem Finger auf ihn gezeigt. Das zeigt doch, daß er schuldig ist. Fragen Sie ihn… fragen Sie die anderen…«

8

»Genau so 'ne Sportlehrerin hatte ich«, sagte Troy, nachdem Janet gegangen war. »Dicke Knie, Turnschuhe, keine Titten, Pfeife um den Hals. Die regen mich echt auf, diese Lesben. Alles Angehörige der Arschlochkratie, wenn Sie mich fragen. Finden Sie nicht auch?« Seine Frage richtete sich an den Constable, der mitschrieb.

Der Mann warf Barnaby einen fragenden Blick zu. Mit gesenktem Kopf schrieb der Chief schnell ein paar Dinge nieder.

Er hielt es für das beste, sich rauszuhalten. »Darüber habe ich eigentlich nie nachgedacht, Sergeant.«

»Werden wir nun Gamelin verhören, Sir?« wollte Troy wissen.

»Ich möchte lieber erst hören, was die anderen zu sagen haben. Sehen, was wir zusammentragen können.« Er schickte den Constable nach Christopher Wainwright.

»Ich denke nicht, daß er gewohnt ist zu warten.«

»Diese neue Erfahrung wird dann ein wenig Abwechslung in sein Leben bringen, nicht wahr?«

Troy bewunderte die Vorgehensweise seines Vorgesetzten. Er kannte eine Menge Beamte (angefangen von ganz oben bis runter zu Barnaby), die Gamelin gerade mal so lange hätten warten lassen, wie es brauchte, den Besucherstuhl abzustauben. Ich werde einmal wie der Chief sein, gelobte Troy, wenn ich Detective Chief Inspector bin. Mich wird keiner rumschubsen. Keiner wird Einfluß auf mich haben. Daß er in diesem Fall aus einer Position der Schwäche (und nicht der Stärke) handeln würde, entging ihm.

Dem Aussehen nach mußte Christopher Wainwright Ende Zwanzig sein. Die schwarzen Haare hoben die Blässe seines Gesichts noch stärker hervor. Er trug enganliegende Jeans und ein kurzärmliges Sporthemd mit einem kleinen applizierten Alligator. Falls er betroffen war, konnte er das gut verbergen. Die beiden Polizisten musterte er relativ gelassen, doch sein Gehabe wirkte in Barnabys Augen kontrolliert, vorsichtig. Weswegen machte sich dieser junge Mann Sorgen? Er war einer der beiden Menschen in dem Raum, die den tödlichen Stoß nicht ausgeteilt haben konnten. Sorgte er sich wegen jemand anderem? Wegen des weinenden Mädchens, das er in seinen Armen gehalten hatte? Barnaby fragte, ob er von seinem besonders vorteilhaften Standort etwas gesehen habe. Christopher schüttelte den Kopf.

»Die meiste Zeit behielt ich May im Auge. Die letzten paar Minuten hielt ich ihre Hand. Wir waren gut drei Meter von den anderen entfernt. Und sonderlich hell war es auch nicht.« Auf die Bitte, eine Skizze anzufertigen, sagte er: »Sie wird ziemlich vage ausfallen. Ich kann mich kaum mehr erinnern, wo jeder stand. Ein Mord löscht derlei Wissen aus der Erinnerung.«

»Haben Sie eine Idee, warum Craigie ermordet wurde?«

»Keinen Schimmer. Er war ein ganz und gar unaufdringlicher Mann. Wirklich sanft, im Gegensatz zu dem einen oder der anderen hier, die oft über Liebe schwafeln, bei der praktischen Übung jedoch versagen.«

»Sind Ihnen die Einstellungen der Kommune unsympathisch?«

»Einige ja, andere nein. Ich denke, man könnte mich als vorurteilsfreien Skeptiker beschreiben. Letztes Jahr bin ich in Thailand im Urlaub gewesen. Die Haltung der Menschen dort hat mich außerordentlich beeindruckt. Die Tempel und die Mönche. Nach meiner Rückkehr begann ich, buddhistische Literatur zu lesen, und stieß später, im *Vision*, auf einen dreitägigen Kurs hier – eine Meditation, basierend auf dem Diamant-Sutra. Ich schrieb mich ein, und sechs Wochen später, also jetzt, bin ich immer noch da.«

»Wie kommt das, Mr. Wainwright?«

»Ich... habe jemanden kennengelernt.«

Barnaby registrierte, wie sich die Spannung in den Schultern seines Gegenübers löste, sah, daß der aufmerksame Blick aus den wachsamen Augen verschwand, und dachte, dann macht er sich also keine Sorgen wegen des Mädchens. Sondern wegen etwas anderem. Er schien das Bedürfnis zu haben, über sie zu sprechen, und der Chief Inspector ließ ihn plaudern.

»Zuerst konnte ich es nicht fassen.« Anscheinend war es ihm so peinlich, als gestehe er ein geheimes Laster, eine Schwäche ein. »Sich zu verlieben.« Er bemühte sich, ironisch zu klingen, was ihm aber nicht gelang. »Man hat natürlich Affären gehabt...« Er zuckte mit den Achseln. »Echte Liebe... nie. Um ehrlich zu sein, zuerst wollte ich mich verdrücken. Ich mochte mein Leben, wie es war. Hübsches kleines Apartment, kein Mangel an weiblicher Gesellschaft. Aber ich zögerte wohl einen Augenblick zu lange, und dann saß ich... in der Falle.«

Er errötete. Und erweckte gar nicht den Eindruck, in der Falle zu sitzen. »Damals wußte ich nicht, wer sie ist. – Ich nahm einen Monat Urlaub – ich arbeite als Kameramann für die BBC –, der mir zustand. Danach bat ich um drei Monate unbezahlten Urlaub, der demnächst zu Ende geht. Bis dahin hoffe ich, Suze überredet zu haben, meine Frau zu werden. Sie hat Angst vor diesem Schritt, denke ich. Die Gamelins machen sich schon seit Ewigkeiten gegenseitig das Leben schwer. Ihre Kindheit muß gräßlich gewesen sein.«

»Dann«, schloß Barnaby, »dürfte Craigies Tod Ihnen zum Vorteil gereichen. Ihre Umgebung dürfte ihr nun wesentlich weniger Sicherheit bieten.«

»Ja. Es ist traurig, und selbstverständlich tut es mir leid, was geschehen ist, aber ich könnte mir denken, daß sich die Waagschale nun mehr in meine Richtung neigt.«

Heiliger Strohsack, dachte Troy. Wußte nicht, wer sie ist. Meint wohl, wir sind von vorgestern. Jeder, der nur ein Fünkchen Verstand besitzt, weiß, wie das abgelaufen ist. Irgendwie kommt ihm im Fernsehbusineß zu Ohren, wo das arme kleine, reiche Mädchen sich versteckt hält. Fährt hierher, geht an den Start und zieht seine Nummer ab. Kommen die beiden erst mal an ihr Bankkonto ran, sieht sie nur noch die Auspuffgase seines Ferraris.

Diese phantasievolle Auslegung der Ereignisse und Barnabys Theorie zum Motiv des Mordes brachten Troy auf eine Idee. »Wo genau befindet sich der Lichtschalter, Mr. Wainwright?« Er zeigte auf die fast fertige Skizze. Pflichtschuldig machte Christopher sein Kreuzchen, wobei ihm Troy über die Schulter schaute. »Ich verstehe. Um dahin zu gelangen, hätten Sie also dicht am Podest vorbei müssen.«

»Eigentlich nicht. Von hier nach hier«, sagte er und zog eine diagonale Linie, »wäre der kürzeste Weg gewesen.«

»Und den haben Sie auch genommen?«

»Aber klar doch.« Christopher fixierte den Sergeant. »Worauf wollen Sie hinaus?« Als er begriff, worauf der Sergeant anspielte, lachte er. »Ach, kommen Sie …«

Der Sergeant griff nach der Skizze, studierte sie aufmerksam und legte dabei die Hand über die Augen, um seinen Zorn zu verbergen. Ich kann alles ertragen, sagte Troy sich immer wieder (was überhaupt nicht der Wahrheit entsprach), nur nicht, daß sich jemand auf meine Kosten lustig macht.

»Ich habe den Eindruck gewonnen«, warf Barnaby ein, »der sterbende Mann zeigte auf jemanden, bevor er fiel.«

»Er stand mit erhobenem Arm da, ja. Ob er aber auf jemand Besonderen zeigte, kann ich nicht sagen.«

»Falls nicht, ergibt die Geste keinen Sinn.«

»Uns wurde angedeutet«, Troy legte das Blatt Papier wieder auf den Tisch zurück, »daß er auf Mr. Gamelin zeigte.«

»Wer hat so was gesagt?« Da er keine Antwort auf seine Frage erhielt, fuhr Christopher fort: »Nun, das kann man verstehen. Er war der Außenseiter. Niemand kann die Vorstellung ertragen, daß es einer von uns war.« Man zeigte ihm das Messer und den Handschuh. Er räumte ein, daß beide Gegenstände aus der Küche stammten, und sagte dann: »Suze hat ihre eigene Interpretation der Vorgänge aufgestellt. Um ehrlich zu sein, mir kommt das ziemlich weit hergeholt vor. Worum ich Sie bitten wollte, darf ich dabeisein, wenn Sie sie verhören? Sie ist immer noch ganz schön durch den Wind.«

»Vorausgesetzt, Sie unterbrechen sie nicht.« Barnaby deutete auf die Tür.

»Ist das eine gute Idee, Chief?« fragte Troy, nachdem Christopher das Zimmer verlassen hatte.

»Ich denke schon. Je entspannter und klarer sie ist, desto schneller bringen wir die Sache hinter uns und können das nächste Mitglied verhören.«

»Will Ihnen was über diesen Typen verraten – der färbt seine Haare.« Sein Wissen gab Troy so siegessicher wie ein Hund, der einen absurd geformten Knochen anschleppt, zum besten. Barnaby, dem das Färben der Haare nicht entgangen war, sagte nichts. »Andererseits gehört er nicht zu der Sorte, die sich betont cool gibt. Und er dürfte zu jung sein, um schon grau zu werden. Also, wieso färbt er sie dann?«

Das Gamelin-Mädchen mußte draußen auf dem Flur gewartet haben. Eben hatte sie noch geweint – ihre Wangen waren feucht –, und sie war immer noch sehr deprimiert. Barnaby hatte es noch nie Spaß gemacht, trauernde Menschen zu befragen. Bedauerlicherweise hatte sich diese Vorgehensweise als fruchtbar herausgestellt. In einer solchen Gefühlslage legten Menschen weniger Vorsicht an den Tag. Auch bei dieser Gelegenheit erwies sich erneut, wie sehr dies zutraf. Kaum hatte das Mädchen sich gesetzt, kam ihr schon ein Schwall erboster Selbstbezichtigungen über die Lippen.

»... ist alles meine Schuld ... er war nur meinetwegen hier ... und nun ist er tot ... der wunderbarste Mann auf Erden. Er war ein Heiliger ... er liebte uns alle ... hatte der Welt soviel zu geben ... soviel zu geben ... Sie haben ja keine Ahnung, was heute hier ausgelöscht wurde ... verrückt ... ganz und gar verrückt ... Ohhh, ich hätte niemals hierherkommen dürfen ...«

So ging es eine ganze Weile lang weiter. Wainwright hielt ihre Hand. Dabei versuchte Barnaby herauszufinden, auf wen sich die vielen »er« bezogen. Nach einer Weile beruhigte sie sich etwas und tupfte mit dem Sari, der schon von feuchten Flecken überzogen war, die Augen ab.

»Sie nehmen also an, daß alles Ihre Schuld ist, Miss Gamelin?«

»Würde ich nicht auf Manor House leben, wäre mein Vater nicht gekommen.«

»Ihrer Ansicht nach ist er für Mr. Craigies Tod verantwortlich?«

»Ich weiß, daß er es ist ... *ich weiß, daß er es ist ...*« Sie war aufgesprungen. »Kein anderer hätte so etwas getan. Niemand hatte einen Grund. Wir alle verehrten den Meister. Er war der Mittelpunkt unseres Lebens.«

»Könnte es sein, daß dieses ›Wissen‹ nur auf vagen, gefühlsbedingten Annahmen beruht?«

»Es basiert auf Beweisen. Noch im Sterben zeigte der Meister auf meinen Vater. Daran gibt es nichts zu rütteln.«

»Hatten sich zu jenem Zeitpunkt nicht eine Menge Menschen um Miss Cuttle geschart? Möglicherweise hat er auf einen von ihnen gezeigt.«

»Nein.«

»Und die Waffe?« Barnaby schob das Messer hinüber.

Erschaudernd musterte sie es. »Das lag auf dem Regal in der Küche. Und dort war er heute nachmittag. Auch das war meine Schuld. Ich habe ihn allein zurückgelassen, um Tee nach oben zu bringen. Da hat er es an sich genommen. Er muß die Tat schon lange geplant haben.«

»Und wie steht es mit dem Motiv?«

»Ha! Das Motiv, das ihn immer und bei allem leitet. *Geld.* Seit heute habe ich die freie Verfügung über meinen Treuhandfonds. Ich bin einundzwanzig geworden. Über eine halbe Million.«

Christopher fiel die Kinnlade runter. »Du hast mir nicht erzählt –«

»Mr. Wainwright...« Barnaby hielt die Hand hoch und ermunterte sie mit einem Nicken weiterzusprechen.

»Ich wollte den Fonds nicht haben. Er war mir eine Last.«

Mein Gott, die Reichen, staunte Troy, diese verdammten Reichen. Diese absolut irren Reichen. *Eine Last.*

»Daher habe ich mich entschlossen, das Geld wegzugeben.«

Nun, warum noch lange suchen, Lady? Hier bin ich.

»Ich wollte, daß die Kommune es bekommt. Der Meister hielt meine Entscheidung allerdings für unklug. Meinte, es würde mir irgendwann leid tun. Er schlug vor, mit meinen Eltern zu sprechen. Einmal abgesehen von dem Geld, hoffte er auch, wir könnten unsere Differenzen beilegen.« Erneut stieß sie eins von diesen rauhen, humorlosen Geräuschen aus. »Er war so naiv. Begriff nicht, wie schrecklich Menschen sein können.«

»Sagen Sie, Miss Gamelin –«

»Nennen Sie mich nicht so! Das ist nicht mein Name.«

»Sind Ihre Eltern Mr. Craigie vor dem Mord begegnet?«

»Mein Vater schon. Die beiden haben sich gegen sieben miteinander unterhalten. Meine Mutter kam erst später.«

»Wissen Sie etwas über das Ergebnis dieser Unterhaltung?«

»Nur, daß sie später noch mal darüber sprechen wollten. Ich halte es für eher unwahrscheinlich, daß der Meister großen Einfluß auf meinen Vater hatte. Beim Abendessen war er wirklich gemein.«

»Wie hat er reagiert, als Sie ihm von Ihrer Entscheidung bezüglich des Fonds berichteten?«

»Das habe ich nicht getan. Ich habe es dem Meister überlassen.«

Barnaby warf einen Blick auf die Skizze. »Soweit Sie sich erinnern, stand Ihr Vater also direkt hinter Mr. Craigies Stuhl?«

»Ja. Jetzt wissen Sie ja, warum. Er mußte sich nur vorbeugen und ... und ...«

»Ganz so einfach ist es nun wieder nicht, oder? Sie haben beispielsweise gerade gesagt, daß Ihr Vater, bis er mit Mr. Craigie sprach, nichts von Ihrer Entscheidung, das Geld zu verschenken, geahnt hat.«

»Das ist richtig.«

»Nicht vor sieben Uhr.«

»Ja.«

»Warum sollte er dann um fünf Uhr das Messer an sich nehmen?«

»Oh ...«

Troy fragte sich, wie sie diesen Schlag wohl verdaute. Ihn freute es jedesmal, wenn jemand in der Bredouille war. Er schlenderte hinüber und baute sich hinter Barnaby auf.

»Nun ... das Geld mag nicht der einzige Grund gewesen sein. Ich habe von dem Ort hier gesprochen. Ihm erzählt, wie zufrieden ich bin.«

»Daran kann sich doch niemand stören?«

»Sie kennen ihn nicht. Er ist unglaublich eifersüchtig. Kann es nicht ertragen, wenn ich mit jemand anderem glücklich bin. Nachdem ich von Zuhause weg bin, hing er andauernd in Türeingängen rum und spionierte mir hinterher.« Sie streckte die Hand aus, griff nach der Tüte mit dem Gummihandschuh. »Hat er den auch getragen?«

»Wir gehen davon aus, daß derjenige, der das Messer hielt, auch den Handschuh trug, ja.«

»Das ist ein linker Handschuh. Er ist Linkshänder. Und sie waren auch in der Küche. Was wollen Sie noch? Daß May sich so echauffierte, war die perfekte Ablenkung.«

»Das Problem damit ist nur, Miss Gamelin«, wiederholte Troy ihren Namen süffisant und setzte sich auf die Tischkante, »daß das nicht zu unserer Theorie paßt. Da er zum ersten Mal hiergewesen ist, woher sollte er da wissen, daß die Ereignisse eine so dramatische Wendung nehmen?«

»Sie werden zulassen, daß er sich da rauswindet, nicht wahr?« Mit unverhohlener Abneigung, als wäre er für jeden Preis zu haben, musterte sie Troy. »Das hätte ich wissen müssen. Wer Geld hat, kommt immer ungeschoren davon.«

Ihre Unterstellung machte Troy fuchsteufelswild. Er besaß viele schlechte Eigenschaften, aber korrupt war er nicht und würde es auch niemals sein. »Ihre verdammten Anschuldigungen behalten Sie besser für –«

»In Ordnung. Das reicht.« Die Worte wurden leise gesprochen. Troy bemerkte den Blick des Chief Inspectors, rutschte vom Tisch und wandte sich ab.

Barnaby mußte feststellen, daß die entschiedene Meinung dieser Zeugin jede weitere Befragung sinnlos machte. Ging er mit ihr die harten Fakten durch, lief er Gefahr, daß sie anfing, sich Dinge auszudenken. Er ließ beide gehen und wandte sich an seinen Untergebenen.

»Was nehmen Sie sich heraus, Troy? Wieso lassen Sie sich von einem jungen Mädchen provozieren?«

»Nun... ja...«

»Ja was?«

»Nichts, Sir.«

Barnaby prüfte seine Liste und schickte den jungen Constable nach Mr. Gibbs. Mit geradem Rücken stand Troy da und betrachtete den alten Gestetner. Darauf klebte ein gelber Sticker, der mit einem freundlichen »Nein, danke« auf Atomenergie verzichtete. Die Milde, mit der Barnaby seiner Unbill

Luft gemacht hatte, tröstete Troy nicht über den falsch gewählten Zeitpunkt hinweg. Daß er vor einem Polizisten, der noch grün hinter den Ohren war, und vor zwei Zivilisten gemaßregelt worden war, war unverzeihlich. Troy, der – was die Gefühle anderer anging – keinerlei Feingefühl aufbrachte, legte großen Wert darauf, mit Samthandschuhen angefaßt zu werden. Beim leisesten Anflug von Kritik stieg er aufs hohe Roß.

»Sehen Sie nach, ob Sie Wasser auftreiben können. Ich bin wie ausgedörrt.«

»Ja.« Übergebührlich förmlich schritt er zur Tür.

»Und schlagen Sie Alternativen aus. Vor allem diesen unaussprechlichen Kaffee-Ersatz. Damit würde ich nicht mal meine Abflußrohre reinigen.«

Als Troy die Tür öffnete, stand Guy Gamelin im Korridor. Er setzte sich in Bewegung und zwang Troy, ein paar Schritte zurückzuweichen.

»Ich begebe mich jetzt in mein Hotel. Dürfte bis morgen früh dort anzutreffen sein. Im *Chartwell Grange*, unweit von Denham.«

Barnaby erhob sich. »Mr. Gamelin.« Er deutete auf den freien Stuhl. »Bevor Sie gehen, würde ich Ihnen gern ein paar Fragen stellen.«

Beide Männer musterten einander. Guy blieb stehen. Er gab sich unkooperativ und antwortete mit »Weiß ich nicht« und »Keine Ahnung« auf Barnabys Fragen. Auch weigerte er sich, eine Skizze zu machen.

»Ich kann mich nicht erinnern, wo ich war, ganz zu schweigen, wo die anderen sich aufhielten. Einmal abgesehen von dieser dusseligen Kuh, die auf dem Boden herumrollte und stöhnte.«

»Dann halten Sie also nicht viel von dieser Kommune?«

»Eine Horde sich selbst täuschender, rückgratloser, theatralischer Wichser.«

»In dem Fall dürfte es Ihnen nicht behagt haben, Ihre Tochter hier zu finden?« Bei dieser Bemerkung streckte Guy sein ausgeprägtes Kinn vor und begann schneller zu atmen. Er antwortete dem Chief Inspector nicht. »Wenn ich richtig verstanden habe«, fuhr Barnaby fort, »haben Sie und Ihre Tochter seit Jahren keinen Kontakt mehr.«

»Falls Sie den Boulevardzeitungen Glauben schenken.«

»Dann trifft es nicht zu?«

»Einigermaßen. Nicht, daß es Sie – Teufel auch – etwas anginge.«

Ein Wort wie »einigermaßen« aus dem Munde von Gamelin wirkte seltsam. Der Chief unterstellte Gamelin Intoleranz und hielt ihn für jemanden, der von extremen Gefühlen beherrscht wurde.

»Erzählen Sie mir – haben Sie Craigie vor diesem Abend schon mal getroffen?«

»Nein.«

»Was für eine Meinung hatten Sie von ihm?«

»Er war ein Schlitzohr.«

Nur ein Schlitzohr erkennt ein anderes. Neidisch stierte Troy auf Gamelins Armbanduhr. Ein glitzerndes Oval aus Weißgold und Kristall mit römischen Zahlen auf einem Platinring. Dafür müßte ich ein paar Jahresgehälter hinblättern, dachte der Sergeant.

»Er hat versucht, Sylvie eine halbe Million abzuluchsen. Aber ich hege keinen Zweifel, daß Sie das auch ohne mein Zutun rausgefunden haben.« Barnaby räusperte sich vieldeutig. Und wartete. »Im Lauf meines Lebens ist mir der eine oder andere Gauner unter die Augen gekommen, London ist voll davon, aber der war was Besonderes. Hat nicht nur versucht, Sylvie die Überschreibung ihres Erbes auszureden. Hat auch mich gebeten, dasselbe zu tun.«

»War das nicht etwas riskant?«

»Keineswegs. Sie verstehen nicht, wie diese Gauner arbeiten. Das ist der letzte Schritt. Wie bei einem Gefeilsche auf dem Markt. Der Kunde geht weg in dem Wissen, daß er zurückgerufen wird, weil er die Oberhand hat. All dieses Getue ließ Craigie gut aussehen, verstehen Sie. Untermauerte seinen Heiligenschein.«

In seinen rotgeäderten Augen und in seiner Stimme war etwas, das nicht paßte. Das dem widersprach, was er sagte. Was war es? Neid? Enttäuschung? Ein Mangel an Vertrauen? Vielleicht gar, dachte Barnaby, Einsamkeit. Gamelin fuhr fort, Craigie niederzumachen.

»Craigie war hinter dem her, hinter dem alle diese Gurus her sind – Geld und Macht. So kriegen die ihren spirituellen Kick.« Unendliche Trauer schwang in seinen Worten mit.

»Dann haben Sie also nicht das Licht gesehen, Mr. Gamelin?« fragte Troy.

»Ich habe Dunkelheit gesehen«, erwiderte Guy. »Und die ist besser, glauben Sie mir. Im Dunkeln weiß man, wo man steht.«

»Aus diesem Grund haben Sie ihn umgebracht, Mr. Gamelin? Wegen des Geldes?«

»*Wie bitte? Sie...*« Ganz leise Zischlaute. Gamelin beugte sich vor, hielt sich am Tischrand fest. Schob sein Gesicht – ein verhärteter Fleischball – ganz nah vor das des Inspectors. »Ich warne Sie. Nehmen Sie sich in acht. Ich habe Leute mit doppelt soviel Mumm verschlungen. An Männern wie Ihnen schärfe ich meine Zähne.«

Spucke tropfte auf sein Stoppelkinn. Frustration und Wut verzerrten seine Miene. Zorn füllte den schmalen Abstand zwischen den beiden Männern aus. Barnaby saß reglos da, mit einem Spritzer Spucke auf der Krawatte. Im Gegensatz zum Ausmaß und zur Qualität von Gamelins Heftigkeit beeindruckte ihn der drittklassige Monolog überhaupt nicht. Bislang war ihm noch nie ein Boiler vor seinen Augen explodiert, doch jetzt rechnete er jeden Moment mit dieser Möglichkeit. Der Tisch unter seiner Hand bebte.

Troy, der gerade im Begriff gewesen war, einen Schritt nach vorn zu treten, blieb, wo er war, und verfolgte das Spektakel. Die beiden erinnerten ihn an ein Paar mächtige Bullen im Frühling. Kompakte Schultern, gesenkte Stirn. Mit aufkeimendem Stolz betrachtete der Sergeant Barnabys regloses, passives Profil. Als sein Blick zu Gamelin hinüberschweifte, dachte er: Hier hast du dir den Falschen ausgesucht, mein Lieber.

Barnaby holte den Handschuh hervor. »Wir glauben, daß derjenige, der den Mord verübt hat, den hier trug. Man hat Sie beobachtet, wie Sie ihn versteckten.«

»Wer hat Ihnen das gesagt?«

»Streiten Sie es ab, Mr. Gamelin?«

»Nein.« Er hielt sich zurück. Hielt seinen Zorn in Schach. Auf der Innenseite der herunterhängenden Unterlippe bemerkte Barnaby eine bläuliche Verfärbung. Gamelin atmete schwer und gleichmäßig. Kurz fuhr seine Hand zu seiner Brusttasche hoch. Fiel wieder runter.

»Möchten Sie etwas trinken, Mr. Gamelin? Ein Glas Wasser?«

»Nein. Nichts.« Eine Weile saß er ruhig da; schließlich sagte er: »Der Handschuh. Nachdem der bärtige Zwerg mit dem blöden Namen losgegangen war, um einen Krankenwagen zu rufen, und die anderen sich gegenseitig anstarrten, weil sie nicht wußten, wie sie sich verhalten sollten, griff ich nach meinem Taschentuch und riß damit den Handschuh heraus.«

»Das müßte jemandem aufgefallen sein, nicht wahr, Sir?« fragte Troy.

»In jenem Moment dachte ich nicht darüber nach. Ich war allein, müssen Sie wissen, auf der anderen Seite des Zimmers. Persona non grata. So ist das schon den ganzen Abend lang gelaufen. Die haben nicht mal zugelassen, daß ich beim Essen neben ihr sitze. Behaupteten, immer die gleichen Plätze einzunehmen.« Er berührte seine Wange. »Ich legte ihn einfach weg. War doch eindeutig, was passiert war. Wer immer den Mann abgemurkst hatte, wollte mir die Sache in die Schuhe schieben. Ich ging zum Fenster rüber, wartete, bis ich mich unbeobachtet fühlte, und legte den Handschuh hinter den Vorhang.«

»Sind Sie Linkshänder?«

»Zufälligerweise ja.«

»Ich kann mir ganz gut vorstellen, daß Ihre Beschreibung der Ereignisse zutrifft, Mr. Gamelin. Andererseits hat der Sterbende auf Sie gezeigt...«

Zu Barnabys Überraschung unternahm Gamelin keine Anstalten, dies abzustreiten oder zu erläutern. Er versuchte auch nicht, die Sache vom Tisch zu fegen.

»Ja. Das versteh ich auch nicht. Spielt dem Mörder natürlich hervorragend in die Hände. Untermauert außerdem die von Ihnen aufgestellte Handschuhthese.«

»Vielleicht…« begann Barnaby und eröffnete ihm vordergründig einen Ausweg. »Wenn Sie Teil der Gruppe gewesen wären…?«

»Nein. Er zeigte eindeutig auf mich. Ich stand etwas abseits. Es ist komisch, aber zu jenem Zeitpunkt meinte ich, er wolle mir etwas sagen.« Gamelin zuckte mit den Achseln, verlieh damit seiner leichten Verwirrung Ausdruck. »Klingt ein bißchen dünn, aber so war's.«

Verdammt dünn, dachte der Chief Inspector. Das Problem war, daß Gamelin nicht wie ein Mann wirkte, der nach Ausreden suchte. Ihm war es einfach schnurzegal, was andere dachten, fühlten oder über ihn sagten. Eine Position der extremen Stärke oder enormer Arroganz, je nachdem, welchen Standpunkt man vertrat. Der Chief Inspector mit seinem eher moderaten Naturell gab dem ersten Standpunkt den Vorzug. Er fragte Guy, ob er selbst eine Vermutung darüber hätte, wer schuldig sein könnte.

»Keinen Schimmer. Ich weiß nicht genug über die Vorgänge hier. Ehrlich gesagt hätte ich nicht vermutet, daß einer von denen auch nur einer Fliege was zuleide tun könnte.« Er hielt einen Moment inne und fuhr dann fort: »Ich bin doch ideal, oder nicht? Der Außenseiter, der all die gemeinen Verhaltensweisen der verrückten Welt einschleppt. Alle anderen haben eine weiße Weste. Meine hingegen ist röter als rot. Das muß man diesen verschlagenen Typen schon lassen.« Ein kurzes knatterndes Geräusch kam ihm über die Lippen. »Praahh.« Mit etwas Verspätung erkannte Barnaby, daß er gelacht hatte.

»Demnach sind Sie der Meinung, genau zu diesem Zweck eingeladen worden zu sein?«

»Ganz und gar nicht. Ich wurde von Craigie höchstpersönlich eingeladen. Und ich gehe nicht davon aus, daß er seine Ermordung selbst inszeniert hat. Es sei denn ...« Er warf Barnaby einen interessierten, fragenden Blick zu. Die kochende Wut von vorhin war schlagartig vergessen. »Es sei denn, mein Besuch wurde ihm von jemand anderem vorgeschlagen, was bedeuten würde, daß alles von langer Hand geplant war. Möglicherweise... hat er das... in letzter Minute begriffen. Womöglich deshalb auf mich gezeigt... um mich zu warnen ...«

Im Lauf seiner Dienstjahre waren Troy schon einige Beispiele ausgefallener Ausreden zu Ohren gekommen, aber die hier übertraf alles. Schuldig wie der Teufel, und dann tischte er ihnen diese verkorkste Version auf. Er konnte nicht nachvollziehen, warum der Chief sich überhaupt die Mühe machte, so zu tun, als erschiene ihm Gamelins Theorie einigermaßen plausibel. Beide Männer standen auf.

Barnaby sagte: »Ich werde mich noch mal mit Ihnen unterhalten müssen, Mr. Gamelin. Morgen.«

Gamelin erwiderte nichts. Wesentlich beherrschter als bei seiner Ankunft, ging er zur Tür. Seine massigen Schultern waren eingefallen, sein Schritt verriet Müdigkeit. Nachdem er die Tür hinter sich geschlossen hatte, fragte Troy: »Warum haben Sie ihn nicht verhaftet?«

Barnaby wartete auf die in diesem Fall übliche Rede. Fall abgeschlossen. Täter auf dem Tablett serviert. Ihm seine Rechte vorgelesen. Kurz und schmerzlos. Alles wie am Schnürchen gelaufen. Troy stand mit seiner Meinung allein da.

»Wir können ihn morgen früh auch noch abholen. Haben wir alle verhört, werden wir genauer wissen, wo wir stehen. Bislang basiert alles nur auf Indizien.«

Hinter dem Rücken seines Chefs schüttelte Troy ungläubig den Kopf. Ging es noch einfacher? Es war doch ganz *klar*, daß Gamelin behauptete, ihm wäre der Handschuh untergeschoben worden. Wer würde das nicht behaupten? Mann, o Mann, wenn die Sachlage nicht offensichtlich war! Gamelin hatte das Motiv und die Gelegenheit, das Messer an sich zu nehmen und es zu verwenden. Letztendlich hatte das Opfer auch noch mit dem Zeigefinger auf ihn gezeigt. Der Mann war fällig. Eine Sekunde lang fragte sich Troy, ob er sich getäuscht hatte, ob sein Boß sich nicht vielleicht doch von der verführerischen Macht des Geldes bezirzen ließ.

Barnaby murmelte etwas, sprach offenbar mit sich selbst. Troy spitzte die Ohren in dem Glauben, nicht richtig gehört zu haben. Irgendwas darüber, daß ihm Caliban leid täte. Als ihm wieder einfiel, daß man ihn gebeten hatte, Wasser zu holen, entfernte er sich.

Nachdem der Sergeant zurückgekehrt war, wurde Arno vernommen. In sich zusammengesunken und nervös, saß er da und musterte den Chief Inspector aufmerksam. Auf die Bitte, eine Skizze anzufertigen, hatte er eine Reihe Strichmännchen gemalt – eins flach auf dem Rücken liegend, mit nach oben zeigenden Zehen, auf der Brust gefalteten Händen und einem »Smiley«-Gesicht. Barnaby hatte ihn zu seiner Rolle in der Kommune befragt. Dabei war ihm aufgefallen, wie aufgeregt sein Gegenüber war. Für einen Moment trat der eigentliche Grund des Verhörs in den Hintergrund.

»Sagen Sie, Mr. Gibbs, was wird Ihrer Meinung nach nun hier geschehen? Beispielsweise mit Manor House?«

»Ich weiß es nicht. Ich weiß es einfach nicht.« Arno klang ziemlich melancholisch. Er schämte sich einzugestehen (auch vor sich selbst), daß er – nachdem er den bestürzenden Verlust einigermaßen verdaut hatte – nur noch daran gedacht hatte, wie seine eigene Zukunft aussehen würde. Was würde er machen, wenn sich die Kommune auflöste? Wer würde sich um Tim kümmern? Und – noch weitaus wichtiger – wie um alles in der Welt sollte *er* ohne die unerschütterliche und erhabene Gegenwart seiner großen Liebe überleben? Ohne diesen strahlenden Blick, der ihm jedes Erwachen verschönte, den Sonnenuntergang versüßte, war sein eigenes Leben kaum mehr lebenswert.

»Haben Sie eine Ahnung, wer dieses Anwesen erben wird?«

»Nein. Ich glaube, das weiß niemand. Irgendwie ist nie die Sprache darauf gekommen.«

»Mußten sich die Mitglieder in die Organisation einkaufen? Anteile erwerben – etwas in der Art?«

»Nein. Wir tragen uns selbst. Die Lodge erzielt Gewinne aus den Kursen und Workshops. Wir hatten vor, uns um die Bewilligung eines karitativen Status zu bemühen. Beabsichtigten, eine Stiftung zu werden, aber…« Niedergeschlagen zuckte er mit den Schultern.

»Wußten Sie von Miss Gamelins Geschenk an die Kommune?«

»Nein, aber jetzt weiß ich davon – alle reden darüber.«

»Und heute abend…« Arno wappnete sich. »Was hat sich Ihrer Meinung nach zugetragen?«

»Herrje – ich weiß es nicht. Es war so schrecklich… so verwirrend… In der einen Minute führte er – der Meister – May durch die Rückführung –«

»Sie meinen verbal?« unterbrach Barnaby ihn.

»Ja.«

»Davon hören wir zum ersten Mal«, gab Troy mit ernster Miene zu bedenken, woraufhin Arno so geknickt wirkte, als habe er das zu verantworten. »Wie funktioniert das?«

»Er stellt Fragen – was siehst du jetzt? Wo bist du? So in der Art. Und May antwortet. Dieses Mal kehrte sie ins römische Britannien zurück. Er fragte sie, ob sie etwas beschreiben könne, und daraufhin erzählte sie uns von dem Zelt. Ich denke, das war das letzte Mal, daß er sprach. Kurz danach fing sie an, die allergräßlichsten Geräusche auszustoßen. Da liefen wir natürlich alle zu ihr, um nachzusehen, ob es ihr gutging.«

»Wieso ›natürlich‹, Mr. Gibbs?« wollte Troy erfahren. »Man hat uns zu verstehen gegeben, daß solche Reaktionen nicht ungewöhnlich sind.«

»Oh, aber so schlimm ist es bisher noch nie gewesen. Doch sie wird *weitermachen*. Sie ist sehr, sehr tapfer und hat einen unstillbaren Wissensdurst.«

Als Troy ein leichtes Tremolo und die plötzliche emotionale Ergriffenheit des Rotbarts auffiel, dachte er: Na, wenn da nicht was im Gange ist, schlägt's dreizehn. Wüßten Verliebte mittleren Alters, wie grotesk sie wirkten, würden sie sich mit etwas Passenderem beschäftigen. Sich beispielsweise im Park entblößen.

»Wir wurden darauf vorbereitet, daß sich heute etwas Besonderes ereignen würde. Ken – aus dem manchmal Zadekiel spricht – wies darauf hin, daß die freigesetzte kosmische Energie beträchtlich war. Sie müssen jemanden schicken, wissen Sie, der Karmische Ausschuß, wenn ein großer Meister von einer physischen Oktave geholt wird. Unglücklicherweise sind wir uns dessen zu spät bewußt geworden. Die anderen glaubten, sie hätten Astarte, die Mondgöttin, geschickt, in Gestalt von Mrs. Gamelin. Ich hingegen bin davon überzeugt, daß Mays Unfall ein Omen war –«

»Ja, Mr. Gibbs. Von ihrem Unfall hat sie uns berichtet«, sagte Barnaby.

»Oh. Entschuldigung.« Mit einem Blick auf beide Männer sagte Arno: »Ich muß schon sagen, Sie nehmen den Vorfall anscheinend auf die leichte Schulter.«

»Wir haben einen Mord, auf den wir uns konzentrieren müssen«, meinte Troy. »Sind Sie der Ansicht, daß Craigie kurz vor seinem Ableben auf Guy Gamelin gezeigt hat?«

Arno zögerte. »Tja... wissen Sie... man äußert ja nicht gern etwas, das ein schlechtes Licht... aber... ja. Den Eindruck hatte ich. Damit möchte ich keineswegs sagen, daß die Geste eine Art Beschuldigung darstellte.«

»Worauf sonst verschwendet ein sterbender Mann Ihrer Meinung nach die letzten Sekunden seines Lebens?« hakte Troy nach.

Die Frage verstörte Arno sehr. Seine Irritation verstärkte sich noch, als Barnaby sagte: »Wir werden uns mit diesem zurückgebliebenen Jungen unterhalten müssen, fürchte ich. Soweit ich weiß, wissen Sie über seinen Hintergrund Bescheid.«

»Oh, das dürfen Sie nicht! Er ist sehr verschlossen, kann sich nicht richtig ausdrücken. Das wäre reine Zeitverschwendung.«

»Nichtsdestotrotz ist er ein Zeuge, Mr. Gibbs.« Barnaby

warf einen raschen Blick auf seine Skizzen. »Außerdem saß er direkt zu Craigies Füßen. Näher bei ihm als alle anderen. Er muß etwas gesehen haben.«

»Er schläft. Bitte, stören Sie ihn nicht.« Arnos sommersprossige Haut war mit einem dünnen Schweißfilm überzogen. »Für ihn ist eine Welt zusammengebrochen.«

»Na, gut, dann eben morgen früh.« Da Arnos Erregung deutlich spürbar war, schob Barnaby nach: »Wir sind keine Monster, wissen Sie?«

»Gewiß nicht. Ich hatte nicht vor, anzudeuten... oh Gott. Könnte ich dabeisein?«

»Wenn wir Geisteskranke verhören, ist das Vorschrift, Mr. Gibbs. Sollten Sie der Meinung sein, in diesem Fall die richtige Person zu sein, habe ich nichts dagegen einzuwenden.«

Danach sprachen sie mit Mrs. Gamelin. Auch wenn es dem Verhör nicht an einem gewissen Unterhaltungswert mangelte, erwies es sich in jeder anderen Hinsicht als außerordentlich unergiebig. May, die die beiden Polizisten in das Gemeinschaftszimmer geleitete, beschrieb Felicity als »ziemlich arm und ruhebedürftig«.

Troy war schon mit der Information rausgerückt, daß die Dame eine Kokserin war. Auf dem Weg zu ihr fügte er hinzu: »Hat den Wagen zu Schrott gefahren. Die Polizei fand Drogen. Hat ihren Führerschein verloren. Stand alles in der *Sun*.«

»Bestimmt nicht«, entgegnete Barnaby.

»Könnte wetten, sie ist völlig zugedröhnt.«

Als er ihr dann gegenüberstand, beschlich Barnaby der Eindruck, daß sein Sergeant vielleicht recht hatte. Ihre riesigen Augen mit den verschmierten roten Lidern wanderten rastlos hin und her. Die Hände gestikulierten wild: fuhren nach oben, als wolle sie ihr Gesicht berühren, änderten die Richtung, zupften am Kleid herum, strichen über das zerzauste Haar. Ihr Gesicht war eingefallen, schien sich in sich selbst zurückzuziehen, war angespannt und geschrumpft wie das eines verängstigten Äffchens.

Felicity begriff gerade noch, daß Menschen zugegen waren. Einer redete ziemlich nachdrücklich auf sie ein. Seine Stimme ratterte in ihrem Kopf. Einzelne Laute vermochte sie nicht zu erkennen. Er schob ein Blatt Papier in einer angenehmen Farbe rüber. Felicity nahm es höflich entgegen und gab es zurück. Wieder schob er ihr das Blatt und einen Bleistift zu. Legte er Wert darauf, daß sie damit etwas anstellte? Mit einem Lächeln griff sie seinen Vorschlag auf. Als Kind hatte sie gern gemalt. Die längste Zeit beugte sie sich über das Papier, und Barnaby mußte einräumen, daß das Ergebnis nicht unansehnlich war. Ein paar hübsche Pferde, eins davon hatte nur drei Beine, und eine Girlande aus Blumen in Kohlkopfgröße, die um den Pferdehals gewunden war.

Nach Beendigung der Skizze bat Felicity um einen Drink. Troy brachte ihr Wasser. Um Wasser hatte sie nicht gebeten. Sie schüttete es ihm über die Hose. Kurz darauf wurde das Verhör beendet.

Die ganze Zeit über war Trixie im oberen Stockwerk nervös und kettenrauchend umhermarschiert. Die Luft in ihrem Zimmer roch säuerlich und abgestanden. »Wieso brauchen die so lange?«

»Ich nehme an, sie möchten mit allen sprechen. Sie sind erst...« Janet drehte den Snoopy-Wecker um. »Seit neunzig Minuten hier. Das ist nicht schlecht.«

»Du wartest nicht, oder?«

»Ich weiß nicht, warum du dich derart aufregst. Du hattest ja nichts damit zu tun.« Sie ging zum Fenster hinüber und schob den Vorhang zurück. Ein silberner Halbmond stand tief am Himmel. Kalt und scharf konturiert wie eine Sichel.

»Laß das. Du weißt, ich kann es nicht ausstehen, wenn es Nacht ist.« Janet ließ den Vorhang fallen. »Wie sind sie denn so?«

Janet mußte an schmale Lippen und einen roten Schnauzbart denken. »In Ordnung.«

»Hast du ihnen bestimmt von dem Handschuh erzählt?«

»Das habe ich jetzt schon ein dutzendmal –«

»Und daß du diejenige warst, die ihn dabei beobachtet hat, wie er ihn versteckte?«

»*Ja*. Wie oft noch?«

»Dann hätten sie ihn doch verhaften müssen, oder? Ich begreife es einfach nicht.«

Weder du noch ich, dachte Janet traurig. Aber ich weiß, es hat etwas mit heute nachmittag zu tun. Nach der ersten schroffen Zurückweisung hatte sie Trixie keine Fragen mehr gestellt, doch es war keine Meisterleistung gewesen, die Gründe für Trixies verschmiertes Make-up, ihr fahles Gesicht und die notdürftig zusammengehaltene Bluse zu erraten. So kam es, daß Janet gleich verstanden hatte, was sie tun sollte, als die auf Rache sinnende Trixie sie aufklärte.

»Jan – ich *hab* gesehen, wie er das Ding versteckt hat. Ich würde dich nicht bitten, die Unwahrheit zu erzählen. Das Problem ist, wenn Gamelin erführe, wer ihn verraten hat, würde er ihnen sagen, ich hätte mir das alles nur ausgedacht, um ihm eins auszuwischen, und sie würden ihm glauben.«

»Warum?«

»Weil er reich und mächtig ist, du Dummchen.«

»Warum können wir dann nicht beide sagen, daß wir ihn beobachtet haben? Ich könnte dir den Rücken stärken.«

»Ich will *überhaupt nichts* damit zu tun haben.«

So hatte Janet die Lüge aufgetischt, ohne sich sicher zu sein, ob Trixie ihr wirklich die Wahrheit gesagt hatte. Andererseits sympathisierte sie mit ihrer Freundin und verspürte wie sie das Verlangen, alttestamentarisch Rache zu nehmen.

Es klopfte an der Tür. Eine Polizistin fragte, ob Miss Channing ein paar Minuten erübrigen könnte.

»Sie sind ganz zivil, nicht wahr?« fragte Trixie. »Ich frage mich, wie sie reagieren würden, wenn ich ihnen sagte, sie sollen mir den Buckel runterrutschen.«

»Fordere die Leute nicht unnötig heraus. Und laß deine Zigaretten hier. Du hast schon –«

»Ach, um Himmels willen, hör auf, mich zu bemuttern. Du benimmst dich wie eine alte Glucke.«

Troy hatte nichts gegen Zigaretten einzuwenden. Die Rauchschwaden, die Trixies blonde Locken einrahmten, inhalierte er tief. Das half ihm, seine nasse Hose zu vergessen. Mit zusammengedrückten Knien saß sie da, umklammerte nervös die goldene Benson-Schachtel und das Feuerzeug.

Barnaby entging nicht, daß sie Angst hatte. Konnte es förmlich riechen. Diesen säuerlichen, starken Geruch. Dieser Geruch war ihm nicht fremd, er kannte ihn seit langem und hatte einmal versucht, ihn zu beschreiben. Der Vergleich, der seiner Ansicht nach noch am ehesten zutraf, war der Geruch, der beim Ausgraben von alten Nesseln freigesetzt wurde. Er erkundigte sich, ob sie schon lange auf Manor House lebte.

»Seit ein paar Wochen. Weshalb? Was hat das damit zu tun?«

»Könnten Sie präziser antworten?«

»Nein. Das genaue Datum habe ich vergessen.«

»Gefällt es Ihnen hier?« Sein Tonfall war besonders höflich, was nichts daran änderte, daß sie sich in die Enge getrieben fühlte.

»Ich nehme an, Sie finden, ich gehöre nicht hierher. Nur weil ich keine weiten Gewänder trage und nicht permanent Halleluja singe.«

Troy kicherte. Trixie warf ihm einen überraschten Blick zu. Irrtümlicherweise legte sie seine Reaktion als Sympathie, als Interesse aus. Sie versicherte Barnaby, daß sie ihm bei der Lösung des Mordes an »unserem armen alten Meister« überhaupt nicht behilflich sein konnte. Ihre Skizze verriet den Polizisten, daß sie in seiner Nähe gesessen hatte.

»Es war ziemlich dunkel, wissen Sie. Wir liefen zu May hinüber, um ihr zu helfen, dann ging das Licht an, und alles war vorbei. Er zeigte auf Guy Gamelin. Ich nehme an, das haben Sie schon von anderer Seite gehört.« Erwartungsvoll schaute sie ihn an.

»In dieser Hinsicht scheinen die Meinungen auseinanderzugehen«, log Barnaby.

»O nein – das war ganz eindeutig. Er zeigte direkt auf ihn.« Sie errötete, als sie merkte, mit welchem Nachdruck sie sprach.

»Und dann habe ich oben noch gehört, daß man ihn dabei beobachtet hat, wie er einen Handschuh versteckte. Den muß er getragen haben, als er das Messer hielt.«

»Sind Sie Mr. Gamelin früher schon einmal begegnet, Miss Channing?«

»Gütiger Gott – in diesen Kreisen bewege ich mich nicht.« Dann, als entsinne sie sich ihres Standes: »Die sind ja so materialistisch, nicht wahr?«

»Sie scheinen offensichtlich von seiner Schuld überzeugt zu sein.«

»Ich wüßte nicht, wer es sonst gewesen sein könnte.«

»Miss Cuttle ist der Meinung«, verriet Barnaby, »der Tod sei übernatürlichen Kräften zuzuschreiben.«

Trixie lachte. Aus vollem Hals. Ihre Furcht legte sich für einen Augenblick. Troy fragte: »Dürfen wir aus Ihrer Reaktion schließen, daß Sie keine Anhängerin dieses Glaubens sind?«

»Oh –« Ihre Miene veränderte sich schlagartig. Urplötzlich gab sie sich derart devot, daß sie beinah dumm wirkte. »Selbstverständlich bin ich eine Gläubige. Nur reicht mein Glauben nicht ganz so weit wie bei den anderen.«

Wenn du eine Gläubige bist, fuhr es Barnaby durch den Kopf, als er die spitzen Brüste, die feuchten Lippen und den tiefen Ausschnitt betrachtete, dann bin ich Joan Collins. Jetzt redete sie wieder über Gamelin.

»Ist er ... ähm ... immer noch hier?« Da Barnaby sich mit ein paar Papieren beschäftigte und nicht antwortete, fügte sie hinzu: »Wir müssen wissen, verstehen Sie ... ob jemand über Nacht bleibt.« Wieder eine Pause. »Ob wir ein Bett herrichten müssen ... und wie das mit der Verpflegung aussieht ...«

Langsam tat sie dem Inspector leid. »Ich glaube, Mr. Gamelin ist in sein Hotel zurückgekehrt.«

»Sie haben ihn gehen lassen!«

»Darüber würde ich mir nicht den Kopf zerbrechen«, warf Troy ein. »Wir behalten ihn im Auge. Wir behalten alle im Auge.«

Die Meinung vertretend, daß es unsinnig sei, fertigte Trixie eine Skizze an, ehe Barnaby sie gehen ließ. Hinterher sagte Troy: »Eine besorgte junge Dame, Sir.«

»Sie verbirgt etwas, soviel ist sicher. Wainwright und Gibbs auch. Wenn ich auf den Mord anspiele, rückt niemand mit der Sprache heraus. Warum nicht?«

»Verhaltenskodex, würde ich sagen.«

»Es ist Gamelin, der ihr zusetzt. Behauptet, ihn vorher noch nie getroffen zu haben, kann es aber nicht erwarten, ihm hinten und vorn einen Apfel reinzustopfen, ihn zusammenzunähen und in den Ofen zu schieben. Ich kann es auf den Tod nicht ausstehen«, sagte er, erhob sich und bewegte sich steifbeinig, »wenn mich jemand auf eine falsche Fährte lockt.«

»Werden Sie ihn sich morgen früh noch mal vornehmen?«

»O ja. Wir werden ihn aufs Revier bringen, denke ich. In der Zwischenzeit – liefern Sie das hier auf Ihrem Heimweg bei der forensischen Abteilung ab.«

Troy nahm die beiden Plastiktüten. Das Labor lag nicht auf seinem Heimweg, aber wenn es schon auf *jemandes* Heimweg lag, dann eher auf dem des Chief Inspectors als auf dem des Sergeants ...

Mit einem »Geht in Ordnung, Sir« drückte er sie dem jungen Constable mit dem fedrigen Schnurrbärtchen in die Hand und griff dankbar nach seiner fünften Zigarette.

Guy ließ sich in den breiten, tiefen Sessel vor dem Fernsehapparat fallen. Er hatte sich ausgezogen, aber nicht gebadet. Hatte seinen Anwalt angerufen, aber darauf verzichtet, sich die Zähne zu putzen. Er trug Boxershorts, Socken und ein verschwitztes, aufgeknöpftes Hemd. Die Manschettenknöpfe waren herausgenommen, die Manschetten hingen lose an den Armen herunter, fielen auf seine Handrücken.

Sein Körper bewegte sich keinen Zentimeter, einmal abgesehen von den sporadischen Griffen nach dem frischgefüllten Eiskübel. Sein Verstand hingegen arbeitete auf Hochtouren. Er fühlte sich leicht kränklich. Ob dies seiner Trunkenheit zuzuschreiben war (die gegen Mittag georderte Whiskyflasche war fast leer) oder der düsteren, brodelnden Dunkelheit in seinem Kopf, wußte er nicht zu sagen. Nicht, daß es ihn interessiert hätte.

Seine Gedanken kreisten ausschließlich um Sylvie. Ihm ging nicht aus dem Kopf, daß sie ihm am nächsten gewesen war, als sich alle über May gebeugt hatten. Links von ihm, auf der gefährlichen Seite. Dort, wo der Handschuh gefunden worden war. Unter ihrem fließenden Gewand hätte sie Handschuh und Messer problemlos verstecken können. Dies und das Wissen, daß er nur ihretwegen anwesend gewesen war, mündeten in die schmerzhafte Schlußfolgerung, daß man ihm eine Falle gestellt hatte. Obgleich Guy sich bei seiner alkoholvernebelten, morbiden Introspektion gegen diese Interpretation der Fakten wehrte, gelang es ihm nicht, sie wirklich ad acta zu legen. Vor lauter Nachdenken bekam er Kopfschmerzen. Seine Hals- und Schultermuskeln waren hart wie Stahl. Je länger er sich den Kopf zerbrach, desto logischer erschienen die Rückschlüsse, die er zog.

Sie erklärten, warum sie ihn in die Küche gelockt und dort allein gelassen hatte – damit er mühelos Zugang zu dem Messer und dem Handschuh erhielt. Am meisten setzte ihm zu, daß sie ihn umgehend beschuldigt hatte. Innerhalb jener ersten höllischen Sekunden, nachdem das Licht eingeschaltet worden war und sie alle reglos und ungläubig zusehen mußten, wie die weißgekleidete Gestalt zu Boden sank, hatte Sylvie sich zu ihrem Vater umgedreht und gerufen: »Du… du…«, ehe sie ihm eine Ohrfeige verpaßte. Ihre Nägel hatten Kratzer auf seiner Wange hinterlassen.

Jemand hatte sie zurückgehalten. Guy war zurückgewichen, hatte sich in die Rolle eines Parias geflüchtet, bis die Polizei ihn verhörte. Wann war ihm zum ersten Mal dieser Verdacht gekommen? Seufzend streckte Guy die Hand nach dem Eis aus, tauchte sein Glas in den Behälter, füllte es auf, schüttete Whisky über die Würfel. Ein paar Spritzer landeten im Kübel, ein paar auf dem Tablett. Das ganze Zimmer stank nach diesem torfigen, holzigen Geruch. Mit zwei Schlucken leerte er das Glas.

Zu der schrecklichen Vermutung, daß seine Tochter ihn verraten hatte, gesellten sich Irritation über und Abneigung gegen den Verstorbenen. Eigentlich war geplant gewesen, daß sie sich noch mal unterhielten. An diesem zweiten Gespräch hatte Guy viel gelegen. Weder Craigies Haltung noch seine Worte hatten einen Hinweis darauf gegeben, daß Guy nicht als Gewinner aus dem ersten Gespräch hervorgegangen war. Das Wissen, verloren zu haben, setzte ihm jetzt gehörig zu. Ihm kam es so vor, als hätte er den Eindruck eines Mannes erweckt, der sein übersteigertes Ego nicht kontrollieren kann. In Wirklichkeit hatte er mehr drauf. Schließlich hatte das Leben ihn zu dem gemacht, was er war. Niemand, der es nicht selbst erlebt hatte, wußte, was es hieß, sich aus der Gosse emporzuarbeiten. Keiner wußte um die Energie, die Entschlossenheit, die Kosten, die solch eine Transformation erforderten. Einen Augenblick der Schwäche, und schon lag man wieder im Dreck und bekam Dutzende von Fußtritten ab. Hätte er die Chance gehabt, Craigie davon zu erzählen…

Guy erinnerte sich an die Ruhe in jenem leeren, stillen Raum. Daß es ihm kurze Zeit vergönnt gewesen war, die Bürde abzulegen, der große Guy Gamelin zu sein. Eine Bürde, von der er bis dahin nicht gewußt hatte, daß er sie trug. Falls er zurückging, falls man es ihm erlaubte, dorthin zurückzukehren, würde dort immer noch diese Stille herrschen? Vermochte sie wirklich Heilung zu bringen?

Als diese Fragen ihm durch den Kopf gingen, erboste ihn die damit verbundene Leichtgläubigkeit. Craigie war ein Betrüger, richtig? *Richtig*. Ein Gauner, der mit Hilfe von Seide und Licht eine Nummer abzog. Vergiß das nicht.

»Vergiß das nicht.« Heftig nickend tauchte Guy sein Glas wieder in den Eiskübel und schraubte die Whiskyflasche auf.

Auf der Suche nach Ablenkung schaltete er den Fernseher ein und riß die Augen auf, um die verschwommenen Gestalten auf der Mattscheibe besser erkennen, voneinander unterscheiden zu können. Eine Frau, die abwusch, ein kleines Mädchen mit glänzendem Haar, das neben ihr auf einer Kiste stand.

Ganz ernsthaft diskutierten sie über Fettreste. Die Frau zeigte ein gekünsteltes, mütterliches Lächeln und tupfte etwas Schaum auf die Nase des Mädchens. Guy wechselte den Kanal, aber der Schaden war angerichtet.

Wieder aufflammende Entbehrung ergriff sein Herz. Letzten Endes begriff er, daß es tatsächlich zu spät war. Daß er all die Jahre nicht seine Tochter gewollt hatte – diese erwachsene Fremde –, sondern das Kind, das sie früher einmal gewesen war. Fleisch von seinem Fleisch. Die unerträgliche Hoffnungslosigkeit seines Wunsches überwältigte ihn. Schmerz entstellte seine Miene.

Sein Blick fiel auf sein Spiegelbild auf der gegenüberliegenden Seite des Zimmers. Auf die Fettringe, die über den Unterhosenbund quollen, auf das nasse, plattgedrückte Brusthaar, auf dieses rote, teigige, verschwitzte Gesicht, auf die Whiskyflecken auf seinem Hemd. Angesichts dieser grobschlächtigen und widerwärtigen Kreatur bemächtigte sich starke Übelkeit seiner Eingeweide. Schlagartig spürte er eine entsetzliche Hitze. Guy preßte den Kopf zwischen die Knie.

Das Zimmer schwankte, neigte sich erst auf die eine, dann auf die andere Seite. Er setzte sich wieder aufrecht hin und klammerte sich an der verzierten Armlehne fest. Ihm ging es nicht gut. Sich abstützend, kam er schwerfällig auf die Beine und bewegte sich in Richtung Badezimmer. Auf halber Strecke spürte er einen erstaunlich heftigen Stich in seiner Brust, als reiße ihm jemand den Brustkorb mit einer Spitzhacke auf. Schreiend und taumelnd hielt er inne und schaute sich um.

Die Tabletten waren in seiner Jacke. Guy bewegte sich langsam, setzte einen Fuß vor den anderen. Seine Beine waren unbewegliche Säulen aus Marmor. Einen Schritt weiter warf ihn der zweite Stich um. Auf dem Rücken liegend, harrte er aus, bis das Schlimmste vorbei war. Ein paar Minuten stützte er sich auf einen Ellbogen und streckte den anderen Arm nach dem Tisch aus. Er erwischte den Rand der Obstschale.

Verschob eine kleine Karte. Äpfel und Orangen, Trauben und Bananen fielen auf sein Gesicht und dann zu Boden.

Unmöglich, es noch mal zu versuchen. Mit voller Wucht kehrte der Schmerz zurück. Guy ließ sich auf den Teppich fallen und von ihm verschlingen.

Eine Lüge mit ehrenwerter Absicht

9

Um halb neun am nächsten Morgen saß Barnaby an seinem Schreibtisch, stöberte herum, dachte nach und sah die vielen unterschiedlichen Aussagen und Skizzen durch. Keine der Zeichnungen war vollständig, und doch schien jeder zu wissen, wo er selbst und seine unmittelbaren Nachbarn gestanden hatten. Mit Hilfe dieser Hinweise hatte Barnaby eine große, komplette Skizze angefertigt, die nun an der Wand hing.

Er studierte sie gerade, als die Tür aufging und eine blasse, gespenstische Gestalt mit schwarzumrandeten Pandaaugen und einem Tablett in der Hand auftauchte.

»Ist das mein Tee? Wurde ja auch Zeit.«

Barnaby hatte nur fünf Stunden geschlafen. Da er gewöhnlich nie mehr als sechs Stunden Schlaf brauchte, war er in ausgezeichneter Form. Troy war gegen drei Uhr nachts ins Bett gegangen. Das Baby hatte ihn um vier geweckt und bis halb acht immer mal wieder geweint. Um diese Uhrzeit war der Vater aufgestanden und hatte sich angezogen, während die Kleine sanft eingeschlummert war. Das ging nun schon seit einer Woche so. Solch ein Grad an Rachsüchtigkeit bei einem so jungen Wesen machte Troy Kopfzerbrechen. Er reichte Barnaby seinen Tee, süßte seinen eigenen mit drei Stücken Würfelzucker, rührte um und trank einen Schluck und verzog das Gesicht. »Kein Zucker.«

»Neulich sagten Sie, Sie möchten Ihren Zuckerkonsum reduzieren.«

»Aber doch nicht auf Null.« Troy brachte die Zuckerdose. Der Chief Inspector bediente sich großzügig und grinste dabei seinen Sergeant an. »Ach – das Glück der Vaterschaft.«

»Sie ist wunderbar. Wunderschön. Aber …«

»Nur nicht mitten in der Nacht. Ich kann mich noch sehr gut daran erinnern.« Er und Joyce hatten sich abgewechselt, als Cully mit den Dreimonatskoliken zu kämpfen hatte. Er fragte sich, ob Maureen auch mit Hilfe rechnen durfte.

»Ich denke, irgendwann werde ich trotzdem durchschlafen können.«

»Das denke ich auch, Gavin.«

Ermutigt von der Stimme der Erfahrung und vom stark gesüßten Tee zu neuem Leben erweckt, studierte Troy die Zeichnung seines Chefs.

»Das wäre es dann also?«

»Ja. Ob und wie wichtig all diese Positionen sind, kann ich noch nicht sagen. Wir werden uns wieder damit beschäftigen, sobald wir den Bericht der Gerichtsmediziner haben. Dann kennen wir den Winkel, mit dem das Messer geführt wurde, und all das.«

»Darüber habe ich mir so meine Gedanken gemacht, Sir.« Mit dem Löffel kratzte Troy den aufgelösten Zuckersatz aus seiner Tasse. »Das Ding war ziemlich lang und spitz. Selbst wenn man es am Körper tragen kann, dürfte sich der Betreffende meiner Meinung nach weder sicher noch bequem gefühlt haben. Ich frage mich, ob es nicht von vornherein im Solar versteckt wurde.«

»Ist wohl nicht gerade das passende Versteck. Und es hätte später auch wieder leicht erreichbar sein müssen.«

»Ich dachte an die Kissen.«

»Wäre ein Risiko gewesen, oder? Weil vielleicht jemand draufsitzt.«

»Es sei denn, man setzt sich eben selbst drauf.«

»Was nicht der Fall gewesen ist.«

»Stimmt, stimmt.« Troy war noch nicht geneigt, seiner Theorie abzuschwören. Er schlenderte zum Fenster hinüber. Es zuckte ihm in den Fingern, so sehr verlangte es ihn nach einer Kippe nach dem Tee. In der Hoffnung auf Ablenkung warf er einen Blick nach draußen. »Natürlich würde das bedeuten, daß Gamelin schon vorher wußte, wo die Rückführung stattfindet. Dazu könnten wir ihn nachher doch befragen.«

Barnaby, der den Stapel Aussagen überflog, antwortete nicht. Gerade als er seine Tasse aufs Tablett zurückstellen wollte, erregte ein Wagen auf dem Besucherparkplatz Troys Aufmerksamkeit. »Sieh an, wenn da nicht jemand klug investiertes Geld parkt.«

Erfreut über die Möglichkeit, seine Beine zu bewegen, trat Barnaby neben seinen Sergeant. Ein atemberaubender Bentley in der Farbe von bitterer Schokolade stand unten auf dem engen Parkplatz. Etwas umständlich stieg ein Mann aus und ging auf das Hauptgebäude zu. Während Barnaby zusah, wie der Autobesitzer langsam und erhaben über den Platz schritt, dachte er, daß es einen erstklassigen Schneider brauchte, um einen Wanst wie diesen distinguiert und nicht abstoßend aussehen zu lassen.

»Wer, verdammt noch mal, könnte das sein?«

»Ich habe da so eine vage Vermutung.«

Kurz darauf tauchte ein Constable aus dem Hauptgebäude mit einer unerhört schlichten, teuren Visitenkarte in der Hand auf, die Barnaby laut las: »Sir Willoughby St. John Greatorex. Gut, Troy – dann holen Sie ihn mal rein.«

Der CID war in einem eigenen Gebäude untergebracht, das durch einen hohen, verglasten Übergang mit dem Hauptgebäude verbunden war. Um zum CID zu gelangen, mußte man eine ganz schöne Strecke zurücklegen, die jedoch nicht so lang war, wie Troy sie erscheinen ließ. Zuerst führte er Sir Willoughby durch die Abteilung für Verkehrsdelikte und dann zwei Treppen hoch. Er gab ein schnelles Tempo vor. Endlich in Barnabys Büro angekommen, schnappte der gutgenährte Herr nach Luft. Ohne eine Miene zu verziehen, meldete Troy ihn an und blickte dann vielsagend zur Decke hoch. Barnaby stellte sich vor und bot Kaffee an. Sir Willoughby tupfte seine Stirn mit einem seidenen Paisleytaschentuch ab und schlug das Angebot aus.

»Er ist sehr gut.«

»Das glaube ich gern, Chief Inspector. Unglücklicherweise darf ich nur noch eine Tasse pro Tag trinken, die ich mir heute schon drei Mal gegönnt habe.«

Der unter Magenverstimmungen leidende Barnaby nickte nicht ganz teilnahmslos. Seine Magenprobleme waren nichts anderes als die durchaus nachvollziehbare Reaktion auf schlichte Hausmannskost und fettiges, fritiertes Kantinenessen, wovon er sich jahrelang ernährt hatte. Er vermutete, daß Greatorex' Magen und Darmtrakt nach jahrelangem Konsum superber Geschäftsessen und Dinners, auf denen *pâte de foie gras* mit einem Glas Margaux gereicht wurde, ihm den Dienst versagten.

Sir Willoughby verfügte wirklich über eine beeindruckende Statur. Sein Anblick ließ einen unweigerlich an eine riesige tweedüberzogene Birne denken. Alles an ihm hing herunter. Die Nase, die Wangen, die faltigen Tränensäcke. Selbst seine Ohrläppchen erweckten den Anschein, beim leisesten Windstoß zu tanzen. Der Mann meldete sich wieder zu Wort.

»Andererseits kann ich mich des Eindrucks nicht erwehren, einen längeren und relativ unerfreulichen Vortrag vor mir zu haben, und daher dürfte es wohl kaum schaden, wenn ich noch ein weiteres Mal über die Stränge schlage.«

Keine Disziplin, diese Leute, monierte Troy und zog los, um das gewünschte Gebräu zu besorgen. Kein Funken Selbstbeherrschung.

Kurze Zeit später nippte Sir Willoughby vornehm an seinem Kaffee und fragte: »Vielleicht können Sie mir erklären, wie genau die Situation hinsichtlich Mr. Gamelin aussieht. Der Anruf, den ich gestern erhielt, war etwas inkohärent.«

Welch ausgeprägtes Taktgefühl! Barnaby stellte sich die Flüche und das bellende Gezeter vor, das aus dem Greatorex-Hörer geschallt hatte. Zweifellos würde Greatorex bei der Rechnungsstellung derlei Dinge berücksichtigen. Detailliert schilderte er den Stand der Dinge.

Sir Willoughby lauschte den Ausführungen des Mannes, der ihm erst vor kurzem als »ein aufsässiger Mistkerl mit einem

Gesicht wie ein Rindersteak« beschrieben worden war. Geduldig legte er seine langen, verblüffend schmalen Finger auf die in eleganten Stoff gehüllten Beine, stöhnte auf und stellte seine fast volle Tasse auf den Schreibtisch des Inspectors. Sich an Troy wendend, fragte Willoughby: »Könnte ich möglicherweise ein Glas Wasser bekommen?«

Perverserweise setzte die Höflichkeit des Mannes dem Sergeant mehr zu als eine herablassende Behandlung. Er schwor sich, daß ihm niemals die Worte »Sir Willoughby« über die Lippen kommen würden. Und auch kein einfaches »Sir«, mit dem die meisten Erwachsenen Personen männlichen Geschlechts anredeten. »In Ordnung...« murmelnd, verließ er das Büro.

»Falls ich richtig verstanden habe«, sagte Sir Willoughby, »als ich mich vergangenen Abend mit Mr. Gamelin über die Angelegenheit unterhalten habe, wird er offiziell beschuldigt.« (»Die Mistkerle haben mich bei den Eiern, Will.«)

»Das ist nicht der Fall, aber wir werden ihn heute morgen noch mal vernehmen. Als Mr. Gamelins Anwalt –«

»Bitte.« Sir Willoughby hob abwehrend die Hände. »Ich bin der Anwalt der McFaddens und in erster Linie erschienen, um Mrs. Gamelin den Rücken zu stärken und sie zu schützen.«

Für einen flüchtigen Augenblick tat Gamelin Barnaby leid. Der arme Tropf hatte garantiert die Hosen bis zu den Knöcheln runterlassen müssen, um einen Fuß in diesen kleinen, exklusiven Familienclan zu kriegen. Das Wasser wurde gebracht. Troy stellte es auf die gegenüberliegende Schreibtischecke und trat ans Fenster.

Barnaby fuhr fort: »– sind Sie herzlich eingeladen, zugegen zu sein.«

Das Angebot entsprang nicht purer Höflichkeit. Die Anwesenheit eines Anwalts sicherte die vorschriftsmäßige Handhabung des Verfahrens. Ersparte einem unnötige Probleme, sollte der Fall jemals vor Gericht kommen. Mit einem Lächeln streckte Sir Willoughby die Hand nach dem Wasserglas aus, trank einen Schluck und setzte erneut zu einer ambivalenten

Handbewegung an, die – je nach Auslegung – nichts, alles oder beides gleichzeitig andeuten konnte.

Die werden ihn den Wölfen zum Fraß vorwerfen, zählte Barnaby zwei und zwei zusammen. Er beschloß, Sir Willoughby zum Telefongespräch vom vergangenen Abend zu befragen. Für gewöhnlich war die Befragung des Anwaltes eines potentiellen Verdächtigen ungefähr so sinnvoll wie Mäusemelken und führte in etwa zum selben Ergebnis. Sir Willoughby hingegen zog die Bitte ernsthaft in Erwägung.

»Nun, es war ziemlich laut. Ein Handschuh wurde erwähnt. Das Essen und die Gesellschaft wurden mir ausführlich beschrieben. Selbstverständlich auch der Mord. Und mir war noch ein längerer Vortrag über seine Tochter vergönnt.«

»Was sagte er über den Mord?«

»Nur, daß er nichts damit zu tun hätte.«

»Hat er den Treuhandfonds erwähnt?«

Sir Willoughby setzte sich aufrecht hin. So aufrecht, wie seine Korpulenz es ihm erlaubte. »Nein.«

»Soweit ich weiß, möchte Miss Gamelin die ganze Summe weggeben.«

»Ahhh…« Er erholte sich so schnell, daß man sich unweigerlich fragte, ob in seiner Stimme gerade eben tatsächlich ein Hauch von Verärgerung mitgeschwungen hatte. »Nun, selbstverständlich ist es ihr Geld, und sie hat jetzt das Alter erlangt, wo sie darüber frei verfügen kann.« Nachdem er auf dem Stuhl ein wenig hin und her gerutscht war, stand er auf. »Ich muß heute nachmittag bei Gericht erscheinen… daher…«

»Werden Sie später Mr. Gamelin herfahren, Sir Willoughby? Falls nicht, werden wir einen Wagen schicken.«

»Ich kann wirklich nicht sagen, wann wir uns sehen werden. Von hier aus werde ich direkt nach Manor House fahren, um nachzusehen, wie es Sylvie und ihrer Mutter geht. Insofern sollten Sie sich nicht auf mich verlassen.«

Ja, dachte Barnaby. Definitiv den Wölfen.

Troy übertrug der Polizeibeamtin Brierley die Aufgabe, Sir Willoughby nach draußen zu geleiten, und beobachtete mit gekräuselten Lippen, wie der Bentley davonrollte. *Sinjhan*, dachte er. Trüge ich den Namen eines pakistanischen Zeitungshändlers, würde ich es für mich behalten.

Niemand hatte viel geschlafen. Das Frühstück machte seinem Namen kaum Ehre. Jeder riet jedem: »Du mußt etwas essen«, ohne selbst einen Bissen zu sich zu nehmen. Zuvor hatten sie sich in der Halle versammelt (niemand konnte den Gedanken ertragen, einen Fuß in den Solar zu setzen) und sich im Kreis aufgestellt, um neue Energie zu tanken. Zehn Minuten kontrolliertes Atmen ins universelle Bewußtsein zeigte kaum Wirkung. Kummer hatte einen Keil zwischen sie getrieben. Jeder gedachte des Toten auf seine persönliche Art. Alle hatten sich in unsichtbare Käfige zurückgezogen. Selbst Janet, deren Respekt vor und Bewunderung für den Meister nicht an Ergebenheit grenzten, war erschüttert darüber, wie scheußlich sie sich fühlte.

Christopher schenkte Fruchtsaft ein. Arno zerkrümelte ein Stück Gerstenkuchen. Heather hatte etwas Marmelade in der Farbe eines Melassetoffees auf einen verbrannten Toast gestrichen, ohne davon abzubeißen. Auf Hilarions Rat hin war Ken im Begriff, sich mit einem geradegebogenen Drahtkleiderbügel in den Garten zurückzuziehen, um – falls sie noch vorhanden waren – nach ätherischen Spuren von des Meisters Seele zu suchen, sich also mit dem zu beschäftigen, was er »Operation Karmalicht« nannte.

May saß am Tischende. Ihre ansonsten so stolzen Schultern waren nach unten gesackt, ihr wunderschönes Haar weder gebürstet noch geflochten. Die ganze Nacht hindurch hatte sie geweint. Ihre Augen waren feucht, ihr Blick verschwommen. Ohne Make-up wirkte ihr Gesicht ausgemergelt. Sie sah zehn Jahre älter aus, war nur noch ein vages Abbild ihres früheren Ichs. Ihr Anblick brach Arno fast das Herz. Nie hatte er sie mehr geliebt als in diesem Augenblick.

Fast die ganze Nacht über hatte sie neben Tim ausgeharrt. Um vier Uhr früh war Arno aufgetaucht, um sie abzulösen. Bei seinem Erscheinen kauerte der Junge mit um die angezogenen Beine geschlungenen Armen und fest geschlossenen Augen in Embryonallage auf seinem Bett und weigerte sich beharrlich aufzustehen.

Janet fragte: »Soll ich noch mal Tee machen?« Keiner antwortete ihr. Heather erkundigte sich, wo Suhami steckte.

»Sie wird nicht nach unten kommen«, sagte Christopher. »Sie gibt sich die Schuld an Gamelins Besuch und wagt es nicht, euch unter die Augen zu treten.«

»Armes Mädchen.« Schwerfällig erhob sich May. »Jemand sollte nach ihr sehen.«

»Du wirst nicht reinkommen. Sie hat sich mit mir durch die verschlossene Tür unterhalten.«

»O Gott.« Erschöpft in sich zusammenfallend, warf May Janet einen fragenden Blick zu und konstatierte: »Trixie ist auch nicht hier.«

»Nein.« Die Andeutung, sie kenne den Grund für Trixies Abwesenheit, beschleunigte Janets Puls. »Sie schläft noch. Auf dem Weg nach unten habe ich einen Blick in ihr Zimmer geworfen.«

»Wir trauern doch nur um uns selbst.« Mit gepeinigter Miene kehrte May zu dem Thema zurück, mit dem sich alle beschäftigten. »Er hat es hinter sich. Er befindet sich nun in Gesellschaft der Erleuchteten.«

»Wurde schon wiedergeboren«, sagte Heather mit einem wäßrigen Lächeln.

Auch wenn das wahrscheinlich den Tatsachen entsprach, empfand niemand Trost. Es war einfach zu früh. Wie schrecklich nicht nur der Tod ihres Meisters, sondern auch die Umstände seines Dahinscheidens waren, dämmerte ihnen erst jetzt. Legte sich wie ein dunkler Schleier über ihre Seelen. Die Fakten sprachen Bände, was nichts daran änderte, daß keiner von ihnen den Verlust fassen konnte. Es war einfach *unfaßbar*. Allein May, die immer noch der Überzeugung anhing, eine gewaltige übernatürliche Kraft habe den Meister geholt, war in der Lage, ihre Verzweiflung in Schach zu halten. »Wir müssen unsere düsteren Gedanken vertreiben«, mahnte Heather. »Ich jedenfalls werde mich darum bemühen – weil er es so gewollt hätte.«

»Du hast recht!« Ken sprang auf, soweit das mit einem steifen Bein überhaupt möglich war. »Heute wird hier eine Menge Liebe vonnöten sein. Ich plädiere dafür, daß wir den Tag mit einer Herz-zu-Herz-Begrüßung beginnen – komm her, Heather.«

»Ich komme.« Seine Frau stand auf, und die beiden bauten sich voreinander auf, blickten sich an und legten die Arme um die Taille des anderen.«

»Direkter Augenkontakt.«

»Köpfe aneinander.«

»Voller Körperkontakt.«

»Langsam und leise atmen.«

»...l.a.n.g.s.a.m.....l.e.i.s.e...«

»Mitgefühl fließt.«

»Mein Herzchakra zu deinem...«

»F.l.i.e.ß.t...f.l.i.e.ß.t....«

»Drücken.«

»Loslassen.«

Lächelnd lösten sie sich voneinander. Ken sah schon viel besser aus. Von den anderen hatte keiner Anstalten gemacht, eine Herz-zu-Herz-Begrüßung zu vollziehen. Arno trank Saft und brach ein weiteres Stück Gerstenkuchen ab. »Ich denke, was helfen würde – was auch helfen würde, sollte ich sagen«, er warf Heather einen entschuldigenden Blick zu, »wäre, sich zu beschäftigen. Ich meine, nach einem... Nach so einem Ereignis gibt es doch gewiß so manches zu organisieren, oder?« Er mußte an den Tod seiner Mutter denken, an die Freunde und Verwandten, die kamen und gingen. An Briefe, die zu beantworten waren, an die Bestattungsfeierlichkeiten.

»Es wird eine Obduktion geben, vermute ich«, sagte Christopher. »Bis das vorbei ist und der Leichnam freigegeben wird, können wir nicht viel unternehmen.«

Diese unverblümte Bemerkung ließ May erneut in Tränen

ausbrechen. Arno streckte die Hand aus, um sie zu berühren. Im letzten Augenblick verließ ihn allerdings der Mut, und er legte seine sommersprossige Hand neben ihre auf den Tisch. Plötzlich kam ihm der Gedanke, daß sie (selbstverständlich ganz unbewußt) nach seiner greifen würde, und da wurde ihm auf der Stelle leicht schwindlig.

»Fürs erste halte ich es für sinnvoll, wie gewohnt unseren täglichen Pflichten nachzugehen. Das hätte der Meister gewollt. Auf lange Sicht...«

»Was meinst du damit?« fragte Ken. »Mit ›auf lange Sicht‹?«

»Ich denke, er will damit ganz pragmatisch fragen«, mischte Janet sich in das Gespräch ein, »was auf lange Sicht mit dem Haus passieren wird.«

»Ich verstehe nicht«, meinte May entsetzt.

»Nun, May«, sagte Janet mit sanfter Stimme, »einmal angenommen, daß Manor House sein Vermächtnis war, bestünde ja durchaus die Möglichkeit, daß er es nicht uns vermacht hat.«

Während sich alle mit dieser neuen, beunruhigenden und ungeahnten Möglichkeit beschäftigten, stellte sich Schweigen ein. Nach längerem Überlegen meldete sich May zu Wort. »Er muß es uns vermacht haben. Wir waren seine Familie – seine Angehörigen. Das hat er einmal zu mir gesagt.«

»Zu mir auch«, gestand Arno.

»Weiß denn keiner von euch, wem dieses Haus zufällt?« fragte Christopher. »Immerhin seid ihr beiden am längsten hier.«

Arno schüttelte den Kopf. Wie schnell sie sich einem so alltäglichen Thema zuwandten, deprimierte ihn sehr. »Wir haben über alles andere geredet. Über administrative Dinge, wie man Kurse zusammenstellt, über die Finanzierung. Auf dieses spezielle Thema kam die Sprache nie.«

»Es bestand ja auch kein Grund dazu«, meinte May. »Jedenfalls bis jetzt nicht.«

»Hatte er einen Anwalt?«

»Über derlei Dinge hat er nie ein Wort verloren. Seine Bank

oder – besser gesagt – die Bank der Lodge ist die *National Westminster* in Causton.«

»Dann frag dort nach, May«, schlug Ken vor, »wenn du das nächste Mal hinkommst. Du bist diejenige, die die Konten verwaltet. Dich kennen sie.«

»Zumindest akzeptieren sie meine Unterschrift«, gab May zu. »Aber nur bei gewöhnlichen Angelegenheiten. Ich glaube nicht, daß sie verpflichtet sind, mich in die persönlichen Angelegenheiten des Meisters einzuweihen.«

»Sie könnten dir wenigstens sagen, ob ein Kredit existiert.«

»Ein Kredit?« Ken war entrüstet. »Jesus – an so was habe ich nie gedacht.«

»Er war einfach nicht von dieser Welt«, seufzte Heather. »Sollte mich nicht wundern, wenn er kein Testament hinterlassen hätte.«

»Dem stimme ich nicht zu«, meinte Arno. »Er hat garantiert an uns gedacht und seine Angelegenheiten geregelt.«

»Höchstwahrscheinlich er hat sich über Tims Zukunft Gedanken gemacht«, glaubte May.

»Andererseits hängt unser Verweilen an diesem Ort«, gab Christopher zu bedenken, »nicht nur von Backsteinen und Mörtel ab, oder? Alle Gemeinschaften, ob religiös oder profan, brauchen einen führenden Geist, auf den sie sich beziehen können. Unser Geist ruhte in ihm. Wer außer ihm kann Vorträge halten, Energiefelder neu aufladen, spirituellen Rat erteilen?«

»Ich bin qualifizierte Therapeutin.« Heather war leicht eingeschnappt. An den Wänden ihres Zimmers hingen fünf gerahmte Zertifikate, darunter eins, das den erfolgreichen Abschluß eines Kurses als Dienerin des Venustempels belegte.

»Christopher hat recht«, meinte Janet, die eine ganz andere Meinung zum Thema Beratung hatte als Heather. Normalerweise ging so etwas folgendermaßen vonstatten: Heather saß ziemlich selbstgefällig auf einem Stuhl, während ihr »Klient« sein Problem erläuterte. Nachdem sie herausgestellt hatte, daß jedes Leiden, ob seelisch oder körperlich, das äußere Ergebnis einer inneren spirituellen Ignoranz war, wartete sie kurzerhand mit einer astralausgerichteten Lösung auf. Kaum hatte der Klient seine Rechnung bezahlt und war gegangen, beklagte Heather sich darüber, wie sehr ihre Kunden sie auslaugten.

»Schließlich«, fuhr Janet fort, »sind wir hier alle Laien. Unsere Pflichten waren praktischer Natur. Wir haben Dinge hergestellt, uns darum gekümmert, daß der Laden läuft. Ich habe den Eindruck, unsere zahlreichen Fähigkeiten sind ein wenig dürftig.«

»Du sprichst für dich«, meinte Ken.

Arno machte dem sich daraufhin einstellenden betretenen Schweigen ein Ende. »Hat schon jemand nach Mrs. Gamelin gesehen?«

»Ich möchte sie nicht wecken«, meinte May. »Es ist gerade mal acht Uhr. Sie wird wahrscheinlich noch ein paar Stunden ruhen. Ich habe ihr Ziesttee verabreicht.«

»Herrje, diese Frau hat so viel *nötig.«* Heather straffte ihre Schultern und legte den Daumen und den kleinen Finger an die Nasenwurzel. Dies tat sie in einer Art und Weise, als ballten sich in ihren Nasenhöhlen wundersam heilende Kräfte zusammen. »Ich weiß wirklich nicht, ob ich damit fertig werde.«

»Darum hat dich auch niemand gebeten, oder?« sagte Janet, stand auf und schenkte sich Tee ein.

Am Ende lief es darauf hinaus, daß May sich um Felicity kümmerte. Gegen neun Uhr öffnete sie vorsichtig die Tür des Erkerzimmers, warf einen Blick durch den Türspalt und entdeckte hinter einem Wust aus grauem, auf dem Boden liegendem Stoff eine zierliche Gestalt in einem Satinunterhöschen, die auf der Bettkante saß und die Wand anstarrte.

Felicity war völlig durcheinander und fühlte sich höchst eigenartig. Sie versuchte, ihren Geisteszustand zu erfassen. Wenigstens ein Gefühl aus den vielen anderen herauszufiltern, isoliert zu betrachten, zu orten. Kaum hatte sie eine Regung sondiert, wurde sie von einem halben Dutzend anderer hinfortgetragen. Sie hatte den Eindruck, schon vor Ewigkeiten auf

Manor House eingetroffen zu sein. Erst bei Morgengrauen hatte sie die Augen geschlossen, und das auch nur aus einem unbestimmten Pflichtgefühl heraus, was zweifellos zu ihrem geistigen Chaos beitrug.

Anfänglich hatten die außergewöhnlichen und beängstigenden Ereignisse vom vergangenen Abend sie überhaupt nicht berührt. Einerseits war ihr alles sehr fröhlich und klar und interessant vorgekommen, auf der anderen Seite aber auch irgendwie irreal, als hätte sich alles auf einer weit entfernten Bühne abgespielt. Oder hinter einer dicken Panzerglasscheibe. (Ehe sie sich in den Solar begeben hatte, hatte sie sich in der Toilette im Erdgeschoß eine dritte Line genehmigt.) Kurz nach dem Eintreffen der Polizei, hatte die Wirkung der Droge nachgelassen. Furcht, Besorgnis und das ganze Durcheinander stürmten auf sie ein und rissen ihr den Boden unter den Füßen weg. Langsam dämmerte ihr, daß sie irgendwie in schreckliche Ereignisse verwickelt war und lächerlich aussah, weil sie Danton erlaubt hatte, aus ihr eine Jahrmarktsnummer zu machen – ein Privileg, für das sie auch noch einen gehörigen Batzen hatte bezahlen müssen. Das Knarzen der Tür ließ sie hochfahren. Voller Entsetzen starrte sie May an, an die sie sich nicht erinnerte.

May brachte eine Tasse mit dampfendem Tee. In einem besonderen Schränkchen wurden Besucherrationen (Earl-Grey-Teebeutel, Kaffeebohnen und andere dekadente Köstlichkeiten) aufbewahrt. Sie hatte ein paar Tropfen Edelsteinelixier zugegeben, um Felicitys Genesung zu beschleunigen. May stellte die Tasse auf dem Nachtschränkchen ab, setzte sich und nahm Felicitys Hand.

Felicity sah erbärmlich aus. Ihr Gesicht war mit farbenfrohen Klecksen übersät, als sei ein Kind mit einer Packung Buntstifte darüber hergefallen. Die üppige Verwendung von Haarschaum, Spray und Gel hatte ihr Haar in eine leblose, verfilzte Masse verwandelt. May streichelte Felicitys Hand, lächelte ihr aufmunternd zu und drängte sie nach einer Weile, einen Schluck Tee zu trinken.

Felicity kam der Aufforderung nach, doch ihre Lippen bebten so stark, daß die Zähne gegen den Tassenrand schlugen und sie etwas Flüssigkeit verschüttete. Wieder hielt May die Hand der anderen Frau. Mehr fiel ihr angesichts ihrer eigenen Trauer und dem Gefühlschaos, dem Felicity ausgeliefert war, im Augenblick nicht ein. Sanft, behutsam, so mußte sie vorgehen. Hier war ein großes Maß an Hilfe und Unterstützung notwendig. Das schloß May aus Felicitys unharmonischer Aura. Einer der schlimmsten Fälle, mit denen sie je konfrontiert gewesen war.

Etwas später näherte sich May dem offenen Schweinslederkoffer. In der Absicht, Felicity ein Bad nehmen zu lassen, suchte sie nach frischer Unterwäsche und fand einen großen pinkfarbenen und goldenen Cremetiegel. Mit langsamen, rhythmischen Bewegungen reinigte sie damit Felicitys Gesicht. Nach dem dritten Versuch quoll der Abfallkorb von benutzten Gesichtstüchern über, und Felicitys eigentliche Gesichtsfarbe, ein ebenmäßiges Elfenbeinweiß, kam zum Vorschein.

May ging kurz in ihr eigenes Zimmer, kramte das untere Fach ihres Kleiderschranks durch und fand ein nachtblaues Gewand. (Es gab keine andere Farbe, die den Geist mehr erfrischte.) Außerdem schnappte sie sich noch eine Tube Malvenshampoo und ein weiches Handtuch und kehrte zu Felicity zurück, um ihr die Haare zu waschen.

Dies stellte sich als wesentlich komplizierter heraus als die Reinigung des Gesichts. Felicity beugte sich zwar fügsam über das Becken, hielt ganz still und drückte einen Waschlappen auf die Augen, die Probleme fingen aber damit an, daß sie eine Menge Haare hatte. Das ganze Waschbecken war voll davon. May glaubte, mit einer Löwenmähne zu kämpfen. Die Haarmenge war – wie sich nach dem zweiten Ausspülen herausstellte – einem riesigen Haarbüschel zuzuschreiben, das May überraschenderweise in der Hand hielt. Anfänglich reagierte sie schockiert (hatte sie es hier mit einer starken Malvenallergie zu tun?), erkannte aber, daß es sich um ein falsches Haarteil handelte. Sie wrang es aus, drapierte es über die Stuhllehne und fuhr mit dem Shampoonieren fort. Was für eine widerliche Brühe! Wie konnte es jemand ertragen, all dieses eklige Zeug auf dem Kopf zu haben? May wickelte Felicitys Haar in das weiche Handtuch und klopfte vorsichtig darauf. Danach kämmte sie es und umwickelte es mit einem farbigen Haarband, das in ihrer Tasche lag.

»Nun«, May beugte sich auf Felicitys Augenhöhe hinunter und lächelte, »fühlen Sie sich jetzt nicht schon etwas besser?«

Felicity stieß einen traurigen kleinen Laut aus, wie ein hungriges Kätzchen.

»Na, na«, sagte May. »Ich würde jetzt vorschlagen…«, sie nahm Felicity beim Arm, »daß Sie sich bis zur Mittagszeit hinlegen. Etwas später können Sie ein Bad nehmen und eine Kleinigkeit essen.«

Benommen setzte sich Felicity aufs Bett und warf May einen Blick aus ihren dunklen, traurigen Augen zu.

»Es ist schon in Ordnung. Alles wird gut. Wir werden uns um Sie kümmern.« May beugte sich vor und küßte Felicity auf die Wange.

Während in der oberen Etage diese feinfühlige Waschung vonstatten ging, wusch Janet in der Küche das Geschirr ab und knallte wie üblich die von ihr getöpferten Müslischüsseln in das Steinwaschbecken. Beim Nachspülen mit klarem Wasser dachte sie ans Mittagessen. Suhamis Name stand auf der Liste. Bislang hatte sie sich noch nicht blicken lassen, und jetzt war es schon zehn Uhr. Der heutige Tag würde aus dem Ruder laufen und – wie Janet vermutete – noch viele andere. Die Endgültigkeit des Dahinscheidens des Meisters traf sie mit voller Wucht. Sie hätte schwören können, daß das Leben auf Manor House nie mehr dasselbe sein würde, egal wie sehr sie alle daran festzuhalten versuchten.

Was würde nun mit ihnen allen geschehen? Wohin würden sie gehen, wenn sich herausstellte, daß das Haus nicht mehr zur Verfügung stand? Würden sie versuchen, gemeinsam an einem anderen Ort ihre Zelte aufzuschlagen? Und würde sie das wollen?

Janet war sich darüber im klaren, daß ihr jenes intensive Bedürfnis fremd war, sich in das Leben anderer einzumischen, eine Eigenschaft, die die übrigen Kommunenmitglieder als Freundschaft definierten. Von einem philosophischen Standpunkt aus betrachtet, fiel es ihr schwer, sich konform zu verhalten. Ausufernde Oberflächlichkeit und fantastische Vorahnungen waren ihrem Wesen fremd. Vorzugeben, alle Probleme seien lösbar, fand sie arrogant. Und sie meckerte ab und an ganz gern, was bei ihren Mitbewohnern nur Stirnrunzeln hervorrief. Erst neulich, als sie sich leicht abfällig über das Wetter geäußert hatte, hatte Heather ihr einen Vortrag gehalten und geraten, dankbar zu sein, daß sie nicht blind war oder an multipler Sklerose litt und in einem Hochhaus lebte.

Die Erinnerung erregte ihren Zorn. Janet beschloß, gegen die Regeln zu verstoßen und echten Kaffee zu kochen. Stimulierenden Auftrieb – das brauchte sie im Moment, und wen kümmerte da Magenkrebs? Oder war es ein Leberegel? Sie nahm sich vor, Trixie auch eine Tasse Kaffee zu bringen. Und vielleicht ein paar Kekse.

Im Besucherschrank entdeckte sie eine organisch bedenkliche Schachtel mit *Uncle Bob's Treacle Delights.* Sie mahlte die Kaffeebohnen, atmete tief das köstliche Aroma ein und machte die Keksschachtel auf. Die Verpackung war multikulturell gestaltet und zeigte eine Chinesin mit einem Sombrero, an dessen Rand Korken baumelten. Für die *Delights* wählte Janet einen Teller mit blauem Blumenmuster, stellte ihn wieder zurück, nahm einen senfgelben mit roten Blüten heraus, stellte auch den zurück und entschied sich nach langem Ringen für einen blaßrosa Teller mit durchbrochenem Rand. Mit Bedacht legte sie die sirupfarbenen Kekse in überlappenden Halbkreisen darauf und schnitt draußen vor dem Küchenfenster eine kleine Rose (die hervorragend zum Teller paßte) ab, während der Kaffee durchlief.

Auf dem Weg in die Halle schnürte sich ihr Magen zusammen bei der Vorstellung, daß sie Trixie gleich aufwecken würde. Janet blieb abrupt stehen. Drüben, auf den unteren

Treppenstufen, standen May und Arno und sprachen mit einem kräftigen Mann in einem gemusterten Anzug. Während sie noch zögerte, machten May und der Mann auf dem Absatz kehrt und verzogen sich nach oben.

»Wer war das, Arno?«

»Der Anwalt der Gamelins.« Sein Blick folgte May. Es fiel ihm schwer, sich auf Janet zu konzentrieren, sie anzusehen. »Etwas Schreckliches ist geschehen. Zumindest würde man es normalerweise schrecklich finden. Ich frage mich allerdings, ob es nicht ein Segen ist. Er wurde heute morgen in seinem Hotelzimmer tot aufgefunden.«

»Was… Guy?«

Arno nickte. »Offenbar hat er darum gebeten, gegen neun geweckt zu werden. Das Mädchen brachte Tee nach oben, und da lag er einfach da. War nicht mal zu Bett gegangen. Sie nehmen an, daß es sich um einen Herzinfarkt gehandelt hat.«

»Wie furchtbar.« Kaum war ihr diese Erwiderung über die Lippen gekommen, empfand Janet Freude. Er war ein gräßlicher Mann gewesen. Habsüchtig und unfreundlich. Ohne ihn war die Welt besser dran. Was für aufregende Nachrichten durfte sie nun Trixie überbringen! Welch süßes Geschenk! Viel besser als echter Kaffee und *Uncle Bob's Delights*. Viel besser als die Rose. Arno sagte irgend etwas.

»May nahm an, daß Suhami eher in der Verfassung ist, die Nachricht entgegenzunehmen. Ihre Mutter ist immer noch nicht ganz…« Er brach taktvoll ab. Janet stieg schon die Treppe hoch.

Trixie schlief nicht, sondern hatte es sich auf der Erkerbank bequem gemacht und rauchte. »Ist Post gekommen?«

»Ja.« Janet stellte das Tablett auf der Kommode ab. Sie fragte sich, ob Trixie wieder auf einen dieser Briefe im blauen Kuvert wartete. »Erwartest du einen Brief?«

»Eigentlich nicht.« Trixie trug ein apfelgrünes Seidenkleid. Ihr Gesicht war ungeschminkt, ihre Haut weich und glatt wie Samt. Auf der Innenseite ihrer Arme konnte Janet rote Kneifspuren erkennen, die sich langsam in blaue Flecken verwandelten.

»Ich habe echten Kaffee gekocht.« Sie schenkte zwei Tassen ein.

»Dafür wirst du einen Rüffel kriegen. Wir leben hier in einer koffeinfreien Zone.«

»Und eine Schachtel Kekse aufgemacht.« Janet stellte ihre Tasse ab und brachte das Tablett zum Fenster hinüber. Die Rose wirkte ziemlich dumm, wenn nicht gar überflüssig. Sie hatte vergessen, daß Trixie schon eine Vase mit Rosen aufgestellt hatte. »Trink, solange er noch heiß ist.«

Trixie bat sie, den Mund zu halten. Diese Zurechtweisung akzeptierte Janet mit der Geduld eines Menschen, der wußte, daß er in Kürze ein großes Geheimnis lüften durfte. Sie griff nach ihrer Tasse und nahm einen Schluck. Herrje – sie hatte fast vergessen, wie köstlich echter Kaffee schmeckte! Waren blitzsaubere Gedärme so ein Opfer wert? »Schmeckt er dir?« fragte sie kurz angebunden.

»Köstlich. Wird mich aufwärmen.«

Janet begriff nicht. Die Sonne schien ins Zimmer. Trixie aalte sich darin.

»Gibt es irgendwelche Neuigkeiten? Ich meine, von der Polizei.«

»Die ist gerade hier. Mit dem Anwalt der Gamelins.« Janet hielt inne. Ihr ausgemergeltes Gesicht glühte erwartungsvoll. Nun war der richtige Augenblick gekommen. Dennoch zögerte sie. Die Nachricht konnte sie nur einmal überbringen. Danach stand sie wieder mit leeren Händen da. Trotzdem war es ihr unmöglich, sich zurückzuhalten. Verschlagenheit entsprach nicht ihrem Naturell. Am Ende platzte sie einfach mit der Information heraus.

»Guy Gamelin ist tot. Er hatte einen Herzinfarkt.«

Auf ewig würde sie sich an das erinnern, was dann geschah. Trixie richtete sich derart abrupt auf, als erhielte sie Elektroschocks. Kaffee spritzte auf ihr apfelgrünes Seidenkleid, auf ihre bloßen Beine. Die Kaffeetasse fiel zu Boden. Sie stieß einen lauten Schrei aus und legte blitzschnell die Hand auf den Mund. Dann rief sie: »O Gott – was soll ich jetzt tun?«, und brach in Tränen aus.

Eine halbe Stunde nach dieser dramatischen und überraschenden Reaktion verhörte die Polizei Tim. Unerträglich langsam, richtiggehend widerwillig führte Arno sie zum Zimmer des Jungen. In der Nähe der Tür wurde sein Schritt noch langsamer, bis er ganz stehenblieb, sich zu Barnaby umdrehte und dem Chief Inspector die Hand auf den Arm legte.

»Er wird Ihnen nicht behilflich sein können, wissen Sie?«

»Bitte, Mr. Gibbs. Das haben wir unten ausführlich durchgesprochen.«

»Da Sie entschlossen sind ... würden Sie ...?« Arno war ein Stück beiseite getreten und winkte. Als die beiden Männer sich zu ihm gesellten, fuhr er mit gesenkter Stimme fort: »Ich denke, ich muß Ihnen etwas über seinen Hintergrund erzählen. Niemand hier weiß Bescheid, doch es könnte Ihnen helfen zu verstehen und ... Sehen Sie, ich traf ihn oder, besser gesagt, fand ihn vor sechs Monaten.«

Er brach ab, legte kurz die Hände über die Augen und fuhr dann fort: »Ich habe den Meister nach Uxbrigde gefahren. Ins Krankenhaus. Dorthin ging er jeden Donnerstag. Wir hatten verabredet, uns hinterher am Wagen zu treffen. Ganz in der Nähe gibt es eine öffentliche Toilette, die ich aufsuchen mußte. Auf dem Weg die Treppe hinunter kamen mir drei Männer entgegen. Große, kräftige Männer. Einer hatte rot und blau tätowierte Arme. Sie lachten – laut und herzlos. Häßlich, nicht aus Spaß. Ich benutzte das Urinal, wähnte mich allein. Auf einmal hörte ich leises Jammern, das aus einem der Abteile kam. Er war da drinnen – Tim. Seine Hosen waren bis zu den Knien runtergezogen, und er blutete aus dem After. Sie hatten ihn ... genommen.« Arnos Stimme war kaum mehr ein Flüstern. Barnaby neigte sich vor, um sein Gegenüber zu verstehen. »Da war auch ... nun ... etwas Geld ... eine Fünfpfundnote. Ich meine, sie klemmte zwischen den Pobacken ... Es war grausam.«

Arno war nicht in der Lage weiterzusprechen. Er zog ein Taschentuch heraus, drehte sich weg und tupfte seine Augen ab. Barnaby, der sich die eben geschilderte Szene ausmalte, empfand Mitleid. Selbst Troy fühlte mit dem Jungen mit und dachte: Das Leben ist grausam, daran besteht kein Zweifel. Nach einer Weile entschuldigte sich Arno und fuhr fort:

»Er litt große Schmerzen und verstand nichts. Nie werde ich vergessen, wie er sich umgeschaut hat... seine Augen... Mir war, als hätte ich ein mißhandeltes Kind gefunden. Oder ein geschundenes Tier. Ich bemühte mich, ihm zu helfen, aber er hielt sich einfach nur an der Toilette fest, schlang die Arme um die Schüssel. Ich hatte keine Ahnung, was ich tun sollte. So lief ich zum Parkplatz, wo der Meister wartete, und erzählte ihm, was sich zugetragen hatte. Er ging mit mir zurück. Inzwischen hatte Tim die Tür verriegelt. Eine geschlagene Stunde redete der Meister durch die geschlossene Tür auf ihn ein. Der eine oder andere Mann, der in dieser Zeit die Toilette aufsuchte, warf ihm merkwürdige Blicke zu. Sie haben ihn natürlich nie sprechen gehört, Inspector. Er hatte eine ganz außergewöhnliche Stimme. Nicht nur sehr wohlklingend, sondern ungewöhnlich warm... und freundlich. Sehr gewinnend. Was immer er einem erzählte, man glaubte ihm auf der Stelle. Irgendwann entriegelte Tim die Tür. Der Meister redete ihm gut zu, strich ihm übers Haar. Etwas später halfen wir ihm, sich anzuziehen, geleiteten ihn zum Wagen und fuhren mit ihm hierher. May brachte ihn ins Bett, und wir sorgten für ihn. Und das tun wir immer noch. Selbstverständlich mußten wir uns mit dem Sozialamt in Verbindung setzen. Wir wurden ganz genau überprüft, was mir etwas eigenartig vorkam, wenn man sich überlegt, wie sehr man diesen Jungen vernachlässigt hat. Sie werfen ihn aus dem Krankenhaus und stecken ihn in ein Heim, wo er, wenn er Glück hatte, einmal pro Woche von einem Fürsorger besucht wird. Wir bekamen Instruktionen zur Medikamentenvergabe, und das war's dann mehr oder weniger. Ich denke, den Ausschlag gegeben hat der Umstand, daß wir mehr oder minder eine religiöse Organisation sind. Sie behaupteten, uns von Zeit zu Zeit zu überprüfen, was bisher nicht passiert ist. Ich glaube, sie sind froh, einen weniger auf der Liste zu haben.«

Arno sprach nicht weiter und warf dem Inspector einen Blick zu. Er hoffte, mit dieser niederschmetternden Geschichte den Beamten von seiner Absicht abgebracht zu haben. Als klar wurde, daß dem nicht so war, sagte er: »Nun, dann kommen Sie bitte mit…«

Tims Zimmer war fast dunkel. Sonnenlicht fiel durch einen Schlitz in den schweren Samtvorhängen auf das Fensterbrett. Arno zog den Samt auf, aber nur ein wenig. Die zusammengekauerte Gestalt unter der Decke rührte sich umgehend und begann zu zittern. Die Luft roch abgestanden. Barnaby hätte viel darum gegeben, das Fenster aufreißen zu dürfen.

Arno näherte sich dem Bett, rief leise den Namen des Jungen. Als er die Bettdecke wegnahm, schimmerte Tims Haar golden auf dem Kissen, und er schlug die Augen auf wie eine mechanische Puppe. Barnaby hörte, wie Troy hinter seinem Rücken den Atem anhielt, und auch er selbst blieb nicht unberührt von der bemerkenswerten Schönheit des Jungen, der Tränen und Trauer nichts anhaben konnten.

»Tim? Mr. Barnaby würde sich gern kurz mit dir unterhalten – keine Angst…« Der Junge wich zurück. Schüttelte den Kopf. Wie ein dünner türkiser Wurm pulsierte eine Ader auf seiner Stirn.

»Ich werde nicht weggehen«, fuhr Arno fort.

Barnaby nahm einen Stuhl, um nicht auf den Jungen herabsehen zu müssen, und setzte sich Arno gegenüber. Auf ein Nicken seines Chefs hin verzog sich Troy in die gegenüberliegende Zimmerecke und holte ohne Hoffnung einen Notizblock hervor.

»Ich kann mir vorstellen, wie unglücklich du bist, Tim, aber ich bin mir sicher, daß du uns gern helfen möchtest.« Das gurrende Zirpen einer Taube. Troy beklagte, daß das Revier derlei Fähigkeiten niemals honorierte. Trotz des einfühlsamen Tonfalls des Inspectors streckte Tim bestürzt die Hände nach Arno aus.

Am vergangenen Abend hatte Arno erwähnt, daß der Junge immer so reagierte. Dennoch bekam der Chief Inspector den Eindruck, daß der Junge von Sekunde zu Sekunde verängstigter wurde und daß seine behutsame Vorgehensweise nichts daran änderte. Dies verriet ihm Tims Blick, die zusehends heftiger pulsierende Ader. Barnaby zählte stumm bis fünf, ehe er fortfuhr.

»Begreifst du, was geschehen ist, Tim? Daß hier jemand gestorben ist?«

Wieder entstand eine Pause. Ein paar Minuten später drehte der Junge sein schwach erleuchtetes Gesicht auf dem Kissen. Die Wangen waren tränenüberströmt. Strahlendblaue Augen suchten Barnabys Blick, schauten in eine andere Richtung, kehrten zurück. Dieser Vorgang wiederholte sich mehrmals. Schließlich fixierte der Junge ihn, schien etwas sagen zu wollen.

»Fragen … fragen …«

»Wen sollen wir fragen, Tim?«

»Frag … sie …«

Die Stimme war kaum mehr als ein leises Wispern. Glücklicherweise machte Barnaby nicht den Fehler, sich weiter vorzubeugen. Er wiederholte nur seine Frage und fügte jetzt, wo er das Geschlecht kannte, hinzu: »Meinst du vielleicht May? Soll ich May fragen? Oder Suhami?«

»Nö … nö …« Tim schüttelte heftig den Kopf, woraufhin der blondschimmernde Heiligenschein erstrahlte. »Unnerfall … Unnnerfall …«

Barnaby fragte: »Sprichst du von einem Unfall?«

»Nein, Chief Inspector. Er sagt nur –«

Arno brach ab, da Tim undeutlich die Worte des Inspectors wiederholte.

»… mein Unnerfall … Un … fall …« Nachdem Tim das Wort einmal richtig ausgesprochen hatte, wiederholte er es in immer kürzeren Abständen, immer lauter und schriller, bis die beiden Silben sich in sinnloses Geplapper verwandelten. Unter der Decke zuckte sein Körper heftig, und er verdrehte unablässig die Augen. So gut, wie es einem Mann seines Temperaments möglich war, warf Arno dem Inspector einen erbosten Blick zu, strich Tim schützend über die Stirn und gab dem Polizeibeamten deutlich zu verstehen, daß er nicht guthieß, was er da trieb.

Barnaby schaltete auf stur und machte dreißig Minuten so weiter trotz seiner Vermutung, daß Tim nichts Neues mehr äußern würde. Der Junge verstummte bald und flüchtete sich in den Schlaf. Arnos Unmut legte sich dennoch nicht. Barnaby konnte nicht umhin, die negative Energie zu spüren.

Er weigerte sich, Schuldgefühle zu empfinden. Er wußte, er hatte das Recht und die Pflicht, Tim zu befragen. Wußte, daß er betont taktvoll und human vorgegangen war. Die geistige Verwirrung des Jungen bedeutete nicht, daß er nicht in der Lage war, die Ereignisse mitzukriegen. Natürlich hatte Barnaby nicht geahnt, wie verwirrt er war. Und trotzdem...

An diesem Punkt des Nachdenkens erhaschte er Troys Blick. Wie gewöhnlich zeigte sein Sergeant eine Miene, die seine wahren Gefühle nicht erkennen ließ. Er senkte die Lider, nachdem er seinem Vorgesetzten einen ungeduldigen, ablehnenden Blick zugeworfen hatte. Diesen Blick übersetzte Barnaby richtig: Was für eine verdammte Zeitverschwendung!

Er konnte noch nicht sagen, ob er derselben Meinung war. Es war nicht uninteressant, daß Tim, der Craigie auf dem Podest am nächsten gewesen war, den Tod als Unfall betrachtete. Darüber hinaus zeugte Arnos Haltung von einer viel tiefsitzenderen Angst, die Barnabys Einschätzung nach nicht allein dem Beschützerinstinkt des Mannes zuzuschreiben war.

Nein – Barnaby stand auf und ging zur Tür –, das war keine Zeitverschwendung gewesen.

Gleich nachdem er von Gamelins Tod erfahren hatte, machte sich Christopher auf die Suche nach Suhami. Ihr Zimmer war leer. Kurz darauf fand er sie auf der zum Kräutergarten führenden Terrasse. May hatte alles darangesetzt, ihn davon abzuhalten. »Sie braucht etwas Zeit für sich allein. Um den Verlust zu verdauen.«

Suhami drehte sich nicht um, sondern blieb reglos wie eine

Salzsäule stehen. Er betrachtete ihr Profil. Sie kam ihm sehr ruhig vor, schien tief in Gedanken versunken zu sein.

»Wie fühlst du dich?«

»Ich weiß es nicht.« In diesem Moment wandte sie sich um, und er stellte fest, daß sie längst nicht so gefaßt war, wie er gemeint hatte, sondern ziemlich betroffen zu sein schien. »Ich habe das Gefühl, etwas verloren zu haben, weiß aber nicht, was. Ihn bestimmt nicht... ihn nicht.« In der Wiederholung schwang eine beunruhigende Mischung aus Entsetzen und Zufriedenheit mit.

Christopher fühlte sich unwohl in seiner Haut. Ihre Reglosigkeit kam ihm unnatürlich vor. Nach ihrer Hand greifend, sagte er: »Laß uns spazierengehen.«

Sie gingen die Stufen hinunter, achteten darauf, nicht auf wuchernden Hauswurz und Grasnelken zu treten, und flanierten in den eigentlichen Garten. Es war schon ziemlich heiß. Das Summen der Bienen, die rosa Lavendel und Borretsch aussaugten, erfüllte die Luft.

Gedanken an eine gemeinsame Zukunft mit Suhami ließen Christopher nicht los. Wäre ihr Vater nicht eben verstorben, hätte er herauszufinden versucht, wie sie darüber dachte, die Kommune zu verlassen, zumal er den Eindruck hatte, daß vor allem Ian Craigies Gegenwart sie hier gehalten hatte. Möglicherweise entschied sie sich, auch nach seinem Tod zu bleiben. Sollte dies der Fall sein, würde er ebenfalls bleiben. Er hatte bestimmt nicht vor, sie aufzugeben. Sie setzten sich auf ein kleines rundes Rasenstück. Ein leuchtender Kreis aus silbernem Thymian und Kamille.

»Wie nimmt deine Mutter es auf?«

»Sie weiß es noch nicht. Will hat mich zuerst informiert. Er hielt es für besser, daß ich mich um alles kümmere. Wenn wir zurückgehen, werde ich es ihr sagen. Oder heute nachmittag. Es ist nicht so, daß es Eile hätte...«

»Ist es wahr, daß sie miteinander unglücklich waren?«

»Den Eindruck erweckten sie jedenfalls immer. Ich kann mir nicht vorstellen, wie jemand mit ihm zusammenleben und nicht unglücklich sein soll.« Mit angespannter Miene wandte sie sich von ihm ab. »Kann gut sein, daß es bei uns auch so kommen wird.«

»Niemals.« Christopher lächelte. Das »uns« machte ihm Mut. »Das ist das Leben anderer. Wir sind wir. Das ...« Er legte seine Hand auf ihren Nacken, zog sie an sich heran und küßte sie. »Das hier bist du ...« Seine Lippen blieben nahe bei ihrem Mund. »Und das bin ich.«

Ihre Schweigsamkeit setzte ihm zu. Noch gestern hatten sie beinahe ekstatisch miteinander getanzt. Er griff in seine Jeanstasche und zog eine in pinkfarbenes Papier gewickelte Schachtel heraus.

»Das hier habe ich dir zum Geburtstag gekauft. Bevor ich wußte, wer du in Wirklichkeit bist. Danach hatte ich das Gefühl, dir das Geschenk nicht geben zu können.«

»Aber du hast dich getäuscht.«

»Ja.«

»Wer ich wirklich bin.« Die Schachtel lag auf ihrem Schoß, ihr Finger steckte in der Schleife. »Der Meister hat gesagt, wir sollen genau das herausfinden. Darum geht es in Wirklichkeit, nicht wahr, Christopher? Im Vergleich dazu ist alles andere belanglos.«

»Du kannst die Philosophin spielen, wenn du alt bist. Auf die großen Fragen gibt es sowieso keine Antworten. Mach dein Geschenk auf.«

Suhami legte die Ohrringe an. Zartes, filigranes Geschmeide, an denen winzige Perlen hingen. Sie drehte ihren Kopf hin und her.

»Du bist wie eine schöne Tempeltänzerin. Ach, du bist so schön, Suze.«

Sie neigte ihren kleinen Kopf ungläubig und mit ernster Miene, ohne zu protestieren, wie das hübsche Mädchen für gewöhnlich machten.

»Was kann ich dir sagen?« fragte er verzweifelt. Sie hob die schmalen Schultern und lachte resigniert. »Gestern, im Schuppen –«, begann er von vorn.

»Gestern hast du gesehen, wie ich früher war. Verängstigt, verzweifelt, nach Glück, nach menschlicher Gesellschaft gierend. Außer mir, wenn man mich allein ließ. So kann ich nicht mehr leben, Christopher, das kann ich einfach nicht. Und das werde ich auch nicht.«

»Du brauchst doch keine Angst zu haben. Ich werde dich niemals verlassen –«

»Ja, das sagst du jetzt. Und vielleicht ist es wahr. Aber die Menschen unterscheiden sich nicht von anderen Lebensformen. Sie verändern sich permanent.«

»Das klingt ein wenig pessimistisch.«

»Nein, das ist realistisch. Offensichtlich. Veränderung ist die einzige Konstante, und ich will mich nicht mein ganzes Leben davor fürchten.«

»Wie steht es mit Glaube und Hoffnung?«

»Ich bin mir nicht sicher, ob sie von Bedeutung sind.«

»Diese Art von Stoizismus paßt zu alten Männern auf dem Schlachtfeld. Oder zu Neurotikern. Aus Angst, daß was schiefgeht, keine Beziehung einzugehen ist dumm. Einsam und allein zu enden, halb tot wie –«

Schweigen machte sich breit. Die Bienen summten lauter als je zuvor. Einer der Fische im Teich sprang nach oben und ließ sich ins Wasser zurückfallen. Ein Lüftchen regte sich. Suhami gelobte: »Wie meine Mutter werde ich nie enden.«

»Es tut mir leid.«

»Du bist sauer, nicht wahr?«

»Natürlich bin ich sauer. Ich muß zusehen, wie unsere Zukunft den Bach runtergeht.«

»Du hast nicht verstanden.«

»Ich denke, du weißt nicht, was du willst.«

»Ich möchte…« Sie besann sich auf einen einzigen Moment der Erleuchtung im Solar. Auf die Worte des Meisters, mit dem sie sich erst vor vierundzwanzig Stunden unterhalten hatte. Auf seine feste Überzeugung, daß unter ihrem ruhelosen, verwirrenden Dasein all das verborgen lag, was sie brauchte, um Ruhe und Kraft zu finden. »Ich suche etwas, das kein Ende hat.«

»Alles endet irgendwann einmal. Lektion eins aus dem Handbuch für Stoiker.«

»Nein, es gibt etwas, das nicht endet. Man kann es finden und sich immer wieder darauf berufen. Ich weiß, daß das so ist. Der Meister nannte es die kostbare Perle.«

Wie unoriginell von ihm, dachte Christopher. Er streckte die Hand aus und berührte ihren Zopf, zupfte samtene Haarsträhnen heraus, die nach Jasminblütenöl rochen. »Wieso können wir das nicht gemeinsam suchen? Du weißt, auch ich interessiere mich dafür. Aus welchem Grund bin ich deiner Meinung nach hier?« Er zog sie an sich. »Wir könnten unsere Flitterwochen in einem Retreat verbringen, wenn du möchtest.«

»Flitterwochen.« In ihrer Wiederholung schwang ein Anflug von Sehnsucht mit. Ermutigt plapperte Christopher weiter.

»Man muß nicht in einer religiösen Kommune leben, um ein religiöses Leben zu führen. Es gibt eine Menge Laien, die meditieren und beten. Die leise und ohne aufzufallen existieren. Warum können wir nicht wie sie sein?« Suhami legte die Stirn in Falten. Sie machte einen unsicheren, leicht verwirrten Eindruck. »Glaubst du nicht, daß esoterisches Wissen unterschiedlich angewendet werden kann? Trifft man die richtige Entscheidung am richtigen Tag, gut. Wenn nicht …«

Suhami lächelte zaghaft. Ihr gefiel, wie er sich ausdrückte. Es erinnerte sie an die Einschätzung des Meisters: daß das Bestreben, einen Traum wahr werden zu lassen, nicht nur sinnlos, sondern kontraproduktiv war.

Christopher erwiderte ihr Lächeln doppelt, dreifach, vielfach. Sein eigenes war flink und breit, voller Zutrauen. Die Zeit war auf seiner Seite. Die Jugend. Und leidenschaftliche Entschlossenheit. Am Ende würde sie gewiß die seine sein.

Bei ihrer Rückkehr ins Haus hatten sich die anderen zu einem Schwätzchen in der Küche versammelt. Alle saßen an dem großen Tisch, zerbröselten *Uncle Bob's Treacle Delights* und tranken eine wohlriechende Arabica-Kaffeebohnenmischung. Nachdem sie anfänglich überrascht und dann erfreut die raren säkularen Delikatessen beäugt hatten, schenkten Suhami und Christopher sich Kaffee ein und teilten den letzten Keks miteinander. Die Unterhaltung drehte sich um Trixie, während Janet Fragen gestellt wurden, die aufrecht auf ihrem Stuhl und im wörtlichen wie im übertragenen Sinn mit dem Rücken zur Wand saß.

»Bist du sicher«, fragte Arno, »daß du überhaupt nichts aus ihr rausgekriegt hast?«

»Sie muß doch«, meinte Heather, »irgendwas gesagt haben, was Sinn machte.«

»Menschen, die hysterische Anfälle kriegen, sagen selten etwas, das Sinn macht.«

Die fragliche Szene hatten sie die letzte Stunde gründlich durchleuchtet, und Janet hatte inzwischen die Nase gestrichen voll. Die anderen hatten sich mit der gleichen gierigen Besorgnis auf diese beunruhigende und beängstigende Episode gestürzt, die sie in derartigen Situationen stets an den Tag legten. Die scheinen keinen Unterschied zu machen, dachte Janet verdrießlich, zwischen gutgemeinter Anteilnahme, herrischer Einmischung und Schikane. Andererseits mußte sie sich eingestehen, daß sie Trixie auch ziemlich schikaniert hatte, selbst wenn das nicht ihre Absicht gewesen war.

Auf Trixies Gezeter hin war Janet durchs Zimmer gelaufen und hatte »Tu's nicht« geraten und dummes Geschwätz wie »Ist doch alles in Ordnung« von sich gegeben. Sie hatte Trixie an den Schultern gepackt oder es zumindest versucht. Aber Trixie hatte sich gewunden, losgerissen, wild mit den Armen um sich geschlagen, Janet einen Schlag auf den Hals verpaßt und nonstop panisches Geschrei ausgestoßen. Unablässig hatte sie wie ein gestrandeter Fisch den Mund geöffnet und geschlossen und Janet mit leeren, nichtssagenden Blicken bombardiert. Ihr Blick hat verraten, dachte Janet später, daß sie die Fähigkeit besaß, das zu tun, was sie getan hatte.

Janet hatte nicht mit Absicht so hart zugeschlagen. Ihre

Handfläche schmerzte immer noch. Offenbar hatte sie weit ausgeholt. Als ihre Hand Trixies Wange berührte, war das Mädchen zur Seite getaumelt und gegen die Wand gedonnert. Und doch hatte der Schlag Wirkung gezeigt, wie das in Spielfilmen immer der Fall war. Trixie hörte sofort auf zu schreien. Langsam dämmerte ihr, was Sache war. Ein roter Fleck prangte auf ihrer Wange. Schließlich waren die anderen aufgetaucht und hatten Janet in den Hintergrund gedrängt.

Draußen auf der Galerie hatte sie – am ganzen Leib zitternd – Halt am Geländer gesucht und immer wieder jenen gewalttätigen Augenblick durchlebt. Zuerst war sie davon überzeugt gewesen, allein aus Verzweiflung gehandelt zu haben (alles war erlaubt, um dieses schreckliche, seelenlose Geschrei abzustellen). Nun wurde sie sich anderer, komplexerer Motive bewußt, die ihr Handeln ebenfalls bestimmt hatten. War sie ehrlich, mußte sie einräumen, daß der Schlag ihr eine gewisse Befriedigung verschafft hatte. Ihre Rachegelüste gestillt hatte. Wie erbärmlich! Dieses Wissen machte Janet krank vor Scham. Bis zum heutigen Tag hatte sie nicht geahnt, daß ihre stumme, unergiebige Liebe Feindseligkeit hervorgerufen hatte. Und Trixie hatte es gutgetan, ihre Freundschaft zurückzuweisen. Sie merkte, wie Arno sie besorgt musterte, und rang sich ein Lächeln ab.

Arnos Besorgnis – und er war immer und wegen allem besorgt – umfaßte gar manches. Die Tatsache, daß sein Blick nur auf Janet fiel, war eher dem Zufall als der Absicht zuzuschreiben. Das größte Kopfzerbrechen bereitete ihm selbstverständlich der Mord. Wie die meisten Kommunenmitglieder hielt er Gamelin für schuldig und wußte nun nicht zu sagen, ob der Tod des Mannes ein Segen oder ein Fluch war. Er war *gut*, falls die Polizei ebenfalls von seiner Schuld überzeugt war. In diesem Fall bestand keine Notwendigkeit, eine Gerichtsverhandlung anzuberaumen. Und in diesem Fall wurde die Kommune nicht zum Dreh- und Angelpunkt öffentlicher Spekulationen. Er war *schlecht*, wenn sie ihn nicht für schuldig hielt, weil dies eine Untersuchung nach sich ziehen und der Gemeinschaft noch größeren Schaden zufügen würde, als das ohnehin schon der Fall war.

Und jetzt war da diese seltsame Sache mit Trixie. Daß sie so heftig auf Guys Dahinscheiden reagiert hatte, machte Arno sehr zu schaffen. Das Unerklärliche oder plötzliche Gefühlsausbrüche, vor allem solche, die ihm unlogisch erschienen, setzten ihm besonders zu. Immerhin hatte sie den Mann kaum gekannt. Als er hörte, wie Janets Hand mit voller Wucht auf die rote Wange klatschte, verflog seine Freude darüber, daß er endlich, nach so langer Zeit, seinen letzten Koän gelöst hatte. Er erkannte, mit welcher Freude er unter normalen Umständen den anderen die großartigen Neuigkeiten mitgeteilt hätte, und empfand somit den Verlust seines geliebten Lehrers um so schmerzlicher. Arno konzentrierte sich wieder auf die Unterhaltung. Heather war offensichtlich gerade dabei, die erste seiner Sorgen laut zu formulieren.

»Wenn wir nur wüßten, was sich zwischen den beiden gestern abgespielt hat.«

»Laut Konfuzius heißt Wissen, zu wissen, daß Wissen nicht Wissen ist«, wandte Ken ein. Er schlug einen alterslosen weisen Ton an und zog die Haut an seinen Schläfen hoch, bis seine Augen die Form von Mandeln hatten.

»Kein Wunder, daß er konfus war«, erwiderte Janet.

Auf die Tragödie vom vorigen Abend wurde nicht eingegangen. Vielleicht hatten alle das Gefühl, daß Spekulationen bei Suhami, die gerade damit beschäftigt war, den Spinat zu waschen, Bestürzung hervorrufen würden. Heather brachte einen tröstenden Gedanken zum Ausdruck.

»Heute morgen habe ich im Obstgarten meditiert. Saß ganz still und ruhig da und rief wie jeden Samstag die gelbe Flamme der Kassiopeia an... ihr werdet nie erraten, was passiert ist.« Alle am Tisch sitzenden Kommunenmitglieder warteten darauf, daß sie fortfuhr. »Eine wunderhübsche Biene setzte sich auf den Klee, ganz dicht neben meiner Hand. Ein richtiges Prachtstück. Sie verharrte einfach dort, schlug mit ihren kleinen Flügeln, als – und ihr dürft das gern als pneumatische Synthese bezeichnen, wenn ihr wollt – versuche sie, mir etwas zu sagen. Nun, ich dachte so bei mir, wer nichts wagt, der nichts gewinnt, und streckte die Hand aus, und die Biene erlaubte mir, mit meinem kleinen Finger über ihr Fellchen zu streichen. Wenn das nicht absolut unglaublich ist, was dann?«

May sagte: »Was wollte sie dir deiner Einschätzung nach damit sagen, Heather?«

»Ich denke – und ich halte das für eine ziemlich bodenständige Auslegung, okay? –, ich deutete die Situation dahingehend, daß ätherische Reste seines Astralkörpers immer noch vorhanden sind, da die Verwandlung des Meisters erst so kurze Zeit zurückliegt. Wer sagt denn, daß auf den Flügeln der Biene keine Spuren davon waren? Diese liebe, kleine, fellbezogene Kreatur spendete mir großen Trost.«

»Das könnte durchaus möglich sein«, fand May. »Gewiß würde der Meister, wenn er denn könnte, uns genau dies vermitteln wollen.«

»Vielleicht«, sagte Suhami und tupfte die grünen Blätter gerade mit einem Küchentuch ab, *»war* die Biene der Meister. Eine Reinkarnation.«

Ken und Heather tauschten amüsierte Blicke aus. Ken sagte: »Ich glaube kaum, daß ein überragender Geist, nachdem er ein Leben lang seinen Mitmenschen untertänigst gedient hat, als Insekt wiedergeboren wird.«

»Du kannst gleich mal abschwirren«, flüsterte Christopher, der den Spinat in einen Eisentopf packte. Suhami mußte lachen.

»Heather hat recht«, sagte May, »in bezug auf die Materiereste. Ich habe heute morgen dasselbe gespürt. Unter meinem Fenster schnatterte eine Gruppe Elohim. Wir müssen uns vor Bosheit in acht nehmen. Die sind doch immer darauf aus, eine Aura anzuzapfen. Ach je …« Sie schob den Stuhl zurück. »Es ist gleich zwölf. Ich muß los und Felicity ein Bad einlassen. Janet, könntest du womöglich an meiner Stelle das Mittagessen zubereiten?«

»Kein Problem.«

»Laßt uns lieber unsere Pflichten erledigen«, sagte Arno zu Ken. »Ich glaube, wir beide haben heute Gartendienst.«

»Mein Bein setzt mir ganz schön zu, Arno.«

»Nun ... du kannst ja harken.«

»Beim Bücken scheint sich der Schmerz nur noch zu verschlimmern.«

»Hast du jetzt nicht nur Beinprobleme, sondern auch noch Rückenschmerzen?« fragte Janet ziemlich spitzfindig.

Ken bedachte sie mit einem nachsichtigen Lächeln. Die arme alte Jan projizierte wieder einmal. Hätte die Gruppe nach ihrem Eintreten in die Gemeinschaft das Pendel bemüht, wie er das vorgeschlagen hatte, wären sie wenigstens vorgewarnt gewesen. »Oh, ich habe keine Probleme, mich zu beschäftigen.«

»Womit?«

»Hilarion hat mich auf die Inkarnation mehrerer Gottwesen vom Pluto vorbereitet. Ich habe die Absicht, mich zur Vorbereitung für einen längeren Zeitraum unter meine Chela-Pyramide zu setzen. Später möchte ich den großen Bonsai-Baum stutzen.«

10

Ian Craigies Habseligkeiten waren freigegeben worden. Troy hatte sie abgeholt. Der Bericht der Polizisten, die zuerst am Tatort eingetroffen waren, mußte auch bald fertig sein. Barnaby hatte darauf spekuliert, daß die Gerichtsmediziner mit etwas Handfestem aufwarteten, mit dem er die bisherigen Indizienbeweise gegen Gamelin untermauern konnte. Falls es nichts Handfestes gab oder sich gar herausstellte, daß er unschuldig war, sah sich der Chief Inspector gezwungenermaßen mit einem Fall konfrontiert, der seit langem einer der interessantesten, aber auch kompliziertesten war.

Als er hörte, daß sein Hauptverdächtiger entlastet wurde,

war seine erste Reaktion überwältigende Erleichterung. Vergangenen Abend war er schon kurz davor gewesen, den Mann verhaften zu lassen. Ein Todesfall im Gefängnis zog berechtigterweise eine langwierige und sorgfältige Untersuchung nach sich, um der inzwischen immer lauter werdenden Kritik wegen »Polizeibrutalität« entgegenzutreten. Man stelle sich nur mal vor, was Guy Gamelins Tod in diesem Fall nach sich gezogen hätte: erstklassige Rechtsanwälte, eine Riege hochrangiger Gesetzeshüter, Heerscharen von Spitzenjournalisten und Fotografen, Anfragen im Unterhaus, ... Barnaby empfand tiefe Dankbarkeit, daß Gott ihn vor einem gravierenden Fehler bewahrt hatte.

Mit einer grauen Plastiktüte in der rechten Armbeuge kam Troy ins Zimmer. »Hab hier die Sachen von unserem Ober-Guru, Chef.« In seinen Worten schwang ein Anflug neugieriger Vorfreude mit. Seine Augen glänzten aufgeregt. Mit langsamen theatralischen Handbewegungen zog er Sandalen, ein blutverschmiertes Gewand und eine Baumwollunterhose hervor, hielt inne und warf Barnaby einen gespannten und erwartungsvollen Blick zu.

»Sollten Sie auf einen Trommelwirbel warten, können Sie warten, bis Sie schwarz werden. Jetzt mal raus damit.«

Troy griff erneut in die Tüte und zog ein Bündel strahlendweißer Haare hervor. Barnaby streckte die Hand danach aus. Die Perücke war erstklassig gearbeitet. Auf ein Netz geknüpftes Echthaar.

»Sehr hübsch. Und teuer.«

»Stimmt einen nachdenklich, nicht wahr, Chief?«

»Ja, in der Tat.«

Barnabys Herz schlug schneller. Zum ersten Mal gab der Tote etwas über sich selbst preis. Bisher hatten alle Informationen aus zweiter Hand gestammt. Erinnerungen, Gedanken, Einschätzungen von Dritten. Das hier war eine Offenbarung aus dem Grab. Ein echter Hinweis. Barnaby legte dieses exquisite Requisit der Schauspielerzunft beiseite und sagte: »Ich frage mich, wieviel Leute wußten, daß er sie trug.«

»Keiner, möchte ich wetten«, vermutete Troy. »Ich denke, die Perücke untermauert Gamelins Theorie. Das ist doch eindeutig ein Hilfsmittel, das Gauner einsetzen.«

Ein nicht unvernünftiger Einwand. Eigentlich ziemlich verführerisch. Wieso griff ein wahrer Gläubiger, fragte sich Barnaby, auf solch trickreiches Zubehör zurück? Kaum war ihm dieser Gedanke gekommen, mußte er an die üppigen Gewänder der Priester und Prälaten orthodoxer Religionen denken. Im Vergleich dazu kam ihm eine Perücke fast bescheiden vor.

Craigie hatte also künstliche Hilfsmittel eingesetzt, um ein Bild von sich zu entwerfen, das seinen Gefolgsleuten Sicherheit vermittelte. Das hieß allerdings noch längst nicht, daß seine Lehren oder seine Person falsch waren oder ihm ein Täuschungsmanöver nachzuweisen war. Dennoch ...

Gamelins Meinung war eindeutig gewesen. War er – was durchaus verständlich gewesen wäre – nur wegen des Treuhandfonds zu dieser Einschätzung gelangt? Oder hatte, wie Troy vermutete, ein Betrüger einen Gleichgesinnten erkannt? Es schadete nicht, in diese Richtung zu ermitteln, wenngleich es immer ein schwieriges Unterfangen war, einen Betrüger festzunageln. Erstens hielten sie sich nie länger an einem Ort auf und verfügten über so viele Namen wie Überseekonten. Zweitens wurden die wirklich Gerissenen nie gefaßt und waren daher auch nicht im Computer zu finden. Trotzdem – ein Versuch schadete nicht.

»Ich habe auch so eine Idee zu dem Handschuh, Chief«, sagte Troy. »Kam mir, als ich mich mit Maureen beim Frühstück unterhielt.« Bei der Erinnerung an die erste Mahlzeit bekam seine Stimme einen leicht säuerlichen Unterton. Die Mahlzeit, die eigentlich dazu gedacht war, den Ernährer der Familie bis zum Mittagessen zu sättigen. Heute morgen hatte es Cornflakes und Tee gegeben, und der war nicht mal frisch aufgebrüht gewesen. Ein kleines Baby, und schon machte es zuviel Mühe, ein paar Eier in die Pfanne zu hauen, ein paar Speckstreifen in den Grill zu schieben, ein paar frische Champignons zu dünsten und ein paar Scheiben Brot in den Toaster zu werfen. Gezwungenermaßen hatte er in der Kantine einen Burger und Pommes runtergeschlungen. Seither warfen die Damen am Empfang ihm spöttische Blicke zu.

»Gibt es ein Problem, Chief?«

»Handschuh.«

»Ach ja. Sie war gerade beim Abwaschen und meckerte, daß die Gummidinger nie lang halten. Ich hörte nicht richtig zu – ähm, Sie tun das bestimmt auch nicht, oder? Aber ich hörte sie sagen: ›Der linke geht immer zuerst kaputt.‹ Das setzte sich bei mir fest, denn unserer war doch für Linkshänder. Danach sagte sie: ›Irgendwann hatte ich Unmengen von rechten Gummihandschuhen übrig, bis ich rausfand, daß man welche kaufen kann, die auf beide Hände passen.‹ Und da fragte ich mich, ob das nicht auch auf unseren zutrifft.«

»Könnte sein. Doch wer oder was sollte einen linkshändigen Mörder daran hindern, einen rechten Handschuh zu tragen? Oder umgekehrt, was die Sache noch komplizierter macht.«

»Wäre es in so einem Fall nicht schwierig, das Messer richtig zu halten? Wo wir hier doch von jemandem reden, der sehr flink ist.«

»Stimmt.« Barnaby erhob sich. »Ich werde veranlassen, daß man Craigie überprüft. Für gewöhnlich orientieren sie sich bei der Namensänderung am Original. Möglicherweise sind die Initialen dieselben.«

»Wie alt ist er wohl gewesen … fünfundfünfzig? Sechzig?«

»Das würde ich auch sagen. Möglicherweise noch einen Tick älter. Ich gehe mal ins Pathologie-Labor rüber und finde raus, wie weit die sind.« Er nahm seine dünne Jacke vom Garderobenhaken. »Und später versuchen wir noch mal, Felicity Gamelin zu verhören. Könnte ja sein, daß wir heute ein paar einigermaßen schlüssige Antworten aus ihr rauskriegen.« Er drehte sich in Richtung Tür. »Und wir könnten Ihre Aura deuten lassen, wo wir schon mal dabei sind.« Troy tippte mit dem Zeigefinger an die Schläfe. Barnaby grinste. »Oder Ihr Horoskop. Welches Sternzeichen haben Sie noch gleich? Sirius, der Hundestern?«

»Wenn dem so wäre«, meinte Troy, »könnte ich wetten, daß der kleine Mistkerl Männchen macht.«

Nachdem Arno längere Zeit im Garten gearbeitet und etwas Obst zu sich genommen hatte, um klarer denken zu können, plagte er sich mit einem Haiku ab. Seine Gedanken kreisten ausschließlich um May (das Gedicht war selbstverständlich für sie bestimmt). Der Haiku – drei Zeilen mit fünf, sieben und fünf Silben, in die ein einziger erhellender Gedanke gefaßt wurde – war keine leichte Form. Neben Arnos Stuhl war der Fußboden mit zusammengeknüllten Papierkugeln bedeckt.

Laut seufzend, beklagte er frustriert, daß Thalia, die poetische Muse sich so rar machte, daß die englische Sprache ungewöhnlich widerspenstig war.

Geliebte Blume
leichtfüßiger Musikus
Seele der Flamme.

Das konnte er ihr nicht geben. Zum einen wirkte es unvollständig, wie der Anfang eines viel längeren Gedichts. Und dann war da dieses »geliebte«. Derlei Zärtlichkeiten schlichen sich immer wieder ein. In jedem seiner vorherigen Versuche kam mindestens eine solche Liebkosung vor. Wollen wir doch mal ehrlich sein, gestand sich Arno mißmutig ein: Bezeichnet man eine Person als »Engel«, »schöne Blume« oder »allerliebster Schatz«, wird die betreffende Person früher oder später aus dem Gedicht etwas anderes als Freundschaft oder Respekt herauslesen.

Verärgert und geistig ermattet, gab Arno vorzeitig auf und trat an das Becken, um seine schmutzigen Hände zu waschen. In der festen Überzeugung, nur die edelsten Materialien würden dieser heiligen Pflicht gerecht, hatte er feinstes Pergament, eine Flasche sepiafarbener indianischer Tinte und eine Kalligraphiefeder gekauft. Dummerweise kam er, der normalerweise Kugelschreiber verwendete, mit dem Schreibwerkzeug überhaupt nicht zurecht. Die vielen Tintenkleckse waren der Beweis dafür.

Die Hände und die Knöchel schrubbend, betrachtete ein deprimierter Arno sich in dem kleinen, abgeblätterten Spiegel. An sein Erscheinungsbild konnte er sich nie gewöhnen, nicht in einer Million Jahren. Wenn er nur großgewachsen und gutaussehend wäre! Ohne zu zögern, würde er ihr den Boden unter den Füßen wegreißen und mit ihr auf dem Sattel eines wunderbaren weißen Pferdes mit edelsteinbesetztem Geschirr und goldenen Zügeln davonreiten.

Die Vorstellung ließ Arno schmunzeln. Seine Mutter hatte derlei Schwelgereien immer als »in Ekstase geraten« bezeichnet. Kritisch musterte er sein Gesicht, zupfte an seinem Bart, teilte ihn vorsichtig, wickelte die beiden Enden um seine Finger.

Er hatte einen Rauschebart ausprobiert, ein Ding voller Eigenleben, das ihm bis auf die Brust fiel, der ihm nicht gestanden hatte. Zu jener Zeit hatte er wie ein Zwerg mit einer Fußmatte am Kinn ausgesehen. Der, den er jetzt trug, war... tja... nett. Wenigstens glänzte er, seit er regelmäßig eine Hennapackung auftrug. Manchmal allerdings überkam ihn der Verdacht, daß er ohne Gesichtsbehaarung jünger aussehen würde.

Bevor er sich abwandte, bespritzte Arno sein Gesicht mit grünlichem Wasser aus einer halbvollen Schüssel mit Steinbrech. Heather hatte ihm glaubhaft versichert, daß dies ein hervorragendes Mittel für das Bleichen von Sommersprossen sei. Seit einem geschlagenen Monat verwendete er das Zeug nun schon und konnte absolut keinen Unterschied ausmachen. Er trocknete sein Gesicht ab und legte das Handtuch ordentlich zusammengefaltet zurück. Gleich war es Zeit, das Mittagessen einzunehmen.

In zehn Minuten mußte das Essen auf dem Tisch stehen, und Janet war es gerade mal gelungen, ein improvisiertes Hauptgericht zusammenzustellen. Halbherzig hatte sie den Vorratsschrank geplündert, verschiedene Schachteln und Dosen herausgenommen, um sie wieder zurückzustellen und sich für eine Packung Sossomix zu entscheiden. Die Verpackung zierte das Bild von granulierten Würstchen, die in einer Pfanne brutzelten. Nicht zum ersten Mal monierte Janet die perversen Verpackungstechniken der Firmen, die mit ihrem Produkt auf die stetig anwachsende Zahl der Menschen abzielten, die kein Fleisch mehr essen wollten.

Nußsteaks, Veggie-Burgers, Cashewschnitzel. Unten im *Karmic Pulse* hatten sie zu Hühnerschlegel gepreßtes Tofu im Sortiment, die mit Sojabröseln überzogen waren. Nicht zu unterscheiden, versicherte das Verpackungsetikett den Kunden, von echten Hühnerbeinen.

Gedankenverloren hatte Janet zuviel Wasser in das Granulat geschüttet. Anstelle eines schön festen, formbaren Teiges hatte sie versehentlich eine pampige Masse angerührt. Bei dem Versuch, die überschüssige Flüssigkeit abzugießen, war ein bißchen von der Masse im Abfluß gelandet. Ziemlich entnervt von der ganzen Angelegenheit, hatte Janet die Schüssel in das Abtropfgestell gelegt und war wieder nach oben gegangen, um noch mal zu versuchen, sich mit Trixie zu unterhalten.

Nachdem sie praktisch jeden, der ihr mit Rat und Tat zur Seite stehen wollte, aus ihrem Zimmer verbannt hatte, hatte Trixie die Tür abgeschlossen. Das war nicht ungewöhnlich, aber normalerweise antwortete sie, falls jemand anklopfte, und wenn auch nur, um die Leute zu fragen, warum sie sie nicht endlich in Ruhe ließen. Heute hingegen gab sie keinen Mucks von sich.

Diese Stille ist irgendwie anders als sonst, dachte Janet, klopfte unablässig an die Tür und rief: »Trixie – Essen...« Heute war die Stille total, allumfassend. Man hörte nicht mal einen gedämpften Schritt. Kaum zu glauben, daß hinter der Tür ein Herz schlagen sollte.

Sich vergewissernd, daß sie nicht beobachtet wurde, und in dem Gefühl, wie der große Inquisitor zu sein, kniete Janet sich hin und spähte durchs Schlüsselloch. Leider konnte sie nur einen bestimmten Bereich von Trixies Bett sehen. Errötend erhob sie sich.

Unten in der Küche stieß sie auf Christopher, der sich heimlich ins Dorf geschlichen und eine riesengroße Schokoladentorte besorgt hatte, »um alle aufzumuntern«.

»Heather hat zum Nachtisch eine Tapiokaroulade mit Feigenglasur gemacht«, erinnerte sie ihn.

»Genau!«

Janet mußte lachen und stellte hocherfreut fest, daß der Sossomix das übrige Wasser aufgesaugt hatte und nun fest genug war, um sich formen und braten zu lassen. Sie schaltete das Gas unter dem Spinat ein und bat Christopher, die anderen zu Tisch zu rufen.

Heather fand er in einem königsblauen Trainingsanzug auf der Terrasse. Mit hocherhobenen Armen, um die tellurischen Energielinien anzuzapfen, rezitierte sie:

»Bewegung nehme ich in meine Essenz auf.
Rennen und Springen nehme ich in mich auf,
Ich *bin* Rennen ... ich *bin* Springen ...«

Danach begann sie, auf der Stelle auf und ab zu springen. Ihr mächtiger Busen und ihr Hintern zitterten wie Wackelpudding. Gerade als er sagen wollte, daß das Mittagessen fertig war, hielt ihn eine poetische Explosion davon ab.

»Jede kleine Zelle in meinem Körper ist glücklich ...
Jeder kleinen Zelle in meinem Körper geht es gut ...«

Christopher war vertraut mit Heathers Lobeshymnen zur Preisung des holistischen Positivismus. Diese Hymnen bleute sie all ihren Kunden ein, egal wie schlecht es um deren Gesundheit bestellt war.

Keuchend sagte sie: »Kenny ... Büro ... gehe ...«, und sprang im Pogostil an der Hausmauer entlang.

Ken produzierte gerade ein paar Poster für den kommenden Eheworkshop *(An einem klaren Tag können Sie sich gegenseitig sehen).* Sein kaputtes Bein ruhte auf dem Schreibtisch, während der alte Vervielfältigungsapparat schwerfällig arbeitete.

»Es gibt Mittagessen«, rief seine Gattin schweratmend und steckte den Kopf durch die Tür.

»Ist auch Zeit«, meinte Ken. »Ich bin am Verhungern.«

»Tut mir leid, aber an einem Tag wie heute ist alles ein wenig chaotisch.« Heather stürmte ins Büro und nahm ein Poster in die Hand. Auf himmelblauem Hintergrund waren zwei Tauben abgebildet. Eine hatte lange Wimpern und trug eine Schürze, die andere war bis auf ein Büschel weißer Federn splitterfasernackt. Die mit den weißen Federn schlang einen Flügel um die Mitte der anderen. Darunter standen Kens und Heathers Namen und nach Kens (in Klammern): »Intuitiver Diagnostiker, Autor, Chaneller«. Heather wurde als »Heilerin, Autorin, Priesterin« angekündigt. Sie meinte: »Das müßte die Leute doch anziehen. Ich hoffe, wir werden den Kurs durchführen können, ich meine, bei dem ganzen Durcheinander.«

»Ich empfange deine Schwingungen, Heth«, sagte er und nahm sein Bein herunter. »Entspann dich bitte. Ich muß dir etwas mitteilen.«

»Oh – was gibt es denn?« Etwas umständlich setzte sich Heather mit überkreuzten Beinen auf den Boden.

»Tja, du kennst ja meine Devise – erledige niemals eine Sache, wenn du gleichzeitig drei erledigen kannst.« Heather nickte. »Nun, während ich die Poster abzog, bemühte ich auch mein Gedanken-Energie-Netz, um mit Hilarion in Verbindung zu treten und ihn nach unserer Zukunft hier zu fragen.«

»Brillant. Was hat er gesagt?«

»Er hat mir nichts gesagt, dieser alte Halunke – uups!« Ken legte den Kopf auf den Schoß und die Hände darauf, als müsse er sich vor Steinschlag schützen. »Entschuldige, Hilarion ...«, rief er durch die Finger. »Das war nur ein Scherz.« Dann setzte er sich wieder auf und fuhr fort: »Aber er rückte mit anderen Informationen heraus. Gewährte mir einen kompletten Ausblick auf die kosmische und globale Lage. Der Gute spielte ganz eindeutig auf die Löcher in der Ozonschicht an und – wo wir schon von einer Veränderung der Paradigmen sprechen – *darüber müssen wir uns keine Sorgen machen.*«

»Was? Ich fasse es nicht...« Hoffnung und Skepsis spiegelten sich auf Heathers glänzendem Antlitz.

»Es ist wahr. Kommt direkt von ganz oben. Weißt du, wie sich das Wasser teilt, wenn ein Baby geboren wird? Nun, wir haben es mit genau demselben Prozeß zu tun. Wie wir alle wissen, findet just in diesem Augenblick ein großer spiritueller Erguß aus dem Reich der Engel statt. Wie sollte das möglich sein, wenn die Öffnungen nicht im Himmel beschlossen worden wären?«

Seine Frau klatschte vor Verwunderung in die Hände. »Daran habe ich nie gedacht.«

»Na, wenn das nicht profund ist. Dieser raffinierte Fuchs.«

»Dann sind diese neuen Aerosoldinger und Kühlschränke und alles also –«

»Reine Zeitverschwendung.«

Heather sprang auf. »Das müssen wir unbedingt den anderen sagen.

»Und hinterher der restlichen Welt.«

Auf dem Weg zur Küche warf Ken in der Halle einen Blick auf die »Fühlst-du-dich-schuldig«-Schale. Heute lag kein Geld drin, aber er entdeckte etwas anderes. Einen Schlüssel mit einem Anhänger, auf dem »25« stand. Der Schlüssel zu Trixies Zimmer.

Am Nachmittag herrschte große Hitze. Beide Fenster in Barnabys Büro standen offen, doch kein Lüftchen regte sich. Die Polizistin Brierley feierte ihren zweiundzwanzigsten Geburtstag. Klugerweise war jemand auf die Idee gekommen, Eis, ein großes Netz Zitronen und eine Auswahl an Kuchen- und Tortenstücken zu besorgen. Aus Furcht, daß ihm die Füllung auf sein Hemd oder auf die auf dem Schreibtisch angehäuften Unterlagen tropfte, unter denen sich auch der eben angelieferte Bericht vom Schauplatz des Mordes befand, hielt der Chief Inspector ein Glas frischgemachter Zitronenlimonade steif in der einen Hand und knabberte vorsichtig an seinem Donut.

Das mehrstimmig vorgetragene Geburtstagsständchen drang durch die offenstehende Tür. Ihm fiel auf, daß sich sein Sergeant auf Audreys Schreibtisch gepflanzt hatte. Troy hielt ein paar Computerausdrucke in Händen und sang aus voller Kehle mit, während sein Blick auf ihren schwarzbestrumpften Beinen ruhte.

Sie hat sich in den letzten drei Jahren gut entwickelt, die kleine Audrey, dachte Barnaby. Anfangs war sie relativ schüchtern gewesen, hatte keinen Schimmer gehabt, wie man mit der koketten Anmache und den chauvinistischen Herabsetzungen, die wie siamesische Zwillinge miteinander in Beziehung standen, umgehen mußte. Die Mädchen, die blieben, wurden im Lauf der Zeit härter im Nehmen. Während Barnaby zusah und gerade noch verhindern konnte, daß das rote Gelee auf sein Hemd fiel, beugte sich Troy mit dem Blick eines Jägers vor, murmelte etwas und zwinkerte. Audrey zwinkerte und murmelte ebenfalls ein paar Worte. Lautes Gelächter ertönte. Der Sergeant entfernte sich.

»Früher ist sie mal richtig niedlich gewesen, dieses Mädchen«, beklagte er sich wütend und wedelte mit den Computerausdrucken. »Tierisch feminin – falls Sie wissen, was ich meine.«

»Ich finde sie immer noch recht niedlich.«

»Macht man denen ein Kompliment, gehen sie einem gleich an die Gurgel.«

Das Kompliment war folgendes gewesen. Troy: »Zur Feier des Tages lade ich Sie auf einen Drink ein. Irgendwo, wo es richtig hübsch ist. Wie wäre es mit diesem kleinen verschwiegenen Pub am Fluß? Sie werden sich gut amüsieren. Nicht umsonst hält man mich für einen Senkrechtstarter.« Audrey: »Dann rühren Sie doch damit Ihren Tee um.«

»Frauen, die ungehobelt sind, vergeben sich was – finden Sie nicht, Sir?«

Lesend sagte Barnaby: »Hier taucht kein Craigie auf.«

Troy bemühte sich, seine Verdrossenheit abzulegen. »Ich habe auch ähnlich klingende Namen überprüft. Es gibt einen Brian Craig. Versicherungsbetrug. Starb in Broadmoor.«

»Na, wenn das nicht der richtige Ort zum Sterben ist.« Barnaby machte selten Witze, und dieser war keinen Lacher wert.

»Da kommt noch mehr. Ich warte auf einen Cranleigh und einen Crawshaw.« Er klang ziemlich munter und optimistisch. »Bin überzeugt, daß Gamelin recht hatte. Das spüre ich in den Knochen.«

Troy spürte dauernd etwas in den Knochen. Seine Knochen waren in etwa so zuverlässig wie ein Bernhardiner, der Cognac getrunken hatte.

»Was steht in dem Bericht der Polizisten, die zuerst am Schauplatz des Verbrechens eintrafen?«

»Nicht viel.«

Troy las die beiden eng bedruckten Seiten. Nichts im Handschuh – was zu vermuten gewesen war. Und auch ansonsten nicht viel. Nur ein vergrößertes Foto einer Faser, die am Messer geklebt hatte.

»Bißchen enttäuschend«, meinte er, nachdem er mit dem Lesen fertig war. »Sieht nicht so aus, als stamme es von irgendwelchen Kleidungsstücken. Obwohl – nicht jeder hatte etwas an, worunter er oder sie das Messer verstecken konnte. May Cuttles Kleid hatte lange, weite Ärmel, aber sie ist aus dem Spiel. Könnte es allerdings jemandem ausgehändigt haben. Hey – vielleicht hat sie es Wainwright zugesteckt. Er hätte es nicht selbst mitbringen können. Enge Jeans, Turnschuhe, kurzärmliges Hemd.«

»Außerdem ist er nicht in die Nähe des Podests gekommen.«

»Wer käme sonst noch in Betracht? Die lesbische Frau hatte Hosen an – sie hätte es reinbringen können. Für die Blondine dürfte es schwierig gewesen sein. Gibbs hätte es in seiner Strickjacke verstecken können. Gamelin und die Beavers hätten es ebenfalls verstecken können und auch dieser Junge, der einen Sprung in der Schüssel hat. Er hatte einen ausgeleierten Pulli an. Oder Gamelins Gattin – in ihrem Kleid hätte die einen ganzen Besteckkasten verbergen können. Das gilt auch für ihre Tochter im Sari.«

Troy schürzte angewidert die Lippen. Wenn er etwas auf den Tod nicht ausstehen konnte, dann weiße Frauen, die sich wie Schwarze kleideten. »Wenn die mir gehören würde«, murmelte er, »würde ich sie heimschleifen, das rote Zeugs abwaschen und sie mal ordentlich übers Knie legen.«

»Menschen ›gehören‹ uns nicht, Sergeant. Sie sind weder Autos noch Waschmaschinen. Und Sie haben jemanden vergessen.«

»Nein, habe ich nicht.« Barnaby zeigte auf die Zeichnung an der Wand. »*Craigie*?« Troy lachte ungläubig. »Nun, er wird doch nicht dem Mörder in die Hand spielen, indem er das Messer selber reinschmuggelt, oder?«

»Er war anwesend. Wir dürfen ihn nicht ausschließen. Wie gehen wir immer vor, Troy?«

»Wir halten uns alle Möglichkeiten offen«, rezitierte Troy mit einem Seufzer und dachte, daß manche Leute sich derart viele Möglichkeiten offenhielten, daß sie vor lauter Wald die Bäume nicht mehr sahen.

»Schauen Sie doch mal nach, ob es noch mehr von diesen Donuts gibt.«

Janet durchstöberte Trixies Zimmer. Wie sinnlos das war, begriff sie schnell. Sie hatte es schon zweimal durchsucht, zuerst ziemlich hastig und halb wahnsinnig vor Kummer, danach noch einmal langsam und sorgfältig. Ganz systematisch war sie jede einzelne Schublade durchgegangen. Hatte unter die Matratze, unter die Teppiche geschaut, Bücher durchgeblättert und in einem Augenblick totaler Verzweiflung sogar den Kaminrost kontrolliert. Nur Hinweise, wohin Trixie wohl geflohen sein mochte, fand sie keine.

In Wahrheit suchte Janet natürlich einen Brief. Davon gab es weit und breit keine Spur. Nicht einmal ein paar Papierschnipsel, die einem, nachdem man sie zusammengesetzt hatte, eine Adresse verrieten. Auch im Adreßbuch, das im Büro lag, stand nichts. Nach telefonischer Anmeldung war Trixie übers Wochenende zu Besuch gekommen und nicht wieder gegangen, nachdem eine Finanzierungsmöglichkeit gefunden worden war.

Die Intensität ihres Leids setzte ihr genauso stark zu wie das Leiden selbst. Wie hatte sie es zulassen können, an solch einen Punkt zu gelangen? Die Entwicklung war heimtückisch vonstatten gegangen. Anfänglich hatte sie Trixie nicht mal gemocht. Das Mädchen war ihr oberflächlich und dumm vorgekommen. Sie beide hatten nichts gemein gehabt. Dann, peu à peu, hatte sie begonnen, die jüngere Frau zu bewundern, und sie schließlich um ihre heitere Natur beneidet. Um ihre Selbstsicherheit und ihre Schlagfertigkeit. Janet, bei deren Erziehung man großen Wert auf höfliche Zurückhaltung gelegt hatte, litt permanent unter ihrer Gehemmtheit und darunter, daß ihre guten Manieren ihr verboten, mit der Sprache rauszurücken.

Ziemlich früh war ihr aufgefallen, daß Trixie keine wahre Sucherin war. Daß sie sich nicht sonderlich für eine andere Bewußtseinsebene interessierte. Sie hatte meditiert, hatte ein paar Unterredungen mit dem Meister gehabt und bei quasireligiösen Diskussionen hin und wieder ein paar ehrerbietige Bemerkungen fallenlassen, aber Janet wußte, daß sie nicht mit dem Herzen dabei war. Irgendwann war sie zu der Übrzeugung gekommen, daß Trixie nur das Nötigste tat, um einen Fuß in der Tür zu behalten. Häufig hatte Janet das Bedürfnis verspürt, sie zu fragen, aus welchem Grund sie auf Manor House lebte. Aus Mangel an Mut war es jedoch nie dazu gekommen. Trixie behauptete immer, daß ihr Neugierde verhaßt war.

Am Schminktisch sitzend und die frischen Rosen in der Vase betrachtend, war Janet ganz krank vor Sehnsucht. Erneut zog sie die oberste Schublade heraus und inspizierte das, was von Trixie übriggeblieben war. Eine halbvolle Packung Tampax, ein rosa Angorapulli, der unter den Achseln roch, und ein paar Bahnhofsschmöker, schlecht geschrieben und recht pornographisch (Janet hatte ein paar Seiten überflogen). Spätestens auf Seite sieben hatte jeder seine Unschuld verloren.

Janet zählte eins und eins zusammen. Furcht mußte Trixie

dazu getrieben haben abzuhauen. Diese Angst hatte irgend etwas mit Guy Gamelin zu tun. Noch im Tod besaß dieser monströse Mann die Macht, Schaden anzurichten. Janet stellte sich vor, wie Trixie allein und verängstigt auf der Flucht war. Hatte sie Geld? Würde sie per Anhalter reisen? Nicht nach all den schrecklichen Geschichten, die einem zu Ohren kamen. Irgendwann zwischen halb elf und zwölf mußte sie weggegangen sein. Wahrscheinlich hatte sie sich mit ihrem Koffer mit den blauen Rollen durch die Halle geschlichen, während Janet nur ein paar Meter weiter in der Küche zugange gewesen war. O Gott!

Sie sprang vom Stuhl auf und schlang die Arme fest um ihren Brustkorb. In diesem Augenblick brauchte Trixie ihre Freundschaft mehr denn je. Janet hatte soviel zu geben. Sie konnte spüren, wie es wie ein großer, schwerer Klumpen dort lag, wo eigentlich ihr Herz hätte sein müssen. Ihr ganzes Leben lang schien sie ihn mit sich herumgetragen zu haben, und von Tag zu Tag wurde er schwerer.

Plötzlich fiel ihr Blick auf ihr Spiegelbild. Ihre Haare standen wild ab, die Haut spannte sich über ihrer Hakennase. Als ihr dämmerte, daß Trixie womöglich nie wieder zurückkehren würde, spürte sie einen dicken Kloß im Hals. Wurde sich des Verlustes erst richtig bewußt. Das Ausmaß ihrer Qualen zwang sie fast in die Knie. Sie hatte das Gefühl, in Zukunft in unerträglichem Zwielicht leben zu müssen, ohne jemals die Schönheit eines strahlenden Tages kennengelernt zu haben.

Vor einiger Zeit hatte sie mal gelesen, daß die Intensität eines wirklich starken Gefühls alle Erinnerungen auszulöschen vermochte. Janet bildete sich ein, das Vergessen ertragen zu können. Ihre Liebe zu Trixie war einem dumpfen Schmerz vergleichbar, ähnelte einer verlorenen Erinnerung. Diesem Bild haftete etwas Sauberes, Strenges an. Mit Sicherheit zu wissen, daß man niemals Trost fand, war auch ein Trost. Sie würde allein bleiben und das unbeugsame, zutiefst unbefriedigende Epigramm in Erinnerung behalten, daß man im Leben nur bekam, was man wollte, wenn man wollte, was man bekam.

»Finde dich damit ab«, hätte ihre Mutter ihr in diesem Fall geraten. »Ich werde mich damit abfinden.« Daß sie das immer gesagt hatte, daran erinnerte sich Janet noch sehr gut. Diesen Ausspruch hatte sie immer dahingehend gedeutet, daß man nicht genau das kriegte, was man wollte, daß das aber immer noch besser war als gar nichts.

Kaum hatte Janet entschieden, sich mit dem schmerzlichen Verlangen nach menschlichem Kontakt zufriedenzugeben, mit einem Hauch von Wärme, der einem das Leben erträglich machte, da schnürte es ihre Brust zusammen. Bitterlich weinend, tauchte sie ihr Gesicht in die duftenden Rosen.

Christopher und Suhami hatten sich ins Büro zurückgezogen. Sie schaute aus dem Fenster, er saß an dem einbeinigen Tisch, an dem Barnaby die Verhöre durchgeführt hatte. Neben Christophers Fuß stand ein kleiner Schweinslederkoffer, und auf dem Tisch lag ein großer, unverschlossener Briefumschlag. In dem seit drei Tagen nicht mehr benutzten Raum bildete sich auf allen Gegenständen schon eine dünne Staubschicht.

Das Paar unterhielt sich über den Tod. Suhami mit der getriebenen Gereiztheit eines Menschen, der sich verpflichtet fühlt, eine alte Wunde zu begutachten, Christopher, der langsam ebenfalls mürrisch wurde, mit großen Widerwillen.

»Es ist unmöglich, oder?« sagte sie. »Sich vorzustellen, wie es sich anfühlt, tot zu sein. Man stellt sich vor, bei der eigenen Beerdigung anwesend zu sein. Man sieht, wie die Trauergäste weinen. Man sieht die vielen Blumen. Dennoch, man muß leben, um sich dieses Bild ausmalen zu können.«

»Ich denke schon. Können wir nicht über etwas anderes sprechen?« Sie antwortete ihm nicht. Ungeduldig stellte er den Koffer auf einen Stuhl mit gerader Lehne. »Wir könnten die Sachen deines Vaters durchsehen?«

»Was gibt es da durchzusehen? Das sind nur Klamotten. Wenn jemand nächstes Mal nach Causton fährt, soll er die Sachen in den Laden einer wohltätigen Organisation tragen.«

»Und da ist noch dieser Umschlag.«

»Ich weiß, ich weiß. Ich habe den Empfang quittiert, nicht wahr?«

»Beruhige dich.« Er schüttete den Inhalt auf den Tisch. Guys Brieftasche, seine Schlüssel, ein Taschentuch, ein Zigarrenabschneider und ein Feuerzeug. Ein leeres braunes Glasröhrchen. Eine kleine Karte, zerknittert, als habe sich jemand daran festgehalten. Eingraviert war eine Nachricht von Ian und Fiona (Besitzer). Christopher drehte die Karte um. Eine Elfe mit Schuhen, deren Spitzen hochgebogen waren, zeigte mit einem Stab auf eine kursiv gesetzte Zeile: *Sie zu erfreuen ist unser wahres Anliegen. Wm. Shakespeare.* Und da war noch etwas anderes im Umschlag. Ganz unten im Knick.

Christopher fuhr mit der Hand hinein und holte die Armbanduhr heraus. Diesen ungewöhnlich schönen, nur aus Juwelen, Edelmetall und geschliffenem Glas bestehenden Gegenstand nahm er in die Hand. Er hielt den Atem an (er konnte nicht anders) und spürte, wie sie sich umdrehte. Als er aufschaute, beobachtete Suhami ihn. Ihr Gesichtsausdruck war nicht zu deuten. Er legte die Uhr auf den Tisch. Auf dem dunklen Rosenholz funkelte sie wie ein Stern. Als er endlich wieder sprechen konnte, ohne sich seine Habsucht anmerken zu lassen, sagte er: »Was meinst du? Sollten wir diese Sachen deiner Mutter geben?«

»Wohl kaum.« Suhami trat näher. »Das letzte, was sie brauchen kann, sind Erinnerungsstücke. Ihren derzeitigen Zustand hat sie ihm zu verdanken.«

»Dieses Röhrchen ist leer.«

»Herztabletten.«

»Dann hatte er also noch Zeit, sie einzunehmen.«

»So scheint es.«

»Da steckt noch was in seiner Brieftasche.« Das metallisch-cremefarbene Lederbehältnis mit den großen Krokodilschuppen war auf einer Seite ausgebeult. Als Christopher die Finger in das Fach schob, flog Konfetti heraus. Ein paar Schnipselchen fing er mit der Hand auf. »Das ist Geld.«

»Wie grotesk.« Suhami musterte die verstreuten Fragmente.

Auf einmal wurde sie unerklärlicherweise von Angst ergriffen. »So was würde er niemals tun. Es sei denn…« Für einen Sekundenbruchteil sah sie Guy *in extremis*, wie er schlagartig die Sinnlosigkeit seines Reichtums erfaßte und symbolisch einen großen Geldschein zerriß. Gleich darauf wurde ihr klar, wie sentimental und unsinnig dieses Bild war.

»Es sei denn was…?«

»Keine Ahnung. Er war… ziemlich am Ende. Emotional gesehen. Neulich nachmittag, im Verlauf unserer Unterhaltung, tat er mir beinahe leid. Nicht daß ich es mir hätte anmerken lassen.«

»Wieso nicht?«

»Er verabscheute jedwede Zurschaustellung von Gefühlen. In seinen Augen war das mit Schwäche gleichzusetzen.«

»Klingt alles ein bißchen traurig.«

»Vergeude nicht deine Gefühle an ihn«, meinte Suhami. »Er hat das Messer genommen, vergiß das nicht. Ach – räum die verdammten Sachen weg. Nein – warte…« Sie nahm die Armbanduhr und hielt sie ihm hin. »Hier – nimm sie.«

»Wie bitte?«

»Nimm sie.« Fassungslos starrte er sie an. »Nur zu.«

Christopher schluckte. Langsam, als könne er es nicht verhindern, wanderte sein Blick zu der Uhr hinüber. »Das kann nicht dein Ernst sein.«

»Warum nicht?«

»Ich weiß nicht, sie ist so unglaublich… so…« Er wußte wohl, daß seine Gier sich auf seinem Gesicht spiegelte, doch ändern konnte er daran nichts. »Wem gehört sie nun?«

»Mir. Er hat immer behauptet, er würde alles mir vermachen.«

»Du kannst doch nicht einfach…« Seine Gier drängte ihn, den Arm zu heben, die Finger, die Hand auszustrecken.

»Gewiß – ich kann.« Sie machte einen Satz, drückte ihm die Uhr in die Hand und wich wieder zurück.

»Bist du sicher?«

»Klar doch.« Sie wich immer weiter von ihm zurück. »Verkauf sie, wenn du willst. Kauf dir das, was die Agenten einen guten Ruf nennen. Nur trag sie bitte nicht, wenn du dich in meiner Nähe aufhältst.«

Christopher stopfte die Uhr in seine Tasche. Sie wog nichts. Die Größe des Geschenks verschlug ihm die Sprache. Auf der anderen Seite bestürzte ihn die beiläufige Art, mit der sie es ihm gegeben hatte. Suhami hatte ihm die Uhr praktisch unter die Nase gehalten. War die ganze Angelegenheit eine Art Prüfung gewesen, und hatte er versagt, indem er das Geschenk angenommen hatte? Zweifelsohne ging von ihr eine gewisse Hochspannung aus, die er nicht nachvollziehen konnte. Mit einem Mal bildete er sich ein, daß die Uhr eine Art Abschiedsgeschenk gewesen war, daß sie beschlossen hatte, ihren eigenen Weg zu gehen, ohne ihn. Diese Einschätzung stimmte ihn – nicht nur wegen dieser beleidigenden »Abfindung« – zornig. Er zog Suhami einem Zeitmesser in jedem Fall vor, egal, wie außergewöhnlich der auch sein mochte.

Nach drei Uhr fuhren Barnaby und Troy vor Manor House vor. May begrüßte sie. In ihrem mehrfarbig gestreiften Djeballa, der von einem Kupfergürtel zusammengehalten wurde, wirkte sie unerhört extravagant.

»Ah – da sind Sie ja.« Als hätte man sie persönlich vorgeladen. »Ich freue mich sehr über Ihr Kommen, denn ich muß Ihnen etwas sagen.«

»Ach ja, Miss Cuttle?« Barnaby folgte ihr in die Halle. Bis auf das leise Klappern von Geschirr herrschte im Haus Stille. Ihm fiel das farbenfrohe, durchs Oberlicht einfallende Licht auf, und er gab einen Kommentar dazu ab.

»Wir aalen uns darin, Chief Inspector. Wir laden unsere Psyche damit auf. Wenigstens einmal pro Tag. Unterschätzen Sie niemals die heilende Kraft der Farben. Vielleicht möchten Sie ...«

»Ein anderes Mal. Was wollten Sie –?«

»Nicht hier.« Schnellen Schrittes marschierte sie weiter und gab ihnen mit hocherhobenem Arm und wedelnder Hand zu verstehen, daß sie ihr folgen sollten. Ihr Anblick ließ Barnaby an den Kommandoturm eines Unterseebootes denken.

Heute fiel ihr Haar locker auf die Schultern herab. Eine Wolke aus Korkenzieherlocken, Wellen, Kringeln, begrenzt von einem zerzausten Pony, der bei einer nicht ganz so rubenesken Gestalt keck gewirkt hätte. Ihr zu folgen war kein Problem. Tatsächlich schien die magnetische Anziehungskraft ihres fließenden Gewandes gar keine andere Möglichkeit zuzulassen. Sie scheuchte sie in ein Zimmer, warf kurz einen Blick den Flur hoch und runter und schloß dann die Tür.

Nach dieser aufwendigen Einleitung rechnete Barnaby damit, daß May sofort einen ganzen Schwall wichtiger Informationen ausspucken würde, doch sie wartete ein wenig, rümpfte ihre schöne römische Nase und bewegte ihre zarten Nasenflügel. Schließlich sagte sie: »Hier gibt es eine ganze Reihe negativer, unerhört negativer Schwingungen.« Ihr Blick tanzte zwischen den beiden Männern hin und her. »Ich nehme an, sie gehen von Ihnen aus.« Troy zog die Augenbrauen hoch. Cool wie immer. »Ich muß Sie um etwas Geduld bitten, bis ich die positiven Ionen wiederhergestellt und meinen Vitalitätsindex erhöht habe.«

Sie setzte sich an einen kleinen runden Tisch, auf dem eine orangefarbene Chenilledecke mit Fransen lag, stützte die Ellbogen auf dem Rand ab und schloß die Augen. Mehrere Minuten verstrichen.

Ist jemand zu Hause? fragte sich Troy. Er hoffte inständig, daß ihm nicht seine Tante Doris erschien. Er hatte ihr fünfzig Pfund geschuldet, als sie von einem Ford Sierra überfahren wurde. Sie war extrem spitzzüngig gewesen.

»Oh! Gleißende helle Strahlen fließt in mich!
Erquickender allumfassender Frieden
entfalte dich und schaffe Harmonie unter Vestas
alles sehenden Augen.
Ida und Pingala – kreuzt meine Schwingungsknoten.«

Bei den ersten laut ausgesprochenen Worten hätte Troy fast einen Satz gemacht. Seine Schuhe musternd, weigerte sich Barnaby beharrlich, den Blick seines Sergeants zu erwidern. In einer Zimmerecke registrierte er einen größeren Tisch, auf dem mehrere Flaschen mit heller Flüssigkeit standen. Zweifelsohne Futter für die Leichtgläubigen. May atmete ein paarmal hintereinander laut aus und ein, blickte sich dann um und bedachte die beiden Beamten mit einem warmen, freundlichen Lächeln.

»Ja. Ist es jetzt nicht besser? Fühlen Sie sich wohl?« Barnaby nickte. Troy stierte weiterhin wie gebannt aus dem Fenster.

»Heute nacht habe ich nicht geschlafen, wie Sie sich bestimmt vorstellen können, aber nach dem Mittagessen habe ich mich kurz hingelegt und bin weggedöst. Während dieser kurzen Ruhepause erhielt ich einen Besuch vom grünen Meister Rakowsky. Er erteilt Ratschläge in juristischen Fragen, wie Sie wahrscheinlich wissen dürften, und er schlug mir vor, mit Ihnen zu sprechen.«

»Ich verstehe«, sagte der Chief Inspector. Die Selbstverständlichkeit, mit der May davon ausging, daß er in diesen Dingen bewandert war, irritierte ihn sehr.

»Mein Anliegen steht nicht in Verbindung mit der Wiedergeburt des Meisters, sondern mit einer ganz anderen Sache, die mir schon seit längerem Kopfzerbrechen macht und über die ich gerade in dem Augenblick, als der Meteor vom Dach fiel, mit Christopher reden wollte. Dann ist es mir aber wieder entfallen. Zu jenem Zeitpunkt begriffen wir nicht, daß das ein Vorbote war.« Barnabys nichtssagende Miene als Unverständnis auslegend, fügte sie freundlich hinzu: »Das heißt ein Omen, wissen Sie.«

»Ja«, antwortete der Chief Inspector.

May blickte zum Fenster hinüber, an dessen Rahmen Troy seinen Kopf preßte. »Fühlt sich Ihr Sergeant nicht wohl?«

»Es geht ihm gut.«

»Ich fürchte«, fuhr May fort, »ich kann meine Vogel-Strauß-Mentalität nicht länger aufrechterhalten. Hier stimmt ganz eindeutig irgend etwas nicht.«

Großer Gott, dachte Barnaby, da steckt sie bis zum Hals in Mord und begreift nun endlich, daß was nicht stimmt.

»Alles fing an, nachdem Jim Carter uns verlassen hat.«

»An den Namen entsinne ich mich nicht, Miss Cuttle.«

»Nein. Er verstarb, ehe Sie hier eintrafen.«

Darauf ließ sich Barnaby erst gar nicht ein. »Und wer war er?«

»Oh, ein guter Mensch. Eines unserer ältesten Mitglieder. Er hatte einen Unfall – einen tödlichen Unfall. Es überrascht mich, daß Sie nichts darüber wissen.«

»Tödliche Unfälle fallen nicht in unseren Zuständigkeitsbereich.«

»Es gab eine Untersuchung.« May musterte Barnaby in einer Art und Weise, als habe er heimlich im Heuschober geraucht. »Ein, zwei Tage nach seinem Tod war ich auf dem Weg in die Waschküche und wurde Zeuge einer Unterhaltung. Oder zumindest eines Teils einer Unterhaltung. Die Tür zu des Meisters Heiligtum stand einen Spalt offen. Jemand sagte: ›Was hast du getan? Falls sie beschließen, eine Obduktion vorzu–‹ Dann senkten sie die Stimmen und schlossen die Tür.«

»Haben Sie gesehen, wer da gesprochen hat?«

»Nein, ein Wandschirm versperrte mir die Sicht.«

»War es Ihrer Ansicht nach Mr. Craigie, der da sprach?« Beim Reden beugte Barnaby sich vor. Troy hörte auf, das Fenster zu massieren und wandte sich mit fragendem Blick den anderen zu. Anspannung machte sich im Zimmer breit.

»Keine Ahnung. Die Stimme klang ziemlich gepreßt. Als die Untersuchung anberaumt wurde und der Bericht des Pathologen vorlag und alles in Ordnung zu sein schien, nahm ich an, ich würde den Worten zu große Bedeutung beimessen. Ein paar Wochen später weckte mich mitten in der Nacht ein Geräusch. Leises Poltern, als verrücke jemand vorsichtig Möbel, und Knarzen wie beim Öffnen und Schließen von Schubladen.«

»Woher kamen die Geräusche?« wollte Troy wissen.

»Von nebenan – aus Jims Zimmer. Es war nicht verschlossen, wieso also diese seltsame Heimlichtuerei? Warum ging der Betreffende nicht einfach bei Tag rein?«

»Ein Einbrecher?« schlug Barnaby vor.

»Ganz gewiß nicht«, meinte May und schilderte, wie die Person am Haus entlanggelaufen war.

»Warum haben Sie nicht die Polizei verständigt?«

»Nun, wissen Sie, so handeln wir hier nicht.« May warf Troy ein tröstendes Lächeln zu. »Ich bin sicher, Sie sind sehr kompetent, aber diese Reaktion hätte womöglich großen psychischen Schaden angerichtet.«

»Glauben Sie, daß er – oder sie – beim Wegrennen gehört hat, wie Sie Ihr Fenster öffneten? Ich nehme an, die betreffende Person wußte, daß Ihr Zimmer nebenan lag.«

»Durchaus möglich.« Sie warf ihm einen Blick aus ihren strahlend hellen Augen zu. »Ist das wichtig?«

Auf diese Frage reagierte Troy mit einer Mischung aus Ehrfurcht und Fassungslosigkeit. Diese Frau fuhr einen Wagen, kümmerte sich um die finanziellen Angelegenheiten der Kommune, handhabte alle Bankgeschäfte und umsorgte gelegentlich eine stattliche Anzahl von Besuchern. All diese Fähigkeiten gingen Hand in Hand mit dem Glauben an Erzengel, außerirdische Hilfe in häuslichen und juristischen Dingen und an einen astralen Messerwerfer, der den großen Meister mühelos in eine andere Dimension befördert hatte. Er beobachtete, wie sie seinem gequält dreinblickenden Chief sachte die Hand auf den Arm legte.

»Fühlen Sie sich nicht ganz wohl, Inspector Barnaby?«

Barnabys Räuspern hörte sich wie ein trockenes Scharren an. May machte einen besorgten Eindruck. »Ein zugeschnürter Kehlkopf weist manchmal auf gravierende Nierenprobleme hin.« Die Gelassenheit, mit der er auf die formidable Diagnose reagierte, ließ sie fortfahren: »Es würde keine Mühe machen, für Sie kurz den Passionsblumeninhalator zu holen.« Barnaby zog sich unwiderruflich in sich zurück.

So was kann er nun gerade überhaupt nicht ausstehen, konstatierte Troy. Dieser alte Teufel. Müßte einen Gang runterschalten.

Barnaby spürte Mays Enttäuschung. Traurig schüttelte sie den Kopf, doch ihre opulente Selbstsicherheit nahm keinen Schaden. Es war nicht von der Hand zu weisen, daß sie zu den Menschen gehörte, die stets anderen helfen mußten. Er zweifelte nicht an der Echtheit ihrer Freundlichkeit, vermutete jedoch, daß sich ihre Anteilnahme dergestalt äußerte, daß sie das vorliegende Problem gemäß ihrer eigenen Prinzipien anpackte und sich in Wahrheit nicht bemühte, den Nöten des Hilfesuchenden gerecht zu werden.

»Dürften wir möglicherweise einen Blick in Mr. Carters Zimmer werfen?«

»Da gibt es nichts zu sehen. All seine Sachen sind weg.«

»Nichtsdestotrotz ...«

»Ich möchte Ihnen einen Rat geben«, sagte sie und setzte sich in Bewegung, »der Ihnen helfen dürfte. Ziehen Sie ein Tausendschön mit der Wurzel heraus, an einem Freitag, an dem Vollmond ist, ansonsten funktioniert es nicht. Wickeln Sie die Pflanze in ein weißes Tuch, es muß aus Leinen sein, und tragen Sie sie auf der Haut. Fortan können Kugeln Ihnen nichts anhaben.«

»Zu diesem Zweck gibt die Polizei Westen aus, Miss Cuttle.«

»Sieh an, sieh an. Taugen die was?« Auf einmal war sie richtig interessiert. »Tragen Sie jetzt auch eine kugelsichere Weste? Dürfte ich eventuell einen Blick darauf werfen?«

Mays Augen funkelten, ihre Bernsteinohrringe ebenfalls. Überraschenderweise mußte sie feststellen, wie ungemein aufregend es war, an einer polizeilichen Ermittlung beteiligt zu sein. Sie fragte sich, ob auf Windhorse, wo es weder Fernsehen, Radio noch Druckerzeugnisse profaner Natur gab, nicht nur alle negativen Schwingungen ausgemerzt wurden, sondern darüber hinaus eine ganze Palette lebendiger Farben. Ich sollte öfter ausgehen, dachte sie, und schämte sich auf der Stelle für ihren Mangel an Loyalität.

»Würden Sie sagen, daß ich Ihnen ›bei Ihrer Untersuchung behilflich‹ bin, Inspector?« Sie blieb vor dem Zimmer neben ihrem stehen. »Ich habe mich des öfteren gefragt, was mit diesen Worten gemeint ist.«

Kaum hatte sie dies gesagt, öffneten die Herren die Tür, bedankten sich kurz und knallten ihr die Tür vor der Nase zu.

Barnaby und Troy schauten sich um. Das Zimmer war so ordentlich wie eine Seemannskajüte. Ein Minimum an Möbeln. Zwei helle Eichenstühle mit hohen, geraden Lehnen, ein schmales Bett, ein Kartentisch, ein Schrank mit einer leeren Schuhschachtel (das Etikett kündete von eleganten italienischen Slippern) und eine Kommode mit mehreren Schubladen. An der gegenüberliegenden Wand war ein einfaches Holzbrett mit drei Haken angeschraubt worden. Die Bettdecke war aus weißem grobem Baumwollstoff gefertigt, wie man sie auf Eisenbettgestellen in Männerwohnheimen fand. Der Bettüberwurf war krankenhausmäßig umgeschlagen und straff über die Matratze gespannt. Die strenge Zurückhaltung paßte gut zum restlichen Raum, in dessen puritanischer Schlichtheit eine Falte extrem wollüstig gewirkt hätte. An einer der Wände hing ein Poster mit folgendem Ausspruch: GOTT IST EIN KREIS, DESSEN ZENTRUM ÜBERALL UND DESSEN GRENZEN NIRGENDWO SIND.

Troy kontrollierte die Schubladen. Leer. Barnaby ließ seinen Blick schweifen und wunderte sich über den augenfälligen Beweis, daß es eine direkte Verbindung zwischen physischer Unbequemlichkeit und spiritueller Verwirklichung gab. Er dachte an Bettelmönche in Büßerhemden, an Selbstgeißelung, an Yogis, die jahrelang in Höhlen zubrachten, an Märtyrer, die sich in die Flammen stürzten oder den gefräßigen Mäulern großer Raubkatzen auslieferten. Diese Form der Lebensführung kam dem Inspector sinnlos vor. Er liebte seine Bequemlichkeiten. Den vielbenutzten Sessel nach einem langen Tag, Musik, die aus offenstehenden Terrassentüren schallte. Er liebte es immer noch, mit Joyce ins Bett zu gehen. Oder an einem warmen Feuer zu sitzen und die klaren Konturen ihres Profils zu beobachten.

Dem Chief Inspector war es nicht gegeben, sich länger mit philosophischen Themen zu beschäftigen. Was nicht nur daran lag, daß es ihm an der nötigen Zeit mangelte, sondern auch dem Umstand zuzuschreiben war, daß derlei Gedanken in seinen Augen unerhört hochtrabend waren. Er gab sich Mühe, ein anständiges Leben zu führen. Er sorgte für Frau und Tochter, ging einer anständigen Arbeit nach und unterstützte ein halbes Dutzend karitativer Einrichtungen. Er hatte wenig Freunde, da er seine knapp bemessene Freizeit gern mit seiner Familie verbrachte, doch die Freunde, die er besaß, konnten sich in schwierigen Zeiten auf seine Unterstützung verlassen. Insgesamt hatte er es – seiner eigenen Einschätzung nach – nicht schlecht getroffen. Eigentlich sogar so gut, daß die Waagschale – sollte es so einen hinterlistigen metaphysischen Witz wie das Jüngste Gericht geben – in seine Richtung ausschlug.

»Nicht viel für ein ganzes Leben, nicht wahr, Sir?« Troy war an das Bücherregal getreten. Drei Holzbretter, die auf einer Reihe amethystfarbener Steine aufgeschichtet waren. Er kniete sich hin, um ein Buch aus dem untersten Regal hervorzuziehen. »Hier gibt es einen Schinken über Wölfe.« Er reichte es weiter. »Meine Biographie von R. R. Hood.« Er kicherte.

Barnaby wußte nie zu sagen, ob sein Sergeant sich tatsächlich für witzig hielt. Das Gegenteil anzunehmen war unhöflich. Er warf einen Blick auf den Buchrücken. Der Autor war ein gewisser Wolf Messing, der auf dem Umschlag als »wichtigster russischer Seelenheiler« ausgewiesen wurde. Barnaby machte sich daran, selbst ein Buch herauszuziehen. *Deathing: Eine intelligente Alternative, den Tod bewußt zu erleben* von Anya Foos-Graber. Aufgeheitert durch die Nachricht, daß es eine Alternative gab, tat es dem Inspector nur leid, daß es dem armen alten Jim nicht gelungen war, das Prinzip zu erfassen. Entweder das, oder er hatte keine Zeit gehabt, seine Intelligenz ins Spiel zu bringen.

»Ist besser, wenn wir sie alle durchsehen – man weiß ja nie.« Die beiden Männer zogen einen Band nach dem anderen heraus und blätterten sie durch. In der irrigen Annahme, ausschließlich auf fernöstliche Themengebiete zu stoßen, überflog Barnaby angenehm überrascht die Titel. Sufismus, Buddhismus, Sagen, Mythen und Legenden über Druiden, Runensysteme, Rosenkreuzer, eine Jung-Fibel. Und es gab auch Bücher zu I Ging, zu UFOs, *The Tao of Physics* und das *Arkana Dictionary of New Perspectives.* Die meisten waren gebrauchte Taschenbuchausgaben. Der dickste Band hatte drei Pfund fünfundsiebzig, der billigste fünfundzwanzig Pence gekostet.

»Er muß doch auch persönliche Gegenstände besessen haben, Chief?« Troy blätterte das letzte Buch durch und stellte es vorsichtig zurück. »Die meisten Menschen besitzen zumindest eine Geburtsurkunde, ein paar Fotografien. Man kann nicht existieren, indem man nur die Klamotten, die man am Leib trägt, und ein paar Bücher sein eigen nennt.«

»Mönche schon.«

»Ähm ... ja ... Mönche.« Troys Tonfall verriet ein derart tiefes Unverständnis, als würden die beiden sich über Marsmenschen unterhalten. Barnaby nahm *The Meaning of Happiness* heraus. Wen würde das nicht interessieren?

»Eins hier ist von einem Yogi. Um ehrlich zu sein, von Yogi-Bär. Zehn aufregende Porridgegerichte.«

»Wenn Ihnen nichts anderes einfällt, als dumme Witze zu machen, können Sie gehen und Mrs. Gamelin verhören.«

»In Ordnung. Haben Sie eine Ahnung, wo sie steckt?«

»Sie verfügen doch über Sprechwerkzeug. Fragen Sie. Sie wissen, was wir erfahren möchten.«

Ich weiß, was ich will. Eine schöne lange, gutriechende Zigarette. Troy machte die Tür auf und stolperte beinah über May, die umgehend anbot, ihn zu Felicity zu bringen. Auf dem Weg dorthin warf sie ihm wiederholt ermutigende Blicke zu und blieb einmal sogar stehen, um vorzuschlagen, er dürfe sich sein Haar nicht so kurz schneiden lassen, weil Haare als Antenne für kosmische Kräfte fungierten.

»Der Siegertempel auf der Venus steht Ihrem Bewußtsein am siebzehnten dieses Monats offen. Sind Sie daran interessiert, an einer kleinen Heilungszeremonie teilzunehmen?«

Troys Verblüffung kannte keine Grenzen mehr. »Sie müssen sich dringend heilen lassen, wissen Sie? Sehr dringend.« Sein Schweigen als Unentschlossenheit auslegend, fuhr sie fort: »Hier behandeln wir den ganzen Menschen. Bei einem gewöhnlichen Arzt kriegen Sie einfach ein Medikament verschrieben. Werden Sie ins Krankenhaus eingeliefert, kümmern sich die Chirurgen ausschließlich um das betroffene Organ und nicht um den Menschen mit all seinen Facetten.«

Troy, der sein ganzes Erwachsenenleben damit zugebracht hatte, nach einer Frau mit solch ausgeprägtem Talent für uneigennützigen Eifer zu suchen, seufzte laut auf. »Ja... nun... bin augenblicklich sehr beschäftigt. Mit dem kleinen Baby und all dem...«

Troy auf der Galerie zurücklassend, betrat May Felicitys Zimmer, um gleich darauf wieder herauszukommen und zu sagen: »Sie ist wach, aber ihr Energiefeld ist immer noch sehr schwach, darum –«

»Wir werden schon zurechtkommen, Miss Cuttle.«

Troy erkannte Felicity kaum wieder. An einen Berg aufgeschüttelter Kissen gelehnt, saß Felicity im Bett. Ihr Haar war mit einem bunten Band zurückgebunden, und sie trug ein blaues Seidengewand. Für Troy war das Schönste an diesem Verhör, daß er die ganze Zeit rauchen konnte, ohne sie um Erlaubnis zu fragen. Dieser kleine Vorteil wurde allerdings von dem Umstand, daß sie ihn kaum wahrnahm, geschweige denn zu einer Aussage zu überreden war, beträchtlich geschmälert.

Im Grunde genommen kam sie ihm noch abgedrehter als gestern vor. Erinnerte sich kaum, wo sie auf dem Podest gesessen und wer neben ihr gewesen war. Troy fragte sich, inwieweit sie den Mord absichtlich ausblendete. Der Ehrlichkeit halber mußte er einräumen, daß es schon schrecklich genug war, sich in einem Zimmer aufzuhalten, in dem ein Mord begangen wurde, hatte man dazu auch noch nicht alle Tassen im Schrank...

Auf die Frage, was sie über den McFadden-Treuhandfonds und die damit in Zusammenhang stehende Schenkung dächte, regte sie sich ziemlich auf und behauptete, davon nichts gewußt zu haben. Er stellte die Vermutung an, daß ihr Mann sicherlich Bescheid gewußt hätte, woraufhin sie sagte: »Das will ich gern glauben.« Und: »Er würde alles in seiner Macht Stehende tun, um so etwas zu verhindern.«

»Das Erbe gehört Ihrer Tochter, Miss Gamelin. Gewiß liegt die Entscheidung bei ihr?«

»Wem das Geld gehört, macht keinen Unterschied.« Sie regte sich noch mehr auf, warf wild den Kopf hin und her. Troy entschied, sich aus dem Staub zu machen. Ehe er die Tür erreichte, begann sie, sich lautstark über die physische und psychische Verfassung ihres Gatten auszulassen. Vor lauter Bewunderung für ihre anschauliche Schilderung (das Netteste, was sie über ihn zu sagen hatte, war »froschgesichtiger, ehebrecherischer, habsüchtiger Mistkerl«) fiel ihm anfänglich gar nicht auf, daß sie von ihm in der Gegenwartsform sprach. Als Felicity sich keuchend gegen die Kissen fallen ließ, sagte er knapp: »Ich finde das nicht nett, Mrs. Gamelin. Schließlich ist er gerade erst gestorben.«

Felicity stieß einen lauten Schrei aus, fiel zur Seite und hing wie ohnmächtig über dem Bettrand. In diesem Moment kam May ins Zimmer gerauscht.

»Sie dummer Hund, Gavin«, schimpfte Barnaby auf der Rückfahrt zum Revier.

»Ähm, woher hätte ich das wissen sollen? Sie lag da wie der aufgewärmte Tod. Daher nahm ich an, jemand habe ihr längst die guten Neuigkeiten überbracht. Sir Sinjhan Furzheimer ist gegen zehn Uhr morgens dagewesen.« Verdrießlich blickte er zu Boden. »Ich kriege hier für alles mögliche die Schuld in die Schuhe geschoben.«

Wieder bin ich der Prügelknabe. Hätte Installateur werden sollen. Oder Streckenarbeiter wie mein Vater. Kaum ging er in Gedanken diese Alternativen durch, wußte Troy, daß das nicht sein Ernst war. Seit jeher hatte er Polizist werden wollen, liebte es, Polizist zu sein, würde niemals einen anderen Beruf ausüben. Was nichts daran änderte, daß es Zeiten gab, in denen ihm das ewige Genörgel, die Schreibarbeiten, das Herumschnüffeln, das doppelte Händeschütteln, die schwammige Einstellung der Außenseiter, die nie das Durcheinander ausräumen mußten, die politische Einmischung, die Notwendigkeit, die Klappe zu halten, falls man vorwärtskommen wollte, und all die anderen täglichen Irritationen gegen den Strich gingen und ihn zu überwältigen drohten.

Troys schmaler Mund und die roten Flecken auf seinen Wangen brachten Barnaby zu der Einsicht, wie unfair er gewesen war. Die Annahme, daß Felicity über den Tod ihres Mannes in Kenntnis gesetzt worden war, war nicht aus der Luft gegriffen, was nichts daran änderte, daß sein Sergeant die ganze Angelegenheit nicht besonders geschickt angefaßt hatte. Sein moderates Level an akademischer Bildung war für Troy ein wunder Punkt. Stempelte man ihn als dumm ab, stach man direkt in offene Wunden. Normalerweise vertrat der Chief Inspector die These, daß das Leben eben hart war, und hätte es dabei belassen, doch heute war er großmütig gestimmt.

»Dieser Fehler hätte jedem unterlaufen können, Sergeant.«

»Sir.«

Mehr brauchte es nicht. In Windeseile war Troys Selbstbewußtsein wieder in Topform. Schon fragte er sich, ob diese ungewohnte Nachsichtigkeit Ermunterung genug war, vorsichtig das Dauerthema Talisa Leanne anzuschneiden. Er murmelte ein paar Worte. Nur eine kleine Anspielung, nichts Besonderes. Auf Barnabys abwesendes Nicken hin begann er umgehend, sich über den Charme, die Schönheit, die ungewöhnliche Wachstumsrate (Größe, Zähne, Haare, Nägel), die Sprachentwicklung, ihren Teddybär (wie geschickt sie mit ihm umging) und die musikalische Begabung (kreatives Trommeln mit einem Kochtopfdeckel) des Babys auszulassen. Und über das letzte Gemälde, das mit einem Magneten an der Kühlschranktür befestigt und dem Pudel des Kindermädchens wie aus dem Gesicht geschnitten war.

Barnaby war es gewohnt, auf Durchzug zu schalten. Er

dachte an Jim Carters kärglichen Raum. Ein Mann, der sich ernsthaft mit seinem Glauben auseinandersetzte, der freundlich zu seinen Mitmenschen war. Ihm ging das Fitzelchen Unterhaltung durch den Kopf, das May aufgeschnappt hatte.

»Was hast du getan? Falls sie beschließen, eine Obduktion vorzu–«

Eine Obduktion? Was sonst, zwei Tage nach einem unerklärlichen Todesfall? Fürchteten Craigie (vermutlich) und wenigstens eine andere Person so eine Vorgehensweise? Mittlerweile war auch Craigie tot. Standen die beiden Todesfälle miteinander in Beziehung?

In diesem Stadium waren Spekulationen fruchtlos. Pure Energieverschwendung. Darüber hinaus beeinträchtigten sie die Konzentration. Weiß Gott, dachte Barnaby, ich habe schon genug Probleme zu lösen. Die neue Information mußte erst mal hintangestellt werden und warten, bis die Zeit reif war.

Es dauerte nicht lange, bis die Zeit dann tatsächlich reif war. Gleich am nächsten Tag warfen weitergehende Auskünfte ein ganz neues und sehr beunruhigendes Licht auf Jim Carters Tod.

11

Frühstück chez Barnaby. Cully und Joyce teilten sich den *Independent.* Tom knabberte an einem sehr labbrigen, sehr rosafarbenen, sehr feuchten Etwas.

»Ich würde wünschen, du würdest den Speck richtig braten. Warum kriegen wir nie knusprigen?«

»Letztes Mal, als ich knusprigen Speck servierte, hast du behauptet, er sei verbrannt.«

»Er war verbrannt.«

»Wo wir gerade vom Essen sprechen«, Cully faltete ihren Zeitungsteil zusammen, legte ihn auf den Schoß und griff nach einem weiteren Brioche, »wie läuft es mit deinen Kochkünsten, Dad?«

»Diese Woche werde ich nicht hingehen können.«

»Ich meine den morgigen Abend, Dummerchen.« Sie bestrich ihr Brioche mit fast weißer Butter, trug Kirschmarmelade auf und begann wieder die Zeitung zu lesen, ohne seine Antwort abzuwarten.

»Den ersten Gang habe ich fertig, aber es wäre nicht unklug, für den zweiten Gang was bei Sainsbury zu besorgen.

»Sainsbury?«

Joyce mahnte: »Sprich nicht mit vollem Mund.«

»Wir reden hier über mein Verlobungsessen. Und über meinen Geburtstag.«

»Ich werde euch alle zum Essen einladen, wenn der Fall abgeschlossen ist.«

»Das ist nicht dasselbe.«

»Wie ich sehe, hat es dieser schreckliche Tycoon geschafft, auf die Titelseite zu gelangen.« Joyce schlug ihren Zeitungsteil auf. »Und weiter hinten wird es, wie ich vermute, eine Todesanzeige geben. Ich frage mich, was da geschrieben steht.«

»Glücklicherweise kamen keine menschlichen Wesen zu Schaden«, erwiderte ihr Gatte.

»Ist er so schlimm gewesen?«

»Wäre es unverfroren, auch um einen Zeitungsteil zu bitten?« Barnaby streckte die Hand aus, was ihm aber nicht weiterhalf. »Wieso kriege ich in diesem Haushalt niemals das, was ich möchte?«

»Wir lieben dich alle, Dad.«

»Mir wäre es aber lieber, man ließe mich einen Blick in die Zeitung werfen.« Barnaby fragte sich, wie lange es wohl dauerte, bis die Presse dahinterkam, wo sich der eben verstorbene Millionär nur wenige Stunden vor seinem Tod aufgehalten hatte. Nicht sehr lange, lautete seine Schlußfolgerung, und er hoffte, daß sich die Leute von Golden Windhorse darauf einstellten.

Cully kicherte wieder, und die Zeitung, von ihren zarten Fingern mit den grell pinkfarbenen Nägeln gehalten, erzitterte. Sie trug einen seidenen Herrenhausmantel und hatte das lange dunkle Haar mit ein paar Haarnadeln locker auf ihrem hübsch geformten Kopf festgesteckt. Eine Locke fiel ihr in die Stirn, die sie immer wieder mit beiläufiger Grazie aus dem Gesicht strich. Oder vielleicht doch nicht so ganz beiläufig? Man konnte nie sagen, wann die Tochter und wann die Schauspielerin zum Vorschein kam. Während Barnaby die schönen Wangen, die herrlich makellose Aprikosenhaut und die feinen goldenen Härchen auf ihren Unterarmen bewunderte, mußte er sich immer wieder bewußt machen, daß dieses Mädchen schon ziemlich viel erlebt hatte. Kaum sechzehn Jahre alt, hatte sie während ihrer Punkrockphase weiche Drogen eingepfiffen. In dieses Geheimnis hatte sie ihn erst eingeweiht, als die Phase schon vorüber war. Und jetzt saß sie hier am Frühstückstisch, fünf Jahre älter und weiß Gott wie viele Liebesbriefe später, und glich einer exquisiten, unberührten, gerade eben erblühten Rose. Ach, Jugend … Jugend …

»Was, um Himmels willen, ist denn los, Tom?«

»Hmm?«

»Hast du Verdauungsprobleme?«

»Nein, dank des Specks habe ich keine. Nun, wenn ich schon kein Stück Zeitung kriege«, sagte er und warf seiner Tochter einen verdrossenen Blick zu, »dann darf ich euch vielleicht wenigstens einen Witz erzählen?

Ein Mann, der sich einbildete, daß man ihn zu Unrecht verurteilt hatte, brach in die Räume des Richters ein und kochte seine Perücke in einem elektrischen Wasserkocher.«

»Das glaube ich nicht. Das glaube ich wirklich nicht.«

»Es ist wahr.«

»Zeig's mir.« Es funktionierte beinahe. Die Zeitung wurde schon ein Stück weit rübergeschoben. Und dann in letzter Minute zurückgerissen.

Joyce lachte und fing an, Details aus ihrem Zeitungsteil vorzulesen: den Wetterbericht, ein Rezept, einen ausführlichen Bericht über jemanden, der einen Baum besetzte, um Wale zu retten.

»Wird dort oben nicht gerade viele Wale antreffen«, spottete Barnaby.

»Am Wochenenende gab es schon wieder eine Autobombe.« Raschel, raschel. »Das Opfer war jemand aus der UDR. Anscheinend will er nach Kanada auswandern.«

»Dann muß es ja eine ganz ordentliche Explosion gewesen sein.« Cully grinste ihren Vater an.

»Das ist nicht besonders witzig, Liebling.«

»Ist es dieser Mord in Compton Dando« – Joyce spähte über den Seitenrand –, »an dem du gerade arbeitest?«

»Ja.«

»Und wieso hast du das nicht erwähnt?«

»Das habe ich.«

»Du sagtest nur ›draußen bei Iver Way‹.«

»Was hat das –«

»Das ist mal wieder absolut typisch.« Joyce faltete die Zeitung zusamen und knallte sie auf den Tisch. Der Salzstreuer drohte umzufallen. Barnabys Hand schoß vor.

»Wag es ja nicht!« schimpfte seine Frau.

»Weißt du, was heute morgen in deine Mutter gefahren ist?«

Cully schaute aus dem Fenster und betrachtete den blühenden Jasmin. Wie üblich weigerte sie sich, Partei zu ergreifen oder sich einzumischen.

»Sprich nicht so, als ob ich nicht anwesend wäre, Tom. Das bringt mich auf die Palme.«

»Na gut. Was ist denn nun wieder ganz typisch für mich?«

»Du unterhältst dich nicht mit mir.«

»Mein Gott, Joyce – ich spreche nun schon seit zwanzig Jahren mit dir über meine Arbeit. Ich dachte, du würdest dich freuen, nichts mehr darüber zu hören.«

»Und – was noch schlimmer ist – du hörst nicht zu.« Barnaby stöhnte auf. »Ich wette, du erinnerst dich nicht mehr an Ann Cousins?«

»An wen?«

»Siehst du? Meine Freundin aus Compton Dando.«

»Ah.«

»Letztes Jahr, nach Alans Tod, veranstalteten die Leute von Manor House einen Workshop mit dem Titel ›Neue Horizonte‹. Sie meinte, daß ihr das helfen könnte. War eine große Enttäuschung, wie sich herausstellte. Nur Getue, keine Substanz. Wir sind zusammen hingegangen.«

»Was? Wieso hast du mir das nicht erzählt?«

»Ich *habe* es dir erzählt.« Joyce schmunzelte mit grimmiger Zufriedenheit. »Und zwar ganz ausführlich. Selbst wenn dein Körper daheim ist, ist dein Verstand in der Arbeit. Du interessierst dich nicht im geringsten für das, was ich tue.«

»Das ist aber ziemlich übertrieben und unfair. Ich habe mir dein letztes Bühnenbild angeschaut. Ich verpasse nie eine deiner Vorstellungen –«

»Die letzte hast du verpaßt.«

»Zwei Kinder sind entführt worden. Vielleicht erinnerst *du* dich nicht –«

»Poppy Levine heiratet.«

Cullys laute und klare Stimme schnitt durch die tiefer werdende Kluft ihrer Eltern, die sofort ihren Zwist beendeten in der Annahme, der gemeinsamen Tochter damit zu sehr zuzusetzen.

Cully, die sich einfach nur langweilte, fuhr fort: »In einem superkurzen Rock und Spitzenstrümpfen.«

»Ich komme zu spät.« Barnaby stand auf. »Über deinen Besuch unterhalten wir uns, wenn ich heimkomme.«

»Auf einmal schenkst du mir deine Aufmerksamkeit«, monierte Joyce säuerlich. Sie stand ebenfalls auf und trat hinter Cullys Stuhl, um den graugelockten Schopf zu neigen und mürrisch das Hochzeitsfoto zu studieren. »Sechs Ehemänner, und sie sieht immer noch wie einundzwanzig aus. Wie macht sie das nur?«

»Schenkt man den Gerüchten Glauben, hat sie ihre Epidermis dem Teufel verkauft. Sieh dir das mal an.« Cully tippte mit dem Fingernagel auf die Zeitung. »Es geht mir echt gegen den Strich, daß sie bei Frauen immer das Alter erwähnen. Poppy Levine, neunundreißig, heiratet den Kameramann Christopher Wainwright. Über sein Alter verlieren sie kein Wort – Dad!« Der *Indy* wurde ihr aus den Fingern gerissen. »Sei doch nicht so verdammt unhöflich!«

Barnaby überflog die entsprechende Seite und faltete sie zusammen.

»Auf der Rückseite ist ein Interview mit Nick Hytner... *Dad...*«

»Was ist denn?« fragte Joyce. »Hat es etwas mit deinem Fall zu tun?«

»Tut mir leid.« Barnaby schlüpfte in sein Jackett. »Dauert zu lange, das zu erklären.«

»Da haben wir's mal wieder. Genau das meine ich.« Die Tür fiel ins Schloß. Joyce wandte sich an Cully und wiederholte: »Da haben wir's *mal* wieder.«

Troy raste die A40 hinunter. Schnell, gelassen. Entspannt genoß er seine privilegierte Position. Sein Fahrgast trommelte auf die in blauen Jeansstoff gehüllten Knie. Zuvor hatte er mit einer Packung Polos aus dem Handschuhfach gespielt und hinterher an seinem Sicherheitsgurt rumgezerrt, bis Troy ihn angeherrscht hatte, dies zu unterlassen.

»Aber aus welchem Grund möchte er mich sehen?«

»Das kann ich Ihnen nicht sagen, Sir.«

»Ich bin mir sicher, Sie könnten es mir sagen, wenn Sie Lust dazu hätten.«

Troy ließ sich nicht provozieren. Und er war auch nicht so dumm, sich anmerken zu lassen, wie sehr er es genoß, wenn ein Mitglied der großartigen britischen Öffentlichkeit ihm hilflos ausgeliefert war. Schwitzte, flehte. Ganz besonders freute ihn, daß es Wainwright war, den er von Anfang an für einen hinterfotzigen Mistkerl gehalten hatte. Ihn jetzt ein bißchen schmoren zu lassen, kam dem Sergeant gerade recht.

»Ich nehme mal an, es geht um den Mord?«

»Wahrscheinlich, Mr. Wainwright.« Troy schloß den Mund, um ein Lächeln zu unterdrücken. Es gefiel ihm sehr, »Mr. Wainwright« zu sagen. Den Kerl zum Narren zu halten. Die ganze Sache machte ihm solchen Spaß, daß er es wieder sagte, als er die Uxbridge-Ausfahrt runterfuhr.

»Bald sind wir da, Mr. Wainwright. Dauert höchstens noch fünf Minuten.«

Barnaby saß an seinem Schreibtisch und las erneut die Aussagen durch, als ein blauer Orion an seinem Fenster vorbeiflitzte und eine atemberaubende Kurve beschrieb, ehe er dicht vor der Revierwand abbremste und zum Stehen kam.

Der Chief Inspector bestellte drei Tassen Kaffee, die zusammen mit Sergeant Troy und dessen Begleiter kamen, der sich setzte, blasser als gewöhnlich wirkte und davon überzeugt war, daß er ganz knapp einem Sturz durch die Windschutzscheibe entkommen war.

»Aus welchem Grund möchten Sie mich sprechen?« Christopher nahm den Kaffee entgegen, trank ihn schnell aus und sagte dann: »Stört es Sie, wenn ich rauche? Auf Windhorse sind Zigaretten ziemlich verpönt.«

Zu Troys Kummer (das Nicht-Rauchen-Schild war deutlich genug) gab Barnaby Wainwright die Erlaubnis, sich eine Zigarette anzuzünden. Wenn ich das täte, murrte der Sergeant stumm, bekäme ich was zu hören. Könnte mir bis zum Sankt-Nimmerleins-Tag Vorwürfe anhören. Christopher holte eine Schachtel Gitanes heraus und bot den Beamten Zigaretten an. Beide Männer schlugen das Angebot aus, Troy allerdings schweren Herzens. Die Zigarette wurde angezündet. Wainwright nahm einen Zug und wiederholte seine Frage.

»Ich nehme an, Sie haben die Zeitung von heute noch nicht zu Gesicht bekommen?«

»Ist nicht gestattet. Zuviel externe Stimuli, die die Reise auf eine höhere Bewußtseinsebene erschweren.«

Barnaby hätte schwören können, einen Hauch Sarkasmus herauszuhören. »Poppy Levine hat gestern geheiratet.«

»Schon wieder?« staunte Christopher. »Nun, es ist freundlich, daß Sie mich darüber informieren, aber ein einfaches Telefonat hätte auch genügt.«

»Das ist schon ein ungewöhnlicher Zufall.« Barnaby faltete den *Independent* auf. »Der Bräutigam ist ein Fernsehkameramann.« Er schob die Zeitung rüber.

»Warum auch nicht? Wir sind keine vom Aussterben bedrohte Spezies.« Er warf einen Blick auf das Gedruckte. »Was für ein scheußliches –« Er hielt den Atem an. Barnaby schnappte sich die Zeitung, ehe eine Kaffeetasse umkippte. Es dauerte eine Weile, bis Christopher sagte: »Scheiße.«

»Das stimmt.« Barnaby begann vorzulesen: »Der Bräutigam, der sich bei der Brautmutter in Stowe aufhielt, ist erst vor kurzem von Dreharbeiten in Afghanistan zurückgekehrt. Nach einer heftigen Romanze und der Trauung in der Chelsea Town Hall begab sich das glückliche Paar in das Haus der Braut in Onslow Gardens. Nächsten Monat treten sie etwas verspätet ihre Flitterwochen in Santa Cruz an. Also...«, er warf die Zeitung in den Mülleimer, »das sagt uns alles über Christopher Wainwright. Was wir nun natürlich gern wissen würden, ist, wer, verdammt noch mal, sind Sie?«

Der Barnaby gegenübersitzende Mann drückte seine Zigarette in der Untertasse aus, griff in die Tasche seines Baumwoll-Madras-Jacketts und klopfte eine neue Zigarette aus dem Päckchen. »Könnte ich eventuell noch etwas Kaffee haben?«

Verzögerungstaktik. Wird ihm nichts bringen. Troy ging ins Vorzimmer, wo Audrey gerade telefonierte. Die einzige andere anwesende Polizistin verhörte eine Nutte, die vorgab zu weinen, aber darauf wäre nicht mal ein Kleinkind reingefallen. Widerwillig besorgte er selbst den Kaffee. Bei der Erledigung dieser kurzen und extrem einfachen Aufgabe gelang es ihm, sich extrem gönnerhaft zu geben, was in keinem Verhältnis zu der Anforderung stand. Bei seiner Rückkehr stierte der Befragte über Barnabys Kopf hinweg und drückte die zweite Zigarette aus. Der Chief hatte ein aufgeschlagenes Notizbuch vor sich liegen und hielt einen Kugelschreiber in der Hand. Wainwright nahm den Kaffee entgegen, trank einen Schluck, rührte ihn um. Barnaby wartete, bis die Tasse leer war, ehe er sagte: »Beantworten Sie nun bitte die Frage.«

»Das ist einfach Pech.« Mit dem Kinn deutete er auf den *Independent*. »Er hat sie gerade kennengelernt, als wir miteinander zum Mittagessen gegangen sind. War echt überwältigt von ihr. Quasselte die ganze Zeit über sie.«

»Dieses Mittagessen fand, wie ich annehme, statt, bevor Sie nach Manor House zogen?«

»Kurz davor. Ich lief Chris in der Jermyn Street über den Weg. Er hatte gerade ein paar Hemden bei *Herbie Frogg's* gekauft. Ich war auf dem Weg zu einem billigen Laden, um ein paar Würstchen zu kaufen, was Ihnen eine Vorstellung von der fast zu vernachlässigenden Diskrepanz unserer Einkommen geben dürfte. Es stimmt, daß er und ich früher die gleiche Schule besucht haben. Und er war ein mieses kleines Arschloch. Mischte sich immer in die Gespräche anderer ein, in deren Jobs, zwängte sich in deren Betten.«

»Bleiben Sie beim Thema.« Barnaby fiel es leicht, zorniger zu klingen, als er war. Eine durchaus nützliche Begabung. Der falsche Christopher Wainwright fuhr fort:

»Wir gingen zusammen auf einen Drink ins *Cavendish*, und dann schlug er vor, zusammen bei *Simpson's* zu Mittag zu essen. Beim Essen berichtete er mir ausführlich von seinem rasanten Aufstieg in der BBC und von diesem Trip ›zum Dach der Welt‹, wie er es nannte, obgleich ich immer der Meinung war, damit wäre Tibet gemeint. Irgendwann begann er über Poppy zu plaudern. Ich hatte keine Chance, auch etwas zu sagen, darum schaltete ich einfach auf Durchzug und konzentrierte mich auf die köstlichen Proteine. Zum Nachtisch bestellten wir Trifle, und als die Rechnung kam, holte er sein Jackett – wir belegten eine der Nischen an der Wand – und konnte seine Brieftasche nicht finden. Behauptete, sie beim Hemdenmacher vergessen zu haben. Da saß ich nun mit einer Rechnung über achtundvierzig Pfund. Ich war stinksauer, weil ich gerade blank war. Vor allem aber, weil ich sicher war, daß er sie nicht verloren hatte. Der ist schon in der Schule knickrig gewesen. Hat alles weggeschlossen – sogar seinen Waschlappen.«

Barnaby beugte sich vor, ohne die Ellbogen vom Tisch zu nehmen. Wie schlecht die Luft in seinem Büro war, registrierte er kaum. Mit der linken Hand machte er eine ermunternde Bewegung und lud »Christopher« zum Weiterreden ein.

»Ich mußte dem Golden Windhorse unbedingt einen Besuch abstatten. Um mich im Haus umzusehen, die Leute kennenzulernen. Ihre Zimmer zu durchsuchen und ihre Habseligkeiten, falls nötig. Unter meinem eigenen Namen wäre mir das nicht möglich gewesen.«

»Und wie lautet der?«

»Andrew Carter.«

Troy warf seinem Chef einen Blick zu und beobachtete, wie dieser den Namen aufnahm, sich zurücklehnte und entspannte. Als wäre nun der Punkt erreicht, wo es keine Umkehr gab, wo die Geschichte ohne sein Zutun ihren Lauf nahm.

»Jim Carter war mein Onkel. Ich weiß nicht, ob der Name Ihnen was sagt.«

»Er ist mir bekannt, ja.«

»Ich glaube, daß er ermordet wurde. Aus diesem Grund halte ich mich auf Windhorse auf. Um rauszufinden, wieso. Und von wem.«

Barnaby sagte: »Schweres Geschütz.«

»Nicht, wenn Sie meine Beweggründe erfahren.« Er zog einen Umschlag hervor und eine Fotografie. »Mein bona fide, wenn's recht ist.«

Er reichte das Foto weiter. Darauf abgebildet war ein lachender blonder Junge, vielleicht zehn oder elf Jahre alt, auf einem Esel. Ein Mann mittleren Alters, ebenfalls blond, hielt die Zügel. Der Junge blickte geradeaus. Der Mann, der vorsichtig und ängstlich wirkte, studierte die Miene des Jungen, als spende sie Sicherheit und Freude.

»Da besteht doch eine gewisse Ähnlichkeit.« Barnaby gab das Foto nicht zurück. »Wenn auch nur vage.«

»Haben Sie deshalb Ihr Haar gefärbt, Sir?« Troy stand nun hinter dem Schreibtisch und nahm das Foto in die Hand.

»Jesus, ist das so offensichtlich?« Nervös strich er über den dunklen Schopf. »Ja. Ich dachte, dann wären die Ähnlichkeiten weniger augenfällig. Er hat mich großgezogen – mein Onkel –, nachdem meine Eltern umgekommen sind. Er war unglaublich nett. Konnte es sich nicht leisten, mich weiterhin nach Stowe zu schicken, aber ansonsten bekam ich alles, was ich wollte. Selbstverständlich war mir nicht bewußt, wie sehr er seine eigenen Bedürfnisse zurückstellte. Kinder merken so was nie.« Er streckte die Hand nach dem Foto aus. »Ich war ziemlich vernarrt in ihn.«

»Ich würde davon gern eine Kopie machen, Mr. Carter.«

Andrew zögerte. »Das ist das einzige Bild, das ich besitze.«

»Sie werden es zurückkriegen, bevor Sie gehen.« Barnaby gab das Foto Troy, der damit abzog. »Wann haben Sie ihn das letzte Mal gesehen?«

»Ist schon eine Weile her. Unsere Beziehung war eng, doch wir sahen uns nicht sehr oft, nachdem ich ausgezogen war. Ich war achtzehn. Wir hatten eine Auseinandersetzung. Ich hatte eine Beziehung zu einer wesentlich älteren, verheirateten Frau. Das war das einzige Mal, daß wir einen echten Konflikt hatten. Er hielt mein Verhalten für unmoralisch. War ein wenig altmodisch. Er war richtig sauer. Seine Enttäuschung löste bei mir Schuldgefühle aus, und da lief ich weg. Der Streit dauerte keine fünf Minuten – und die Affäre auch nicht –, aber von da an wohnte ich nur noch kurzfristig bei ihm. Ich war ein bißchen so was wie ein Rumtreiber, fürchte ich. War gern unterwegs und arbeitete, wo und wann sich die Gelegenheit bot, manchmal sogar im Ausland. Ich half bei der Traubenernte in Italien und Frankreich, zog weiter, lebte dann auf einer Skihütte in den Alpen. Arbeitete bei einem Zirkus in Spanien – ausgerechnet als Löwenbändiger, aber das waren arme, zahnlose Tiere. Ging in die Staaten – konnte keine Arbeitserlaubnis kriegen. Habe mich dort eine Weile lang illegal aufgehalten und bin dann zurückgekommen. Verdingte mich eine Zeitlang auf der *Golden Mile* in Blackpool, auf dem Rummelplatz. Alles ziemlich pittoresk. Oder schäbig, je nachdem, wie alt man ist und wie tolerant.«

»Sie hielten immer Verbindung zu Ihrem Onkel?«

»Aber sicher doch. Ich schrieb regelmäßig. Und besuchte

ihn immer zwischen zwei Einsätzen. Er päppelte mich dann ein bißchen auf. Hielt mir niemals Vorträge, obwohl ihn meine Entwicklung vermutlich etwas enttäuscht hat. Akzeptierte mich als das, was ich bin. Als schwarzes Schaf.«

Diese letzten Worte wurden so leise ausgesprochen, daß Barnaby sich anstrengen mußte, sie zu verstehen, doch Carters Miene sprach eine eindeutige Sprache. In seinen Augen loderte eine brodelnde Mischung aus Angst und Verzweiflung. Seine Kinnmuskeln verspannten sich in dem Bemühen, das Beben seiner Lippen zu besänftigen. Als Troy mit der Fotografie und neuem Kaffee zurückkehrte, gab Barnaby ihm mit einer herrischen Handbewegung zu verstehen, daß er warten sollte.

»Wann ist Ihr Onkel nach Windhorse gezogen?«

Carter atmete tief durch. Es dauerte einen Moment, bis er eine Antwort gab. Er vermittelte den Eindruck, sich mühsam zu wappnen für den nächsten Schritt, als konfrontiere ihn dieser mit der Quelle seines Elends.

»Er schrieb mir von seinem Eintritt in die Kommune, als ich in den Staaten war. Ich muß einräumen, daß ich nicht gerade überrascht war. Er ist nie verheiratet gewesen. Als Kind war ich darüber froh. Weil das bedeutete, daß ich ihn mit niemandem teilen mußte. Außerdem ist er schon immer ein wenig... ähm... einsiedlerisch gewesen. Zu bestimmten Tageszeiten bat er darum, in Ruhe gelassen zu werden, um einfach still dazusitzen. Ich nehme mal an, heute würde man das Meditieren nennen. Fast alle seine Bücher hatten einen religiösen oder philosophischen Inhalt. Bhagavad-Gita, Tagore, Pascal. Soweit ich weiß, beschäftigte er sich während meiner gesamten Kindheit mit diesen Themen. Die meisten stehen jetzt noch in seinem Zimmer auf Manor House. Hat mich echt fertiggemacht, als ich sie fand...«

Er brach ab, preßte die Knöchel seiner Hand an den Mund, als könne er damit unsichtbare Gefühlsregungen im Zaum halten. Als er die Hand wegnahm, waren seine Lippen blutleer. Diskret plazierte Troy die Fotografie auf dem Schreibtisch.

»Das geschah achtzehn Monate vor meiner Heimkehr nach

England. Ich zog in ein Zimmer in Earl's Court, übermittelte ihm schriftlich meine neue Adresse und Telefonnummer und benachrichtigte ihn, daß ich für ein verlängertes Wochenende zu Besuch kommen würde, sobald ich eine Arbeit gefunden habe. Es ging ihm nicht besonders gut. Er hatte Magenprobleme. Dann, ein paar Tage später, erhielt ich den Brief.« Er nahm wieder den Umschlag in die Hand und zog ein liniertes Blatt Papier heraus, das er Barnaby aushändigte. Darauf stand geschrieben: *Andy, etwas Schreckliches ist passiert. Rufe dich morgen abend (Donnerstag) um acht Uhr aus dem Dorf an. Kann nicht vom Haus aus telefonieren. Sei bitte auf jeden Fall da. In Liebe, Jim.* Der letzte Satz war dick unterstrichen.

»Danach habe ich nie wieder was von ihm gehört. Am Freitag blieb ich bis zum Mittagessen daheim. Schließlich habe ich in Manor House nachgefragt. Ich konnte es echt nicht fassen, als sie mir sagten, daß er gestorben sei. Meine ganze Familie war auf einen Schlag... tot. Stundenlang saß ich da und versuchte zu begreifen. Dann ging ich aus und habe mich furchtbar betrunken. Ob Sie es glauben oder nicht, erst am nächsten Tag ergaben die beiden Dinge – der Brief und sein Tod – einen Sinn für mich.«

»Möchten Sie damit andeuten, daß er umgebracht wurde, um zum Schweigen gebracht zu werden?«

»Ja, genau das möchte ich.«

»Ist das nicht ein bißchen melodramatisch, Mr. Carter? Sein Tod kann die unterschiedlichsten Ursachen gehabt haben. Möglicherweise ist er sehr krank gewesen.«

»Er war erst Ende Fünfzig. Um seine Gesundheit war es, mal abgesehen von den Magenproblemen, von denen ich gerade gesprochen habe, sehr gut bestellt. Man erzählte mir, es habe sich ein Unfall ereignet. Ein ›tragischer Unfall‹.« In diesen letzten Worten schwang grenzenlose Ablehnung mit. »Ich kriegte raus, wann die Anhörung stattfand und ging hin. Saß oben auf der Empore. Da dämmerte mir dann auch, daß ich mich nicht irrte.«

Inzwischen war Barnabys Kaffee kalt. Selbst Troy hatte vergessen, daß er eine halbvolle Tasse in der Hand hielt.

»Bis zu jenem Zeitpunkt machte ich mir große Sorgen, weil ich nichts Definitives in Händen hatte. Aber als ich den Autopsiebericht vernahm, *wußte ich Bescheid.*« Er beugte sich vor, hielt sich an Barnabys Tischrand fest. »Der Arzt behauptete, Jim habe getrunken. Daß er nach Whisky gerochen habe, daß etwas davon auf sein Revers getropft sei. Das ist kompletter Unsinn. In seinem ersten Brief hatte er mir geschrieben, daß der Doktor ihm Tabletten gegen eine Mageninfektion verschrieben und ihm deutlich zu verstehen gegeben habe, daß er nicht trinken dürfte, da Alkohol unerfreuliche, wenn nicht gar gefährliche Nebenwirkungen auslösen würde. Die Warnung war überflüssig, weil mein Onkel sowieso nicht trank.«

Barnaby wartete kurz, ehe er sagte: »Dann glauben Sie also, daß jemand, der das gewußt hatte, ihn gezwungen hat, etwas zu trinken? Und ihn auf diese Weise getötet hat?«

»Nein, das hätte doch ein gewisses Risiko dargestellt. Nein, ich denke, daß sie ihn umgebracht und ihm dann Alkohol eingeflößt haben, damit es so aussah, als sei er betrunken gestürzt.«

»Leichter gesagt als getan, Mr. Carter. Die Fähigkeit zu schlucken, endet – wie die meisten anderen Körperfunktionen – nach dem Tod. Eine Leiche – verzeihen Sie mir meine Direktheit – kann man nicht zum Schlucken zwingen.«

»Und trotzdem hätte man bei der Anhörung darauf eingehen müssen. Ich habe mich felsenfest darauf verlassen.« Carters Gemüt war erhitzt, er hob die Stimme. »Bislang dachte ich immer, das sei der Sinn und Zweck von Obduktionen.«

»Pathologen sind sehr beschäftigte Menschen. Vielleicht hatte er gerade viel zu tun. Eine Obduktion beginnt am Kopf...« Urplötzlich sah Barnaby vor seinem geistigen Auge all die Prozeduren, die eine Obduktion ausmachten, und fühlte sich kurzzeitig unwohl. »... dann hat er einen Blick auf das Genick geworfen und gesehen, daß es gebrochen war, und an diesem Punkt aufgehört.«

»Aber... analysiert man nicht den Mageninhalt? Gehört das nicht dazu?«

»Nur für den Fall, daß die Umstände verdächtig sind. Dieser Tod schien offenbar eindeutig zu sein. Es ist schade«, sagte er, faltete den Brief zusammen und legte ihn unter einen Briefbeschwerer, »daß Sie die Polizei nicht sofort über Ihre Zweifel in Kenntnis gesetzt haben.«

»Was hätte ich beweisen können? Der Leichnam war noch vor der Anhörung verbrannt worden – dafür haben sie schon gesorgt. Alle Beweise waren buchstäblich in Rauch aufgegangen. Und ich rechnete damit, daß die Leute auf Manor House den Mund halten würden, wenn ich die Polizei informierte und die sie verhörte. Die hätten dichtgemacht, und ich hätte nichts erreicht.«

»Haben Sie denn etwas erreicht?«

»Nein.« Seine Miene verdüsterte sich, wurde verschlossen. »Nicht die kleinste Kleinigkeit habe ich rausgefunden. Ich war sehr vorsichtig. Bin einen Monat lang dort gewesen, bevor ich Fragen stellte. Und dann auch ganz beiläufig. Ich erwähnte ihn nur mal so nebenbei. Glaubte, daß dies kein Aufsehen erregte – daß die anderen sogar damit rechneten. Sie wissen doch, wie neugierig Menschen nach einem unnatürlichen Tod werden. Ich rechnete damit, daß die anderen meine Fragen unter Neugier verbuchten. Fand aber nur heraus, wie er als Mensch gewesen war, was ich sowieso schon wußte.«

»Hatten Sie jemals das Gefühl, daß sich jemand nur widerwillig äußerte? Oder den Eindruck, daß sie etwas verbargen?«

»Nein, verflucht noch mal. Ab einem gewissen Punkt fragte ich mich, ob sie alle dahinterstecken.« Er bemerkte den fragenden Blick, die in Falten gelegte Stirn. »So was kommt gar nicht so selten vor.«

»Dessen bin ich mir bewußt.« Barnaby, der seinen Stift schon längst weggelegt hatte, schob ihn nun zusammen mit dem Block beiseite. »Sicherlich ist es unwahrscheinlich, daß keiner auf Manor House von den Medikamenten Ihres Onkels und den möglichen Nebenwirkungen wußte.«

»Da habe ich so meine Zweifel. Das Thema Alkohol wurde

bestimmt nie angeschnitten. Die Kommune ist trocken, müssen Sie wissen.«

»*Trocken*?« Ganz unvermittelt kam dem Sergeant dieses Wort über die Lippen. Mit ernster Miene schaute Troy sich um, als befände sich eine vierte Partei im Raum, versteckte sich eventuell im Aktenschrank und besitze die Dreistigkeit, sich ungefragt zu äußern.

»Sie haben nicht zufälligerweise sein Zimmer durchsucht?«

»Woher wissen Sie das?« Er schien kurzzeitig beeindruckt zu sein.

»Man hat Sie gehört.«

»O Gott. Das ist dumm.«

»Haben Sie nach etwas Bestimmtem gesucht?«

Andrew errötete. Er schien sich nicht wohl in seiner Haut zu fühlen, und zum ersten Mal seit Beginn des Verhörs wirkte er unaufrichtig. Er zögerte kurz, zuckte mit den Achseln und drehte die Handflächen nach oben, als müsse er sich rechtfertigen. »Das wird so kurz nach dem Tod meines Onkels bestimmt hartherzig klingen, aber ja, ich suchte nach einem Testament. Vor seinem Umzug nach Windhorse hat er sein Haus verkauft. Nichts Großes. Ein Reihenhäuschen mit drei Schlafzimmern in einem Teil von Islington, der vor Jahren nicht gerade edel war. So was gibt es heute natürlich nicht mehr. Er bekam einhundertachtzigtausend Pfund dafür.« Troy stieß einen leisen Pfiff aus. »Ich ging zu seiner Bank, *Barclays*, wo er seit Jahren ein Konto hatte, doch die hatten kein Testament für ihn aufbewahrt und konnten mir nichts über seine Angelegenheiten sagen.«

»Vielleicht hat er es der Kommune vermacht?«

»So funktioniert das aber nicht. Man muß sich nicht einkaufen. Die Menschen kommen selbst für ihren finanziellen Unterhalt auf. Und außerdem hätte er das nie und nimmer getan. Er hätte mich nicht bei sich aufnehmen und großziehen müssen. Nachdem er sich dazu entschieden hatte, standen wir uns sehr, sehr nah. Ich war sein nächster Verwandter, und ich weiß, daß er mir das aus dem Verkauf des Hauses stammende Vermögen hinterlassen hätte. Auf alle Fälle eher mir als einer

Horde Fremder.« Bei den letzten Worten hob sich seine Stimme erneut. Er legte eine Pause ein. Atmete tief durch und griff, um sich zu beruhigen, nach der dritten Zigarette.

»Wären Sie so freundlich, mir die letzte Adresse, die von Earl's Court, zu geben, Mr. Carter?«

Barnaby nahm wieder seinen Stift in die Hand.

»Barkworth Gardens 28. Leicht zu behalten, denn das entspricht meinem Alter.«

»Sie behaupten, Sie sind an jenem Morgen, an dem Ihr Onkel verstarb, bis mittags daheim geblieben. Waren Sie allein?«

»Teilweise ja. Gegen halb elf fragte Noeleen, eine Australierin, die nebenan wohnte, ob ich mit ihr Kaffee trinken möchte. Wir gingen dann in ihre Wohnung. Das Telefon befindet sich im Flur, und sie ließ die Tür offenstehen. Warum fragen Sie?«

Anstatt zu antworten, stellte Barnaby ihm noch eine Frage. »Was werden Sie nun tun, wo Ihre Tarnung aufgeflogen ist?«

»Wieso ist sie denn aufgeflogen?« Beide Männer warfen ihm erstaunte Blicke zu. »Im Haus gibt es weder einen Fernseher noch Radio.«

»Es steht in allen Boulevardzeitungen, Mr. Carter«, gab Troy zu bedenken. »Vielleicht wurde die Heirat auch plakatiert. Man muß keine Zeitung kaufen. Man muß nur irgendwo in der Nähe eines Verkaufsstandes sein.«

»Davon weiß ich nichts. Ich war heute morgen im Dorf, und mir ist nichts dergleichen aufgefallen. Wie auch immer – die Neuigkeit hält nur einen Tag vor, nicht wahr? Morgen ist alles Schnee von gestern. Ich denke, ich werde den Mund halten und die Daumen drücken.«

»Die Journalistenmeute wird jeden Augenblick über die Kommune herfallen«, prophezeite Barnaby. »Mit dem neuen Mord und Gamelins Tod. Es macht keinen Sinn, in deren Gegenwart zu behaupten, Sie seien Christopher Wainwright.«

»Mist. Ich denke, Sie haben recht. Dann hat Trixie das wahrscheinlich kommen sehen. Falls sie zurückkehrt –«

»Zurückkehrt? Was meinen Sie damit?«

»Sie ist davongelaufen.«

»Wie bitte?«

»Ist uns erst vor dem Mittagessen aufgefallen.«

»Und wieso, zum Teufel, haben Sie uns nicht darüber informiert?«

»Ach, das ist nichts Ernstes. Sie ist aus freien Stücken gegangen. Hat all ihre Sachen mitgenommen.«

»Es liegt nicht bei Ihnen zu entscheiden, was ernst ist und was nicht!« rief Barnaby entgeistert. »Sie alle sind angewiesen worden, den Ort nicht zu verlassen, ohne die Polizei davon in Kenntnis zu setzen.«

»Es ist ja nicht so, als hätte sie ihre Finger –«

»Sie ist Zeugin in einer Morduntersuchung, Mr. Carter. Und eine potentielle Verdächtige.«

»*Eine Verdächtige*... aber das ist doch... ich dachte...«

»Der Fall ist noch nicht abgeschlossen.« Er beobachtete, wie Wainwright diese Andeutungen aufnahm.

»Ich muß Suze da wegholen. Ihr die Wahrheit erzählen. Sie wird es begreifen. Warum ich mich als jemand anderer ausgeben mußte. Oder nicht?« Er klang unsicher. »Was die anderen von mir denken, ist mir schnurzegal.«

»Das ist eine närrische und unvorsichtige Haltung, Mr. Carter«, sagte der Chief Inspector. »Sollte etwas an Ihrem Verdacht in bezug auf den Tod Ihres Onkels dran sein – und ich sage Ihnen ganz ehrlich, daß es mich nicht überraschen würde, wenn dem so wäre –, dann hat jemand auf Manor House schon zwei Menschen auf dem Gewissen. Ich versichere Ihnen, daß es so jemandem nichts ausmachen wird, im Notfall noch einen dritten Mord zu begehen.«

»Aus welchem Grund sollte mich jemand umbringen wollen? Ich habe doch nichts rausgefunden.«

»Dann dürfte es klug sein, dies kundzutun. Und auch«, schloß Barnaby, »daß Sie auf sich aufpassen.«

In der Küche räumten die Beavers nach dem Mittagessen auf. Heather wusch und trocknete ab, Ken unternahm den Versuch, das Geschirr wegzuräumen, stellte sich aber umständlich an und stöhnte permanent.

»Wenn ich nur an das Sprossentimbale denke.« Sie klang ziemlich gereizt.

»Du hast es doch nicht weggeworfen?« Ken war außer sich. Essen wegzuwerfen war eine unverzeihliche Sünde. Alles, sogar der Staubsaugerbeutelinhalt, kam auf den Komposthaufen – der auf Windhorse einen nahezu ikonenähnlichen Status hatte. Voller Hingabe kümmerte man sich um ihn, harkte und schichtete ihn mit einer langen Mistgabel um. Mischte etwas Limone darunter. Arno mit seinen Gummistiefeln übernahm stampfend die Funktion eines sanften Kompressors. Würmer wurden besonders geschätzt, und einige dieser glitschigen Wesen, die ganz bescheiden ihr Tagwerk verrichteten, mußten entsetzt feststellen, daß sie aus *terra firma* gerissen und durch die Luft geschleudert wurden, um auf einem Haufen verrottender Eierschalen zu landen, ob ihnen das nun gefiel oder nicht.

»Sei nicht dumm«, erwiderte Heather. »Wir können es zum Abendessen aufwärmen.« Sie goß das Abwaschwasser in den Ausguß. Auch Spülwasser wurde nicht einfach weggeschüttet. Das ganze Abwasser (bis auf das aus der Toilette) wurde durch eine aufwendige Rohrkonstruktion in den Kräutergarten geleitet, der undankbarerweise nicht in dem Maß aufblühte, wie sie sich das vorgestellt hatten. »Oh, sei vorsichtig. Hier – laß mich ...«

Ken drohte umzufallen, als er sich auf die Zehenspitzen stellte, um die Teller wegzupacken. »Tut mir leid ... recht herzlichen Dank. Fällt mir heute nicht so leicht, meine Mitte zu finden.«

Während Heather den Ysoptee einschenkte, kam sie noch einmal auf das Thema zu sprechen, über das sie sich vergangene Nacht bis in die Morgenstunden unterhalten hatten. »Hast du weiter darüber nachgedacht«, erkundigte sie sich, »was wir tun werden, falls ...«

Ken schüttelte den Kopf. Er trank etwas Tee und schürzte

dabei die Oberlippe wie ein Hase, um den Schnauzbart nicht zu benetzen. »Heute wird sich was ergeben.«

Es bestand keine Notwendigkeit, weiter darauf einzugehen. Beide wußten, daß mit »was« ein Testament gemeint war.

Als dieses Thema in der Gruppe diskutiert worden war, hatten Heather und Ken sich relativ mißbilligend und weltfremd gegeben. Zu ihrer Meinung befragt, hatten sie einen Standpunkt vertreten, der ihrer selbstlosen und vorsichtigen Art widersprach. Doch später, *à deux*, hatten sie einander eingestanden, daß Fakten Fakten waren, egal wie brüchig alles war. Mittlerweile war diese Unsicherheit nicht mehr aus ihrem Leben wegzudenken.

Sie waren auf Windhorse sehr zufrieden und hatten sich schnell daran gewöhnt, unter einem festen Dach zu schlafen, sich mit warmem Wasser zu waschen, sich in beheizten Räumen aufzuhalten. Keiner von ihnen verspürte das Bedürfnis, das Hippiedasein wiederaufzunehmen, das sie noch so lebhaft in Erinnerung hatten. Sie entsannen sich, wie sie in undichten Wohnwägen, in dreckigen Bussen durchs Land gezogen waren. Wie sie von der Polizei aufgespürt und von ihr oder hartherzigen Landbesitzern, für die die Worte »füreinander sorgen und miteinander teilen« keinerlei Bedeutung hatten, nicht gerade freundlich vertrieben worden waren. Müde waren sie von einem verrauchten Zelt ins nächste gezogen, hatten sich um kaum wärmende Lagerfeuer geschart, umgeben von hungrigen Hunden und weinenden Kindern. Sie hatten Eis für die Teezubereitung gehackt, Ladendiebstähle begangen – was Ken ganz besonders verhaßt gewesen war – und nächtliche Gewaltausbrüche ertragen, wenn die ortsansässigen Barbaren ihnen lautstark auf die Pelle rückten. Einmal war Heather von ohrenbetäubenden Motorradgeräuschen aufgeschreckt worden und hatte entdecken müssen, daß brennende Stoffetzen auf ihrem Kopfkissen lagen.

In jenen Tagen hatten sie beide noch nichts von der Vielzahl ihrer hellseherischen Fähigkeiten gewußt. Hier auf Manor House war Ken als Channeller als einer der fähigsten Köpfe, den die Welt je gesehen hatte, anerkannt, und Heather wurde als Venusreisende betrachtet, die von dort mit überragenden Heilkräften zurückgekehrt war.

Vor allem wegen ihrer Arbeit waren sie darauf bedacht, auch weiterhin auf Windhorse zu leben. Das Haus war ein Hafen, in den die Geplagten und spirituell Durstigen einlaufen konnten und Unterstützung fanden. Sollte sich herausstellen, daß dieses Anwesen einem Fremden, oder – schlimmer noch – der Regierung in die Hände fiel, wohin würden diese armen Seelen dann gehen? Und – wo sie schon darüber nachdachten – wohin sollten Heather und Ken gehen? Besitz war selbstverständlich Diebstahl, aber selbst wenn dem nicht so wäre, sie verfügten nicht über Ersparnisse, um ein Haus zu kaufen. Da sie kinderlos waren, hatten sie kein Anrecht auf eine Sozialwohnung. Ken hatte nicht nur ein kaputtes Bein, sondern litt auch noch unter zu geringer Spermadichte.

Selbst alltägliche Ausgaben konnten sich in Zukunft als problematisch erweisen. Das Sozialamt hatte sich bei ihrer ersten Antragstellung auf Unterstützung, die sie vor einem Jahr eingereicht hatten, als ungeheuer phantasielos erwiesen. Vergeblich hatte sich Heather darum bemüht, die Bedeutung ihrer Arbeit deutlich zu machen: ein liebevolles Lächeln hier in Uxbridge wärmt ein Herz in Katmandu. Und schließlich sparte die staatliche Krankenkasse viele tausend Pfund im Jahr durch ihre Heilungen. Das Amt war in Kens Fall genauso kurzsichtig gewesen und hatte bei seinem Antrag auf eine Schwerbeschädigtenrente immer wieder auf konventionelle medizinische Gutachten wie Röntgenbilder gepocht.

»Soweit wird es noch kommen«, hatte Ken sich zur Wehr gesetzt, »daß ich meinen Körper einer solchen Maschine und ihren krebserregenden Strahlen aussetze.«

Heather hatte ihm den Rücken gestärkt und gerufen: »Warum schicken Sie ihn nicht einfach nach Tschernobyl? Dann haben Sie Ihre Ruhe?«

Die gute alte Heather. Als Ken langsam die Tassen zum Spülbecken brachte und sie ausspülte, betrachtete er sie. Sie trug ein billiges weißes Baumwollsackkleid, unter dessen Stoff sich ihr in schwarzen Höschen steckendes Hinterteil deutlich abzeichnete. Da sie den Kristall abgelegte hatte, wirkte ihre rosafarbene Stirn nackt, hoch und gewölbt und ließ sie unerhört intelligent erscheinen.

»Eigentlich interessiere ich mich ja nicht für derlei Dinge«, sagte Ken mit gesenkter Stimme, »das weißt du nur zu gut. Trotzdem frage ich mich, ob Suhami, jetzt wo der Meister weg ist, noch gewillt ist, ihr Geld der Lodge zu vermachen.«

»Ach, das hoffe ich!« rief Heather. »Selbst wenn es einem persönlich gelingt, sich nicht korrumpieren zu lassen, stellt unverdienter Reichtum immer noch die größte Barriere bei dem Bestreben dar, eine harmonische Seelenlage zu erlangen.«

»Richtig.« Ken streckte die Hand nach dem Brotkorb aus. »Ist noch Marmelade da?«

»Ich habe sie gerade weggeräumt.« Sie trat an den Schrank. »Du hättest eher was sagen können.«

»Tut mir leid. Möchtest du auch eine Scheibe?«

»Eigentlich sollte ich nichts mehr essen.« Ken schnitt eine weitere Scheibe ab. »Komisch, daß Trixie einfach so weggerannt ist, findest du nicht? Nachdem Gamelin gestorben war, habe ich mich gefragt... nun... ob sie etwas miteinander gehabt haben.«

»Sie kannten einander nicht.«

»Das behauptete sie hinterher, aber May sah die beiden zusammen an dem Nachmittag wegfahren, als er zum ersten Mal hier auftauchte. Bevor er einen von uns kennengelernt hat.«

»Wahrscheinlich nachdem er ein bißchen auf ihr rumgehopst ist.«

»Also wirklich, Ken!« Heather belegte ihr Brot mit einer Birnenscheibe und einer Stange Rhabarber. »Für einen sehr fähigen planetarischen Lichtarbeiter kannst du manchmal ganz schön vulgär sein.«

»Die menschliche Natur. Wer sind wir, daß wir richten dürfen?«

Das Telefon läutete. Es gab drei Apparate, einen im Büro,

einen in der Küche und einen auf dem Tisch in der Halle. Heather reagierte nicht auf das Klingeln und sagte: »Wird irgend etwas Geschäftliches sein. May ist im Büro.«

Falls May wirklich im Büro war, weigerte sie sich, den Hörer abzunehmen. Nach einer Weile stand Heather seufzend auf. »Als ob ich nicht schon genug zu tun hätte«, beklagte sie sich.

Ken spitzte die Ohren. Die abgehackten, unzusammenhängenden Antworten seiner Frau erregten seine Neugierde.

»... aber sie ist nicht da. ... im Augenblick nicht ... das kann ich wirklich nicht sagen ... Oh, das denke ich nicht ... Nein, nein – so ein Ort ist das hier nicht. Wir ... Nun, um ehrlich zu sein, ich war anwesend ... Heather Beavers. Autorin, Heilerin und Priesterin ... Priesterin ... Wie bitte ... ja – das sind meine Qualifikationen ... Herrje, das kann ich jetzt nicht sagen. Wir leben hier in einer Kommune, wissen Sie? Diskutieren miteinander über alles ... Wirklich? Das ist aber bald ... ach ja? Ich könnte fragen – hallo? Hallo?«

Sie schüttelte den Hörer, ehe sie auflegte, und wandte sich an Ken. Ihre Gesichtsmuskeln waren angespannt. Sie wollte sich nicht anmerken lassen, wie stark sie auf das Telefonat reagierte.

»Das war der *Daily Pitch*.«

»Erdverbundene Gotteslästerer.«

»O ja – natürlich. Sie wollten mit Miss Gamelin sprechen – mit Suhami. Ich sagte, sie sei nicht hier.«

»Recht so. Nur gut, daß ein fürsorglicher Mensch abgenommen hat.«

»Wir müssen sie schützen, Ken. Das ist lebenswichtig.«

»Die kristallenen Scharen herbeirufen.«

»Das Problem ist ... après moi le déluge, Schätzchen.«

»Hä?«

»Genau das hat die Frau auch gesagt. Diese Journalistin. Es wird nicht lange dauern, dann sind wir umzingelt.«

»Handlanger der Tories.«

»Absolut.« Heather blickte sich in der leeren Küche um und sprach mit gesenkter Stimme weiter: »Die sind echt krank.

Nachdem sie mich irgendwie dazu gebracht hat zuzugeben, daß ich hier war, als der Mord geschah, begann sie über ein Exklusivinterview zu reden. Fang an, die Nullen zu zählen, meine Liebe – so ein Zeugs gab die von sich.«

»Jesus.« Seine Stimme klang dünn.

»Ich weiß.« Heather faltete die Hände in dem vergeblichen Versuch, nicht zu erschaudern.

»Was für eine verabscheuungswürdige Truppe. Da fühlt man sich nie wieder rein... Was meinst du?«

»In diesem Fall stimme ich dir zu«, meinte Heather und musterte betroffen ihre ineinander verwobenen Finger. »Andererseits... stimmt mich die Sache nachdenklich, Ken. Worum es uns hier geht, du weißt schon.« Sie deutete auf den selbstgebackenen Brotlaib, auf die zu fest eingekochte Marmelade. »Worum geht es uns?« Ihr Ehemann blickte auf und runzelte die Stirn. »Uns geht es darum, das Ego in den Hintergrund zu stellen, richtig? An andere denken, sie an erste Stelle zu setzen. Nun, jetzt haben wir die Chance, eine Schwester in Not zu schützen – wir könnten doch mit den Journalisten sprechen, das schwere Geschütz von ihr weg auf uns lenken, schließlich sind wir eher in der Lage, damit fertig zu werden.«

»Ohhh...« Mit lautem Gestöhne demonstrierte Ken seinen Widerwillen. »Tut mir leid, tut mir leid, tut mir leid. Du hast selbstverständlich recht. Die arme Suze. Wieder einmal ist es dir gelungen, Heath, den richtigen Weg aufzuzeigen.«

»Außerdem würde es unserem Karma sehr gut bekommen.«

Lachend schüttelte ihr Mann den Kopf. »Offenbar ist es doch möglich, von diesem Egotrip runterzukommen. Was meinst du... wie wäre es, nur um uns beiden den Rücken zu stärken, wenn ich bei Hilarion nachfragte?«

»Sie wird jeden Augenblick zurückrufen.«

»Dauert nicht länger als eine Minute.« Sofort setzte sich Ken kerzengerade hin, begann zu schielen, konzentrierte sich auf seine Nasenspitze und nahm Verbindung mit dem Intergalaktischen Weltverstand auf.

May war nicht ans Telefon gegangen, weil sie sich ins obere Stockwerk begeben hatte, um sich dort einer ihrer Ansicht nach aufwendigen und ganz wunderbaren Aufgabe zu widmen. Sie hatte sich vorgenommen, Felicity Gamelins Seele neu zu erwecken. May hatte ganz von vorn angefangen. Zuerst mußte die gute Frau körperlich wiederhergestellt werden.

Felicitys magere Hand streichelnd und sie ins Licht ziehend, ließ May ihre ganze Energie (die nach den letzten beiden Tagen nicht gerade in Topform war) in die blasse, reglose Figur fließen. Sie arbeitete allein, zumal Felicity keinen eigenen Willen mehr zu besitzen schien. Sie lag einfach nur da, den stieren Blick auf die Decke gerichtet, und sah aus, als würde sie zusammenschrumpfen und sterben.

Eine geschlagene halbe Stunde hatte May mit ihrer wohltönenden Stimme auf sie eingeredet, bis Felicity sich plötzlich umdrehte und sie mit ihren kalten, harten Augen, die in elfenbeinfarbenen Höhlen lagen, betrachtete.

»Ich haßte ihn.«

»Schhh.«

»Ich haßte ihn. Warum freue ich mich nun nicht?«

»Weil das nicht Ihrer wahren Natur entspricht.«

Das war May sofort aufgefallen. Die leicht ramponierte Aura war überraschenderweise im Gleichgewicht. Ziemlich viel Pink und Grün, sogar ein wenig Blau. Ganz anders als bei diesem jungen Polizisten, der nur so von roten Tupfern übersät war. Der arme Junge hatte noch einen weiten Weg vor sich. May legte die Hand auf Felicitys Stirn und stellte sich vor, wie göttliche Liebe durch ihren Arm floß, durch ihre Finger, in Felicitys Körper drang und ihn heilte, ihm Segen brachte.

»Danton nannte ihn den Krösus meiner mittleren Jahre.«

»Ist Danton dein Freund?«

»Nein.« Ihre Stimme klang hart. »Ganz gewiß kein Freund. Nur jemand, den ich früher einmal kannte.«

Diese wenigen Worte schienen sie zu erschöpfen. Sie murmelte noch etwas, bevor sie den Kopf wieder in eine andere Richtung drehte. Es klang wie »Chaos«.

»Unser Meister pflegte zu sagen, daß es in der Unordnung eine Ordnung gibt, und ich bin sicher, daß das stimmt. Ruhen Sie sich einfach aus, meine Liebe, liegen Sie still, und all der Schmutz, all das Unglück wird sich in Luft auflösen, und alles wird klar und strahlend werden. Sie sind vom Weg abgekommen, Felicity, doch wir werden ihn wieder für Sie finden.«

Felicity ließ sich auf die Kissen fallen. Ihre Hand lag in der von May. Sie spürte, wie sie peu à peu lethargischer wurde. Dieses Gefühl behagte ihr. Ihre Gliedmaßen wurden so schwer, daß sie den Eindruck hatte, durch die Matratze zu fallen. Mays Stimme kam und ging, tief, rhythmisch, beruhigend wie die Gezeiten des Meeres. Felicity schlief ein.

Arno zog für den Beilagensalat Radieschen aus der Erde. Manchmal hielt er inne, um Christopher ermutigend zuzuwinken, der auf der anderen Seite des Gartens die Stangenbohnen befestigte. Die Radieschen waren kleine, schrumplige Dinger und hatten nicht mal entfernt Ähnlichkeit mit den glänzenden roten Kugeln auf dem Saattütchen. Eins war von winzigen Schuppen überzogen und gehörte eigentlich ins Feuer. Er bemühte sich, die anderen auf einem Holzteller, der extra dafür angeschafft worden war, auszulegen, aber egal wie er sie drehte, am Ende schaute immer die bemitleidenswerte Seite nach oben.

Um sich von all den traurigen Ereignissen abzulenken, hatte er versucht, ein neues Haiku zu komponieren, mit dem er wieder nicht zufrieden war. In dem Wissen, daß Perfektion unerreichbar war, erschien ihm dieses letzte (»Stürmisches Wesen, an der Brust deines Sklaven, ruhe in Frieden«) ganz besonders unpassend. Nicht einmal ihr Name kam darin vor.

Heute hatte er sie kaum zu Gesicht bekommen. Andererseits begriff er, daß Felicity mehr auf sie angewiesen war als er. Jeder konnte sehen, wie krank sie war. Doch auch Arno war es schwer ums Herz. Vor dem Zubettgehen und gleich nach dem Aufstehen hatte er gebetet, ohne auf Trost zu hoffen und schon gar nicht, um dem Herrn zu huldigen. Eigentlich betete er eher aus Gewohnheit und weil er es seiner Mutter versprochen hatte. Vergiß nie, hatte sie ihm eingebleut, daß Jesus dich liebt. Persönlich hatte er das nie so empfunden, und selbst wenn dem so gewesen wäre, hätte er wenig Trost daraus gezogen, denn wer wollte schon von jemandem geliebt werden, der jeden liebte? Und dann auch nur, weil es seine Aufgabe war.

Diese Gedankenkette ließ ihn wieder an den Tod des Meisters denken, den er kurzzeitig verdrängt hatte. Wie schrecklich das gewesen war. Und wie sehr sich alle innerhalb dieser kurzen Zeit verändert hatten. In Worte faßte das niemand. Keiner blickte dem anderen ins Gesicht und sagte: »Du hast dich ziemlich verändert.« Aber das hatten sie. Wie, das konnte Arno nicht genau beschreiben. Die Mitglieder der Kommune kamen ihm jetzt kleiner vor ... geschrumpft. Ihre Menschlichkeit erschien diffuser, ihre Güte war weniger greifbar, ihre Vitalität schwand. Vielleicht sagte das Gedicht dies aus. »Der Tod eines jeden ...«

Arno zwickte sich. Sein Zen-Bewußtsein schien in den letzten achtundvierzig Stunden stark nachgelassen zu haben. Er lebte nicht den Augenblick, sondern in der jüngeren, furchteinflößenden Vergangenheit. Das Bild seines sterbenden Meisters war in seine Netzhaut eingebrannt. Das konstante Kommen und Gehen der Polizei versetzte ihn in Unruhe. Gestern hatten sie das Haus durchsucht. Heute waren sie wieder aufgetaucht und hatten alle möglichen Geschirrhandtücher mitgenommen. Vor allem Tims Wohlergehen bereitete ihm große Sorgen. Wenn der Junge sich ängstigte, wer wußte da schon, was er sagte? Jener Chief Inspector hatte ihn überraschenderweise nur kurz und vorsichtig vernommen, aber er gehörte garantiert nicht zu der Sorte, die einen zweiten Versuch scheute.

Nicht zum ersten Mal erhaschte Arno einen Blick auf Heather. Innerhalb der letzten Stunde war sie wenigstens dreimal die Zufahrt auf und ab gelaufen. Zuerst meinte Arno, das sei Teil ihrer täglichen körperlichen Ertüchtigung, bis ihm auffiel, wie sie auf die Straße trat und die High Street rauf- und runterblickte. Eine Entwicklung im Mordfall. Wenn dem so war, dann war es seine Pflicht, sich wieder ins Haus zu begeben. Dazu hatte er allerdings nicht die geringste Lust. Hier draußen in der Sonne wirkten die Dinge etwas weniger bedrohlich. Davon ausgehend, daß man ihn schon rief, falls er gebraucht wurde, widmete sich Arno wieder seinem Gemüse und verpaßte die Ankunft des Wagens, der mit quietschenden Reifen durch das Manor-House-Tor fuhr.

Gefaßt erwarteten Ken und Heather die Ankunft des *Daily Pitch*. Sie rechneten auch mit Fotografen, und als Vertreter des Golden Windhorse sahen sie es als ihre Aufgabe an, sich um sie zu kümmern.

Glücklicherweise hatte Hilarion ihr Projekt abgesegnet. Der große Chohan hatte sie nicht nur eindeutig unterstützt, sondern großzügigerweise auch Erklärungen geliefert. Auf der anderen Zeite mußte Zadekiel wissen, daß das Wort »Geld« fest im pinkfarbenen, atomischen Zellularlicht manifester Neutralität eingebettet war. Einfach ausgedrückt, Geld konnte einem guten oder schlechten Zweck dienen. Fraglos durfte man darauf vertrauen, daß er und Tethys als panirdische und kosmische Wesen diese spezielle Verpflichtung kreativ bewältigten.

Nachdem dieses Detail erst mal aus dem Weg geräumt war, hatten die Beavers die Lage unter Einbeziehung der potentiellen Standpunkte ihrer Mitbewohner ausführlich durchgesprochen. Am Ende waren sie mit Bedauern zu dem Ergebnis gelangt, daß ihre Bereitschaft, sich den Reportern zu stellen, wenn auch nur, um die anderen zu schonen, von ihren Mitbewohnern falsch interpretiert werden könnte. Nachdem ihnen das klar war, ergab sich der nächste Schritt (von der Tugend zum Pragmatismus) wie von selbst. Sie beschlossen, ihr Opfer zugunsten von Suhami geheimzuhalten. Stand nicht in der Bibel geschrieben, daß die linke Hand nicht weiß, was die rechte tut? Eine neue Auslegung dieses Zitats brachte Ken und Heather auf die Idee, daß es klüger war, sich irgendwo anders ein Stelldichein mit dem Teufel zu geben.

So kam es, daß Heather sich an die alte Backsteinwand

lehnte, die in der Nachmittagsonne wie frischgebrannte Erde aussah. Stirnrunzelnd drehte sie den Kopf nach rechts, in die Richtung, aus der ein aus London kommender Wagen nahen mußte. Aber der Citroen CV, auf dessen Windschutzscheibe ein PRESSE-Schild klebte, kam von links durch das Tor gerauscht und war schon halb die Auffahrt hochgerollt, ehe sie begriff, was Sache war.

Heftig gestikulierend rannte Heather los. Schnell und unbeholfen, in gegen die Fußsohlen und auf den Kies klatschenden Latschen, verfluchte sie ihre mangelnde Aufmerksamkeit.

Das Auto war schon geparkt, und zwei Personen stiegen aus. *Falls sie klingelten...* Eine stand auf der Veranda, die andere spähte mit beschatteten Augen durch ein geschlossenes Fenster. Artemis, die Flinke, um Hilfe bittend, lief Heather keuchend weiter.

Die weibliche Hälfte des Duos beobachtete ihr Näherkommen und bemühte sich redlich, bei diesem Anblick nicht in schallendes Gelächter auszubrechen. Fälschlicherweise zu Limonengrün überredet (Ken behauptete, das passe hervorragend zu ihren Augen), hatte Heather ihr Haar aufgesteckt, um ihren Nacken zu betonen. Darüber hinaus hatte sie Augenlider und Brauen angemalt, um die hierophante Natur ihrer Berufung zu unterstreichen. Sie trug einen nuklearen Rezeptor. Die Pyramide hüpfte beim Rennen auf ihrem stattlichen Busen auf und ab.

»Terry... hey...« Die junge Frau trug ein Jeanskostüm mit sehr kurzem Rock, cremefarbene Strumpfhosen und spitze, hochhackige Schuhe. Sie hatte eine schwarze Lackledertasche von der Größe eines Aktenkoffers dabei. »Mach davon ein paar Fotos.«

»Großer Gott«, entfuhr es Terry. (Kurzärmliges Karohemd, Jeans und Turnschuhe.) »Die *Weight-Watchers*-Katastrophe des Jahres.« Die Pentax glitt in seine Hände. Er machte eine Aufnahme nach der anderen, während Heather mit den Armen über dem Kopf wedelte. Die beiden Pressemenschen standen wartend nebeneinander.

»Tag. Sind Sie Mrs. Beavers?« Sie beugte sich auf ihren hohen Absätzen ein wenig vor. »Heather?«

Mit einem Nicken lehnte sich Heather an das Verandageländer. Ihre Hochsteckfrisur war dahin, ihre Wangen glühten blutrot. Terry machte noch ein paar Schnappschüsse. Eines der Fotos, aus einem wahrscheinlich grausamen Winkel aufgenommen, ließ sie wie ein Walroß aussehen.

Er sagte: »Klasse, Darling. Gehört dir, nicht wahr?« und zog ab, ohne eine Antwort abzuwarten, setzte Schritt um Schritt zurück und knipste unaufhörlich.

»Ich bin Ave Rokeby.«

Sie hat eine recht nette Stimme, fand Heather. Warm, freundlich und interessiert. Mit einer Spur Humor. Ganz und gar nicht wie der durchschnittliche aggressive Reporter. Nun streckte sie die Hand aus. Die wiederum war gar nicht nett. Lange, knochige Finger mit roten Nägeln, die an Vogelkrallen erinnerten. Oder an eine Hexe. Gerade als Heather sie schütteln wollte, bemerkte sie, daß sie eine auf der Straße aufgelesene Kartoffelchipstüte in der Hand hielt. Beide Frauen lachten, während Heather die Tüte in die andere Hand nahm.

»Ist schon ein kleines Problem…«, sagte Heather, nachdem sie Luft geschöpft hatte. »Vandalismus.«

(Vandalismus? Eine Kartoffelchipstüte?)

»Compton Dando ist eine spirituelle Wüste. Niemand ist sich wirklich seiner Seele bewußt.«

(Und was gibt es sonst noch Neues?)

»Natürlich treten wir zur interplanetarischen Reinigung mit Außerirdischen in Verbindung…«

(Sie tun was?)

»Hilarion prophezeit, daß die Erde so lange dieselbe tödliche Tagesordnung beibehält, bis wir unsere egoistische Natur ablegen.«

»Hilarion? Ist das Ihr Mann?«

»Oh… oh.« Heather kicherte, bis ihr Fleisch bebte. »Hilarion ist seit mehreren hundert Jahren tot.«

(*Jesus.*)

»Aber Sie sprechen noch mit ihm?«

»Ken spricht mit ihm. Er ist ein Klarhörender. Ein Channeller für die Großen. Er hat alle Shakespeare-Theaterstücke geschrieben, müssen Sie wissen.«

(Habe ich im Büro eine Telefonnummer hinterlassen?)

Ave stetzte sich auf die Veranda und holte einen Kassettenrecorder und ein Mikrophon aus ihrer Tasche, das wie ein großer grauer Schwamm aussah. »Ich würde gern etwas über den Hintergrund erfahren. Wenn Sie mir kurz erzählen würden, wie viele Menschen hier wohnen, woran Sie so glauben. Beispielsweise an UFOs oder derlei Dinge.«

Kaum hatte Heather begonnen, über die multistellare Herrlichkeit der bevorstehenden Venuserkundung zu plaudern, da fragte Ave sie schon, was Guy Gamelin hierhergebracht hatte und ob sie den Lesern des *Pitch* etwas über die Gewohnheiten des Ermordeten berichten konnte.

»Leben hier zum Beispiel eine Menge junger Mädchen?« Heathers Blick verriet Entsetzen. »Dann vielleicht Jungs?« Noch mehr Entsetzen. Das Mikrophon wurde wieder in die Handtasche verfrachtet. »Na gut, die Einzelheiten füge ich später ein.« Ave erhob sich und öffnete die Eingangstür. »Ja, wir sind hier auf dem Land. Wenn man in London seine Wohnungstür nur zwei Minuten offenstehen läßt, wird man ausgeraubt. Terry …« Ihre Stimme wurde lauter. »Wir gehen rein.«

»Gut.«

»Würden Sie bitte … falls es Ihnen nichts ausmacht … nicht so brüllen …«

Heathers Herz, das gerade wieder im normalen Rhythmus schlug, machte einen Satz. Sie fragte sich, wo Ken abgeblieben war, und schaute sich nervös um. Das vage Wissen um die Wahrscheinlichkeitsrechnung sagte ihr, daß in einem Haus, in dem acht Menschen lebten, früher oder später einer von ihnen auftauchte oder zumindest einen Blick aus dem Fenster warf.

»Ave …« Sie zupfte an dem Jeansärmel. »Miss Rokeby …«

»Ave ist okay.«

Terry drängelte sich an Heather vorbei, und einen Augenblick später standen alle drei in der Halle. Ave sagte: »Gott – hier riecht es wie in einem alten Konvent«, und begann umherzuwandern. Die Metallstifte ihrer Absätze bohrten sich in die alten Holzdielen.

»Hallo, hallo.« Terry stand an dem runden Tisch mit den Flugblättern und den Holzschalen. Die »Schuldig«-Karte ignorierend, hob er die hoch, auf der »Liebesangebot« stand. »Muß man hier seinen Namen eintragen, wenn man eine Nummer schieben will, ja?« Er kicherte und widmete seine Aufmerksamkeit den verschiedenen Flugblättern. *Umarmungs- und Lachworkshop. Wie Sie Ihr spirituelles Wissen nähren.*

»Wer produziert dieses Zeug?« Er wedelte mit Kens *Romanze mit dem Klistier.*

»Unterschiedliche Personen.« Mit stolzgeschwellter Brust fuhr Heather fort: »Wir alle hier sind Autoren. Für das da ist mein Mann verantwortlich. Es ist sehr gut geschrieben. Der *Health Shop* in Causton hat alle Exemplare in der ersten Woche verkauft.

»Ist das wahr?« sagte Terry und warf das Flugblatt weg.

»Könnte ich Sie bitten«, sagte Heather und sortierte die durcheinandergebrachten Flugblätter, »das nicht zu…« Aber da war er schon weg und fotografierte die Treppe und die Galerie. »Ave?«

»Ja?« Sie öffnete eine der Schubladen, zog Vorhänge zurück.

»Nun, wir haben beschlossen… Ken und ich… daß wir uns lieber draußen mit Ihnen unterhalten möchten. Vielleicht unten im Dorf. Es gibt ein nettes kleines Pub –«

»Vergessen Sie's.«

»Wie bitte?« Im hereinströmenden Sonnenlicht fiel Heather zum ersten Mal auf, wie schlaff die Haut der Frau war, wie trocken ihr Haar. Schlagartig wirkte sie gar nicht mehr so jung.

»Wir werden hier miteinander sprechen, weil es hier passiert ist. Okay? Und Terry wird ein paar Fotos von dem Raum machen wollen, wo der Mord geschah.«

»Das dürfen Sie nicht!« Entsetzt blickte sich Heather wieder und wieder um, als könne allein der Vorschlag ihre erzürnten Mitbewohner auf den Plan rufen. »Der Solar ist ein heiliger Ort, an dem ausschließlich gebetet und meditiert wird.«

»Sie hätten mich fast überzeugt«, sagte Ave, und zusammen mit Terry brach sie in schallendes Gelächter aus.

»Ganz normale menschliche Neugier, Schätzchen«, meinte Terry. »Ein schneller Schnappschuß kann nicht schaden.« Beim Sprechen tänzelte er herum. Ständig in Bewegung, richtete er auf alles seine Kamera. Suchte den richtigen Blickwinkel, stellte das Objektiv ein. Surr, klick. Surr, klick. Die schweren Balken, der Steinbuddha, das wunderschöne Oberlicht wurden fotografiert. Heather war fasziniert und gleichzeitig angewidert von der Unpersönlichkeit des Apparats. Ein grauenvolles Ding – wie aus einem Science-fiction-Film. Ein schwarzsilbernes, einäugiges Metallhirn zwischen zwei behaarten Klauen, das alles aufzeichnete. Sehr bedrohlich. Eine Bewegung im Korridor ließ sie zusammenzucken.

Aber es war nur Ken. Humpelnd kam er näher, den linken Arm auf die Brust gelegt – die Handfläche ruhte auf seiner Schulter. In der Rechten hielt er eine Blume. Er war in Stoffbahnen aus schmuddligem Baumwollstoff gehüllt, trug eine grüne Schärpe und sein Stirnband mit dem braunen Tigerauge-Kristall. Sein Schnurrbart war frisch gestutzt.

»Gütiger Gott – der Meister des Universums«, murmelte Terry und machte eine Aufnahme nach der anderen.

»Wo bist du *gewesen*?« Heather floh zu ihrem Gatten. »Mich hier allein zu lassen!« Dann, als ihr sein unzufriedener Gesichtsausdruck auffiel: »Das ist nicht meine Schuld. Sie haben sich einfach reingedrängt.«

»Kein Grund zur Sorge.« Ken schob sie gelassen von sich weg. »Von nun an werde ich mich um alles kümmern.« Er ging auf Ave zu und verbeugte sich. Dabei geriet sein Kristall in Bewegung und schlug gegen seine Stirn. »Wir werden nur außerhalb des Hauses über die Angelegenheiten sprechen, die direkt mit der Sache zu tun haben. Also ... wenn Sie nun bitte ...« Er trat an die Tür und öffnete sie.

Ave kehrte zur Kommode zurück und entdeckte ein paar alte Ausgaben vom *Middle Way* und einen kaputten Lampenschirm. Terry kniete sich vor den Buddha, um einen besseren Blickwinkel auf die aufgeblähten Nasenlöcher der in sich ruhenden und gelassen wirkenden Statue zu haben. Bei dieser Aktion rutschte seine Jeans hoch und gab den Blick auf die Nylonsocken frei, die allem Anschein nach den Kern seiner Lebenseinstellung symbolisierten. Auf der einen Socke stand in vielen Sprachen das Wort »Hau« und auf der anderen »dich voll«.

Mit einem Räuspern sagte Ken: »Entschuldigung –«

»Ich habe nichts unversucht gelassen«, rief Heather. »Warum *hören* Sie denn nicht auf mich?«

Die ganze Anspannung und das Gerenne schnürten ihr die Brust zu. Sie hatte die Situation nicht mehr unter Kontrolle und inzwischen den Eindruck, daß dem von Anfang an nicht so gewesen war. Sie spürte auch, wie sich die Atmosphäre veränderte. Energische Entschlossenheit sprang zwischen den beiden Besuchern hin und her. Sie berieten sich nur selten miteinander und schienen die Gedanken des anderen doch ganz genau zu kennen.

»Wo ist nun dieser Solar?« Als er keine Antwort erhielt, sagte Terry: »Los, los.« Das Quengeln eines Cockney-Straßenjungen. Gereizt und aggressiv balancierte er auf den Fußballen wie ein Boxer, der versucht, einen Schlag zu plazieren. »Haben Sie uns eingeladen oder nicht?«

»*Sie eingeladen*?«

Die Worte kamen von oben. Für einen Augenblick verloren Terry und Ave die Orientierung. Schließlich erblickten sie oben auf der Treppe eine beeindruckende Frau in einem fließenden, vielfarbigen Gewand, auf dem ein funkelnder Halbmond prangte. Der aufgeplusterte, haselnußbraune Haarschopf ließ sie noch imposanter erscheinen.

Terry murmelte: »Heilige Scheiße.« Und stellte seine Blende ein. Für einen Sekundenbruchteil meinte er neben diesem reflektierenden Strahlen eine zweite Person erkennen zu können. Ein schlankes Mädchen in einem grüngoldenen Sari, das sich wie eine Zofe einen Schritt hinter der Herrscherin hielt. Als der Blitz ausgelöst wurde, wandte sie sich geschwind ab, bedeckte das Gesicht mit einem Stück Seide.

Na, was soll das? fragte sich Ave.

»Erklären Sie sich.« Eine wohltönende und volle Stimme. Man meinte, den Eröffnungsakkorden eines bekannten Oratoriums zu lauschen.

»Das ist unsere glorreiche freie Presse«, flüsterte Suhami May ins Ohr. »Sie bedient sich gerade des ihr verbrieften Rechts, überall ihre Nase reinzustecken.«

»Das hier ist Privatbesitz.« Mit dem Gehabe eines Generalbevollmächtigten schritt May die Treppe hinunter. Ihre in pflaumenfarbenen, mit Brillanten bestickten Slippern steckenden Füße blitzten kurz unter dem Gewandsaum hervor, um gleich darauf wieder zu verschwinden. »Wer sind Sie?«

»Wer sind *Sie*?« erwiderte Ave wie eine Gestalt aus *Alice im Wunderland*. Ungeduldige Finger schwebten über dem Startknopf ihres Diktiergeräts.

»Das ist nicht von Bedeutung.« Klick, surr. Klick, surr. »Hören Sie umgehend damit auf!«

Einen Moment lang kam Terry der Aufforderung nach. Kritisch musterte er die weniger exotische der beiden Frauen und kam zu dem Schluß, daß sie trotz des roten Punkts genausowenig Inderin war wie er. Die braune Haut war einfach nur gebräunte weiße Haut, und das Gesicht kam ihm bekannt vor. Wo hatte er sie schon mal gesehen? Er hob die Pentax. Sie nahm eine Büßerschale aus der zweiten Schublade und warf sie ihm an den Kopf.

»Sind Sie noch ganz dicht, Lady?« brüllte er. »Ich versuche nur ein paar Fotos zu schießen.«

»Mein liebes Kind...« Konsterniert und beunruhigt wandte sich May um. »So geht es nicht. So geht es wirklich nicht. Was hätte Er dazu gesagt?« Suhami brach in Tränen aus.

»Hören Sie«, sagte Ave und legte ihre Handtasche und das Mikrophon in einer Art und Weise auf den Boden, die verriet, daß sie später beides noch brauchen würde. »Mir liegt nichts daran, Öl ins Feuer zu gießen und all das scheinheilige Getue anzufeuern, aber wir sind eingeladen worden, stimmt's, Terry? Insofern wäre es mir recht, wenn wir aufhören würden, so zu tun, als handele es sich hier um die Plünderung einer heiligen Stätte.«

»Sie müssen sich irren«, behauptete May.

»Fragen Sie Mrs. Beavers«, beharrte Ave.

Alle Augen richteten sich auf Ken und Heather. Mittlerweile hatten die Beavers gänzlich die Fassung verloren. Verlegenheit, Anspannung und Verzweiflung rangen in ihren Mienen um die Vorherrschaft. Unablässig verdrehten sie die Augen und gaben mit ihren Grimassen dem jeweils anderen zu verstehen, wer die Lage erklären sollte. Schließlich ergriff Heather das Wort.

»Es handelt sich um ein Mißverständnis. Diese Person hat angerufen, und ich habe alles falsch verstanden. Sie vermittelte mir den Eindruck, daß vor einiger Zeit ein Interview vereinbart worden sei und sie nur noch eine Wegbeschreibung bräuchte, um zu uns zu finden.«

»Sie sind hier ganz falsch, meine Liebe«, meinte Ave. »Sie gehören nach Westminster.«

»Heather hat recht«, meldete sich Ken zu Wort. »Ich stand die ganze Zeit über neben dem Telefon.«

»Ich habe ihnen ein Exklusivinterview angeboten.« Ave richtete sich direkt an May. »Sie haben mich gebeten, in fünf Minuten zurückzurufen. Und als ich das tat, sagten Sie, es sei in Ordnung hierherzukommen. Offenbar haben Sie sich mit einem Astraltypen unterhalten, und er hat sein Okay gegeben.«

»Ist das wahr, Heather?«

Längere Zeit herrschte Schweigen, das schließlich von Ave beendet wurde. »Sollte es Probleme geben, möchte ich Sie darauf hinweisen, daß eingehende Anrufe aufgezeichnet werden.«

»Natürlich ist es wahr!« platzte Suhami heraus und musterte die Beavers voller Verachtung. »Die haben uns verkauft. Du brauchst sie dir doch nur ansehen.«

»Sprich nicht so mit mir!« rief Heather. »Du hast ja keine

Probleme. Warst dein ganzes Leben lang in ein Bett aus Geld gebettet. Hätte ich auch eine halbe Million, über die ich mir den Kopf zerbrechen müßte –«

Sie brach ab und legte – zutiefst erschrocken über diesen Ausrutscher – die Hand auf den Mund. Ken, der so beschämt und schuldbewußt dreinblickte, als sei seine Frau ein schlechterzogenes Haustier, das er nicht im Griff hatte, tätschelte sie unbeholfen.

Bei Terry, der die ganze Tirade mit unverhohlener Schadenfreude verfolgt hatte, fiel der Groschen. Auf einmal wußte er, warum ihm das junge Mädchen so bekannt vorkam. Er trat einen Schritt zurück und versuchte ihren Kopf und ihre Schultern ins Visier zu kriegen, solange sie noch abgelenkt war. Um sie richtig fotografieren zu können, mußte er höher stehen. Die Treppe brachte nichts – von dort aus erwischte er sie nur von hinten. Suchend schaute er sich um, entdeckte die richtige Stelle und kletterte hinauf. Ave hatte nun ebenfalls begriffen, um wen es sich bei dem Mädchen handelte. Ohne groß nachzudenken, griff sie nach dem Mikro.

»Was hatte Ihr Vater hier zu suchen, Sylvia? Denken Sie, daß er etwas mit dem Mord zu tun hatte? Hatten Sie eine Affäre mit dem Opfer?«

»Aahh...« Schmerz schwang in der Stimme des Mädchens mit. »Sie sind gemein... Reicht es nicht, ihn zu verlieren? Den liebsten Menschen...«

»Dann ist er also Ihr Liebhaber *gewesen*?«

»*Verschwinden Sie*... um Himmels willen, hauen Sie ab!«

»Wenn ich gehe, werden Ihnen nur andere auf den Pelz rücken. Sie werden nicht mehr vor die Haustür treten können, ohne von Blitzen geblendet, ohne mit Fragen, die viel fieser sind als die, die ich Ihnen stelle, bombardiert zu werden. Wenn Sie dem *Pitch* ein Exklusivinterview geben, werden die sie in Ruhe lassen.«

Terry, der auf den Sockel des Buddhas gestiegen war, hatte auf diesen Vorschlag gewartet. Aus Erfahrung wußte er, daß er zog. Er zog immer. Selbst intelligente Menschen fielen darauf herein. Hauptsächlich aus Verzweiflung. Wähl lieber den Schrecken, den du schon kennengelernt hast. Was für ein Mist, daß Saris keinen tiefen Ausschnitt hatten. Das Mädchen hatte klasse Titten.

May gab sich große Mühe, ihre karmische Blaupause neu zu malen. Da sie spürte, daß die Besucher in gewisser Weise teuflisch waren, hatte sie ihren Schutzengel gerufen und sah ihn nun, die breiten Schwingen schlagend, direkt unter dem Oberlicht. Sie stellte sich vor, daß ihre Knochen und ihr Gewebe vom Pulsschlag seines himmlischen Lichts durchflutet wurden. In dieser Stunde brauchte sie seine ungeteilte Aufmerksamkeit, seine Hilfe. Wie schnell und problemlos diese Leute hier aufgetaucht waren! Zweifellos angelockt von dem großen Riß im Schutzschild des Hauses, der durch den Tod des Meisters entstanden war. Nun sprach die Frau wieder.

»Ich versichere Ihnen, daß Sie in Ruhe gelassen werden, wenn Sie uns ein Exklusivinterview geben.«

»Solch eine Zusammenarbeit widerspricht unseren Prinzipien.«

»Wir werden zahlen. Und nicht zu knapp.«

»Genau das meinte ich gerade.«

»Diese Kommune braucht bestimmt Geld, wie alle anderen Menschen auch, oder?«

»Die Kommune!« Fassungslos starrte Ken sie an. »Aber ich dachte –« Heather stieß ihm den Ellbogen so fest in die Rippen, daß er fast hingefallen wäre.

»Wir werden den Scheck auf Golden Windhorse ausstellen, dann können Sie sich deswegen – ohne uns – die Köpfe einschlagen.«

»So sind wir nicht«, entgegnete May würdevoll.

»Alle sind so, wenn erst mal ein Bündel Geld auf dem Tisch liegt.«

An dieser Stelle wollte Terry, nachdem er seinen Reebok in die diskrete Umhangfalte gestemmt hatte, die das Glied des Buddhas bedeckte, eine Großaufnahme vom Gamelin-Profil machen. Als er abdrückte, schrie May auf.

»Seht mal, wo er steht! Das ist unmöglich…« Terry machte eine Aufnahme nach der anderen und schoß ein erstklassiges Foto von ihrem hübschen, angstverzerrten Gesicht. »Das ist eine heilige Statue. Gehen Sie runter… *gehen Sie runter.*«

Mit einem Schlag reagierte die ganze Gruppe verärgert, war aber unfähig, aktiv zu werden. Die unfaßbare Blasphemie seines Handelns schockierte sie so sehr, daß sie sich kaum bewegen konnten. Suhami blickte sich suchend um. Unerträgliche Pein lag in ihrem Blick.

Die Pause dauerte nur kurz an. Urplötzlich sauste ein Schwall fließender Baumwolle an ihnen vorbei. Nachdem Ken eine Möglichkeit gefunden hatte, wenigstens einen kleinen Teil seiner Schuld abzutragen, schmiß er sich mit voller Wucht gegen den Buddhasockel und warf die Blumengaben um, woraufhin ihm kaltes Wasser und Lupinen ins Gesicht spritzten. Tief durchatmend, kraxelte er den schlüpfrigen Stein hoch. Keuchend arbeitete er sich hoch. Als Terrys Fuß in Reichweite kam, griff er nach den Schnürsenkeln der Reeboks und zog.

Beide Arme um den Statuenhals schlingend, rückte Terry von Ken ab und begann wild auszuschlagen. Ken bekam ein paar schmerzhafte Fußtritte auf die Schulter ab. Selbst aus der Ferne konnte man nun Terrys Sockenaufschrift lesen, die dem Eigenleben der Füße unnötigen Nachdruck verlieh. Nach dem dritten Tritt gelang es Ken, die Schnürsenkel zu lösen, und schnappte nach Terrys Knöcheln.

Kurz und fast graziös holte er ein letztes Mal aus, krachte dann aber mit dem Gesicht nach unten auf den Sockel. Sich flink wieder aufrappelnd, riß er an mit Baumwollstoff bezogenen Beinen, Schenkeln und Pobacken. Aus der Ferne betrachtete, erinnerte das Gerangel der beiden Männer an eine Schlammschlacht ohne Schlamm. Das Ganze hatte ein Ende, als Ken Terrys Schritt fand und hineingriff.

Nach einem kurzen Aufschrei drehte der Fotograf Kopf und Schultern um und brüllte Ken phantasielose Obszönitäten ins Gesicht. Bei seiner hektischen Bewegung geriet die Statue in Bewegung. Lautes Knarzen, als würde ein großer Stein aus einer Wand gezogen, war zu hören.

Die atemlosen, staunenden Zuschauer hielten auf einen Schlag die Luft an, als sie beobachten mußten, wie die ewig lächelnde Statue erzitterte. Kurz darauf neigte sie sich nach vorn, ganz langsam, während ein Großteil der Steinmasse noch sicher ausbalanciert war. Es bestand immer noch die Chance, daß sie nicht umkippte, aber nur, wenn das zappelnde menschliche Halsband abgenommen wurde.

Ave stieß einen markerschütternden Schrei aus. »Terry – laß los!«

Terry keuchte laut. Seine siegessichere Miene verriet den Triumph, den er spürte, während er immer noch an der Statue hing. Dann allerdings machte er den Fehler, den Kopf vorzustrecken, um nachzusehen, wie sich sein Gegenüber hielt. Diese unkluge Verlagerung des Körpergewichts bewirkte, daß die Statue sich noch weiter vorneigte, diesmal so weit, daß es kein Zurück mehr gab.

Mit einem ohrenbetäubenden Krachen schlug sie auf dem Boden auf. Terry, der sich mitten im Umkippen drehte, landete nur wenige Zentimeter neben dem schweren Steinschädel. Soviel Glück war Ken nicht beschieden.

Durch die Laterna Magica

12

Strahlenden Blickes und prächtig ausgeruht, kam Troy ins Büro – das Baby hatte die ganze Nacht durchgeschlafen. Er roch nach *Players High Tar and Brusque*, dem *Chanel Pour l'Homme* fürs einfache Volk. Er hängte seine Jacke auf, blickte zu Barnaby hinüber, der aus dem Fenster sah, und sagte: »Was treiben Sie?«

»Ich lerne fürs Priesterseminar, Sergeant. Wonach sieht es denn aus?«

Herrje. Ein ätzender Tag. Ein ätzender Tag, an dem man Stunde um Stunde in ein Gesicht, das an einen versohlten Hintern erinnerte, blicken mußte. Jedenfalls kein Tag, um neue Fotos von Talisa Leanne rauszuziehen, auf denen sie sich ohne elterlichen Beistand an der Lehne von Maureens Stuhl festhielt und stand. Der Gerechtigkeit halber mußte Troy zugeben, daß sein Chef überhaupt nicht gut aussah.

»Sind Sie in Ordnung, Sir?«

»So lala. Habe nicht allzu gut geschlafen.«

»Ist es denn die Möglichkeit?« Ausgeruht wie er nun mal war, brachte Troy seinem Boß kein echtes Mitgefühl entgegen. Er gehörte zu der Sorte Mensch, die – mit Ausnahme von randalierendem Nachwuchs – immer und überall schlafen konnten. Zum wiederholten Mal trat er vor die Vergrößerung und verkündete: »Ich habe nachgedacht.«

Eine Fähigkeit, die Troy nur selten nutzte. Seiner Ansicht nach überhitzte man wie ein altersschwaches Auto, wenn man zuviel nachdachte. Er beobachtete, er hörte zu, er machte Notizen. Er war ungeheuer akkurat und konnte sich gelegentlich auf seine Intuition verlassen. Ausgedehnte Introspektion und durchdachte Theorien bürdete er sich nicht auf.

»Also«, sagte Barnaby und wartete.

»Dieser Tim, sehen Sie doch, wo der gesessen hat.« Der Chief Inspektor brauchte dieser Aufforderung nicht zu folgen. Die einzelnen Positionen kannte er auswendig. »Kniete genau zu Craigies Füßen.«

»Und?«

»Und jetzt sehen Sie mal, wo das Gamelin-Mädchen war. Links von Craigie. Die drei bildeten ein spitzwinkliges Dreieck. Tim mußte nur aufspringen und sich drehen, und schon stand er beiden gegenüber – richtig?« Barnaby stimmte zu. »Ich denke, daß er genau das getan hat. Und hat im Halbdunkel und während all des Durcheinanders, das die alte Kleekuh auf dem Boden auslöste, die falsche Person erstochen.«

»Wollen Sie damit andeuten, daß er versuchte, Sylvia Gamelin zu ermorden? Aus welchem Grund denn?«

»Nach allem, was wir gehört haben, hat er den alten Obi zutiefst verehrt. Dieser Mann war seine Sonne, sein Mond, seine Sterne und seine Rettung. Aber was hat der Junge als Gegenleistung dafür zu bieten? Hundertprozentige Ergebenheit, oder? Nun, die kriegt man auch von einem Hund, stimmt's? Plötzlich tauchte dieses Mädchen auf, jung, hübsch, bei Sinnen, und sie ist drauf und dran, der Kommune ein stattliches Sümmchen zu überschreiben. Könnte Riley das nicht als Bedrohung empfunden haben? Vielleicht hat er sich eingebildet, sie erkaufe sich damit die Zuneigung des Meisters und verdränge ihn von seinem angestammten Platz?«

Barnaby runzelte die Stirn. Troy fuhr fort: »Mag Ihnen und mir wie eine Überreaktion erscheinen, doch wir dürfen nicht vergessen, er ist nicht ganz wasserdicht. Er ist bestimmt nicht in der Lage, Vernunft walten zu lassen.«

»Ist ein bißchen dünn, aber möglich. In einem Stadium extremer Eifersucht könnte er durchaus panisch reagieren und in der von Ihnen umrissenen Weise handeln.«

Troy errötete und zupfte an seinen Manschetten. Das tat er immer, wenn er sich schämte oder freute. »Das würde zudem seine heftige Reaktion auf den Tod erklären, Chief. Und warum er von einem Unfall redete.«

»Mmm. Die ganzen emotionalen Beziehungen haben wir bislang noch gar nicht genauer unter die Lupe genommen. Diese geschlossenen Gruppen sind manchmal wie Dampfkochtöpfe, allen voran spirituell ausgerichtete Gemeinschaften, wo offener Widerspruch nicht gern gesehen wird.« Falls Barnaby ungehalten klang, lag das daran, daß er Menschen, die den Anschein erweckten, Gütigkeit bereits mit der Muttermilch eingesogen zu haben, nicht ausstehen konnte. »Bei Führern mit stark ausgeprägtem Charisma ist es keine Seltenheit, daß ihm sowohl körperliche als auch emotionale Bewunderung entgegengebracht wird.«

»Sie meinen, er machte die anderen fertig?«

Barnaby zuckte zusammen. »Nicht unbedingt. Ich denke, ich versuche anzudeuten, daß wir – da wir ihm zu Lebzeiten nicht begegnet sind – nicht erfassen können, was für eine Persönlichkeit er war. Wie wissen nur das, was seine Anhänger über ihn sagen. Wie groß sein Einfluß gewesen ist, wissen wir nicht.«

»Das stimmt. Tot hat er nicht viel hergegeben. Ich weiß allerdings immer noch nicht, ob…« Troy trat von dem Schaubild weg und setzte sich an den Schreibtisch. »Meinen Sie, daß er jemanden vielleicht falsch beeinflußt hat?«

»Wäre immerhin möglich.« In Wahrheit wußte Barnaby nicht, was er meinte. Er dachte einfach laut nach. Spielte Ideen durch, verwarf sie, baute andere Theorien auf. Spekulierte über unsichtbare Verbindungen und kam vielleicht vom Weg ab. In jüngeren Jahren hatte ihm dieses Stadium einer Ermittlung in einem Mordfall am meisten zugesetzt. Diese fürchterliche Ungewißheit. Daß alles Auslegungssache war. Man stürzte sich auf eine Unterhaltung hier, ein unterstelltes Motiv da, ein Indiz (das griffig war und bewiesen werden konnte), nur um dann bei genauerer Betrachtung mit ansehen zu müssen, wie sich alle zusammengeschusterten Theorien in Luft auflösten.

Jeder Rückschlag steigerte seine Anspannung. An so einem

Punkt spürte er (und das entsprang nicht immer seiner Einbildung), wie man von ihm enttäuscht war. Und er spürte zunehmenden Druck von seiten seiner Vorgesetzten. Nie konnte er jenen ersten Fall vergessen, den er gelöst hatte. Seine Freude darüber war bald dem beunruhigenden Gefühl gewichen, daß das Ergebnis mitnichten seinen Deduktionsfähigkeiten zuzuschreiben war, sondern daß er vor allem Glück gehabt und Zähigkeit bewiesen hatte. Und daß sich so ein Erfolg vielleicht nie mehr wiederholte.

Inzwischen kam er mit der Ambiguität besser zurecht und besaß genug Selbstvertrauen, um nicht in Panik zu geraten. Jetzt vertraute er darauf, daß früher oder später eine neue Erkenntnis, eine hergestellte Verbindung oder ein Verdächtiger auftauchte, der sich unabsichtlich verplapperte. Das bedeutete nicht das Ende der Welt, wie er früher einmal angenommen hatte, sondern veranschaulichte nur, wie wenig er sich von seinen Mitmenschen unterschied.

Im Moment war der ihm übertragene Fall gerade mal zwei Tage alt, und er wartete auf verschiedene Dinge. Vor allem auf den Obduktionsbericht und auf die Informationen aus dem Labor über die Fasern einer groben Schürze und der Geschirrtücher, die gestern aus Windhorse mitgenommen worden waren. Diese Faser machte ihm Kopfschmerzen. Da er weder ihre Herkunft kannte, noch wußte, wie sie dorthin gelangt war, konnte er auch nicht wissen, ob sie wichtig war. Vielleicht half sie ihm nicht weiter, vielleicht bedeutete sie den Durchbruch.

Zusätzlich versuchte einer seiner Kollegen, den echten Christopher Wainwright aufzutreiben. George Bullard sollte sich telefonisch melden und ihn über Jim Carters Medikamente informieren. Es gab bestimmt noch ein paar Typenbeschreibungen im Computer, die auf Arthur Craigie paßten, aber Barnaby vertraute nicht darauf, daß Troy mit seiner Vermutung richtig lag, weil sie auf Gamelins vagem Gefühl und einer Perücke beruhte. Andrew Carters Geschichte wurde ebenfalls überprüft. Fatalerweise war sein Leben so unstet gewesen (falls er die Wahrheit gesagt hatte), daß das kein einfaches Unterfangen war. Barnaby hatte auch eine Kopie des Obduktionsberichts von Jim Carter erhalten und mußte erkennen, daß eine Wiedereröffnung dieses Falls sich als problematisch erweisen würde. Zum Zeitpunkt seines Todes hatten sich alle Kommunenmitglieder an einem anderen Ort aufgehalten. Dennoch durften weder der Brief noch das belauschte Gespräch ignoriert werden. Trixie Channig war nicht im Computer; also mußte ein Foto von ihr vervielfältigt und verteilt werden, was Zeit beanspruchte. Im Gegensatz zu Andrew Carter war Barnaby nicht im geringsten davon überzeugt, daß »etwas Schreckliches« eingetreten war, nur weil das Mädchen mitsamt seinen Habseligkeiten verschwunden war. Während des Verhörs hatte Trixie vor etwas Angst gehabt. Mittlerweile tat es Barnaby leid, sie nicht härter in die Zange genommen zu haben, um rauszukriegen, worum es sich dabei gehandelt hatte.

»Sie sind immer noch gegen Gamelin als potentiellen Mörder, Chief?«

»Ich denke schon.« In Wirklichkeit erschien Barnaby diese Erklärung an den Haaren herbeigezogen. Wieso dem so war, wußte er allerdings nicht zu sagen. Einerseits irritierte ihn, daß ihm der Mann so eindeutig als Sündenbock präsentiert worden war. Auf der anderen Seite lag ihm Gamelins echte Empörung darüber, daß ihn alle als Mörder abstempelten, schwer im Magen. Und dann war da noch das Motiv. Auf den ersten Blick schien es eindeutig, aber bei näherer Betrachtung verflüchtigte sich dieser Eindruck. Barnaby glaubte, daß Guy im Ernstfall seine Tochter dem Mammon vorzog. Er schien ganz und gar davon besessen gewesen zu sein, sich mit ihr auszusöhnen. Da sie aus ihren Gefühlen zu ihrem Lehrer kein Hehl gemacht hatte, hatte ihr Vater an fünf Fingern abzählen können, daß seine Chance auf Wiederversöhnung gleich Null war, falls er Craigie etwas antat. Und sein Tod bot keine Garantie, daß Sylvie das Geld nicht verschenkte. Ganz im Gegenteil, vielleicht hätte dies sie nur noch in ihrer Entscheidung bestärkt. Doch den Hauptgrund für Barnabys Einstellung lieferte der

Charakter des Mannes. In seinen Augen war Gamelin ein Mann, der nach dem Motto handelte: Nimm dir, was du willst, und bezahl dafür. Sicherlich konnte der Chief Inspector sich vorstellen, daß Gamelin einen Mord verübte, aber dann eher impulsiv, spontan, rasend vor Zorn, und nicht kaltblütig, durchdacht, geplant. Und bestimmt wäre er hinterher dagestanden und hätte den Mord laut in die Welt hinausgeschrien oder sogar damit geprahlt und sich dann die besten Anwälte geholt, die man für Geld kaufen konnte. Nein – Barnaby war sicher, daß Gamelin nicht der Mörder war. Warum der Tote auf ihn gezeigt hatte, verstand er allerdings nicht.

Audrey Brierley brachte weitere Informationen über die möglichen Alter egos des Toten. Troy schnappte sich die Ausdrucke und überflog sie. Freddie Cranmer? Nicht nur zu jung, sondern auch mit exotischen (und obszönen) Tätowierungen übersät. Der nächste kam schon eher in Frage. Albert Crainleigh. Siebenundfünfzig. Von Kindheit an kriminell, in erster Linie kleine Betrügereien und das Verschieben gestohlener Gegenstände. Später ausgefeiltere Aktionen. Getürkte Bestellanzeigen. Versicherungs- und Hypothekenbetrug. Und dann hatte er eine große Nummer mit dem Verkauf von Anteilen abgezogen. Hatte auf diese Weise eine Menge Kohle gemacht, die nie gefunden wurde. Wurde in Malta geschnappt. Vier von sieben Jahren abgesessen. War 1989 freigelassen worden. Beispielhafter Gefängnisinsasse, aber das waren Betrüger immer.

»Das hier kommt hin, Sir.«

Barnaby hörte zu, während Troy laut vorlas. Als der Sergeant enthusiastisch nickte, hob und senkte sich sein Bürstenhaarschnitt wie der Kamm einer vorwitzigen Sumpfschnepfe.

»Das einzige, was paßt«, faßte der Chief Inspector zusammen, »ist, daß beide Männer im gleichen Alter sind. Einmal abgesehen von Gamelins Beschuldigung, die unter jenen Umständen verständlich war, haben wir keinen Grund, in Craigie einen Betrüger zu vermuten.«

Er bemerkte, wie Troys Kinnmuskeln sich verkrampften. Wenn Troy eine Ahnung hatte, war er wie die Katze vor dem Mauseloch. Daß er nie begriff, wann er aufgeben und heimgehen mußte, war seine Stärke und gleichzeitig seine Schwäche.

»Falls Sie sich entsinnen«, sagte Barnaby, der sich nur daran erinnerte, weil er vergangenen Abend noch einmal die Aussagen durchgegangen war, »sprach Arno Gibbs über die finanzielle Hilfe, die die Kommune gewährte, und über die Spenden an Organisationen wie *Christian Aid* und so. Das paßt ja nun überhaupt nicht zu Ihrer Theorie.«

»Aber so sind doch alle großen Schurken verfahren, Chief. Denken Sie an die Krays. Almosen, Jugendclubs, Boxtrophäen. Die haben das Geld verteilt.«

»Die Basis unterstützen. Das ermutigt die Rekruten. Aber auf Windhorse haben wir keinen Zarismus, sondern eher so was wie eine Demokratie.«

»Ach ja?« Troy zwinkerte und schnalzte mit der Zunge.

»Eine Organisation, in der alle Mitglieder gleich sind.« Barnaby las die Gedanken seines Untergebenen. »Und die nicht von Frauen geleitet wird.«

»Ist nur gerecht.« Ein verständlicher Fehler, sinnierte Troy, da die meisten von ihnen den Verstand von ausgeleierten Unterhosen hatten. »Was mich nicht daran hindern wird, mir ein paar Fotos anzusehen.« Er gab sich rebellisch.

»Lassen Sie das. Die Leute in dieser Abteilung haben schon genug zu tun.« Es klingelte. Das war Winterton, der *Communications-relations*-Beamte, der sich um den sogenannten Gamelin-Fall kümmerte. Die Presse setzte ihm telefonisch ziemlich zu, und nun wollte er erfahren, ob Barnaby über ein paar neue Informationskrümel verfügte, die er ihnen zum Fraß vorwerfen konnte.

»Verbraten Sie noch mal das, was Sie denen gestern schon gesagt haben. Nur mit anderen Worten.«

»Danke, Tom. Sie waren mir eine große Hilfe.«

»Gern geschehen.« Barnaby legte auf. Als er aufblickte, war das Büro leer.

Arno ging im Obstgarten spazieren. Es war noch ziemlich früh. Blaue Nebelschwaden lagen über den Beeten, und die frostüberzogenen Äpfel schimmerten im morgendlichen Sonnenschein. Über seinem Kopf funkelte der strahlende Morgenstern. Obwohl er in der Nacht kaum ein Auge zugemacht hatte, war er kein bißchen müde.

Er trug ein mit Erdbeerblättern verziertes Schälchen und ging zu »Stella«, ihrem sich selbst befruchtenden Kirschbaum, der reichlich Früchte trug. Der Baum war mit einer Reihe von Netzen bedeckt, die auf Flohmärkten gekauft und hinterher zusammengeflickt worden waren. Das Ding war nicht wirklich vogelsicher. Gerade als Arno näher kam, traten ein paar Stare laut zwitschernd die Flucht an. Er pflückte die restlichen Kirschen, stellte das Schälchen auf das Gurkenspalier und schnitt mit seinem Taschenmesser die angeknabberten und verschrumpelten Früchte ab. Die anderen stapelte er zu einer kleinen Pyramide und ordnete sie so an, daß die schöne Seite nach außen zeigte. Leider war das Ergebnis alles andere als befriedigend. Die Kirschen hatten nichts mit den üppigen dunkel glänzenden Exemplaren gemein, die man in Supermärkten kaufen konnte.

Normalerweise akzeptierte Arno voller Resignation die ungespritzte Unvollkommenheit, aber heute gedachte er May zu verführen. Am vergangenen Abend hatte sie kaum einen Bissen zu sich genommen, was ihn angesichts des desaströsen Nachmittags kaum verwunderte. Seit dem Abendessen war Arno beunruhigt, weil er (wie alle Liebenden) fürchtete, daß seine Angebetete dahinschwand, falls sie so weitermachte.

Das Schälchen vorsichtig balancierend, überquerte er den Rasen. Erst jetzt bemerkte er, daß die Sonne aufgegangen war, daß das Gras seine Frische von vorhin verloren hatte, daß das taubenetzte Grün unter seinen Sohlen sich weich anfühlte. Als er sich dem Haus näherte und in Sichtweite des Haupttors gelangte, zögerte er und schlich dicht an der Hecke entlang, um dann das letzte Stückchen ungeschützt zurückzulegen.

Ave und Terry hatten mit der Belagerung recht behalten.

Arno hatte ein altes Schloß und eine rostige Eisenkette gefunden und gerade noch rechtzeitig das Tor gesichert. Am frühen Abend hatte sich dort draußen eine lautstarke Menschenmenge versammelt. Das alles erinnerte ein wenig an eine Szene aus einem alten Stummfilm, in der aufbegehrende Bauern die Bastille stürmen. Fotografen waren auf die Mauer geklettert, und der Krankenwagen hatte große Mühe gehabt, durchzukommen.

Doch im Moment herrschte Ruhe. Vögel zogen ihre Kreise. Die Würmer zeigten sich noch nicht. Wie sich herausstellte, war Arno nicht der einzige Frühaufsteher. Als er um die Hausecke bog, wurde ein Fenster im Erdgeschoß aufgerissen. Es gehörte zu Mays Zimmer. Kurz darauf schallte ein wunderschöner Akkord durch die reine Luft. Arnos Herz machte einen Satz, setzte einmal aus und schlug dann hocherfreut weiter.

Er versteckte sich im Efeu, stand reglos da, hob und drehte den Kopf, während es ihn zum offenstehenden Fenster drängte wie die Blume zum Licht. Ein goldener Ton ergoß sich in die strahlende Morgenfrische, legte sich um Arnos Herz, band ihn noch enger an sie, an die liebste aller Musikerinnen. Sich zurücklehnend, schloß er die Augen. Unbemerkt fiel Staub aus dem Efeu auf seine Haare und seinen Bart. Die Welt schrumpfte auf die schnellen Bewegungen des Cellobogens zusammen.

Sie spielte ein katalanisches Volkslied. Den majestätisch-melancholischen Trauergesang eines Exilanten. Wie üblich stimmte das Lied Arno traurig, doch die Liedstruktur war so harmonisch, die Melodie so lieblich, daß er, wenn die letzten Töne erklangen, nicht Trauer empfand, sondern schieres Glück.

Sein Blick fiel auf das Schälchen. Die Kirschpyramide war zusammengefallen. Die Früchte schrumpelten schon ein. Nicht einmal die Erdbeerblätter wirkten frisch. Die Unangemessenheit seines Geschenkes im Vergleich zu dem Genuß, der ihm gerade beschieden gewesen war, beschämte Arno zutiefst. Ohne zu zögern kippte er die Kirschen hinter die Blumenbeeteinfassung und brachte das Schälchen in den Töpferschuppen.

Die Cellistin legte ihren Bogen weg und trat ans offene Fenster, um die Sonne zu begrüßen. Gerade heute brauchte sie alle Energie, die sie aufbringen konnte. Ihre heilenden Kräfte – derart übertrieben beschrieb May Warmherzigkeit – wurden stärker gebraucht als je zuvor. Sie hob die Arme, woraufhin die wassergrüne Seide auseinanderfiel, und legte damit ihre wunderbare Körperfülle frei. »Das Göttliche in mir ruft das Göttliche in dir«, tat sie kund und verneigte sich sieben Mal in dem Wissen, daß jede Verbeugung Liebe, kosmische und göttliche Kraft ins Herzchakra fließen ließ. Hinterher nahm sie ein ausgiebiges Bad, machte ein paar Yogaübungen, atmete abwechselnd durch eines der Nasenlöcher aus und ein und begab sich, nachdem sie sich nun gewappnet fühlte, den Tag in Angriff zu nehmen, zum Frühstück in die Küche.

Allem Anschein nach war May ihren Ablutionen länger als gewöhnlich nachgegangen. In der Küche hatten sich – bis auf Tim und Felicity – bereits alle eingefunden.

Heather stand an der Spüle und kümmerte sich um die Herstellung von dynamischem Sonnenwasser. Dazu mußte man mehrere Streifen verschiedenfarbiges Lackmuspapier um mit Wasser gefüllte Plastikflaschen legen und die Streifen mit einem Band befestigen. Danach wurden sie in die pralle Sonne gestellt. Die Energie der Strahlen verlieh dem Wasser eine kraftvolle elektromagnetische Ladung.

Heather gab sich unterwürfig und verrichtete heute Aufgaben, an die sie vor vierundzwanzig Stunden keinen einzigen Gedanken verschwendet hätte. Sie hatte ihr Haar zu einem Zopf zusammengebunden und ihn mehrmals um den Kopf geschlungen. Sie trug ein Kleid in einer Farbe, die nur als Büßergrau bezeichnet werden konnte. Die gewissenhafte und unterwürfige Hausfrau mimend, war sie doch eher das Paradebeispiel einer Aufseherin im Hochsicherheitstrakt eines Gefängnisses.

Ken schwieg und hielt sich ein wenig abseits. Bislang hatte er das, was ihm gereicht wurde (ein Glas Mate und etwas Müsli), mit überschwenglicher Dankbarkeit entgegengenommen und ohne den Versuch zu machen, sich mit irgend jemandem zu unterhalten. Er verhielt sich wie ein Mann, der wußte, welcher Platz ihm gebührte (eine Nische neben dem Kamin), und sich darüber freute. Selbst wenn er sich hätte bewegen wollen, wäre ihm das nicht möglich gewesen. Sein rechtes Bein, dreimal gebrochen, steckte vom Schritt bis zur Fußsohle in Gips.

Darüber verlor Ken absichtlich kein Wort. Während Heather sich bemüht hatte, ihn halbwegs komfortabel in ein kleines Schlafzimmer im Erdgeschoß zu betten, hatte sie ihm beigepflichtet, daß sie nur darauf hoffen konnten, daß die Kommune ohne ihr Zutun einsah, wie groß sein Opfer war, und dies gegen das Ausmaß und die Qualität seines Betrugs abwog.

Als man ihn unter dem Buddha hervorgezogen hatte, hatte sich Ken – zu seiner eigenen Überraschung und zu der seiner Mitbewohner – erstaunlich ruhig und tapfer verhalten. Darum bemüht, nicht laut aufzuschreien, hatte er Mays Notfallmedizin eingenommen und – als die Schmerzen schlimmer statt besser wurden – die Zähne zusammengebissen, Tränen unterdrückt. Auf der Trage war es ihm sogar gelungen, sich ein Lächeln abzuringen, zu winken und den anderen zu verstehen zu geben, daß sie sich keine Sorgen um ihn machen brauchten. Nichts sollte sich von Kens Aufenthalt auf Windhorse so nachhaltig einprägen wie dieser Abgang.

Arno erhob sich, als May hereinkam, und fragte sie, ob sie etwas essen und eine Tasse frisch aufgebrühten Luakatee trinken mochte. Lächelnd schüttelte sie den Kopf. »Du bist gerade am Frühstücken, mein Lieber. Laß nur, ich bediene mich selbst.« Die zärtliche Anrede trieb ihm die Röte ins Gesicht. Sie steckte den Stecker des klapprigen Restauranttoasters in die Dose. Er war ziemlich alt, dafür aber sehr effizient. Kaum waren die Toasts knusprig gebräunt, warf er die gestreiften Brotscheiben in die Höhe. War der Toaster voll, kamen insgesamt ein Dutzend Scheiben Brot auf einen Schlag aus den Schlitzen geschossen und purzelten durch die Luft.

May fand, daß es sehr ruhig war. Gewöhnlich wurde bei den Mahlzeiten viel geredet und gelacht. Heute morgen brachte kaum einer ein Wort über die Lippen. Janet hing unbequem auf einem nach hinten gekippten Stuhl und zupfte an ihren in Kordhosen steckenden Knien herum. Christopher und Suhami tranken richtigen Kaffee, saßen beieinander und waren doch nicht zusammen. Er warf ihr immer wieder einen Blick zu und verdrehte den Kopf einmal so sehr, daß sich sein Gesicht um neunzig Grad geneigt vor ihrem befand. Diese Maßnahme, als Aufheiterung gemeint, erzielte leider nicht das gewünschte Ergebnis. Sie schüttelte nur den Kopf und wandte sich ab. Selbst das Klappern des Bestecks wirkt gedämpft, dachte May, und beobachtete, wie Arno sein Messer ganz behutsam auf einen kleinen Teller legte. Ihr fiel sein gerötetes Gesicht auf, und sie hoffte, daß er keine Krankheit ausbrütete. Drei Kranke waren mehr als genug.

Nachdem Heather die Flaschen verschlossen hatte, flüsterte sie leise: »Ich werde sie nach draußen bringen.« Und spazierte auf Zehenspitzen aus der Küche.

Mays Toast sprang aus dem Schlitz. Gleichzeitg begann das Telefon zu läuten. Mit einer Hand nach dem Hörer greifend, auf der anderen den heißen Toast balancierend, rief May: »Beim Jupiter! Ist das heiß.« Der Anrufer war konsterniert.

Die anderen, in Furcht isoliert, spitzten die Ohren. Gab es Neuigkeiten über Trixie? Über die Ermordung des Meisters? War das die Bank oder ein Rechtsanwalt mit Informationen über ein Testament? Alle versuchten, die Lücken zwischen den sporadisch von May hingeworfenen Satzfetzen zu füllen.

»*tombs…?* Bestimmt nicht. Wir werden unsere eigenen Vorbereitungen treffen. Ich muß schon sagen, ich finde es ziemlich unerhört – ach, Sie heißen Tombs? Warum haben Sie das nicht gleich gesagt?… ah – ich verstehe. Ja, das ist natürlich schon ein Problem… Das werden wir in der Tat, lassen Sie mich kurz überlegen… Nein, ich bin sicher, daß keiner von uns den

Wunsch hat, das zu tun. Die sind überhaupt nicht freundlich. Hören Sie – ich sage Ihnen was – in der Mauer hinter unserem Gemüsegarten befindet sich eine Holztür. Die Erde unter der Tür ist ziemlich runtergetreten, insofern gibt es da so etwas wie einen Spalt... Oh, das könnten Sie? Wie furchtbar nett. In einer Viertelstunde? Vielen Dank.«

»Worum ging es denn?«

»Miss Tombs, Christopher. Vom Dorfpostamt. Der Postbote kann die Post nicht ausliefern, weil unser Tor verschlossen ist. Sie erkundigte sich, ob jemand runtergehen –«

»Nein!« schrie Suhami auf.

»Ganz richtig. Ihr habt gehört, was ich vorgeschlagen habe. Sie wird die Briefe für uns in eine Plastiktüte stecken.«

»Die Post habe ich ganz vergesssen«, meinte Arno. »Wir werden sie sorgfältig prüfen müssen. Von nun an werden die Menschen auch aus ganz anderen Gründen zu uns kommen wollen.«

»Ich werde die Post holen gehen.« Chris trank aus. »Begleitest du mich, Suze?«

»Ich möchte aber nicht.«

»Wir werden uns über die Terrasse rausschleichen. Dort kann uns niemand sehen. Ich muß dir etwas erzählen.« Als sie sich nicht rührte, fügte er hinzu: »Wenn du dich hier drinnen versteckst, überläßt du ihnen den Sieg.«

Suhami stand auf und folgte ihm. Nicht wegen der Anspielung, sondern weil ihr das leichter fiel, als einen Streit vom Zaun zu brechen. Ihre Gliedmaßen waren bleischwer. Trauer und Schuldgefühle zermürbten sie.

Gemeinsam streiften sie durch den Kräutergarten und liefen dann quer über den Rasen. Der warme Kies unter ihren Füßen gab nach. Unkraut und Goldlack sproßen: jene winzigen senfgelben Blümchen, die nach Vanille und Ananas rochen. Der Weg war von Sonne und Wind ausgebleichten Herzmuscheln eingefaßt.

Er nahm ihren Arm, der schwer und indifferent auf seinem eigenen ruhte. Urplötzlich überkam Chris eine Woge der Bestürzung. Er fürchtete nicht so sehr, daß ihr Verhalten dem

Schock über den Mord oder den gestrigen Überfall zuzuschreiben war, sondern daß sich ihre Einstellung ihm gegenüber auf immer geändert hatte. Der Gedanke, sie zu verlieren, schnürte ihm die Kehle zu. Er hätte ihr viel früher die Wahrheit sagen müssen. Je länger er sie verschwieg, desto schlimmer wurde es. Er hatte ihr den Hof unter falschem Vorwand gemacht, aus Gründen, die ihm nicht nur entschuldbar erschienen, sondern auch lebenswichtig. Würde sie das verstehen? Er mußte daran denken, wie sie sich bei ihm darüber beklagt hatte, daß sie immer von allen belogen wurde.

Er zögerte, wollte stehenbleiben, konnte sich aber nicht dazu durchringen. Fragte sich, wie er die Wahrheit sagen und ihr gleichzeitig die Notwendigkeit zu lügen begreiflich machen sollte. Am Ende sagte er gar nichts, sondern ging einfach weiter.

Kurz vor dem Mittagessen traf der Obduktionsbericht ein. Barnaby hatte die Blätter aus dem Ordner genommen, ehe Audrey das Büro verlassen hatte. Schnell überflog er das Gedruckte. »Irgendwelche Überraschungen?« fragte Troy und wurde mit einem Blick bedacht, den er als wohlwollend auslegte.

»Craigie hat in letzter Zeit nicht geraucht, früher hingegen schon. Und nicht getrunken. Hat neun Stunden vor seinem Tod zum letzten Mal gegessen. Todesursache ist ein gerade ausgeführter Stoß mit dem Messer, der den rechten Ventrikel durchstieß. Damit ist die These, daß Gamelin von hinten zugestoßen hat, vom Tisch.«

Als Barnaby eine Pause einlegte, verlagerte Troy sein Gewicht, um seine Irritation zu verbergen. Der alte Herr hatte die Angewohnheit, theatralische Pausen einzulegen, wann immer eine besonders krasse Enthüllung bevorstand. Das lag in der Familie. Da mußte man eben Zugeständnisse machen. Nichtsdestotrotz ging es Troy gegen den Strich, daß er immer gescholten wurde, zu Potte zu kommen, wenn *er* das versuchte. Pflichtschuldig gab er seinem Chef das Stichwort.

»Ist das alles, Sir?«

»Nicht ganz.« Barnaby legte den Bericht auf den Schreibtisch. »Er hatte Knochenkrebs.«

»Krebs!« Was immer Troy auch erwartet haben mochte, das gewiß nicht. Barnaby hätte sich keine zufriedenstellendere Reaktion wünschen können. Troy setzte sich auf den Besucherstuhl. »Wie stand es um ihn – schlimm?«

»Schlimmer ging's nicht. Sie behaupten, daß er höchstens noch ein paar Monate zu leben hatte. Das erklärt selbstverständlich auch die Perücke.«

»Wie bitte?«

»Falls er sich einer Chemotherapie unterzogen hat, sind ihm wahrscheinlich die Haare ausgefallen.«

»Aber würde er auf solch ein Hilfsmittel zurückgreifen? Sie wissen doch, wie die da oben sind. Würde er sich nicht eher irgendwelchen ominösen Strahlen aus dem Universum aussetzen oder sich Kräuter in die Nase stopfen?«

»Denken Sie daran, er war im Hillingdon an dem Tag, an dem Riley aufgegabelt wurde. Gibbs sagte aus, daß Craigie regelmäßig das Krankenhaus aufsuchte. Ich nehme mal an, daß man den anderen damit seine Besuche erklärte.«

»Sie meinen, er wollte sie nicht aufregen, solange es sich vermeiden ließ?«

»Ganz genau.«

»Dann ist er also doch ein Heiliger.« Enttäuscht zog Troy die Mundwinkel nach unten. Selbst seine ansonsten immer zu Berge stehenden Haarspitzen neigten sich ein klein wenig.

»Wir werden uns in dieser Angelegenheit noch mit dem Krankenhaus in Verbindung setzen, doch ich halte es für ratsam, nicht mehr davon auszugehen, daß die Perücke Teil eines großangelegten Betrugs war.«

Troy setzte eine bedeutungsschwangere Miene auf. Er zuckte mit den Achseln, schürzte die Lippen, nickte. Besonnen, aber nicht überzeugt. »Und welchen Einfluß hat dies Ihrer Meinung nach auf den Mord, Chief?«

»Keine Ahnung. Sollte es Craigie gelungen sein, seine Krankheit geheimzuhalten, möglicherweise gar keinen.«

»Der Mörder hat bestimmt nichts davon gewußt. Wer riskiert schon, für Jahre ins Gefängnis zu wandern, wenn er einfach in aller Seelenruhe abwarten kann, bis der Betreffende ins Gras beißt.«

»Das gilt nur, falls Zeit keine Rolle spielte.«

»Richtig. Andererseits ... he ... was ist damit? Da er wußte, daß seine Tage gezählt waren, und weil er keine Lust hatte, all den Schmerz und die vielen Prozeduren über sich ergehen zu lassen, begeht unser Held Selbstmord.«

»Vom psychologischen Standpunkt aus gesehen, klingt das meiner Ansicht nach ganz einleuchtend. Aber er hätte niemals so gehandelt, weil das für die anderen ein Maximun an Leid und Verwirrung bedeutet hätte. Ich sehe ihn als jemanden, der seine Angelegenheiten in Ordnung bringt und dann eine Überdosis nimmt, nachdem er eine Nachricht an seine Zimmertür geklebt hat. Sie wissen schon – bitte nicht stören. Ruft einen Krankenwagen.«

»Okay. Nehmen wir mal an ... ähm ... jemand weiß Bescheid, ja? Er mußte es jemandem sagen, um die Zukunft der Kommune nicht zu gefährden, und er – oder sie – kann es nicht ertragen. Kann den Gedanken nicht ertragen, daß der arme alte Obi zunehmend wirrer im Kopf wird. Und beschließt, ihn aus Barmherzigkeit umzubringen. Ein kurzer Stoß mit dem Messer, und schon wandelt ein Seeliger weniger auf der Erde, schon steht einer mehr vor der Himmlischen Pforte.«

»Da habe ich denselben Einwand. Diesen Ausweg würde keiner von denen wählen.« Barnaby tippte auf den Bericht. »Unnötig gefährlich und aufwendig. Die würden ihm was ins Müsli rühren.«

»Wahrscheinlich.« Da jede seiner Theorien abgeschmettert wurde, musterte Troy ziemlich gereizt den Bildschirm. Es geschah einigen Leuten ganz recht, wenn sie es mit einem Holzkopf zu tun hatten, der nur einmal pro Jahr eine vernünftige Idee auftischte.

»Tut mir leid, Gavin.«

»Was?« Troy gab sich verwundert. »Oh – ist schon in Ordnung. Ich habe einfach nur laut nachgedacht, wissen Sie. So wie Sie das auch immer tun. Nun«, sagte er und erhob sich, »ich denke, ich werde heute etwas früher zum Mittagessen gehen. Gibt wahrscheinlich Fisch, wie immer am Ende der Woche. Ich werde ihn mal probieren. Soll gut für das Gehirn sein.«

»Die alten Chinesen waren gerissen. Sie stopften ihren Verdächtigen den Mund mit Reis voll. Spuckte der Verdächtige ihn aus, hieß das, seine Speicheldrüse war nicht ausgetrocknet. Ergo – er sagte die Wahrheit.«

»Und was, wenn er tatsächlich keinen Reis mochte?«

»Bringen Sie mir ein paar Sandwiches mit.«

Mit einer hellgrünen, vollgepackten Plastiktüte kehrten Chris und Suhami in die Küche zurück und schütteten die Post auf den Tisch. Zwei kleine Päckchen und rund ein Dutzend Briefe.

Janets flinke Finger schoben sie hin und her. Kein Brief für sie. Als ihr Heathers teilnahmsvoller Blick auffiel, stand sie schnell auf und machte sich daran, die Kaffeetassen einzusammeln.

»Himmel«, entfuhr es Arno, als er einen Briefumschlag öffnete, »da meldet sich schon jemand für unser Hydro/Massage-Wochenende an.

Reich Aphrodite die Hand war überall in Causton und Uxbridge plakatiert und diskret in einer oder zwei Zeitschriften annonciert worden. Die Kommune hatte ein paar Whirlpoolapparate angeschafft, um die Ausstattung der alten Klauenfußbadewannen zu verbessern. Falls das Wetter es zuließ, sollte der Workshop jedoch im See stattfinden.

»Hier ist einer für dich«, sagte Chris. »Und May.« Er hielt ihnen einen langen, schmalen Briefumschlag aus schwerem cremefarbenem Büttenpapier entgegen, der tadellos adressiert und ausreichend frankiert war.

»Für uns beide?« Hocherfreut, aber auch irritiert nahm Arno den Brief in Empfang. Als Verwalterin erhielt May im Gegensatz zu ihm sehr oft Post. Er könne sich nicht vorstellen, verriet er, warum jemand an sie beide einen Brief sandte.

»Kannst du nicht?« fragte Chris aufgeregt und angespannt. »Der ist von einem Anwalt.«

»Meinst du?«

»Aber klar doch. Deren Briefe sehen immer so aus.«

»Ich denke, Chris könnte recht haben«, murmelte Heather mürrisch.

»Wir müssen sofort May suchen.«

»Mach ihn auf«, drängte Suhami. »Er ist auch an dich adressiert.«

»Dennoch wäre es mir lieber, wenn sie ebenfalls zugegen wäre.«

»May war vorhin bei Mrs. Gamelin«, sagte Heather. »Soll ich sie holen?«

»Ich werde gehen«, schlug Suhami vor.

Mit geschlossenen Augen und einem Milchbärtchen auf der Oberlippe lag Felicity auf ihrem Kissen. May saß neben ihrem Bett. Leise trat Suhami ein und schloß die Tür.

Sie ging zum Bett hinüber und betrachtete ihre Mutter, die sie seit Jahren nicht mehr ohne das, was Felicity ihre »Kriegsbemalung« nannte, zu Gesicht bekommen hatte. Mit Entsetzen bemerkte sie, daß sie sie auf der Straße nicht wiedererkannt hätte.

Felicitys Haar war glatt zurückgekämmt. Da sie auf ihrem Roßschwanz lag, war da nichts, was ihre unglaublich scharfe Kinnlinie und ihre hohlen Wangen umschmeichelte. Selbst im Tiefschlaf sah sie unerhört verzweifelt aus. Alle Gamelins, dachte Suhami. Wir alle... Unerwarteterweise berührte es sie sehr zu sehen, daß die Augenbrauen ihrer Mutter langsam grau wurden.

»Wird sie wieder gesund werden, May?«

»Das hängt sehr stark davon ab, ob sie gesund werden möchte. Im Augenblick können wir ihr nur Ruhe und Erholung bieten. Ich vermute, ihre Seele und ihr Körper haben große Pein erfahren.«

»Ja.« Suhami drehte sich weg. Schließlich gab es nichts, was sie tun konnte. Zuviel Zeit war verstrichen. Sie besaß nicht einmal die Erinnerung an Zuneigung. »Für dich ist ein Brief gekommen.« Ohne noch einmal einen Blick über die Schulter zu werfen, verließ sie das Zimmer. »Alle nehmen an, daß es sich um einen Brief von einem Anwalt handelt.«

Nachdem er ins Büro umgezogen war und hinter dem alten Kopiergerät Platz genommen hatte, sortierte Arno mit Chris' Unterstützung die Briefe aus. Wie er angenommen hatte, handelte es sich bei den meisten um Anmeldungen für geplante Veranstaltungen. Ein oder zwei Rechnungen waren ebenfalls darunter und auch die Anfrage nach einer Heilsitzung. Als May eintrat, erhob er sich und händigte ihr den Büttenumschlag aus, den sie umgehend aufriß.

»Der Brief ist von einem Mr. Pousty von *Pousty & Dingle*. Sie möchten uns sprechen.«

»Weswegen?« fragte Arno.

»Das steht nicht drin.« May stellte sich vor das offene Fenster und hielt den Briefbogen ins Sonnenlicht. Nach ein paar Minuten begann ihr Arm zu zittern. Sie zog den Brief zurück, preßte ihn an ihre Wange und atmete tief durch. »Nun, sicherlich gute Neuigkeiten. Wir sollten anrufen, Arno, und einen Termin vereinbaren.«

Arno war nicht in der Lage, mit Mr. Pousty zu sprechen, der gerade in der Nähe von Cairngorms Urlaub machte, aber man ließ ihn wissen, daß Hugo Clinch sich freuen würde, sie an diesem Nachmittag um halb drei zu empfangen.

Mr. Clinch, ein Mann Mitte Dreißig, trug einen hervorragend geschnittenen mittelblauen Anzug, eine etwas hellere Seidenkrawatte und eine graublaue Weste. Sein Hemd strahlte in einem blassen Kanarienvogelgelb, das sich nicht von seinen gelockten Haaren unterschied. Er besaß eine Menge großer, sehr gepflegter Zähne.

Das Büro war hell und geräumig. An einer Wand hing eine Reproduktion von Annigonis »Queen«, und die anderen drei waren mit langen, schmalen Fotos von Cricketspielern bestückt. Ein Sack mit Golfschlägern lehnte an einem Aktenschrank, und auf dem Tisch stand ein in Silber gerahmtes Foto, auf dem Mr. Clinch mit einem Fechtdegen unter dem Arm und einem Rapier in der Hand abgebildet war.

Arno, dem ein paar altmodische Zertifikate lieber gewesen wären, sah, daß May sich setzte, und folgte ihrem Beispiel. Kaum hatte er Platz genommen, ging eine Tür auf, und ins Zimmer stolperte eine Dame mit einem Hut wie ein glasierter Pilz. In Händen hielt sie ein Tablett mit Teegeschirr. Dem Alter nach hätte sie gut und gern Mr. Clinchs Großmutter sein können. Arno sprang auf und eilte ihr zu Hilfe. Dankbar neigte sie den Kopf und entfernte sich wieder. In der Luft blieb ein Hauch von Lavendel zurück.

Nachdem der Tee – Lapsang Souchong – eingeschenkt und das Gebäck – Lincoln-Biskuits – verteilt waren, sprach Mr. Clinch ihnen sein Mitgefühl aus. Nach dieser kurzen Ansprache zog er eine graue Metallkiste heran, auf der seitlich in Weiß der Name »Craigie« geschrieben stand, und lächelte. Endlos lange Zahnreihen blitzten auf. Arno bewunderte die teuren Keramikkronen und fragte sich, wie der Mann es schaffte, den Mund zu schließen.

Das Testament war kurz und schlicht gehalten. Beschrieben wurde das »Manor House« genannte Anwesen in Compton Dando, Buckinghamshire, das im folgenden zu gleichen Teilen Miss May Lavinia Cuttle und Mr. Arno Roderick Gibbs vermacht wurde. Pietätvoll legte der Anwalt eine kurze Pause ein, senkte den Blick taktvoll auf seine grüne Schreibunterlage und blickte schließlich auf. Er rechnete damit, daß sich auf den Mienen seiner Besucher Freude und Trauer spiegelten, wie das unter derlei Umständen immer der Fall war.

Doch Mr. Gibbs war leichenblaß, umklammerte die Armlehnen seines Holzstuhls. Es war unübersehbar, daß er schreckliche Qualen litt. Im Gegensatz dazu nahm Miss Cuttles Antlitz in Sekundenschnelle einen tiefen Rotton an. Sie stieß einen Schrei aus und begann laut zu weinen.

Schockiert über die allzu menschlichen Reaktionen, öffnete Mr. Clinch eine Schreibtischschublade und holte eine Schachtel Kosmetiktücher hervor. Als sein Papierkorb bis zur Hälfte mit verbrauchten Zellstofftüchern gefüllt war und Arnos Wangen langsam wieder einen verhaltenen Roséton annahmen, schenkte der Anwalt Tee nach, den keiner von beiden anrührte. Hilflos händigte er Arno, der in seinen Augen nicht ganz so mitgenommen wie seine Begleiterin war, einen Briefumschlag aus. Auf dem Umschlag hatte der Meister ihre beiden Namen geschrieben. Arno stand auf und fragte: »Müssen wir ihn jetzt lesen?«

»Natürlich nicht. Obgleich darin Dinge angesprochen werden könnten, über die Sie eventuell mit mir sprechen möchten. Dies würde Ihnen einen weiteren Termin bei mir ersparen.«

»Selbst wenn dem so ist, brauchen wir nach meinem Dafürhalten Zeit, um all das zu verdauen. Sicherlich wird Miss Cuttle...« Er warf May, die immer noch aufgelöst war, einen ängstlichen Blick zu. Selbst die grüne Kokarde auf ihrem kleinen roten Dreispitz schien in sich zusammengefallen zu sein.

»Nein, Arno«, sagte sie. »Mr. Clinch hat ganz recht. Es ist vernünftiger, ihn jetzt gleich zu lesen.«

»Dann – falls es Ihnen nichts ausmachen würde?« Arno gab den Brief zurück. Weder sich noch seiner Stimme traute er zu, die Worte des Verstorbenen laut zu lesen. Der Anwalt zog ein einzelnes Blatt heraus und begann vorzulesen.

»›Liebe May, lieber Arno, inzwischen seid Ihr über den Inhalt meines Testaments und die damit verbundene Last in Kenntnis gesetzt worden, die ich Euch aufgebürdet habe. Mein größter Wunsch ist es, daß die Arbeit der Kommune, das Heilen, die Bereitschaft, eine Rückzugsmöglichkeit zu gewähren, und die Lehre des Lichts fortgeführt wird, und ich meine, daß diese Aufgabe bei Euch gut aufgehoben ist. Es tut mir sehr leid, daß ich nicht in der Lage bin, Euch die finanzielle Unterstützung zu hinterlassen, die Euch diese Aufgabe erleichtern würde. Sollte es unmöglich werden, ein so großes und altes Anwesen zu leiten und zu unterhalten, würde ich vorschlagen, es zu verkaufen und mit dem Geld ein kleineres Haus zu kaufen. Das übrige Kapital könntet Ihr vielleicht investieren und

Euch somit ein zukünftiges Einkommen sichern. Außerdem übertrage ich Euch in vollem Vertrauen die Sicherheit und das Wohlergehen Tim Rileys. Meine Liebe an Euch beide. Gott schütze Euch. Wir werden uns wiedersehen.‹ Und dann ist das Schriftstück noch signiert«, schloß Mr. Clinch, »mit Arthur Craigie.«

Schweigen machte sich im Zimmer breit. Beide Legatare spürten, daß es ihnen absolut unmöglich war, eine adäquate Antwort zu finden. Vorgewarnt zog Mr. Clinch eine frische Zellstoffschachtel hervor, um dann rücksichtsvoll aus dem Fenster zu blicken. Als Miss Cuttle aufsprang, war er in Gedanken meilenweit entfernt. Mit dramatischer Geste bekundete sie ihre Zustimmung. Dabei bauschte sich ihr weites Cape auf. Von den vielen Metern in Falten gelegter, bernsteinfarbener Seide geblendet, griff Mr. Clinch nach seinem Tintenfaß und seinem Bilderrahmen, die es seiner Meinung nach vor dem Fall zu schützen galt.

»Wir werden die Wahrheit hüten. Das werden wir doch, nicht wahr, Arno?« fragte sie mit feuchten Augen.

»... oh ...« Arno konnte kaum sprechen. All diese Verbindungen ... diese offizielle Verbindung seines Namens mit dem von May machte ihn schwindlig. Um jedweden Zweifel auf der Stelle auszuräumen, brachte er gequält, aber geistesgegenwärtig hervor: »Ja, ja.«

Mr. Clinch versprach, ihnen den Besitz umgehend zu überschreiben, geleitete sie dann durch den Flur zu der Dame mit dem Filzhut, die gerade Goldfische fütterte, und verabschiedete sich von ihnen mit einem letzten umwerfenden Lächeln.

Die Causton High Street hinunterfahrend, fragte May: »Meinst du, wir sollten auf dem Polizeirevier vorbeischauen?«

»Häh?« Arno war noch nicht wieder auf die Erde zurückgekehrt.

»Sie haben uns aufgetragen, sie über alle neuen Entwicklungen zu informieren. Meiner Meinung nach könnte der Inhalt des Testaments auch damit gemeint sein.«

»Nun...« Die Wahrheit war, daß Arno May so lange für sich allein haben wollte wie nur irgend möglich. Nur sie beide, eingezwängt in ihren kleinen, lauten Käfer. May, die hinter dem Steuer ein Liedchen trällerte, und er, der alles, jede Sekunde des Zusammenseins mit ihr wie ein Schwamm aufsaugte.

»Die nächste links, nicht wahr?«

»Ich weiß es nicht.«

Es war die nächste links. Gewissenhaft parkte May ihr Auto auf dem Besucherparkplatz und stieg aus. Arno fragte: »Willst du deine Handtasche im Wagen lassen?«

»Himmel, nein. Vor so einer Unaufmerksamkeit wird man doch immer gewarnt.« May zog ihr besticktes Täschchen heraus und schloß die Tür ab. »Irgendein Polizist wird sie sehen, und dann kriege ich eine Verwarnung.«

»Ist gut möglich, daß er gar nicht da ist – Barnaby«, meinte Arno, als sie durch die große Glastür mit dem Aufdruck »Empfang« schritten. »Könnte sein, daß er unterwegs ist und in einem Fall ermittelt.«

»Dann werden wir ihm eben eine Nachricht hinterlassen«, schlug sie vor. Neben einem Schild, das die Besucher zum Läuten aufforderte, war ein weißer Knopf, auf den May lange drückte. »Ich habe nicht die geringste Lust, mit diesem jungen Mann mit der schrecklichen Aura zu sprechen. Solche Leute ziehen einen tagelang runter.«

Ein Constable näherte sich ihnen und musterte mürrisch Mays behandschuhte Hand. Sie nahm den Finger vom Klingelknopf, meldete ihr Anliegen, woraufhin sie zu dem CID-Block hinübergebracht und in Barnabys Büro geführt wurden. Troy, das fiel Arno angenehm auf, war nicht anwesend. Jede Form von Erfrischung ablehnend, verkündete May die Neuigkeiten. Nachdem sich der Chief Inspector von dem Schock erholt hatte, einer mobilen Ampel zu begegnen, fragte er seine beiden Besucher, ob sie mit dieser frohen Botschaft gerechnet hätten.

»Überhaupt nicht.« May schien entsetzt, ja beinah schokkiert zu sein.

Arno sagte: »Auf diese Idee wären wir nie gekommen.«

Barnaby hielt es durchaus für möglich, daß sie die Wahrheit sprachen. Die beiden kamen ihm tatsächlich wie ein ganz und gar undurchtriebenes Pärchen vor. Lächelten nicht verlogen, gaben keine falschen Erklärungen ab, alles Eigenschaften, die der menschlichen Rasse bei der Erledigung der Tagesgeschäfte bestens vertraut sind. May holte den Brief heraus und beobachtete ihn beim Lesen. Nachdem er den Inhalt überflogen hatte, dankte er ihr, schrieb die Telefonnummer auf und gab ihn wieder zurück. Sie erwarteten seinen Kommentar. May, unschuldig und ruhig, mit ausdruckloser Miene, was bei ihr eine Seltenheit war. Arno stolz, doch angesichts der Konfrontation mit der staatlichen Autorität ein wenig verschüchtert.

»Glauben Sie, daß jemand anderer über Mr. Craigies Pläne Bescheid wußte?«

»Ich bin sicher, daß dem nicht so war«, verkündete May. »Wenn er uns nicht informiert hat, wo wir doch die Nutznießer sind, wem sonst sollte er es erzählen?«

»Dann könnte man sozusagen von einer günstigen Wendung sprechen«, deutete Barnaby mit einem Lächeln das Testament.

»Es ist«, meinte May ernst, »eine große Verantwortung.«

»Wir betrachten das Testament nicht als persönliches Geschenk«, fügte Arno erklärend hinzu. »Sondern eher als etwas, das uns im Vertrauen überlassen wurde.«

Barnaby runzelte die Stirn. Dieser Satz erinnerte ihn an etwas. Stimmte ihn nachdenklich. Wo hatte er ihn schon mal gehört? Einen Augenblick dachte er angestrengt nach, gab dann aber auf. Er hatte den Eindruck, daß Arno noch etwas sagen wollte und zog ermutigend die Augenbrauen hoch.

Arno interpretierte die Mimik richtig, schwieg aber beharrlich. In Wirklichkeit hatte er die Absicht gehabt zu fragen, ob es bei der Ermittlung irgendwelche Fortschritte gab. Ob die Polizei ihrem Ziel, der Ergreifung des Mörders, schon näher gekommen war. Aber dann mußte er an Mays Auslegung denken, die davon überzeugt war, daß ihr geliebter Meister durch übernatürliche Vorgänge von der Erde entfernt worden war, und hielt den Mund.

Barnabys Räuspern veranlaßte seine Besucher, den Blick auf ihn zu richten. »Ich habe Neuigkeiten für Sie. Etwas, das sich bei der Obduktion ergeben hat.« Er erläuterte die Natur und das fortgeschrittene Stadium der tödlichen Krankheit. Eigentlich hatte er angenommen, daß diese Nachricht eine tröstende Wirkung haben würde. Falls etwas das schreckliche und brutale Ende durch einen Mord mildern konnte, dann doch gewiß die Entdeckung, daß dieser kurze, gewalttätige Akt dem Opfer ein schmerzensreiches Schicksal erspart hatte.

Nach einer Weile legte May die Hand auf die Stirn und sagte: »Wie typisch, daß er uns darüber nicht in Kenntnis gesetzt hat. Was für ein tapferer Mann.«

»Ja.« Arno nickte zustimmend. Und gelangte zum selben Schluß, zu dem auch Barnaby gekommen war. »Das war wahrscheinlich der Grund, warum er so oft ins Krankenhaus gegangen ist. Und warum er hinterher so erschöpft war.«

»Begreifen Sie nun, Inspector«, fragte May, »wie recht ich gehabt habe? Das erklärt wirklich alles.«

»In welcher Hinsicht, Miss Cuttle?«

»Daß er auf wundersame Weise unsere Welt verlassen hat. Göttliche Intervention, verstehen Sie? Der Lohn für ein gerechtes und gutes Leben. Die Erleuchteten hatten den Wunsch, ihm weiteres Leid zu ersparen.«

Was sollte er darauf erwidern? Barnaby dankte ihnen für ihren Besuch und kam hinter seinem Schreibtisch hervor, um sie zur Tür zu bringen. Miss Cuttle hob ihre Tasche auf, die Barnaby, den Türgriff in der Hand, anstarrte. May hielt mitten in der Bewegung inne und ließ dann die Hand sinken.

»Was, um Himmels willen, ist denn, Inspector?«

Barnaby fragte: »Könnte ich bitte einen Blick darauf werfen?« Er streckte die Hand aus. Spürte instinktiv, noch ehe sie ihm die Tasche aushändigte, daß er einen Treffer gelandet hatte. Wieder an seinem Schreibtisch, legte er die Tasche hin und bemerkte, wie seine Hände leicht zitterten. Die Tasche war üppig bestickt: Rosen, Lilien, kleinere blaue Blumen, die alle durch verschlungene lange Stiele miteinander verbunden waren. Farne bildeten den Hintergrund. Der Stoff war mit langen Griffen aus poliertem Holz zusammengefaßt. Die Form kam Barnaby bekannt vor. Joyce hatte auch so eine Tasche, in der sie ihr Strickzeug aufbewahrte. »Falls es Ihnen nichts ausmacht...?«

Er nahm die Griffe auseinander. Verblüfft sagte May: »Bitte sehr.«

Außen war der Stoff gänzlich bestickt. Ihn interessierte das Innere der Tasche. Sie war wunderschön verarbeitet. Die Enden der farbigen Stickereien waren ordentlich vernäht und abgeschnitten. Der Saum war eingefaßt, aber das bißchen Stoff, das noch zu erkennen war, reichte, um seine Vermutung zu bestätigen. Mit Mays Erlaubnis schnitt er ein Stück davon ab, ehe er ihr die Tasche aushändigte. Inzwischen hatten Arno und May wieder Platz genommen.

»Am Abend von Craigies Ermordung«, fragte der Chief Inspector, »wo ist da die Tasche gewesen? Wissen Sie das noch?«

»Ich hatte sie bei mir.«

Barnabys Magen machte einen Satz. »Die ganze Zeit über?«

»Sicherlich ab dem Zeitpunkt, wo ich die Rückführung antrat. Lassen Sie es mich Ihnen erklären – als ich den Solar betrat, nachdem ich meine Reinigung beendet hatte, legte ich meine Tasche neben die Tür und nahm daraufhin meine übliche Position ein. Kaum hatte ich es mir bequem gemacht, merkte ich, daß ich leicht fröstelte. Nun, während einer Rückführung begibt man sich schnell auf das, was wir das Alphalevel nennen. Die Temperatur sinkt, die Haut kühlt aus. Wenn man dann friert, wird es ziemlich ungemütlich. Daher bat ich um mein Cape, und Christopher stand auf und holte meine Tasche.«

»Und er brachte sie Ihnen gleich?«

»Ja, er zog das Cape heraus und reichte mir die Tasche. Ich legte sie auf den Boden, na, eigentlich neben mich, legte das Cape um, und dann begannen wir.«

»Kam jemand anderer in Berührung mit der Tasche?«

»Nein.«

»Doch, das muß so gewesen sein.« Barnaby sprach halb zu sich selbst.

»Ich kann Ihnen versichern, daß dem nicht so war.«

»Und was war, als Sie sie neben die Tür legten?«

»Ich war die letzte Person, die den Raum betrat. Keiner kam in ihre Nähe.«

»Hatten Sie sie den ganzen Tag über bei sich?«

»Nun... ab und zu, ja. Wie das eben so ist. Am Vormittag lag sie in meinem Zimmer.«

Das war nicht von Interesse. Das Messer konnte jederzeit hineingelegt worden sein, wenngleich der gesunde Menschenverstand diktierte, daß so etwas in der allerletzten Minute getan wurde, um zu verhindern, daß der Gegenstand entdeckt wurde. Jeder hätte Mays Tasche öffnen können. Und das hatte auch jemand getan. *Andrew Carter.* War es denn möglich, daß er in dem dunklen Raum keinen Blick auf den Inhalt geworfen hatte?

»Erinnern Sie sich, was sonst noch in Ihrer Tasche gewesen ist, Miss Cuttle? Einmal abgesehen von dem Cape?«

»Meine Notfallmedizin natürlich. Ohne die mache ich keinen Schritt. Kristalle – ein grüner Aventurin, ein kleiner Pyrit und ein Schneeflockenobsidian. Ein Tierkreiszeichenkalender, ein Pendel – der übliche Krimskrams. Im Augenblick herrscht – wie ich befürchte – etwas Unordnung. Ich mußte mit der Tasche auf einen Reporter eindreschen, um ihn von unserem Grundstück zu vertreiben.«

Barnabys Hochstimmung verflüchtigte sich schnell. Er würde das Stoffstückchen ins Labor schicken, hätte aber jetzt schon schwören können, daß es mit der Faser am Messergriff übereinstimmte, was nichts daran änderte, daß er den Eindruck hatte, daß diese Gewißheit eher zur Verwirrung denn zur Klärung beitrug. Er malte sich aus, wie alle zu der am Boden liegenden Gestalt *in extremis* stürzten. Wie der Mörder sich die Tasche schnappte, nach dem Messer suchte, zurück zum Podest rannte, Craigie erstach, sich wieder zu den anderen gesellte. Die ganze Sache konnte verrückter nicht sein. Erst jetzt registrierte er, daß Arno sprach.

»Entschuldigung, Mr. Gibbs?«

»Ich sagte, es gab noch eine andere Tasche.«

»Eine andere Tasche?«

»Sicher«, rief May. »Die war mir ganz entfallen. Ich habe Suhami eine gemacht, als Geburtstagsgeschenk. Weil ihr meine so sehr gefallen hat.«

»Und Sie haben denselben Stoff verwendet?«

»Nicht genau denselben. Aber von der gleichen Bahn. Ich hatte noch etwas übrig, müssen Sie wissen.«

»Ich nehme nicht an«, es kostete Barnaby einige Mühe, nicht laut zu werden, »daß einem von Ihnen aufgefallen ist, ob sie sie mit in den Solar gebracht hat?«

»Doch, das hat sie«, meinte Arno. »Hat sie neben ihre Füße gelegt.«

»Auf das Podest?«

»Ja.«

»Aaahhh.«

»Sie wollte sie nicht weglegen«, erklärte May. »Mochte sie so gern. Ist Ihnen das eine Hilfe, Inspector?« Barnaby bestätigte dies nachdrücklich. »Sie haben einen Frosch im Hals«, bemerkte May gutmütig. Die polierten Griffe der Tasche gingen auseinander. »Darf ich Ihnen ein Salbeihustenbonbon anbieten?«

Es war vier Uhr nachmittags. Barnaby wartete darauf, daß Troy von Manor House zurückkehrte, wo er Sylvia Gamelin verhörte. Der Inspector stand vor seiner Vergrößerung und sah sie vor seinem geistigen Auge rechts von Craigies Stuhl stehen, die Tasche zu ihren Füßen, das Messer darin versteckt.

Wußte sie, daß es drin war, oder nicht? May hatte ausgesagt, Suhami habe ihr Geschenk nicht weglegen wollen, aber diese Form von Übertreibung war beileibe keine Seltenheit. Sätze wie »Wenn ich noch einen Bissen zu mir nehme, platze ich«

oder »Wir sind ja so von Ihnen angetan« durften nicht wortwörtlich genommen werden. Zweifellos hatte Suhami ihre Tasche tagsüber irgendwann einmal – oder sogar öfter – weggelegt oder sie zumindest aus den Augen gelassen.

Auf der anderen Seite, wenn sie nicht gewußt hatte, daß das Messer darin war ... Das Mädchen hatte genau an der richtigen Stelle gestanden, um mit dem Messer zuzustoßen. Nur ein einziger Schritt nach vorn, eine Drehung, und schon stand sie dem Opfer direkt gegenüber. Was, wenn alle anderen weggegangen waren und den altersschwachen Mann mit einer kräftigen jungen Frau allein zurückgelassen hatten? Ja, was dann? Hatte sie überhaupt ein Motiv?

Barnaby schlenderte zu seinem Schreibtisch zurück, blätterte die Unterlagen und Fotos durch und fischte ihre Aussage heraus. Im Grunde genommen kannte er sie auswendig, wie alle anderen auch. Er erinnerte sich an ihr zorniges Geschrei, ihre aufgebrachten, gegen den Vater gerichteten Beschuldigungen. Barnaby war kein Mann, der sich leicht irreführen ließ – schon gar nicht von Tränen –, doch die Echtheit ihres Gefühlsausbruchs zweifelte er nicht an.

Er las weiter. Wie alle anderen war sie schnell bereit gewesen zu erwähnen, daß der Sterbende auf Gamelin gedeutet hatte. Des weiteren hatte ihr viel daran gelegen herauszustellen, daß ihr Vater die Gelegenheit gehabt hatte, Messer und Handschuh an sich zu nehmen. Aber wer hatte ihn allein in der Küche gelassen? Und falls er das Messer genommen und es versteckt hatte, warum hätte er dann das Risiko eingehen und es später in ihre Tasche schieben sollen? Er hätte sich nicht sicher sein können, daß sie sie zur Rückführung mitnehmen würde.

Sollten sie es hier mit zwei Morden zu tun haben – was er für wahrscheinlicher hielt –, wo war die Verbindung zwischen dem Tod von Craigie und dem von Jim Carter? Suhami lebte zwar lange genug auf Manor House, um an der ersten Ermordung beteiligt gewesen zu sein, und sie war vom physischen Standpunkt aus betrachtet auch in der Lage, jemanden eine

Treppe hinunterzustoßen, doch selbst wenn sie kein hieb- und stichfestes Alibi hatte, gab es für sein Dafürhalten kein eindeutiges Motiv.

Troy kam ins Büro und plapperte sofort drauflos. »Habe ein Stück Stoff aus ihrer Tasche. Hab's gleich ins Labor gebracht. Ich sagte, es sei sehr dringend. Sie meinten, morgen früh erfahren wir mehr.«

»Das habe ich schon mal gehört.«

Troy knöpfte sein Jackett auf, hängte es sorgfältig auf einen Bügel und zog sein Notizbuch und eine Kopie von Suhamis erster Aussage hervor.

»Bestätigt alles, was die anderen beiden gesagt haben. Hat die Tasche zum Geburtstag geschenkt bekommen. Hat sie die ganze Zeit über dabeigehabt, hat sie nicht mal auf ihr Zimmer gebracht, sondern mit in die Küche genommen, hat sie aber einmal auf dem Eßtisch und einmal auf dem Tisch in der Halle abgelegt.«

»Haben Sie sie gefragt, was sie in der Tasche gehabt hat?«

»Ja. Wollte das Gefühl haben...«, Troy warf einen Blick auf seine Notizen, »daß sie sie von Anfang an richtig benutzt. Etwas Make-up, eine Bürste, eine Packung Taschentücher, ein paar Haarkämme. Damit half sie dem Mörder, denn er hätte das Messer wohl kaum in eine leere Tasche stecken können. Das nächste Mal, als sie sie in die Hand nahm, öffnete sie sie, um einen Blick hineinzuwerfen.«

»Vielleicht stecken da ja zwei unter einer Decke.«

»Ja, das ist auch möglich.«

»Weiß sie noch, wann sie zum letzten Mal einen Blick reingeworfen hat?«

Wieder schaute Troy auf die engbeschriebenen Seiten. »Hat sie erst wieder aufgemacht, nachdem sie die Sachen reingetan hat. Im Solar hat sie das Ding neben ihre Füße gelegt. Hat nicht gesehen, daß jemand sie berührte. Der Rest ist ein Mysterium. Meinen Sie, das grenzt die Sache ein, Chief? Ich meine auf die vier, die in ihrer Nähe waren?«

»Ist verführerisch, das anzunehmen. Aber auch die anderen

sind nicht weit entfernt. Bin nicht der Ansicht, daß wir zum jetzigen Zeitpunkt einen von ihnen von der Verdächtigenliste streichen können.«

»Nicht mal die arme alte Kokserin Felicity?«

»Nicht mal die. Haben Sie dem Gamelin-Mädchen erzählt, warum Sie ihr Fragen zu der Tasche stellen?«

»Das brauchte ich nicht. Die ist geistesgegenwärtig, auch wenn sie ganz schön abgedreht rüberkommt.«

»Wie hat sie darauf reagiert?«

»Relativ verstört. ›Daß ich unwissentlich die Mordwaffe...‹ ...bla bla bla...« Troy hob die Arme hoch und kreischte mit hoher Stimme.

Seine Vorstellung war so schlecht, daß Barnaby lachen mußte. Troy, der natürlich annahm, sein Chef lache aus dem gegenteiligen Grund, zog an seinen Manschetten.

In diesem Moment tauchte die Polizistin Brierley mit grobkörnigen Schwarzweißabzügen auf.

»Ihre Fotos, Sir.«

»Was für Fotos?«

»Sie haben einen Antrag gestellt.«

Barnaby warf seinem Sergeant einen Blick von der Seite zu. »Tut mir leid, Chief.«

»Was habe ich Ihnen gesagt?«

»Das sind die letzten.« Troy betrachtete die Fotos und fragte die Beamtin, ob sie wohl Kaffee kochen würde.

»Ich habe zu tun.«

»Bitte bringen Sie zwei Tassen, ja, Audrey?«

»Sofort, Sir.«

Sofort, Sir, wiederholte Troy stumm. Warte nur, bis ich Detective Chief Inspector bin. Dich werde ich springen lassen! Dich werde ich, verflucht noch mal, springen lassen! Er begutachtete die Fotos und konnte seinen Blick nicht mehr abwenden.

Barnaby las gerade die Notizen des Sergeants durch, als er spürte, daß Troy auf ihn zukam und vor ihm stehenblieb. Von dem Schweigen seines Untergebenen irritiert, blickte er auf.

Blaß vor lauter Siegesfreude, breitete Troy die Fotos auf dem Schreibtisch aus und richtete sich dann gemächlich auf. Diese Bewegung erinnerte Barnaby an einen erfolgreichen Athleten, der sich runterbeugte, um sich die Medaille umhängen zu lassen. Barnaby würdigte die Fotos keines Blickes. Das war auch nicht nötig: Troys Miene sprach Bände.

»Sie hatten also recht?«

Das war seine große Stunde, das wußte Troy, aber er sagte kein Wort. Balsam für die Seele. Diesen Sieg konnte ihm niemand mehr nehmen. Er hatte einen guten Riecher gehabt, war ins kalte Wasser gesprungen, hatte Zähigkeit bewiesen. Und es hatte sich bezahlt gemacht. Wer wollte da behaupten, daß die Klugen immer als letzte ins Ziel kamen?

Nach einer Weile griff Barnaby nach dem Verbrecherfoto von Albert Cranleigh. Kurzgeschnittene Knastfrisur, stoppeliges Kinn, trotzig zusammengepreßte Lippen. Augen, die im Blitzlicht wie dunkle Glasmurmeln aussahen. Oder war dieser Blick jahrelanger Schikane zuzuschreiben? Ganz anders als der Mann mit dem unterwürfigen Lächeln und den langen silbernen Locken des Zauberers von Golden Windhorse. Und doch waren die beiden eindeutig ein und derselbe Mann.

Die vergangene Nacht hatte Janet in Trixies Bett geschlafen. Sich darin vergraben, sich am Duft des aufdringlichen Parfüms ergötzt. Sich vorgemacht, daß diese vage Mulde im Kissen und die unregelmäßige Linie des Lakens von ihrem verlorenen Liebling, ihrer *mignonne* stammten.

Zutiefst erschüttert wachte sie aus einem Traum auf. Sie war eine schmale Landstraße entlanggelaufen, bis sie einen alten Kirchhof erreichte. Etwas veranlaßte sie, gegen ihren Willen einzutreten. Nun stolperte sie über kleine, von Gras eingefaßte Grabsteine. Sie bückte sich, las ihr eingemeißeltes Geburtsdatum und entdeckte darunter ein zweites moosbewachsenes Datum. Sie begann, das samtige grüne Gewächs abzukratzen, doch da veränderte der Stein seine Form und Struktur, wurde rot und schlüpfrig und ziemlich weich. Auf einmal bewegte er sich unter ihren Fingern. Erschrocken wich sie zurück.

Janet kletterte steif aus dem Bett und schlüpfte in ihre Kleider, die sie gestern abend über den grünen Samtsessel geworfen hatte. Es fiel ihr nicht leicht, die bestürzenden Traumbilder abzuschütteln. Als sie die marineblaue Hose hochzog, fiel ihr Blick auf ihre dicken Schenkel. Geschwind zog sie den Stoff darüber. Beim Schließen des Hosenladens mußte sie daran denken, wie Trixie sich immer über die Hose lustig gemacht hatte. Moniert hatte, daß sie das allerletzte wäre und Janet, was Mode anbelangte, keinen Durchblick besäße.

Sie band sich die alte Armbanduhr ihrer Großtante mit dem Seidenuhrband um, bevor sie in ihr eigenes Zimmer zurückkehrte, sich kaltes Wasser ins Gesicht spritzte und es mit einem harten Frotteehandtuch trocken tupfte. Sie bürstete ihr verfilztes Haar durch, ohne einen Blick in den Spiegel zu werfen. An Essen war nicht zu denken (seit Trixies Verschwinden hatte sie kaum was zu sich genommen), aber ihr Mund war ungewöhnlich trocken, und es gelüstete sie nach einer Tasse Tee.

In der Küche hing der Geruch von verbranntem Toast. Heather saß am Tisch, aß Müsli und las in *The Secret Commonwealth of Elves, Fauns and Fairies*. Als sie Gesellschaft bekam, schlug sie das Buch zu und stand auf. Ihre Miene signalisierte tiefe Anteilnahme.

»Aloha, Janet – geh in Frieden.«

»Ich bin erst gerade gekommen.«

»Laß mich dir Tee bringen.«

Sie schlug jenen Tonfall an, den Janet immer als »die zuckersüße Kleinmädchenstimme« bezeichnete. Genauso redeten die Leute, die auf *Channel Four* die Andachten hielten.

»Ich bin durchaus in der Lage, mir selbst Tee einzuschenken.«

»Aber sicher.« Ohne an Janets Äußerung Anstoß zu nehmen, wich Heather zurück und bedachte sie mit einem liebevollen Lächeln. »Vielleicht etwas Toast?«

»Nein, danke.« Allein bei der Vorstellung wurde Janet schon übel. Sie fürchtete, krank zu werden.

»Du könntest etwas Butter nehmen – sozusagen als besonderen Leckerbissen.«

»Nein, danke, Heather.«

»Gut.« Heathers fein gestimmte Antenne registrierte einen Anflug von Verzweiflung. Sie rieb die Handflächen aneinander, sammelte all ihre therapeutischen Kräfte, nahm sie dann langsam auseinander in dem Wissen, daß nun ein starker Strom belebender Energie zwischen ihren Händen hin und her sprang. Sie schlich sich hinter Janet und fing an, ihre Hände dicht über den Schultern der anderen Frau zu bewegen. Mit der Tasse in der einen, dem Teebeutel in der anderen Hand fuhr Janet herum und brüllte: »*Tu* das nicht!«

Heather trat einen Schritt zurück. »Ich wollte dir doch nur helfen.«

»Bei was helfen, gütiger Gott?«

»... nun ...«

»Du hast keine Ahnung, nicht wahr?« Heather erwiderte nichts, sondern schwieg würdevoll, teilnahmsvoll. »Bist du jemals auf die Idee gekommen, Heather, daß du möglicherweise überhaupt nicht in der Lage bist, eine richtige Diagnose zu stellen?«

Mit rotem Gesicht murmelte Heather: »Ich sehe doch, daß du unglücklich bist.«

»Dann bin ich eben unglücklich. Warum sollte ich das nicht sein? Oder du – oder irgendwer anders, wo wir schon darüber sprechen. Das ist Teil des Lebens. Was bringt dich auf die Idee, daß Unglücklichsein einfach ausgelöscht werden kann? Oder daß es uns besser ginge, wenn dem so wäre?«

»Das ist lächerlich. Indem man sich scheußlich fühlt, ist es noch niemandem gelungen, daß die betreffende Seele strahlend und holistisch wird.«

»Um Himmels willen, woher willst du das wissen? Du weißt soviel darüber, wie man eine strahlende, holistische Seele kriegt ... wie ich weiß, wie man Miss World wird.«

»Ich bin wirklich sehr froh, daß du mir das mitgeteilt hast.«

»O Gott –« Janet schleuderte den Teebeutel in die Schachtel. »Sich mit dir zu unterhalten gleicht einem Faustkampf mit einem Marshmallow.«

»Ich sehe, daß du ziemlich gestreßt bist, Jan.«

»Soll ich dir mal erzählen, was mich streßt, Heather? Mehr noch als alles andere in diesem deprimierenden, lieblosen alten Universum. In diesem Tal der Tränen. Soll ich dir das erzählen?«

»Ich wünschte, du tätest es, meine Liebe.« Heathers Miene hellte sich auf.

»Ich kann es auf den Tod nicht ausstehen, *Jan* genannt zu werden.«

»Gut. In Ordnung. Jetzt haben wir etwas, worüber wir uns unterhalten können. Denk nur immer daran, daß stets die Regel gilt: Du bist okay, ich bin okay.«

»Nun, Heather, eigentlich finde ich ganz und gar nicht, daß du okay bist. Eigentlich würde ich sogar so weit gehen und dich als zu fett für dein Alter und als Nervensäge beschreiben.«

»Du vermißt Trixie –«

»Oh, halt den Mund. *Halt den Mund!*«

Janet rannte davon. Durch die Seitentür, über die kaputte Steinplatte, die Terrassenstufen hinunter, quer über den Rasen. Sie lief zum Obstgarten, wo sie sich zwischen die Stiefmütterchen fallen ließ. Unter ihrem Rücken knickten die ersten kleinen grün-rot gestreiften Blümchen um. Die warme Luft und die angenehme Atmosphäre standen in krassem Widerspruch zu ihren Qualen. Die Worte »Frieden, Licht und Liebe« schmerzten wie spitze Dolche.

Sie dachte: Ich kann nicht hierbleiben. Ich muß weiterziehen. Noch mal in einer Kommune zu wohnen kommt nicht in Frage. Ich bin offenbar nicht in der Lage, in einer Gruppe zu leben. Dies hatte sie mehrmals versucht (manchmal hatte Janet das Gefühl, ihr ganzes Leben habe aus nichts anderem als fortwährender Landstreicherei bestanden), und es hatte nie funktioniert. All diese Kommunen wie Windhorse boten »Liebe« und erwarteten dafür im Gegenzug, daß man sich ohne zu murren unterordnete. Die meisten setzten ein spirituelles

Leben gleich mit dem permanenten Vortäuschen, netter zu sein, als man in Wahrheit war. Für Janets Dafürhalten hatte es damit allerdings mehr auf sich.

Nacheinander hatte sie sich allen orthodoxen Religionen ausgeliefert in der Hoffnung, der Glaube wirke so ansteckend wie eine tropische Krankheit. Im Lauf der Zeit hatte sie sich als immun herausgestellt. Hin und wieder jedoch war es vorgekommen, daß ein Gedicht oder Musik, die Begegnung mit jemandem, der anscheinend den Durchblick hatte, daß all das, was sie gelesen und gedacht oder absorbiert hatte, ein großes zufriedenstellendes Ganzes ergab. In diesen kostbaren Momenten legte sich für kurze Zeit dieses geheimnisvolle, nicht zu fassende Durcheinander in ihrem Kopf und nahm klar und deutlich Gestalt an. Unglücklicherweise hielt dieser Zustand nie lange vor. Bis zum Einbruch des Abends hatte Janet – wie Penelope mit ihrem Schleier – all die Gewißheiten des Tages abgestreift und war so verwirrt und einsam wie eh und je.

Man hatte ihr klargemacht, daß solch eine Wankelmütigkeit weit davon entfernt war, gesund zu sein (Heather behauptete, die Seele setze bei einer negativen Einstellung Warzen an), aber sie wußte nicht, was sie dagegen unternehmen sollte. Wer immer postuliert hatte, Religion sei die Wissenschaft der Angst, hatte gewußt, wovon er sprach. Sie war sich darüber im klaren, daß man mit Gott nicht verhandeln konnte, wer oder was auch immer Gott war.

Unglücklich hing sie ihren Gedanken nach, bis ihr Blick auf die unter der Tür durchgeschobene Tüte fiel, die heute grün und orange war. Die Post! Janet rappelte sich auf und holte sie.

Die Tüte war ziemlich voll. Sie überflog die Briefe, und sofort fiel ihr der lange blaue Umschlag auf. Ohne ihn umzudrehen, wußte sie, daß er an Trixie adressiert war. Den Rest überfliegend – nichts für sie –, stopfte Janet die Briefe wieder in die Tüte und eilte ins Haus zurück. Die Tüte warf sie auf den Tisch in der Halle und rannte auf ihr Zimmer.

Nachdem Heather Ken geholfen hatte, sein Bein hochzulegen, damit das Blut fließen konnte, schenkte sie allen anderen in der Küche Tee ein. Die Kommune hatte aufgehört, sich im Eßzimmer zu versammeln. Dort wurde nicht mal mehr das Abendessen, früher der Höhepunkt des Tages, eingenommen.

An die tägliche Routine auf Windhorse, die noch vor kurzem von großer Bedeutung gewesen war, hielt sich kaum noch jemand. Die Mitglieder standen morgens auf (oder auch nicht), wann es ihnen behagte, und frühstückten im Stehen. Die Flugblätter waren nicht verschickt worden; keiner hielt sich an die Aufgabenverteilung, die bislang streng eingehalten worden war. Entweder hatten sie keine Lust oder vergaßen oder ignorierten ihre Pflichten. In der Waschküche stapelte sich die Dreckwäsche, die sortiert werden mußte, und das unablässige traurige Gebimmel von Calypsos Glocke erinnerte sie daran, daß selbst die Ziege am Ende ihrer Kraft war. Die Mitte hatte nicht gehalten. Es gab keinen Zweifel daran, daß alles in rasendem Tempo auseinanderfiel.

Heather reichte ein großes Glas Honig herum und schilderte Janets Unfreundlichkeit, sorgsam darauf bedacht, nicht den leisesten Hauch von Kritik anklingen zu lassen.

»Ich merkte schon, daß sie sich aufregte... und ich wollte ihr doch nur Beistand leisten – wißt ihr? Sie auf angenehmere Gedanken bringen. Nichts da – sie hat sich einfach von mir abgewandt.« Als sie Kens Honig auflöste und ihm die Tasse brachte, stand in Heathers kleinen Augen das Wasser. Ken nickte ihr dankbar zu und drückte die Hand seiner Frau. Heute morgen war seine Nase ein wenig abgeschwollen und nicht mehr ganz so rot, sondern braungelb. Die kleinen Schnitte heilten gut ab.

»Ich nehme mal an«, sagte May, »sie macht sich Sorgen um Trixie.«

»Gewiß doch«, stimmte Heather zu. »Und das verstehe ich auch. Oder versuche es wenigstens. Das Problem ist, daß ich schon immer langweilig und normal gewesen bin.« Dieser kapriziöse genetische Irrtum entlockte ihr einen Seufzer. Sie und

Ken tauschten normale und unerhört langweilige Blicke aus. »Aber als sie mir dann vorwarf, keine Heilerin zu sein –«

»Keine Heilerin?« Das Bein rutschte beinahe von der Metallstütze.

»Ich weiß.« Heather rang sich ein Lächeln ab. »Ich war kurz davor, ihr etwas Gehässiges an den Kopf zu werfen.«

»Ich bin sicher, daß Janet nicht unfreundlich sein wollte«, meinte Arno. »Im Augenblick stehen wir alle unter großer Anspannung. Ich persönlich mache mir große Sorgen um Tim.«

Der Junge hatte sich extrem verändert. Nur Arno durfte sein Zimmer betreten, allen anderen blieb die Tür verschlossen. Tim weigerte sich, die Vorhänge mehr als einen Spaltbreit aufzuziehen. In dem spärlich einfallenden Licht konnte Arno erkennen, wie schlimm es inzwischen um Tims Geisteszustand bestellt war. Der Schlaf und das Weinen ließen seine normalerweise straffe Haut aufquellen. Seine geröteten Wangen waren stets tränenbenetzt und wiesen tiefe Furchen auf, wo die Matratze sich abdrückte. Seine Augenlider waren gelbverkrustet. Der Anblick des Jungen schockierte Arno.

Als Arno versuchte, das verschwitzte Kopfkissen neu zu beziehen, mußte er Tims Finger einen nach dem anderen lösen, um diese Aufgabe zu bewältigen. Mit seinen langen und knochigen Fingern umklammerte der Junge panisch seinen Arm. Geduldig hatte Arno sich auf den Bettrand gesetzt und ihm im Flüsterton gut zugeredet.

»Es ist alles in Ordnung … mach dir keine Sorgen. Du bist in Sicherheit, Tim. Verstehst du mich?« Er machte eine Pause, in der Tim die Augen verdrehte, als fürchte er sich vor jedem Schatten, jeder Zimmerecke. »Niemand ist hier. Niemand wird dir weh tun. Kannst du mir nicht sagen, wovor du dich fürchtest?« Diesmal schwieg er länger und strich mit der Hand über Tims heiße Stirn. »Es würde ihm nicht gefallen, dich so zu sehen.«

Bei diesen leise formulierten Worten stieß Tim eine Reihe verunsicherter, erstickter Laute aus. Besorgt und beunruhigt, weil es ihm nicht gelang, den armen Jungen zu trösten, reagierte er verzweifelt. »Du machst dir doch keine Gedanken um die Zukunft, oder? Gestern habe ich dir zu erklären versucht, daß May und mir nun das Haus gehört. Wir werden uns immer um dich kümmern. Der Meister hat dich unserer Obhut überlassen. *Er hat dich geliebt, Tim...*«

»Findest du nicht, Arno«, holte Mays Stimme ihn in die Gegenwart zurück, »daß wir uns mit jemandem aus dem Krankenhaus unterhalten sollten?«

Mit offenem Mund warfen sich Ken und Heather konsternierte Blicke zu. Niemals hätten sie erwartet, solch verräterische Worte auf Windhorse zu vernehmen. Jedes allopathische Mittel, angefangen von einem milden Analgetikum bis hin zu lebenserhaltender Chirurgie, erregte ihre Skepsis. Gestern waren sie beide wie vor den Kopf geschlagen gewesen, als sie von der tödlichen Krankheit des Meisters und der Behandlung, der er sich unterzogen hatte, erfahren hatten. Selbst jetzt fiel es ihnen schwer zu glauben, daß er sich von ihnen abgewandt und nicht ihre heilenden Fähigkeiten in Anspruch genommen hatte.

»Ich denke, er wird sich hintergangen fühlen«, meinte Arno und litt darunter, anderer Meinung als seine Angebetete zu sein, »falls wir das tun. Womöglich wird er uns in Zukunft nie mehr vertrauen.«

»Ich verstehe«, meinte May. »Auch ich hasse es, professionelle Hilfe zu holen. Andererseits können wir nicht zulassen, daß er sich ewig dort oben versteckt. Ach – wäre nur der Meister hier.«

»Er wird wieder auf die Erde zurückkommen, May«, rief ihr Ken zu.

Trotz der Festigkeit seiner Stimme schien seine Versicherung in der Luft zu schrumpfen und keinen Trost zu spenden.

In der Zwischenzeit hatte sich Janet über ihren Köpfen auf der gepolsterten Fensterbank zusammengekauert und den blauen Umschlag aus der Tasche gezogen; mit zittrigen Fingern hielt sie ihn hoch. Ein Poststempel aus Slough. Männliche Schrift (wen wunderte das?), die keine besonders starke Hand verriet. Und wieso war sie sich dann so sicher, daß der Absender ein Mann war? Oder entsprang ihre Überzeugung nur ihrer Eifersucht, ihrer Ablehnung?

Vielleicht täuschte sie sich. Vielleicht war der Brief (alle Briefe) von Trixies Mutter oder Schwester. Oder einer Freundin. Aber wer immer sie geschrieben hatte, mußte ihr nahestehen. Nur jemand, der einem nahestand, schrieb so häufig. Sollte diese Person Trixie nahestehen, wußte sie sicherlich, wohin sie gegangen war. Janet begann den Brief aufzureißen, hielt dann aber inne.

Was, wenn diese Person, die regelmäßig Briefe schrieb, darauf verzichtet hatte, eine Adresse anzugeben? In dem Fall wäre sie umsonst in Trixies Privatsphäre vorgedrungen. Letztendlich war das die einzige Motivation, den Brief zu öffnen. Um mit Trixie in Verbindung zu treten und sie zur Rückkehr zu überreden. Sie mußte erfahren, daß sie als Zeugin in einem Mordfall Schwierigkeiten bekam, wenn sie einfach so davonlief. Janet rechnete sogar damit, daß die Polizei schon eine Beschreibung von ihr in Umlauf gebracht hatte. Als Freundin war es ihre Pflicht, Trixie zu suchen und sie zur Heimkehr zu bewegen, oder nicht? Selbstverständlich würde sie den Brief nicht *lesen*. Sie riß den Umschlag auf und zog ein einzelnes Blatt Papier heraus.

Geliebte Trixie, Du wirst es kaum glauben – ich selbst kann es kaum fassen –, aber Hedda ist weg. Es ist wahr. Ruf mich an oder komm einfach. Ich liebe dich. In Liebe, V.

Janet drückte das Blatt mit der Schrift nach unten auf ihr Knie. Ihr war eiskalt vor Schock. Unerträgliche Einsamkeit übermannte sie.

Darum war Trixie also weggerannt. Um mit diesem Mann – diesem V – zusammenzusein, der sie schlecht behandelt hatte und dies zweifellos auch in Zukunft tun würde. Janet hatte über Frauen gelesen, die stets zu ihren Ehemännern zurückgingen, die sie schlugen. So ein Verhalten war ihr völlig schleierhaft. Niemand hatte jemals Janet geschlagen, und sie hätte schwören können, sie würde weglaufen und keinen Blick zurückwerfen, sollte so etwas jemals geschehen.

Sie dachte an den Tag, als Trixie zum ersten Mal hier aufgetaucht war. Mit beängstigenden blauen Flecken an Kinn und Hals, mit grellroten Fingernagelstriemen auf der Haut. Die Erinnerung ließ Janet am ganzen Körper erschaudern. Etwas später hatte sie sich wieder beruhigt und saß die meiste Zeit stumm und reglos da.

Nach einer Weile heftete sich ihr Blick widerwillig auf das Blatt Papier. Da war eine Adresse. *Seventeen Waterhouse.* Höchstwahrscheinlich in Slough. Wenn sie nicht dort ist, dachte Janet, bin ich verloren. Und selbst wenn sie dort ist, habe ich auch nicht viel, womit ich etwas anfangen kann. Kein Stadtteil, nichts. Möglicherweise konnte ihr das Postamt behilflich sein.

Janet zwang sich, die kurze Nachricht wieder und wieder durchzulesen, dem Prinzip folgend, daß jedes Wort oder jede Wortreihe laut gesprochen oder genauer betrachtet einen Sinn ergeben könnte, daß die Worte die Macht hatten, ihr weh zu tun. Sie konnte nicht ernsthaft behaupten, daß das hier der Fall war. Obgleich sie noch Eifersucht und Schmerz spürte und ihre Hand leicht zitterte, wurde sie zusehends ruhiger. Ganz allmählich gelang es ihr, die Sache rational zu sehen.

Wieso ging sie ganz selbstverständlich davon aus, daß »V« ein Mann war? Klar, Trixie (oder – vulgärer – Trix) war die »Geliebte« des Schreibers, aber was sagte das schon? Nicht mehr als starke Zuneigung. Kein Grund, ein romantisches Interesse zu unterstellen. Dasselbe galt für die letzte Zeile. Wer setzte heute kein »Ich liebe dich« ans Ende eines Briefes? So verfuhren sogar Bekannte. Dann war da noch die Wiederholung, was womöglich nur bedeutete, daß der Schreiber ein enthusiastischer Charakter war.

Je länger Janet über den Text nachdachte, desto klarer sah sie alles. Bei Hedda, die ohne Zweifel Ausländerin war, handelte es sich bestimmt um ein Au-pair-Mädchen, das gegangen war und mit dem Trixie nicht ausgekommen war. Nun, wo sie weg war, war es in Ordnung, wieder heimzukehren.

Erst nach diesen Überlegungen fiel es Janet wie Schuppen von den Augen, wie dumm sie war. Trixie war vor dem Eintreffen des Briefes verschwunden. Die beiden Dinge hatten also nichts miteinander zu tun.

Gerade als sie das Papier zusammenknüllen wollte, kam ihr eine andere Idee. In einer Hinsicht hatte sich nichts geändert. V konnte wissen, wo Trixie sich aufhielt, auch wenn er sie nicht beherbergte. Als nächstes würde sie das Postamt in Slough anrufen und nach der genauen Adresse fragen.

Janet stand auf. Nachdem sie eine Entscheidung gefällt hatte, ging es ihr gleich besser. Zu ihrer Überraschung verspürte sie Hunger. Sie nahm eine Orange aus ihrer Obstschale und verließ das Zimmer, um zu telefonieren.

»Wo ist der *Indy*?«

»Ich sitze drauf.«

»Gott, bist du gemein!«

In der Ecke von Barnabys Küche klapperte und schleuderte und hüpfte die Waschmaschine. Jedes Mal, wenn Cully daheim war, war das Ding ohne Unterbrechung, den ganzen Tag lang, in Betrieb. Der Geruch von gebratenem Speck und Kaffee vermischte sich mit dem Duft von Sommerjasmin, von dem ein großes Büschel über dem offenstehenden Fenster hing. Die Nacht war lau gewesen, und die Luft war schwer. Kein Lüftchen regte sich.

»Es ist ja nicht so, als ob du die Zeitung lesen würdest. Du denkst nur über deinen Fall nach. Ist es nicht so, Ma?«

»Ja.« Joyce drehte den Speck mit einem Messer um.

»Und ... wer ist es?«

»Wer ist was?«

»Der Mann mit dem schwarzen Hut.«

»Keine Ahnung.«

»Puh. Drei volle Tage, und du weißt es nicht.«

»Nimm dich in acht«, riet ihre Mutter. »Er ist groß, aber schnell.«

»Das hört sich recht verrückt an, dieses Windhorse. Tanzen

sie da nackt unter dem Vollmond? Ich könnte wetten, daß sie es alle miteinander treiben. Im Kloster tun sie das.«

»Eine Kommune ist kein Kloster.«

»Was für einen Unterschied macht das? Was tragen sie? Weite Kittel und selbstgestrickte Unterhosen?«

»Mehr oder weniger.«

»Ich bezweifle, daß man weniger tragen kann«, verkündete Joyce.

Der Toaster spuckte das geröstete Brot aus. Joyce stand auf, und Cully raffte die weichen Falten ihres Morgenmantels zusammen (der heute aus blaßgraumarmorierter Seide war). Der Mantel war viel zu lang. Sie hatte ihn in einem Secondhandshop in Windsor gefunden und sich auf der Stelle in ihn verliebt, weil sie sich – wie sie behauptete – darin wie Anna Karenina vorkam. Joyce prophezeite, daß sie irgendwann über den Saum stolpern und sich verletzen würde. Cully zog die Toastscheiben heraus und beäugte die Bratpfanne.

»Schalt ab! Schalt ab!« Sie griff nach dem Messer, nahm den Speck heraus und schnappte sich einen Teller.

»Ich will ihn knusprig.«

»Er ist längst knusprig.« Mit zwei Tüchern von der Haushaltsrolle tupfte sie die Speckscheiben ab. »Noch knuspriger, dann zerbröseln sie.«

»Was machst du denn jetzt schon wieder?«

»Ich bewahre ihn vor einem Herzinfarkt.« Cully stellte den Teller vor Barnaby und reichte ihm den Toast. Der Speck war perfekt. Dann setzte sie sich auf ihren Stuhl und sagte: »Erzähl mir mehr über deine Verdächtigen.«

»Wieso denn?«

»Durchaus möglich, daß ich eines Tages so eine Ökotussi spielen muß.«

»Ah.« Natürlich die Schauspielerei. Am Ende lief es immer darauf hinaus. »Nun, es gibt da jemanden, der Geister herbeirufen kann und dessen Gattin die Venus besucht, wenn sie nicht gerade Feen abkommandiert, die beim Abwasch helfen sollen –«

»Ich wünschte, die würden mir jemanden schicken«, meinte Joyce.

»Und dann lebt da eine Frau, die Auras deutet. Ach ja, um meine macht sie sich große Sorgen, auch wenn das hier keiner tut. Rät mir, meine schlechte Laune abzureagieren.«

»Wie können die Leute nur an einen solchen Mist glauben?«

»Tunnelvision«, erläuterte Cully. »Stimmt das nicht?«

»Ist mir alles ein großes Rätsel«, verriet Barnaby, der keine Veranlassung sah, in der Welt etwas anderes zu sehen, als das, was sie war. Würde er sie als etwas anderes sehen, könnte er seiner Arbeit nicht gerecht werden.

»All diese Kulte laufen doch auf dasselbe hinaus. Man muß nur jeden und alles, was dem eigenen Glauben widerspricht, ausschalten. Solange man dazu fähig ist, funktioniert es. Ich wette, die besitzen weder Radio noch Fernsehen.« Barnaby gab zu, daß dem so war. »Ist aber gefährlich, so isoliert zu leben. Bricht irgendwann die wahre Welt über einen herein, ist man am Boden zerstört. Friede unserer just verstorbenen Klostervorsteherin.«

»Oh, hör auf, hier eine Aufführung zu geben«, meinte Joyce, immer noch erzürnt wegen des Specks. Mit ihrer Kaffeetasse in der Hand setzte sie sich an den Küchentisch. »Dann hat also eines dieser spirituellen Wesen einen Mord begangen.«

»Vielleicht zwei.«

»Ach?« Sie gab zuviel Zucker in den Kaffee, rührte ihn aber nicht um. »Du spielst doch nicht etwa auf den Mann an, der die Treppe hinuntergepurzelt ist?«

Barnaby hörte auf zu essen. »Was weißt du denn darüber?«

»Ann hat mir davon erzählt. Wir haben uns auf einen Kaffee getroffen, kurz nach dem Unfall. Jedermann war überzeugt, daß er eines gewaltsamen Todes gestorben ist. Und die Dorfbewohner waren außerordentlich unzufrieden mit dem Ergebnis der gerichtlichen Untersuchung.«

»Wieso, zum Teufel, hast du mir nicht –«

»Ich habe dir noch am selben Abend davon berichtet.«

»Ich kann mich nicht erin –«

»Ich erzähle dir immer, was ich tagsüber erlebe. Du hörst einfach nicht zu.«

Unbehagliches Schweigen breitete sich aus. Cully grinste ihren Vater an und sagte: »Dieser große weiße Häuptling – der, der erstochen wurde? War er einer von diesen charismatischen Typen?«

»Definitiv.« Barnaby atmete tief durch in dem Wunsch, seine Irritation abzuschütteln. »Silberne Mähne, zungenfertig. Scheint jeden verzaubert zu haben.«

»Die Römer hingen der Überzeugung an, daß ein guter Rhetoriker von Natur aus auch ein guter Mensch ist.«

»Hah.« Er verschluckte sich und stellte die Teetasse ab. »Bei Craigie haben sie sich da allerdings getäuscht. Er war ein Betrüger, seit Jahren.« Kurz fragte sich der Chief Inspector, wie es die Kommunenmitglieder aufnehmen würden, wenn sie von der Vergangenheit ihres geliebten Gurus erfuhren. Die vom Glauben Geblendeten würden ihre Blindheit zweifelsohne nicht mal angesichts der unwiderlegbaren Beweise ablegen. Gott wußte, daß es im Lauf der Geschichte für solch ein Verhalten viele Beispiele gegeben hatte.

»Muß mich auf den Weg machen. Ich hole Gavin ab. Maureen bringt die Kleine ins Krankenhaus und braucht daher den Wagen. Keine Frage, daß ich mir heute den lieben langen Tag jede Menge langweiliger Schilderungen von Talisa Leannes Entwicklung anhören darf.«

»Talisa Leanne.« Cully brach in höhnisches Gelächter aus.

»Du warst genauso«, sagte Joyce mit einem Lächeln.

»Ich?«

»Hast Schnappschüsse von Cully mit dir rumgetragen und sie Fremden gezeigt.«

»Unsinn.« Seiner Tochter einen Blick zuwerfend, zwinkerte er. Als wäre das ihr Stichwort gewesen, schlüpfte Cully in die Rolle einer glamourösen, kamerahungrigen Schauspielerin. Mit offenem Mund und heftig mit den Lidern klappernd, stützte sie das Kinn auf den Handrücken.

»Ein klobiges kleines Ding ist sie gewesen.« Er ging zur Tür.

Ein Stück Toast flog an seiner Schulter vorbei, knallte gegen den Türrahmen.

Als er im Flur seine Jacke anzog, rief sie ihm hinterher: »Vergiß nicht den heutigen Abend, Dad.«

Aus diesen Worten meinte Barnaby eine Nähe herauszuhören, die er seit langem in den Unterhaltungen mit ihr vermißte. Und ihm wurde mulmig zumute. Vater und Tochter wußten, was da ablief. Im Lauf der Jahre hatte sich Cully allmählich – was ihr bestimmt nicht leichtgefallen war – daran gewöhnt, daß ihr Vater im Gegensatz zu den Vätern ihrer Freunde und Freundinnen, die bei Geburtstagsfeiern und Schulaufführungen, Sportveranstaltungen und während der Ferien anwesend waren, nur selten auftauchte. Ihre Tränen, seine Schuldgefühle, wenn er mit ihrer Enttäuschung konfrontiert wurde, die Wut darüber, daß man ihm Schuldgefühle einpflanzte, all dies hatte Joyce dazu gebracht, in der Familie die Rolle des Vermittlers zu übernehmen. Die Rolle laugte sie aus, führte zu extrem wortreichen Zornausbrüchen. (Alle Barnabys wären erstklassige Kandidaten gewesen bei einer Preisverleihung für Selbstdarstellung.) Sie liebten einander, doch leicht war das Zusammenleben noch nie gewesen.

Nach den Wagenschlüsseln greifend und »Bye« über die Schulter rufend, bildete Barnaby sich ein, das Echo jahrelangen Gejammers zu hören: »Aber du hast es *versprochen*...«

»Was ist denn heute in dich gefahren?« Joyce setzte sich ihrer Tochter gegenüber, die sich hinter dem *Independent* versteckte. »Tu nicht so, als ob du lesen würdest, wenn ich mit dir rede, Cully...« Sie schnappte nach der Zeitung und riß sie herunter.

»Was soll das?« fragte Cully und glättete die Zeitungsseiten.

»Wann hat er dir je was versprochen?« Joyce hielt kurz inne. »Komm schon.« Schmollend schob Cully ihre göttliche Unterlippe vor. »Nie, genau darum geht es ja. ›Falls mir nichts dazwischenkommt, werde ich dasein.‹ Auf mehr Zugeständnisse hat er sich nie eingelassen.«

Die Wiederholung dieser vagen Aussage ließ Mutter und

Tochter an jene besonders unglückliche Episode denken, die sich an Cullys viertem Geburtstag abgespielt hatte.

Sieben kleine Kinder, ein Kuchen in der Form der Arche Noah mit schokoladenüberzogenen Marzipantierchen, viele Spiele, schöne Geschenke, und die ganze Zeit über wanderte der Blick des kleinen Mädchens zur Eingangstür. Wartend. Sie verpaßte ihre eigene Geburtstagsfeier. Schließlich, als die Gäste sich mit Luftballons in den Händen verabschiedeten, winkten und aus den Fenstern der elterlichen Autos riefen, kam Tom nach Hause. Viel zu spät – das Mädchen war untröstlich. An ihrem fünften und sechsten Geburtstag war er daheim, aber wie das bei Kindern so der Fall ist, erinnerte sie sich nur an den vierten.

»Versuch nicht, ihn in die Enge zu treiben, Liebling. Er fühlt sich schon scheußlich genug, wenn er nicht dasein kann, da brauchst du ihm nicht auch noch zuzusetzen.«

»Er fühlt sich nicht halb so beschissen wie ich.«

»Ach, sei fair.« Joyce merkte, wie sie wütend wurde, bemühte sich aber, ihren aufsteigenden Zorn zu mildern. Sie mußten den Rest des Tages gemeinsam durchstehen. »Zu deinen letzten drei Geburtstagen hast du uns nicht eingeladen. Letztes Jahr haben wir versucht, dich anzurufen, aber du warst nach Marokko gereist.«

»Dieses Mal ist es etwas Besonderes, meine ich. Immerhin feiere ich auch meine Verlobung.« Sie ließ die Zeitung auf den Boden fallen. »Immer bist du auf seiner Seite.«

»Aber klar doch. Nein, das stimmt nicht. Heb die Zeitung auf.« Cully griff nach einem Apfel und dem Obstmesser. »Cully... dieser Fall ist knifflig. Ich habe nicht den Eindruck, daß die Ermittlung gut läuft. Mach ihm bitte nicht das Leben schwer.«

Da warf Cully ihrer Mutter einen Blick zu, der von jener Launenhaftigkeit zeugte, die ihre Bewunderer verzauberte, alle anderen jedoch in den Wahnsinn trieb, und setzte ein warmherziges, strahlendes Lächeln auf.

»Es tut mir leid... tut mir leid...« Sie kam um den Tisch

herum, drückte ihrer Mutter einen Kuß auf die Wange und schlang die Arme um ihren Hals. Joyce versuchte, ihrer Tochter ebenfalls einen Kuß zu geben, aber Cully hatte sich schon gelöst und war im Begriff aufzustehen.

»Arme Ma.« Sie schüttelte den Kopf. Joyce hatte das Gefühl, daß sie sich über sie lustig machte. »Immer zwischen den Fronten. Wie üblich.« Und wandte sich ab. »Ich werde ein Bad nehmen.«

»Was für Pläne hast du für heute morgen?« Obgleich sie wußte, daß der Augenblick der Verbundenheit unwiderruflich dahin war, unternahm Joyce den Versuch, ihn zu strecken.

»Werde einen Blick auf Deirdres Baby werfen.« Die schlanken braunen Füßchen mit den pinkfarben lackierten Nägeln trippelten die Stufen hoch. »Hinterher treffe ich mich mit Nico in der Uxbridge-U-Bahn-Station. Um vier werden wir kommen und dir behilflich sein.«

Joyce malte sich diese Hilfe im Geist aus. »Du bringst besser ein paar Sachen von *Sainsbury* mit. Bislang können wir nur Estragoneier und ein paar zermahlene Kardamomkapseln servieren«, schrie sie gegen das einlaufende Badewasser an.

»Okay.«

Der Geruch des nach Nelken riechenden Badezusatzes strömte nach unten, als Cully etwas Floris Malmaison ins Wasser gab. Joyce nahm die Zeitung und begann den Tisch abzuräumen. Den übriggebliebenen Toast für die Vögel zerbröselnd, sah sie vor ihrem geistigen Auge erneut, wie Cully graziös über den gekachelten Boden geschwebt war. Wie sie ihren schweren Hausmantel zusammengerafft, die Arme um ihren Nacken geschlungen, den Kopf elegant gedreht hatte. Sie dachte an den Kuß, an den tanzenden Rückzug. Joyce kam es so vor, als sei das alles in einer fließenden Bewegung geschehen, vom Anfang bis zum Ende. Im Lauf der Jahre hatten Tom und sie sich widerwillig eingestehen müssen, daß sie nie wußten, ob ihre Tochter gerade schauspielerte oder einfach nur sie selbst war. Das war ziemlich beunruhigend. Einen Augenblick tat ihr Nicholas leid, bis ihr einfiel, daß er noch schlimmer war.

Barnaby saß über seinen Schreibtisch gebeugt. Der Ventilator kühlte eine seiner Gesichtshälften, die andere war schweißüberzogen. Überall im Büro waren Tageszeitungen ausgebreitet und beschwert worden, damit sie nicht von der künstlichen Brise weggetragen wurden. Nur die Boulevardpresse brachte die Geschichte noch auf der Titelseite, und allein der *Daily Pitch* hatte sie abermals zur Titelstory gemacht. KAMEN DIE MÖRDER DES YOGI VON DER VENUS? Das Foto einer ungekämmten Heather prangte auf der Titelseite.

Barnabys Tür stand sperrangelweit offen und gab den Blick auf geschäftiges, aber geordnetes Treiben frei. Auf Formulare und noch mehr Formulare, Fotos und Berichte. Auf grüne Bildschirme mit noch mehr Informationen. Und dann waren da noch die Telefone, die fortwährend klingelten.

Viele Anrufer boten »lebenswichtige Informationen« über das Verbrechen auf Golden Windhorse an. Es brauchte schon mehr als den Umstand, daß der Mord ganz in der Nähe und auf einem hermetisch abgeriegelten Anwesen stattgefunden hatte, um die großartige britische Öffentlichkeit davon abzuhalten, ihren Senf zu dem Vorfall abzugeben. Ein anonymer Anrufer hatte sich um fünf Uhr morgens gemeldet, um einen Traum zu schildern, in dem ihm der Geist Arthur Craigies in Ketten erschienen war und verkündet hatte, daß seine Seele keine Ruhe fände, ehe alle in Großbritannien lebenden Farbigen in ihre Heimatländer zurückgekehrt waren. Der Mann hatte noch hinzugefügt: »Damit sind Länder mit tropischem Klima gemeint«, ehe er auflegte.

Ein Großteil der Information war offizieller Natur und brachte die Polizei ein gutes Stück weiter. George Bullard rief an, um zu sagen, daß Jim Carter vermutlich Metranidozole verschrieben bekommen hatte und es in diesem Fall tatsächlich unvorsichtig gewesen wäre, gleichzeitig Alkohol zu sich zu nehmen. Mit Erlaubnis von Arno Gibbs hatte Mr. Clinch sich bereit erklärt, den Inhalt von Craigies Testament zu verkünden. Der echte Christopher Wainwright war im *White City Television Centre* aufgetrieben worden und hatte Andrew

Carters Schilderung ihrer gemeinsamen Schulzeit in Stowe, daß sie sich in der Jermyn Street getroffen und zusammen bei *Simpson's* zu Mittag gegessen hatten, verifiziert. Nur an einem Punkt wichen die beiden Versionen voneinander ab: Wainwright behauptete immer noch, seine Brieftasche an besagtem Tag verloren zu haben. Er hatte gesagt: »Andy hat das Essen bezahlt«, und hatte dabei ziemlich erfreut geklungen.

Noleen, Andrew Carters Nachbarin in Earl's Court, hatte bestätigt, an jenem Morgen, als sein Onkel gestorben war, zusammen mit Andrew gefrühstückt zu haben. Barnaby hatte nicht ernsthaft geglaubt, daß der Junge etwas mit dem Tod seines Onkels zu tun gehabt hatte, andererseits war es nicht gerade ungewöhnlich, daß ein Schuldiger der Polizei eine glaubwürdige Geschichte auftischte, um die eigenen Spuren zu verwischen. Bislang war es Barnaby nicht vergönnt gewesen, Andrews Aktivitäten auf *Blackpool's Golden Mile* zu überprüfen, aber irgend jemand kümmerte sich vor Ort darum.

Ob es eine Verbindung zwischen den beiden Fällen gab, war im Augenblick noch unklar. Nichtsdestotrotz war es verführerisch, von dieser Möglichkeit auszugehen. Wollte man sich ausschließlich an die Tatsachen halten, durfte man mit Sicherheit davon ausgehen, daß Carter eine Entdeckung gemacht hatte *(»Andy – etwas Schreckliches ist geschehen…«)* und er kurze Zeit danach die Treppe hinuntergestürzt war. Und daß Craigie zwei Monate später ermordet worden war. Ob der Meister bei dem ersten Tod seine Hände im Spiel gehabt hatte, war im nachhinein nicht eindeutig zu beweisen – Miss Cuttle konnte nicht mit Sicherheit sagen, wessen Stimme sie gehört hatte. Einmal angenommen, daß es nicht Craigie gewesen war, hatte er dann etwas herausgefunden und war infolgedessen getötet worden?

Sollte dem so gewesen sein, gab der Gamelin-Treuhandfonds kein stichhaltiges Motiv ab, zumal Sylvie bei ihrem Verhör dem Chief Inspector gesagt hatte, sie habe diesen Vorschlag dem Meister erst eine Woche vor ihrem Geburtstag unterbreitet. Keiner von beiden hatte gegenüber den anderen ein Wort über dieses Thema verloren. Einmal abgesehen von Guy, aber der hatte erst am Mordabend davon erfahren. Barnaby warf einen Blick auf seinen Notizblock. Beim Nachdenken hatte er die Angewohnheit, herumzukritzeln und zu malen. Gewöhnlich Pflanzen. Farne, Blumen, auffällig ausgearbeitete Blätter. Gerade hatte er die spitzen Blätter und die gewölbten, geäderten Blütenblätter der *iris sibirica*, der Orchidee des armen Mannes, gezeichnet.

»Treuhandfonds« wollte ihm nicht aus dem Kopf gehen. Ihm kam es fast so vor, als heische dieses Wort nach Aufmerksamkeit. Jedenfalls machte es ihm gehörig Kopfzerbrechen. Barnaby nahm an, alles zu wissen, was es zu diesem Thema zu wissen gab. Er wußte, um was für eine Summe es sich handelte, wußte von Suhamis Entschlossenheit, das Geld wegzugeben, von dem Willen ihres Vaters, nicht so zu verfahren, von Craigies (laut Gamelin) vorgespielter Weigerung, das Geschenk anzunehmen. Der Chief Inspector zog einen dicken geraden Strich, riß die Seite ab und warf sie in den Mülleimer, doch das Wort ließ ihn nicht in Ruhe. Darum ...

Womöglich beschäftigte ihn gar nicht das Treuhandvermögen. Vielleicht ging es ja um etwas ganz anderes. Er spann den Gedanken weiter. Ging es um Vertrauen in jemanden oder den Glauben an etwas? Um den Mangel an Vertrauen, um Betrug? Betrug war nun mal das Handwerk des Betrügers. War Craigie von einem Anhänger ermordet worden, der ihm auf die Schliche gekommen war und sich von ihm getäuscht gefühlt hatte? Oder von dem aufgebrachten Opfer eines früheren Betrugs? Von jemandem, der vor Jahren übers Ohr gehauen worden war und der geduldig gewartet hatte, bis er aus dem Gefängnis entlassen worden war? Mit Zähigkeit und Durchhaltevermögen konnte jeder Mensch aufgespürt werden. In diesem Fall hätte Craigie doch sicher gewußt, um wen es sich handelte, und sich vorgesehen, oder?

Troy brachte den Laborbericht. Wie gewöhnlich trug er enge Hosen, ein perfekt gebügeltes, weißes Hemd, das trotz der Hitze bis zum Hals zugeknöpft war, und eine schmale gemusterte Krawatte. Barnaby traf seinen Sergeant nur selten in der Freizeit und konnte daher nicht sagen, ob dessen Kleidungsstil immer so formell war, aber auf dem Revier krempelte er niemals die Ärmel hoch oder trug ein Freizeithemd. Ihm war Audreys Spekulation zu Ohren gekommen, die besagte, dies läge daran, daß Troy keine Haare auf der Brust hatte.

Barnaby unterstellte diesem Erscheinungsbild komplexere Ursachen. Und er ging davon aus, daß die ordentlichen Berichte und der stets aufgeräumte Schreibtisch in dieselbe Kategorie fielen. Nachdem Troy das Büro betreten, sein Jackett aufgehängt und Kaffee bestellt hatte, richtete er seine Drahtablagekörbe so aus, daß die Ränder parallel zum Schreibtischrand standen, und bündelte lose Blätter zu einem ordentlichen Stapel. Manchmal rieb er mit seinem Taschentuch sogar einen unsichtbaren Flecken weg.

Es erforderte wohl kaum einen geschulten Analytiker, um aus Troys Verhalten das Bedürfnis nach absoluter Kontrolle herauszulesen. Das Bedürfnis nach konstanter Ordnung, um das Chaos in Schach zu halten. Möglicherweise war es ein wenig oberflächlich, so ein Verhalten dahingehend zu interpretieren, daß es einen auf jeden und alles gerichteten Groll tief im Innern des Betreffenden symbolisierte. Na, wenn das nicht ein Anflug von der auf Windhorse praktizierten Psychologie war, was dann? Himmel, dachte Barnaby, als nächstes werde ich ihm wohlmeinende Ratschläge erteilen. In Erwartung, der Laborbericht stütze seine Vermutung, daß die Fasern von Suhamis Handtasche mit denen auf der Mordwaffe identisch waren, streckte er die Hand aus.

Troy händigte ihm den Umschlag aus und schaltete den tragbaren Fernsehapparat ein, um sich die Elfuhrnachrichten anzusehen. Gesendet wurde ein Interview mit einer Miss Myrtle Tombs, der Postbotin von Compton Dando, die man so geschickt vor dem Herrenhaus aufgebaut hatte, daß der Eindruck entstand, sie stehe direkt in der Zufahrt. Sie hatte weder etwas über den Gamelin-Fall noch über die Bewohner des Hauses zu sagen, doch das tat sie besonders ausführlich und mit Hingabe. Troy schaltete das Gerät gerade noch rechtzeitig ab, um zu hören, wie sein Chef den Atem anhielt.

Mit offenem Mund und leerem Blick stierte Barnaby auf den Laborbericht. Troy stellte sich neben ihn, zog den Bericht aus der schlaffen Hand seines Vorgesetzten, setzte sich und überflog ihn.

»Das darf doch nicht wahr sein.« Er schüttelte den Kopf. »Die haben Mist gebaut.«

»Sehr unwahrscheinlich. Das nennt sich Wissenschaft.«

»Werden Sie das noch mal überprüfen?«

»Sicher.«

»Falls sie sich nicht geirrt haben, was bedeutet es dann für uns?«

»Keine Ahnung.« Wie ein Irrer drückte Barnaby auf die Knöpfe. Man hätte meinen können, er werte das Untersuchungsergebnis als persönliche Beleidigung. »Dann sind wir echt angeschmiert.«

Felicity war aufgestanden, hatte sich angekleidet und saß nun vor dem offenen Fenster ihres Zimmers. Sie trug den Inhalt des Schweinslederkoffers: ein zweiteiliges, mit Mohn- und Wiesenblumen bedrucktes Seidenkostüm von Caroline Charles. Dazu gehörten passende, grasgrüne Wildlederstöckelschuhe von Manolo Blahnik, die vorn spitz zuliefen und die May umgehend in eine Schublade legte. Statt dessen bot sie Felicity ein Paar bequeme Slipper an. Ehe sie ihr die Schuhe anzog, hatte sie Felicitys Füße mit parfümiertem Öl massiert. Die kupferfarbene Haut erinnerte an zerknittertes Pergamentpapier; ihre Knöchel hatten denselben Umfang wie Mays Handgelenke.

»Wir müssen Sie aufpäppeln«, hatte May lächelnd angedroht. »Mit einer Menge frischem Gemüse und selbstgebackenem Brot.«

»Oh, ich darf kein Brot essen.« Felicity beeilte sich, eine Entschuldigung nachzuschieben. »Das ist sehr freundlich von Ihnen, aber ich muß Größe 36 halten.«

»Aus welchem Grund?«

»…nun…« Der Grund war, daß alle von Felicitys Bekannten und Freundinnen Größe 36 hatten. Kaum legten sie etwas Gewicht zu, besuchten sie eine Beauty-Farm und machten eine Diät, bis sie wieder in ihre Klamotten paßten. Aber weil die blühende und kerngesunde May siebenundsiebzig Kilo wog, erschien Felicity diese Erklärung sowohl niederträchtig als auch belanglos. »Keine Ahnung.«

»Sie haben eine sehr lange Reise vor sich, Felicity. Dafür werden Sie jede Hilfe brauchen können, die wir zu geben imstande sind, aber Sie müssen schon auch Ihren Teil dazu beitragen. Momentan sind Sie sehr schwach und können nur wenig tun, aber das wenige muß getan werden. Das ist Ihr Beitrag, wissen Sie?«

»Ja, May.« Die Vorstellung, auch einen Beitrag zu leisten, beunruhigte Felicity. Sie fürchtete, daß ihre Seele, brüchig wie Eis, angesichts dieser Anstrengung Schaden nehmen könnte. In der Klinik, wo sie in einem weich gepolsterten Traum gelebt hatte, war ihr Beitrag rein finanziell gewesen. Vielleicht meinte May genau das. Auf die nervöse Frage, ob dem so war, erhielt sie eine abschlägige Antwort. Felicity nahm all ihren Mut zusammen und fragte, was von ihr erwartet wurde.

»Fürs erste essen Sie ein wenig und ruhen sich aus. Später, wenn Sie zu Kräften gekommen sind, sehen wir weiter.«

Felicity streckte die Hand aus. In diesem Augenblick wurde sie von einer besonders lebhaften Erinnerung heimgesucht. Nach ihrer ersten Entziehungskur war sie zu Guy heimgekehrt und hatte ebenfalls die Hand ausgestreckt, woraufhin er sie als emotionalen Vampir bezeichnet und sich von ihr abgewandt hatte. May hingegen nahm Felicitys Hand zwischen ihre leicht parfümierten Handflächen, küßte sie und drückte sie an ihre Wange. Felicity spürte, wie das gefrorene Blut in ihren Adern auftaute.

»Sie haben hoffentlich nicht noch mehr von diesem gräßlichen Zeug, das Sie die Nase hochziehen?«

»Nein, May.«

»Das ist gut. Der Körper ist der Tempel, der Ihre unsterbliche Seele birgt. Vergessen Sie das nie. Und mißbrauchen Sie ihn nicht. Nun«, sie ließ vorsichtig die Hand los, »muß ich gehen und Janet bei der Zubereitung des Mittagessens helfen. Es wird eine wohlschmeckende Suppe geben, von der Sie unbedingt etwas probieren müssen.«

Entgegen ihrem Versprechen, noch einmal das Mittagessen zuzubereiten, war Janet nicht in der Küche. May begann das Gemüse vorzubereiten, schnitt Artischocken und Lauch klein und dünstete alles in Erdnußöl an. Sie warf einen Blick auf das Gewürzregal und fragte sich, welche Geschmacksrichtung Felicity wohl am ehesten zusagte. Die Suppe machte einen ziemlich blassen Eindruck. May überlegte, ob sie Safran zugeben sollte. *Bruder Athelstans Kräuterbuch* versicherte, daß es »jeden Mann munter machte«, merkte aber auch noch an, daß der norwegische Mystiker Nils Skatredt im Jahre 1462 eine Überdosis Safran zu sich genommen und mit einem Lachen auf den Lippen verstorben war. May stellte das kleine Döschen ins Regal zurück und griff nach einer Dose Lorbeerblätter.

Als die Suppe vor sich hin köchelte, begab sie sich auf die Suche nach Janet. Zuerst schaute sie in ihrem Zimmer nach. Janet war nicht da. Dafür lehnte ein Brief an einer Ausgabe von Pascals *Pensées*. May riß den Umschlag auf, begab sich danach gleich zum nächsten Telefon, um diesmal die Polizei – die sich sehr darüber echauffiert hatte, zu spät über Trixies Verschwinden informiert worden zu sein – rechtzeitig zu benachrichtigen.

»Sie schreibt, Chief Inspector, daß sie eine ziemlich genaue Vorstellung von Trixies Aufenthaltsort habe und sie – falls sie bis heute abend nicht zurückkehrt – uns anrufen und wissen lassen wird, was passiert... Überhaupt nicht. Es war mir ein Vergnügen. Wie geht es Ihnen? Und diesem armen jungen Mann mit –«

Da ihr Gesprächspartner leider schon aufgelegt hatte, machte May sich auf die Suche nach den anderen, um auch sie zu informieren.

Von einer korpulenten Frau mit zwei riesigen Einkaufstüten eingezwängt, saß Janet am glühendheißen Fenster des Doppeldeckerbusses. Eine der Tüten lag halb auf Janets Knien. Die Frau machte leider keine Anstalten, sie wegzunehmen oder sich dafür zu entschuldigen. Beim Aufstehen fiel Janet auf, daß eine matschige Tomate Saft und kleine Kerne auf ihrem Rock hinterlassen hatte.

Heute trug sie anstelle ihrer Stretchhosen ein Sommerkleid mit tiefem Ausschnitt, langem, weitem Rock und grellblauem und braunem Schlierenmuster. Der tiefe Ausschnitt brachte eine faltige Mulde am Halsansatz zur Geltung. Um sie zu kaschieren, hatte Janet eine Halskette mit großen, transparenten Perlen, die an alte Hustenbonbons erinnerten, umgelegt. Unablässig zupfte sie nervös an der aufgesetzten Tasche des Kleides herum. Darin befanden sich die Instruktionen, wie man zu *Seventeen Waterhouse* gelangte. (Das war tatsächlich die ganze Adresse gewesen. Laut Auskunft des Postbeamten handelte es sich um einen Wohnblock.) In der Tasche lag auch noch ein selbstgemachtes Lavendelsäckchen, das Heather ihr auf der Treppe in die Hand gedrückt hatte mit den Worten: »Es ist nichts Besonderes, Jan, aber es kommt von Herzen.«

An der Haltestelle stieg Janet aus, bog gemäß ihren Anweisungen nach rechts ab und dann noch mal nach rechts. An der roten Fußgängerampel fiel ihr Blick auf ein wunderschönes georgianisches Erkerfenster, das selbst schon ein Juwel war und zu einem Schmuckladen gehörte. Sie ging hinüber, um einen Blick in das Schaufenster zu werfen.

Die Auslage war spärlich, wie das immer der Fall ist, wenn die Preise der feilgebotenen Waren unbezahlbar sind. Nur etwas in Falten gelegter, elfenbeinfarbener Samt, ein Paar atemberaubende Ohrringe aus getriebener Bronze und ein Tuch, das wie achtlos hingeworfen dalag und in üppigem, strahlendem Grün und Türkis leuchtete. Daran hing ein kleines weißes Schildchen, dessen unbeschriebene Seite nach oben zeigte. Fast unbewußt betrat Janet den Laden, um sich das Tuch genauer anzusehen.

Das Objekt ihrer Begierde war ein Quadrat aus reiner Seide von erstklassiger Qualität und unglaublich glatter Oberflächenstruktur. Mit einer Seitenlänge von gerade mal achtzehn Zentimetern war es relativ klein. Genau von der Größe, daß man es – wie die Leute zu sagen pflegten – durch einen Ehering ziehen konnte. Janet malte sich aus, wie das Tuch auf Trixies Haupt aussehen und ihrem perfekten Teint einen hübschen Farbton verleihen würde. Das Tuch kostete einhundertzwanzig Pfund.

Beim Ausfüllen des Schecks überlegte Janet, wieviel Geld sie laut dem letzten Kontoauszug noch besaß. Die Verkäuferin packte das Tuch in eine schöne flache, schwarzweiß gestreifte Schachtel mit rotem Seidenpapier und band eine rote Schleife darum. Der Name des Geschäfts, XERXES, war in Gold auf den Schachteldeckel gedruckt.

Draußen auf der Straße freute sich Janet über den Kauf und stellte sich Trixies Gesicht vor, während sie das Band löste ... den Deckel anhob ... das Seidenpapier lüftete und schließlich das schöne Tuch zum Vorschein kam. Einen Moment lang fühlte sich Janet unglaublich glücklich. Doch dann regten sich wieder Zweifel.

Hatte Trixie jemals solche Farben getragen? Trixie mochte Pastelltöne: rosa, hellblau, beige. Und habe ich sie, fragte sich Janet nun, schon mal ein Tuch tragen gesehen? Sie besaß Tücher; sie lagen in ihrem Unterwäschefach, aber sie hatte sie nur sehr selten rausgeholt und getragen. Ach – wie angewurzelt blieb sie auf dem gepflasterten Gehweg stehen. Ein Mann rannte sie fast um und fluchte. Wie dumm hatte sie gehandelt. Dumm, unüberlegt. Idiotisch.

Was Trixie wirklich brauchte, was sie immer brauchte, war Geld. Geld hatte sie nie genug. Sie würde einen Blick auf dieses wunderschöne, überflüssige Geschenk werfen und denken: Gott – was hätte ich mit dem Geld alles anstellen können. Immerhin war sie in der Lage, den Preis des Geschenks ziemlich genau zu bestimmen; das konnte sie immer.

Janet blieb zögernd stehen, während Menschen an ihr vorbeigingen, Autohupen ertönten, Auspuffabgase in ihre Lungen strömten. Sollte sie das Tuch zurückbringen? Würde das Geschäft sich darauf einlassen, ihr das Geld zurückzugeben? Handelte sie so, bedeutete das, daß sie mit leeren Händen auftauchte, und ihr lag sehr viel daran, ihrer Freundin eine Freude zu machen. Ich hätte, dachte Janet mit später Reue, etwas kaufen sollen, was wirklich nützlich ist. Etwas zu essen. Oder etwas zu trinken.

Auf der anderen Seite war ein *Marks and Spencer*. Mit derselben Unüberlegtheit und Spontanität, mit der sie *Xerxes* betreten hatte, schloß sie sich einer Gruppe Fußgänger an, die die Straße überquerte, und fand sich einen Augenblick später in der Lebensmittelabteilung wieder.

Es war lange her, daß sie bei *Marks and Spencer* eingekauft hatte. Insofern waren die gefüllten Regale wie eine Offenbarung für sie. Sie beugte sich über die Gefrierkühltruhe, hielt die heißen Wangen in die aufsteigende Kälte und griff nach einer von funkelnden Eiskristallen überzogenen Schachtel. *American Fudge Pie*. Dazu wählte sie einen Topf Zitroneneiscreme. Danach begab sie sich zu den Fertiggerichten, wählte knusprige Pekingente, Won-Ton-Krabben, Filetsteak mit grünen Pfefferkörnern und Lachs in Blätterteig aus. In den Einkaufswagen legte sie echten Kaffee, *double cream*, einen runden, in Weinblätter gehüllten Kräuterkäse und Marmelade von wilden Erdbeeren. Eine große Schachtel belgische Schokoladentäfelchen. Natürlich Brot (flaches italienisches Ciabatta), ungesalzene Butter, Spargel. An der Obsttheke suchte sie zwei Mangos heraus, eine herrlich duftende Melone und eine Staude Muscat-Trauben. Dabei fiel ihr Blick auf den Blumenkohl: schneeweiße, dichtstehende Röschen, umgeben von knackigen grünen Blättern. Als sie an Arnos armselige Exemplare dachte, mußte sie einfach einen nehmen. Und sie brauchte Champagner.

Während sie all die Sachen auf das Rollband legte, dämmerte ihr, daß es sinnvoller gewesen wäre, einen Korb mitzunehmen. Sie hatte eine Menge Sachen ausgewählt, von denen einige ganz schön schwer waren. Da die Möglichkeit bestand, größere und festere Einkaufstüten zu kaufen als diejenigen, die der Laden umsonst ausgab, nahm sie ein paar davon und legte sie ebenfalls aufs Rollband. Die Rechnung für ihre Einkäufe belief sich auf vierundfünfzig Pfund und siebzehn Pence.

Aus dem klimatisierten Geschäft zu treten kam einem Schock gleich. Auf dem glühenden Asphalt stellte Janet ihre Tragetaschen ab und bemühte sich, den enervierenden Verkehr nicht zu beachten. Sie warf einen Blick auf ihre Straßenkarte, um sich neu zu orientieren, wandte sich schließlich an eine Frau mit einem Sportwagen und zeigte ihr die Adresse.

»Geradeaus, und dann müssen Sie in die Caley Street einbiegen.« Sie beäugte Janets Tüten. »Ist 'ne ganz ordentliche Strecke.«

»Ach – wirklich?«

»Gute zwanzig Minuten. Ich würde einen Bus nehmen.« Mit dem Kinn zeigte sie auf eine Warteschlange in der Nähe. »Siebenundfünfzig.«

Im Bus Nr. 57 fand Janet keinen Sitzplatz, konnte ihre Tragetaschen aber wenigstens gleich neben dem Ausgang abstellen. Die schwarzweiße Schachtel in der einen Hand haltend, umklammerte sie mit der anderen den Haltegriff über ihrem Kopf. An der vierten Haltestelle stieg die Hälfte der Fahrgäste aus. Der Schaffner rief: »Sie müssen hier raus«, und reichte ihr die Taschen.

Janet stieg die Stufen hinunter, schaute sich einigermaßen bestürzt um, drehte den Kopf und fragte: »Sind Sie sicher, daß ich hier richtig bin?« Bedauerlicherweise war der Bus schon abgefahren.

Sie stand vor einem großen, mit Müll übersäten Areal, um das sich sechs riesige schlackefarbene Hochhaustürme gruppierten. Ein Junge rollte auf einem Skateboard an ihr vorbei. Sie hielt ihn am Arm fest und fragte: »Waterhouse?«

Er rief: »Können Sie nicht lesen?«, und zeigte mit dem Daumen über die Schulter.

Ein Holzschild mit orangefarbenen und weißen Buchstaben, deren Farbe abblätterte, und gestrichelten Linien, die für überdachte Gehwege standen, verrieten ihr den Lageplan des Areals. Offenbar war Waterhouse der hinterste Wohnblock. Sie hob ihre Taschen hoch und lief los.

Nach ein paar Minuten war vom geschäftigen Straßenverkehr kaum mehr was zu hören. Betroffen registrierte sie, wie sich die Atmosphäre veränderte. Bedrückend. Seltsam leer war die Gegend. Die Leere kam ihr komisch vor, zumal sie sich von mehreren hundert Menschen – nur ein paar Schritte entfernt und hoch oben in den Wolken – umgeben fühlte, von denen sie keinen sah. Janet blickte nach oben. Kein Zeichen menschlichen Lebens. Trotz des schönen Wetters saß niemand auf dem Balkon, was vielleicht daran lag, daß überall Wäsche hing und somit kein Platz mehr war. Niemand schaute aus dem Fenster. Janet erinnerte sich, daß sich die anderen Fußgänger schlagartig in Luft aufgelöst hatten. Die ganze Situation mutete gespenstisch an.

Sie kam an zwei Metallmülleimern vorbei, die größer waren als sie, gräßlich stanken und von summenden Fliegen umzingelt waren. Neben ihnen befand sich ein Durchgang. Leise, verunsichert und darauf bedacht, keine Aufmerksamkeit auf sich zu ziehen, schritt sie hindurch. Die Wände waren mit Graffitis übersät. Ziemlich phantasielos wiesen sie die Fußgänger an, wohin sie gehen und was sie – einmal dort angekommen – tun sollten. Verschwitzt und nervös, aber glücklich erreichte Janet das andere Ende.

Wieder ins Freie tretend, bekam sie erneut einen Schock. Dort draußen wartete eine Gruppe Motorradfahrer auf sie. Die vorderste Maschine war ein großes, schwarzglänzendes Ding, eher eine Waffe als einem Transportmittel vergleichbar. Alle Motorräder waren mit hohen Stangen ausgerüstet, an denen Fahnen flatterten.

Janet hielt inne. Ihr Herz machte einen Satz. Die Jungs musterten sie hartherzig. Einer stimmte ein Wolfsgeheul an, woraufhin die anderen aus vollem Hals ihre Zustimmung brüllten. Aus schierer Verzweiflung spielte Janet mit dem Gedanken, sie zu fragen, wo Waterhouse lag, beschloß aber, einfach weiterzugehen. Schließlich war es ja nicht so, als ob einer von ihnen ihr den Weg versperrte. Nach ein paar Schritten ertönte ohrenbetäubender Lärm. Vor Schreck ließ Janet die schwarzweiße Schachtel fallen. Die Jungs bogen sich vor Lachen auf ihren Sitzen.

Endlich am Ziel, trat sie unter ein Betonvordach und stellte ihre Tüten ab. Dahinter befanden sich vier schäbige, numerierte Türen. Wenn es vier Wohnungen pro Stockwerk gab, hieß das, daß V in der fünften Etage lag. Sie drückte auf den Fahrstuhlknopf, wartete und drückte noch ein paar Mal. Mit ihrer Geduld am Ende, hörte sie plötzlich rechts ein Geräusch. Ein junges Mädchen in hautengen Jeans und spitzen weißen Stöckelschuhen schleppte ein Baby in einem Kinderwagen die Treppe hinunter. Ein Kleinkind lief ihr weinend hinterher und hatte Angst, zurückgelassen zu werden. Das Mädchen sprach Janet an.

»Sie werden noch an Weihnachten hier stehen.«

»Wie bitte?«

»Funktioniert nicht, oder?« Sie zog den kleinen Jungen hinter sich her, verdrehte ihm den Arm und hob ihn die letzten beiden Stufen hinunter. »Komm endlich...« Sie klang vollkommen entnervt. »Beweg dich, verdammt noch mal...«

Sie entfernte sich. Janet rief: »Wissen Sie, ob die Leute aus Nr. 17 daheim sind?« Der kleine Junge heulte laut auf. Das Mädchen antwortete ihr nicht.

Janet ging zum Treppenabsatz und warf einen Blick nach oben. Acht Stufen, ein Absatz, dann wieder acht Stufen. Kein Problem. Schließlich hatte sie es ja nicht eilig. Gott sei Dank war sie nicht vom Zentrum zu Fuß hierhergelaufen. Sich einigermaßen frisch fühlend, begann sie, die Stufen hinaufzusteigen.

Auf dem ersten Absatz mußte sie eine Pause einlegen, um ihre Einkäufe neu zu ordnen. Die Champagnerflasche schlug ihr seitlich gegen das Knie. Sie drehte die Tüte um, atmete tief durch und kämpfte sich die nächsten beiden Stockwerke hoch.

Auf halber Strecke verfing sich die Sohle ihrer Sandalette unter einem Seitenvorsprung. Beinahe hätte sie den Halt verloren und wäre hingefallen. Danach war sie auf der Hut, hob die Füße höher als nötig, beanspruchte ihre Wadenmuskeln stärker als zuvor.

Keuchend legte sie eine weitere Pause ein. Ihre Schulterblätter schmerzten. Janet fiel auf, wie sich auf der schwarzweißen Geschenkhülle ein feuchter Fleck ausbreitete. Sie nahm die Schachtel, die auf der Eiscreme gelegen hatte, aus der Tüte. Nicht in der Verfassung, ihre Einkäufe erneut neu zu verteilen, quetschte Janet die Schachtel unter den Arm und stieg weiter die Treppen hoch.

Bei der nächsten Verschnaufpause litt sie unter solchem Seitenstechen, daß sie den Rückenschmerzen gar keine Beachtung mehr schenkte. Ihre Schultern waren steif, ihre Beine zitterten wie Espenlaub. Der Oberarm, der die Schachtel an ihren Körper preßte, pulsierte. Schweiß tropfte ihr in die Augen.

Gerade, als sie die Tüten erneut abstellen wollte, fiel ihr Blick auf den Boden, auf dem zermatschte Chips, fettiges Papier, eine von Fliegen übersäte Hühnerbrust, ein Kothaufen lagen. Irgendwie gelang es ihr, sich weitere acht Stufen hochzuschleppen. Sie setzte sich auf die letzte Stufe, legte den dröhnenden Kopf auf die Knie, kämpfte tapfer gegen die Tränen an.

So saß sie lange in dem Wissen da, daß sie nicht weiter konnte, jedenfalls nicht mit den Tragetaschen. Vielleicht konnte sie die lästigen Dinger eine Weile lang in einer Nische verstecken. Nach der Begrüßung würde sie Trixie von den mitgebrachten Köstlichkeiten erzählen und zusammen mit ihr nach unten gehen, um sie zu holen. Ein Gedanke führte zum anderen, und schlagartig wurde ihr klar, daß sie mit hundertprozentiger Sicherheit davon ausgegangen war, Trixie anzutreffen – mit oder ohne diesem geheimnisvollen »V«. Sie stellte sich vor, wie sie zu dritt lachend zusammensaßen, die Won-Ton-Krabben aßen und blubbernden Champagner aus schlanken, langstieligen Gläsern tranken. Voller Vorfreude schaute sie sich nach einem Versteck um.

Die Eingangstüren der vier Wohnungen zu ihrer Linken gingen auf einen schmalen, offenen Gang hinaus, der von einer ein Meter hohen Backsteinbrüstung eingefaßt war. Janet legte die Schachtel auf die Brüstung, während sie die Tragetaschen in die Ecke stopfte. Plötzlich streckte ein deutscher Schäferhund seinen Kopf aus einem nur wenige Zentimeter entfernten Fenster, knurrte feindselig und fletschte die Zähne. Panisch sprang Janet beiseite und schubste die Schachtel hinunter.

Aufschreiend streckte sie die Hände aus. Ihre Finger berührten noch kurz das Geschenkband, doch dann war die Schachtel weg, fiel langsam, beinah schwerelos nach unten und drehte sich dabei um die eigene Achse. Ihr Schrei veranlaßte die Motorradfahrer, denen sie vorhin begegnet war, die Köpfe zu heben. Sie beobachtete, wie sie sich in Bewegung setzten, sich der Stelle näherten, wo die Schachtel vermutlich aufschlug. Mit ihren bunten Kappen, ihren quadratischen Körpern und den dünnen Beinen glichen sie einem Schwarm angreifender Insekten.

Janet wandte sich ab und stieg die nächsten Stufen hoch. Daß sie sich nun am Treppengeländer festhalten konnte, freute sie. Ehe sie die vierte Etage erreichte, waren all ihre Einkaufstüten verschwunden. Im fünften Stockwerk angekommen, starteten die Jungs ihre Motorräder, fuhren zwischen den aufgestellten Betonpfosten herum und spritzten Erde in die Luft. An ihren Stangen mit den unechten Fuchsschwänzen und Flaggen, auf denen Tod und Verwüstung propagiert wurden, flatterte unter anderem auch Janets teures Seidentuch.

Trixie ließ sich auf das schmale Bett fallen und preßte sich an das knochige Rückgrat ihres Geliebten. Sie hatten miteinander geschlafen, sich ausgeruht, wieder miteinander geschlafen und sich danach abermals ausgeruht. Sie empfand freudige Erregung, er Dankbarkeit und Glück, fürchtete aber immer noch, daß alles nur ein Traum war. Daß seine Frau zurückkehrte.

Sie hatte Trixie und ihn schon einmal vor sechs Monaten erwischt. Hatte Victor im Badezimmer eingeschlossen, Trixie vermöbelt und sie hinterher blutend und von blauen Flecken überzogen zur Haustür rausgescheucht. Eins mußte man der guten Hedda lassen: Sie war eine kräftige Frau.

Trixie war zu ihrer Schwester nach Hornchurch geflüchtet und hatte dort in einem Buchladen ein Poster von Golden Windhorse gesehen. Ihrer Anstellung als Boutiqueverkäuferin weinte sie nicht nach, Victor hingegen schon. Wiederholt rief sie bei ihm zu Hause an und legte auf, wenn Hedda daheim war, bis sie ihn eines Tages allein erwischte. Nachdem sie ihm die Adresse ihres Unterschlupfes genannt hatte, erklärte er sich bereit, ein Postfach zu mieten. Fortan schrieben sie sich Briefe, telefonierten manchmal aufgeregt. Aus Feigheit wagte sie es nicht, sich ihm zu nähern, und stellte im Lauf der Zeit fest, wie ähnlich er ihr in dieser Hinsicht war.

Jetzt drückte sie ihm einen Kuß auf sein kleines zierliches Ohr und sah, wie sein weicher Mund lächelte, als spüre er ihre Gegenwart im Schlaf. Die Luft im Zimmer war abgestanden. Ein paar Aluminiumbehälter vom *Mumtaz Takeway* standen auf dem Tisch und einige leere Dosen *Ruddles Bitter*. Vergangenen Abend hatten sie Heddas Abgang gefeiert. Sie war zu einem Profi-Wrestler nach Stamford Hill gezogen. Da all ihre Sachen weg waren, meinte sie es bestimmt ernst, was nichts an Vs Nervosität änderte.

Trixie machte sich keine Sorgen mehr. Glücklich war sie in die Wohnung getaumelt, hatte ihren Geliebten geküßt, selbstbewußt gelacht. Nach ihrem dritten Bier verkündete sie: »Was würdest du sagen, wenn ich dir erzählte, daß ich jemanden umgebracht habe?« Victor lachte. »Du, hübsches Kätzchen?« Und zog sie auf seinen Schoß. Trixie ließ sich von ihm streicheln, lachte insgeheim über seine Ungläubigkeit und schwor sich, Hedda davon zu erzählen, falls sie zurückkam. Sie wird an meinem Gesicht ablesen können, daß ich die Wahrheit sage, dachte sie, und uns fortan in Ruhe lassen.

Als auf dem offenen Gang Schritte ertönten, schlug Victor die Augen auf und wurde unruhig. Trixie, deren Herz etwas schneller schlug, sagte: »Ist schon in Ordnung... sei still...«

Sie schlang die Arme um ihn und kuschelte sich zu ihm unter die Federdecke. Die beiden Liebenden bewegten sich nicht. Die Leichtigkeit der Schritte verriet ihnen, daß dort draußen nicht Hedda lauerte. Vielleicht jemand vom Amt. Ein Schnüffler, der ihnen Schwierigkeiten machen wollte. Der Briefkastendeckel klapperte. Trixie unterdrückte einen Lacher, stopfte sich einen Lakenzipfel in den Mund. Victor flüsterte: »Schhhh...« Reglos und schwer atmend harrten sie im Bett aus. Wieder flüsterte Victor: »Was werden wir tun?«

»Nichts. Mach dir keine Sorgen. Die Person draußen wird schon wieder verschwinden.«

Und nach einer ganzen Weile und einer Menge Geklopfe war dem auch so.

13

Die abendliche Gruppenmeditation auf der Terrasse erwies sich als Fehlschlag. Alle hatten sich auf Kissen, die auf den von Thymian eingefaßten Pflastersteinen lagen, niedergelassen und sich isoliert verdrießlichen Gedanken gewidmet. Nach der gemeinsamen Meditation führten sie niedergeschlagen eine Diskussion über die Beisetzung des Meisters. Einhellige Meinung war, sie solle sobald als möglich stattfinden. Suhami bekannte, wie unangenehm ihr die Vorstellung war, daß seine körperliche Hülle in einem Metallsarg unter dunkler Erde vergraben lag. Ihrer Meinung nach sollte er auf einem hohen Katafalk, vielleicht sogar am Strand, unter einer warmen Sonne zur letzten Ruhe gebettet werden. Die Kommunenmitglieder hatten sich auf eine Verbrennung anstatt einer traditionellen Beerdigung geeinigt.

»Das entspräche auch seiner eigenen Vorstellung«, meinte May. »Schließlich war er ein Geist der Luft und des Lichts. Sozusagen *Blowing in the wind.*«

»War eine tolle Platte«, sagte Ken.

Er und Heather warfen ihren jetzigen Regenten einen schüchternen Blick von der Seite zu. Nachdem May und Arno ihnen gestern die frohe Botschaft überbracht hatten, hatten sie – wie alle anderen auch – ihre Überraschung und Zufriedenheit kundgetan, doch das Paar war sich längst nicht sicher, ob man ihnen jemals wieder vertrauen oder gut über sie sprechen würde. Ihr Lächeln verriet, wie bang ihnen ums Herz war. Im Haus läutete das Telefon. Heather rief: »Ich gehe, ich gehe!«

Damit war die Zusammenkunft aufgelöst. May verschwand, um für Felicity einen Kräuterschlaftrunk zuzubereiten. Suhami ging Calypso melken. Chris wollte sich ihr anschließen, wurde sanft zurückgewiesen, wagte einen neuen Versuch und ging schließlich ins Haus – mit zornroter, verdrießlicher Miene. Heather kehrte zurück, erklärte, der Anrufer habe sich in der Nummer geirrt, und fragte Arno, ob er ihr behilflich sein würde, Ken für seinen Spaziergang fertig zu machen. Auf ärztliches Drängen hin (es war wichtig, das gesunde Bein zu bewegen) humpelte er alle paar Stunden diskret auf und ab. Nun regte Heather an, eine kleine Runde durchs Dorf zu wagen. Glücklicherweise wurde das Tor nicht länger von Journalisten belagert.

Arno blickte ihnen hinterher. Ken beschwerte sich lautstark, daß die Strecke viel zu lang wäre. Einen Moment später trottete Arno in die Küche, um den Abwasch zu erledigen. Er war sich darüber im klaren, daß er sich eigentlich über das Verhalten der Beavers echauffieren müßte, aber sein eigener Seelenzustand war so labil, daß die Gegenwart anderer und deren Schwächen ihm gleichgültig waren.

Seine Veränderung hatte gestern eingesetzt. Kurz nach der bemerkenswerten Diskussion über das Testament des Meisters hatte der ansonsten äußerst zaghafte Arno so etwas wie ein unausgesprochenes Vertrauen gespürt. Er war erwählt! Gewiß nicht wegen seiner bemerkenswerten Fähigkeiten, was geistige Führung anbelangte (Arno hatte noch nie zu der Sorte Menschen gehört, die sich der Selbstüberschätzung hingaben), und dennoch hatte der Meister ihn für fähig gehalten. Gestern nacht hatte er vor dem Zubettgehen (er war sofort eingeschlafen) um Kraft und Stärke gebeten, um seine neue Verantwortung couragiert annehmen und ihr gerecht werden zu können.

Glücklich und gelassen wachte er auf, nur um gleich wieder neuen und beunruhigenden Gedanken nachzuhängen, die ihn zu Tode ängstigten. Geschwind sprang er aus dem Bett, als sorge Geschwindigkeit dafür, daß die schweren Gedanken in den Laken zurückblieben. Er kleidete sich an und stürzte sich umgehend auf seine Tätigkeiten und Pflichten. Heute erledigte er nicht nur die ihm übertragenen Aufgaben, sondern auch die Hälfte aller anderen, die auf der Liste eingetragen waren.

Leider mußte er feststellen, daß körperliche Aktivität nicht die richtige Antwort auf seine Befindlichkeiten war. Wie beschäftigt sein Körper auch sein mochte, seine Gedanken überschlugen sich, spülten immer wieder dieses eine und zutiefst beunruhigende Gefühl an die Oberfläche seines Bewußtseins. Seine leidenschaftliche Zuneigung zu May hatte ihn endgültig überwältigt, und da der Meister mit seinem letzten Willen sie und ihn noch enger zusammengebracht hatte, stand Arno kurz davor, sich ihr zu offenbaren.

Im Verlauf des Tages hatten sich dazu mehrere Gelegenheiten geboten, von denen ihm keine passend erschienen war. An einem bestimmten Punkt hatte er an Mays Vorliebe für alles Indigofarbene denken müssen, sich kurzentschlossen in den Garten begeben und jede blaue Blume, die er finden konnte, gepflückt. Mit einem Arm voller Lupinen, Rittersporne und Glockenblumen war er ins Haus zurückgekehrt, hatte dann aber allein bei dem Gedanken, sie ihr zu schenken oder seine Liebe zu gestehen, Angst bekommen und gekniffen.

Eins der Probleme – nun, eigentlich das Hauptproblem – war, daß Arno sich nicht länger einreden konnte, seine Gefühle für sie wären rein, nobel und spiritueller Natur. Inzwischen war ihm ein Licht aufgegangen: Es würde ihm in Zukunft nicht genügen, in platonischer Ergebenheit gemeinsam mit ihr den prosaischen Alltag zu verleben. Sie aus respektvoller Distanz zu verehren. Auf einmal wollte er mehr.

»Oh«, rief Arno laut in der Küche aus. »Ich bin kaum besser als ein wildes Tier.«

Gegen diesen Ausbruch von Zügellosigkeit hatte er sich zur Wehr gesetzt. Seine Duschbäder waren kälter geworden, seine Haut rosa von den rücksichtslosen Abreibungen mit dem Luffaschwamm. In *Bruder Athelstans Kräuterbuch* hatte er im Kapitel mit der Überschrift »Das Ablegen schlechter Stimmungen« nachgeschlagen und den Rat befolgt, Ysop zu sammeln, ihn im Backofen zu trocknen, zu zerbröseln und in Mandelöl zu rühren, die Paste auf den Bauch zu reiben, die Beine auf ein Kniekissen zu betten und zu ruhen. Pflichtschuldig hatte er die Prozedur vollzogen und sich hinterher tatsächlich besser gefühlt. Allerdings war seine Haut blau angelaufen.

Er war mit sich ins Gericht gegangen, was sich als schwierig herausstellte, hatte sich redlich bemüht, positiven Gedanken nachzuhängen, was ihm wiederum außerordentlich leichtgefallen war. Auch hatte er die vom Meister vielbeschworene innere Quelle allen Wissens strapaziert, ohne Ergebnis. Irgendwann war Arno an den Punkt gelangt, sein in Wallung versetztes Blut als gegeben hinzunehmen. Allein das Wissen, daß er anständig bleiben und seine Gefühle für sich behalten würde, spendete ihm Trost. Und anständig war er geblieben. Bis heute.

Erst heute war ihm ein Licht aufgegangen. Er hatte einsehen müssen, daß er keinen Frieden finden würde, wenn er seine Liebe nicht eingestand. Und daß sie ihm auf ewig verwehrt bleiben würde, sollte er versagen. Trotz des Meisters Verfügung spürte Arno, daß er in diesem Fall May in Zukunft nicht mehr mit seiner Gegenwart belästigen durfte. Den ganzen Tag über hatte er wie ein ängstlicher Soldat vor einer schicksalsschweren Schlacht nach positiven Vorzeichen Ausschau gehalten. Nach dem Mittagessen war ihm eins vergönnt gewesen. Beim Ausleeren der Tasse hatte der Teesatz im Spülbecken die Gestalt eines Herzens angenommen und Arno in Hochstimmung versetzt. Offenbar war der Zeitpunkt richtig gewählt. Er mußte die Sache endlich hinter sich bringen, und wie lange brauchte es schon, die drei Worte auszusprechen? Keine fünf Sekunden. Vielleicht etwas länger – immerhin hatte er sich entschlossen, ihr darüber hinaus noch ein paar Zärtlichkeiten zu sagen.

Bei dem Gedanken an diese Zärtlichkeiten stellten sich die Härchen in Arnos Nacken vor freudiger Erwartung auf. Möglicherweise war es eine gute Idee, ein Kärtchen mit seinem letzten Haiku zwischen die Blumen zu legen. Er zog es aus seiner Tasche.

May, Herzkönigin
Bitter, ein Leben ohne dich
Sei zusammen. Mit mir.

Die zweite Zeile, die eine Silbe zuviel hatte, machte ihm noch Kopfzerbrechen, andererseits hatte sie Überzeugungskraft und das richtige Tempo. Daran gab es keinen Zweifel.

Nach dem Abwasch und dem Abtrocknen stellte Arno die Gläser weg und fand dabei den Brandy. Versteckt hinter den Haferflocken, den Bohnen und den Trockenpflaumen. Gedankenlos nahm Arno die relativ volle und große Flasche herunter. Er schenkte ein kleines Schnapsglas voll und trank es in einem Zug leer.

Der Brandy brannte in seiner Kehle und veranlaßte ihn zu husten, doch danach fühlte er sich gleich wesentlich besser. Tatsächlich so viel besser, daß er sich auf der Stelle ein zweites Schnäpschen genehmigte. Dieses Glas ging ihm runter wie Öl. In seiner Brust breitete sich wohlige Wärme aus. Arno merkte, wie der Alkohol genau das bewirkte, was ein starkes Getränk bewirken sollte. Hemmungen abschüttelnd, überkam ihn jene Selbstsicherheit, die er brauchte, um seinen tapferen, draufgängerischen Auftritt zu bewältigen. Er beschloß, sich einen weiteren Brandy zur Brust zu nehmen, und ließ sich auf einen Stuhl fallen.

Just in dieser Sekunde wurde er von ungebetenen Erinnerungen heimgesucht. Vor langer Zeit hatte er in einem Amateurtheater ein Stück gesehen. Es spielte in Rußland, und soweit Arno sich entsann, kamen darin zwei Charaktere vor, von denen alle anderen dachten, sie wären ineinander verliebt. Die Frau packte gerade, um wegzufahren, er stand neben der Tür. Sie nahm an, er würde sich ihr erklären, und er dachte das ebenfalls, aber er tat es nicht, und so ging sie weg, um als Gouvernante zu arbeiten. Die Verschwendung und das Pathos der ganzen Situation hatten Arno sehr angerührt. Nun wertete er die Erinnerung an das Schauspiel als Warnung und Aufforderung zugleich.

Damit ihn die Trauer nicht übermannte, gönnte er sich noch ein Gläschen Schnaps. Taumelte langsam zum Fenster hinüber, öffnete es und hielt den Kopf in die wohlriechende, seidenweiche Luft. Wie angenehm! Doch er konnte nicht leugnen, daß es ihn nach einer mutigeren Tat dürstete. Genau da hörte er das Cello.

Sie spielte die Chakras, die – wie sie ihm einmal versichert hatte – der siebennotigen Tonleiter entsprachen. Woher er wußte, daß sie nicht einfach eine gewöhnliche Tonleiter spielte, konnte er nicht sagen. Lag es an dem besonders vollen Timbre, an der tieferen Resonanz in der Pause? Konnte man womöglich Farben *hören*? Sich am Rahmen festhaltend, stand er am Fenster und spitzte die Ohren, um keine einzige Note zu verpassen.

Er hatte das Gefühl, in Freude und Selbstvertrauen zu ertrinken. Als wäre ihm die große Kraft, die es brauchte, um sie und sich selbst zu stützen – jetzt und in der Zukunft –, gerade eben zum Geschenk gemacht worden. Diese Kraft zog ihn nicht runter, sondern gab ihm Auftrieb. Er flog. Urplötzlich war er davon überzeugt, daß sie ihm gehören würde – das wußte er nun! Ihre ganze überschwengliche, unfaßbare Extravaganz. Als die Noten ertönten, erschuf Arno – in einem Anfall von Mannstollheit – die von ihm angebetete Musikerin neu und sah sie nicht mehr in einem englischen Landhaus sitzen, sondern auf einer von Gold eingefaßten Wolke mit einem glänzenden Helm quer durch den Himmel reiten. Ja, das war es!

Seine große Chance, die Gelegenheit, auf die er so lange gewartet hatte. Sein großer Tag.

Von diesem Bild angespornt, riß Arno die Blumen aus der Vase, blickte sich suchend nach einem Einschlagpapier um. Da nichts in der richtigen Größe, der richtigen Beschaffenheit, der richtigen Qualität vorhanden war, gab er sich mit einem Geschirrspültuch zufrieden. Er legte sich eine Strategie zurecht. Zuerst würde er ihr die Blumen überreichen, sich eine Zeitlang über die Schönheit ihrer Seele auslassen, über ihre erstaunliche physische Attraktivität und darüber, wie angenehm es war, mit ihr zu plaudern, sich dabei wie ein Mann von Welt verbeugen und sich dann zurückziehen. Durfte eigentlich nicht allzu schwierig sein. Jeder konnte ein bißchen Süßholz raspeln. Er legte das Kärtchen mit dem Haiku zwischen den Rittersporn und war gerade im Begriff, zur Tür zu gehen, als die Musik mitten in der Tonleiter (irgendwo zwischen dem Herz und dem Solarplexus) verstummte.

Wie angewurzelt blieb Arno stehen und konzentrierte sich voll und ganz auf die sich ausbreitende Stille. Was war denn los? War sie krank? Ein Angstschauer lief ihm über den Rücken, bis er sich wieder gefaßt hatte. May war niemals krank. Diese rubenesken Gliedmaßen, diese strahlenden Augen und diese bemerkenswerte Oberweite waren nicht nur gesund, sondern unzerstörbar.

Höchstwahrscheinlich legte sie nur eine Pause ein, um eine neue Seite aufzuziehen. Oder den rechten Arm auszuruhen. Mitten in der Tonleiter? Während er zögerte, überlegte, seinen Blumenstrauß umklammerte, drang ein anderes fremdes Geräusch an seine Ohren. Ein bittersüßer, reiner Ton, unterbrochen von kurzem, gurgelndem Stöhnen. Zuerst interpretierte er es als Gesang. Andererseits war der Vortrag wenig musikalisch, erinnerte ihn vielmehr an mittelalterliche französische Balladen, die meistens von einer Flöte begleitet dargeboten wurden. Schließlich verschaffte eine unglaubliche traurige Kadenz ihm Klarheit. Sie sang nicht, sie *weinte*.

Überwältigt von Anteilnahme und Sorge, lief Arno den Korridor hinunter. Über ihr Instrument gebeugt, saß May auf dem Hocker und hielt den Bogen in die Luft, als beabsichtige sie, gleich weiterzuspielen. Ihre Wangen waren benetzt. Ihr Profil kündete von Trauer. Arno blieb auf der Türschwelle stehen. Ihr Anblick brach ihm das Herz. Er brachte kein Wort über die Lippen, nichts, nicht mal einen einzigen tröstenden Satz, geschweige denn seine ritterliche Liebeserklärung.

Zuerst bemerkte sie ihn vor lauter Trauer gar nicht. Zögerlich wagte sich Arno mit seinem Blumenstrauß in der Hand ins Zimmer. Sie drehte sich um und sagte einfach: »Oh, Arno – ich vermisse ihn so sehr.«

Das genügte. Befreit und kühn näherte sich Arno ihr. Rief: »Liebste May«, umarmte sie und rückte mit der Sprache heraus.

Ab da wurde die Sache ein wenig kompliziert. May erhob sich. Auf ihrem Antlitz spiegelte sich eher Verwirrung denn Sorge oder Ablehnung. Arno, der sich an ihren breiten, in Seide gehüllten Schultern festhielt, rutschte ab. Darauf folgte eine kurze turbulente Rangelei mit in Falten gelegtem, rutschigem Stoff, kräftigen kurzen Beinen, losen, tiefblauen Blütenblättern, glänzendem Rosenholz, gefolgt von einem Aufschrei elementarer Heftigkeit. Ob dieser von Freude oder Zorn ausgelöst wurde, konnte im nachhinein unmöglich geklärt werden.

Es war kurz vor sieben. Mit hinter dem Kopf gefalteten Händen saß Barnaby an seinem Schreibtisch, überdachte die vielen verschiedenen Details des Falles und hing überhitzten, abgestandenen Gedanken nach. Ein Labyrinth aus Gesichtern, Stimmen, Schaubildern und Fotos. Welches Puzzleteilchen würde Licht ins Dunkel bringen? Durchaus möglich, daß dieses Puzzleteilchen noch gar nicht gefunden worden war. Wo soll ich das in dem Fall noch hernehmen, fragte er sich?

Daß ein Großteil der Informationen verworfen werden konnte, bezweifelte er nicht. Im Moment war er hingegen noch nicht bereit, diesen Schritt zu wagen. Er ließ seine verspannten Schultern kreisen, hob und senkte sie, um die Blutzirkulation anzuregen. Troy warf einen Blick auf die Armbanduhr.

»Ich nehme mal an, daß die Leute auf Windhorse ihr Abendlied anstimmen«, sagte er. »Oder tanzen. Oder welchen komischen Dingen sie ansonsten nachgehen.«

»Seien Sie nicht so, Troy. Womöglich werden auch Sie eines Tages wiedergeboren.«

»Wenn Sie mich fragen, hätten die meisten Leute, die wiedergeboren werden, nicht mal beim ersten Mal auf die Welt kommen dürfen.«

Barnaby lachte, woraufhin Troy ihm einen verunsicherten Blick zuwarf. Manchmal reagierte sein Chef so. Verzog angesichts der klügsten Scherze keine Miene, fiel aber vor Lachen fast vom Stuhl, wenn man es ernst meinte. »Es wird Zeit, Sir.«

»Vielleicht kommt ja noch was rein.«

»Dachte, Sie hätten gesagt, heute sei Cullys Geburtstag.« Barnaby konnte die unverhohlene Wollust, die jedes Mal in Troys Tonfall mitschwang, wann immer er Cullys Namen erwähnte, nicht leiden. »Wird es keine Party geben?«

»Eine kleine. Wir feiern heute auch noch ihre Verlobung.«

»Ach ja. Und was macht er?«

»Ist Schauspieler.«

»Dann wird er bald im Fernsehen zu sehen sein«, sagte Troy.

Ohne etwas zu erwidern, stierte Barnaby auf den Stapel mit den Aussagen. Die von Gamelin lag obenauf. Verbarg sich auf dieser abgetippten Seite oder auf einer der anderen eine Zeile, die neu interpretiert werden konnte? Eine Information, die man in einem anderen Licht betrachten mußte?

Voller Sympathie musterte Troy seinen Chef. »Ich setze mein Geld auf diesen Meister Rakowsky. Jemand, der umsonst juristischen Beistand gewährt, kann nichts Gutes im Schilde führen. Die meisten Anwälte verlangen fünfzig Pfund nur fürs Handschütteln.« Er kicherte. »Und wo wir schon von Anwälten sprechen – haben Sie sich noch mal Gedanken über Miss Cuttle und diesen Gibbs gemacht? Ich meine – da haben wir doch ein Motiv. Elisabethanisches Herrenhaus, viel Grund und Boden, ganz zu schweigen von dieser Ziege. Ich weiß, vordergründig kommen sie einem wie unschuldige Idealisten vor –«

»Idealisten sind nie unschuldig«, sagte Barnaby, ohne aufzublicken. »Sie verursachen die Hälfte aller Probleme, mit denen die Welt momentan zu kämpfen hat. Sehen Sie sich das hier an.« Troy nahm Guy Gamelins Aussage in die Hand, las sie durch und warf Barnaby einen nichtssagenden Blick zu. »Erzählt uns was über den Mord, was wir bislang noch nicht gewußt haben.«

Troy runzelte die Stirn. »Nein, tut sie nicht.«

»Doch, tut sie. Lesen Sie noch mal.«

Troy las die Aussage noch zweimal durch. »Ohhh...« Er zuckte mit den Achseln. »Und – was für einen Unterschied macht das?«

»Möglicherweise«, Barnaby forderte die Aussage zurück, »bringt es uns dazu, die ganze Sache von einem anderen Blickwinkel aus zu betrachten. Das ist nie schlecht, wenn man nicht weiterkommt.«

»Richtig.« Troy wandte sich schnell ab, um einem Vortrag über Unvoreingenommenheit zu entgehen. »Müssen Sie jetzt nicht los?«

»Hmm.« Barnaby erhob sich, ohne den Blick von dem Blatt Papier zu nehmen. »Ich denke, morgen werden wir uns noch mal mit dem verrückten Jungen unterhalten müssen. Versuchen Sie rauszufinden, warum er felsenfest davon überzeugt ist, daß Craigies Tod ein Unfall war. Und wieso er solche Angst hat. Gibbs hat definitiv versucht, eine Begegnung zwischen ihm und uns zu vereiteln. Nächstes Mal muß ein anderes Kommunenmitglied dabeisein. Vielleicht haben wir dann mehr Glück.«

»Wann fängt sie an – die Feier?«

»Um halb sieben.«

»Dann schaffen Sie's gerade noch.«

Barnaby machte »Hmm«, trommelte mit den Fingern auf

die Tischplatte und schaltete seinen Monitor ein. Troy verstand die Welt nicht mehr. Wie konnte er nur am einundzwanzigsten Geburtstag seiner Tochter im Büro rumhängen?

»Ich werde dableiben.« Ein überraschter Blick. »Die Abfütterung und das Baden des Babys habe ich ohnehin schon verpaßt, wozu also die Eile?«

»Das ist sehr nett von Ihnen, Gavin«, meinte Barnaby und dachte an die arme alte Maureen. »Aber mehr werden wir heute abend wahrscheinlich nicht rausfinden. Außerdem bin ich ja daheim erreichbar. Trotzdem – ich bin Ihnen sehr dankbar.«

»So bis gegen neun?«

»Gut. Bis dann bin ich bestimmt wieder zurück.«

»Aber sicher, Chief«, sagte Troy und dachte an die arme alte Cully.

Als Barnaby weg war, hing er gehorsam eine halbe Stunde lang im Büro herum, stattete dem Hauptbüro ein paar Besuche ab, unterhielt sich mit dem diensthabenden Personal, nahm ein paar unwichtige Telefonate entgegen. Gelangweilt beschloß er, in der Kantine zu Abend zu essen und hinterließ die Nachricht, daß – falls seine Frau anrief – man ihr sagen sollte, er sei nicht da, und, für den Fall, daß etwas reinkam, was mit der Windhorse-Sache zu tun hatte, man ihn umgehend rufen sollte.

Nicht der Hunger trieb ihn in die Kantine. In der Abendschicht arbeitete eine neue Assistentin. Verheiratet und, wollte man den Gerüchten Glauben schenken, nicht wirklich abgeneigt, was Neues auszuprobieren. Er stellte Spaghetti, Pommes und einen Becher dünnen Tee auf sein Tablett und trug es zur Registrierkasse. Mit Vergnügen bemerkte er die falschen Augenwimpern, den engen Overall, den pinkfarbenen Schmollmund. Ihre Lippen glänzten, als fahre sie oft mit der Zunge darüber. Vielleicht voller Vorfreude? Er bekam fünfzig Pence heraus. Als sie ihm die Münze reichte, klimperte sie mit den Wimpern und sagte: »Das sollten Sie für blinde Hunde spenden.«

»Blinde Hunde?« Troy entdeckte die Dose und ließ die

Münze reinfallen. In seinen Augen war die Spende eine Investition. »Arme Viecher. Es ist ja nicht so, als ob man es ihnen erklären könnte, nicht wahr?« Sie verzog keine Miene. Auch gut. Schließlich war er nicht hinter ihrem Humor her.

Später kam sie zum Geschirrabräumen an seinem Tisch vorbei. Troy klopfte auf den neben ihm stehenden Stuhl, und als sie sich setzte, gestand er ihr, wie sehr es ihm gefallen würde, die Lederpolsterung zu sein. So ging es eine Weile zwischen ihnen hin und her. Sie kicherte ungemein sexy. Ihr ganzes Verhalten war überaus angenehm, um nicht zu sagen vielversprechend. Mit Bedauern sah Troy, daß sie, nachdem man in der Küche nach ihr gerufen hatte, aufstand. Er bestellte ein Stück Pfefferminzkuchen mit Vanillesoße, bezahlte und trödelte an der Kasse herum. Nach dem Verzehr der Süßspeise und einer weiteren Tasse Tee (beim Bezahlen harrte er wieder die längste Zeit an der Kasse aus), zündete er eine Zigarette an, inhalierte langsam, blies den Rauch aus und sah zu, wie er kräuselnd zur Decke stieg. Alles sehr zeitintensiv, und später tat es ihm natürlich unendlich leid. Aber woher hätte er denn wissen sollen, daß seine Trödelei jemandem das Leben kostete.

Punkt halb sieben traf Barnaby daheim ein. Wie sich herausstellte, hatte sich die Doppelfeier (Geburtstag und Verlobung) in ein Fest verwandelt, bei dem nun ein dritter Anlaß gewürdigt wurde: Nicholas, der sein letztes Jahr auf der *Central School of Speech and Drama* absolvierte, hatte die begehrte Gielgud-Medaille verliehen bekommen.

Er hatte den Ödipus gespielt, war ganz in Weiß gekleidet und vor Selbstgerechtigkeit strotzend die Bühne auf und ab geschritten, hatte entschlossen die Korruption ausgerottet, um am Ende des Stückes – nun in Rot gehüllt – erkennen zu müssen, daß er selbst ebenfalls korrupt war. Seine Darbietung hatte unerhört angeberisch gewirkt. Sein Leiden war derart stilisiert und extravagant gewesen, daß es sich beinah ins Gegenteil verkehrt und komisch gewirkt hätte, doch im Kern war es authentisch geblieben. Nun war er für diese Leistung ausgezeichnet worden. Nicholas, der schlagartig – quasi wie die Jungfrau zum Kind – zu einem Agenten gekommen war, war jetzt im Besitz der lebenswichtigen *Equity Card* und mit einer bemerkenswerten jungen Dame verlobt. Wen wunderte es da, daß er sich als König der Welt fühlte?

Er und Cully unterbrachen einander fortwährend, lachten über alles und nichts. Hie und da warf Barnabys Tochter ihre dunkle, mit eingeflochtenen Blüten verzierte Mähne nach hinten. Sie trug einen langen scharlachroten Baumwollrock, dessen Saum mit vielfarbigen Bändern verziert war, und eine weiße mexikanische Rüschenbluse mit so weiten Ärmeln, daß der Stoff eines Ärmels für eine neue Bluse gereicht hätte.

»Ich kann euch gar nicht sagen«, verkündete Nicholas beim Verzehr der Estragoneier, »wie unerhört angenehm es war, mit Phoebe Catchpole zu arbeiten.«

»Sie war nicht schlecht«, kommentierte Cully gnädig.

»Um ehrlich zu sein«, bemerkte Joyce an, »ich hielt sie für sehr gut.«

»Doch ihre Größe, Darling«, fuhr Nicholas fort. »Das war gerade so, als habe man es mit einem Rhinozeros zu tun. Bei ›Oh – verloren und verdammt‹ –, wißt ihr, kurz vor ihrem letzten Abgang, lehnte sie sich an mich. Ich fürchtete schon, durch die Holzdielen gedrückt zu werden. Die einzige erwachsene Studentin in meinem Jahrgang, und man gibt ihr die Rolle der Iokaste. Sie ist alt genug, um meine Mutter zu sein.«

Dieser Kommentar brachte alle zum Lachen. Diesmal war es Nicholas, der seine langen haselnußbraunen Haare über die Schultern warf. Das junge Paar scherzte und erblühte und strahlte sich über den gedeckten Tisch hinweg an. Nichts als Jugend, Schönheit und feuriges Talent. Die beiden halten sich zweifellos, sinnierte Joyce kritisch, für Viv und Larry *de nos jours*. Auch gut – das Leben würde sie schon noch zurechtstutzen. Das Leben, das Theater, die Menschen. Joyce empfand gleichzeitig Trauer, Irritation und Neid. Beim Einsammeln der Teller sagte sie: »Ich kann einfach nicht verstehen, warum die Psychiater das sexuelle Verlangen des Sohnes nach seiner Mutter Ödipuskomplex nennen. Im Grunde genommen geht es in diesem Stück doch genau darum, daß er nicht weiß, daß sie seine Mutter ist.«

»Findest du nicht, daß Teiresias anrührend war?« Cully pickte das letzte bißchen Gelee auf. »Vor allem während der letzten Rede.«

»Ach, komm *schon*«, entgegnete Nicholas geschwind. »Er hat eine Stimme wie ein Maiskuchen.«

Die größte Tugend ist Großmut. Als Joyce das Geschirr raustrug, dachte sie, daß Nicholas lernen mußte, seine Zunge zu hüten, falls er weiterkommen wollte. Noch in der Küche konnte sie hören, wie die beiden die irrsinnigsten Pläne schmiedeten.

»Es ist großartig, daß es einen weiblichen Boten gegeben hat«, meinte Cully. »Bei dem ganzen blutigen Durcheinander auf der Bühne sind das immer großartige Rollen.«

»Überbrachten sie schlechte Nachrichten«, rief Joyce, »wurden sie nach draußen geführt und geköpft.«

»Großer Gott«, sagte Nicholas. »Wie kommt man nur zu so einem Job?«

»Wie zu allen anderen auch«, erwiderte Cully schlagfertig. »Man hängt im *Groucho's* rum.«

Mehr Gelächter. Cullys kam tief aus der Kehle, hatte genau den richtigen Ton, die richtige Lautstärke. Das Läuten kleiner Silberglocken. Nicholas Lachen war warm, dunkel, maskulin, wie aus einem Rasierwerbeclip.

Joyce richtete *Sainsbury's* Enchiladas, Basmatireis und eine große Schüssel Eichenlaubsalat her. Auf dem Tisch standen schon zwei entkorkte Flaschen eines schweren portugiesischen Rotweins. Zum Nachtisch sollte es *Chocolate-Butter-Pecan*-Eiscreme geben. Sie rief: »Ich könnte Hilfe gebrauchen.«

»Ich weiß immer noch nicht, wie ich mich entscheiden soll«, sagte Nicholas und brachte somit das Gespräch wieder auf seine Zukunft. Ihm waren eine feste Besetzung in Stratford und mehrere Parts am *Octogon* angeboten worden. »Ich denke, verschiedene Rollen sind immer besser.«

»Klar doch.« Cully kam aus dem Staunen nicht heraus. »Was willst du werden? Schauspieler – oder irgendein Straßenkomödiant, der mit großen Augen zu Ian McKellans bestrumpften Beinen aufsieht?«

»Ich nahm an, er sei am *National*?«

»Oder du könntest in einer Produktion enden, die im Sande verläuft.«

Nicholas bekam einen Schreck. »Im Sande verläuft?«

Die Platten mit dampfenden Köstlichkeiten auf einem Tablett anrichtend, merkte Joyce, daß Tom neben ihr stand, und trug ihm auf, es ins Eßzimmer zu bringen. »Bemüh dich doch bitte, an dem Gespräch teilzunehmen, Liebling.«

»Wie bitte?«

»Sag was.«

»Ich höre zu.«

»Nein, tust du nicht.«

»Die würden es doch gar nicht mitkriegen, wenn wir hier in der Küche essen würden.«

»Führe mich nicht in Versuchung«, sagte Joyce in dem Wissen, daß er sich irrte. Schauspieler merken immer, wenn das Publikum verschwindet. Sie nahm den Wein, und Cully schenkte ein, während sie Nicholas versicherte, wie glücklich Bolton sich schätzen durfte, ihn zu haben. Nicholas sagte: »Bitte, keine Anhimmelei.«

»Richtig, ihr beiden.« Barnabys Stimme war laut und fest. Der Tadel entging Nicholas nicht. Cully setzte eine Büßermiene auf und lächelte. Gläser wurden hochgehoben. »Auf euren zukünftigen Erfolg. Auf die Plakatwände und alles andere auch. Werde glücklich, Liebling.«

Alle tranken einen Schluck. Dann kam Cully um den Tisch herum, küßte den Scheitel ihrer Mutter, die Wange ihres Vaters. Für einen Augenblick versperrte ihr herabfallendes Haar ihm die Sicht, und da spürte er mit voller Wucht, daß er sie verlor, obgleich er sich schon vor langer Zeit damit abgefunden hatte.

»Danke, Dad, Ma.« Sie saß schon wieder auf ihrem Platz.

Nicholas griff nach ihrer Hand, schob seine schlanken Finger zwischen ihre, führte ihre Hand an seine Lippen und gestand: »Ich möchte nicht zu lange von London weggehen.«

»Herrje, Nicholas, sagte Joyce leicht genervt. »Gerade vor fünf Minuten hast du die Schauspielschule verlassen. Du mußt Erfahrungen sammeln.«

»Was mir wirklich Spaß machen würde«, meinte Nicholas, »was mir wirklich was bringen würde, denke ich jedenfalls, wäre, wenn ich mich für eine Zeitlang vom gesprochenen Theater zurückzöge. Mich in Pantomime weiterbilden würde. Vielleicht sollte ich in einem Zirkus arbeiten. Das wäre phantastisch.«

»Um dich als Pantomime weiterzubilden, mußt du nach Spanien gehen«, gab Cully zu bedenken. »Oder nach Frankreich.«

»Einer der Verdächtigen in meinem jetzigen Fall arbeitete in einem spanischen Zirkus«, sagte Barnaby. »Als Löwenbändiger.«

»Und – hatte er Erfolg?« wollte Nicholas wissen.

»An dem Abend, an dem wir uns verlobten, haben wir uns einen Pantomimen angesehen«, erzählte Joyce. »Weißt du noch, Tom? Im Saville. «

»Natürlich weiß ich das noch.« Diese spezielle Erinnerung, die – wenigstens eine Zeitlang – jeden Gedanken an seine Arbeit auslöschte, war ihm willkommen. »Haben zuvor im *Mon Plaisir* zu Abend gegessen.«

»Und war sie gut?« fragte Nicholas. »Die Company?«

»Das war nur ein Mann. Marcel Marceau.«

»Er hat den Ruf, brillant zu sein«, meinte Cully.

»Das war er auch«, bestätigte Barnaby. »Füllte die Bühne mit Menschen. Sprach mit ihnen, tanzte mit ihnen. Man hätte schwören können, daß sie tatsächlich da waren. Es gab diese Szene, wo er gegen den Wind anlief, und man konnte praktisch sehen, wie er von ihm weggetragen wurde.«

»Toll«, sagte Cully. Sie und Nicholas hatten aufgehört zu essen.

»Meiner Meinung nach war die beste Szene die«, warf Joyce ein, »mit der er den Abend beendete. Er hatte einen Stapel Masken – natürlich nur in der Einbildung – und setzte sie nacheinander auf. Sein eigenes Gesicht ist sehr schön und unglaublich beweglich, wie Gummi. Alle Masken waren unterschiedlich. Er hielt sie schnell hoch, und jedes Mal veränderte sich sein Gesichtsausdruck komplett. Am Ende hatte er einen schrecklich tragischen Ausdruck. Und konnte die Maske nicht wieder ablegen. Er zog und zerrte und riß schließlich die Ränder ab. Dabei wurde er immer wilder, hektischer. Das Ding ging einfach nicht runter. Und obwohl die Maske sich abnehmen ließ, konnte man trotzdem noch erkennen, was dahinter war. Das war wirklich faszinierend. Seine Panik zu sehen, als er begriff, daß er für den Rest seines Lebens so aussehen würde.«

Nach dieser dramatischen Schilderung herrschte vollkommene Stille. Wie verzaubert saßen Cully und Nicholas auf ihren Stühlen. Barnaby ritzte mit seiner Gabel Rillen ins Tischtuch. Nach einer Weile fand Nicholas seine Sprache wieder. »Gott – was gäbe ich darum, wenn ich das hätte sehen dürfen.«

»Er gibt immer mal wieder eine Vorstellung. Und wir sprechen andauernd davon, uns noch eine seiner Vorstellungen anzuschauen, schaffen es dann aber nie. Ist es nicht so, Tom?«

Keine Antwort. Cully wedelte ein paarmal mit den Händen vor den Augen ihres Vaters. Auf Nicholas Kichern hin riet sie ihm: »Tu das nicht. In diesem Haus ist es ein schweres Verbrechen, sich über die Polizei lustig zu machen.«

»Jetzt mal im Ernst, Tom«, erkundigte sich Joyce, »bist du in Ordnung?« Er war blaß, wirkte in sich gekehrt, starrte vor sich hin, als wisse er nicht, wer sie war. Alle drei bekamen einen großen Schreck.

»Doch.« Endlich schaute er auf, registrierte ihre Besorgnis. »Ich bin… tut mir leid. Es geht mir gut. Selbstverständlich geht es mir gut.« Er lächelte sie an. »Entschuldigt. Es geht mir wirklich gut. Ja.«

»Es geht dir nicht gut«, wiedersprach Joyce. »Du tust nur so.«

»Wir sollten noch mal ins *Mon Plaisir* gehen. Zu unserer Silberhochzeit. Alle zusammen.«

»Ich werde die Eiscreme holen.« Joyce verschwand in der Küche und rief über ihre Schulter: »Die wird dich beruhigen.«

Zu der Sekunde, als sie einen Blick durch die Durchreiche warf, klingelte das Telefon. Einen kurze Bewegung, und sein Stuhl war leer.

Während der Wagen durch die dunkle Nacht rollte, unterhielten sich die beiden Männer miteinander, sortierten die Fakten. Gleich nachdem Troy ihn daheim angerufen hatte, hatte Barnaby gewußt, was Sache war. Den Einblick, den der Chief Inspector beim Abendessen erhalten hatte, untermauerte seine Theorie nur noch.

»Eigenartig«, sagte Troy nun. Er setzte den Blinker und verringerte das Tempo.

Das Tor des Anwesens stand sperrangelweit offen. Einmal abgesehen von einem einzelnen Licht im Erdgeschoß, war das Haus dunkel. Als der Streifenwagen die Auffahrt hochfuhr, verwandelte die Halogenwarnleuchte das Haus in eine mondbeschienene, in Dunkelheit gebettete Hülle.

Nachdem sie aus dem Wagen gestiegen waren, klopfte Barnaby laut an die Eingangstür und klingelte gleichzeitig. Da er keine Antwort erhielt, drückte er den Türgriff herunter und trat unaufgefordert ein. Troy folgte ihm und zog dabei eine Augenbraue hoch: Sie hielten sich nicht an die Vorschriften.

Barnaby rief: »Hallo!« Stille erstickte das Wort. Das Haus schien leer zu sein.

»Gefällt mir gar nicht.« Er ging zur Treppe hinüber und rief erneut. »Hier wohnen acht Leute, wo stecken die nur alle?«

»Kommt mir wie ein Schiff auf hoher See vor, Chief, das ohne Besatzung dahintreibt.«

»Die können doch nicht alle mit dem Kleinbus weggefahren sein. Und der VW ist noch da.«

»Hören Sie!« Troy warf den Kopf zurück und blickte zum Oberlicht empor. Barnaby folgte seinem Beispiel.

»Was? Ich kann nichts hören.«

»Eine Art... Scharren...«

Ja, nun konnte er es hören. Direkt über ihnen. Als würde ein schwerer Gegenstand verrückt. Kurz darauf polterte es laut, und jemand schrie wie am Spieß.

»Auf dem Dach!« Troy rannte nach draußen. Barnaby folgte ihm ein wenig gemächlicher. Die beiden Männer entfernten sich so weit vom Haus, bis sie das Dach richtig im Blick hatten. Vergebliche Liebesmüh – oben schien sich keine Menschenseele aufzuhalten.

»Er muß auf der anderen Seite sein. Hinter den Schornsteinen. Ich werde außen rumgehen –«

»Nein – warten Sie.« Barnaby packte den Sergeant am Arm. »Sehen Sie doch – dort oben... in den Schatten.«

Zwei dunkle Gestalten, ineinander verschlungen, ringend, kämpfend, ganz dicht am Abgrund. Eine löste sich, krabbelte die Dachschräge hoch. Die andere verfolgte sie. Barnaby sah, wie etwas aufblitzte, wie Licht reflektiert wurde.

»Gütiger Gott – er hält ein verdammtes Radkreuz in der Hand –«

»Wie gelangen wir nach oben?«

»Es gibt ein Oberlicht, dann wird es höchstwahrscheinlich auch eine Treppe geben. Nehmen Sie die Galerie. Ich werde es von unten versuchen.«

»Wie wäre es mit einer Leiter?« Beide Männer hatten sich schon in Bewegung gesetzt.

»Dauert zu lange... Ich weiß nicht mal... wo ich suchen sollte...« Barnaby hielt sich an der Verandabrüstung fest. »Gehen... Sie... weiter...«

»Okay.«

Mitten in der Halle hörte Troy ein seltsames Geräusch über seinem Kopf. Ein merkwürdiges Knirschen und Knarzen, als drücke jemand mit Gewalt eine große Zellophankugel zusammen. Er blickte nach oben, und Barnaby sah, wie sich seine Miene veränderte, wie sich Schock und Unglauben auf seinem Antlitz breitmachten.

Der Sergeant wich gerade noch rechtzeitig zurück. Eine Wolke aus opalisierendem Staub und funkelnden Glassplittern regnete herunter. Im Herzen dieses Glitzerregens zeichnete sich die schmale Gestalt eines blonden Mannes ab, der sich um die eigene Achse drehte, mit den Armen fuchtelte und laut schrie.

Alle saßen in der Küche. Heather hatte in der großen braunen Emaillekanne starken Tee aufgebrüht. Nicht jedermann hatte Lust auf Tee. Der am Abtropfregal lehnende Troy schüttelte den Kopf. Auch der Chief Inspector und May schlugen das Angebot aus. Nachdem sie Andrews Gesicht gereinigt hatte, tupfte sie nun eine Kampfertinktur auf seine von Schnitten übersäten Wangen und seine blutenden Lippen. Er schlürfte Tee, stöhnte ab und zu auf und warf Suhami finstere Blicke zu, als wolle er sie damit veranlassen, Anteilnahme an seinem Zustand zu zeigen.

May, Suhami und Arno waren nur wenige Sekunden nach Tims Sturz herbeigeeilt. Nachdem Suhami den Orion entdeckt hatte, hatte sie praktisch auf der Veranda geparkt und war umgehend ins Haus gerannt.

»Tim …« rufend, war sie durch die Halle geeilt, hatte sich neben ihn gekniet und vor Schreck die Hände aufs Gesicht gelegt.

»Es gibt nichts, was Sie tun könnten, Miss.« Troy hatte versucht, sie zum Aufstehen zu überreden. »Der Chief Inspector ruft gerade einen Krankenwagen. Fassen Sie das nicht an«, schob er hartherzig nach, als sie die Hand nach dem Radkreuz ausstreckte.

»Aber – wie ist das passiert?« Sie schaute zu dem klaffenden Loch im Oberlicht auf. »Ist er gefallen? Was hatte er dort oben zu suchen?«

In diesem Moment war Andrew aufgetaucht, hatte sich am Galeriegeländer entlanggezogen. Blutend, mit zerrissenem Hemd, kaputter Jeans. Er hatte etwas gemurmelt. Je näher er kam, desto verständlicher wurden seine Worte.

»Mich töten... hat versucht, mich zu töten...«

Eine halbe Stunde später wiederholte Barnaby diesen Satz in Form einer Frage. Er mußte dreimal nachfragen, ehe er eine Antwort erhielt.

»Wieso? Weil er rausgekriegt hat, wer ich wirklich bin.« Wegen der geschwollenen Lippen kamen die Worte undeutlich heraus. Neugierig und verwirrt begannen die anderen Anwesenden zu murmeln.

May wischte ihre Hände an einem Mousselintuch ab und fragte: »Was meinst du damit?«

»Ich heiße nicht Christopher. Ich bin Andrew Carter. Jim Carter war mein Onkel.« Die Neugierde verwandelte sich in Bestürzung. Nun folgten die Kommunenmitglieder Barnabys Beispiel und bombardierten ihn mit Fragen. Es dauerte ein paar Minuten, bis sie sich wieder beruhigt hatten. Ken war der letzte, der den Mund hielt, und zwar erst, nachdem er Andrew noch gefragt hatte, welchen Sinn es machte, sich für jemand anderen auszugeben.

Andrew erzählte von dem Brief, den Tabletten seines Onkels und daß er bei der Anhörung dabeigewesen war. »Ich wußte, jemand war mir auf der Spur«, richtete er sich an Barnaby. »Ich wußte nur nicht, wer. Das Foto, das ich Ihnen mal gezeigt habe, hatte ich unter ein paar Hemden versteckt. Irgendwann merkte ich, daß es verschoben worden war. Kurz danach hat man mich angegriffen. Beim Verlassen des Hauses warf jemand vom Dach aus einen Metallklumpen auf mich. Ich habe die anderen belogen und ihnen nicht gesagt, wo der Klumpen tatsächlich aufgeschlagen ist. Nicht auf der Platte, wo May gestanden hatte, sondern auf der dahinter.«

»Davon haben Sie mir nichts erzählt.«

»Doch, habe ich, Chief Inspector!« rief May. »Beim ersten Verhör habe ich genau diesen Vorfall erwähnt.«

»Ich glaube nicht –«

»Ich entsinne mich ganz deutlich. Mein Unfall. Als der Meteor vom Himmel fiel.«

»Ahhh. Ja.«

»Sie haben mich angewiesen, nicht abzuschweifen. Und ich wollte mich nicht stur geben. Hatte den Eindruck, es gäbe in so einem Fall eine bestimmte Vorgehensweise, die es zu befolgen gilt. In Ihrem Büro sind Sie mir ein zweites Mal über den Mund gefahren.«

Na, darauf gibt es keine passende Antwort, nicht wahr, Schätzchen? Troy ergötzte sich an der Verwirrtheit seines Chefs, gestand sich aber ein, daß er keinen Deut anders reagiert hätte.

»Aus welchem Grund haben Sie den Mund gehalten?« Der Chief Inspector betonte das »Sie« und wandte sich erneut an Andrew.

»Ich bildete mir ein, die Gegenseite würde annehmen, ich wisse nicht Bescheid, wenn ich so tat, als kenne ich den Grund für den Angriff nicht. Fatalerweise wähnte ich mich in Sicherheit.«

»Hört sich meiner Meinung nach ganz schön verworren an. Uns hätten Sie trotzdem die Wahrheit sagen können.«

»Sie wären doch nur hier aufgetaucht, hätten Fragen gestellt und alles verraten.«

»Können Sie Beweise vorlegen, daß die ganze Sache nicht doch ein Unfall gewesen ist?«

»Ich bin gleich danach aufs Dach gestiegen. Unmöglich, daß so ein großer Metallbrocken allein vom Dach fällt. Schließlich hatte er nicht dicht am Rand gelegen. Und zwischen den Schornsteinen eingeklemmt, habe ich ein Radkreuz gefunden.«

»Das, das heute nacht verwendet wurde?«

Andrew nickte. Er war müde, fertig. »Ich habe es mitgenommen und in Calypsos Stall versteckt. Gestern hat es noch dort gelegen. Als ich heute nachsah, war es weg. Mit einem Mal dämmerte mir, daß derjenige, der es genommen hat, auch derjenige war, der mich damals angegriffen hat. Tim, wie sich herausstellte.«

Die anderen tauschten verzweifelte Blicke aus. May sagte: »Du hättest uns das nicht verheimlichen dürfen, Christopher. Das war falsch.«

»Wir müssen in Zukunft darauf achten, ihn ›Andrew‹ zu nennen«, rief Heather.

Ken fügte hinzu: »Morgen werde ich für ihn einen neuen Namen suchen.«

»Es war ja nicht so, daß ich eine große Bedrohung darstellte. Ich habe mich umgesehen, Fragen gestellt, Jims Zimmer mehrmals durchsucht und nichts gefunden.«

»Dann bist du das in jener Nacht gewesen?«

»Ja, tut mir leid, falls ich dich erschreckt habe, May. Im Wegrennen hörte ich, wie dein Fenster aufging.«

»Ich bin sehr froh, daß dieses Rätsel nun gelöst ist. Und mein anderes Rätsel, Chief Inspector... der Unterhaltungsschnipsel, den ich belauscht habe – Andrews Verdacht, daß sein Onkel getötet wurde, verleiht den Worten gewiß größere Bedeutung, oder?«

»Was für eine Unterhaltung war das?« Die Erschöpftheit schien von Andrew abzufallen. »Wer war das? Und was wurde gesagt?«

»Wer sich da unterhalten hat, ist unklar, Mr. Carter«, führte Barnaby aus. »Allem Anschein nach machten sich die beiden Gesprächspartner offenbar Sorgen wegen einer möglichen Obduktion.«

»Ich wußte es –«

»Ich kann mir nicht vorstellen, weshalb jemand den Wunsch haben sollte, Jim weh zu tun«, meinte Suhami. »Er war völlig harmlos.«

»Ich habe dir gesagt«, betonte Andrew, »daß er rausgefunden hat, was hier vorgeht.«

»Hier geht nichts vor«, widersprach Ken. »Hier herrschen Liebe, Licht und Frieden.«

»Und es wird geheilt«, schob Heather nach.

»Momentan möchte ich mich weniger auf Spekulationen einlassen«, rief Barnaby die anderen zur Räson, »sondern würde lieber versuchen, das, was sich heute abend ereignet hat, Punkt für Punkt klarzustellen. Was hat den Kampf ausgelöst? Was hatten Sie auf dem Dach zu suchen?«

»Ich war in meinem Zimmer. Ken und Heather waren ins Dorf gegangen –«

»Nur kurz«, unterbrach Heather ihn defensiv, »um Kens Bein zu bewegen.«

»Suze hat May und Arno ins Krankenhaus gefahren. Er hat einen Unfall gehabt.«

Heiliger Strohsack, dachte Troy. Würde dieser Haufen mal einen Tag ohne Unfall auskommen, glaubten sie sicher gleich, der Weltuntergang stünde bevor.

»Ich nahm einen Drink und lag auf dem Bett und las. Tim hatte ich schon länger nicht mehr zu Gesicht bekommen. Keiner von uns, mit Ausnahme von Arno. Ich denke, ich hatte ungefähr eine halbe Stunde gelesen, als ich hörte, wie jemand meinen Namen rief –«

»Welchen Namen?« wollte der Chief Inspector wissen.

»Meinen echten Namen, *Andrew*. Das war ja das Komische. Dann hörte ich, wie seine Zimmertür aufging. Deshalb bin ich auf die Galerie getreten. Klingt jetzt ziemlich doof, aber zu jenem Zeitpunkt schöpfte ich keinen Verdacht. Es war ja nur der arme alte Tim – wissen Sie? Er kam auf mich zu – mit verfilzten Haaren, bohrendem Blick – und mit dem Radkreuz in der Hand. Er … schwenkte es. Ließ es über dem Kopf kreisen. War ziemlich furchteinflößend. Ich wich zurück – mein Zimmer liegt am Ende der Galerie, und schließlich stand ich mit dem Rücken zur Tür, die zum Dach hochführt. Jetzt hatte ich nur zwei Möglichkeiten: entweder nach oben oder über das Galeriegeländer …« Suhami stieß einen kurzen Angstschrei aus.

»Natürlich saß ich auf dem Dach in der Falle. Einen Fluchtweg gibt es dort oben nicht. Zuerst versteckte ich mich hinter den Schornsteinen. Er schlug wie ein Irrer um sich – wann immer er auf etwas traf, flogen Backsteinsplitter durch die Luft. Wenn er wenigstens nicht mehr im Besitz des Radkreuzes wäre – rechnete ich mir aus –, wären wir ebenbürtig. Als die Halogenlampe anging, wurde er kurz abgelenkt, und ich wagte einen Versuch. Umklammerte das Radkreuz und ließ es nicht wieder los. Er allerdings auch nicht. Er fing an, mit den

Füßen auszuschlagen. Er war ein Stück größer als ich... hatte lange Beine... jedenfalls taten seine Tritte höllisch weh. Also ließ ich los und versteckte mich wieder, kauerte mich neben dem Schornstein direkt beim Oberlicht. Er kam an mir vorbei. Blieb ganz dicht vor mir stehen, schaute sich um, versuchte mich ausfindig zu machen. Ich griff nach seinen Knöcheln. Glaubte, ihn zu Boden ziehen zu können. Aber er fiel nach hinten... durch das Glas...«

Die letzten Worte waren kaum zu hören. Die Erinnerung an seine Angst ließ sein schmales, hübsches Gesicht blaß werden. Von einer Sekunde auf die andere war es von Trauer gezeichnet. Andrew drehte ihnen den Rücken zu, als isoliere das Geständnis ihn von den anderen, als brenne es ihm ein Kainsmal auf die Stirn. Das sich daraufhin einstellende Schweigen war ungewöhnlich beklemmend. Nicht mal die Beavers wagten es, dem ein Ende zu machen. Schließlich ergriff Barnaby das Wort.

»Sie hängen also der Überzeugung an, daß Riley die Person war, die das Foto gefunden und Sie am Donnerstag angegriffen hat?« Andrew senkte den Blick. »Und für den Tod Ihres Onkels verantwortlich war?«

»Meiner Meinung nach hatte er damit was zu tun, ja. Auf der anderen Seite würde ich vermuten, daß er zu so einem Trick wie der Sache mit dem Whisky verstandesmäßig nicht in der Lage war.«

»Ich kann das alles gar nicht fassen«, gestand May. »Es ist einfach zu grauenvoll.«

Mit feuchten Augen nickten die Beavers zustimmend.

Barnaby richtete seine Aufmerksamkeit auf Arno, der sich bislang nicht geäußert hatte. Er saß ein wenig abseits, den linken Fuß – eingepackt in einen dicken weißen Verband – auf einen Metallständer gelegt. Er hatte den Alkohol noch längst nicht verdaut und außerdem noch eine Handvoll Schmerztabletten und eine Tetanusimpfung verabreicht bekommen. Ihn beschäftigte Mays ambivalente Reaktion auf seine Avancen. Gleichzeitig hatte er das Gefühl, als habe jemand seinen

Kopf in Baumwolle gebettet. Er war sich fast sicher, nicht wirklich abgewiesen worden zu sein. Andererseits war es schwierig, sich wegen des Durcheinanders in dieser Hinsicht hundertprozentige Klarheit zu verschaffen.

Trotz des von Medikamenten und Alkohol vernebelten Verstandes und den Träumen, denen er nachhing, spürte er, daß jemand etwas von ihm wollte, und bemühte sich, einigermaßen klar zu werden. Der Chief Inspector starrte ihn – so deutete Arno Barnabys Blick – anklagend und fragend an. Schlagartig fühlte er sich beschissen. Alles war genau so gekommen, wie er es seit langem befürchtet hatte.

»Tut mir leid…« Nun schauten alle zu ihm hinüber, sogar May. O Gott – selbst May. »Ich fürchte, ich habe nicht zugehört.«

Barnaby wiederholte seine Aufforderung. »Ist es nicht an der Zeit, daß Sie mit der Wahrheit rausrücken, Mr. Gibbs?«

»Wieso sagen Sie das zu mir?« Arnos Gesicht nahm die Farbe seiner Bandage an.

»Ich denke, Sie kennen die Antwort.« Barnaby legte eine Pause ein; als Arno beharrlich schwieg, fuhr er fort: »Ich frage Sie, weil Sie sich ganz offensichtlich Sorgen um den Jungen gemacht haben. Weil Sie versucht haben, mich davon abzuhalten, mit ihm zu sprechen, und Sie mir im Verlauf des eigentlichen Verhörs permanent dazwischengefunkt haben.« Da Arno auch jetzt noch nicht zum Sprechen zu bewegen war, übte er stärkeren Druck aus. »Nur zu, Mr. Gibbs. Jetzt kann ihm keiner mehr weh tun.«

»Nein.« Arno hob den Blick. »Das ist wahr.« Zögernd begann er mit seiner Erklärung und schaute dabei Andrew an.

»Der Tod deines Onkels war, wie ich meine, ein Unfall, wenngleich ich fürchte, ein Richter könnte das anders sehen. An jenem bewußten Tag wollten wir zu dritt in die Stadt fahren, wie ich das bei der Anhörung ausgesagt habe. Tim und ich stellten frische Blumen in den Solar, während wir auf den Meister warteten, der Tims Mantel holen wollte. Plötzlich hörten wir laute Stimmen. Ich rannte los, um nachzusehen, was da los war. Der Meister kam aus Tims Zimmer, gefolgt von Jim. Sie stritten miteinander. Was mich erstaunte, zumal ich Jim bis dahin noch nie so erlebt hatte. Auf dem Treppenabsatz blieben sie stehen. Jim versperrte dem Meister den Weg und rief: ›Ich werde dir das nicht erlauben. Ich werde allen verraten, was ich weiß – allen.‹ Er packte den Meister an den Schultern, als habe er vor, ihn zu schütteln. Als nächstes – das passierte so schnell, daß ich gar nicht reagieren konnte – hörte ich... tja, wie soll ich es beschreiben... lautes *Gebrüll*, und Tim lief die Galerie runter, packte Jim und schob ihn weg. Dabei fiel er rückwärts die Stufen hinunter und brach sich das Genick.« Beim Sprechen hatte Arno nach und nach den Blick wieder zu Boden gesenkt. Jetzt jedoch zwang er sich, Andrew Carter anzublicken. »Er hat nicht gelitten. Daß das kein großer Trost ist, weiß ich.«

»Du hast recht. Das ist es nicht.«

»Nachdem klar war, daß wir nichts mehr für ihn tun konnten – und wäre dem so gewesen, hätten wir alles in unserer Macht Stehende getan –, dachten wir beide nur noch daran, Tim vor der Polizei zu schützen. Wir wußten, daß die Polizei etwas unternehmen mußte, auch wenn der Junge nicht die Absicht gehabt hatte, jemandem Schaden zuzufügen. Der Meister rechnete damit, daß Tim des Totschlags beschuldigt und als... falls das die richtige Bezeichnung ist... ›nicht zurechnungsfähig‹ befunden werden würde. Auf jeden Fall hätte er ins Gefängnis gemußt, man hätte ihn womöglich sogar mit anderen zusammen in eine Zelle gesperrt, mit solchen Typen, die ihm früher weh getan haben. Oder man hätte ihn in eine Anstalt überwiesen. Ihn mit Medikamenten vollgepumpt, um ihn ruhigzustellen... da hätte er dann Monate oder vielleicht sogar Jahre mit Wahnsinnigen zugebracht. Er war doch erst dreiundzwanzig!« rief Arno leidenschaftlich, »und hier war er so glücklich. Wir bildeten uns ein, daß etwas in der Art nie wieder passieren würde, wenn wir uns permanent um ihn kümmerten. Jetzt weiß ich«, richtete er sich an Barnaby, »vor allem nach dem heutigen Abend, daß ich mich getäuscht habe.«

»Und wie Sie sich getäuscht haben, Mr. Gibbs.« Barnaby

bemühte sich, die Stimme nicht zu heben. Er war wütend auf Gibbs und noch wütender auf sich selbst. Beim Verhör von Tim hatte er peinlichst darauf geachtet, den Namen des Meisters nicht zu erwähnen, um den Jungen nicht in die Enge zu treiben. Jetzt – zu spät – wurde ihm klar, daß der verunsicherte Junge mit dem »Unfall« nicht Craigies Tod, sondern den ersten Todesfall auf Manor House gemeint hatte. »Sie wissen hoffentlich, daß Meineid als kriminelle Handlung geahndet wird.«

»... Ja...«, flüsterte Arno. Er stand kurz davor, in Tränen auszubrechen. Mit zitternden Fingern suchte er nach einem Taschentuch.

Kalt musterte Barnaby den verstörten Mann. In dem Wissen, daß er Gibbs nicht anzeigen würde, hielt er es nicht für einen Fehler, ihn ein, zwei Tage schwitzen zu lassen. Oder eventuell sogar ein oder zwei Wochen.

»Fahren Sie fort. Was geschah als nächstes?«

»Wir brachten Tim in den Garten. Er war verängstigt, weinte. Und wir überlegten, was zu tun war. Nach einer Weile kamen wir zu dem Entschluß, es wäre am einfachsten und vernünftigsten, einfach nach Causton zu fahren, wie geplant unsere Einkäufe zu erledigen, dann nach Hause zu kommen und so zu tun, als wüßten wir von nichts. Daß May – Miss Cuttle – vor uns zurückkehrte, hat uns beiden sehr zugesetzt. Der Meister führte Tim zum Kleinbus, und ich wollte den beiden gerade folgen, als ich auf einmal in Panik geriet. War felsenfest davon überzeugt, daß niemand uns Glauben schenken würde. Ganz und gar unwahrscheinlich, daß jemand grundlos die Treppe runterfällt, die er schon hundert Mal benutzt hat. Und da kam mir eine Idee – was, wenn er getrunken hatte? In unserem Medizinschränkchen gab es eine kleine Flasche Whisky, die ich holte. Davon goß ich Jim etwas in den Mund... ich mußte seine Lippen schließen und seinen Hals massieren, damit das Getränk die Kehle hinunterfloß.« Arno erschauderte. »Es war gräßlich. Am Ende schob ich noch den Läufer auf der Treppe hoch, damit es so aussah, als ob er gestolpert sei. Auf dem Rückweg weihte ich den Meister ein. Er regte sich sehr auf. Wiederholte immer wieder, daß ich das nicht hätte tun dürfen. Erst ein paar Tage später, als er merkte, wie unglücklich ich war, erläuterte er mir den Grund für seine Aufregung. Er sagte mir, daß die Medikamente, die Jim gegen seine Infektion nahm, ihm verboten, auch nur einen Tropfen Alkohol zu sich zu nehmen. Nun fürchtete er, daß – falls eine Obduktion vorgenommen wurde –«

An dieser Stelle stockte May hörbar der Atem. Sie warf Barnaby, der ihr sofort zu verstehen gab, nichts zu sagen, einen vielsagenden Blick zu.

»– sie uns auf die Schliche kommen und wissen würden, daß etwas nicht stimmte. Einige Tage später wurde die Obduktion gemacht und nichts gefunden, und ich war unglaublich erleichtert. Für mich war das ein Zeichen, daß ich vielleicht doch nicht ganz falsch gehandelt hatte.«

»Inspector«, sagte May, »bestimmt begreifen Sie, daß Arno selbstlos gehandelt hat. Er hat das Falsche getan, ja, aber aus Gründen, die richtig waren. Er hat aus Liebe zu einem menschlichen Wesen gehandelt.«

Diese unerwartete, großzügige und völlige unverdiente Unterstützung bewegte Arno zutiefst. Vor lauter Dankbarkeit konnte er kaum atmen.

Heather nutzte die Pause, um frischen Tee zu kochen, während Ken seinen Gips verrückte und es sich im Rollstuhl bequemer einrichtete. In seinen Augen war Arnos leichter Verband keine Konkurrenz im Vergleich zu seiner heroischen Tat, und er war beileibe nicht gewillt, ihm das Feld zu überlassen.

May stellte die Salbe weg und überlegte, ob sie nach Felicity sehen sollte. Das Schlafmittel war leicht gewesen, und vielleicht war sie inzwischen wieder wach und sorgte sich. Suhami sammelte die Tassen derer ein, die Tee nachgeschenkt haben wollten. Vorsichtig legte sie Andrew die Hand auf die Schulter, lächelte ihm zu und stellte eine volle Tasse vor ihn. An seiner Seite zu bleiben, dazu war sie allerdings nicht zu bewegen. Insgeheim hatte er gehofft, sein Aussehen würde sie derart erschrecken, daß ihre Zuneigung zu ihm erneut entfacht wurde. In diesem Fall hätte der Vorfall auf dem Dach, der schreckliche Unfall, wenigstens einen Sinn gehabt.

Diesmal nahm Troy die angebotene Tasse Tee dankbar entgegen, sein Chef hingegen schlug das Angebot erneut aus.

»Jims Tod mag ein Unfall gewesen sein«, sagte Heather, nachdem alle bedient worden waren, »aber der Angriff auf Chris – Entschuldigung, *Andrew* – wahrscheinlich nicht. Ich nehme an, Tim ist auf den Geschmack gekommen. Das kommt doch vor, nicht wahr?«

»Wie gemein von dir, so was zu sagen!« erwiderte Suhami erzürnt. »Er ist gerade gestorben, gütiger Gott. Das wenigste, was wir tun können, ist, nett über ihn zu sprechen.«

Heather errötete. Daß ihre Reputation als ewige Quelle anteilnehmender Fürsorge einen Kratzer bekam, behagte ihr nicht. »Ich finde nicht, daß du in der Position bist, mich anzugreifen, Suhami. Wärst du nicht gewesen, wäre der Meister heute noch am Leben.«

Suhami schnappte nach Luft und erblaßte. Andrew meldete sich erbost zu Wort. »Sie war von Anfang an gegen den Besuch ihres Vaters. Es war der Meister, der darauf bestanden hat.«

»Ich denke, Sie wissen«, mischte sich Barnaby ein, »daß – soweit es den Mord an Craigie betrifft – Mr. Gamelins Besuch nicht von Bedeutung war.«

Verblüffung unterschiedlichen Ausmaßes spiegelte sich auf den Gesichtern seiner Zuhörer. Nur May, die davon ausging, daß die Polizei sich endlich ihrer Art zu denken angeschlossen hatte, nickte ernst. Mit ineinander verschränkten Fingern neigte sich Suhami vor.

»Wollen Sie sagen... denken Sie etwa, er war nicht für den Tod verantwortlich?«

»Daran besteht nicht der geringste Zweifel, Miss Gamelin. Er war definitiv nicht verantwortlich, sondern hielt sich unglücklicherweise zur falschen Zeit am falschen Ort auf.«

»War dann Tim auch sein Mörder?« fragte Heather. »Ist er wahnsinnig geworden?«

»Ganz und gar unmöglich«, entgegnete Arno. »Er war dem Meister vollkommen ergeben. Ihr habt doch mitbekommen, wie sehr er gelitten hat.«

»Solche Leute können sich verändern«, gab Ken zu bedenken. »Und wenden sich dann gegen die, die sie lieben. Wie Hunde.«

»Er war kein Hund!« rief May.

»Vielleicht war es Trixie?« warf Andrew ein. »Könnte das der Grund sein, warum sie weggelaufen ist?«

»Was für ein Motiv sollte Trixie haben?« fragte Ken und richtete sich dann an Barnaby. »Sie hätten mich darüber aufklären müssen, daß Sie nicht von Gamelins Schuld überzeugt waren. Dann hätte ich Hilarion für Sie gechannelt.«

»Wollen Sie behaupten, Inspector, daß mein Treuhandfonds kein Motiv gewesen ist?«

»Daß die ganze Sache ein Unfall war?«

»O nein, Mrs. Beavers, der Mord an Arthur Craigie wurde ganz bewußt, aber aus opportunistischen Gründen verübt. Damit meine ich, daß er geplant war bis zu einem gewissen Punkt und dann, als die Dinge eine andere Wendung nahmen, impulsiv und spontan ausgeführt wurde.«

Er stand auf und vermittelte – ohne ein Wort darüber zu verlieren – den anderen den Eindruck, er müsse sich die Beine vertreten, doch in Wirklichkeit konnte er nicht länger stillsitzen. Troy beobachtete ihn. Die Vorgehensweise seines Chefs stellte er nicht in Frage, spürte jedoch eine gewisse Anspannung. Der Chief Inspector bewegte sich auf dünnem Eis. Ahnungen, Rückschlüsse, Vermutungen, ein gewisses Maß an Hintergrundinformationen, aber kein einziger Beweis. Hielt die fragliche Partei den Mund ...

»Eine der wichtigsten Komponenten«, begann der Chief Inspector, »bei einem Mordfall – mit Ausnahme eines zufälligen Opfers – ist der Charakter des Opfers. Was für eine Sorte Mann oder Frau war die Person? Was trieb sie an? Die Antwort findet man nur, indem man die Leute befragt, die diese Person kannten. In diesem Fall vertraten alle eine einhellige

Meinung. Mit einer Ausnahme: Guy Gamelin weigerte sich, das Bild eines fast heiligen Mannes zu zeichnen, dem ausschließlich das Wohlergehen seiner Mitmenschen am Herzen lag. Und selbst er räumte ein, daß Craigie ihn im Verlauf des Gesprächs relativ stark beeindruckt hatte. Kurz gesagt, der Meister wurde von allen geliebt. – Was an Mr. Craigie wirklich interessant war, war die Tatsache, daß ich nichts über ihn herausfinden konnte, soviel Mühe ich mir auch gab. Falls ich es richtig verstanden habe, hat er sich vor ein paar Jahren in einen großen Seher verwandelt. Nun, das ist mehr als eigenartig. In diesen von Computern beherrschten Zeiten ist es nicht gerade einfach, nirgendwo registriert zu sein. Hat man irgendwann einmal Steuern oder Sozialversicherungen bezahlt, einen Wagen, ein Haus oder ein Bankkonto besessen, ist das irgendwo vermerkt. Nicht so bei Arthur Craigie.«

»Er hatte ein Bankkonto«, verteidigte ihn Ken. »In Causton.«

»Windhorse hatte ein Bankkonto, Mr. Beavers. Das ist nicht dasselbe. Um die eigene Spur so gründlich zu verwischen«, fuhr Barnaby fort, »muß man mit Bedacht vorgehen und sich gut auskennen.«

»Ich verstehe nicht, in welche Richtung Ihre Ausführungen gehen, Chief Inspector«, sagte Ken.

»Einen Menschen anzuschwärzen, der sich nicht verteidigen kann, ist nicht nett«, meinte Heather und schaute sich überrascht um, als Suhami auflachte.

»Einer der Gründe, wieso es uns so schwerfiel, ihn ausfindig zu machen, ist der, daß Craigie ein Pseudonym war. Eins von vielen, seit er vor zwei Jahren aus dem Gefängnis entlassen wurde, wo er fünf von sieben Jahren Haft wegen Betrugs abgesessen hatte. Um ehrlich zu sein, Miss Gamelin, ihr Vater lag nicht falsch mit seiner Einschätzung von Craigie, als er ihn als Betrüger bezeichnete.«

»Das ist ja das allerletzte!« Am ganzen Leib zitternd, sprang May auf. So wütend hatten die anderen sie noch nie erlebt. »Sein Astralkörper strahlte. War in blaues Licht getaucht. So was kann niemand vortäuschen.«

»Ich bin sicher, Sie irren sich, Inspector«, sagte Suhami. Auch sie schien sehr bewegt zu sein und kurz vor einem Tränenausbruch zu stehen. »Sie haben wahrscheinlich alles mögliche überprüft, aber irgendwo muß es eine Verwechslung gegeben haben. Sie täuschen sich garantiert.«

»Denkt mal nach«, meldete Ken sich zu Wort. »Ich nehme an, daß jemand, der bei einer Sache wie Betrug erfolgreich ist, sehr überzeugend sein muß. Sonst funktioniert es nicht.«

Heather nickte. Offenbar hatten die beiden schlagartig vergessen, wo ihr Platz war. Arno vergaß, wie benommen Alkohol und Tabletten ihn machten, und schüttelte heftig den Kopf, als er mitbekam, wie die Beavers das sinkende Schiff verließen. Das Kopfschütteln bereute er auf der Stelle, weil er sich einen Augenblick lang so fühlte, als ob ihm der Kopf abgefallen wäre.

»Möchten Sie damit sagen, daß jemand aus seiner Vergangenheit hier eingebrochen ist«, fragte Heather, »und ihn angegriffen hat?«

»Das ist doch kompletter Unsinn«, entgegnete Andrew. »Die einzigen Menschen, die bei seinem Tod anwesend waren, sind wir gewesen.«

»In der Tat«, pflichtete Barnaby bei. »Wenngleich ich meine, daß Mrs. Beavers nicht ganz falschliegt, wenn sie denkt, daß jemand aus seiner Vergangenheit anwesend war. Und seine Vergangenheit ist auch für seinen Tod verantwortlich. Andererseits hänge ich der Überzeugung an, daß Craigie nicht sterben mußte, weil er ein Betrüger war, sondern weil *er kein Betrüger war.*«

»Ich wußte es!« rief May triumphierend. »Die Aura lügt nie.«

»Nun begreife ich gar nichts mehr«, gestand Andrew. »Sie haben uns doch gerade verklickert, er sei ein Betrüger gewesen.«

»Lassen Sie mich das erklären. Nachdem ich von seiner Vergangenheit erfahren hatte, wertete ich den Kauf von Manor House als Hauptbestandteil eines großangelegten Schwindels.

Das Geld für den Kauf stammte, wie ich annahm, von dem anderen Betrug. Aber als ich mir die Unterlagen zu Windhorse ansah, stellte ich nicht nur fest, daß die finanziellen Angelegenheiten einwandfrei geregelt waren, sondern daß hier eine altruistische Lebensweise praktiziert wurde. Bedürftigen wurde finanziell unter die Arme gegriffen, manchmal sogar denen, die es nicht ganz so dringend nötig hatten. Die Menschen, die hierherkamen, um sich heilen zu lassen oder sich einer Therapie zu unterziehen, mußten nicht eine festgelegte Summe bezahlen, sondern durften so viel geben, wie sie ihrem eigenen Ermessen nach erübrigen konnten. Jeden Monat wurde eine Summe unterschiedlicher Höhe an wohltätige Organisationen überwiesen. Und dennoch... irgendwas lief hier ab. Wir haben Jim Carters Brief, der das beweist. Heute abend, durch Mr. Gibbs Aussage, wissen wir, was er gesagt hat: ›Ich werde dir das nicht erlauben. Ich werde allen verraten, was ich weiß. Der Brief, den Mr. Carter kurz vor seinem Tod geschrieben hat, drückt – wenn Sie mich fragen – große Besorgnis aus. Jetzt, wo wir wissen, wie er gestorben ist, interpretiere ich ihn anders. Die ausgesprochene Bedrohung – und ich werte die beiden Sätze als Bedrohung – bleibt jedoch. Was wußte Jim Carter, was beabsichtigte Craigie zu unternehmen? Was ist so wichtig und ruft solch eine heftige Reaktion hervor? – Die Schlußfolgerung, die sich aus der ersten Hälfte der Frage ableitet, liegt auf der Hand. Jim Carter wußte über die Vergangenheit Bescheid. Die zweite Hälfte der Frage ist nicht so leicht zu beantworten. Ich hoffte, es würde sich als hilfreich erweisen, wenn ich mehr über Carter herausfände. Zusammen mit dem Sergeant habe ich mich in seinem Zimmer umgesehen, und obgleich seine Kleider und Habseligkeiten nicht mehr vorhanden waren, habe ich zwei Dinge herausgefunden, die meiner Einschätzung nach von Interesse sind.«

Er legte eine Pause ein. Troy, der ganz hinten an der Wand stand, nickte kaum wahrnehmbar und zollte damit der Persönlichkeit seines Bosses und dessen narrativen Fähigkeiten unbewußt Respekt. Niemand bewegte sich. Keiner blinzelte.

Die Menschen im Raum hatten nur Augen und Ohren für Barnaby.

»Ein Gegenstand, der meine Neugierde weckte, war eine leere Schuhschachtel, in der früher einmal sehr teure italienische Slipper aufbewahrt worden waren. Sehr ungewöhnlich für einen Mann, der sich ansonsten so wenig den weltlichen Dingen widmete. Eine kleine Abweichung von der Norm und – wie ich meine – höchst interessant. Dann waren da noch die Bücher. Auf den ersten Blick genau von der Sorte, wie man es erwartet hatte. Alle antiquarisch – nichts Besonderes, nicht jeder kann sich neue Bücher leisten. Die ausgezeichneten Preise waren dezimal. Nun hat uns aber Jims Neffe berichtet, sein Onkel habe sein ganzes Leben lang spirituelle Literatur gelesen, und doch war keines der Bücher vor 1971 angeschafft worden. Unsere Fachleute haben sogar herausgefunden, daß keins der Bücher vor 1990 gekauft wurde. Alle Bücher, insgesamt fast sechshundert Bände, stammen aus mehreren Secondhand-Buchläden in Slough und Uxbridge.«

»Die Bücher meines Onkels wurden möglicherweise woanders aufbewahrt«, warf Andrew ein. »Vielleicht unten in der Bibliothek.«

»Aber Sie haben uns erklärt, daß Sie die Bücher in seinem Zimmer erkannt haben, Mr. Carter. Und wie sehr ihr Anblick Ihnen zugesetzt hat.«

»Möchten Sie damit andeuten, sie wurden gekauft, um diese Wirkung zu erzielen?« fragte Ken.

»Ganz genau«, sagte Barnaby, der der Schauspielgruppe seiner Frau oft genug geholfen hatte, einen Spannungsbogen zu erzeugen, um zu wissen, wovon er sprach. »Wirklich eigenartig an diesen umfangreichen Ankäufen ist, daß sie in zwei Fällen von Carter und nicht von Craigie abgeholt und bezahlt worden sind.«

»Von Jim?« May verstand die Welt nicht mehr. »Herrje – warum sollte er denn so etwas tun?«

»Möglicherweise kann sein Neffe uns das sagen?«

»Ich hab keine Ahnung.« Andrew zuckte mit den Schultern,

gestikulierte verständnislos. »Es sei denn, man hätte ihn überredet, seine Bücher der Allgemeinheit zur Verfügung zu stellen.«

»Oh, ich denke nicht, daß Ihr Onkel so leicht zu überreden war. Wenn Sie mich fragen, dann war es genau anders herum.«

»Ich weiß nicht, was Sie meinen, Chief Inspector, aber ich weiß ganz genau, daß ich hier nicht sitzen und zuhören werde, wie Sie ihn mit Schmutz bewerfen.« Er rutschte vom Tisch und war schon auf halbem Weg zur Tür, als Barnaby weitersprach.

»Warum haben Sie Ihr Haar gefärbt, Mr. Carter?«

»Das haben wir doch alles schon in Ihrem Büro durchgekaut. Ich wollte verhindern, daß mich jemand mit meinem Onkel in Verbindung bringt.«

»Die Ähnlichkeit war gering. Mir ist sie überhaupt nicht aufgefallen.«

»*Ich* dachte, es gäbe sie – in Ordnung? Und beschloß, mich vorzusehen. Großer Gott – vor drei Tagen bin ich knapp dem Tode entgangen, und heute hat mich ein Wahnsinniger mit einem Radkreuz angefallen. Man möchte annehmen, daß man mir Verständnis und Anteilnahme entgegenbringt. Doch weit gefehlt.«

»Ganz blond auf dem Foto, nicht wahr? Fast weiß – sehr eindrucksvoll. Jeder, der Sie als Kind kannte, wie beispielsweise Craigie, hätte Sie nach all den Jahren mühelos erkannt.«

»Als Kind ...« Andrew blickte sich um, lud die anderen ein, seine Empörung zu teilen.

»Wie alt waren Sie? Acht, neun? Als sie zusammen arbeiteten?« Jetzt schüttelte Andrew den Kopf – wie ein Mensch, der mit etwas konfrontiert wird, das er absolut nicht fassen kann. »Ich würde sagen, das war der Hauptgrund, warum Sie dagegen waren, daß die Polizei nach dem Tod Ihres Onkels gerufen wurde. Nicht weil die Menschen hier etwas spitzkriegen konnten, sondern aus Angst vor dem, was wir in Erfahrung bringen könnten.«

»Das ist absoluter Quatsch.«

»Ich stimme Andrew zu«, sagte May. »Beim ersten Treffen,

das ich besuchte, stand Jim auf dem Podest und sprach darüber, wie die Begegnung mit dem Meister sein Leben verändert hat. Aus diesem Grund habe ich mich der Kommune angeschlossen. So sehr hat mich seine Schilderung bewegt.«

»Diesen Trick, Miss Cuttle, kriegen Sie auf jedem Jahrmarkt vorgeführt. Ein Betrüger verkauft irgendeinen Mist, und ein anderer in der Menge ruft, daß dieser Mist sein Leben verändert hat. Sagen Sie mir – fanden Sie das Leben auf Windhorse kurz nach Ihrem Eintreffen nicht etwas teuer?«

Der abrupte Themenwechsel schien May zu irritieren. »Ich fürchte, ich muß dem zustimmen. Man ist an mich herangetreten und hat mich gebeten, eine höhere Gebühr für meine Kurse zu verlangen, als mir persönlich recht war. Arno... du bist kurz nach mir hierhergezogen, ich weiß nicht, wie du...?«

»Ja. Ich entsinne mich, im Schaufenster eines Reisebüros eine Notiz entdeckt zu haben, kurz nachdem ich mein erstes Wochenende gebucht hatte. Für die gleiche Summe hätte ich gut und gerne eine Woche nach Spanien reisen können. Damit möchte ich nicht sagen, daß das Wochenende nicht jeden Penny wert gewesen ist.« Er warf May einen Blick von der Seite zu, errötete und wackelte nervös mit den Zehen, zumindest mit den fünfen, die er noch bewegen konnte.

»Das war doch nur so, bis sich Windhorse einigermaßen etabliert hatte?« fragte Heather. »Ein Jahr später, als wir hier auftauchten, waren die Preise schon vernünftig.«

»Ansonsten hätten wir gar nicht bleiben können«, erläuterte Ken.

»Ich glaube nicht, daß es um die Etablierung von Windhorse ging. Ich denke, daß ursprünglich geplant war, den Leuten soviel Geld wie nur irgend möglich aus der Tasche zu ziehen«, meinte Barnaby.

»Und was ist dann schiefgelaufen?« fragte Ken und schob hastig nach, »oder besser gesagt, richtig gelaufen?«

»Meine Meinung ist – und das ist keine Seltenheit, wenngleich es eigenartig anmutet, wenn der Kriminelle schon so lange seinem Handwerk nachgeht –, daß Craigie eine Veränderung durchmachte. Das könnte an der Literatur gelegen haben, die er las, an seinen Meditationen, an der Begegnung mit den vielen Menschen, die sich ernsthaft darum bemühten, ein spirituelles Leben zu führen. Ich spreche nicht von einem abrupten Sinneswandel, sondern eher von einer langsamen Verwandlung, was der Echtheit dieser Verwandlung allerdings nicht widerspricht. Mit anderen Worten, der Mann wurde zu dem, was er zu sein vorgab.«

»Ich wußte es«, seufzte May erleichtert. »Er hätte sonst nicht so lehren können, wie er es tat –«

»Oder sich so um uns kümmern können«, warf Suhami ein.

»Und dann ist da noch Tim gewesen«, gab Arno zu bedenken. »Er reagierte ganz emotional auf Menschen. Er *begriff*, wie sie wirklich waren. In dieser Hinsicht war er wie ein Kind, und Kinder lassen sich nicht an der Nase herumführen.«

Auf diese Bemerkung ging Barnaby nicht weiter ein. Jetzt war nicht der richtige Zeitpunkt zu betonen, wie leicht Kinder sich zum Narren halten ließen. Er fuhr fort: »Irgendwann wurde Craigie krank. Und begriff später, daß er niemals wieder gesund würde. Diese Erkenntnis führte zu – wie ich vermute – der Erwähnung von »etwas Schrecklichem«, wie Carter sich im Brief an seinen Neffen ausgedrückt hat. Das Wort *Treuhandvermögen* wollte mir von Anfang an einfach nicht mehr aus dem Kopf gehen. Wieso dem so war, wußte ich lange Zeit nicht zu sagen. Ich wußte alles, was es über Miss Gamelins Erbe zu wissen gab und in welcher Beziehung es zu diesem Fall stand. Schließlich erinnerte ich mich an Ihr erstes Verhör, Mr. Gibbs, und da fiel es mir wie Schuppen von den Augen. Hier ging es nicht um einen, sondern um zwei Treuhandfonds.«

»Wirklich?« Arno runzelte die Stirn. »Ich verstehe nicht… es sei denn, Sie meinen die Wohltätigkeit –«

»Genau«, sagte der Chief Inspector. »Craigie hatte den Wunsch, das Haus und die Organisation dergestalt zu hinterlassen, daß nicht ein einzelnes Individuum die Kontrolle darüber hatte. Das erzürnte Carter, der – dessen bin ich mir ziemlich sicher, auch wenn sein Neffe mir das Gegenteil versichert hat – Geld aus seinem Hausverkauf in das Unternehmen gesteckt hatte. Knapp zweihunderttausend Pfund. Daher bin ich skeptisch, ob die von Mr. Gibbs mit angehörte Auseinandersetzung die erste war.«

»Aber er ist nicht so verfahren«, gab Arno zu bedenken. »Er hat keinen karitativen Status beantragt.«

»Dazu bestand kein Grund mehr«, behauptete der Chief Inspector, »nach Carters Unfall.«

»Jetzt ist es also doch ein Unfall?« Andrew war puterrot angelaufen. »Sie sind genauso inkompetent wie diese Fuzzis bei der Anhörung.«

»Es ist keine gute Idee, Mr. Carter, das Gesetz in die eigenen Hände zu nehmen.«

»Nun, man kann auch nicht gerade behaupten, daß es in Ihren gut aufgehoben ist, oder? Woher wollen Sie denn wissen, worum es bei dem Streit ging? Das weiß nicht mal Arno, der die beiden Männer gehört hat und hier wohnt. Und ich muß sagen, daß Sie dem Umstand, daß Riley meinen Onkel ermordet und zwei Mordanschläge auf mich verübt hat, keine große Aufmerksamkeit schenken. Sie scheinen vergessen zu haben, daß heute abend beinahe die Umstände meiner Ermordung untersucht worden wären. Und die wäre dann, wären Sie nicht zufälligerweise rechtzeitig eingetroffen, auch wieder vertuscht worden.«

»Das ist nicht fair«, entgegnete May. »Tim hat nur zu verhindern versucht, daß dein Onkel den Meister angreift.«

»Dafür haben wir ausschließlich Arnos Wort.«

»Sein Wort«, bekräftigte May empört, »genügt mir.«

»Das schwarze Schaf. Als das haben Sie sich ziemlich entwaffnend in meinem Büro bezeichnet, Mr. Carter.« Uninteressiertes Achselzucken. »Ihr ehemaliger Kumpel aus Stowe hat nicht nur seine Brieftasche verloren, sondern war zu der Zeit, als er Visa und American Express über seinen Verlust informierte, schon fünftausend in den Miesen. Einer der Artikel, die mit seinen Kreditkarten bezahlt wurden, war eine Antilopenjacke.«

»Nun, das hier ist sie jedenfalls nicht. Die habe ich schon vor Monaten bei *Aquascutum* gekauft.«

»Das zu belegen dürfte nicht schwierig sein.«

»Sollten Sie tatsächlich Lust haben, Ihre kostbare Zeit zu verschwenden, bitte sehr.«

»Was meinten Sie damit, Inspector?« Suhami warf Andrew Carter fragende, skeptische Blicke zu. »Sie sprachen davon, das Gesetz in die eigenen Hände zu nehmen.«

»Ich spreche von Mord, Miss Gamelin.« Ohne etwas zu beschönigen, lag in dem Blick, den er dem Mädchen im grünen Sari zuwarf, ein Anflug von Mitleid.

»Mord?« Ihr Gesicht erstarrte, und sie flüsterte: »Das kann nicht wahr sein.« Sie begann zu zittern. Ohne zu überlegen, sprang Heather auf und drückte Suhami an ihren wogenden Busen.

»Selbstverständlich ist das nicht wahr«, sagte Andrew mürrisch. »Ich habe mich ihm nicht genähert. Nur weil Sie Gamelin nicht für den Mörder halten, brauchen Sie den Mord doch nicht mir anhängen. Was für ein Motiv sollte ich schon haben?«

»Da sind mehrere Faktoren im Spiel, aber nach meinem Dafürhalten ist Rache das Hauptmotiv. Eines der wenigen Dinge, die Sie mir in meinem Büro wahrheitsgetreu gestanden haben, ist Ihre tiefe und anhaltende Zuneigung zu Ihrem Onkel. Da Sie mit ihm Kontakt gehalten haben, wußten Sie sicherlich, was hier Sache war und daß etwas schieflief. Was hat Sie so sicher gemacht, daß Craigie Ihren Onkel ermordet hat? Haben Sie angenommen, daß die beiden Diebe sich zerstritten haben?«

»Es gab keine Diebe, die sich zerstreiten konnten. Jedenfalls nicht, soweit es Jim betraf. In einem seiner Briefe schilderte er mir, daß der Mann, der diese Organisation leitete, eine religiöse Manie entwickelt habe. Nun, wir alle wissen, was aus solchen Menschen werden kann. Die Hälfte aller Psychopathen behauptet, Gott habe ihnen aufgetragen, Prostituierte zu ermorden, kleine Jungs oder einbeinige Rentner übers Ohr zu hauen.« An dieser Stelle brach er ab, um sich eine Zigarette anzuzünden. Heather begann zu husten und mit den Händen zu wedeln.

»In einem Punkt haben Sie allerdings recht. Jim hielt den Mann für einen Betrüger. Und es ist allein den wiederholten Anstrengungen meines Onkels zu verdanken, daß hier die Preise und Gebühren fielen.«

»Sie verfügen über eine Menge Phantasie, mein Sohn«, bescheinigte ihm Barnaby. »Das muß man Ihnen lassen.«

»Das Hauptmotiv haben Sie genannt.« Ken hustete demonstrativ. »Wie steht es mit den anderen?«

»Geld – wie das so oft der Fall ist. Allem voran ein Anrecht auf dieses Anwesen, das Mr. Carter als rechtmäßiger Erbe seines Onkels bestimmt für sich beansprucht.« Er legte eine Pause ein, damit Andrew Carter etwas erwidern konnte, was dieser aber nicht tat. »Und dann selbstverständlich der berühmt-berüchtigte Treuhandfonds. Den Miss Gamelin loswerden wollte. Carter befand sich in einer kniffligen Situation. Kaum war er hier eingetroffen, begann er schon, ihr den Hof zu machen. Nichtsdestotrotz ist es bislang nicht zu einer Verlobung gekommen, ganz zu schweigen davon, daß man schon die Kirchenglocken läuten hört. Mag sein, daß sie unter Craigies Einfluß ein abgeschiedenes, möglicherweise sogar zölibatäres Leben favorisierte. Also ein weiterer Grund, warum sein Tod Ihre eigenen Pläne begünstigt hätte.«

»Da gab es keine ›Pläne‹. Ich habe mich verliebt.« Sein zorniger Blick tanzte zwischen Barnaby und Troy hin und her. »Merken Sie nicht, wie sehr Sie ihr zusetzen? Mit all diesen gemeinen Lügen.«

Suhami beobachtete Andrew beim Sprechen. Nicht einen Hauch von Reue konnte sie entdecken. Aber wenn ohnehin alles Lüge gewesen war, was hatte er dann zu bereuen? Ihre eigene Reaktion auf diese Enthüllungen verwunderte sie. Nach dem ersten Schock, nach dem ersten Schmerz, der Fassungslosigkeit empfand sie rein gar nichts. Eine große, alles umfassende Leere schien von ihr Besitz zu ergreifen. Ob Christopher sich tatsächlich in sie verliebt hatte, war für sie nicht länger von Belang. Sie versuchte sich an frühere Gefühle zu entsinnen, erinnerte sich an den Augenblick im Schuppen, wo sie vor Freude wie von Sinnen gewesen war. Die ganze Szene kam ihr jetzt gar nicht mehr so erfreulich vor. Zum ersten Mal in ihrem Leben war etwas schiefgelaufen, richtig schiefgelaufen, und sie lag nicht zerstört am Boden. Ihr eigenes Verhalten kam ihr höchst rätselhaft vor, aber beruhigte sie auch.

»Vergeben Sie mir, Inspector, daß ich das sage«, murmelte Arno, »aber was Sie da andeuten, ist unmöglich. Wie Andrew schon erläutert hat und was wir alle bestätigen können – zu keiner Zeit hielt er sich in der Nähe des Podestes auf. Wollen Sie etwa behaupten, er hatte einen Komplizen?«

»Einen unwissenden Komplizen. Nicht bei der Ausführung des Mordes, aber natürlich mußte er das Messer beschaffen und es in den Solar bringen. Er trug Kleidung, die es ihm nicht ermöglichte, die Mordwaffe am Körper zu verstecken. Die Kleidungsstücke wählte er ganz bewußt, um sich sozusagen ein Alibi zu verschaffen.«

»Wie soll jemand ein Messer in den Solar bringen, ohne es zu wissen?« wunderte sich Ken.

»In einer Tasche«, antwortete Barnaby. »Am Messergriff fanden wir eine Faser, die das bestätigt. Wo auf dem Podest standen Sie, Mr. Carter?«

Andrew antwortete ihm nicht. Statt dessen sagte Suhami: »Er stand neben mir.«

»Nachdem Sie Miss Cuttles Cape geholt haben, kehrten Sie nicht wieder an Ihren Platz zurück?«

»Während ihren Rückführungen reagiert May des öfteren sehr heftig. Ich nahm an, es wäre hilfreich, wenn ich in ihrer Nähe bleiben würde.«

»Haben Sie das früher auch schon mal gemacht?«

»Nein, trotzdem, ich finde nicht, daß die Tatsache, daß ich an jenem Tag so gehandelt habe, genügt, um Ihre Theorie zu stützen. Hat man die Absicht, jemanden zu töten, sucht man die Nähe des Opfers und hält sich nicht von ihm fern.«

»Mein Lieber – Sie hatten doch gar keine Wahl. Weil Sie das Messer in die falsche Tasche gelegt haben. Erst als Sie das Cape rausnahmen, bemerkten Sie Ihren Fehler.«

»In *meine* Tasche!« Mays kraftvolle Stimme hallte durchs ganze Haus.

»Er dachte, sie gehöre Miss Gamelin. Die beiden Taschen sind sich sehr ähnlich.«

In diesem Augenblick stöhnte Suhami auf. Wieder drückte Heather das Mädchen an ihre Brust.

»Er hat in der letzten Minute so entschieden und sie vielleicht sogar getragen, damit sie keinen Blick mehr reinwerfen konnte.«

»Ja, das stimmt«, rief Ken aufgeregt. »Er hat sie für sie getragen. Ich erinnere mich ganz genau.«

»Ja, das will ich wohl glauben«, höhnte Andrew.

»Er spekulierte auf das Durcheinander, das dann ja tatsächlich stattfand, aber selbstverständlich hatte er gehofft, sich in diesem Moment in Craigies Nähe aufzuhalten. Wie ich schon zuvor andeutete, ein Teil war geplant, der andere wurde spontan ausgeführt.«

»Mir leuchtet nicht ein, wie er im letzten Moment das Messer in die Tasche gelegt haben soll, Inspector«, bekundete Arno. »Er hat es nicht bei sich gehabt, und es lag auch nicht auf dem Tisch.«

»Ja, dieses Detail hat mir auch Kopfzerbrechen bereitet. Dann mußte ich aber an Guy Gamelins Beschwerde denken. Man hatte ihm nicht gestattet, neben Sylvie zu sitzen, weil eines der Kommunenmitglieder diesen Platz schon eingenommen hatte. Ich gehe davon aus, daß auf Mr. Carters Stuhl ein Kissen gelegen hat. Das Messer war im Verlauf des Tages dort versteckt worden. Und der Gummihandschuh ebenfalls.«

»Dummerweise habe ich den linken genommen«, meinte Andrew aufgebracht. »Wo ich doch Rechtshänder bin.«

»Nur ein weiteres Mittel, um von der Wahrheit abzulenken. Ich gehe davon aus, daß Sie die Innenseite nach außen gestülpt haben und den Handschuh später noch mal umgedreht haben.

Sie konnten ja nicht wissen, daß Gamelin Linkshänder war, was sich später noch als Pluspunkt erwies. Gamelin versuchte, das Ding hinter dem Vorhang zu verstecken. Und ist dabei beobachtet worden. Wäre das nicht der Fall gewesen, wäre es Ihnen trotzdem gelungen, unser Augenmerk darauf zu lenken. Vielleicht über Miss Gamelin, die von Anfang an von der Schuld ihres Vaters überzeugt war.«

»Alles nur Vermutungen. Sie kommen nicht weiter, Inspector – Sie können den Fall nicht lösen und haben deshalb diese phantastische Geschichte erfunden. Und wenn Sie nun behaupten möchten, daß ich ihn auf dem Weg zum Lichtschalter umgebracht habe, täuschen Sie sich gewaltig. Ich habe mich überhaupt nicht in seiner Nähe aufgehalten. Und ich gehörte auch nicht zu der Gruppe, auf die Craigie vor seinem Ableben zeigte.«

»Das spielt keine Rolle«, meinte Barnaby. »Denn Arthur Craigie hat gar nicht auf eine Person gezeigt.«

»Doch, hat er. Auf Gamelin. Das kann Ihnen jeder hier bestätigen.«

»Sicherlich mag es danach ausgesehen haben, nach dem, was sich zuvor an diesem Abend ereignet hatte. Wie mir aufgefallen ist, unterschied sich Gamelin in einer Hinsicht von allen anderen. Er war der einzige, der stand.«

»Und?«

»Dadurch versperrte er die Sicht.«

»Wie meinen Sie das, Inspector?« fragte Arno.

»Ich vermute, Craigie zeigte in die Richtung, aus der das Messer geworfen worden war!«

Auf einmal sprachen alle durcheinander. Das Wort »geworfen« wurde mehrmals hintereinander erstaunt ausgerufen. Heather ließ Suhami los und rannte aufgeregt zu Ken zurück. Andrew brach in Gelächter aus.

»Ach – das ist brillant. In einem dunklen Raum? Aus einer Entfernung von drei, vier Metern?«

»Nicht dunkel – schummerig. Und er trug ein strahlend weißes Gewand.«

»Unmöglich.«

»Nicht für jemanden, der sich mit Messerwerfen seinen Lebensunterhalt verdient hat.« Das Geplapper verstummte auf einen Schlag. »Das haben Sie uns nicht erzählt, Mr. Carter, nicht wahr?«

»Es gibt viele Dinge, über die ich in Ihrer Gegenwart nicht gesprochen habe.«

»Was Sie nicht sagen«, warf Troy ein.

»Es war ein Fehler, daß Sie von Ihrer Zeit in Blackpool gesprochen haben. Wir haben uns mit Ihren Arbeitgebern in Verbindung gesetzt, die uns darüber aufgeklärt haben, daß Sie sich nicht nur als Löwenbändiger, sondern auch als Feuerschlucker und Messerwerfer verdingt haben.«

»Jahrmarktstypen sagen alles mögliche.« Barnaby schwieg eine Weile. Schließlich meldete sich Andrew Carter erneut zu Wort.

»Das ist es? Das sind die Beweise, die Sie gegen mich vorzubringen haben? Na, da kann ich nur sagen, sollte diese Geschichte wie durch ein Wunder jemals vor einem Gericht verhandelt werden, wird die Jury hysterisch lachend von den Bänken kippen.«

Wunder, dachte Troy, da hat er recht. Konzentriert und vollkommen überzeugt hatte er zugehört, wie der Chief versucht hatte, Andrew Carter die Tat nachzuweisen, aber nun, da die bemerkenswerte Geschichte erzählt worden war, welche Beweise hielten sie in Händen? Mit welchen Beweisen konnten sie überhaupt *aufwarten*? Mit einer Faser, die am Messergriff entdeckt worden war. Der Rest – nichts als Mutmaßung. Keine Fingerabdrücke auf der Mordwaffe. Einen kurzen Moment, in dem jeder in eine andere Richtung geschaut hatte. Carter mußte nur bei seinem Standpunkt bleiben, und ein kompetenter Anwalt würde dafür sorgen, daß er schneller wieder frei war, als man den Fall abweisen konnte. Und das wußte er – dieser gerissene Gauner. Sein Achselzucken, sein Kopfschütteln, sein Lächeln machten das deutlich. Der würde nicht klein beigeben. Oder Fehler machen. Selbst wenn es ihnen gelang, ihm nachzuweisen, daß er früher mal kriminell gewesen war – brachte sie das weiter? Das bewies nur, daß er keine blütenreine Weste hatte. Troy warf dem Chief einen Blick von der Seite zu. Barnaby stierte mit nichtssagender Miene auf den Steinboden. Schließlich blickte er auf und sprach.

»Wie ist es Ihnen gelungen, den Jungen aus seinem Zimmer zu locken?«

Herrje, jetzt ist er echt verzweifelt. Nachdem die erste Geschichte nicht gezogen hat, versucht er es auf diese Tour, die auch nichts bringen wird. Riley hatte Carter angegriffen und beinahe getötet. Carter würde auf Notwehr plädieren. Sie kriegten ihn nicht mal für Totschlag dran. Auch wenn Troys Miene nichts von seiner Skepsis verriet, war ihm schwer ums Herz. Was hatte der Chief gestern noch gesagt – den reißenden Strom hoch, ohne Paddel? Verdammt richtig! Für einen Sekundenbruchteil empfand Troy so etwas wie Mitleid für Barnaby. Oder gar Zuneigung. Diese Regung war seiner Natur so fremd, daß es ihn ungemein erleichterte, als das Gefühl sich genauso abrupt verflüchtigte, wie es aufgetaucht war.

Die Anspannung im Raum hatte sich gelegt, was in erster Linie Andrews gespielt ehrlichem Gelächter zuzuschreiben war. May brach das unbequeme Schweigen, indem sie Arno fragte, wie es seinem Fuß ginge. Suhami kehrte allen den Rücken zu. Heather sammelte die benutzten Tassen ein und stellte sie in die Spüle. Nur Troy bekam mit, wie sich die Tür leise öffnete.

Barnaby wiederholte seine Frage. »*Wie ist es Ihnen gelungen, den Jungen aus seinem Zimmer zu locken*?«

»Er imitierte Arnos Stimme.«

Felicity trug ihr Caroline-Charles-Kostüm und geborgte Pelzhandschuhe. Sie war leichenblaß, ihre Stimme hingegen deutlich und klar. Die Anspannung im Zimmer baute sich wieder auf.

»Kommen Sie und setzen Sie sich, Mrs. Gamelin.« Wiederbelebt zog Barnaby einen Stuhl unter dem Tisch hervor. Zögerlich und ängstlich dreinblickend, trat sie näher. Nachdem sie Platz genommen hatte, setzte sich Barnaby mit einer Pobacke auf den Tischrand und versperrte ihr mit seinem breiten Rücken den Blick auf Andrew Carter.

»Schildern Sie mir, was sich zugetragen hat.«

»Ich wachte auf und mußte dringend zur Toilette. Ich zog einen Bademantel an und war gerade dabei, die Tür zu öffnen, als ich… ihn… sah.«

»Andrew Carter?«

»Christopher.«

»Und wo?«

»Er kniete vor dem Schlüsselloch von Tims Zimmertür. Seine Lippen waren ganz dicht am Schlüsselloch. Er sagte: ›Hier ist Arno. Ich bringe dir dein Abendessen.‹ Seine Stimme klang ganz anders. Das war richtig unheimlich. Er hatte kein Tablett und auch sonst nichts dabei, nur dieses gräßliche Radkreuz, das er an die Wand gelehnt hatte. Als Tim die Tür öffnete, packte ihn Christopher und zerrte ihn auf den Flur hinaus und… und fing an, auf ihn einzudreschen. Ich hätte Hilfe holen sollen… ich weiß. Aber ich hatte *Angst*. So kehrte ich in mein Zimmer zurück. Ich habe nicht mal die Polizei angerufen. Es tut mir ja so leid… so leid…«

»Wir sind zu jenem Zeitpunkt ohnehin schon unterwegs gewesen, Mrs. Gamelin.«

»Ach – ist das wahr?«

»Ja, das ist wahr.«

»Dann fühle ich mich nicht mehr so… Ich hörte, wie Glas zersprang. Ist er in Ordnung? Geht es Tim gut?«

Alle schwiegen betreten. Heather ging zu Felicity hinüber und sagte: »Soll ich Ihnen eine Tasse Malzkaffee bringen? Mit viel Honig?«

Troy fragte sich, ob das dieses schreckliche Gebräu war, das ihm in der Mordnacht angeboten worden war. Falls ja, dann gab es Felicity eher den Rest, als daß es sie wiederbelebte. Und das kam ganz und gar nicht in Frage, weil sie bei der Gerichtsverhandlung auf ihre Aussage angewiesen waren. Was für ein Glück! Daß sie die Wahrheit sprach, hatte ihm Carters Miene verraten, auch wenn der Kerl versucht hatte, sich nichts anmerken zu lassen. Jetzt mußten sie nur vorsichtig weitermachen, ihn verhaften, und dann war die Sache endlich abgeschlossen. Der Chief war aufgestanden und gerade im Begriff, etwas zu sagen. May kam ihm zuvor.

»Was Sie vorhin über den Tod des Meisters gesagt haben, gibt mir zu denken. Ich frage mich, ob ich mich bei meiner ersten Aussage nicht deutlich genug ausgedrückt habe.«

»In welcher Hinsicht, Miss Cuttle?«

»Nun, ich habe natürlich alles gesehen, wissen Sie?« Barnaby hatte das Gefühl, die Erde öffne sich unter seinen Füßen und verschlinge ihn. Das kann doch wohl nicht wahr sein, redete er sich ein, das muß doch irgendwann ein Ende haben.

»Steht alles in meiner Aussage.« Das war die einzige Aussage, der er keine große Bedeutung beigemessen hatte. Er hatte May unterstellt, nur übernatürlichen Schwachsinn von sich zu geben. »Ein silberner Pfeil? Der über mich hinwegflog?«

O Gott! Ach du heilige Scheiße! Er wußte nicht, ob er lachen oder weinen sollte. Weinen natürlich. Was sonst? Wo seine Ignoranz ein weiteres Leben gekostet hatte. Auf einmal schämte sich der Chief Inspector. Er mußte an Joyces hartnäckige Anschuldigung denken, daß er nie zuhörte, und daran, wie er versucht hatte, Troy davon abzuhalten, der Betrügertheorie nachzugehen. Anscheinend hielt er sich selbst für unfehlbar. Zum Glück hatte der Sergeant nicht auf ihn gehört und war der Sache nachgegangen. Hätte er nicht eigenmächtig gehandelt…

Meine Arterien verkalken, dachte Barnaby. Und das gefällt mir nicht. Erst jetzt merkte er, daß May mit ihm sprach.

»Zu jenem Zeitpunkt hatte ich den Eindruck«, sagte May, »daß Sie einfach nicht in der Lage waren, noch mehr esoterisches Wissen zu verkraften. Mag durchaus sein, daß ich mich geirrt habe.«

Ja, das hast du, du dumme alte Ziege, schoß es Troy durch den Kopf, als er sah, daß der Chief am Boden zerstört war. Was nichts daran änderte, daß der Sergeant nur zum Teil Verständnis für seinen Boß aufbrachte. Da Barnaby ihm immer wieder unter die Nase gerieben hatte, er solle Aufgeschlossenheit beweisen, empfand er so etwas wie Schadenfreude. Darüber hinaus schmälerte diese Entdeckung teilweise Troys Schuld. Würde Barnaby irgendwann die fünfzehnminütige Diskrepanz auffallen, die zwischen dem aus Blackpool eingegangenen Anruf und dem Anruf des Sergeants lag, hätte er sich nur mit einem »Woher hätte ich das denn wissen sollen?« herausreden können. Gewiß kein stichhaltiges Argument. Nun hatte auch der Boß einen Dämpfer verpaßt bekommen. Hätte er May Cuttles Aussage größere Aufmerksamkeit geschenkt, wäre der Junge verschont geblieben, und sie hätten sich eine Menge Zeit und Geld gespart.

Der Fall war erledigt. Troy knöpfte sein Jackett zu und trat einen Schritt nach vorn, rechnete insgeheim aber mit Schwierigkeiten. Die gab es nicht. Fünf Minuten später saßen die drei Männer im Wagen und fuhren zum Revier.

Troy saß am Steuer. Barnaby saß hinten neben einem verdrießlich dreinblickenden Andrew Carter. Vehement hatte er Felicitys Geschichte abgestritten, ihr Halluzinationen unterstellt. Konnte doch ein Blinder sehen, daß jahrelanger Alkohol- und Drogenkonsum ihr Gehirn zerfressen hatte.

»Nun, wir werden das Radkreuz auf Fingerabdrücke untersuchen.«

»Ja, tun Sie das nur. Ich habe Ihnen gesagt, daß ich es in der Hand gehalten habe, als wir auf dem Dach gewesen sind. Und ein paar Tage davor habe ich es in mein Zimmer gebracht.«

»Sollte das alles sein, was Sie sich zuschulden kommen ließen, werden sie es auch rausfinden.«

Beim Sprechen studierte Barnaby Andrews Gesicht. Der junge Mann grinste selbstgefällig in sich hinein. Lehnte sich lässig nach hinten, legte ein Bein über das andere. Als er an seinem Turnschuh rumzupfte, rutschte sein Jackenärmel nach oben. Etwas an seinem Handgelenk funkelte.

»Woher haben Sie das?«

»Ein Geschenk. Von der jungen Dame, die beinahe meine Verlobte geworden wäre.«

»Dann hat sie ja gerade noch mal Glück gehabt.«

»Ich auch. Die ist tierisch neurotisch. Quatscht dauernd über ihr Seelenleben. Kann ich rauchen?«

»Jetzt nicht. Sagen Sie mir – um meine Neugierde zu befriedigen –, wußten Sie schon vor Ihrem Eintreffen auf Windhorse, daß sie dort lebte?«

Carter antwortete nicht gleich, sondern überlegte erst, welche Konsequenzen eine wahrheitsgetreue Aussage haben könnte. Dann meinte er: »Ja. Mein Onkel hat es mir geschrieben. Er hat sie erkannt.«

»Zweifellos mit Hilfe eines Eintrags in einer buddhistischen Schrift.«

»Es ist kein Verbrechen, sich eine reiche Frau zu suchen. Wäre dem so, würde die Hälfte der männlichen Bevölkerung morgen in den Knast wandern.«

»Waren Sie jemals im Gefängnis?«

»Natürlich nicht.«

»Sie haben mal was in dieser Richtung fallenlassen.«

»Das muß ein Versprecher gewesen sein.«

In den Wochen vor der Gerichtsverhandlung kamen weitere Informationen über die beiden Carters ans Licht. Angesichts der Fakten waren Andrew Carters Proteste unhaltbar. Er beschloß, sich im Fall von Arthur Craigie schuldig zu bekennen, nachdem er seine Uhr verkauft und mit dem Geld einen Anwalt genommen hatte.

Nach und nach rückte er mit der Wahrheit heraus. Er gab zu, daß sein Onkel (nachdem er im Fernsehen einen Dokumentarbericht über einen amerikanischen Guru gesehen hatte, der mit einer Karawane von Rolls-Royces geflohen war, die er mit dem Geld seiner Anhänger gekauft hatte) seinen alten Partner im Albany-Gefängnis aufgesucht und ihm folgende Idee verkauft hatte: Sie sollten sich zusammentun und auch so eine Nummer durchziehen. Genau das hatten sie dann auch getan. Während der Verhandlung wurde ausführlich auf den von Carter eingebrachten finanziellen Beitrag eingegangen und auf die Frage, was damit nach dessen Tod geschehen sollte. Andrew Carters Mittellosigkeit wurde ebenfalls thematisiert, denn das Geld, das aus dem Verkauf des Hauses stammte, hätte eigentlich ihm als nächstem Angehörigen als Erbe zugestanden.

Ein dünner und ausgemergelter Andrew Carter schilderte auf anrührende Weise, wie er in der Mordnacht gezwungenerweise seine wahre Identität preisgegeben und darum gebettelt hatte, wenigstens einen Teil seines Geldes, das rechtlich und moralisch ihm gehörte, zu bekommen. Sein Flehen hatte allerdings zu nichts geführt. Craigie, so erzählte er dem Gericht, hätte ihm nur ins Gesicht gelacht.

Carters Anwalt, der brillante Gerard Malloy-Malloy, ging in einem umwerfenden Abschlußplädoyer ausführlich auf den Charakter des verstorbenen Betrügers ein. Minutiös und akribisch genau trug er die ganze Liste herzloser Gaunereien und Betrügereien vor. Am Ende wunderten sich seine Zuhörer nicht mehr über Craigies Ermordung, sondern nur noch darüber, warum das nicht schon früher geschehen war.

Mit seiner Weigerung, sich für den Mord an Timothy Riley schuldig zu bekennen, kam Carter durch. Da Felicity seit Jahren instabil war, Drogen genommen und an besagtem Abend einen Schlaftrunk verabreicht bekommen hatte, ehe sie Carter anscheinend dabei beobachtet hatte, wie er Riley aus dem Zimmer lockte, wurde sie als unzuverlässige Zeugin betrachtet. In Windeseile gelang es dem Anwalt, sie zum Weinen zu bringen und bei ihr Zweifel an der eigenen Aussage zu säen. Die vielen Fingerabdrücke belegten nur, daß beide Männer das Radkreuz in der Hand gehalten hatten.

Für Rileys gefährlich aggressives und gewalttätiges Verhalten wurden Beweise erbracht. Er hatte den Tod des Onkels des Beschuldigten herbeigeführt und des weiteren versucht, den Beschuldigten selbst zu töten, der sein Leben allein seiner schnellen Reaktionsfähigkeit zu verdanken hatte. (An dieser Stelle wurde der Metallbrocken gezeigt.)

Niemand außer Andrew Carter kannte den wahren Grund

für Tims Tod. Troy hatte ein paar Vermutungen geäußert, von denen nicht eine aufgegriffen wurde. Beweisen ließ sich nur, daß Tim während Mays Rückführung unfreiwillig von seinem geliebten Meister getrennt worden war und sich gleich danach wieder auf seinen Platz begeben hatte. Er hatte gesehen, was passiert war, hatte sich umgedreht und den Mörder erkannt. Und war infolgedessen ebenfalls erkannt worden.

Carter wurde zu acht Jahren Gefängnis verurteilt, wovon er sechseinhalb Jahre absaß. Da er klug genug gewesen war, den Rest der Summe aus dem Armbanduhrverkauf einem irren, aber gewitzten Investmentbroker zu übertragen, verfügte er – nachdem er auf Bewährung entlassen wurde – über ein stattliches Vermögen. Ein paar Wochen später verließ er, das Geld in einem Bauchgürtel versteckt, das Land.

Ein paar Monate reiste er quer durch Europa, lebte auf großem Fuß, warf mit Geld um sich und spielte, bis eine undurchsichtige Sache in Marseille (ein markierter Kartensatz bei einem Pokerspiel) ihn zwang weiterzuziehen. Er floh nach Amerika, nach San Diego. Der Sonnenstaat Kalifornien hatte seit jeher große Anziehungskraft auf ihn ausgeübt. Dort mietete er einen Wagen, um die Küste hochzufahren. Unglücklicherweise wurde er kurz vor Sausalito von einer Horde als *Mafiosi* verkleideter New-Age-Schamanen überfallen, schwer mißhandelt und ausgeraubt.

Epilog

Ein paar Tage nach der Lösung des Falles verließ Sylvie Gamelin Manor House. Das Angebot ihrer Mutter – der Schlüssel zum Haus in London – schlug sie aus und zog statt dessen in ein anonymes Hotel in Victoria. Einen ganzen Monat verließ sie nur selten ihr Zimmer, ruhte sich aus, besuchte hin und wieder das Hotel-Restaurant und stattete dem Anwalt der Familie einen Besuch ab.

Die Enthüllungen über Arthur Craigie (sie konnte es sich nicht angewöhnen, ihn als jemand anderen zu sehen) hatten sie sehr schockiert. Obgleich Sylvie seine Verwandlung – die vor ihrem Zusammentreffen stattgefunden hatte – als echt empfand, gelang es ihr nicht, seine Lehren so unkritisch und mit der gleichen Bewunderung wie früher zu betrachten, was die aus seinem Tod resultierenden Verlustgefühle nur noch zu verstärken schien. Andererseits war ihre Verwirrung so groß, daß sie nicht in der Lage war, ernsthaft um ihn zu trauern.

Die Einsamkeit im Hotel half ihr, all die verschiedenartigen Gefühle zu verarbeiten. Ganz allmählich lernte sie, den wahren Wert der Einblicke zu schätzen, die der Meister ihr vermittelt hatte und die von der Beschaffenheit seines Charakters nicht geschmälert wurden. Und sie spürte auch, daß die im Verlauf der Meditationen gemachten Erfahrungen nichts mit maßloser Selbstüberschätzung zu tun hatten. Diese Erfahrungen waren echte, wenn auch unergründliche Bekräftigungen für die Richtigkeit ihrer Entscheidung. Sie hatte einen Lebensweg gewählt, der Spiritualität nicht ausschloß.

In dieser Zeit erhielt sie einen Brief von Willoughby Greatorex, in dem der Anwalt sie schriftlich um einen Besuch bat. Etwas widerwillig folgte sie dieser Aufforderung, in der Erwartung, von ihm onkelhaft über die Zukunft ihres Treuhandvermögens beraten zu werden. Tatsächlich beabsichtigte er, Sylvie das Testament ihres Vaters vorzulesen. Guy hatte alles, was er vor seinem Tod besessen hatte, seiner Tochter vermacht. Die Nachricht war keine Neuigkeit. Dennoch bestürzte es sie, daß er genau so verfahren war. Ehe sie sich verabschiedete, händigte Sir Willoughby ihr einen großen Briefumschlag mit den Worten aus, es wäre der ausdrückliche Wunsch ihres Vaters gewesen, daß sie ihn erhielt. Den Inhalt kannte er nicht.

Im Hotelzimmer verstaute Sylvie den Briefumschlag in der hintersten Schrankecke und versuchte ihn zu vergessen. Sie brauchte keine weiteren Erinnerungen an ihren Vater. Eine Sache, die sie im Verlauf ihrer einsamen Introspektion immer wieder beschäftigte, war das Wissen, daß ihr Vater in dem Glauben gestorben war, daß sie ihn für schuldig hielt an der Ermordung von Arthur Craigie. Mehrere Male hatte sie, ruhig auf dem Bett sitzend und darum bemüht, Ordnung in ihre wirren Gedanken zu bringen, mit geschlossenen Augen den Versuch unternommen, mit ihm »Verbindung aufzunehmen«. Dabei war ihr vor lauter Konzentration stets ganz schwindlig geworden. All ihre mentalen Anstrengungen erwiesen sich als vergebliche Liebesmüh. Da Guy unerreichbar blieb, erfuhr er nicht, wie sehr seine Tochter ihr Verhalten bereute.

Einige Tage später öffnete sie den Briefumschlag und leerte den Inhalt aufs Bett. Sie hatte damit gerechnet, Versicherungspolicen, Aktien und Wertpapiere zu finden und nicht Fotos, abgerissene Eintrittskarten, Programme und ein paar gefaltete Briefseiten. Zögernd griff sie nach dem obersten Blatt Papier und strich es glatt.

Es war ein Schulreport aus dem Winterhalbjahr 1983. Und noch viel, viel mehr lag auf der Bettdecke. Tausend kleine Erinnerungen bis zu dem Jahr, in dem sie von zu Hause fortgegangen war. Außerdem ein paar Zeichnungen, Karten, wissenschaftliche Skizzen und ein mit Spitze verzierter Kragen, auf dem »S.G.« gestickt war. Da waren Notenblätter und ein

Stück, »The Robin's Return«, das wild mit einem Filzstift vollgekritzelt war. Eine von einem Gummiband zusammengehaltene Haarlocke. Sie erinnerte sich, wie sie – als ihr die Haare bis zur Taille reichten – darauf bestanden hatte, sie schneiden zu lassen, nur weil ihr Vater betont hatte, wie sehr ihm ihre langen Haare gefielen. Ihr Blick fiel auf zwei Tickethälften auf einer Postkarte mit einem Gorilla, auf der »Unser Tag im Zoo« geschrieben stand.

Sie arbeitete sich durch, las nicht alles, warf auf manches nur einen kurzen Blick. Ganz allmählich, Stück um Stück, erfaßte sie das Ausmaß seiner Einsamkeit, seines seelischen Leids, verglich beides mit ihren eigenen Gefühlen. Zuunterst lag ein kleiner, zugeklebter Umschlag, auf dem ihr Name stand. Mit diesem Brief bat er um Vergebung. Der Schreiber war sich darüber im klaren, daß seine Zuneigungsäußerungen nicht willkommen waren, aber nun, da er nicht mehr unter den Lebenden weilte, konnte seine Liebe vielleicht im nachhinein angenommen, akzeptiert werden. Er wünschte ihr alles Glück der Welt. Sie war die einzige, unverdiente Freude seines Lebens, und er war stets ihr ergebener Vater gewesen.

Sylvie hielt das Blatt Papier lange in der Hand. Saß vollkommen reglos auf dem Bett, bis das Zimmer im Dunkeln lag, bis ihr Profil sich wie ein Scherenschnitt gegen den orangeroten Schein der Straßenlaternen abzeichnete. Sie fühlte sich in die Enge getrieben, merkte, wie Wut in ihr aufstieg bei der Erinnerung an die Jahre der Entfremdung. Der Brief und der herzzerreißende Berg Andenken warfen ein anderes Licht auf die Beachtung, die er ihr geschenkt hatte, auf seine Bemühungen, die sie früher als gehässig und autoritär empfunden hatte. Sie entsann sich, wie er in einem Türeingang gegenüber ihrer Wohnung gelauert und versucht hatte, sich zu verstecken, wenn sie herauskam, während sie sich lautstark über sein Verhalten beklagt hatte.

Nun fragte sie sich, was an seinem Verhalten eigentlich so schlimm, so unerträglich gewesen war. Er hatte sie vernachlässigt, wie das zweifellos zahllose andere vielbeschäftigte Eltern auch taten. Später versuchte er, diesen Fehler wiedergutzumachen, und übertrieb dabei so sehr, wie er das in allen anderen Lebensbereichen auch tat, seiner Natur entsprechend. Das Blatt Papier in den zitternden Händen haltend, wunderte sich Sylvie, wie leicht es ihr gefallen war, ihm gegenüber ihr Herz zu verschließen.

Der Meister hatte einmal gesagt: »Wagt den Versuch, euch in der Ewigkeit kennenzulernen.« Sie hatte erst gar nicht versucht, ihren Vater kennenzulernen. Jetzt blieb ihr nur noch dieser Brief und die Möglichkeit, über all die verpaßten Gelegenheiten zu lamentieren. Diese Gedanken setzten ihr so sehr zu, daß sie das Hotel verließ, um durch die umliegenden Straßen zu spazieren. Gelbes Laub säumte die Bürgersteige. Ihre Umgebung, die Menschen, denen sie begegnete, nahm sie kaum wahr. Kurz ruhte sie sich auf einer Bank aus, ehe sie mit schnellen Schritten weitermarschierte. Erst als sie völlig erschöpft war, kehrte sie in ihr Hotel zurück und legte sich schlafen. Einmal ging sie in den Park und verbrachte den ganzen Nachmittag versteckt hinter Büschen, bemüht, an nichts zu denken, nur langsam und regelmäßig zu atmen, wie man es sie gelehrt hatte, doch ohne Erfolg. Linderung war ihr nicht beschieden. Reue, jenes erstickende und sterile Gefühl, bemächtigte sich ihrer, raubte der Gegenwart Licht und Wärme, verweigerte ihr die Hoffnung auf eine friedliche Zukunft.

Des öfteren kam sie an Eccleston Square 58 vorbei. Irgendwann fiel ihr auf, daß dort die Buddhistische Gesellschaft ansässig war. Weitere Wochen verstrichen, ehe sie läutete und die glänzende schwarze Tür öffnete. Nach dem ersten Besuch schaute sie fast jeden Nachmittag vorbei, verbrachte etwas Zeit in der Bibliothek, las und genoß vor allem die Stille. Anfänglich vermied sie es, die geschnitzte Rupa anzusehen, die sie an die groteske Auseinandersetzung auf Manor House erinnerte. Doch je öfter sie kam, desto heimischer fühlte sie sich. Allmählich verblaßten die Bilder der Vergangenheit.

Sie begann den samstäglichen Meditationskurs zu besuchen und schloß sich der wöchentlich stattfindenden Diskussionsgruppe an, zu der einmal Thannisara, eine buddhistische Nonne, eingeladen wurde. Deren Aura konzentrierter Aufmerksamkeit, ihre Grazie, Warmherzigkeit und die Tatsache, daß sie so häufig lachte, all das faszinierte Sylvie. So beschloß sie, ein paar Tage in Amaravati zu verbringen, einem buddhistischen Kloster unweit von Great Gaddesden, dem die Nonne angehörte.

Nach mehreren Aufenthalten dieser Art kaufte sie in der Nähe ein kleines Cottage, verbrachte viel Zeit in Amaravati und wuchs nach und nach in die Rolle der weltlichen Helferin hinein. Sie machte sich in der Küche oder den Gärten nützlich. Am Tag der offenen Tür half sie, sich um die Kinder zu kümmern. Mit der Zeit verschmolz ihr Innen- und Außenleben harmonisch mit dem der spirituellen Gemeinschaft, was ihr eine gewisse Zufriedenheit verschaffte.

Einmal pro Woche traf sie sich zu einem Gespräch mit Schwester Thannisara. Im Verlauf dieser Stunden wurde Sylvie so etwas wie ein spezieller Dispens gewährt, in denen sie entweder mit sich selbst hart ins Gericht ging oder anderen die Schuld an ihrer gegenwärtigen Misere gab. Immer und immer wieder pflügte sie denselben Acker, bis die Worte null und nichtig wurden und wie kalte Asche in ihrem Mund lagen.

Die Schuldgefühle ließen nach. Ihre Gedanken wurden klarer, die Wunden schlossen sich. Die Vergangenheit verlor zusehends die Macht über sie. Irgendwann überlegte sie, ihre Mutter zu besuchen. Der Heilungsprozeß brachte es mit sich, daß sie immer seltener an Andrew Carter dachte. Sechs Monate später war die Erinnerung an ihn vollends verblaßt.

In bezug auf Ken und Heather, was gibt es da zu sagen, was der Leser (vorausgesetzt, er oder sie besitzt einen Fernsehapparat) nicht schon wüßte? Möglicherweise genügen ein paar Einzelheiten zu ihrem Abschied von Manor House. Am Morgen nach Tim Rileys Tod packten sie ihre Koffer.

Die Beavers erschienen zum Frühstück und verharrten mit gesenkten Köpfen, eingefallenen Schultern und zusammengepreßten Handflächen auf dem glatten Steinboden. Sie erklärten, sie hätten seit ihrem fehlerhaften Betragen nicht mehr schlafen können und kämpften seither mit so schlimmen Schuldgefühlen, daß sie keine andere Möglichkeit sahen, als für immer von Manor House wegzugehen.

Die anderen widersprachen ihnen. Boten Vergebung an, ohne Bedingungen daran zu knüpfen. Ken rief: »Feuerkohlen!«, ließ sich aber nicht dazu bewegen, seine Entscheidung zu revidieren. Sie packten ihre wenigen Habseligkeiten zusammen und waren innerhalb einer Stunde verschwunden. Als Ken die Kieszufahrt runterhoppelte, schien sich sogar der Gips für sein Betragen zu schämen. Sie schauten nicht zurück.

Am darauffolgenden Wochenende erschien in *News of the World* (die während der Abendmeditation auf der Terrasse angerufen und den Preis des *Daily Pitch* verdoppelt hatte) der erste Teil ihrer Exklusivstory. Nichts wurde ausgelassen. Statt dessen floß eine Menge ein, das nichts mit der Realität zu tun hatte.

Auf Heathers Venusbesuche wurde ausführlich eingegangen. Des weiteren auf die Unterstützung der Götter und anderer kleiner Luftgeister, die ihr halfen, ihren alltäglichen Pflichten nachzugehen. All dies wurde unter der Überschrift »Elementargeister, mein lieber Watson« präsentiert. Zwei Wochen später wurde das Ehepaar zu *Wogan* eingeladen in der Annahme, sie wären genau die Richtigen, um sich auf ihre Kosten lustig zu machen. Nun, dieser Schuß ging sozusagen nach hinten los, denn mitten in der Sendung verfiel Ken urplötzlich in Trance und channelte Hilarion und die Kristallinen Horden mit solch dynamischer Autorität, daß die Telefonleitungen auf der Stelle heißliefen, weil unzählige Anrufer ein Wochenende buchen wollten. Als die ersten Nachrichten von der anderen Seite eintrafen (von Cosmo Lang, dem letzten Erzbischof von Canterbury, der sich für seine Rolle bei der Unterdrückung des Kirchenberichtes über Spiritualität und Kommunikation entschuldigte), herrschte im Studio helle Aufregung.

Danach war alles nur noch eine Frage der Zeit. Wenige Tage

später hatte Baz Badaistan, der – was das Rühren der Werbetrommel anging – hinter Malcolm McLaren den zweiten Platz einnahm, Ken und Heather unter seine Fittiche genommen. Es dauerte nicht lange, und sie besuchten landauf, landab ausgebuchte Häuser. Wie gewöhnlich wurden die Sitzungen mit einer Demonstration von Heathers Heilkünsten beendet. Mit einem himmlischen Lächeln auf den Lippen legte sie die Fingerspitzen auf die Stirn des Bittstellers, der dann obligatorisch in Kens ausgebreitete Arme fiel. Fielen die Kandidaten nicht von allein nach hinten, übte Heather mit den Fingern so lange Druck aus, bis sie nachgaben.

Ihre Fernsehsendung *The Perfect Medium*, in der das Publikum stets mit einbezogen wurde, war von Anfang an ein Riesenerfolg. Ken und Heather erschienen in mit Edelsteinen besetzten, bestickten Kaftanen auf der Bühne, versuchten lachend auf dem Karmischen Klapometer die Astralpunkte des anderen zu übertreffen und übertrafen damit auch noch die Einschaltquoten von *Coronation Street*. Am Ende der Sendung klimperte Heather auf einem Instrument und gab irgendein Lied zum besten. »Versprüh etwas Äther und lächle, lächle, lächle« stand bald auf Platz eins der Hitparade.

Trotz ihrer Entschlossenheit, sich nicht von materiellem Wohlstand und irdischem Denken verführen zu lassen, häuften die Beavers so viel Krimskrams an, daß sie eine Penthousewohnung mit fünf Zimmern auf der Canary Wharf kaufen mußten, um all ihre weltlichen Güter verstauen zu können. Eine Haushälterin und eine Sekretärin organisierten ihren Alltag, da Ken und Heather zu stark beansprucht von kosmischen Dekreten und Vorahnungen, Geschäftstreffen und Plänen für eine zweite Fernsehserie waren, um sich mit alltäglichen Problemen zu belasten. Für das kommende Jahr wurden Europa und die Vereinigten Staaten anvisiert.

76 Beauclerc Gardens, W11, war ein hohes, schmales, vierstöckiges Gebäude mit wunderschönen schmiedeeisernen Balkons, deren Geländer an New Orleans erinnerten. Da es in-

digoblau angestrichen war und eine strahlend gelbe Sonne vom Dach lächelte, konnte man es nicht übersehen.

Das Haus gehörte *The Lodge of the Golden Windhorse*, einer Organisation, die sich der Meditation und Heilung verschrieben hatte und von den anderen Bewohnern von Holland Park unisono als gewöhnlich abgestempelt wurde. Das Örtchen Compton Dando hingegen, wo die Kommune zuvor ihre Zelte aufgeschlagen hatte, hatte sich über deren Weggang gefreut. Ein, zwei Dorfbewohner hatten sich sogar dazu herabgelassen, sich vor Freude zu bekreuzigen, als die Umzugswagen kamen.

Das neue Haus wurde folgendermaßen genutzt: Im Keller gab es zwei Räume, die für Beratungen, Therapien und Workshops genutzt wurden. Im Erdgeschoß befanden sich der Empfang, ein Buchgeschäft und eine Bibliothek. Im ersten Stock lagen die Behandlungszimmer und im oberen Stockwerk die Privaträume, zu denen ein großes, bequemes Wohnzimmer und ein winziges Schlafzimmer mit einer Dusche und einer kleinen Küchenzeile gehörten.

Janet lebte in dieser extra für sie umgebauten Wohnung, die ihr kostenlos überlassen worden war. Dafür mußte sie fünfundzwanzig Stunden die Woche Büroarbeit leisten. Tatsächlich arbeitete Janet viel mehr, nachdem sie entdeckt hatte, daß sie Talent für diese Aufgabe hatte und der Job ihr Spaß machte. Mit der Präzision eines Schiffskapitäns herrschte sie über ihr Empfangsbüro, ein hübsches Zimmer mit hohen Decken und voller Blumen. Bislang hatte sie sich nachdrücklich geweigert, eine bezahlte Aushilfskraft einzustellen. Auf ihrer mit Leder bezogenen Schreibtischplatte standen drei Telefone und ein Computer. An der Wand hingen Poster kommender Veranstaltungen und ein großer, mit bunten Stecknadelköpfen gespickter Kalender.

An ihrer neuen Aufgabe überraschte Janet am meisten, mit welcher Selbstverständlichkeit sie sich um den Empfang kümmerte, Menschen begegnete, Informationen weitergab, Vorschläge zu Kursen und Behandlungsmethoden erteilte. Natürlich spielte sie eine Rolle. Die wahre Janet (die alte Janet) stand daneben, beobachtete sie mit verständnislosem Kopfschütteln und wäre diesem Anspruch nie gerecht geworden. Die neue Janet schüttelte ebenfalls den Kopf, weil sie Tweedröcke, Seidenpullover und glatte enge Hosen trug und sich einen neuen Haarschnitt zugelegt hatte… Diese Veränderung hatte sie Felicity zu verdanken, die taktvoll darauf hingewiesen hatte, daß Kordhosen und eine wilde Haarmähne eventuell nicht das richtige Outfit für eine Empfangssekretärin waren.

Mittlerweile ging Janet häufig aus. Kurz nach ihrem Umzug nach London hatte sie sich davor gefürchtet, das Haus zu verlassen, aus Angst, Trixie über den Weg zu laufen. (Slough war nicht allzu weit entfernt.) Als sie dann endlich einkaufen ging, »begegnete« ihr Trixie bei jeder Gelegenheit wenigstens einmal. Einmal lief sie sogar einem blonden Mädchen mit einer Baskenmütze hinterher, folgte ihr durch das gesamte C-&-A-Gebäude, bis das Mädchen, das natürlich nicht Trixie war, drohte, den Geschäftsführer zu rufen.

Nach einer Weile ließ ihre Anspannung nach. Sah sie jemanden, der eine vage Ähnlichkeit mit ihrer ehemaligen Freundin hatte, schaute sie in die andere Richtung. Oder wechselte gar die Straßenseite, um eine Begegnung zu vermeiden. Die Zeit ermöglichte ihr eine gesündere Perspektive auf ihre frühere Zuneigung. Sie verstand, was für eine pathetische Figur sie damals abgegeben haben mußte, und zuckte angesichts der Erinnerung innerlich zusammen. Der Alltag bereitete ihr immer noch nicht die Freude, nach der sie sich sehnte, und sie hielt beharrlich an der Überzeugung fest, daß ihr dies niemals vergönnt sein würde. Dennoch war sie nicht unglücklich und verspürte manchmal so etwas wie Zufriedenheit.

Zwischen ihr und Felicity bahnte sich zögernd so etwas wie eine Freundschaft an. Hin und wieder plauderten sie miteinander, manchmal recht lange über philosophische Fragen, die Felicity verwirrten und auf die Janet keine Antworten hatte. Im Frühling besuchten sie gemeinsam eine Theatervorstellung im Park, und ein paar Wochen später schlug Janet ein Konzert in der *Festival Hall* vor. Sie wählte eine Vorstellung aus, die für ihren persönlichen Geschmack im Grunde genommen zu leichtfüßig war, aber Felicity kannte sich mit klassischer Musik nicht aus, und Janet wollte verhindern, sie vor den Kopf zu stoßen. Insofern freute sie sich um so mehr, daß Felicity eine Vorliebe für Palestrina zum Ausdruck brachte, nachdem sie sich verschiedene Kassetten und CDs ausgeborgt hatte. Einmal aßen sie zusammen zu Abend, saßen hinterher auf Janets Eisenbalkon, genossen die Abenddämmerung und hörten sich *Missa Brevis* an.

Felicitys Äußeres hatte sich stark verändert. Sie war etwas fülliger geworden. Ihr Haar, nun sich selbst überlassen, hatte die Farbe von Zinn angenommen und wurde zu einem schlichten Zopf zusammengefaßt. Ihre seelische Transformation war zwar beständig, ging aber zögernd vonstatten und gab manchmal Anlaß zur Besorgnis. Wann immer Felicity jedoch zu taumeln drohte, was eigentlich immer der Fall war, fing die gute May sie auf.

Die beiden Frauen teilten sich ein Haus zwei Türen weiter die Straße hinunter, das mit dem erzielten Erlös aus dem Verkauf von Manor House angeschafft worden war. Die Veräußerung des Anwesens hatte mehr als eine Million Pfund eingebracht, von denen vierhunderttausend sicher und ethisch vertretbar investiert worden waren. Die Zinsen gewährleisteten tägliche Ausgaben, mäßige Gehälter, weitere Projekte und die finanzielle Unterstützung Bedürftiger. Alle vier Mitglieder der Organisation hatten sich darauf geeinigt, daß bei bestimmten Gelegenheiten praktische Hilfe sinnvoller war als alles andere. Es kam durchaus vor, daß ihre Freundlichkeit ausgenutzt wurde, was allerdings keinen Einfluß auf ihre Großzügigkeit und ihren guten Willen hatte und vor allem in keinem Verhältnis zu den jüngst gemachten Erfahrungen stand.

Arno bewohnte eine Gartenwohnung in dem anderen Haus und hatte sich eine elegante Katze mit Schildpattzeichnung zugelegt. Zu seiner Überraschung und Erleichterung hatte das Geständnis seiner unsterblichen Liebe nicht zu einer Verbannung aus Mays Nähe geführt. Als er ernsthaft und unterwürfig gelobte, sich zurückzuhalten und sie nie wieder mit seinen Gefühlen zu belästigen, schalt sie ihn nur sanft. Zuerst legte er ihre Reaktion als Mitleid aus, zumal er immer noch Schmerzen litt, seit die Spitze ihres geliebten Cellos durch seinen Fuß gestoßen war. Doch im Verlauf späterer Unterhaltungen kam heraus, daß sie ihm seit längerem zugetan war.

Ungefähr ein Jahr später, an dem Tag, an dem diese Geschichte endet, versammelten sich vier Leute im Standesamt von Chelsea. Felicity in einem bodenlangen, regenbogenfarbenen Kleid, Janet in hellvioletter Seide mit einem Strauß Teerosen in der Hand. Arno trug seinen besten Anzug, der frisch gebügelt worden war und nun glänzte. In der Armbeuge der strahlenden Braut lag ein riesiges Blumenbouquet in allen Blauschattierungen.

Eine schimmernde Gestalt aus weißem Satin und Spitze, das Haupt gekrönt von einem Kranz aus Orangenblüten und einem gebauschten Schleier, schwebte über den Läufer, um an Arnos Seite stehenzubleiben, der sein Kinn mit dem frisch mit Henna gefärbten Bart triumphierend neigte.

Fünf Minuten später war alles vorbei. Jeder küßte jeden, und ein über alle Maßen glücklicher Bräutigam führte seine ihm rechtmäßig angetraute Gattin nach draußen. May Cuttle (Sternenname »Pacifica«) war von nun an und für immer May Gibbs. Und Arnos Walkürenkönigin.